三國演義

(一)

三國演義 (11)

초판 1쇄 발행 ▪ 2014년 11월 26일
초판 2쇄 발행 ▪ 2017년 7월 10일

저 자 ▪ 나관중 원저, 모종강 평론 개정
역 자 ▪ 박기봉
펴낸곳 ▪ 비봉출판사
주 소 ▪ 서울 금천구 가산디지털2로 98. 2동 808호(롯데IT캐슬)
전 화 ▪ (02)2082-7444
팩 스 ▪ (02)2082-7449
E-mail ▪ bbongbooks@hanmail.net
등록번호 ▪ 2007-43 (1980년 5월 23일)
ISBN ▪ 978-89-376-0419-5 04820
        978-89-376-0408-9 04820 (전12권)

값 15,000원

모종강본 원문대역

三國演義

(一)

나관중 원저
모종강 평론·개정
박기봉 역주

비봉출판사

제 11 권

第六十一回　趙雲截江奪阿斗 / 孫權遺書退老瞞　■ 7
第六十二回　取涪關楊·高授首 / 攻雒城黃·魏爭功　■ 21
第六十三回　諸葛亮痛哭龐統 / 張翼德義釋嚴顏　■ 34
第六十四回　孔明定計捉張任 / 楊阜借兵破馬超　■ 48
第六十五回　馬超大戰葭萌關 / 劉備自領益州牧　■ 61
第六十六回　關雲長單刀赴會 / 伏皇后爲國捐生　■ 75
第六十七回　曹操平定漢中地 / 張遼威震逍遙津　■ 89
第六十八回　甘寧百騎劫魏營 / 左慈擲杯戲曹操　■ 103
第六十九回　卜周易管輅知機 / 討漢賊五臣死節　■ 116
第七十回　　猛張飛智取瓦口隘 / 老黃忠計奪天蕩山　■ 130
第七十一回　占對山黃忠逸待勞 / 據漢水趙雲寡勝衆　■ 143
第七十二回　諸葛亮智取漢中 / 曹阿瞞兵退斜谷　■ 157
第七十三回　玄德進位漢中王 / 雲長攻拔襄陽郡　■ 168
第七十四回　龐令明擡櫬決死戰 / 關雲長放水淹七軍　■ 183
第七十五回　關雲長刮骨療毒 / 呂子明白衣渡江　■ 194
第七十六回　徐公明大戰沔水 / 關雲長敗走麥城　■ 205
第七十七回　玉泉山關公顯聖 / 洛陽城曹操感神　■ 217
第七十八回　治風疾神醫身死 / 傳遺命奸雄數終　■ 229
第七十九回　兄逼弟曹植賦詩 / 侄陷叔劉封伏法　■ 242
第八十回　　曹丕廢帝篡炎劉 / 漢王正位續大統　■ 254
第八十一回　急兄讐張飛遇害 / 雪弟恨先主興兵　■ 268
第八十二回　孫權降魏受九錫 / 先主征吳賞六軍　■ 279
第八十三回　戰猇亭先主得讐人 / 守江口書生拜大將　■ 290
第八十四回　陸遜營燒七百里 / 孔明巧布八陣圖　■ 305
第八十五回　劉先主遺詔托孤兒 / 諸葛亮安居平五路　■ 318
第八十六回　難張溫秦宓逞天辯 / 破曹丕徐盛用火攻　■ 333
第八十七回　征南寇丞相大興師 / 抗天兵蠻王初受執　■ 347
第八十八回　渡瀘水再縛番王 / 識詐降三擒孟獲　■ 361
第八十九回　武鄉侯四番用計 / 南蠻王五次遭擒　■ 373
第九十回　　驅巨獸六破蠻兵 / 燒藤甲七擒孟獲　■ 388

第六十一回

趙雲截江奪阿斗
孫權遺書退老瞞

〖1〗却說龐統・法正二人，勸玄德就席間殺劉璋，西川唾手可得．玄德曰：“吾初入蜀中，恩信未立，此事決不可行．”二人再三說之，玄德只是不從．次日，復與劉璋宴於城中，彼此細敍衷曲，情好甚密．酒至半酣，龐統與法正商議曰：“事已至此，由不得主公了．”便敎魏延登堂舞劍，乘勢殺劉璋．（*如范增之遣項莊．）延遂拔劍進曰：“筵間無以爲樂，願舞劍爲戲．”龐統便喚衆武士入，列於堂下，只待魏延下手．劉璋手下諸將，見魏延舞劍筵前，又見階下武士手按刀靶，直視堂上．從事張任亦掣劍舞曰：“舞劍必須有對，某願與魏將軍同舞．”（*如項伯之對項莊．）二人對舞於筵前．魏延目視劉封，封亦拔劍助舞．於是劉璝・冷苞・鄧賢各掣劍出曰：“我等當群舞，以助一笑．”（*鴻門宴上舞劍只有二人，今却有無數項莊・

項伯, 更是奇絕.) 玄德大驚, 急掣左右所佩之劍, 立於席上曰: "吾兄弟相逢痛飮, 並無疑忌, 又非 '鴻門會'上, 何用舞劍? 不棄劍者立斬!" 劉璋亦叱曰: "兄弟相聚, 何必帶刀?" 命侍衛者盡去佩劍. 衆皆紛然下堂. 玄德喚諸將士上堂, 以酒賜之, 曰: "吾弟兄同宗骨血, 共議大事, 並無二心. 汝等勿疑!" 諸將皆拜謝. 劉璋執玄德之手而泣曰: "吾兄之恩, 誓不敢忘!" 二人歡飮, 至晚而散. 玄德歸寨, 責龐統曰: "公等奈何欲陷備於不義耶? 今後斷勿爲此."(*龐統·法正之謀太急, 不如玄德之緩, 急則不免於忍, 緩則不失爲仁.) 統嗟嘆而退.

      *注: **只是**(지시): 다만. 오로지; 그러나. 그런데. **衷曲**(충곡): 내심. 속마음. 진정. **由不得**(유부득): 생각(마음)대로 되지 않다. 따를 수 없다. **目視**(목시): 눈짓하다. **冷苞**(냉포): 사람 이름. 이를 〈泠苞(영포)〉로 쓴 판본도 있는데, 誤字이다. 史書인 〈三國志〉에도 〈冷苞(냉포)〉로 되어 있다. **鴻門會**(홍문회): 제21회 주 참조. **斷勿**(단물): 결단코(단연코) …말라. 〈斷〉: (부사) 절대로. 단연코. 단호히.

  〖2〗却說劉璋歸寨, 劉璝 等曰: "主公見今日席上光景乎? 不如早回, 免生後患." 劉璋曰: "吾兄劉玄德, 非比他人." 衆將曰: "雖玄德無此心, 他手下人皆欲併西川, 以圖富貴."(*從來帝王事業, 多是手下人成之.) 璋曰: "汝等無間吾兄弟之情." 遂不聽, 日與玄德歡敘. 忽報張魯整頓兵馬, 將犯葭萌關. 劉璋便請玄德往拒之. 玄德慨然領諾, 卽日引本部兵望葭萌關去了. 衆將勸劉璋令大將緊守各處關隘, 以防玄德兵變.(*爲後文取涪關張本.) 璋初時不從, 後因衆人苦勸, 乃令白水都督楊懷·高沛二人, 守把涪水關. 劉璋自回成都. 玄德到葭萌關, 嚴禁軍士, 廣施恩惠, 以收民心.(*玄德不欲遽殺劉璋, 亦爲收民心故耳. 先取民心, 而後取西川, 此是玄德主意.)

*注: **歡敍**(환서): 즐겁게 이야기를 나누다.　**葭萌關**(가맹관): 關名. 葭萌 (지금의 사천성 광원현廣元縣 서남)에 있다.　**白水**(백수): 關名. 지금의 사천성 청천靑川 東에 있다.　**涪水關**(부수관): 사천성 平武 동남에 있는 옛 關名.

〖 3 〗早有細作報入東吳. 吳侯孫權會文武商議. 顧雍進曰: "劉備分兵遠涉山險而去, 未易往還. 何不差一軍先截川口, 斷其歸路, 後盡起東吳之兵, 一鼓而下荊襄: 此不可失之機會也."(*此計但說得好聽, 須知荊州有孔明·關·張·趙雲守之, 未易得下也.) 權曰: "此計大妙!" 正商議間, 忽屛後一人大喝而出曰: "進此計者可斬之! 一一欲害吾女之命耶!" 衆驚視之, 乃吳國太也. 國太怒曰: "吾一生惟有一女, 嫁與劉備. 今若動兵, 吾女性命如何!" 因叱孫權曰: "汝掌父兄之業, 坐領八十一州, 尙自不足, 乃顧小利而不念骨肉!" 孫權喏喏連聲, 答曰: "老母之訓, 豈敢有違!" 遂叱退衆官. 國太恨恨而入.

孫權立於軒下, 自思: "此機會一失, 荊襄何日可得?" 正沈吟間, 只見張昭入問曰: "主公有何憂疑?" 孫權曰: "正思適間之事." 張昭曰: "此極易也. 今差心腹將一人, 只帶五百軍, 潛入荊州, 下一封密書與郡主, 只說國太病危, 欲見親女, 取郡主星夜回東吳. 玄德平生只有一子, 就敎帶來. 那時玄德定把荊州來換阿斗. 如其不然, 一任動兵, 更有何碍?" 權曰: "此計大妙! 吾有一人, 姓周, 名善, 最有膽量. 自幼穿房入戶, 多隨吾兄. 今可差他去." 昭曰: "切勿漏泄, 只此便令起行."

*注: 川口(천구): 서천으로 들어가는 입구.　恨恨(한한): 한탄하여 마지않는 모양. 한스러워 못 견디는 모양. (분해서 씩씩거리다).　**適間**(적간): 방금. 금방. 요즈음. 요사이.　郡主(군주): 諸王들의 여자. 여기서는 孫權의 누이동생 孫夫人을 가리킴.　定(정): 반드시. 꼭.　一任(일임): 한 차례.

한 임기; 일임하다. 맡기다. 방임하다.　　穿房入戶(천방입호): 穿房入屋.
穿房過屋. 자기 집처럼 서슴없이 남의 깊숙한 방까지 척척 드나들다. (매우
가깝게 지내서) 허물이 없다.

〖4〗於是密遣周善, 將五百人, 扮爲商人, 分作五船; 更詐修國
書, 以備盤詰; 船內暗藏兵器. 周善領命, 取荊州水路而來. 船泊
江邊, 善自入荊州, 令門吏報孫夫人. 夫人命周善入, 善呈上密
書. 夫人見說國太病危, 灑淚動問. 周善拜訴曰: "國太好生病重,
旦夕只是思念夫人. 倘去得遲, 恐不能相見. 就敎夫人帶阿斗去見
一面." (*阿斗不是孫夫人養的, 旣非國太親外孫, 如何要見? 只此便可知其
撒謊.) 夫人曰: "皇叔引兵遠出, 我今欲回, 須使人知會軍師, 方
可以行." 周善曰: "若軍師回言道, '須報知皇叔, 候了回命, 方
可下船', 如之奈何?" 夫人曰: "若不辭而去, 恐有阻當." 周善
曰: "大江之中, 已准備下船隻. 只今便請夫人上車出城." 孫夫人
聽知母病危急, 如何不慌? 便將七歲孩子阿斗, 載在車中; (*昔日
長坂坡前, 虧了一个死夫人保來, 今日荊州城裏, 幾被一个活夫人取去.) 隨行
帶三十餘人, 各跨刀劍, 上馬離荊州城, 便來江邊上船. 府中人欲
報時, 孫夫人已到沙頭鎭, 下在船中了.
　　*注: 盤詰(반힐): 심문하다. 캐어묻다. 따져 묻다. 盤問.　見說(견설): 듣
다.　動問(동문):묻다(請問). 질문하다(訊問). 안부를 묻다(問候).　好生(호
생): 매우. 대단히.　知會(지회): (구두로) 통지하다. 알리다.　阻當(조당):
가로막다. 저지하다. 阻擋.　跨刀劍(과도검): 刀劍을 차다. 〈跨〉: 걸치다.
차다.

〖5〗周善方欲開船, 只聽得岸上有人大叫: "且休開船, 容與夫
人餞行." 視之, 乃趙雲也. (*阿斗曾做趙雲懷中之物, 今日此去, 如取諸

其懷而奪之矣.）原來趙雲巡哨方回，聽得這個消息，吃了一驚，只帶四五騎，<u>旋風般</u>沿江赶來．周善手執長戈，大喝曰：“汝何人，敢當主母！”叱令軍士一齊開船，各將軍器出來，擺列在船上．風順水急，船皆隨流而去．趙雲沿江赶叫：“<u>任從</u>夫人去．只有一句話拜稟．”周善<u>不睬</u>，只催船速進．趙雲沿江赶到十餘里，忽見江灘斜<u>纜</u>一隻漁船在那裏．趙雲棄馬執槍，跳上漁船．只兩人駕船前來，望着夫人所坐大船追赶．周善教軍士放箭．趙雲以槍撥之，箭皆紛紛落水．離大船懸隔丈餘，吳兵用槍亂刺．趙雲棄槍在小船上，掣所佩靑釭劍在手，分開槍搠，望吳船涌身一跳，早登大船．(*此一躍之功，抵得長坂數十戰.）吳兵盡皆驚倒．

　　*注：**餞行**(전행)：전별하다. 송별연을 베풀다. **旋風般**(선풍반)：선풍처럼
(과 같이). 〈般〉：…같은. …와 같은 정도의. **任從**(임종)：자유에 맡기다.
마음대로 하게 하다(=任便). **不睬**(불채)：상대하지 않다. 거들떠보지도 않
다. 아는 체하지도 않다. **纜**(람)：배 매는 밧줄; 배를 매다.

〖6〗趙雲入艙中，見夫人抱阿斗於懷中，喝趙雲曰：“何故無禮！”雲插劍聲<u>喏</u>曰：“主母欲何往?何故不令軍師知會？”夫人曰：“我母親病在危篤，無暇報知．”雲曰：“主母探病，何故帶小主人去？”夫人曰：“阿斗是吾子，留在荊州，無人看覷．”雲曰：“主母差矣．主人一生，只有這點骨血，小將在當陽長阪坡百萬軍中救出；今日夫人却欲抱將去，是何道理？”夫人怒曰：“<u>量</u>汝只是帳下一武夫，安敢管我家事！”雲曰：“夫人要去便去，只留下小主人．”夫人喝曰：“汝半路輒入船中，必有反意！”雲曰：“若不留下小主人，<u>縱然萬死</u>，亦不敢放夫人去．”夫人喝侍婢向前<u>揪挫</u>，被趙雲推倒，就懷中奪了阿斗，抱出船頭上．── 欲要傍岸，又無幫手；欲要行兇，又恐碍於道理：進退不得．夫人喝侍婢奪阿斗，趙雲一手抱定阿斗, 一手仗劍, 人不敢近. 周善在後梢挾住舵, 只顧放船下水, 風順水急, 望中流而去. 趙雲孤掌難鳴, 只護得阿斗, 安能移舟傍岸?

*注: 聲喏(성야): 인사말을 하다. 量(량): 주제에. 따위가. 쯤. 半路(반로): 半途. 중도. 중간. 도중. 縱然(종연): 설사 …하더라도. 揪捽(추졸): 거머잡고 당기다. 〈揪〉: 붙잡다. 끌어당기다. 〈捽〉: 거머잡다. 움켜잡다. 梢(소): 고물. 선미. 키(=艄(소)와 同字).

〔7〕 正在危急, 忽見下流頭港內一字兒排出十餘隻船來, 船上磨旗擂鼓. 趙雲自思: "今番中了東吳之計!" 只見當頭船上一員大將, 手執長矛, 高聲大叫: "嫂嫂留下侄兒去!" 原來張飛巡哨, 聽得這個消息, 急來油江夾口, 正撞着吳船, 急忙截住. 當下張飛提劍跳上吳船. 周善見張飛上船, 提刀來迎, 被張飛手起一劍砍倒, 提頭擲於孫夫人前. 夫人大驚曰: "叔叔何故無禮?" 張飛曰: "嫂嫂不以俺哥哥爲重, 私自歸家, 這便無禮!" 夫人曰: "吾母病重, 甚是危急, 若等你哥哥回報, 須誤了我事. 若你不放我回去, 我情願投江而死!"

*注: 磨旗擂鼓(마기뢰고): 깃발을 흔들고 북을 치다. 〈磨旗〉: 搖旗. 깃발을 흔들다. 〈擂〉: 연마하다. 갈다; (북 따위를) 두드리다(치다). 油江口(유강구): 지금의 호북성 公安縣에 위치. 油江과 長江이 만나는 곳에 있으므로 붙여진 이름. 〈油江〉: 고대 長江의 支流. 현덕이 후에 지명을 〈公安〉으로 바꾸었다. 私自(사자): 제멋대로. 몰래. 은밀하게.

〔8〕 張飛與趙雲商議: "若逼死夫人, 非爲臣下之道. 只護着阿斗過船去罷." 乃謂夫人曰: "俺哥哥大漢皇叔, 也不辱沒嫂嫂. 今日相別, 若思哥哥恩義, 早早回來." 說罷, 抱了阿斗, 自與趙雲

回船, 放孫夫人五隻船去了. 後人有詩讚子龍曰:

　　昔年救主在當陽, 今日飛身向大江.

　　船上吳兵皆膽裂, 子龍英勇世無雙.

又有詩讚翼德曰:

　　長阪橋邊怒氣騰, 一聲虎嘯退曹兵.

　　今朝江上扶危主, 靑史應傳萬載名.

二人歡喜回船. 行不數里, 孔明引大隊船隻接來.(＊前寫張趙, 今寫孔明. 若孔明此時不來, 便疏漏矣.) 見阿斗已奪回, 大喜. 三人并馬而歸. 孔明自申文書往葭萌關, 報知玄德.

　　＊注: 辱沒(욕몰): 모욕하다. 부끄럽게 하다. 창피를 주다. 수치스럽다.

〖9〗却說孫夫人回吳, 具說張飛·趙雲殺了周善, 截江奪了阿斗. 孫權大怒曰: "今吾妹已歸, 與彼不親, 殺周善之讐, 如何不報!" 喚集文武, 商議起軍攻取荊州. (＊此處只敍孫權取荊州之謀, 便不敍母女怎生相見, 并眞病假病緣故, 此省筆之法.) 正商議調兵, 忽報曹操起軍四十萬來報赤壁之讐.(＊曹操起兵, 不向曹操一邊敍來, 却在孫權一邊聽得, 又省筆之法.) 孫權大驚, 且按下荊州, 商議拒敵曹操. 人報長史張紘辭疾回家, 今已病故, 有哀書上呈. 權拆視之, 書中勸孫權遷居秣陵, 言秣陵山川有帝王之氣, 可速遷於此, 以爲萬世之業. (＊爲後文稱帝張本.) 孫權覽書大哭, 謂衆官曰: "張子綱勸吾遷居秣陵, 吾如何不從!" 卽命遷治建業, 築石頭城.(＊石頭城自此而始.) 呂蒙進曰: "曹操兵來, 可於濡須水口, 築塢以拒之." 諸將皆曰: "上岸擊賊, 跣足入船, 何用築城?" 蒙曰: "兵有利鈍, 戰無必勝. 如猝然遇敵, 步騎相促, 人尙不暇及水, 何能入船乎?"(＊能守而後能戰, 有備而後無患. 呂蒙可謂善計.) 權曰: "'人無遠慮', 必有近憂'. 子明之見甚遠." 便差軍數萬築濡須塢. 曉夜并工, 刻期告竣.(*以下按過孫權, 接敍曹操.)

*注: 病故(병고): 병사(病死)하다.　哀書(애서): 帝王이 죽으면서 남긴 詔書. 여기서는 신하가 임종 시에 올리는 上奏文. 遺表. 遺疏.　秣陵(말릉): 지금의 강소성 江寧縣 南秣陵關. 毛本과 明嘉靖本에는 〈零陵城〉으로 되어 있으나 零陵은 지금의 호남성 零陵縣에 있어서 지리적 위치가 소설의 상황 배경과 일치하지 않는다. 뒤편에는 〈秣陵城〉으로 나온다.　建業(건업): 동오의 都城. 원래는 말릉현이었는데 손권이 이곳으로 도성을 옮기면서 이름을 建業으로 바꾸었다.(建安 17년. 서기 212년.) 그리고 현의 治所를 지금의 강소성 江寧縣 南秣陵關에서 지금의 강소성 南京市로 옮겼다.　石頭城(석두성): 옛 城名. 지금의 남경시 淸凉山上.　濡須(유수): 옛 河流名. 지금의 안휘성 남부의 古代 長江의 한 지류. 巢湖에서 발원하여 동으로 흘러 無爲縣을 지나 長江으로 들어간다. 그 물이 長江으로 들어가는 곳을 〈濡須口〉라 부르는데, 지금의 안휘성 無爲縣 동쪽. 古代에 長江과 淮江 사이의 交通의 要道였다.　塢(오): 사면이 높고 가운데가 움푹 들어간 방어용의 작은 토성. 작은 성채.　利鈍(리둔): 일의 순조로움과 좌절, 곤란함. 難易.　步騎相促(보기상촉): 보병과 기마병이 서로 백병전을 벌이다. 〈促〉: 촉박하다. 다그치다. 가까이하다. 비좁다.　人無遠慮(인무원려): 사람이 멀리(먼 앞날을) 생각하지 않으면. 이 구절은 〈論語 · 衛靈公篇(15-12)〉에 나오는 말이다.　曉夜并工(효야병공): 밤낮을 가리지 않고 공사를 하다. 〈曉夜〉: 日夜.　告竣(고준): 준공되다. 완성되다.

〖10〗却說曹操在許都, 威福日甚. 長史董昭進曰: "自古以來, 人臣未有如丞相之功者, 雖周公 · 呂望, 莫可及也: 櫛風沐雨, 三十餘年, 掃蕩群凶, 與百姓除害, 使漢室復存. 豈可與諸臣宰同列乎? 合受魏公之位, 加 '九錫' 以彰功德."(*董昭前請遷許昌, 今又請加九錫, 全乎爲曹操腹心者也. 不想食淡, 人偏不肯淡.)

──你道那九錫?

一, <u>車馬</u>(*大輅·戎輅各一. 大輅, 金車也. 戎輅, 兵車也. 玄牡二駟, 黃馬八匹.) 二, <u>衣服</u>(*袞冕之服, 赤舃副焉. 袞冕, 王者之服. 赤舃, 朱履也.) 三, <u>樂懸</u>(*樂懸, 王者之樂也.) 四, <u>朱戶</u>(*居以朱戶, 紅門也.) 五, <u>納陛</u>(*納陛以登. 陛, 階也.) 六, <u>虎賁</u>(*虎賁三百人, 守門之軍也.) 七, <u>鈇鉞</u>(*鈇·鉞各一. 鈇, 卽斧也. 鉞, 斧屬.) 八, <u>弓矢</u>(*彤弓一, 彤矢百. 彤弓, 赤色也. 旅弓十, 旅矢千. 旅弓, 黑色也.) 九, <u>秬鬯圭瓚</u>.(*秬鬯一卣, 圭瓚副焉. 秬, 黑黍也. 鬯, 香酒, 灌之以求神於陰. 卣, 中樽也. 圭瓚, 宗廟祭器, 以祀先王也.)

*注: **威福**(위복): 권세와 위풍(作威作福). 위력과 은혜.　**櫛風沐雨**(즐풍목우): 바람으로 머리를 빗질하고 비로 머리를 감다. 갖은 고생을 하며 바삐 돌아다니다.　**九錫**(구석): 고대에 제왕이 특수한 공훈이 있는 제후나 大臣에게 下賜하는 아홉 가지의 物品. 〈錫〉: 下賜하다. 하사한 물건. 〈賜(사)〉와 同義.　**車馬**(거마): 大輅(대로: 金車)와 戎輅(융로: 兵車). 〈輅〉: 大車.　**衣服**(의복): 袞冕(곤면: 고대에 皇帝나 上公 등이 입는 禮服과 禮帽)과 赤舃(적석: 붉은 색의 신발. 朱履).　**樂懸**(악현): 틀에 매달아 놓는 鐘磬과 같은 종류의 打樂器. 王者之樂.　**朱戶**(주호): 붉은 대문이 달린 집(紅門之戶)에서 살다.　**納陛**(납폐): 御殿에 오르는 階段. 〈納〉: 놓다. 두다. 올라서다. 〈陛〉: 계단(階).　**虎賁**(호분): 守門 軍士.　**鈇鉞**(부월): 큰 도끼.　**弓矢**(궁시): 彤弓(동궁: 赤色의 활)과 화살.　**秬鬯圭瓚**(거창규찬): 〈秬鬯〉: 검은 기장으로 만든 향기로운 술. 땅에 뿌려 신에게 제사지내는 데 쓴다. 〈圭瓚〉: 先王에게 제사지낼 때 쓰는 宗廟祭器.

〖11〗侍中荀彧曰: "不可. 丞相本興義兵, 匡扶漢室, 當秉忠貞之志, 守謙退之節. 君子愛人以德, 不宜如此."(*荀彧向爲曹操腹心, 今日忽然作此等語, 是敎曹操以淡也. 董昭淡而不淡, 荀彧不淡而假淡, 可發一笑.) 曹操聞言, 勃然變色. 董昭曰: "豈可以一人而阻衆望?" 遂上表請尊操爲魏公, 加九錫.(*操願書墓道曰"曹侯之墓", 今則與此言大不相同.) 荀彧嘆曰: "吾不想今日見此事!" 操聞, 深恨之, 以爲不助己也.

建安十七年冬十月, 曹操興兵下江南, 就命荀彧同行. 彧已知操有殺己之心, 託病止於壽春. 忽曹操使人送飲食一盒至. 盒上有操親筆封記. 開盒視之, 並無一物.(*無物者, 絕食之意.) 彧會其意, 遂服毒而亡.(*漢文帝賜食於周亞夫而不設箸, 是猶有食也, 今操以空盒賜荀彧, 是并食亦無有矣. 明是使彧絕食之意, 彧安得不死乎?) 年五十歲. 後人有詩歎曰:

文若才華天下聞, 可憐失足在權門.

後人漫把留侯比, 臨歿無顏見漢君.

其子荀惲, 發哀書報曹操. 操甚懊悔, 命厚葬之, 諡曰敬侯.

*注: 壽春(수춘): 揚州 九江郡에 속한 縣名. 故城址는 지금의 안휘성 壽縣. 封記(봉기): 뚜껑을 닫은 후 그 위에 표시를 하다(封緘標記). 漫(만): 멋대로. 자유롭게. 哀書(애서): 遺言. 遺詔.

〖12〗且說曹操大軍至濡須, 先差曹洪領三萬鐵甲馬軍, 哨至江邊. 回報云: "遙望沿江一帶, 旗幡無數, 不知兵聚何處."(*方見藏兵在塢之妙.) 操放心不下, 自領兵前進, 就濡須口排開軍陣. 操領百餘人上山坡, 遙望戰船, 各分隊伍, 依次排列. 旗分五色, 兵器鮮明. 當中大船上靑羅傘下, 坐着孫權. 左右文武, 侍立兩邊. 操以鞭指曰: "生子當如孫仲謀! 若劉景升兒子, 豚犬耳!"(*劉琮降操而操薄之, 孫權拒操而操嘉之, 奸雄賞鑒亦自不凡.) 忽一聲響動, 南船一齊飛奔過來, 濡須塢內又一軍出, 衝動曹兵. 曹操軍馬退後便走, 止喝不住. 忽有千百騎趕到山邊, 爲首馬上一人, 碧眼紫髯. ── 衆人認得正是孫權。權自引一隊馬軍來擊曹操。操大驚，急回馬時，東吳之將韓當‧周泰，兩騎馬直沖將上來。操背後許褚縱馬舞刀，敵住二將，曹操得脫歸寨。許褚與二將戰三十合方回。

操回寨，重賞許褚，責罵衆將：「臨敵先退，挫吾銳氣！後若如此，盡皆斬首！」是夜二更時分，忽寨外喊聲大震。操急上馬，見四下裏火起，(*赤壁之火，於此再見。) 却被吳兵劫入大寨。殺至天明，曹兵退五十餘里下寨。操心中鬱悶，閑看兵書。程昱曰：「丞相既知兵法，豈不知‘兵貴神速’乎？丞相起兵，遷延日久，故孫權得以准備，夾濡須水口爲塢，難於攻擊。不若且退兵還許都，別作良圖。」操不應，程昱出。

〖13〗操伏几而臥，忽聞潮聲洶涌，如萬馬爭奔之狀。操急視之，見大江中推出一輪紅日，光華射目；仰望天上，又有兩輪太陽對照。(*日而有三，正應鼎足之象。) 忽見江心那輪紅日，直飛起來，墜於寨前山中，其聲如雷。猛然驚覺，原來在帳中做了一夢。帳前軍報道午時。曹操敎備馬，引五十餘騎，徑奔出寨，至夢中所見落日山邊。正看之間，忽見一簇人馬，當先一人，金盔金甲。操視之，乃孫權也。(*孫權之母夢日而生權，曹操之夢正與權母之夢相合。三十八回中事，於此照應出來。) 權見操至，也不慌忙，在山上勒住馬，以鞭指操曰：「丞相坐鎮中原，富貴已極，何故貪心不足，又來侵我江南？」操答曰：「汝爲臣下，不尊王室。吾奉天子詔，特來討汝！」孫權笑曰：「此言豈不羞乎？天下豈不知你挾天子令諸侯？吾非不尊漢朝，正欲討汝以正國家耳。」操大怒，叱諸將上山捉孫權。忽一聲鼓響，山背後兩彪軍出：右邊韓當‧周泰，左邊陳武‧潘璋。四員將帶三千弓弩手亂射，矢如雨發。操急引衆將回走。背後四將赶來甚急。赶到半路，許褚引衆虎衛軍敵住，救回曹操。吳兵齊奏凱歌，回濡須去了. 操還營自思:"孫權非等閒人物. 紅日之應, 久後必爲帝王."(＊正與秣陵王氣相應.) 於是心中有退兵之意, 又恐東吳恥笑, 進退未決. 兩邊又相拒了月餘, 戰了數場, 互相勝負. 直至來年正月, 春雨連綿, 水港皆滿, 軍士多在泥水之中, 困苦異常.(＊赤壁連環之舟, 水中如在岸上; 濡須雨後之兵, 岸上如在水中.) 操心甚憂.

*注: 水港(수항): 강과 하천의 지류.

〖14〗當日正在寨中, 與衆謀士商議. 或勸操收兵; 或云目今春暖, 正好相持, 不可退歸. 操猶豫未定. 忽報東吳有使齎書到. 操啓視之. 書略曰:

孤與丞相, 彼此皆漢朝臣宰. 丞相不思報國安民, 乃妄動干戈, 殘虐生靈, 豈仁人之所爲哉? 卽日春水方生, 公當速去. 如其不然, 復有赤壁之禍矣. 公宜自思焉.

書背後又批兩行云:"足下不死, 孤不得安."(＊操以權爲英雄, 權亦以操爲英雄, 正是兩心相照.)

曹操看畢, 大笑曰:"孫仲謀不欺我也!"(＊操畏權, 權亦畏操. 若云不畏, 便是欺人之語.) 重賞來使, 遂下令班師, 命盧江太守朱光鎮守皖城, 自引大軍回許昌.(＊赤壁以遇火而退, 濡須遇水而歸, 前後遙遙相對.) 孫權亦收軍回秣陵. 權與衆將商議:"曹操雖然北去, 劉備尙在葭萌關未還. 何不引拒曹操之兵, 以取荊州?"張昭獻計曰:"且未可動兵. 某有一計, 使劉備不能再還荊州."正是:

孟德雄兵方退北, 仲謀壯志又圖南.

不知張昭說出甚計來, 且看下文分解.

*注: 皖城(환성): 皖縣. 당시에는 揚州 九江郡에 속했다. 지금의 안휘성 潛山縣 北. 그 城이 皖水의 북쪽에 있어서 그것이 城名이 되었다.

(1). 取川者, 玄德之心也. 然乘劉璋之來迎而襲殺之, 以奪其地, 不足以服西川之人心, 此玄德之所不欲爲也. 龐統以此勸之, 勸之不從而欲自行之, 若孔明處此, 必不然矣. 是以龐統之智雖不亞於孔明, 而用譎而不失其正, 行權而不詭於道, 則孔明又在龐統之上歟!

(2). 孫夫人在荊, 劉備得以孫權之母牽制孫權; 若使阿斗入吳, 孫權又將以劉備之子牽制劉備矣. 英明如夫人, 豈不知東吳取阿斗之意, 而乃欲携之以歸耶? 國太病而取夫人, 似也; 其取阿斗, 則非國太之意可知也. 取阿斗非國太之意, 則取夫人亦未必爲國太之意可知也, 而夫人曾不察焉. 然則由前而觀, 不愧爲女丈夫; 由後而觀, 依然女子之見耳.

(3). 荀彧之死, 或以殺身成仁美之者, 非也. 初之勸操取兗州, 則比之於高·光(高祖·光武帝); 繼之勸操戰官渡, 則比之於楚·漢. 凡其設策定計, 無非助操僭逆之謀, 杜牧譏其敎盜穴墻發櫃者, 誠爲至論矣. 既以盜賊之事敎之, 後乃忽以君子之論諫之, 何其前後之相謬耶? 蓋彧之失在從操之初, 而欲蓋之以晚節, 毋乃爲識者所笑?

(4). 前卷與後卷皆敍玄德入川之事, 而此卷忽然放下西川更敍荊州, 放下荊州更敍孫權, 復因孫權夾敍曹操. 蓋阿斗爲西川四十餘年之帝, 則取西川爲劉氏大關目, 奪阿斗亦劉氏大關目也. 至於遷秣陵應王氣, 爲孫氏僭號之由; 稱魏公加九錫, 爲曹氏僭

號之本. 而曹操夢日, 孫權致書, 互相畏忌, 又鼎足三分一大關
目也. 以此三大關目, 爲此書半部中之眼.

第六十二回

取涪關楊‧高授首
攻雒城黃‧魏爭功

〖１〗却說張昭獻計曰："且休要動兵．若一興師，曹操必復至．
不如修書二封：一封與劉璋，言劉備結連東吳，共取西川，使劉璋
心疑而攻劉備；一封與張魯，敎進兵向荊州來，着劉備首尾不能救
應．我然後起兵取之，事可諧矣．"(*前者玄德欲救孫權而致書於馬超，是
不救之救；今者孫權欲圖劉備而致書於璋‧魯，是不圖之圖.) 權從之，卽發
使二處去訖．

　且說玄德在葭萌關日久，甚得民心．忽接得孔明文書，知孫夫人
已回東吳．又聞曹操興兵犯濡須，乃與龐統議曰："曹操擊孫權，
操勝，必將取荊州；權勝，亦必取荊州矣．爲之奈何？"龐統曰：
"主公勿憂．有孔明在彼，料想東吳不敢犯荊州．主公可馳書去劉
璋處，只推：'曹操攻擊孫權，權求救於荊州．吾與孫權唇齒之邦，

不容不相援. 張魯自守之賊, 決不敢來犯界. 吾今欲勒兵回荊州, 與孫權會同破曹操, 奈兵少糧缺. <u>望推同宗之誼</u>, 速發精兵三四萬, 行糧十萬斛相助. 請勿有誤.' 若得軍馬錢糧, 却另作商議."(*妙在此處不卽說明.) 玄德從之, 遣人往成都.

*注: 着(착): 하게 하다. 시키다(使. 敎). 推(曹操)(추(조조)): (조조가 … 하는 것을) 핑계삼다(推). 推同宗之誼(추동종지의): 同宗의 情誼를 베풀다. 〈推〉: 밀다. 펴다. 베풀다(施. 推廣).

〖2〗來到關前, 楊懷·高沛聞知此事, 遂敎高沛守關, 楊懷同使者入成都, 見劉璋呈上書信. 劉璋看畢, 問楊懷爲何亦同來. 楊懷曰: "專爲此書而來. 劉備自從入川, 廣布恩德, 以收民心, 其意甚是不善. 今求軍馬錢糧, 切不可與. <u>如若</u>相助, 是把薪助火也." 劉璋曰: "吾與玄德有兄弟之情, 豈可不助?" 一人出曰: "劉備梟雄, 久留於蜀而不遣, 是縱虎入室矣. 今更助之以軍馬錢糧, 何異與虎添翼乎?"(*一以備爲火, 一以備爲虎, 誰知火已熾不可滅, 虎已入不可出乎?) 衆視其人, 乃<u>零陵烝陽</u>人, 姓劉, 名巴, 字子初. 劉璋聞劉巴之言, 猶豫未決. 黃權又復苦諫. 璋乃<u>量撥</u>老弱軍四千, 米一萬斛, 發書遣使報玄德.(*是授之以隙矣.) 仍令楊懷·高沛緊守關隘. 劉璋使者到葭萌關見玄德, 呈上回書. 玄德大怒曰: "吾爲汝禦敵, 費力勞心. 汝今積財吝賞, 何以使士卒效命乎?" 遂<u>扯</u>毀回書, 大罵而起.(*正欲尋鬧, 得此一書便好<u>翻</u>轉面皮.) 使者逃回成都.

*注: 如若(여약): 만일. 만약. 零陵烝陽(영릉증양): 지금의 호남성 衡陽縣西. 量撥(량발): …을 떼어내 줄 생각을 하다. 〈量〉: 생각하다(思慮). 고려(考慮)하다; 점검하다. 〈撥〉: 떼어내 주다. 나누어 파견하다.

〖3〗龐統曰: "主公只以仁義爲重, 今日毀書發怒, 前情盡棄矣."玄德曰:"如此,當若何?"龐統曰:"某有三條計策,請主公自擇而行."玄德問:"那三條計?"統曰:"只今便選精兵,晝夜兼道徑襲成都:此爲上計.楊懷·高沛,乃蜀中名將,各仗强兵拒守關隘;今主公佯以回荊州爲名,二將聞知,必來相送;就送行處,擒而殺之,奪了關隘,先取涪城,然後却向成都:此中計也.退還白帝,連夜回荊州,徐圖進取:此爲下計.(*若棄葭萌而歸,此玄德所必不願也,龐統特以此句激之,欲其行上二計耳.)若沈吟不去,將至大困,不可救矣."(*又逼一句,然確是實話.)玄德曰:"軍師上計太促,下計太緩;中計不遲不疾,可以行之."(*玄德不用上計而用中計,猶有不忍之心.)於是發書致劉璋,只說:"曹操令部將樂進引兵至青泥鎮,衆將抵敵不住,吾當親往拒之,不及面會,特書相辭."

*注: 涪城(부성): 즉 涪縣. 지금의 사천성 綿陽市 동쪽.　白帝(백제): 즉 白帝城 옛날의 城 이름. 지금의 사천성 奉節縣 동쪽의 白帝山 위.　沈吟(침음): 망설이다. 주저하다. 깊이 생각하다. 심사숙고하다.　青泥鎮(청니진): 지금의 섬서성 藍田縣 동남.

〖4〗書至成都,張松聽得說劉玄德欲回荊州,只道是眞心,乃修書一封,欲令人送與玄德.却值親兄廣漢太守張肅到,松急藏書於袖中,與肅相陪說話.肅見松神情恍惚,心中疑惑.松取酒與肅共飮.獻酬之間,忽落此書於地,被肅從人拾得.席散後,從人以書呈肅.肅開視之.書略曰:

松昨進言於皇叔,並無虛謬,何乃遲遲不發?逆取順守,古人所貴.今大事已在掌握之中,何故欲棄此而回荊州乎?使松聞之,如有所失.書呈到日,疾速進兵.松當爲內應,萬勿自誤!

張肅見了,大驚曰:"吾弟作滅門之事,不可不首."連夜將書見劉璋, 具言弟張松與劉備同謀, 欲獻西川. 劉璋大怒曰: "吾平日未嘗薄待他, 何故欲謀反!"(*一向尚在夢中.) 遂下令捉張松全家, 盡斬於市. 後人有詩嘆曰:

一覽無遺世所稀, 誰知書信洩天機.

未觀玄德興王業, 先向成都血染衣.

劉璋旣斬張松, 聚集文武商議曰: "劉備欲奪吾基業, 當如之何?" 黃權曰: "事不宜遲. 卽便差人告報各處關隘, 添兵把守, 不許放荊州一人一騎入關." 璋從其言, 星夜馳檄各關去訖.

*注: 廣漢(광한): 郡名. 東漢의 治所가 있던 雒縣(낙현: 지금의 사천성 廣漢縣 北). **相陪說話**(상배설화): 모시고 서로 이야기하다. **神情恍惚**(신정황홀): 표정(안색)이 흐릿하다(흐리멍덩하다).

〖5〗却說玄德提兵回涪城, 先令人報上涪水關, 請楊懷·高沛出關相別. 楊·高二將聞報, 商議曰: "玄德此回若何?" 高沛曰: "玄德合死. 我等各藏利刃在身, 就送行處刺之, 以絶吾主之患."(*龐統正欲於送行時殺二將, 二將亦於送行時刺玄德, 彼此正是同心, 但二將知己不知彼耳.) 楊懷曰: "此計大妙." 二人只帶隨行二百人, 出關送行, 其餘並留在關上.

玄德大軍盡發. 前至涪水之上. 龐統在馬上謂玄德曰: "楊懷·高沛若欣然而來, 可提防之; 若彼不來, 便起兵徑取其關, 不可遲緩." 正說間, 忽起一陣旋風, 把馬前 "帥" 字旗吹倒.(*不必風告變, 龐統已知之矣.) 玄德問龐統曰: "此何兆也?" 統曰: "此警報也: 楊懷·高沛二人必有行刺之意, 宜善防之." 玄德乃身披重鎧, 自佩寶劍防備. 人報楊·高二將軍來送行. 玄德令軍馬歇定. 龐統分付魏延·黃忠: "但關上來的軍士, 不問多少, 馬步軍兵, 一個也休放回."(*爲下文賺關之用.) 二將得令而去.

〖6〗却說楊懷‧高沛二人身邊各藏利刃，帶二百軍兵，牽羊送酒，直至軍前．見並無准備，心中暗喜，以爲中計．入至帳下，見玄德正與龐統坐於帳中．二將聲喏曰：“聞皇叔遠回，特具薄禮相送．”遂進酒勸玄德．玄德曰：“二將軍守關不易，當先飲此杯．”(*玄德不肯自飲，敎他先飲，是玄德謹愼提防處．) 二將飲酒畢，玄德曰：“吾有密事與二將軍商議，閒人退避．”遂將帶來二百人盡赶出中軍．玄德叱曰：“左右與吾捉下二賊！”帳後劉封‧關平應聲而出．楊‧高二人急待爭鬪，劉封‧關平各捉住一人．玄德喝曰：“吾與汝主是同宗兄弟，汝二人何故同謀，離間親情？”龐統叱左右搜其身畔，果然各搜出利刀一口．統便喝斬二人；玄德還猶未決．統曰：“二人本意欲殺吾主，罪不容誅．”遂叱刀斧手斬楊懷‧高沛於帳前．黃忠‧魏延早將二百從人，先自捉下，不曾走了一个．玄德喚入，各賜酒壓驚．(*善買人心．) 玄德曰：“楊懷‧高沛離間吾兄弟，又藏利刀行刺，故行誅戮．你等無罪，不必驚疑．”衆各拜謝．龐統曰：“吾今卽用汝等引路，帶吾軍取關．各有重賞．”(*不欲走透一人，正爲此耳．) 衆皆應允．是夜，二百人先行，大軍隨後．前軍至關下叫曰：“二將軍有急事回，可速開關．”城上聽得是自家軍，卽時開關．大軍一擁而入，兵不血刃，得了涪關．(*只殺得兩人，甚不費力．) 蜀兵皆降．玄德各加重賞，隨卽分兵前後守把．

　　*注: 身畔(신반): 〈身伴〉으로도 쓴다. 身邊. 몸.　罪不容誅(죄부용주): 罪가 무거워 誅殺을 해도 모자랄 지경이다. 죽여도 시원찮은 罪이다.　先自(선자): 먼저(先已. 本已).　守把(수파): 把守하다. 防守하다.

〖7〗次日勞軍，設宴於公廳．玄德酒酣，顧龐統曰：“今日之會，可謂樂乎?”(*未免露出眞情．) 龐統曰：“伐人之國而以爲樂，非仁者之兵也．”玄德曰：“吾聞昔日武王伐紂，作樂象功，此亦非仁者

之兵歟?(*以紂比劉璋, 亦擬之非其倫, 確是醉話.) 汝言何不合道理, 可
速退!"龐統大笑而起. 左右亦扶玄德入後堂. 睡至半夜, 酒醒.
左右以逐龐統之言, 告知玄德. 玄德大悔; 次早穿衣升堂, 請龐統
謝罪曰: "昨日酒醉, 言語觸忤, 幸勿挂懷."龐統談笑自若. 玄德
曰: "昨日之言, 惟吾有失?"龐統曰: "君臣俱失, 何獨主公?"(*一
語氷釋, 龐統亦妙.) 玄德亦大笑, 其樂如初.

　　*注: 象功(상공): 功業을 노래하다. 〈象〉: 고대의 음악 이름. 武王이 殷을
　　쳐서 이기고 紂王을 죽인 후 스스로 王이 된 후 대업을 성공시킨 것을 기리어
　　先王의 音樂에 따라 스스로 樂曲을 짓고는 그것을 〈象〉이라 불렀다.(墨子.
　　三辯). 〈象, 周公樂也.〉(文選. 李善 注)란 설도 있다. 　觸忤(촉오): 기분에
　　거슬리다(=觸犯).

　　〖8〗 却說劉璋聞玄德殺了楊·高二將, 襲了涪水關, 大驚曰:
"不料今日果有此事!"(*始信王累之言.) 遂聚文武, 問退兵之策.
黃權曰: "可連夜遣兵屯雒縣, 塞住咽喉之路. 劉備雖有精兵猛
將, 不能過也."璋遂令劉璝·冷苞·張任·鄧賢點五萬大軍, 星夜
往守雒縣, 以拒劉備.

　　四將行兵之次, 劉璝曰: "吾聞錦屛山中有一異人, 道號'紫
虛上人', 知人生死貴賤. 吾輩今日行軍, 正從錦屛山過, 何不試往
問之?"張任曰: "大丈夫行兵拒敵, 豈可問於山野之人乎?" 璝
曰: "不然. 聖人云: '至誠之道, 可以前知.' 吾等問於高明之人,
當趨吉避凶."於是四人引五六十騎至山下, 問徑樵夫. 樵夫指高
山絕頂上, 便是上人所居. 四人上山至庵前, 見一道童出迎.(*極與
水鏡莊上彷佛.) 問了姓名, 引入庵中. 只見紫虛上人, 坐於蒲墩之
上. 四人下拜, 求問前程之事. 紫虛上人曰: "貧道乃山野廢人, 豈
知休咎?"劉璝再三拜問, 紫虛遂命道童取紙筆, 寫下八句言語,

付與劉璝. 其文曰:

左龍右鳳, 飛入西川. 雛鳳墜地, 臥龍升天.

一得一失, 天數當然. 見機而作, 勿喪九泉.

劉璝 又問曰: "我四人氣數如何?" 紫虛上人曰: "定數難逃, 何必再問!"(*四人無一生還, 亦先伏下一筆.) 璝又請問時, 上人眉垂目合, 恰似睡着的一般, 並不答應. 四人下山. 劉璝曰: "仙人之言, 不可不信." 張任曰: "此狂叟也, 聽之何益."(*張任不降之意, 於此已決.) 遂上馬前行.

*注: 雒縣(낙현): 縣名. 즉 雒城. 당시에는 익주 廣漢郡에 속했다. 지금의 사천성 廣漢縣 北. **錦屛山**(금병산): 랑중산(閬中山). 사천성 랑중 남쪽에 있는데, 두 봉오리가 연이어 마치 병풍을 두른 듯이 서 있고, 사철 花木들이 울창하여 비단을 깔아놓은 듯하다고 해서 붙여진 이름이다. **正**(정): 마침. 바로. 딱. 꼭. **至誠之道**(지성지도): 至誠으로 일에 임하면. 이 문장은 뒤의 '可以前知'와 함께 〈中庸〉 24장에 나오는 말이다. **道童**(도동): 道人을 위해 잡일(잡심부름)을 하는 아이. **問了姓名**(문료성명): 姓名을 물었다. 바로 앞의 〈見〉과는 달리, 여기서 생략되어 있는 主語는 〈一道童〉이다. **坐於蒲墩**(좌어포돈): 蒲墩에 앉다(坐). 〈蒲墩〉: 부들방석. 부들 깔개. 〈蒲〉: 부들(로 짜다). 〈墩〉: 돈대. 흙더미. (*방석을 일본에서는 〈자부동(ざぶとん: 座蒲團)이라 부르는데, 그 語源은 이 〈坐於蒲墩〉이다.) **休咎**(휴구): 吉凶. **喪九泉**(상구천): 죽다. 목숨을 잃다.

〖9〗旣至雒縣, 分調人馬, 守把各處隘口. 劉璝曰: "雒城乃成都之保障, 失此則成都難保. 吾四人公議, 着二人守城, 二人去雒縣前面, 依山傍險, 箚下兩個寨子, 勿使敵兵臨城." 冷苞·鄧賢曰: "某願往結寨." 劉璝大喜; 分兵二萬, 與冷·鄧二人, 離城六十里下寨. 劉璝·張任守護雒城.

却說玄德旣得涪水關, 與龐統商議進取雒城. 人報劉璋撥四將前來, 卽日冷苞·鄧賢領二萬軍離城六十里, 箚下兩個大寨. 玄德聚衆將問曰: "誰敢建頭功, 去取二將寨柵?" 老將黃忠應聲出曰: "老夫願往." 玄德曰: "老將軍率本部人馬, 前至雒城, 如取得冷苞·鄧賢營寨, 必有重賞."

黃忠大喜, 卽領本部兵馬, 謝了要行. 忽帳下一人出曰: "老將軍年紀高大, 如何去得? 小將不才願往." 玄德視之, 乃是魏延. 黃忠曰: "我已領下將令, 你如何敢僭越?" 魏延曰: "老者不<u>以筋骨爲能</u>. 吾聞冷苞·鄧賢乃蜀中名將, 血氣方剛. 恐老將軍近他不得, 豈不誤了主公大事?"(*魏延激惱黃忠, 則黃忠之成功愈必.) 因此願相替, 本是好意." 黃忠大怒曰: "汝說吾老, 敢與我比試武藝麽?" 魏延曰: "就主公之前, 當面比試. 贏得的便去, 何如?" 黃忠遂趨步下階, 便叫小校: "將刀來!"(*人雖老, 寶刀不老.) 玄德急止之曰: "不可! 吾今提兵取川, 全仗汝二人之力. 今兩虎相鬭, 必有一傷, 須誤了我大事. 吾與你二人勸解, 休得爭論." 龐統曰: "汝二人不必相爭. 卽今冷苞·鄧賢下了兩個營寨. 今汝二人自領本部軍馬, 各打一寨. 如先奪得者, 便爲頭功." 於是分定黃忠打冷苞寨, 魏延打鄧賢寨. 二人各領命去了. 龐統曰: "此二人去, 恐於路上相爭, 主公可自引軍爲後應."(*預知魏延必爭黃忠之功.) 玄德留龐統守城, 自與劉封·關平引五千軍隨後進發.

*注: 着(착): 하게 하다. 시키다(使. 敎). 以筋骨爲能(이근골위능): 근골(즉, 육체적 힘)을 유능함으로 생각하다. 즉 '힘자랑을 한다' 는 뜻이다. 勸解(권해): 타이르다. 권유하다. 화해시키다. 중재하다.

〖10〗 却說黃忠歸寨, 傳令來日四更造飯, 五更<u>結束</u>, 平明進兵, 取左邊山谷而進. 魏延却暗使人探聽黃忠甚時起兵, 探事人回報："來日四更造飯，五更起兵." 魏延暗喜，分付衆軍士二更造飯，三更起兵，平明要到鄧賢寨邊. 軍士得令，都飽餐一頓，馬摘鈴，人銜枚，捲旗束甲，暗地去劫寨. 三更前後，離寨前進. 到半路，魏延馬上尋思："只去打鄧賢寨，不顯能處，不如先去打冷苞寨，却將得勝兵打鄧賢寨，兩處功勞，都是我的." 就馬上傳令，教軍士都投左邊山路裏去. 天色微明，離冷苞寨不遠，教軍士少歇，排搠金鼓旗幡·槍刀器械.

　　早有伏路小軍飛報入寨，冷苞已有准備了. 一聲砲響，三軍上馬，殺將出來. 魏延縱馬提刀，與冷苞接戰. 二將交馬，戰到三十合，川兵分兩路來襲漢軍. 漢軍走了半夜，人馬力乏，抵當不住，退後便走. 魏延聽得背後陣脚亂，撇了冷苞，撥馬回走. 川兵隨後趕來，漢軍大敗.(*正爲爭功失功.) 走不到五里，山背後鼓聲震地，鄧賢引一彪軍從山谷裏截出來，大叫："魏延快下馬受降!" 魏延策馬飛奔，那馬忽失前蹄，雙足跪地，將魏延掀將下來. 鄧賢馬奔到，挺槍來刺魏延. 槍未到處，弓弦響，鄧賢倒撞下馬. 後面冷苞方欲來救，一員大將，從山坡上躍馬而來，厲聲大叫："老將黃忠在此!" 舞刀直取冷苞. 冷苞抵敵不住，望後便走. 黃忠乘勢追趕，川兵大亂.

　　*注: **結束**(결속): 행장을 꾸리다(整治行裝). 모든 준비를 마치다(完畢).
　暗地(암지): 暗地裏. 암암리에. 남몰래. **却將得勝兵**(각장득승병): 그 후에
　승리한 군사로써. 〈却〉: …한 후에. **陣脚**(진각): 벌려선 진지의 최전방.
　쌍방의 전투 태세. **掀將下來**(흔장하래): 번쩍 들렸다가 아래로 떨어지다.

〖11〗黃忠一枝軍救了**魏延**,(*魏延在長沙城上救了黃忠，此日眞堪相報.) 殺了鄧賢，直趕到寨前. 冷苞回馬與黃忠再戰. 不到十餘合，後面軍馬擁將上來，冷苞只得棄了左寨，引敗軍來投右寨. 只見寨中旗幟全別. 冷苞大驚, <u>兜住馬</u>看時, 當頭一員大將, 金甲錦袍, 乃是劉玄德. ——左邊劉封, 右邊關平. 大喝道："寨子吾已奪下, 汝欲何往？"原來玄德引兵從後接應, 便乘勢奪了鄧賢寨子. 冷苞兩頭無路, 取山僻小徑, 要回雒城. 行不到十里, 狹路伏兵忽起, <u>搭鉤</u>齊擧, 把冷苞活捉了. 原來却是魏延自知犯罪, 無可解釋, 收拾後軍, 令蜀兵引路, 伏在這裏, <u>等个正着</u>, 用索縛了冷苞, 解投玄德寨來.

> ***注: 兜住馬**(두주마): (말고삐를) 확 당겨 말을 세우다. 〈兜〉: 투구; 포위하다; 붙잡다; 힘껏 잡아당기는 손이나 팔의 동작. 주로 말을 세우거나 활을 쏠 때의 모습을 가리킴(一種用力猛拉的手臂動作. 多指勒馬或射箭). **搭鉤**(탑구): 갈고랑이. **等个正着**(등개정착): (적병을) 기다리다가 마침 만나다. 〈个〉: =个敵兵. 목적어를 수반하는 동사 뒤에 쓰여서 動量詞와 비슷한 작용을 한다. 〈正〉: 마침. 바로. 〈着〉: 만나다(遇上).

〖12〗 却說玄德<u>立起免死旗</u>, 但川兵倒戈<u>卸</u>甲者, 並不許殺害, 如傷者償命;(*善買人心.) 又諭衆降兵曰："汝川人皆有父母妻子, 願降者充軍, 不願降者放回."於是歡聲動地.(*放回之人, 又將爲未取之地布其先聲耳.)

黃忠安下<u>寨脚</u>, 徑來見玄德, 說魏延違了軍令, 可斬之. 玄德急召魏延, 魏延解冷苞至. 玄德曰："延雖有罪, 此功可贖."令魏延謝黃忠救命之恩, 今後毋得相爭. 魏延頓首伏罪. 玄德重賞黃忠, 使人押冷苞到帳下. 玄德去其縛, 賜酒壓驚, 問曰："汝肯降否？"冷苞曰："旣蒙免死, 如何不降？劉璝·張任與某爲生死之交; 若肯放某回去, 當卽招二人來降, 就獻雒城."玄德大喜, 便賜衣服鞍馬, 令回雒城.(*總是收川將之心.) 魏延曰："此人不可放回, 若脫身一去, 不復來矣."玄德曰："吾以仁義待人, 人不負我."

〖13〗 却說冷苞得回雒城, 見劉璝 · 張任, 不說捉去放回, 只
說: “被我殺了十餘人, 奪得馬匹逃回.”(*今人有諱沒體面事者, 往往
類此.) 劉璝忙遣人往成都求救. 劉璋聽知折了鄧賢, 大驚, 慌忙聚
衆商議. 長子劉循進曰: “兒願領兵前去守雒城.” 璋曰: “旣吾兒
肯去, 當遣誰人爲輔?” 一人出曰: “某願往” 璋視之, 乃舅氏吳
懿也. 璋曰: “得尊舅去最好, 誰可爲副將?” 吳懿保吳蘭 · 雷同二
人爲副將,(*三人皆後爲劉備所用.) 點二萬軍馬來到雒城.

劉璝 · 張任接着, 具言前事. 吳懿曰: “兵臨城下, 難以拒敵. 汝
等有何高見?” 冷苞曰: “此間一帶, 正靠涪江, 江水大急; 前面寨
占山脚, 其形最低. 某乞五千軍, 各帶鍬鋤前去, 決涪江之水, 可
盡淹死劉備之兵也.” 吳懿從其計, 卽令冷苞前往決水, 吳蘭 · 雷同
引兵接應. 冷苞領命, 自去准備決水器械.

*注: 舅氏吳懿(구씨오의): 本書 第七十七回에 法正이 吳懿의 누이동생을
劉備의 妻로 천거하면서 설명하는 자료에 의하면, 그 누이동생이 劉璋의 兄
劉瑁에게 許婚하였으나 그가 夭折하였으므로 당시까지 寡婦로 있었다. 따라
서 劉璋과 吳懿는 사돈 간이다. 保(보): 조증하다. 보증하여 천거하다.

涪江(부강): 內江이라고도 부르는데, 嘉陵江의 支流. 사천성 남쪽 坪南에서
발원하여 동남으로 흘러 綿陽을 지나 合川에 이르러 嘉陵江으로 들어간다.

鍬鋤(초서): 가래와 호미.

〖14〗 却說玄德令黃忠 · 魏延各守一寨, 自回涪城, 與軍師龐統
商議. 細作報說: “東吳孫權遣人結好東川張魯, 將欲來攻葭萌
關.”(*張魯興兵, 不從張魯一邊敍來, 却從玄德一邊聽得, 此省筆之法.) 玄

德驚曰: "若葭萌關有失, 截斷後路, 吾進退不得, 當如之何?"
龐統謂孟達曰: "公乃蜀中人, 多知地理, 去守葭萌關如何?" 達
曰: "某保一人與某同去守關, 萬無一失." 玄德問何人. 達
曰: "此人曾在荊州劉表部下爲中郎將, 乃南郡枝江人, 姓霍, 名峻,
字仲邈." 玄德大喜, 卽時遣孟達 · 霍峻守葭萌關去了.

龐統退歸館舍, 門吏忽報: "有客特來相訪." 統出迎接, 見其
人身長八尺, 形貌甚偉; 頭髮截短, 披於頸上, 衣服不甚齊整. 統
問曰: "先生何人也?" 其人不答, 徑登堂仰臥牀上. 統甚疑之, 再
三請問. 其人曰: "且消停, 吾當與汝說知天下大事." 統聞之愈
疑, 命左右進酒食. 其人起而便食, 並無謙遜; 飲食甚多, 食罷又
睡. 統疑惑不定, 使人請法正視之, 恐是細作. 法正慌忙到來. 統
出迎接, 謂正曰: "有一人如此如此." 法正曰: "莫非彭永言乎?"
升階視之. 其人躍起曰: "孝直別來無恙!" 正是:

只爲川人逢舊識, 遂令涪水息洪流.

畢竟此人是誰, 且看下文分解.

*注: 東川(동천): 지금의 四川省 東部 지구. 南郡枝江(남군지강): 지금
의 호북성 枝江縣 東北. 且消停(차소정): 잠시(且) 쉬다(消停). 〈消停〉:
쉬다. 멈추다. 그치다. 〈停〉: 멈추다. 쉬다. 기다리다. 說知(설지): 알리다.
통지하다. 말해서 알게 하다.

第六十二回 毛宗崗 序始評

(1). 讀前卷而見孫與劉之相離, 讀此卷而見備與璋之相惡. 一
取妹而一奪子, 孫 · 劉之所以離也; 一吝糧而一毀書, 璋 · 備之所
以惡也. 然孫 · 劉之離者, 可以復合; 而璋 · 備之惡者, 不可復合.
何也? 璋旣迎備, 則已有不能更拒之勢, 招之來而又欲麾之去,

則首鼠兩端，而釁必起矣．備既入川，則已有不能不取之勢，入其境而不忍取其地，則進退維谷，而禍及身矣．總之，召虎易而遣虎難，入險易而出險難耳．

(2)．龐統之策三：一曰取成都，二曰取涪關，三曰回荊州．夫回荊州則是無策矣，不可謂之下策也．統之意本以襲殺劉璋於初迎之時爲上計，而自葭萌關取成都爲中計，自葭萌關取涪關爲下計．玄德之從其中，猶是從其下耳．然殺劉璋而急取之，則人心不附，而撫之也難；不殺劉璋而緩取之，則人心可服，而可享之也固．是取乎其下者，乃其所以爲上歟？

(3)．觀於張肅·張松，而有慨於兄弟之間也．一則賣主求榮，而不告其兄；一則懼禍及己，而不顧其弟．在同胞之兄弟且然，而況備與璋之以同宗通譜者耶？讀書至此，爲之三嘆．

(4)．文有正筆·有奇筆：如玄德之殺楊·高，士元之取涪關，劉璝之謁紫虛，冷苞之議決水，皆以次而及者也，正筆也；如黃忠之救魏延，玄德之入敵寨，魏延之捉冷苞，法正之見彭羕，皆突如其來者也，奇筆也．正筆發明在前，奇筆推原在後；正筆極其次第，奇筆極其突兀，可謂敘事妙品．

第六十三回

諸葛亮痛哭龐統
張翼德義釋嚴顔

〖1〗却說法正與那人相見，各撫掌而笑．龐統問之．正曰：“此公乃廣漢人，姓彭，名羕，字永言，蜀中豪傑也．因直言觸忤劉璋，被璋髡鉗爲徒隸，因此短髮．”統乃以賓禮待之，問羕從何而來．羕曰：“吾特來救汝數萬人性命，一見劉將軍方可說．”法正忙報玄德．玄德親自謁見，請問其故．羕曰：“將軍有多少軍馬在前寨？”玄德實告：“有魏延・黃忠在彼．”羕曰：“爲將之道，豈可不知地理乎？前寨緊靠涪江，若決動江水，前後以兵塞之，一人無可逃也．”(*冷苞之計，早被猜破.) 玄德大悟．彭羕曰：“罡星在西方，太白臨於此地，當有不吉之事，切宜愼之．”玄德卽拜彭羕爲幕賓，使人密報魏延・黃忠，敎朝暮用心巡警，以防決水．(*不消移營，甚妙.) 黃忠・魏延商議：二人各輪一日，如遇敵軍到來，互相通報．

*注: 撫掌(무장): 拍掌. (반가워서) 박수를 치다.　　廣漢(광한): 郡名. 東漢
때의 治所는 낙현(雒縣:지금의 사천성 廣漢縣 北).　　羨(양): 내(川)가 길다.
길다.(羨, 水長也. 長也.)　　髡鉗(곤겸): 고대의 형벌의 일종으로 죄인의
머리를 깎고 목에 항쇄를 채우는 것.　　徒隷(도예): 고대 옥중에서 힘든
勞役을 하고 있는 죄인.　　決(결): 무너지다. 터지다.　　罡星(강성): 별 이름.
북두칠성의 자루를 이루는 별.　　太白(태백): 太白星. 金星의 옛 이름.

〔2〕 却說冷苞見當夜風雨大作, 引了五千軍, 徑循江邊而進, 安
排決江. 只聽得後面喊聲亂起, 冷苞知有准備, 急急回軍. 前面魏
延引軍赶來, 川兵自相踐踏. 冷苞正奔走間, 撞著魏延. 交馬不數
合, 被魏延活捉去了. (*冷苞第二次被擒.) 比及吳蘭·雷同來接應時,
又被黃忠一軍殺退. 魏延解冷苞到涪關. 玄德責之曰: "吾以仁義
相待, 放汝回去, 何敢背我! 今次難饒!" 將冷苞推出斬之, 重賞
魏延. 玄德設宴管待彭羕.

忽報: 荊州諸葛亮軍師特遣馬良奉書至此. 玄德召入問之. 馬
良禮畢, 曰: "荊州平安, 不勞主公憂念." 遂呈上軍師書信. 玄德
拆書觀之, 略云:

亮夜算太乙數, 今年歲次癸巳, 罡星在西方; 又觀乾象, 太白
臨於雒城之分: 主將帥身上多凶少吉. 切宜謹愼. (*彭羕之言.
早與孔明相合.)

玄德看了書, 便敎馬良先回. 玄德曰: "吾將回荊州, 去論此
事." 龐統暗思: "孔明怕我取了西川, 成了功, 故意將此書相阻
耳."(*此士元不及孔明處.) 乃對玄德曰: "統亦算太乙數, 已知罡星
在西, 應主公合得西川, 別不主凶事. 統亦占天文, 見太白臨於雒
城, 先斬蜀將冷苞, 已應凶兆矣. 主公不可疑心, 可急進兵."

　　*注: 太乙數(태을수): 太一數. 고대에 術數流派의 하나로 吉凶을 점치는

기법. **乾象**(건상): 천상. 천체. 乾圖. 天文. **主…多凶少吉**(주…다흉소길): (장수의 신상에) 多凶少吉할 조짐(징조)이다. 〈主〉: (길흉화복을) 예시하다. 조짐을 보이다. 아래 문장의 〈主凶事〉의 〈主〉와 〈應主公合得西川〉의 〈應〉도 같은 뜻이다.

〖3〗玄德見龐統再三催促, 乃引軍前進. 黃忠同魏延接入寨去. 龐統問法正曰:"前至雒城, 有多少路?" 法正畵地作圖. 玄德取張松所遺圖本對之, 並無差錯. 法正言:"山北有條大路, 正取雒城東門; 山南有條小路, 却取雒城西門: 兩條路俱可進兵." 龐統謂玄德曰:"統令魏延爲先鋒, 取南小路而進; 主公令黃忠作先鋒, 從山北大路而進: 并到雒城取齊." 玄德曰:"吾自幼熟於弓馬, 多行小路. 軍師可從大路去取東門, 吾取西門." 龐統曰:"大路必有軍邀攔, 主公引兵當之. 統取小路." 玄德曰:"軍師不可. 吾夜夢一神人, 手執鐵棒擊吾右臂, 覺來猶自臂疼. 此行莫非不佳?"(*玄德以伏龍·鳳雛爲左右手, 士元乃其右手也.) 龐統曰:"壯士臨陣, 不死帶傷, 理之自然也. 何故以夢寐之事疑心乎?" 玄德曰:"吾所疑者, 孔明之書也. 軍師還守涪關, 如何?" 龐統大笑曰:"主公被孔明所惑矣: 彼不欲令統獨成大功, 故作此言以疑主公之心.(*前只肚裏尋思. 今却口中說出.) 心疑則致夢, 何凶之有? 統肝腦塗地, 方稱本心. 主公再勿多言, 來早准行."

　　*注: **取齊**(취제): (수량. 깊이. 높이를) 같게 하다. 맞추다; 모이다. 집합하다. **邀攔**(요란): 중도에서 가로막다. 차단하다. 요절(邀截). 요차(邀遮). 〈邀〉: 초청하다. 초대하다; 가로막다. 차단하다. 잠복하고 기다리다. 〈攔〉: 가로막다. 저지하다. **疑主公之心**(의주공지심): 주공의 마음을 의심하게 만들다. 〈疑〉: 여기서는 使動詞로 쓰였다. **准行**(준행): 꼭(틀림없이. 반드시) 가다(시행하다). 〈准〉: 꼭. 반드시. 틀림없이. 어김없이.

〖4〗當日傳下號令, 軍士五更造飯, 平明上馬, 黃忠·魏延領軍先行, 玄德與龐統約定. 忽坐下馬眼生前失, 把龐統掀將下來.(*又是一个預兆.) 玄德跳下馬, 自來籠住那馬. 玄德曰: "軍師何故乘此劣馬?" 龐統曰: "此馬乘久, 不曾如此." 玄德曰: "臨陣眼生, 誤人性命. 吾所騎白馬, 性極馴熟, 軍師可騎, 萬無一失. 劣馬吾自乘之." 遂與龐統更換所騎之馬. 龐統謝曰: "深感主公厚恩, 雖萬死亦不能報也."(*說出"死"字, 又是一個預兆.) 遂各上馬取路而進. 玄德見龐統去了, 心中甚覺不快, 怏怏而行.(*又是一個預兆.)

却說雒城中吳懿·劉璝聽知折了冷苞, 遂與衆商議. 張任曰: "城東南山僻有一條小路, 最爲要緊. 某自引一軍守之, 諸公緊守雒城, 勿得有失." 忽報: 漢兵分兩路前來攻城. 張任急引三千軍, 先來抄小路埋伏. 見魏延兵過, 張任教盡放過去, 休得驚動. 後見龐統軍來, 張任軍士遙指軍中大將: "騎白馬者必是劉備."(*的盧救了玄德, 白馬送了士元, 前後遙遙相對.) 張任大喜, 傳令教如此如此.

*注: 眼生(안생): 눈에 익지 않다. 낯이 설다. 낯선 물체(또는 헛것)를 보다. 前失(전실): (말이나 소 따위가) 앞으로 고꾸라져 발을 부러뜨림. 앞으로 넘어지다(고꾸라지다). 打前失. 掀將下來(흔장하래): 위로 솟구쳐서 아래로 떨어지다. 籠住(농주): 제압하다. 붙잡다. 〈籠〉: (대나무로 만든) 새장. 끌다. 공제하다. 제압하다. 怏怏(앙앙): 즐겁지 않은 모양. 만족스럽지 않은 모양. 불만에 가득 찬 모양. 抄小路(초소로): 소로를 가로질러 가다. 〈抄〉: 질러가다. 지름길로 가다.

〖5〗却說龐統迤邐前進, 擡頭見兩山逼窄, 樹木叢雜; 又值夏末秋初, 枝葉茂盛. 龐統心下甚疑, 勒住馬, 問: "此處是何地名?" 內有新降軍士, 指道: "此處地名落鳳坡." 龐統驚曰: "吾道號鳳雛, 此處名落鳳坡, 不利於吾."(*臥龍崗爲孔明之始, 落鳳坡爲士元之終, 前後遙遙相對.) 令後軍疾退. 只聽山坡前一聲砲響, 箭如飛蝗, 只望騎白馬者射來. 可憐龐統竟死於亂箭之下. 時年止三十六歲. 後人有詩嘆曰:

古峴相連紫翠堆, 士元有宅傍山隈.

兒童慣識呼鳩曲, 閭巷曾聞展驥才.

預計三分平刻削, 長驅萬里獨徘徊.

誰知天狗流星墜, 不使將軍衣錦回.

先是東南有童謠云:

一鳳幷一龍, 相將到蜀中.

才到半路裏, 鳳死落坡東.

風送雨, 雨隨風.

隆漢興時蜀道通, 蜀道通時只有龍.

(＊又與紫虛上人語相應. 荊州之謠曰 "泥中蟠龍向天飛", 西川之謠曰 "蜀道通時只有龍". 前之龍應在君, 後之龍應在臣.)

＊注: 迤邐(이리): 천천히(緩行貌). 천천히 나아가는 모양. 落鳳坡(낙봉파): 사천성 德陽 북쪽에 落鳳坡란 지명이 있다. 〈三國志. 蜀書. 龐統傳〉에는 방통이 죽은 곳은 雒城, 즉 지금의 사천성 廣漢縣이라고 했다. 古峴(고현): 현산. 호북성 양양현 남쪽에 있는 방통의 고향. 紫翠(자취): 현산의 색깔. 山隈(산외): 산모퉁이. 산굽이. 呼鳩曲(호구곡): 즉 鳩呼婦曲(비둘기가 암컷을 부르는 가락). "비둘기는 날이 음산하고 비가 오려 할 때는 암컷을 쫓아내고 비가 그치고 날이 개면 암컷을 부른다."(〈埤雅〉). 展驥才(전기재): 천리마(驥)의 재능(才)을 펴다(展). 훌륭한 재능을 펼치다. 平刻削(평각삭): 사업의 창건을 위해서는 다방면의 고생을 거쳐야 한다는 것을 비유한 말이다. 〈平〉: 땅을 고르는 일. 〈刻〉: 옥석을 조각하는 일. 〈削〉: 나무를 찍어 깎는 일. 天狗(천구): 별 이름. 天狗星. 流星. (＊〈史記. 天官書〉: "天狗狀如大奔星, 其下止地類狗, 所墮及炎火, 望之如火光炎炎沖

天.") **衣錦回**(의금회): 錦衣還鄉. 크게 성공한 후 고향에 돌아와서 그 영예를 과시하는 것을 비유.

〖6〗當日張任射死龐統, 漢軍擁塞, 進退不得, 死者大半. 前軍飛報魏延, 魏延忙勒兵欲回, 奈山路逼窄, 廝殺不得. 又被張任截斷歸路, 在高阜處用强弓硬弩射來. 魏延心慌.(*魏延不死者, 天幸也, 而士元獨不得邀天幸, 惜哉!) 有新降蜀兵曰: "不如殺奔雒城下, 取大路而進." 延從其言, 當先開路, 殺奔雒城來. 塵埃起處, 前面一軍殺至, 乃雒城守將吳蘭·雷同也; 後面張任引兵追來: 前後夾攻, 把魏延圍在垓心. 魏延死戰不能得脫. 但見吳蘭·雷同後軍自亂, 二將急回馬去救. 魏延乘勢赶去, 當先一將, 舞刀拍馬, 大叫: "文長, 吾特來救汝!" 視之, 乃老將黃忠也.

兩下夾攻, 殺敗吳·雷二將, 直沖至雒城之下. 劉璝引兵殺出, 却得玄德在後當住接應. 黃忠·魏延翻身便回. 玄德軍馬比及奔到寨中, 張任軍馬又從小路裏截出. 劉璝·吳蘭·雷同當先赶來. 玄德守不住二寨, 且戰且走, 奔回涪關.(*鳳旣死, 龍亦受困.) 蜀兵得勝, 迤邐追赶. 玄德人困馬乏, 那裏有心廝殺, 且只顧奔走. 將近涪關, 張任一軍追赶至緊. 幸得左邊劉封·右邊關平, 二將引三萬生力兵截出, 殺退張任; 還赶二十里, 奪回戰馬極多.

　　*注: **擁塞**(옹색): 길이 막히다. 꽉 차다. 　**迤邐**(이리): 차츰차츰. 점차 더 (가까이). 　**生力兵**(생력병): 새로 전투에 투입된 정예부대.

〖7〗玄德一行軍馬, 再入涪關, 問龐統消息. 有落鳳坡逃得性命的軍士, 報說: "軍師連人帶馬, 被亂箭射死於坡前." 玄德聞言, 望西痛哭不已, 遙爲招魂設祭. 諸將皆哭. 黃忠曰: "今番折了龐統軍師, 張任必然來攻打涪關, 如之奈何? 不若差人往荊州,請諸葛軍師來商議收川之計."正說之間, 人報張任引軍, 直臨城下搦戰. 黃忠·魏延皆要出戰. 玄德曰: "銳氣新挫, 宜堅守以待軍師來到." 黃忠·魏延領命, 只謹守城池. 玄德寫一封書, 教關平分付: "你<u>與我</u>往荊州請軍師去." (*爲後文關公守荊州伏筆.) 關平領了書, 星夜往荊州來. 玄德自守涪關, 並不出戰.

却說孔明在荊州, 時當七夕佳節, 大會衆官夜宴, 共說收川之事. 只見正西上一星, 其<u>大如斗</u>, 從天墜下, 流光四散. 孔明失驚, 擲杯於地, 掩面哭曰: "哀哉! 痛哉!" 衆官慌問其故. 孔明曰: "吾前者算今年罡星在西方, 不利於軍師; 天狗犯於吾軍, 太白臨於雒城, 已拜書主公, 教謹防之. 誰想今夕西方星墜, 龐士元命必休矣!" 言罷, 大哭曰: "今吾主喪一臂矣!" (*與玄德之夢相應.) 衆官皆驚, 未信其言. 孔明曰: "數日之內, 必有消息." 是夕, 酒不盡歡而散.

*注: 遙祭(요제): 멀리 향하여 (멀리 바라보고) 제사를 지내다. 與我(여아): 나를 위하여(爲我). 나를 대신하여(替我). 大如斗(대여두): 그 크기가 북두칠성 별 만하다. 〈斗〉: 말. 구기(술을 푸는 데 쓰는 자루가 긴 기구). 별이름. 북두.

〖8〗數日之後, 孔明與雲長等正坐間, 人報關平到. 衆官皆驚. 關平入, 呈上玄德書信. 孔明視之, 內言: "本年七月初七日, 龐軍師被張任在落鳳坡前箭射身故." (*本爲渡鵲佳期, 却爲落鳳忌日.) 孔明大哭, 衆官無不垂淚. 孔明曰: "旣主公在涪關進退兩難之際, 亮不得不去." 雲長曰: "軍師去, 誰人保守荊州? 荊州乃重地, <u>干係非輕</u>." 孔明曰: "主公書中雖不明言其人, 吾已知其意了." 乃將玄德書與衆官看曰: "主公書中, 把荊州托在吾身上, 教我自量才委用. 雖然如此, 今教關平齎書前來, 其意欲雲長公當此重任. (*玄德差關平之意在孔明之口中說出, 妙.) 雲長想桃園結義之情, 可竭力保守此地. 責任非輕, 公宜勉之." 雲長更不推辭, 慨然領諾. 孔明設宴, 交割印綬. 雲長雙手來接. 孔明擎着印曰: "這干係都在將軍身上."(*鄭重之至, 寫得如畫.) 雲長曰: "大丈夫既領重任, 除死方休!"(*與龐統說 "死" 字前後相對.) 孔明見雲長說个 "死" 字, 心中不悅; 欲待不與, 其言已出. 孔明曰: "倘曹操引兵來到, 當如之何?" 雲長曰: "以力拒之." 孔明又曰: "倘曹操‧孫權, 齊起兵來, 如之奈何?"雲長曰: "分兵拒之."孔明曰: "若如此, 荊州危矣.(*未得西川, 而荊州之失已兆於此.) 吾有八个字, 將軍牢記, 可保守荊州." 雲長問: "那八个字?"孔明曰: "北拒曹操, 東和孫權."(*只重在 "東和孫權" 一句, 八个字只四个字耳. 若北拒曹操, 關公已知之矣.) 雲長曰: "軍師之言, 當銘肺腑."

　　*注: 這干係(간계): 이 일은 …이다. 〈干〉: =幹. 일. 〈係〉: 이다(系. 是). 擎着印(경착인): 인수를 높이 들고. 〈擎〉: 높이 들다. 除死方休(제사방휴): 죽음을 제수해야만 비로소 쉰다(그만두다. 벗어나다). 죽은 후에야 쉰다(그만둔다). 〈除死〉: 除亡. 死亡. 〈除〉: 주다(給子. 賜子). 내려주다. 欲待不與(욕대불여): 주지 않으려고 하다. 牢記(뇌기): 굳게 명심하다. 깊이 마음에 새기다.

〔9〕孔明遂與了印綬, 令文官馬良‧伊籍‧向朗‧麋竺, 武將麋芳‧廖化‧關平‧周倉, 一班兒輔佐雲長, 同守荊州.(*自六十回中玄德入川之後, 便與雲長不復相見, 今自此卷中孔明入川之後, 亦不得復與雲長相見. 讀書至此, 爲之愀然.) 一面親自統兵入川. 先撥精兵一萬, 教張飛部領, 取大路殺奔巴州‧雒城之西, 先到者爲頭功; 又撥一枝兵, 教趙雲爲先鋒, 泝江而上, 會於雒城. 孔明隨後引簡雍‧蔣琬等起行. 那蔣琬字公琰, 零陵湘鄉人也, 乃荊襄名士, 現爲書記.

當日孔明引兵一萬五千, 與張飛同日起行. 張飛臨行時, 孔明囑付曰：“西川豪傑甚多, 不可輕敵.(＊爲嚴顔伏筆.) 於路戒約三軍, 勿得擄掠百姓, 以失民心. 所到之處, 并宜存恤, 勿得恣逞鞭撻士卒. 望將軍早會雒城, 不可有誤.”

張飛欣然領諾, 上馬而去. 迤邐前行, 所到之處, 但降者秋毫無犯. 徑取漢川路, 前至巴郡. 細作回報：“巴郡太守嚴顔, 乃蜀中名將, 年紀雖高, 精力未衰, 善開硬弓, 使大刀, 有萬夫不當之勇：(＊隱然又是一个黃忠.) 據住城郭, 不竪降旗.” 張飛敎離城十里下寨, 差人入城去, 說與老匹夫：“早早來降, 饒你滿城百姓性命; 若不歸順, 卽踏平城郭, 老幼不留!”

> ＊注：一班兒(일반아)：한 무리(패)의 사람들. 巴州(파주)：사천성 奉節縣 동. 泝江(소강)：溯江. 강을 거슬러 올라가다. 〈泝〉：溯와 同字. 거슬러 올라가다. 零陵湘鄉(영릉상향)：지금의 호남성 湘鄉縣. 〈零陵〉은 郡名. 戒約(계약)：경계하여 단속하다. 存恤(존휼)：사람을 보내 위로하고 돌보다. 恣逞(자령)：마음 내키는 대로 하다. 〈恣〉：제멋대로 하다. 방종하다. 〈逞〉：뽐내다. 과시하다. 마음먹은 대로 하다. 迤邐(이리)：서서히. 천천히 (緩行貌). 巴郡(파군)：治所는 지금의 四川省 重慶市 지구. 江州.

〖10〗却說嚴顔在巴郡, 聞劉璋差法正請玄德入川, 拊心嘆曰：“此所謂‘獨坐窮山, 引虎自衛’者也!” 後聞玄德據住涪關, 大怒, 屢欲提兵往戰, 又恐這條路上有兵來. 當日聞知張飛兵到, 便點起本部五六千人馬, 准備迎敵. 或獻計曰：“張飛在當陽長坂, 一聲喝退曹兵百萬之衆. 曹操亦聞風而避之, 不可輕敵.(＊四十二回中事.) 今只宜深溝高壘, 堅守不出. 彼軍無糧, 不過一月, 自然退去. 更兼張飛性如烈火, 專要鞭撻士卒; 如不與戰, 必怒; 怒則必以暴厲之氣, 待其軍士：軍心一變, 乘勢擊之, 張飛可擒也.”(＊以昔日張飛度之.) 嚴顏從其言, 教軍士盡數上城守護. 忽見一個軍士, 大叫: "開門!" 嚴顏教放入問之. 那軍士告說是張將軍差來的, 把張飛言語依直便說. 嚴顏大怒, 罵: "匹夫怎敢無禮! 吾嚴將軍豈降賊者乎! 借你口說與張飛!" 喚武士把軍人割下耳鼻, 却放回寨.(*寫嚴顏如此觸怒張飛, 愈見下文義釋之奇.)

　　*注: 拊心(부심): 가슴을 치다. 〈拊〉: 치다. 두드리다.

　　〖11〗軍人回見張飛, 哭告嚴顏如此毀罵. 張飛大怒, 咬牙睜目, 披挂上馬, 引數百騎來巴郡城下搦戰. 城上衆軍百般痛罵. 張飛性急, 幾番殺到吊橋, 要過護城河, 又被亂箭射回. 到晚全無一個人出, 張飛忍一肚氣還寨. 次日早晨, 又引軍去搦戰. 那嚴顏在城敵樓上, 一箭射中張飛頭盔. (*與黃忠射關公盔纓前後相對.) 飛指而恨曰: "若拿住你這老匹夫, 我親自食你肉!" 到晚, 又空回. 第三日, 張飛引了軍, 沿城去罵. 原來那座城子是個山城, 周圍都是亂山, 張飛自乘馬登山, 下視城中, 見軍士盡皆披挂, 分列隊伍, 伏在城中, 只是不出. 又見民夫來來往往, 搬磚運石, 相助守城. 張飛教馬軍下馬, 步軍皆坐, 引他出敵, 並無動靜. 又罵了一日, 依舊空回.

　　張飛在寨中自思: "終日叫罵, 彼只不出, 如之奈何?" 猛然思得一計, 教衆軍不要前去搦戰, 都結束了在寨中等候, 却只教三五十個軍士直去城下叫罵, 引嚴顏軍出來, 便與厮殺. 張飛磨拳擦掌, 只等敵軍來. 小軍連罵了三日, 全然不出. 張飛眉頭一縱, 又生一計, 傳令教軍士四散砍打柴草, 尋覓路徑, 不來搦戰.(*張飛此時不減孔明之謀.) 嚴顏在城中, 連日不見張飛動靜, 心中疑惑, 着十數個小軍, 扮作張飛砍柴的軍, 潛地出城, 雜在軍內, 入山中探聽.

〖12〗 當日諸軍回寨, 張飛坐在寨中, 頓足大罵: "嚴顔老匹夫, 枉氣殺我!"(*此是昔日張飛眞面目, 却是今日張飛假腔調.) 只見帳前三四個人說道: "將軍不須心焦. 這幾日打探得一條小路, 可以偸過巴郡." 張飛故意大叫曰: "旣有這個去處, 何不早來說?" 衆應曰: "這幾日却才哨探得出." 張飛曰: "事不宜遲, 只今二更造飯, 趁三更明月, 拔寨都起. 人銜枚, 馬去鈴, 悄悄而行. 我自前面開路, 汝等依次而行." 傳了令, 便滿寨告報.

探細的軍聽得這個消息, 盡回城中來, 報與嚴顔. 顔大喜曰: "我算定這匹夫忍耐不得. 你偸小路過去, 須是糧草輜重在後, 我截住後路, 你如何得過? 好無謀匹夫, 中我之計!"(*誰知反中了張飛之計.) 卽時傳令, 敎軍士准備赴敵, 今夜二更也造飯, 三更出城, 伏於樹木叢雜去處. 只等張飛過咽喉小路去了, 車仗來時, 只聽鼓響, 一齊殺出. 傳了號令, 看看近夜, 嚴顔全軍盡皆飽食, 披挂停當, 悄悄出城, 四散伏住, 只聽鼓響. 嚴顔自引十數裨將, 下馬伏於林中.

*注: 枉氣殺我(왕기살아): 쓸데없이 나를 몹시 화나게 하다. 〈枉〉: 쓸데없이. 헛되이. 〈殺〉: 그 정도가 심함을 나타내는 말(極甚之義). 偸過(투과): 몰래 지나가다. 〈偸〉: 훔치다; 몰래. 슬그머니. 가만히. 去處(거처): 행선지. 행방. 가는 곳; 장소. 곳; 점. 일. 哨探(초탐): 偵探. 悄悄(초초): 조용하다. 은밀하다; 살그머니. 조용히.

〖13〗約三更後, 遙望見張飛親自在前, 橫矛縱馬, 悄悄引軍前進. 去不得三四里, 背後車仗人馬, 陸續進發. 嚴顏看得分曉, 一齊擂鼓, 四下伏兵盡起. 正來搶奪車仗, 背後一聲鑼響, 一彪軍掩到, 大喝: "老賊休走, <u>我等的你恰好</u>!" 嚴顏猛回頭看時, 爲首一員大將豹頭環眼, 燕頷虎須, 使<u>丈八矛</u>, 騎深烏馬, 乃是張飛. 四下裏鑼聲大震, 衆軍殺來. 嚴顏見了張飛, 舉手無措, 交馬戰不十合, 張飛<u>賣個破綻</u>, 嚴顏一刀砍來, 張飛閃過, <u>撞將入去</u>, 扯住嚴顏<u>勒甲條</u>, 生擒過來, 擲於地下. 衆軍向前用索綁縛住了. 原來先過去的是假張飛. 料道嚴顏擊鼓爲號, 張飛却教鳴金爲號, 金響, 諸軍齊到. 川兵大半棄甲倒戈而降.

*注: 我等的你恰好(아등적니흡호): 내 너를 기다렸는데 마침 잘 만났다. 〈恰好〉: 마침. 마침 잘: 적당하다. 알맞다. 〈好〉: 아주. 참말로. 과연. 丈八(장팔): 一丈八尺. 즉 十八尺. 賣個破綻(매개파탄): 일부러 틈(허점)을 보이다. 撞將入去(당장입거): 돌진해 들어가다. 뛰어들다. 〈撞〉: 부딪치다. 마주치다. 충돌하다. 勒甲條(늑갑조): 갑옷을 묶는 끈.

〖14〗張飛殺到巴郡城下, 後軍已自入城. 張飛叫休殺百姓, 出榜安民. 群刀手把嚴顏推至. 飛坐於廳上, 嚴顏不肯跪下. 飛怒目咬牙, 大叱曰: "大將到此, 爲何不降? 而敢拒敵?" 嚴顏全無懼色, 回叱飛曰: "汝等無義, 侵我州郡. 但有斷頭將軍, 無降將軍!"(*二語傳爲千古美談.) 飛大怒, 喝左右斬來. 嚴顏喝曰: "賊匹夫, 砍頭便砍, 何怒也!"

張飛見嚴顏聲音雄壯, 面不改色, 乃回嗔作喜, 下階喝退左右, 親解其縛, 取衣衣之, 扶在正中高坐, 低頭便拜曰: "適來言語冒瀆, 幸勿見責. 吾素知老將軍乃豪傑之士也." 嚴顏感其恩義, 乃降, 後人有詩讚嚴顏曰:

白髮居<u>西蜀</u>, 清名震大邦.

忠心如皎月, <u>浩氣卷長江</u>.

寧可斷頭死, 安能屈膝降.

<u>巴州</u>年老將, 天下更無雙.

又有讚張飛詩曰:

生獲嚴顔勇絕倫, 惟憑義氣服軍民.

至今廟貌留巴蜀, <u>社酒</u>鷄豚日日春.

張飛請問入川之計. 嚴顔曰: "敗軍之將, 荷蒙厚恩, 無可以報, 願施犬馬之勞, 不須張弓隻箭, 徑取成都." 正是:

只因一將傾心後, 致使連城唾手降.

未知其計如何, 且看下文分解.

*注: 社酒(사주): 社祭에 사용하는 술. 〈社〉: 土地神에 지내는 제사. **西蜀**(서촉); 지금의 사천성 성도를 중심으로 하는 일대 지방. 〈西〉: 西川. 지금의 四川省 서부. 〈蜀〉: 秦 때 蜀郡을 두었는데 치소는 成都. **浩氣**(호기): 浩然之氣. 正大하고 剛直한 기운. **巴州**(파주): 漢 때에 巴州郡을 두었는데, 지금의 사천성 巴中縣地.

第六十三回 毛宗崗 序始評

(1). 前文之決水者二: 曹操之決泗水以淹下邳, 決漳河以淹冀州是也. 後文之決水者一: 關公之決湘江以淹七軍是也. 獨此卷於涪水之決, 則欲決而不能決, 遂不果決. 有前之二實, 不可無此之一虛; 有此之一虛, 然後又有後之一實. 文字有虛實相生之法. 不意天然有此等妙事, 以助成此等妙文.

(2). 觀於龐統之死, 而知荊州之所以失, 關公之所以亡也. 何也？龐統不死，則收川之事委之龐統，而孔明可以不離荊州；縱使撫川之事托之孔明，而荊州又可轉付龐統，雖有呂蒙‧陸遜，何所施其詭計哉？故凡荊州之失，與關公之亡，不關於呂蒙之多智，陸遜之能謀，而特有於龐統之死耳．然則謂孔明之哭龐統，則爲關公哭也可，則爲荊州哭也可．

(3)．甚矣！躁進之心，不可不戒，而人己猜嫌之情，不可不忘也．龐統未死之前，星爲之告變矣，夢爲之告變矣，馬又爲之告變矣；而龐統乃疑孔明之忌己，欲功名之速立，遂使鳳兮鳳兮，反不如鴻飛冥冥，足以避弋人之害．嗚呼！雖曰天也，豈非人哉！

(4)．孔明隆中決策之語，其曰"外結孫權"，所謂東和孫權也；其曰"然後中原可圖"，所謂北拒曹操也，其告關公則以此耳．…孫與劉離不足憂，而曹與孫合則大可懼．苟但知北拒曹操，而不知東和孫權，其又何能扼操也耶？

(5)．翼德生平有快事數端：前乎此者，鞭督郵矣，罵呂布矣，喝長坂矣，奪阿斗矣．然前數事之勇，不若擒嚴顏之智也：擒嚴顏之智，又不若釋嚴顏之尤智也．未遇孔明之前，則勇有餘而智不足；既遇孔明之後，則勇有餘而智亦有餘．蓋一入孔明薰陶而莽氣亦化焉．驕氣亦化焉．勇不可學，而智可學．翼德之勇，固其素有，而其智，則孔明教之云．

第六十四回

孔明定計捉張任
楊阜借兵破馬超

〖1〗 却說張飛問計於嚴顏, 顏曰:"從此取雒城, 凡守禦關隘, 都是老夫所管, 官軍皆出於掌握之中. 今感將軍之恩, 無可以報, 老夫當爲前部, 所到之處, 盡皆喚出拜降."(*只因一个斷頭將軍, 引出無數降將軍.) 張飛稱謝不已. 於是嚴顏爲前部, 張飛領軍隨後. 凡到之處, 盡是嚴顏所管, 都喚出投降. 有遲疑未決者, 顏曰:"我尚且投降, 何況汝乎?" 自是望風歸順, 並不曾廝殺一場.(*省事亦省筆. 以下按過翼德, 按敍玄德一邊.)

　　*注: 掌握(장악): 장악하다. 손바닥(手掌). 手中. 望風歸順(망풍귀순): 소문을 듣고 귀순하다.

〖2〗 却說孔明已將起程日期申報玄德, 教都會聚雒城. 玄德與衆官商議:"今孔明·翼德分兩路取川,會於雒城,同入成都. 水陸舟車, 已於七月二十日起程, 此時將及待到, 今我等便可進兵." 黃忠曰:"張任每日來搦戰, 見城中不出, 彼軍懈怠, 不做准備. 今日夜間分兵劫寨, 勝如白晝厮殺." 玄德從之, 教黃忠引兵取左, 魏延引兵取右, 玄德取中路.

當夜二更, 三路軍馬齊發. 張任果然不做准備. 漢軍擁入大寨, 放起火來, 烈焰騰空. 蜀兵奔走, 連夜赶到雒城, 城中兵接應入去. 玄德還中路下寨;次日, 引兵直到雒城, 圍住攻打. 張任按兵不出. 攻到第四日,(*若孔明未來便能攻破雒城, 便不見孔明用計之妙.) 玄德自提一軍攻打西門, 令黃忠·魏延在東門攻打, 留南門北門放軍行走. 原來南門一帶都是山路, 北門有涪水:因此不圍. 張任望見玄德在西門, 騎馬往來, 指揮打城, 從辰至未, 人馬漸漸力乏. 張任教吳蘭·雷同二將引兵出北門, 轉東門, 敵黃忠·魏延;自己却引軍出南門, 轉西門, 單迎玄德. 城內盡撥民兵上城, 擂鼓助喊.

*注: **將及待到**(장급대도): 곧 도착하려고 하다.　　**勝**(승): …보다 낫다.
提一軍(제일군): 일군을 거느리다. 〈提〉: 통솔하다. 거느리다.

〖3〗却說玄德見紅日平西, 教後軍先退. 軍士方回身, 城上一片聲喊起, 南門內軍馬突出. 張任徑來軍中捉玄德. 玄德軍中大亂. 黃忠·魏延又被吳蘭·雷同敵住. 兩下不能相顧. 玄德敵不住張任, 撥馬往山僻小路而走. 張任從背後追來, 看看赶上. 玄德獨自一人一馬, 張任引數騎赶來. 玄德正望前盡力加鞭而行, 忽山路一軍衝出. 玄德馬上叫苦曰:"前有伏兵, 後有追兵, 天亡我也!"只見來軍當頭一員大將, 乃是張飛. 原來張飛與嚴顏正從那條路上來, 望見塵埃起, 知與川兵交戰. 張飛當先而來, 正撞着張任, 便就交馬. 戰到十餘合, 背後嚴顏引兵大進. 張任火速回身. 張飛直赶到城下. 張任退入城, 拽起吊橋.

〖4〗張飛回見玄德曰:"軍師<u>泝江</u>而來, 尚且未到, 反被我奪了頭功."(*由得他說嘴.) 玄德曰:"山路險阻, 如何無軍阻當, 長驅大進, 先到於此?" 張飛曰 "於路關隘四十五處, 皆出老將嚴顏之功, 因此一路並不曾費分毫之力."(*不是義釋一人, 却是智收諸郡.) 遂把義釋嚴顏之事, 從頭說了一遍, 引嚴顏見玄德. 玄德謝曰:"若非老將軍, 吾弟安能到此?" 即脫身上黃金鎖子甲以賜之. (*爲旣降者獎, 又爲未降者勸.) 嚴顏拜謝. 正待安排宴飲, 忽聞哨馬回報: "黃忠·魏延和川將吳蘭·雷同交鋒, 城中吳懿·劉璝又引兵助戰, 兩下夾攻, 我軍抵敵不住, 魏·黃二將敗陣投東去了." 張飛聽得, 便請玄德分兵兩路, 殺去救援. 於是張飛在左, 玄德在右, 殺奔前來. 吳懿·劉璝見後面喊聲起, 慌退入城中. 吳蘭·雷同只顧引兵追趕黃忠·魏延, 却被玄德·張飛截住歸路. 黃忠·魏延又回馬轉攻. 吳蘭·雷同料敵不住, 只得將本部軍馬前來投降.(*嚴顏之後, 又是兩個降將軍.) 玄德准其降, 收兵近城下寨.

  *注: 泝江(소강): 溯江. 강을 거슬러 올라가다. 〈泝〉: 溯와 동. 鎖子甲(쇄자갑): 鎖甲. 쇄자갑. 갑옷 속에 받쳐 입는 작은 미늘로 엮어 만든 옷.

〖5〗却說張任失了二將, 心中憂慮. 吳懿·劉璝曰:"兵勢甚危, 不決一死戰, 如何得兵退? 一面差人去成都見主公告急, (*雒城求救於成都, 便爲成都求救於漢中張本.) 一面用計敵之." 張任曰:"吾來日領一軍搦戰, 詐敗, 引轉城北; 城內再以一軍衝出, 截斷其中, 可獲勝也." 吳懿曰:"劉將軍相輔公子守城, 我引兵衝出助戰." 約會已定.

  次日, 張任引數千人馬, 搖旗吶喊, 出城搦戰. 張飛上馬出迎,更不打話, 與張任交鋒. 戰不十餘合, 張任詐敗, 繞城而走. 張飛盡力追之. 吳懿一軍截住, 張任引軍復回, 把張飛圍在垓心, 進退不得.(＊黃忠·魏延捉張任不得, 張飛亦捉張任不得, 方見下文孔明之妙.) 正沒奈何, 只見一隊軍從江邊殺出. 當先一員大將, 挺槍躍馬, 與吳懿交鋒; 只一合, 生擒吳懿, 戰退敵軍, 救出張飛. 視之, 乃趙雲也. 飛問: "軍師何在?" 雲曰: "軍師已至, 想此時已與主公相見了也." 二人擒吳懿回寨. 張任自退入東門去了.

〖6〗張飛·趙雲回寨中, 見孔明·簡雍·蔣琬已在帳中. 飛下馬來<u>參</u>軍師. 孔明驚問曰: "如何得先到?" 玄德具述義釋嚴顏之事. 孔明賀曰: "張將軍能用謀, 皆主公之洪福也." 趙雲解吳懿見玄德. 玄德曰: "汝降否?" 吳懿曰: "我既被捉, 如何不降?" 玄德大喜, 親解其縛. 孔明問: "城中有幾人守城?" 吳懿曰: "有劉季玉之子劉循, 輔將劉璝·張任. 劉璝不<u>打緊</u>, 張任乃蜀郡人, 極有膽略, 不可輕敵." 孔明曰: "先捉張任, 然後取雒城." 問: "城東這座橋名爲何橋?" 吳懿曰: "金雁橋." 孔明遂乘馬至橋邊, 繞河看了一遍, 回到寨中, 喚黃忠·魏延聽令曰: "離金雁橋南五六里, 兩岸都是<u>蘆葦蒹葭</u>, 可以埋伏.(＊金雁橋可謂落鳳坡答禮.) 魏延引一千槍手伏於左, 單<u>戳</u>馬上將; 黃忠引一千刀手伏於右, 單砍坐下馬. 殺散彼軍, 張任必投山東小路而來. 張翼德引一千軍伏在那裏, 就彼處擒之." 又喚趙雲伏於金雁橋北: "待我引張任過橋, 你便將橋拆斷, <u>却</u>勒兵於橋北, 遙爲之勢, 使張任不敢望北走, 退投南去, 却好中計."(＊別處用計, 只是如此如此而已, 此處詳敍在前, 又是一樣筆法.) 調遣已定, 軍師自去誘敵.

　　＊注: <u>參</u>(참): (윗사람을) 나아가 뵈다. 배알하다. 알현하다.　<u>打緊</u>(타긴): 긴요하다. 중요하다. 〈不打緊〉: 별 것 아니다.　<u>蘆葦蒹葭</u>(노위겸가): 〈蘆

葦〉: 갈대. 〈蒹〉: 긴 이삭이 피지 않는 갈대. 〈葭〉: 새싹이 처음 돋아날 때의

갈대. 戳(착): 찌르다(刺과 同義). 却(각): …하고 나서. …한 후에.

〖7〗却說劉璋差卓膺·張翼二將, 前至雒城助戰. 張任教張翼與

劉璝守城, 自與卓膺爲前後二隊: 任爲前隊, 膺爲後隊, 出城退

敵. 孔明引一隊不整不齊軍,(*妙在不整不齊.) 過金雁橋來, 與張任

對陣. 孔明乘四輪車, 綸巾羽扇而出, 兩邊百餘騎簇捧, 遙指張任

曰:“曹操以百萬之衆, 聞吾之名, 望風而走; 今汝何人, 敢不投

降?”張任看見孔明軍伍不齊,在馬上冷笑曰:“人說諸葛亮用兵

如神, 原來有名無實!”把槍一招, 大小軍校齊殺過來. 孔明棄了

四輪車, 上馬退走過橋. 張任從背後赶來. 過了金雁橋, 見玄德軍

在左, 嚴顔軍在右, 衝殺將來. 張任知是計, 急回軍時, 橋已拆斷

了; 欲投北去, 只見趙雲一軍隔岸排開, 遂不敢投北, 徑往南繞河

而走. 走不五七里, 早到蘆葦叢雜處. 魏延一軍從蘆中忽起, 都用

長槍亂戳; 黃忠一軍伏在蘆葦裏, 用長刀只剗馬蹄. 馬軍盡倒, 皆

被執縛. 步軍那裏敢來? 張任引數十騎望山路而走, 正撞着張飛.

張任方欲退走, 張飛大喝一聲, 衆軍齊上, 將張任活捉了. 原來卓

膺見張任中計, 已投趙雲軍前降了, 一發都到大寨. 玄德賞了卓

膺. 張飛解張任至, 孔明亦坐於帳中. 玄德謂張任曰:“蜀中諸將,

望風而降, 汝何不早投降?”張任睜目怒叫曰:“忠臣豈肯事二主

乎?”玄德曰:“汝不識天時耳. 降卽免死.”任曰:“今日便降, 久

後也不降! 可速殺我!”玄德不忍殺之. 張任厲聲高罵. 孔明命斬

之以全其名.(*張任倒是斷頭將軍.) 後人有詩讚曰:

　　烈士豈甘從二主, 張君忠勇死猶生.

　　高明正似天邊月, 夜夜流光照雒城.

玄德感嘆不已, 令收其屍首, 葬於金雁橋側, 以表其忠.(*不取其頭

祭龐統, 而反葬之, 所以收川中之人心也. 不是爲死, 是爲生.)

　　*注: **望風而走**(망풍이주): 望風而逃. 望風而遁(망풍이둔). 적의 종적이나
　　강대한 기세를 멀리서 바라보고 곧바로 달아나 숨다. 소문만 듣고 달아나다.
　　剗馬蹄(타마제): 말굽을 찍다(자르다). 〈剗〉: 칼로 잘게 다지다. 썰다. 꺾다.
　　부러뜨리다. 　　**一發**(일발): 함께. 한꺼번에. 점점. 더욱 더.

　　〚8〛 次日, 令嚴顏 · 吳懿等一班蜀中降將爲前部, 直至雒城, 大
叫: "早開門受降, 免一城生靈受苦!" 劉瑣 在城上大罵. 嚴顏方
待取箭射之, 忽見城上一將, 拔劍砍翻劉瑣, 開門投降. 玄德軍馬
入雒城, 劉循開西門走脫, 投成都去了. 玄德出榜安民. 殺劉瑣
者, 乃<u>武陽</u>人張翼也.
　　玄德得了雒城, 重賞諸將. 孔明曰: "雒城已破, 成都只在目
前; 惟恐外州郡不寧, 可令張翼 · 吳懿引趙雲撫<u>外水</u> · <u>江陽</u> · <u>犍爲</u>等
處所屬州郡, 令嚴顏 · 卓膺引張飛撫巴西 · <u>德陽</u>所屬州郡, 就委官
<u>按治平靖</u>, 卽<u>勒兵回成都取齊</u>." 張飛 · 趙雲領命, 各自引兵去了.
孔明問: "前去有何處關隘?" 蜀中降將曰: "<u>止綿竹</u>有重兵守禦.
若得綿竹, 成都唾手可得." 孔明便商議進兵. 法正曰: "雒城旣
破, 蜀中危矣. 主公欲以仁義服衆, 且勿進兵. 某作一書上劉璋,
陳說利害, 璋自然降矣." 孔明曰: "孝直之言最善." 便令寫書遣
人徑往成都.

　　*注: **武陽**(무양): 지금의 사천성 彭山縣 東. 　　**外水**(외수): 사천성 팽산현
　　(彭山縣: 한대에는 이를 무양武陽이라 불렀음)을 지나는 구간의 長江으로 지
　　금의 岷江. 옛날에는 涪江을 內江, 민강을 外水라고 불렀다. 사천성 岷山
　　남록에서 발원하여 成都, 樂山을 거쳐 宜賓에서 모여 金沙江으로 들어간다.
　　江陽(강양): 縣名. 한말 犍爲郡에서 3개 현을 갈라내서 江陽郡을 두었다.
　　지금의 사천성 瀘州(려주). 　　**犍爲**(건위): 郡名. 治所는 武陽(지금의 사천

성 彭山縣 동쪽). **巴西(파서)**: 동한 말년 巴郡에서 갈라져 나온 縣으로 치소는 閬中縣. 지금의 사천성 閬中. **德陽(덕양)**: 지금의 사천성 遂寧縣 東南. **按治平靖(안치평정)**: 다스려서 안정시키다. 〈按〉, 〈平〉, 〈靖〉은 모두 〈安定시키다〉란 뜻이다. **勒兵(륵병)**: 군사의 대오를 정돈하고 점검하다. **取齊(취제)**: 모이다. 집합하다. **綿竹(면죽)**: 지금의 사천성 德陽縣 北.

〖9〗 却說劉循逃回見父, 說雒城已陷, 劉璋慌聚衆官商議. 從事鄭度獻策曰: "今劉備雖攻城奪地, 然兵不甚多, 士衆未附, 野穀是資, 軍無輜重. 不如盡驅巴西 · 梓潼民, 過涪水以西. 其倉廩野穀, 盡皆燒除, 深溝高壘, 靜以待之. 彼至請戰, 勿許. 久無所資, 不過百日, 彼兵自走. 我乘虛擊之, 備可擒也." 劉璋曰: "不然. 吾聞拒敵以安民, 未聞動民以備敵也. 此言非保全之計."(*劉璋雖闇, 亦有仁心, 然從來有仁心者, 每每吃虧, 每每失事, 爲之一嘆.) 正議間, 人報法正有書至. 劉璋喚入. 呈上書. 璋拆開視之. 其略曰:
昨蒙遣差結好荊州, 不意主公左右不得其人, 以致如此. 今荊州眷念舊情, 不忘族誼. 主公若能幡然歸順, 量不薄待. 望三思裁示.
劉璋大怒, 扯毀其書, 大罵: "法正賣主求榮, 忘恩背義之賊!" 逐其使者出城. (*劉璋旣不聽鄭度之策, 又不卽從法正之言, 猶豫不決, 正是袁紹 · 劉表一流人.) 卽時遣妻弟費觀, 提兵前去守把綿竹. 費觀擧保南陽人姓李, 名嚴, 字正方, 一同領兵. 當下費觀 · 李嚴點三萬軍來守綿竹. 益州太守董和, 字幼宰, 南郡枝江人也, 上書於劉璋, 請往漢中借兵. 璋曰: "張魯與吾世讐, 安肯相救?"(*今有與所親爲仇, 而至欲結其仇以攻親者也. 親旣變仇, 而欲仇反變親, 不亦難乎? 爲之一嘆.) 和曰: "雖然與我有讐, 劉備軍在雒城, 勢在危急, 唇亡則齒寒, 若以利害說之, 必然肯從." 璋乃修書遣使前赴漢中.

*注: 野穀是資(야곡시자): 들판에 있는 곡식을 식량으로 삼다. 〈資野穀〉
에서 빈어(野穀)를 前置한 것으로, 〈是〉는 賓語前置를 나타내는 助詞.
梓潼(재동): 漢末 廣漢郡에서 갈라져 나왔음. 지금의 사천성 梓潼縣. 幡
然(번연): 빨리. 깨끗이. 量不薄待(량부박대): 박대하지 않을 것으로 생각
한다. 〈量〉: 생각하다. 고려하다. 가늠하다. 평가하다. 헤아리다. 裁示(재
시): 가부를 결정하여 알려주다(定奪并示知). 妻弟(처제): 손아래 처남.
擧保(거보): 보증하여 추천하다. 當下(당하): 즉시(立刻). 바로(立卽).
枝江(지강): 호북성 南郡에 속한 縣名. 강물이 縣의 서쪽에서 갈라져 沱江
(타강)이 되었다가 동쪽에서 다시 합쳐지므로 생긴 이름이다. 漢中(한중):
益州에 속한 郡名. 治所는 南鄭(지금의 섬서성 漢中市 東)

〖10〗 却說馬超自兵敗入羌, 二載有餘, 結好羌兵, 攻拔隴西州
郡. 所到之處, 盡皆歸降;(*因劉璋求救於漢中, 本該接敍張魯, 却放下張
魯接入馬超. 蓋爲馬超投張魯, 張魯遣馬超之由也. 此等敍事, 如連山斷嶺, 筆
法逼眞龍門.) 惟冀城攻打不下. 刺史韋康, 累遣人求救於夏侯淵. 淵
不得曹操言語, 未敢動兵. 韋康見救兵不來, 與衆商議:"不如投降
馬超." 參軍楊阜哭諫曰:"超等叛君之徒, 豈可降之?" 康曰:"事
勢至此, 不降何待?" 阜苦諫不從. 韋康大開城門, 投拜馬超. 超
大怒曰:"汝今事急請降, 非眞心也!" 將韋康四十餘口盡斬之, 不
留一人. (*馬超殺韋康而失州郡之心, 與後文玄德不害劉璋以收州郡之心, 正
是相反.) 有人言:"楊阜勸韋康休降, 可斬之." 超曰:"此人守義,
不可斬也." 復用楊阜爲參軍.(*馬超用楊阜, 與後文玄德用劉巴‧黃權又
相類而相反.) 阜薦梁寬‧趙衢二人, 超盡用爲軍官.(*此時一似眞降者.)
楊阜告馬超曰:"阜妻死於臨洮, 乞告兩個月假, 歸葬某妻便回."
馬超從之.

〖11〗楊阜過歷城, 來見撫彝將軍姜敍. 敍與阜是<u>姑表兄弟</u>: 敍之母是阜之姑, 時年已八十二. 當日, 楊阜入姜敍內宅, 拜見其姑, 哭告曰: “阜守城不能保, 主亡不能死, 愧無面目見姑. 馬超叛君, 妄殺郡守, 一州士民, 無不恨之. 今吾兄坐據歷城, 竟無討賊之心, 此豈人臣之理乎?” 言罷, 淚流出血. 敍母聞言, 喚姜敍入, 責之曰: “韋使君遇害, 亦爾之罪也.” 又謂阜曰: “汝旣降人, 且食其祿, 何故又興心討之?” 阜曰: “吾從賊者, 欲留殘生, 與主報冤也.” 敍曰: “馬超英勇, 急難圖之.” 阜曰: “有勇無謀, 易圖也. 吾已暗約下梁寬·趙衢. 兄若肯興兵, 二人必爲內應.”(*方知所薦二人, 不是眞薦.) 敍母曰: “汝不早圖, 更待何時? 誰不有死, 死於忠義, 死得其所也. 勿以我爲念. 汝若不聽義山之言, 吾當先死, 以絕汝念.”(*一箇女丈夫, 可比斷頭將軍.)

〖12〗敍乃與統兵校尉尹奉·趙昂商議. 原來趙昂之子趙月, 現隨馬超爲裨將. 趙昂當日應允, 歸見其妻王氏曰: “吾今日與姜敍·楊阜·尹奉一處商議, 欲報韋康之讐. 吾想子趙月現隨馬超, 今若興兵, 超必先殺吾子, 奈何?”(*亦有謀及婦人而不失者, 趙昂是也.) 其妻厲聲曰: “雪君父之大恥, 雖喪身亦不惜, 何況一子乎! 君若顧子而不行, 吾當先死矣!”(*又一箇女丈夫, 可比斷頭將軍.) 趙昂乃決. 次日, 一同起兵. 姜敍·楊阜屯歷城, 尹奉·趙昂屯祁山. 王氏乃盡將首飾資帛，親自往祁山軍中，賞勞軍士，以勵其衆．（*當以夫人爲主帥，以趙昂爲偏裨．）

〖 13 〗 馬超聞姜敍·楊阜會合尹奉 · 趙昂擧事，大怒，卽將趙月斬之；令龐德·馬岱盡起軍馬，殺奔歷城來．姜敍·楊阜引兵出．兩陣圓處，楊阜·姜敍衣白袍而出，大罵曰：“叛君無義之賊！” 馬超大怒，衝將過來，兩軍混戰．姜敍·楊阜如何抵得馬超，大敗而走．馬超驅兵趕來．背後喊聲起處，尹奉·趙昂殺來．超急回時，兩下夾攻，首尾不能相顧．正鬪間，刺斜裏大隊軍馬殺來．原來是夏侯淵得了曹操軍令，正領軍來破馬超．超如何當得三路軍馬，大敗奔回．走了一夜，比及平明，到得翼城叫門時，城上亂箭射下．梁寬·趙衢立在城上，大罵馬超；將馬超妻楊氏從城上一刀砍了，撇下屍首來；又將馬超幼子三人，并至親十餘口，都從城上一刀一個，剁將下來．超氣噎塞胸，幾乎墜下馬來．（*殺了韋康一家．出乎爾者反乎爾．人苦不絜矩耳．）背後夏侯淵引兵追趕．超見勢大，不敢戀戰，與龐德·馬岱殺開一條路走．前面又撞見姜敍·楊阜，殺了一陣；衝得過去，又撞著尹奉·趙昂，殺了一陣．零零落落，剩得五六十騎，連夜奔走．

〖14〗四更前後, 走到歷城下, 守門者只道姜敍兵回, 大開門接入. 超從城南門邊殺起, 盡洗城中百姓.(*百姓何罪! 所謂怒於室而作色於父也.) 至姜敍宅, 拿出老母. 母全無懼色, 指馬超而大罵. 超大怒, 自取劍殺之. 尹奉·趙昂全家老幼, 亦盡被馬超所殺. 昂妻王氏因在軍中, 得免於難.

次日, 夏侯淵大軍至, 馬超棄城殺出, 望西而逃. 行不得二十里, 前面一軍排開, 爲首的是楊阜. 超切齒而恨, 拍馬挺槍刺之. 阜兄弟七人一齊來助戰. 馬岱·龐德敵住後軍. 阜弟七人, 皆被馬超殺死.(*楊阜又送了七箇兄弟.) 阜身中五槍, 猶然死戰. 後面夏侯淵大軍赶來, 馬超遂走. 只有龐德·馬岱五七騎後隨而去. 夏侯淵自行安撫隴西諸州人民, 令姜敍等各各分守, 用車載楊阜赴許都, 見曹操. 操封阜爲關內侯. 阜辭曰: "阜無捍難之功, 又無死難之節, 於法當誅, 何顔受職?" 操嘉之, 卒與之爵.(*可謂操之忠臣.)

　　*注: 捍難(한난): 扞難. 국난을 막다.

〖15〗却說馬超與龐德·馬岱商議, 徑往漢中投張魯.(*此處方接入漢中.) 張魯大喜, 以爲得馬超, 則西可以吞益州, 東可以拒曹操, 乃商議欲以女招超爲婿. 大將楊柏諫曰: "馬超妻子遭慘禍, 皆超之貽害也. 主公豈可以女與之?" 魯從其言, 遂罷招婿之議. 或以楊柏之言, 告知馬超. 超大怒, 有殺楊柏之意.(*爲後文殺楊柏伏筆.) 楊柏知之, 與兄楊松商議, 亦有圖馬超之心.(*爲後文楊松讒馬超伏筆.) 正値劉璋遣使求救於張魯, 魯不從. 忽報劉璋又遣黃權到. 權先來見楊松, 說: "東西兩川, 實爲唇齒; 西川若破, 東川亦難保矣. 今若肯相救, 當以二十州相酬." 松大喜, 即引黃權來見張魯, 說唇齒利害, 更以二十州相謝. 魯喜其利, 從之. 巴西閻圃諫曰: "劉璋與主公世讎, 今事急求救, 詐許割地, 不可從也." 忽階

下一人進曰：「某雖不才，願乞一旅之師，生擒劉備，<u>務要割地以</u>
<u>還</u>。」正是：

　　方看眞主來西蜀，又見精兵出漢中。

未知其人是誰，且看下文分解。

　　＊注：以女招超爲婿(이녀초초위서)：마초를 데릴사위로 맞아들이다.〈招女
婿〉：招婿. 데릴사위를 맞아들이다.　**務要**(무요)：務求. 務請. 반드시…하
기를 바라다. 꼭…하도록 부탁하다.〈務〉：일. 업무; 노력하다. 힘을 쏟다;
반드시. 꼭. 필히.(務望. 務希. 務祈.)

第六十四回 毛宗崗 序始評

　　(1).玄德獲張任，正當爲龐統報讐，而不忍殺之，而欲降之。何
哉？蓋欲資其才，以爲用耳。天下未平，不敢懷怨以待人也。且勿
論其遠者，曹操不記殺典韋之怨而納張繡(＊第十八回之事)，孫權
不記殺凌操之怨而納甘寧(＊第十五回之事)，亦此意也。乃玄德欲
任降，而任終不肯降。若張任者，則眞斷頭將軍矣。

　　(2).楊阜之爲韋康報讐，義也；而其攻馬超以助曹操，則非義
也。馬騰兩番受詔，兩番討賊，固漢之忠臣也。其子之欲雪父恨，
則孝；承父志而討國賊，則忠。奉一欺君罔上之曹操，而攻一忠
孝之馬超，以超爲賊，而不知操之爲賊，故楊阜之義，君子無取
焉。

　　(3).五虎將中，關・張・趙・黃皆大將才也。若馬超，則可爲戰
將，而不可爲大將。其殺韋康，屠百姓，不得謂之仁矣；其不疑楊
阜，不得謂之智矣：前旣惑於曹操而攻韓遂，後復歸於張魯而拒

玄德, 此其識見當在四人之下.

(4). 此卷自孔明捉張任之後, 便當接馬超攻葭萌之事. 而馬超攻葭萌, 由於張魯遣馬超; 張魯遣馬超, 由於馬超投張魯; 馬超投張魯, 則又由於楊阜破馬超. 夫楊阜之與劉璋, 風馬牛不相及也, 而尋原溯委, 遂忽然夾敍隴西一段文字, 却與五十九回之末遙遙相接. 此等敍事宜求之〈左傳〉·〈史記〉之史.

第六十五回

馬超大戰葭萌關
劉備自領益州牧

〖 1 〗 却說閻圃正勸張魯勿助劉璋，只見馬超挺身出曰：“超感主公之恩，無可上報．願領一軍攻取葭萌關，生擒劉備，(*忘了董承義狀．20回中之事.) 務要劉璋割二十州奉還主公．”張魯大喜，先遣黃權從小路而回，隨卽點兵二萬與馬超．此時龐德臥病不能行，留於漢中.(*爲後文歸曹操張本.) 張魯令楊柏監軍，超與弟馬岱選日起程．

　　却說玄德軍馬在雒城．　法正所差下書人回報說：“鄭度勸劉璋盡燒野穀，并各處倉廩，率巴西之民，避於涪水西，深溝高壘而不戰.”(*前旣在劉璋一邊寫來，此又在玄德一邊聽得，是兩邊雙敍法．筆有省處，亦有不省處，變化不同.) 玄德·孔明聞之，皆大驚曰：“若用此言，吾勢危矣！”法正笑曰：“主公勿憂．此計雖毒，劉璋必不能用也.”(*料劉璋如見，可謂知彼知己.) 不一日，人傳劉璋不肯遷動百姓，不從鄭度之言. 玄德聞之, 方始寬心. 孔明曰："可速進兵取綿竹. 如得此處, 成都易取矣." 遂遣黃忠·魏延領兵前進.

*注: 務要(무요): 꼭 …하도록 부탁한다.　雖毒(수독): 비록 잔인(악락)하기는 하나. 〈毒〉악랄하다. 잔인하다. 악독하다.

〚2〛費觀聽知玄德兵來, 差李嚴出迎. 嚴領三千兵出, 各布陣完. 黃忠出馬, 與李嚴戰四五十合, 不分勝負. 孔明在陣中敎鳴金收軍.(*便有愛李嚴之意.) 黃忠回陣, 問曰："正待要擒李嚴, 軍師何故收兵?" 孔明曰："吾已見李嚴武藝, 不可力取. 來日再戰, 汝可詐敗, 引入山谷, 出奇兵以勝之." 黃忠領計. 次日, 李嚴再引兵來, 黃忠又出, 戰不十合詐敗, 引兵便走. 李嚴赶來, 迤邐赶入山峪, 猛然省悟. 急待回來, 前面魏延引兵擺開, 孔明自在山頭, 喚曰："公如不降, 兩下已伏强弩, 欲與吾龐士元報讐矣."(*姓張的射死了, 却尋着姓李的, 眞是張冠李戴.) 李嚴慌下馬卸甲投降. 軍士不曾傷害一人. 孔明引李嚴見玄德. 玄德待之甚厚, 嚴曰："費觀雖是劉益州親戚,　與某甚密,　當往說之." 玄德卽命李嚴回城招降費觀.(*不疑李嚴, 便是待之甚厚處.) 嚴入綿竹城, 對費觀讚玄德如此仁德; 今若不降, 必有大禍. 觀從其言, 開門投降. 玄德遂入綿竹, 商議分兵取成都.

忽流星馬急報, 言："孟達·霍峻守葭萌關, 今被東川張魯遣馬超與楊柏·馬岱領兵攻打甚急, 救遲則關隘休矣." 玄德大驚. 孔明曰："須是張·趙二將, 方可與敵." 玄德曰："子龍引兵在外未回. 翼德已在此, 可急遣之." 孔明曰："主公且勿言, 容亮激之."

*注: 務要(무요): 꼭 …하도록 부탁한다.　雖毒(수독): 비록 잔인(악락)하기는 하나. 〈毒〉악랄하다. 잔인하다. 악독하다.　奇兵(기병): 기병. 적을 기습하는 군대. 기습군.　迤邐(이리): 구불구불; 천천히; 점점 더. 차츰차

즘.　峪(욕): 산골짜기. 산곡(山谷).　　**流星馬**(유성마): 준마. 빨리 달리는
말; 고대의 통신병.

〖3〗 却說張飛聞馬超攻關, 大叫而入曰:"辭了哥哥, 便去戰馬
超也." 孔明佯作不聞, 對玄德曰:"今馬超侵犯關隘, 無人可敵;
<u>除非</u>往荆州取關雲長來, 方可與敵." 張飛曰:"軍師何故小覷吾!
吾曾獨拒曹操百萬之兵,(*照應四十二卷中事.) 豈愁馬超一匹夫乎!"
孔明曰:"翼德拒水斷橋, 此因曹操不知虛實耳; 若知虛實, 將軍
豈得無事? 今馬超之勇, 天下皆知, 渭橋六戰, 殺得曹操割鬚棄
袍, 幾乎喪命,(*照應五十八卷中事.)　非<u>等閒之比</u>.　雲長<u>且</u>未必可
勝." 飛曰:"我只今便去; 如勝不得馬超, 甘當軍令!" 孔明曰:
"旣爾肯寫文書, 便爲先鋒. ── 請主公親自去一遭. 留亮守綿
竹, 待子龍來, 却作商議."(*爲後子龍守綿竹伏筆.) 魏延曰:"某亦願
往." 孔明令魏延帶五百哨馬先行, 張飛第二, 玄德後隊, 望葭萌
關進發.
　　*注: **除非**(제비): 오직 …해야만(비로소). 唯一한 條件을 표시함.　**等閒之**
　　比(등한지비): 보통 장수에 비하다. 〈等閒〉: 보통의. 예삿일.　**且**(차): 조차
　　(도). 이라도. …인데 하물며.

〖4〗 魏延哨馬先到關下, 正遇楊柏. 魏延與楊柏交戰, 不十合,
楊柏敗走. 魏延要奪張飛頭功, 乘勢赶去. 前面一軍擺開, 爲首乃
是馬岱. 魏延只道是馬超, 舞刀躍馬迎之. 與岱戰不十合, 岱敗
走. 延赶去, 被岱回身一箭, 中了魏延左臂. 延急回馬走. 馬岱赶
至關前, 只見一將喊聲如雷, 從關上飛馬奔至面前. ──原來是張
飛初到關上, 聽得關前厮殺, 便來看時, 正見魏延中箭, 因驟馬下
關, 救了魏延. 飛喝馬岱曰:"汝是何人, 先通姓名, 然後厮殺!"

馬岱曰："吾乃西凉馬岱是也." 張飛曰："你原來不是馬超, 快回去! 非吾對手! 只令馬超那厮自來, 說道燕人張飛在此!" 馬岱大怒曰："汝焉敢小覷我!" 挺槍躍馬, 直取張飛. 戰不十合, 馬岱敗走. 張飛欲待追赶, 關上一騎馬到來, 叫："兄弟且休去." 飛回視之, 原來是玄德到來. 飛遂不赶, 一同上關. 玄德曰："恐怕你性躁, 故我隨後赶來到此. 既然勝了馬岱, 且歇一宵, 來日戰馬超."

*注: 道(도): …라고 생각하다.　那厮(나시): 그 새끼. 그 놈. 〈厮〉: 사내종. 하인. 놈. 자식. 〈厮殺〉: 서로 싸우다. 싸우다.

〖5〗次日天明, 關下鼓聲大震, 馬超兵到. 玄德在關上看時, 門旗影裏, 馬超縱馬提槍而出; 獅盔獸帶, 銀甲白袍: <u>一來</u>結束非凡, <u>二者</u>人才出衆. 玄德歎曰："人言 '錦馬超', 名不虛傳." 張飛便要下關, 玄德急止之曰："且休出戰. 先當避其銳氣." 關下馬超單搦張飛出馬, 關上張飛恨不得<u>平吞</u>馬超, 三五番皆被玄德當住. 看看午後, 玄德望見馬超陣上人馬皆倦, 遂選五百騎, 跟着張飛, 衝下關來. 馬超見張飛軍到, 把槍望後一招, 約退軍有<u>一箭之地</u>. 張飛軍馬一齊扎住, 關上軍馬, 陸續下來. 張飛挺槍出馬, 大呼："認得燕人張翼德麽?" 馬超曰："吾家屢世公侯, 豈識村野匹夫!" 張飛大怒. 兩馬齊出, 二槍幷擧. 約戰百餘合, 不分勝負. 玄德觀之, 歎曰："眞虎將也!"(*連翼德都讚在內.) 恐張飛有失, 急鳴金收軍. 兩將各回. 張飛回到陣中, 略歇馬片時, 不用頭盔, 只裹包巾上馬, 又出陣前搦馬超厮殺. 超又出, 兩個再戰. 玄德恐張飛有失, 自披挂下關, 直至陣前; 看張飛與馬超又鬪百餘合, 兩個精神倍加. 玄德教鳴金收軍. 二將分開, 各回本陣.

*注: 一來 … 二者(來): 첫째는…이고(하고) 둘째는…이다(한다).　結束

(결속): 몸단장. 몸치장; 끝내다; 종결. 준비해 두다.　　人才(인재): 인재;
용모. 모습. 풍도.　　平呑(평탄): 한입에 삼키다(全呑. 一口呑沒).　　一箭之地
(일전지지): 아주 가까운 거리. 엎어지면 코 닿을 거리. 〈箭〉: 짧은 거리.
精神(정신): 정신; 원기. 활력. 정력; 활기차다. 정력적이다. 기운을 내다.

〖6〗是日天色已晚. 玄德謂張飛曰: “馬超英勇, 不可輕敵, 且
退上關. 來日再戰.” 張飛殺得性起, 那裏肯休? 大叫曰: “誓死不
回!” 玄德曰: “今日天晚, 不可戰矣.” 飛曰: “多點火把, 安排夜
戰!” 馬超亦換了馬, 再出陣前, 大叫曰: “張飛! 敢夜戰麼?” 張
飛性起, 問玄德換了坐下馬, 搶出陣來, 叫曰: “我捉你不得, 誓
不上關!” 超曰: “我勝你不得, 誓不回寨!” 兩軍吶喊, 點起千百
火把, 照耀如同白日. 兩將又向陣前鏖戰. 到二十餘合, 馬超撥回
馬便走. 張飛大叫曰: “走那裏去!” 原來馬超見贏不得張飛, 心
生一計: 詐敗佯輸, 賺張飛趕來, 暗掣銅鎚在手, 扭回身, 覷着張
飛便打來.(*比戰許褚更自利害.) 張飛見馬超走, 心中也提防; 比及銅
鎚打來時, 張飛一閃, 從耳朵邊過去. 張飛便勒回馬走時, 馬超却
又趕來. 張飛帶住馬, 拈弓搭箭, 回射馬超, 超却閃過. 二將各自
回陣. 玄德自於陣前叫曰: “吾以仁義待人, 不施譎詐. 馬孟起,
你收兵歇息, 我不乘勢趕你.” 馬超聞言, 親自斷後, 諸軍漸退.
玄德亦收軍上關.
　　*注: 殺得性起(살득성기): 잔뜩 화가 나다. 화가 나서 죽을 지경이다. 〈性
起〉; 화를 내다.　　搶(창): 빼앗다; 앞을 다투어 …하다; 급히 하다. 서두르
다. 吶喊(납함): 적진을 향해 돌진할 때 군사가 일제히 고함을 지르는 것.
〈吶〉: 말을 더듬는다는 뜻으로 쓰일 때엔 〈눌〉로 읽는다.　　扭(뉴): (얼굴
따위를) 돌리다. 돌아보다; 비틀다; 잡다. 붙잡다.　　帶住(대주); 멈추다.
그만두다.

〖7〗次日，張飛又欲下關戰馬超．人報軍師來到．玄德接着孔明．孔明曰："亮聞孟起世之虎將，若與翼德死戰，必有一傷．故令子龍・漢升守住綿竹，我星夜來此．可用條小計，令馬超歸降主公．"玄德曰："吾見馬超英勇，甚愛之．如何可得？"孔明曰："亮聞東川張魯，欲自立爲'漢寧王'．手下謀士楊松，極貪賄賂．主公可差人從小路徑投漢中，先用金銀結好楊松，後進書與張魯云：'吾與劉璋爭西川，是與汝報讐．不可聽信離間之語．事定之後，保汝爲漢寧王．'(*劉璋許以地，孔明許以爵，二者不可得兼，舍地而取爵可也．) 令其撤回馬超兵．待其來撤時，便可用計招降馬超矣．"玄德大喜，即時修書，差孫乾賫金珠從小路徑至漢中，先來見楊松，說知此事，送了金珠．松大喜，先引孫乾見張魯，陳言<u>方便</u>.(*全是金珠在那裏說話．) 魯曰："玄德只是左將軍，如何<u>保得</u>我爲漢寧王？"楊松曰："他是大漢皇叔，<u>正合保奏</u>."(*不是皇叔保得，而金珠可以保得．) 張魯大喜，便差人教馬超罷兵．孫乾只在楊松家聽回信．

*注: 方便(방편): 편의. 수단. 방법; 남에게 이롭다. (형편에) 적합하다. 알맞다. **合保奏**(합보주): 책임지고 천자에게 추천하기에 적합하다(맞다).

〖8〗不一日，使者回報："馬超言：未成功，不可退兵."(*未有奸臣在內，而大將能立功於外者．) 張魯又遣人去喚，又不肯回．一連三次不至．楊松曰："此人素無信行．不肯罷兵，其意必反．"遂使人流言云："馬超意欲奪西川，自爲蜀主，與父報讐，不肯臣於漢中."(*全是金珠說話．) 張魯聞之，問計於楊松．松曰："一面差人去說與馬超：'汝既欲成功，與汝一月限，要依我三件事．若依得，便有賞;否則必誅：一要取西川，二要劉璋首級，三要退荊州兵．三件事不成，可獻頭來．'一面教張衛點軍守把關隘，防馬超兵變."魯從之，差人到馬超寨中，說這三件事．超大驚曰："如何變得恁的!”(*金珠之爲物, 極是善變.) 乃與馬岱商議: “不如罷兵.” 楊松又流言曰: “馬超回兵, 必懷異心.”(*不想金珠這等有用.) 於是張衛分七路軍, 堅守隘口, 不放馬超兵入. 超進退不得, 無計可施. 孔明謂玄德曰: “今馬超正在進退兩難之際, 亮憑三寸不爛之舌, 親往超寨, 說馬超來降.” 玄德曰: “先生乃吾之股肱心腹, 倘有疏虞, 如之奈何?” 孔明堅意要去. 玄德再三不肯放去.

*注: 方便(방편): 편의. 수단. 방법; 남에게 이롭다. (형편에)적합하다. 알맞다. 保奏(보주): 책임지고 천자에게 추천하다. 依(의): 따르다. 순종하다. …대로 하다. 恁的(임적): 恁地. 이렇게. 이와 같이(如此. 這樣). 그와 같이.

〔9〕正躊躇間, 忽報趙雲有書薦西川一人來降. 玄德召入問之. 其人乃建寧俞元人也, 姓李, 名恢, 字德昂. 玄德曰: “向日聞公苦諫劉璋, 今何故歸我?” 恢曰: “吾聞‘良禽相木而棲, 賢臣擇主而事.’ 前諫劉益州者, 以盡人臣之心; 既不能用, 知必敗矣. 今將軍仁德布於蜀中, 知事必成, 故來歸耳.” 玄德曰: “先生此來, 必有益於劉備.” 恢曰: “今聞馬超在進退兩難之際. 恢昔在隴西, 與彼有一面之交, 願往說馬超歸降, 若何?” 孔明曰: “正欲得一人替吾一往, 願聞公之說詞.” 李恢於孔明耳畔陳說如此如此. 孔明大喜, 卽時遣行.

恢行至超寨, 先使人通姓名. 馬超曰: “吾知李恢乃辯士, 今必來說我.” 先喚二十刀斧手伏於帳下, 囑曰: “令汝砍, 卽砍爲肉醬.” 須臾, 李恢昂然而入. 馬超端坐帳中不動, 叱李恢曰: “汝來爲何?” 恢曰: “特來作說客.”(*蔣幹一見周瑜辨明不是說客, 李恢一見馬超, 妙在自說是說客.) 超曰: “吾匣中寶劍新磨. 汝試言之. 其言不通, 便請試劍!” 恢笑曰: “將軍之禍不遠矣! 但恐新磨之劍, 不能試吾之頭, 將欲自試也!"

〖10〗超曰: "吾有何禍?" 恢曰: "吾聞越之西子, 善毀者不能閉其美; 齊之無鹽, 善美者不能掩其醜; '日中則昃, 月滿則虧': 此天下之常理也. 今將軍與曹操有殺父之讐, 而隴西又有切齒之恨; 前不能救劉璋而退荊州之兵, 後不能制楊松而見張魯之面; 目下四海難容, 一身無主; 若復有渭橋之敗·冀城之失, 何面目見天下之人乎?" 超頓首謝曰: "公言極善, 但超無路可行." 恢曰: "公旣聽吾言, 帳下何故伏刀斧手?" 超大慚, 盡叱退.(*李恢舌劍, 可以退帳下之劍.) 恢曰: "劉皇叔禮賢下士, 吾知其必成, 故捨劉璋而歸之. 公之尊人, 昔年曾與皇叔約共討賊,(*照應二十卷中事.) 公何不背暗投明, 以圖上報父讐, 下立功名乎?" 馬超大喜, 卽喚楊柏入, 一劍斬之, 將首級共恢一同上關來降玄德. 玄德親自接入, 待以上賓之禮. 超頓首謝曰: "今遇明主, 如撥雲霧而見靑天."

時孫乾已回. 玄德復命霍峻·孟達守關, 便撤兵來取成都. 趙雲·黃忠接入綿竹. 人報蜀將劉晙·馬漢引軍到. 趙雲曰: "某願往擒此二人!" 言訖, 上馬引軍出. 玄德在城上管待馬超吃酒. 未曾安席, 子龍已斬二人之頭, 獻於筵前. 馬超亦驚, 倍加敬重. 超曰: "不須主公軍馬廝殺, 超自喚出劉璋來降. 如不肯降, 超自與弟馬岱取成都, 雙手奉獻." 玄德大喜. 是日盡歡.

〖11〗却說敗兵回到益州，報劉璋．璋大驚，閉門不出．人報城北馬超救兵到，劉璋方敢登城望之．見馬超·馬岱立於城下，大叫："請劉季玉答話．"劉璋在城上問之．超在馬上以鞭指曰："吾本領張魯兵來救益州，誰想張魯聽信楊松讒言，反欲害我．今已歸降劉皇叔．公可納土拜降，免致生靈受苦．如或執迷，吾先攻城矣！"(*好一箇請來的救星．)劉璋驚得面如土色，氣倒於城上．眾官救醒．璋曰："吾之不明，悔之何及！不若開門投降，以救滿城百姓．"董和曰："城中尙有兵三萬餘人；錢帛糧草，可支一年：奈何便降？"劉璋曰："吾父子在蜀二十餘年，無恩德以加百姓；攻戰三年，血肉捐於草野：皆我罪也．我心何安？不如投降以安百姓．"(*忠厚爲無用之別名，非忠厚之無用，忠厚而不精明之爲無用也．劉璋失豈在仁，失在仁而不智耳．)眾人聞之，皆墮淚．忽一人進曰："主公之言，正合天意．"視之，乃巴西西充國人也，姓譙，名周，字允南．此人素曉天文．璋問之，周曰："某夜觀乾象，見群星聚於蜀郡；其大星光如皓月，乃帝王之象也．況一載之前，小兒謠云：'若要吃新飯，須待先主來．'此乃預兆．(*爲玄德稱帝伏筆．)不可逆天道．"黃權·劉巴聞言，皆大怒，欲斬之．(*譙周慣說天文．後來勸後主出降，即此人也．權·巴欲殺之，亦不爲過．)劉璋擋住．忽報："蜀郡太守許靖，踰城出降矣．"劉璋大哭歸府．

*注: 巴西西充國(파서서충국): 지금의 사천성 南部縣 서북.

〖12〗次日，人報劉皇叔遣幕賓簡雍在城下喚門．璋令開門接入．雍坐車中，傲睨自若．忽一人掣劍大喝曰："小輩得志，傍若無人！汝敢藐視吾蜀中人物耶！"雍慌下車迎之．此人乃廣漢綿竹人也，姓秦，名宓，字子勑．(*秦宓後來以舌辯難吳使，於此處先露圭角．)雍笑曰："不識賢兄，幸勿見責．"遂同入見劉璋，具說玄德寬洪大度, 並無相害之意. 於是劉璋決計投降, 厚待簡雍.

次日, 親賷印綬文籍, 與簡雍同車出城投降. 玄德出寨迎接, 握手流涕曰: "非吾不行仁義, 奈勢不得已也!"(＊"不得已"三字亦是玄德實話, 然古來以此三字解說者多矣! 如重耳之殺懷公, 小白之殺子糾, 唐太宗之殺建成·元吉, 皆是也. 兄弟之變至於如此, 爲之一嘆.) 共入寨, 交割印綬文籍, 并馬入城.

*注: 傲睨(오예): 거드름피우며 흘겨보다. 깔보다. 〈傲〉: 거만하다. 오만하다. 〈睨〉: 곁눈질하다. 흘겨보다. 노려보다. 自若(자약): 태연하다. 자연스럽다. 藐視(묘시): 넘보다. 깔보다. 〈藐(묘)〉: 작다. 약하다. 업신여기다.

〖13〗 玄德入成都, 百姓香花燈燭, 迎門而接. 玄德到公廳, 升堂坐定. 郡內諸官, 皆拜於堂下; 惟黃權·劉巴, 閉門不出. 衆將忿怒, 欲往殺之. 玄德慌忙傳令曰: "如有害此二人者, 滅其三族!" 玄德親自登門, 請二人出仕.(＊不獨收二人之心, 正欲收衆人之心.) 二人感玄德恩禮, 乃出. 孔明請曰: "今西川平定, 難容二主: 可將劉璋送去荊州." 玄德曰: "吾方得蜀郡, 未可令季玉遠去." 孔明曰: "劉璋失基業者, 皆因太弱耳. 主公若以婦人之仁, 臨事不決, 恐此土難以長久." 玄德從之, 設一大宴, 請劉璋收拾財物, 佩領振威將軍印綬, 令將妻子良賤, 盡赴南郡公安住歇, 卽日起行.(＊玄德遷劉璋於公安, 與曹操遷劉琮於靑州, 正是一樣算計. 但一則殺之於路, 一則善遣之去, 爲不同耳.)

*注: 香花(향화): 향기 나는 꽃. 登門(등문): 방문하다. 심방하다. 良賤(양천): 양민과 천민. 일가친척과 종들. 公安(공안): 형주 남군의 치소 公安縣(지금의 호북성 公安).

〖14〗玄德自領益州牧. 其所降文武, 盡皆重賞, 定擬名爵: 嚴顏爲前將軍, 法正爲蜀郡太守, 董和爲掌軍中郎將, 許靖爲左將軍長史, 龐義爲營中司馬, 劉巴爲左將軍, 黃權爲右將軍. 其餘吳懿·費觀·彭羕·卓膺·李嚴·吳蘭·雷同·李恢·張翼·秦宓·譙周·呂義·霍峻·鄧芝·楊洪·周群·費禕·費詩·孟達, 文武投降官員, 共六十餘人, 并皆擢用.(*先封新降之臣, 然後封舊日之臣, 皆是玄德權變處.) 諸葛亮爲軍師, 關雲長爲蕩寇將軍·漢壽亭侯, 張飛爲征虜將軍·新亭侯, 趙雲爲鎮遠將軍, 黃忠爲征西將軍, 魏延爲揚武將軍, 馬超爲平西將軍. 孫乾·簡雍·糜竺·糜芳·劉封·吳班·關平·周倉·廖化·馬良·馬謖·蔣琬·伊籍, 及舊日荊襄一班文武官員, 盡皆升賞. 遣使賚黃金五百斤·白銀一千斤·錢五千萬·蜀錦一千匹, 賜與雲長. 其餘官將, 給賞有差. 殺牛宰馬, 大餉士卒. 開倉賑濟百姓: 軍民大悅.

　　*注: 定擬(정의): 기안(기초)하여 결정(확정)하다.

〖15〗益州既定, 玄德欲將成都有名田宅, 分賜諸官. 趙雲諫曰: "益州人民, 屢遭兵火, 田宅皆空; 今當歸還百姓, 令安居復業, 民心方服; 不宜奪之爲私賞也."(*蕭何强買民間田宅以自污, 爲遇猜忌之主, 故然. 今子龍遇玄德, 不嫌市惠於民.) 玄德大喜, 從其言. 使諸葛軍師定擬治國條例, 刑法頗重. 法正曰: "昔高祖約法三章, 黎民皆感其德. 願軍師寬刑省法, 以慰民望." 孔明曰: "君知其一, 未知其二: 秦用法暴虐, 萬民皆怨, 故高祖以寬仁得之. 今劉璋暗弱, 德政不擧, 威刑不肅; 君臣之道, 漸以陵替. 寵之以位, 位極則殘; 順之以恩, 恩竭則慢. 所以致弊, 實由於此. 吾今威之以法, 法行則知恩; 限之以爵, 爵加則知榮. 恩榮并濟, 上下有節, 爲治之道, 於斯著矣."(*孔明治蜀, 是刑亂國用重典.) 法正拜服. 自此軍民安堵. 四十一州地面, 分兵鎭撫, 并皆平定. 法正爲蜀郡太守, 凡平日一餐之德, 睚眦之怨, 無不報復.(*二句內包着無數事情, 省筆之甚.) 或告孔明曰: "孝直太橫, 宜稍斥之." 孔明曰: "昔主公困守荊州, 北畏曹操, 東憚孫權, 賴孝直爲之輔翼, 逐翻然翱翔, 不可復制. 今奈何禁止孝直, 使不得少行其意耶?" 因竟不問.(*繼劉璋而用猛, 是猛以濟寬; 遇法正而用寬, 是寬以濟猛.) 法正聞之, 亦自斂戢.(*法行而知恩, 恩行而亦知法矣.)

> **＊注:** 約法三章(약법삼장): 秦末 劉邦이 秦의 수도 咸陽을 점령한 후 秦의 酷法들을 폐지하고 그곳 주민들과 다만 3개 條의 법률만 시행할 것을 약속했는데, 그것은 "殺人者는 죽이고, 사람을 다치게 한 자와 도둑질한 자는 처벌을 받는다."는 것이었다. 이를 일러 〈約法三章〉이라 한다. 陵替(릉체): 기강이 문란해지다; 몰락하다. 安堵(안도): 안심하다. 안도하다. 〈堵〉: 담장. 담장 안. 거처. 睚眦(애자): 화난 눈초리. 부릅뜬 눈; 사소한 원한(원망). ~之怨: 하찮은 원한. 斥(척): 배척하다. 책망하다. 꾸짖다. 翻然(번연): 번연히. 불현듯이. (날개를 뒤집는 모습.) 翱翔(고상): 비상하다. 하늘을 높이 빙빙 날아돌다. 斂戢(렴집): 수렴하다. 거두어들이다; 그치다. 〈斂〉과 〈戢〉 모두 〈收斂〉의 뜻이다.

〖16〗一日, 玄德正與孔明閑敍, 忽報雲長遣關平來謝所賜金帛. 玄德召入. 平拜罷, 呈上書信曰: "父親知馬超武藝過人, 要入川來與之比試高低. 教就稟伯父此事." 玄德大驚曰: "若雲長入蜀, 與孟起比試, 勢不兩立." 孔明曰: "無妨. 亮自作書回之."(*孔明已會其意.) 玄德只恐雲長性急, 便教孔明寫了書, 發付關平星夜回荊州. 平回至荊州, 雲長問曰: "我欲與馬孟起比試, 汝曾說否?" 平答曰: "軍師有書在此." 雲長拆開視之, 其書曰:

> 亮聞將軍欲與孟起分別高下. 以亮度之: 孟起雖雄烈過人,

亦乃<u>黥布</u>·<u>彭越</u>之徒耳；當與翼德并驅爭先，猶未及美髥公之絕倫超群也．今公受任守荊州，不爲不重；倘一入川，若荊州有失，罪莫大焉．惟冀明照．

雲長看畢，自綽其髥笑曰："孔明知我心也."(*正欲孔明將自己推高以壓服孟起耳，非喜其譽己也.) 將書遍示賓客，遂無入川之意．

*注：<u>黥布</u>·<u>彭越</u>(경포·팽월)：두 사람 모두 漢高祖 劉邦의 猛將들인데, 漢初에 諸侯王으로 봉해졌으나 최후에는 모두 피살되었다. 〈黥布〉：英布. 일찍이 犯法으로 이마에 刺墨刑을 받았으므로 〈黥布〉라 불렸다.

〖17〗 却說東吳孫權，知玄德併吞西川，將劉璋逐於公安，遂召張昭·顧雍商議曰："當初劉備借我荊州時，說取了西川，便還荊州．今已得巴蜀四十一州，<u>須用取索漢上諸郡</u>．如其不還，卽動干戈."(*玄德方纔得彩，不想討債的便來.) 張昭曰："吳中方寧，不可動兵．昭有一計，使劉備將荊州雙手奉還主公." 正是：

西蜀方開新日月，東吳又索舊山川．

未知其計如何，且看下文分解．

*注：須用(수용)：반드시. 기필코(猶言一定要). 取索(취색)：요구하여 받아내다. 索取. 索討; 奪取. 漢上(한상)：장강의 최대 지류인 漢江(漢水)의 상류지대. 섬서성 寧强縣에서 발원, 동남으로 흘러 섬서성 남부와 호북성 서부, 중부를 거쳐 武漢에서 장강으로 유입됨.

第六十五回 毛宗崗 序始評

(1). 孫權與劉表爲讐，劉璋亦與張魯爲讐．黃權之求救於漢中，與魯肅之弔喪於江夏，所謂同舟遇風，吳越可以相濟者也．然玄德助仲謀，而張魯不能助季玉，何哉？蓋孫與劉，非操之所

能間也；璋與魯，則孔明之所能間也．然使張魯不用楊松，雖有
間亦不能入，則非孔明之能間之，一張魯之自間之耳．

(2)．關公之欲與馬超比試，非眞欲與之比試也，欲借此以壓服
其心也．漢高祖見英布，而倨傲跣賰以折之，恐其驕則不爲我用
耳．馬超新降，其視川中諸將無出我右，將不免於自矜．得孔明
一書，方知翼德之上，又有絕倫超群如關公者，而超之驕氣折矣．
關公見書而笑曰：“孔明知吾心．”孔明其知此心哉！

(3)．玄德當棄走流離之時，而不忍棄百姓，而一得西川，乃欲
以民田賞功，是不可無子龍之諫也．子龍愛民，所以愛國，愛國
則不復愛家．前於取桂陽之時，不以妻子動其心；今於入川之後，
不以田宅累其念，有古大臣之風焉！豈獨一名將之才，足以盡之！

(4)．子產之言曰：“水懦弱，民狎而玩之，故多死焉；火烈，民
望而畏之，故鮮死焉．”(*〈左傳〉昭公 二十年)．凡子產之用猛，正
其善於用寬也．孔明之治蜀，其得此意乎？法行而知恩，則猛以
濟寬之道．玄德以孔明爲水，而當其治蜀，則又不爲水而爲火矣．
曹操徙劉琮於青州，而殺其母子；劉備遷劉璋於公安，而歸其財
物，則備與操異矣．劉備寬以撫蜀，而收之以恩；諸葛嚴以治蜀，
而繩之以法，則亮又與備異矣．蓋我與敵取其相反：敵以暴，我
以仁，敵以急，我以緩，以相反爲能者也．君與相取其相濟：君以
仁，相以義，君以柔，相以剛，以相濟爲用者也．不相反則無以相
勝，不相濟則無以相成．

第六十六回

關雲長單刀赴會
伏皇后爲國捐生

〖1〗却說孫權要索荆州．張昭獻計曰：“劉備所倚重者，諸葛亮耳．其兄諸葛瑾今仕於吳，何不將瑾老小執下，使瑾入川告其弟，令勸劉備交割荆州：‘如其不還，必累及我老小．’亮念同胞之情，必然應允．”(*既奪不得阿斗，却用得着諸葛瑾．不能取劉備之子以牽制劉備，却借孔明之兄以牽制孔明．)　權曰：“諸葛瑾乃誠實君子，安忍拘其老小？”昭曰：“明敎知是計策，自然放心．”(*掩耳盜鈴．)權從之，召諸葛瑾老小，虛監在府；一面修書，打發諸葛瑾往西川去．(*第四次索荆州．保人本是魯肅，文書上原無諸葛瑾名字．今舍肅而使瑾，又是推班出色．)　不數日，到了成都，先使人報知玄德．玄德問孔明曰：“令兄此來爲何？”孔明曰：“來索荆州耳．”玄德曰：“何以答之？”孔明曰：“只須如此如此．”

〖2〗計會已定, 孔明出郭接瑾. 不到私宅, 徑入賓館. 參拜畢, 瑾放聲大哭. 亮曰: "兄長有事但說. 何故發哀?" 瑾曰: "吾一家老小休矣!" 亮曰: "莫非爲不還荊州乎? 因弟之故, 執下兄長老小, 弟心何安? 兄休憂慮, 弟自有計還荊州便了."(*兄旣假哭, 弟亦假應, 一兄一弟, 俱不是眞.) 瑾大喜, 卽同孔明入見玄德, 呈上孫權書. 玄德看了, 怒曰: "孫權旣以妹嫁我, 却乘我不在荊州, 竟將妹子潛地取去, 情理難容! 我正要大起川兵, 殺下江南, 報我之恨, 却還想來索荊州乎!"(*前番只是借, 今番却要賴矣.) 孔明哭拜於地, 曰: "吳侯執下亮兄長老小, 倘若不還, 吾兄將全家被戮. 兄死, 亮豈能獨生? 望主公看亮之面, 將荊州還了東吳, 全亮兄弟之情!"(*孔明自做好人, 却教玄德做難人, 妙.) 玄德再三不肯, 孔明只是哭求. 玄德徐徐曰: "旣如此, 看軍師面, 分荊州一半還之: 將長沙·零陵·桂陽三郡與他."(*借債的, 先還一半.) 亮曰: "旣蒙見允, 便可寫書與雲長, 令交割三郡." 玄德曰: "子瑜到彼, 須用善言求吾弟. 吾弟性如烈火, 吾尙懼之. 切宜仔細."(*玄德又自做好人, 推關公做難人. 妙!)

*注: 計會(계회): 會計. 계산; 상의(商議). 상량(商量).

〖3〗瑾求了書, 辭了玄德, 別了孔明, 登途徑到荊州. 雲長請入中堂, 賓主相敍. 瑾出玄德書曰: "皇叔許先以三郡還東吳, 望將軍卽日交割, 令瑾好回見吾主." 雲長變色曰: "吾與吾兄桃園結義, 誓共匡扶漢室. 荊州本大漢疆土, 豈得妄以尺寸與人? '將在外, 君命有所不受'. 雖吾兄有書來, 我却只不還."(*後文使伊籍知會, 關公便聽了. 此時只有諸葛瑾來, 便知是孔明之計.) 瑾曰: "今吳侯執下瑾老小，若不得荊州，必將被誅．望將軍憐之！"雲長曰："此是吳侯譎計，如何瞞得我過！"(*玄德·孔明知之而不言，却被關公一口說破.)瑾曰："將軍何太<u>無面目</u>？"雲長執劍在手曰："休再言！此劍上並<u>無面目</u>！"關平告曰："軍師面上不好看，望父親息怒."(*關平與關公亦似約會一般.)雲長曰："不看軍師面上，教你回不得東吳！"

> *注: <u>將在外，君命有所不受</u>(장재외, 군명유소부수): 장수가 전쟁터에 나가 있을 때에는 군왕의 명령이라도 듣지 않아도 될 때가 있다. *(출처: 〈孫子·九變〉의 "君命有所不受." 그러나 〈史記·孫子吳起列傳〉에는 "將在軍，君命有所不受"라 했고, 〈史記·魏公子列傳〉에는 "將在外，主令有所不受"라고 했다.) 却只(각지): 그러나. 다만. 그러나 결코. 여기서 〈却〉, 〈只〉는 모두 〈그러나, 단지, 다만〉의 뜻임. <u>無面目</u>(무면목): 체면이 없다. 낯이 없다. 바로 다음의 〈無面目〉은 문자 그대로 〈얼굴과 눈이 없다〉는 뜻이다.

〖4〗瑾滿面羞慚，急辭下船，再往西川見孔明．孔明已自出巡去了.(*哥哥却爲兄弟所弄.)瑾只得再見玄德，哭告雲長欲殺之事.(*前是假哭，此是眞哭.)玄德曰："吾弟性急，極難與言．子瑜可暫回，容吾取了東川·漢中諸郡，調雲長往守之，那時方得交付荊州."(*取了西川，又等東川，極似今人賴債的，最會回債.)

瑾不得已，只得回東吳見孫權，具言前事．孫權大怒曰："子瑜此去，反覆奔走，莫非皆是諸葛亮之計？"(*然也.)瑾曰："非也．吾弟亦哭告玄德，方許將三郡先還，又<u>無奈</u>雲長恃頑不肯."孫權曰："旣劉備有先還三郡之言，便可差官前去長沙·零陵·桂陽三郡赴任，且看如何."瑾曰："主公所言極善."權乃令瑾取回老小，一面差官往三郡赴任．

> *注: 容(용): 뒤에. 훗날. 조만간. 머지않아. <u>無奈</u>(무나): 어찌할 도리가

없다. 할 수 없다.   恃頑(시완): 제멋대로 위세를 부리다. 고집불통이다(任
性逞强).

〖5〗不一日, 三郡差去官吏, 盡被逐回, 告孫權曰: "關雲長不
肯相容, 連夜赶逐回吳. <u>遲後者便要殺</u>."(*逐回官吏之事, 只借官吏口
中說出, 省筆.) 孫權大怒, 差人召魯肅, 責之曰: "子敬昔爲劉備作
保, 借吾荊州; 今劉備已得西川, 不肯歸還, 子敬豈得坐視?" 肅
曰: "肅已思得一計, 正欲告主公." 權問: "何計?" 肅曰: "今屯
兵於<u>陸口</u>, 使人請關雲長赴會. 若雲長肯來, 以善言說之; 如其不
從, 伏下刀斧手殺之. 如彼不肯來, 隨卽進兵, 與決勝負, 奪取荊
州便了."(*中人沒法, 勉强生出兩條計策.) 孫權曰: "正合吾意. 可卽
行之." 闞澤進曰: "不可. 關雲長乃世之虎將, 非等閒可及. 恐事
<u>不諧</u>, 反遭其害." 孫權怒曰: "若如此, 荊州何日可得!" 便命魯
肅速行此計. 肅乃辭孫權, 至陸口, 召呂蒙·甘寧商議 —— 設宴於
陸口寨外臨江亭上,(*只有借債的請中人, 如何倒要中人費酒席?) 修下請
書, 選帳下能言快語一人爲使, 登舟渡江. 江口關平問了, 遂引使
入荊州, 叩見雲長, 具道魯肅<u>相邀</u>赴會之意, 呈上請書. 雲長看書
畢, 謂來人曰: "旣子敬相請, 我明日便來赴宴. 汝可先回." 使者
辭去.

> *注: 遲後者(지후자): 꾸물대다가 뒤에 처지면. 〈者〉: 複合句에서 앞의 분
> 구에 사용되어 〈假設關係〉를 나타낸다. (만약) …한다면.   陸口(육구): 지
> 금의 호북성 포기현蒲圻縣 서북의 陸溪口. 陸水가 長江으로 들어가는 곳이
> 므로 이런 名稱이 생겼다.   不諧(불해): (일이) 잘 처리되지 못하다. 성사되
> 지 못하다.   相邀(상요): 초청(초대)하다.

〖6〗關平曰: "魯肅相邀, 必無好意; 父親何故許之?" 雲長笑

曰：“吾豈不知耶？此是諸葛瑾回報孫權，說吾不肯還三郡，故令魯肅屯兵陸口，邀我赴會，便索荊州．吾若不往，道吾怯矣．吾來日獨駕小舟，只用親隨十餘人，單刀赴會，看魯肅如何近我！”平諫曰：“父親奈何以萬金之軀，親蹈虎狼之穴？恐非所以重伯父之寄託也．”雲長曰：“吾於千槍萬刃之中，矢石交攻之際，匹馬縱橫，如入無人之境；豈憂江東群鼠乎！”馬良亦諫曰：“魯肅雖有長者之風，但今事急，不容不生異心．將軍不可輕往．”雲長曰：“昔戰國時，趙人藺相如，無縛鷄之力，於澠池會上，覷秦國君臣如無物；況吾曾學萬人敵者乎！（*公乃合廉·藺爲一人矣．）旣已許諾，不可失信．”良曰：“縱將軍去，亦當有准備．”雲長曰：“只敎吾兒選快船十隻，藏善水軍五百，於江上等候．看吾認旗起處，便過江來．”平領命自去準備．

*注: 藺相如(린상여)：戰國時 秦昭王이 趙惠文王과 澠池(민지: 秦의 城 이름. 지금의 하남성 민지현 서에 있었음)에서 회합을 할 때(이를 역사에서는 〈澠池會〉라고 부른다), 秦王은 自國의 강한 힘을 믿고 趙王에게 비파(瑟)를 타라고 강요하여 그를 모욕하려고 하자, 趙國의 大臣인 藺相如가 기지를 발휘하여 진왕에게 옹기그릇(缶)을 두드려 拍子를 맞추라고 강요함으로써 趙王이 모욕 당하는 일을 면하게 했다. 이 밖에도 秦의 城과 趙의 和氏璧을 교환하러 갔다가 秦의 음흉한 속내를 알아채고는 용기와 機智를 발휘하여 그것을 무사히 가지고 돌아옴으로써 〈完璧〉이란 單語를 탄생시킨 주인공으로, 그에 관한 행적은 〈史記·廉頗藺相如列傳〉에 자세히 기록되어 있다.
萬人敵(만인적)：兵法. 將略. 萬人을 대적할 수 있는 戰略. 고대의 軍事學.
認旗(인기)：인군기(認軍旗). 깃발에 將領의 官號나 姓名 등을 적어 행군 때 主將의 소재를 나타내는 기치. 현대의 師團旗나 聯隊旗 등과 같다.

〖 7 〗 却說使者回報魯肅，說雲長慨然應允，來日准到．肅與呂蒙商議: "此來若何?" 蒙曰: "彼帶軍馬來, 某與甘寧各人領一軍伏於岸側, 放砲爲號, 准備廝殺; 如無軍來, 只於庭後伏刀斧手五十人, 就筵間殺之." 計會已定.

次日, 肅令人於岸口遙望, 辰時後, 見江面上一隻船來, <u>梢公水手</u>只數人, 一面紅旗, 風中<u>招颭</u>, 顯出一個大 "關" 字來.(*寫得情景如畫.) 船漸近岸, 見雲長靑巾綠袍, 坐於船上; 傍邊周倉捧着大刀; 八九個<u>關</u>西大漢, 各跨腰刀一口. 魯肅驚疑, 接入庭內, 敍禮畢, 入席飲酒, 舉杯相勸, 不敢仰視. 雲長談笑自若.

*注: 准(준): 꼭. 반드시. 틀림없이.　梢公水手(소공수수):〈梢公〉: 艄公(소공). 뱃사공.〈水手〉: 선원. 水夫.　招颭(초점): 초전(招展). 펄럭이다(飄揚). 흔들리다(搖曳). 나부끼다.　關西(관서): 幽谷關 以西 지구. 지금의 섬서, 감숙 等省.

〚8〛酒至半酣, 肅曰: "有一言訴與<u>君侯</u>, 幸垂聽焉: 昔日令兄皇叔, 使肅於吾主之前, 保借荊州暫住, 約於取川之後歸還. 今西川已得, 而荊州未還, <u>得毋失信乎</u>?"(*不是請吃酒, 却是討債了.) 雲長曰: "此國家之事, 筵間不必論之."(*似周瑜對蔣幹語.) 肅曰: "吾主只區區江東之地, 而肯以荊州相借者, 爲念君侯等兵敗遠來, 無以爲資故也. 今已得益州, 則荊州自應見還; 乃皇叔但肯先割三郡, 而君侯又不從, 恐於理上<u>說不去</u>."(*前說玄德不肯還, 此說關公不肯還, 語又逼近.) 雲長曰: "<u>烏林</u>之役, 左將軍親冒矢石, <u>戮力</u>破敵, 豈得徒勞而無尺土<u>相資</u>? 今足下復來索地耶?" 肅曰: "不然. 君侯始與皇叔同敗於長阪, <u>計窮慮極</u>, 將欲遠竄. 吾主<u>矜愍</u>皇叔身無處所, 不愛土地, 使有所托足, 以圖後功; 而皇叔<u>愆德墮好</u>, 已得西川, 又占荊州, 貪而背義, 恐爲天下所恥笑. 惟君侯察之."(*此將玄德與關公合說.) 雲長曰: "此皆吾兄之事, 非某所<u>宜與</u>也."(*玄德推關公. 關公又推玄德. 關公對諸葛瑾之詞嚴、對魯肅之詞婉、所以然者、飲酒之時, 只宜如此對答, 正妙在不以爲意.) 肅曰: "某聞君侯與皇叔桃園結義, 誓同生死. 皇叔卽君侯也, 何得推托乎?"

〖9〗 雲長未及回答, 周倉在階下厲聲言曰: "天下土地, 惟有德者居之. 豈獨是汝東吳當有耶!"(*忽夾周倉一語, 是好伴當, 便有催起身之意.) 雲長變色而起, 奪周倉所捧大刀, 立於庭中, 目視周倉而叱曰: "此國家之事, 汝何敢多言! 可速去!" 倉會意, 先到岸口, 把紅旗一招. 關平船如箭發, 奔過江東來. 雲長右手提刀, 左手挽住魯肅手, 佯推醉曰: "公今請吾赴宴, 莫提起荊州之事. 吾今已醉, 恐傷故舊之情. 他日令人請公到荊州赴會, 另作商議."(*說得不激不隨, 絕妙收拾法.) 魯肅魂不附體, 被雲長扯至江邊. 呂蒙・甘寧各引本部軍欲出, 見雲長手提大刀, 親握魯肅, 恐肅被傷, 遂不敢動. 雲長到船邊, 却纔放手, 早立於船首, 與魯肅作別. 肅如癡似

呆, 看關公船已乘風而去. 後人有詩讚關公曰:

　藐視吳臣若小兒, 單刀赴會敢平欺.

　當年一段英雄氣, 尤勝相如在澠池.

　雲長自回荊州. 魯肅與呂蒙共議: "此計又不成, 如之奈何?"
蒙曰: "可卽申報主公, 起兵與雲長決戰." 肅卽時使人申報孫權.
權聞之大怒, 商議起傾國之兵, 來取荊州. 忽報: "曹操又起三十
萬大軍來也!"(*下文曹兵竟不曾來, 忽於此處借作一頓.) 權大驚, 且敎魯
肅休惹荊州之兵, 移兵向合淝·濡須, 以拒曹操.(*以上按下東吳一邊,
以下專敍曹操一邊.)

　　*注: 扯(차): 당기다. 끌다. 잡아(끌어)당기다.　却纔(각재): 却才. 그런
후에 비로소.　如癡似呆(여치사태): 치매(癡呆)에 걸린 것처럼. 우둔하다.
미련하다. 멍하다. 〈如…似…〉.〈如…如…〉: …같고…같다.　平欺(평기):
태연히 업신여기다. 태연히 무시하다.　相如(상여): 인상여(藺相如).　澠池
(민지): 秦의 城 이름. 지금의 하남성 민지현 서에 있었음.　濡須(유수): 옛
河流名. 지금의 안휘성 無爲縣 동을 흐르는 古代 長江의 한 지류. 古代에
長江과 淮江 사이의 交通의 要道였다.

〔10〕 却說操將欲起程南征, 參軍傅幹, 字彦材, 上書諫操. 書
略曰:

　　幹聞用武則先威, 用文則先德; 威德相濟, 而後王業成. 往
者天下大亂, 明公用武攘之, 十平其九; 今未承王命者, 吳與
蜀耳. 吳有長江之險, 蜀有崇山之阻, 難以威勝. 愚以爲: 且
宜增修文德, 按甲寢兵, 息軍養士, 待時而動. 今若舉數十萬
之衆, 頓長江之濱, 倘賊憑險深藏, 使我士馬不得逞其能, 奇
變無所用其權, 則天威屈矣. 惟明公詳察焉.

　曹操覽之, 遂罷南征, 興設學校, 延禮文士. 於是侍中王粲·杜襲

·衛凱·和洽四人, 議欲尊曹操爲 "魏王". 中書令荀攸曰: "不可. 丞相官至魏公, 榮加九錫, 位已極矣. 今又進升王位, 於理不可."(*荀彧諫九錫已晚矣, 荀攸不諫九錫而諫稱王, 抑又晚矣.) 曹操聞之, 怒曰: "此人欲效荀彧耶!" 荀攸知之, 憂憤成疾, 臥病十數日而卒, 亡年五十八歲. 操厚葬之, 遂罷 "魏王"事.(*姑徐徐云爾, 未必因荀攸之諫而遂止也.)

　　*注: **起程**(기정): 출발하다. **愚**(우): 저. 제.(자기의 겸칭). **按甲寢兵**(안갑침병): 무기의 사용을 중지하고 싸우지 않는다. 〈按〉: 억제하다. 중지하다. 〈寢〉: 정지하다. **頓**(돈): =〈屯〉. 진을 치다. **權**(권): 權變. 權謀. **天威屈**(천위굴): 〈天威〉: 神威. 하늘의 위엄. 군주의 위엄. 〈屈〉: 굽다. 굽히다. 여기서는 〈펼 수 없다〉는 뜻. **延禮**(연례): 초빙해 와서 예우하다. 〈延〉: (선생. 의사 등을) 부르다. 청하다. 초빙하다. 〈禮〉: 예로 대하다. 예우하다.

〖11〗一日, 曹操帶劍入宮, 獻帝正與伏后共坐. 伏后見操來, 慌忙起身. 帝見曹操, 戰慄不已. 操曰: "孫權·劉備各霸一方, 不尊朝廷, 當如之何?" 帝曰: "盡在魏公裁處." 操怒曰: "陛下出此言, 外人聞之, 只道吾欺君也." 帝曰: "君若肯相輔, 則幸甚; 不爾, 願垂恩相捨."(*語極軟, 又似極剛.) 操聞言, 怒目視帝, 恨恨而出.

　　左右或奏帝曰: "近聞魏公欲自立爲王, 不久必將簒位." 帝與伏后大哭. 后曰: "妾父伏完常有殺操之心. 妾今當修書一封, 密與父圖之."(*天子血詔尙且無成, 皇后手書又復何用?) 帝曰: "昔董承爲事不密, 反遭大禍. 今恐又洩漏, 朕與汝皆休矣!"(*照應三十二卷中事.) 后曰: "旦夕如坐鍼氈, 似此爲人, 不如早亡! 妾看宦官中之忠義可托者, 莫如穆順, 當令寄此書." 乃卽召穆順入屛後, 退去左右近侍. 帝·后大哭告順曰: "操賊欲爲 '魏王', 早晚必行篡奪之事. 朕欲令后父伏完密圖此賊, 而左右之人, 俱賊心腹, 無可托者. 欲汝將皇后密書, 寄與伏完. 量汝忠義, 必不負朕." 順泣曰: "臣感陛下大恩, 敢不以死報! 臣卽請行." 后乃修書付順. 順藏書於髮中, 潛出禁宮, 徑至伏完宅, 將書呈上. 完見是伏后親筆, 乃謂穆順曰: "操賊心腹甚衆, 不可遽圖. 除非江東孫權·西川劉備, 二處起兵於外, 操必自往. 此時却求在朝忠義之臣, 一同謀之. 內外夾攻, 庶可有濟." 順曰: "皇丈可作書覆帝后, 求密詔, 暗遣人往吳·蜀二處, 令約會起兵, 討賊救主." 伏完卽取紙寫書付順. (*何不口傳, 又要回書? 不密之甚.) 順乃藏於頭髻內, 辭完回宮.

　　*注: 不爾(불이): 이와 같이 하지 않으면. 〈爾〉: 너. 그대; 이러하다. 이와
　　같다.　相捨(상사): 서로 개의하지 않다. 〈捨〉: 버리다; 내버려 두다. 개의
　　치 않다.　鍼氈(침전): 바늘방석. 〈氈〉: 모전. 펠트.　似此爲人(사차위인):
　　이와 같이 살다.　除非(제비): 다만 …함으로써만 비로소. 오직 …하여야
　　비로소. 只有.　有濟(유제): 성공하다. 성취하다. 이루다.　皇丈(황장):
　　황제의 장인. 황후의 부친.　覆(복): 보고하다.　髻(계): 상투.

　　〖12〗原來早有人報知曹操. 操先於宮門等候. 穆順回遇曹操,
操問: "那裏去來?" 順答曰: "皇后有病, 命求醫去." 操曰: "召
得醫人何在?" 順曰: "還未召至." 操喝左右, 遍搜身上, 並無夾
帶, 放行. 忽然風吹落其帽. 操又喚回, 取帽視之, 遍觀無物, 還
帽令戴.

　穆順雙手倒戴其帽. 操心疑, 令左右搜其頭髮中, 搜出伏完書
來. 操看時, 書中言欲結連孫·劉爲外應. 操大怒, 執下穆順於密
室問之, 順不肯招. 操連夜點起甲兵三千, 圍住伏完私宅, 老幼并
皆拏下; 搜出伏后親筆之書, 隨將伏氏三族盡皆下獄. 平明, 使御

林將軍郗慮持節入宮，先收皇后璽綬.

*注: 倒戴(도대): (모자를) 뒤집어쓰다. (앞뒤) 거꾸로 쓰다.　招(초): 자백
하다(招供. 招認).　平明(평명): 새벽. (*〈平西〉: 해가 지다.)

〖13〗是日，帝在外殿，見郗慮引三百甲兵直入. 帝問曰: "有
何事?" 慮曰: "奉魏公命，收皇后璽." 帝知事泄，心膽皆碎. 慮
至后宮，伏后方起. 慮便喚管璽綬人，索取玉璽而出. 伏后情知事
發，便於殿後椒房內夾壁中藏躲. 少頃，尙書令華歆引五百甲兵，
入到后殿，問宮人: "伏后何在?" 宮人皆推不知. 歆敎甲兵打開
朱戶，尋覓不見，料在壁中，便喝甲士破壁搜尋. 歆親自動手，揪
后頭髻拖出.(*曹操搜穆順之髮，華歆揪皇后之髮，其罪皆難擢髮.)　后
曰: "望免我一命." 歆叱曰: "汝自見魏公訴去." 后披髮跣足，
二甲士推擁而出.

*注: 索取(색취): 독촉하여 받아내다(索討).　情知(정지): 깊이 알다(深知),
분명히(명백히) 알다(明知). 〈情〉: 분명히. 명백히.　椒房(초방): 后妃가 居
處하는 宮室. 산초가루를 발라 벽을 장식한 宮室.　藏躲(장타): 몸을 숨기
다. 〈躲〉: 몸. 몸소(身也). 朱戶(주호): 고대에 제왕이 제후나 공로가 있는
大臣에게 하사한 주홍색 大門. 〈九賜〉의 一種. 富貴한 사람의 집.　揪(추):
붙잡다. 끌어당기다.　跣足(선족): 맨발.

〖14〗原來華歆素有文名，向與邴原·管寧相友善. 時人稱三人
爲一龍: 華歆爲龍頭，邴原爲龍腹，管寧爲龍尾. (*今則有尾無頭. 若
論華歆之行凶，則是虎頭·豹頭，若論華歆之爲操爪牙，則是狗頭·馬頭矣.) 一
日，寧與歆共種園蔬，鋤地見金. 寧揮鋤不顧; 歆拾而視之，然後
擲下.(*手雖擲下，心上好生舍不得. 若非管寧看見，必然袖而藏之矣.) 又一
日，寧與歆同坐觀書，聞戶外傳呼之聲，有貴人乘軒而過. 寧端坐

不動, 歆棄書往觀. 寧自此鄙歆之爲人, 遂割席分坐, 不復與之爲友.(*頭尾不復相連.)

後來管寧避居遼東, 常戴白帽, 坐臥一樓, 足不履地, 終身不肯仕魏. 而歆乃先事孫權, 後事曹操, 至此乃有收捕伏皇后一事.(*百忙中忽接敍華歆生平, 極似閑筆, 却不是閑筆.) 後人有詩嘆華歆曰:

　　華歆當日進兇謀, 破壁生將母后收.

　　助虐一朝添虎翼, 罵名千載笑 "龍頭".

又有詩讚管寧曰:

　　遼東傳有管寧樓, 人去樓空名獨留.

　　笑殺子愉貪富貴, 豈如白帽自風流.

　　*注: 傳呼之聲(전호지성): 呼出하는 소리. 귀인이 행차할 때 잡인들의 통행을 금하면서 외치는 소리. 辟除 소리.(*兩漢京兆河南尹及執金吾, 皆使人導引傳呼, 使行者止, 坐者起. ─ 〈漢書·蕭望之傳〉. 顏師古注.)

　　割席分坐(할석분좌): 자리를 갈라 따로 앉다. 절교하다. 管寧과 華歆이 같은 자리에 앉아 공부를 했는데, 관녕이 화흠의 사람됨을 멸시하여 자리를 갈라 따로 앉았다. 이 故事로부터 〈친구와 絶交하다〉란 뜻이 생겼다. 笑殺(소살): 우스워 죽을 지경이다; 가소롭다; 조소하고 매도하다. 비웃고 욕하다(笑罵). 子愉(자유): 華歆의 字.

〖15〗 且說華歆將伏后擁至外殿. 帝望見后, 乃下殿抱后而哭. 歆曰: "魏公有命, 可速行!" 后哭謂帝曰: "不能復相活耶?" 帝曰: "我命亦不知在何時也!"(*爲天子不能庇一渾家, 爲之一哭.) 甲士擁后而去, 帝捶胸大慟. 見郗慮在側, 帝曰: "郗公! 天下寧有是事乎!" 哭倒在地. 郗慮令左右扶帝入宮. 華歆拏伏后見操. 操罵曰: "吾以誠心待汝等, 汝等反欲害我耶! 吾不殺汝, 汝必殺我!" 喝左右亂棒打死. 隨卽入宮, 將伏后所生二子, 皆鴆殺之. 當晚,將伏完‧穆順等宗族二百餘口，皆斬於市．朝野之人，無不驚駭．
時建安十九年十一月也．後人有詩歎曰：

曹瞞兇殘世所無，伏完忠義欲何如．

可憐帝后分離處，不及民間婦與夫．

*注: 建安十九年(건안십구년): 서기 214년. 신라 奈解尼師今 19년.

〖16〗獻帝自從壞了伏后，連日不食．操入曰：“陛下無憂，臣
無異心．臣女已與陛下爲貴人，大賢大孝，宜居正宮．”獻帝安敢
不從？於建安二十年正月朔，就慶賀正旦之節，册立曹操女曹貴
人爲正宮皇后．(*皇后可以杖得，皇后亦有何榮？國丈可以殺得，國丈亦有何
貴？而操猶以女爲后，己爲國丈耶!) 群下莫敢有言．

此時曹操威勢日甚，會大臣商議收吳滅蜀之事．賈詡曰：“須召
夏侯惇‧曹仁二人回，商議此事．”操卽時發使，星夜喚回．夏侯惇
未至，曹仁先到，連夜便入府中見操．操方被酒而臥，許褚仗劍立
於堂門之內．曹仁欲入，被許褚當住．曹仁大怒曰：“吾乃曹氏宗
族，汝何敢阻當耶？”許褚曰：“將軍雖親，乃外藩鎮守之官；許褚
雖疏，見充內侍．主公醉臥堂上，不敢放入．”仁乃不敢入．曹操聞
之，歎曰：“許褚眞忠臣也！”(*逆臣手下偏有忠臣，爲之一歎.)

不數日，夏侯惇亦至，共議征伐．惇曰：“吳‧蜀急未可攻，宜先
取漢中張魯，以得勝之兵取蜀，可一鼓而下也．”曹操曰：“正合吾
意．”遂起兵西征．正是：

方逞兇謀欺弱主，又驅勁卒掃偏邦．

未知後事如何，且看下文分解．

*注: 外藩(외번): 봉토를 가진 왕이나 제후 또는 그 나라. 鎮守(진수):
군대를 주재시켜 요처를 지키다.

(1). 關公不屑屑與東吳較量爾我, 只將 "大漢" 二字壓倒東吳, 此其讀〈春秋〉得力處也. 呂布之對曹操曰:"漢家疆土, 人人有分." 惟其無父, 所以無君. 關公之對諸葛瑾曰:"大漢疆土, 豈可妄以尺寸與人?" 惟其能爲人臣, 所以能爲人弟..

(2). 以名士如華歆, 而助操爲惡至於如此之甚, 原其初不過爲榮利之心未忘耳. 拾金而觀之, 利未忘也; 見乘軒者而視之, 榮未忘也. 止此貪榮慕利之心, 遂成其黨惡助虐之心. 管幼安(管寧)之割席分坐, 殆逆料其後與?

(3). 或謂管寧坐臥一樓, 足不履地, 以地爲魏地也, 獨不思樓非魏地之樓乎? 子曰: "不然. 賢人君子, 特借此以自明高尙之志耳."

(4). 荀彧以操之加九錫而死, 荀攸以操之稱魏王而死. 君子惜其不死於殺董妃之時, 以爲死之已晚. 然猶幸其能死於弑伏后之前, 以爲死之未晚也. 夫殺董妃, 則加九錫, 稱魏王之漸也; 稱魏王, 則弑伏后之本也; 弑伏后, 則篡國之機也. 乃加九錫則董昭勸之, 稱魏王則王粲贊之, 弑伏后則華歆助之. 是彧與攸之爲人, 其猶有賢於董昭·王粲·華歆者耶?

第六十七回

曹操平定漢中地
張遼威震逍遙津

〖1〗却說曹操興兵西征，分兵三隊：前部先鋒夏侯淵·張郃；操自領諸將居中；後部曹仁·夏侯惇，押運糧草．早有細作報入漢中來．張魯與弟張衛，商議退敵之策．(*何不使鬼卒當之.) 衛曰：“漢中最險無如<u>陽平關</u>．可於關之左右，依山傍林，下十餘個寨柵，迎敵曹兵．兄在<u>漢寧</u>，多撥糧草<u>應付</u>.”(*米賊何患米之不足?) 張魯依言，遣大將楊昂·楊任，與其弟即日起程．軍馬到陽平關，下寨已定．夏侯淵·張郃前軍隨到；聞陽平關已有准備，離關一十五里下寨．是夜，軍士疲困，各自歇息．忽寨後一把火起，楊昂·楊任兩路兵殺來劫寨．夏侯淵·張郃急上得馬，四下裏大兵擁入，曹兵大敗，退見曹操．操怒曰：“汝二人行軍許多年，豈不知‘兵若遠行疲困，可防劫寨’？如何不作准備？”欲斬二人，以明軍法．衆官告免.

*注: 逍遙津(소요진): 지금의 안휘성 合肥市 東北 모서리. 옛날에는 淝水上의 나룻터였고 거기에 나루다리(津橋)가 있어서 건너다닐 수 있었다. 陽平關(양편관): 지금의 陝西省 勉縣 서쪽 老城鄕. 陽安口라고도 칭함. 白馬河가 漢水에 들어가는 곳. 四川과 陝西 간의 교통의 요충지. 漢寧(한녕): 郡名. 즉 漢中郡. 張魯가 한중에 있을 때 이 이름으로 바꿨다. 治所는 南鄭(지금의 섬서성 漢中市 東). 應付(응부): 支付하다. 供給하다.

〖2〗操次日自引兵爲前隊; 見山勢險惡, 林木叢雜, 不知路徑, 恐有伏兵, 卽引軍回寨, 謂許褚·徐晃二將曰: "吾若知此處如此險惡, 必不起兵來."(*入隴且如此之懼, 又何心入蜀耶? 早且爲後文不欲功蜀伏下一筆.) 許褚曰: "兵已至此, 主公不可憚勞." 次日, 操上馬, 只帶許褚·徐晃二人, 來看張衛寨柵. 三匹馬轉過山坡, 早望見張衛寨柵. 操揚鞭遙指, 謂二將曰: "如此堅固, 急切難下!" 言未已, 背後一聲喊起, 箭如雨發. 楊昂·楊任分兩路殺來. 操大驚. 許褚大呼曰: "吾當敵賊! 徐公明善保主公!" 說罷, 提刀縱馬向前, 力敵二將. 楊昂·楊任不能當許褚之勇, 回馬退去, 其餘不敢向前. 徐晃保着曹操奔過山坡, 前面又一軍到; 看時, 却是夏侯淵·張郃二將, 聽得喊聲, 故引軍殺來接應. 於是殺退楊昂·楊任, 救得曹操回寨. 操重賞四將. 自此兩邊相拒五十餘日, 只不交戰.

〖3〗曹操傳令退軍. 賈詡曰: "賊勢未見强弱, 主公何故自退耶?" 操曰: "吾料賊兵每日提備, 急難取勝. 吾以退軍爲名, 使賊懈而無備, 然後分輕騎抄襲其後, 必勝賊矣."(*前欲退是眞退, 此欲退是假退.) 賈詡曰: "丞相神機, 不可測也." 於是令夏侯淵·張郃分兵兩路, 各引輕騎三千, 取小路抄陽平關後. 曹操一面引大軍拔寨盡起. 楊昂聽得曹兵退, 請楊任商議, 欲乘勢擊之. 楊任曰:"操詭計極多, 未知眞實, 不可追趕."(*若楊昂依得楊任, 曹操未必能勝.)楊昂曰:"公不往, 吾當自去." 楊任苦諫不從.(*若楊任止得楊昂, 曹操亦不能勝.) 楊昂盡提五寨軍馬前進, 只留些少軍士守寨. 是日, 大霧迷漫, 對面不相見.(*前孔明借箭時有江中大霧, 今曹兵破敵時有山中大霧, 前有賦, 此無賦者, 只下文敍事情景, 而賦已在其中矣.) 楊昂軍至半路, 不能行, <u>且權札住</u>.

> ***注**: <u>且權札住</u>(차권 찰주): 당분간(잠시) 정지하다. 〈且權〉: 잠시(暫且).
> 당분간(姑且). 〈扎住(찰주)〉: 〈箚住(차주)〉: (영채를 세워) 주둔하다. 정지하
> 다. 駐札. 駐扎. 札住. 〈箚(차)〉, 〈札(찰)〉, 〈扎(찰)〉: 같은 뜻으로 서로
> 통용된다.

〖4〗却說夏侯淵一軍抄過山后, 見重霧垂空, 又聞人語馬嘶, (*但聞人語, 不見人形, 但聞馬嘶, 不見馬到, 抵得一篇大霧賦.) 恐有伏兵, 急催人馬行動, 大霧中誤走到楊昂寨前. 守寨軍士, 聽得馬蹄響, 只道是楊昂兵回, 開門納之.(*互相錯認.) 曹軍一擁而入, 見是空寨, 便就寨中放起火來.(*火在霧中, 則爲紅霧.) 五寨軍士, 盡皆棄寨而走. 比及霧散, 楊任領兵來救, 與夏侯淵戰不數合, 背後張郃兵到. 楊任殺條大路, 奔回<u>南鄭</u>. 楊昂待要回時, 已被夏侯淵‧張郃兩個占了寨柵.(*若非大霧, 曹操亦未必能勝.) 背後曹操大隊軍馬趕來. 兩下夾攻, 四邊無路. 楊昂欲突陣而出, 正撞着張郃. 兩個<u>交手</u>, 被張郃殺死. 敗兵回投陽平關, 來見張衛. 原來衛知二將敗走, 諸營已失, 半夜棄關, 奔回去了. 曹操逐得陽平關并諸寨. 張衛‧楊任回見張魯. 衛言二將失了隘口, 因此守關不住.(*自己逃走了, 却推在別人身上.) 張魯大怒, 欲斬楊任. 任曰:"某曾諫楊昂, 休追操兵. 他不肯聽信, 故有此敗. 任再乞一軍前去挑戰, 必斬曹操. 如不

勝, 甘當軍令!" (*一楊任何能爲?) 張魯取了軍令狀. 楊任上馬, 引
二萬軍離南鄭下寨.

　　*注: 交手(교수): 맞붙어 싸우다. 격투를 하다. 백병전을 하다.　南鄭(남
　　정): 지금의 섬서성 漢中. 당시 漢中郡의 治所.

〖5〗却說曹操提軍將進, 先令夏侯淵領五千軍, 往南鄭路上哨
探, 正迎着楊任軍馬, 兩軍擺開. 任遣部將昌奇出馬, 與淵交鋒;
戰不三合, 被淵一刀斬於馬下. 楊任自挺槍出馬, 與淵戰三十餘
合, 不分勝負. 淵佯敗而走, 任從後追來; 被淵用拖刀計, 斬於馬
下. 軍士大敗而回. 曹操知夏侯淵斬了楊任, 卽時進兵, 直抵南鄭
下寨.　張魯慌聚文武商議. (*張魯此時何不修書三封以告天地鬼神乎?) 閻
圃曰: "某保一人, 可敵曹操手下諸將." 魯問是誰. 圃曰: "南安
龐德, 前隨馬超投主公; 後馬超往西川, 龐德臥病不曾行. 見今蒙
主公恩養.　何不令此人去?" (*在閻圃口中補五十六回事.)　張魯大喜,
卽召龐德至, 厚加賞勞; 點一萬軍馬, 令龐德出. 離城十餘里, 與
曹兵相對. 龐德出馬搦戰.

　　*注: 拖刀計(타도계): 칼을 끌면서 패주하는 것처럼 하여 적이 가까이 오기
　　를 기다렸다가 갑자기 돌아서서 적을 치는 전술. 기만전술, 유인전술의 일
　　종.

〖6〗曹操在渭橋時, 深知龐德之勇, (*照應五十八回中事.)　乃囑諸
將曰: "龐德乃西涼勇將, 原屬馬超; 今雖依張魯, 未稱其心. 吾
欲得此人. 汝等須皆與緩鬪, 使其力乏, 然後擒之." (*徐晃事楊奉而
操欲得之, 龐德奉張魯而操又欲得之. 一則使人往說, 一則命將緩鬪, 前後遙遙
相對.) 張郃先出, 戰了數合便退. 夏侯淵也戰數合退了. 徐晃又戰
三五合也退了. 臨後許褚戰五十餘合亦退. 龐德力戰四將, 並無懼

怯. 各將皆於操前誇龐德好武藝.(*在諸將口中跨獎武藝, 預爲下文戰關公伏筆.) 曹操心中大喜, 與衆將商議: "如何得此人投降?" 賈詡曰: "某知張魯手下, 有一謀士楊松. 其人極貪賄賂. 今可暗以金帛送之, 使譖龐德於張魯, 便可圖矣."(*前玄德欲得馬超, 孔明想着楊松; 今曹操欲得龐德, 賈詡亦想着楊松. 松之貪著聞於外, 而魯獨不知, 哀哉!) 操曰: "何由得入南鄭?" 詡曰: "來日交鋒, 詐敗佯輸, 棄寨而走, 使龐德據我寨; 我却於黃夜引兵劫寨, 龐德必退入城: 却選一能言軍士, 扮作彼軍, 雜在陣中, 便得入城."

操聽其計, 選一精細軍校, 重加賞賜, 付與金掩心甲<u>一付</u>, (*秦以五羊皮換百里奚, 今操以一金甲換了龐德.) 令披在<u>貼肉</u>, 外穿漢中軍士<u>號衣</u>, 先於半路上等候.

*注: **稱心**(칭심): 마음에 맞다(들다). 만족하다.　　**臨後**(임후): 후에 이르러. 후에 와서. 마침내.　　**一付**(일부): (옷) 한 벌. 〈付〉: 옷이나 장갑 등을 세는 量詞.(*衣一付. 三付手套.)　　**貼肉**(첩육): 貼身. (옷이) 몸에 붙다.

號衣(호의): (병사들이나 심부름꾼들이 입던) 번호 달린 제복.

〖7〗次日, 先撥夏侯淵 · 張郃兩枝軍, 遠去埋伏; 却敎徐晃挑戰, 不數合敗走. 龐德招軍掩殺, 曹兵盡退. 龐德却奪了曹操寨柵. 見寨中糧草極多,(*曹操旣甲又棄糧, 總爲欲得龐德耳, 而寨旣劫, 則糧仍是我糧, 松可殺, 則甲仍是我甲矣.) 大喜, 卽時申報張魯; 一面在寨中設宴慶賀. 當夜二更之後, 忽然三路火起: 正中是徐晃 · 許褚, 左張郃, 右夏侯淵. 三路軍馬, 齊來劫寨. 龐德不及提備, 只得上馬衝殺出來, 望城而走. 背後三路兵追來. 龐德急喚開城門, 領兵一擁而入.

此時細作已雜到城中, 徑投楊松府下謁見, 具說: "**魏公曹丞相**久聞盛德, 特使某送金甲爲信. 更有密書呈上." 松大喜, (*見金便喜, 不獨楊松爲然也.) 看了密書中言語, 謂細作曰:"上覆魏公, 但請放心. 某自有良策奉報." <u>打發</u>來人先回, 便連夜入見張魯, 說龐德受了曹操賄賂, <u>賣此一陣</u>. (*偏是受賄人專要謗人受賄.) 張魯大怒, 喚龐德責罵, 欲斬之.(*若非張魯不明, 曹操亦必不能勝.) 閻圃苦諫. 張魯曰:"你來日出戰, 不勝必斬!" 龐德抱恨而退.

*注: 打發(타발): 보내다. 파견하다.　賣一陣(매일진): 싸움에서 일부러 져주다.

〖8〗 次日, 曹兵攻城. 龐德引兵衝出. 操令許褚交戰. 褚詐敗, 龐德<u>赶</u>來. 操自乘馬於山坡上喚曰:"龐令明何不早降?" 龐德尋思:"拏住曹操, <u>抵</u>一千員上將!" 遂飛馬上坡. 一聲喊起, 天崩地塌, 連人和馬, 跌入陷坑內去; <u>四壁鉤索</u>一齊上前, 活捉了龐德, 押上坡來. 曹操下馬, 叱退軍士, 親釋其縛, 問龐德肯降否. 龐德尋思張魯不仁, <u>情願</u>拜降.(*此時忘却渭橋矣.) 曹操親扶上馬, 共回大寨, 故意敎城上望見. 人報張魯:"德與操<u>並</u>馬而行." 魯益信楊松之言爲實. (*事有弄假成眞, 而使人竟信爲眞者, 往往如此.)

次日, 曹操三面竪立雲梯, 飛砲攻打. 張魯見其勢已極, 與弟張衛商議. 衛曰:"放火盡燒倉廩府庫, 出奔南山, 去守<u>巴中</u>可也." (*與鄭度勸劉璋一樣意思.) 楊松曰:"不如開門投降." 張魯猶豫不定. 衛曰:"只是燒了便行." 張魯曰:"我向本欲歸命國家, 而意未得達. 今不得已而出奔, 倉廩府庫, 國家之有, 不可廢也." 遂盡封鎖.(*與劉璋不欲燒涪水之糧, 正相彷彿.) 是夜二更, 張魯引全家老小, 開南門殺出. 曹操敎休追赶; 提兵入南鄭, 見魯封閉庫藏, 心甚憐之. 遂差人往<u>巴中</u>, 勸使投降. 張魯欲降, 張衛不肯.

*注: 抵(저): 맞서다. 당해내다. 대적하다. 맞먹다.　鉤索(구색): 금속제 갈고리.　情願(정원): 차라리 …을 원하다; 진심으로 원하다.　巴中(파중):

지금의 사천성 거현(渠縣) 동북 지구.

【9】楊松以密書報操, 便教進兵, 松爲內應. (*金甲只要換龐德,
不想直擾了漢中.) 操得書, 親自引兵往巴中. 張魯使弟衛領兵出敵,
與許褚交鋒; 被褚斬於馬下. 敗軍回報張魯, 魯欲堅守. 楊松曰:
"今若不出, 坐而待斃矣. 某守城, 主公當親與決一死戰." 魯從
之. (*劉璋能斬張松, 張魯到底信楊松. 魯之闇比璋尤甚.) 閻圃諫魯休出,
魯不聽, 遂引軍出迎. 未及交鋒, 後軍已走. 張魯急退, 背後曹兵
赶來. 魯到城下, 楊松閉門不開.(*賄賂之於人, 甚矣哉!) 張魯無路可
走. 操從後追至, 大叫:"何不早降!" 魯乃下馬投拜. 操大喜; 念
其封倉庫之心, 優禮相待.(*米賊終以米得免.) 封魯爲鎭南將軍. 閻
圃等皆封列侯. 於是漢中皆平. 曹操傳令各郡分設太守, 置都
尉.(*祭酒, 師君之名, 至此一換.) 大賞士卒, 惟有楊松賣主求榮, 卽命
斬之於市曹示衆.(*與殺苗澤一般快擧.) 後人有詩嘆曰:
　　妨賢賣主逞奇功, 積得金銀總是空.
　　家未榮華身受戮, 令人千載笑楊松.
　　*注: 市曹(시조): 저잣거리. 시가(市街). 형장(刑場). (고대에는 사람들이
　　많이 모이는 시장에서 처형하여 많은 사람들에게 보도록 했다).

【10】曹操已得東川, 主簿司馬懿進曰:"劉備以詐力取劉璋,
蜀人尙未歸心. 今主公已得漢中, 益州震動. 可速進兵攻之, 勢必
瓦解. 智者貴於乘時, 時不可失也." (*一言取蜀之利.) 曹操嘆曰:
"'人苦不知足, 既得隴, 復望蜀'耶?"(*初畏山川險峻, 得隴已出望
外, 借知足而止兵, 亦是老賊假語.) 劉曄曰:"司馬仲達之言是也. 若少
遲緩, 諸葛亮明於治國而爲相, 關·張等勇冠三軍而爲將, 蜀民既
定, 據守關隘, 不可犯矣."(*一言不取蜀之害.) 操曰:"士卒遠涉勞

苦, 且宜存恤." 遂按兵不動.

    *注: 人苦不知足(인고부지족): 사람들은 너무나 만족할 줄을 모른다. 〈苦〉: 지나치다. 심하다. 너무.   **旣得隴, 復望蜀**(기득롱, 부망촉): 隴西의 땅을 얻고 나서는 蜀 땅을 넘본다. 이상의 〈人苦不知足〉 이하 〈復望蜀〉까지는 원래 〈後漢書·彭岑傳〉에 나오는 말로, 이 말은 漢武帝 劉秀가 彭岑에게 보내는 書信에서 한 말이다. 이 말이 후에 와서 〈득롱망촉(得隴望蜀)〉이란 成語로 변하여 만족할 줄 모르는 인간의 貪心을 비유한다.   **存恤**(존휼): 위무, 구제하다. 돌보다.

  〖11〗 却說西川百姓, 聽知曹操已取東川, 料必來取西川, 一日之間, 數遍驚恐. 玄德請軍師商議. 孔明曰: "亮有一計, 曹操自退." 玄德問何計. 孔明曰: "曹操分軍屯合淝, 懼孫權也. 今我若分江夏·長沙·桂陽三郡還吳, (*前是假割三郡, 此時方欲眞割.) 遣舌辯之士, 陳說利害, 令吳起兵襲合淝, 牽動其勢, 操必勒兵南向矣." 玄德問: "誰可爲使?" 伊籍曰: "某願往." 玄德大喜, 遂作書具禮, 令伊籍先到荊州, 知會雲長, (*可知前番不遣人知會, 是明明愚弄諸葛瑾.) 然後入吳.

    到秣陵, 來見孫權, 先通了姓名. 權召籍入. 籍見權禮畢, 權問曰: "汝到此何爲?" 籍曰: "昨承諸葛子瑜取長沙等三郡, 爲軍師不在, 有失交割, 今傳書送還. 所有荊州南郡·零陵, 本欲送還; 被曹操襲取東川, 使關將軍無容身之地. (*前以玄德容身爲辭, 今又以關公容身爲辭, 總是活脫法.) 今合淝空虛, 望君侯起兵攻之, 使曹操撤兵回南. 吾主若取了東川, 卽還荊州全土."(*有此一說, 又爲後文呂蒙襲荊州張本.) 權曰: "汝且歸館舍, 容吾商議."

    *注: 數遍(수편): 여러 번. 〈遍〉: 번. 회.(동작이 시작되어 끝날 때까지의 전 과정을 말한다.)   長沙(장사): 郡名. 治所는 臨湘(지금의 호남성 長沙市).

牽動(견동): (일부분의 변화가 다른 부분에) 영향을 미치다.　**知會**(지회):
통지하다. 알리다.　**秣陵**(말릉): 지금의 강소성 江寧縣. 南秣陵關.　**承**(승):
승인하다.　**容**(용): 나중에. 뒤에. 훗날.

〖 12 〗 伊籍退出, 權問計於衆謀士. 張昭曰:"此是劉備恐曹操
取西川, 故爲此謀. 雖然如此, 可因操在漢中, 乘勢取合淝, 亦是
上計." 權從之, <u>發付</u>伊籍回蜀去訖, 便議起兵攻操: 令魯肅收取
長沙·江夏·桂陽三郡,(*此時關公业不作梗, 則知前之不肯, 乃是黙會孔明
意也.) 屯兵於<u>陸口</u>, 取呂蒙·甘寧回; 又去餘杭取凌統回.

　不一日, 呂蒙·甘寧先到. 蒙獻策曰:"現今曹操令廬江太守朱
光, 屯兵於<u>皖城</u>, 大開稻田, 納穀於合淝, 以充<u>軍實</u>. 今可先取皖
城, 然後攻合淝."(*操之憐張魯以錢糧爲重, 蒙之攻皖城意亦然.)　權
曰:"此計甚合吾意." 遂敎呂蒙·甘寧爲先鋒, 蔣欽·潘璋爲<u>合後</u>,
權自引周泰·陳武·董襲·徐盛爲中軍. 時程普·黃蓋·韓當在各處鎭
守, 都未隨征.

　　*注: **發付**(발부): 보내다. 파견하다(=打發).　**陸口**(육구): 지금의 호북성
　　포기현蒲圻縣 서북의 陸溪口. 陸水가 長江으로 들어가는 곳이므로 이런 名稱
　　이 생겼다.　**皖城**(환성): 皖縣. 지금의 안휘성 潛山縣 北. 그 城이 皖水의
　　북쪽에 있어서 그것이 城名이 되었다.　**軍實**(군실): 군용 무기와 양식.
　　合後(합후): 뒤를 끊어 掩護하다; 軍職名으로 〈先鋒〉의 相對.

〖 13 〗 却說軍馬渡江, 取<u>和州</u>, 徑到皖城. 皖城太守朱光, 使人
往合淝求救; 一面固守城池, 堅壁不出. 權自到城下看時, 城上箭
如雨發, 射中孫權<u>麾蓋</u>.(*孫權親冒矢石, 皆爲蜀中所使.) 權回寨, 問衆
將曰:"如何取得皖城?" 董襲曰:"可差軍士築起土山攻之." 徐
盛曰:"可竪雲梯, 造<u>虹橋</u>, 下觀城中而攻之." 呂蒙曰:"此法皆

費日月而成, 合淝救軍一至, 不可圖矣. 今我軍初到, 士氣方銳, 正可乘此銳氣, 奮力攻擊. 來日平明進兵, 午未時便當破城."(＊兵貴神速, 此之類是也.) 權從之.

次日五更飯畢, 三軍大進. 城上矢石齊下. 甘寧手執鐵鏈, 冒矢石而上. 朱光令弓弩手齊射, 甘寧撥開箭林, 一鏈打倒朱光. 呂蒙親自擂鼓, 士卒皆一擁而上, 亂刀砍死朱光. 餘衆多降, 得了皖城, 方才辰時. 張遼引軍至半路, 哨馬回報皖城已失. 遼卽回兵歸合淝.

*注: 和州(화주): 동한의 歷陽縣. 治所는 歷陽(지금의 안휘성 和縣). 삼국 이후인 北齊 때 歷陽이 和州로 개명되었다.　麾蓋(휘개): 대장기와 수레에 세우는 日傘.　虹橋(홍교): 즉 飛橋. 다리(橋) 모양이 공중을 가로지른 무지개(虹) 같다고 해서 붙여진 명칭이다.　費日月(비일월): 시간(세월)이 걸리다.　午未時(오미시): 오전 11시부터 오후 3시까지의 시간.　鐵鏈(철련): 쇠사슬.　撥開(발개): 억지로 열다. 밀어제치다. 밀어 헤치다.　辰時(진시): 오전 7시~9시 사이.

〖14〗孫權入皖城, 凌統亦引軍到. 權慰勞畢, 大犒三軍, 重賞呂蒙 · 甘寧諸將, 設宴慶功. 呂蒙遜甘寧上坐, 盛稱其功勞. 酒至半酣, 凌統想起甘寧殺父之讐,(＊照應三十八回中事.) 又見呂蒙誇美之, 心中大怒, 瞪目直視良久. 忽拔左右所佩之劍, 立於筵上曰: "筵前無樂, 看吾舞劍." 甘寧知其意, 推開果卓起身, 兩手取兩枝戟挾定, 縱步出曰: "看我筵前使戟." 呂蒙見二人各無好意, 便一手挽牌, 一手提刀, 立於其中曰: "二公雖能, 皆不如我巧也." 說罷, 舞起刀牌, 將二人分於兩下. 早有人報知孫權. 權慌跨馬, 直至筵前. 衆見權至, 方各放下軍器. 權曰: "吾常言二人休念舊讐, 今日又何如此?" 凌統哭拜於地. 孫權再三勸止. 至次日, 起兵進取合淝, 三軍盡發.

*注: 瞪目(징목): 눈을 부릅뜨다. 눈을 부릅뜨고 노려보다. **推開**(추개): 밀어 열다. 밀어내다. 밀어젖히다. **挾定**(협정): 겨드랑이에 꽉 끼다. **縱步**(종보): 성큼성큼 걷다.

〖15〗 張遼爲失了皖城, 回到合淝, 心中愁悶. 忽曹操差薛悌送木匣一個, 上有操封, 傍書云: "賊來乃發." 是日, 報說孫權自引十萬大軍, 來攻合淝. 張遼便開匣觀之. 內書云: "若孫權至, 張·李二將軍出戰, 樂將軍守城." 張遼將教帖與李典·樂進觀之. 樂進曰: "將軍之意若何?" 張遼曰: "主公遠征在外, 吳兵以爲破我必矣. 今可發兵出迎, 奮力與戰, 折其鋒銳, 以安衆心, 然後可守也." (*有以守爲守者, 有以戰爲守者. 以戰爲守, 張遼之言是也.) 李典素與張遼不睦, 聞遼此言, 默然不答. 樂進見李典不語, (*吳有甘·凌不睦: 魏有張·李不睦, 彼此互相對照.) 便道: "賊衆我寡, 難以迎敵, 不如堅守." 張遼曰: "公等皆是私意, 不顧公事. 吾今自出迎敵, 決一死戰." 便教左右備馬. 李典慨然而起曰: "將軍如此, 典豈敢以私憾而忘公事乎? 願聽指揮." 張遼大喜曰: "旣曼成肯相助, 來日引一軍於逍遙津北埋伏, 待吳兵殺過來, 可先斷小師橋, (*與孔明斷金雁橋一樣方法.) 吾與樂文謙擊之." (*曹操只教兩人出戰, 一人堅守. 今却三人俱出, 可見行軍用兵貴隨機應變, 不可拘執也.) 李典領命, 自去點軍埋伏.

*注: **教帖**(교첩): 즉 教令. 고대 公侯·大臣의 命令. 여기서는 曹操가 보내온 書信을 가리킴. **曼成**(만성): 李典의 字.

〖16〗 却說孫權令呂蒙·甘寧爲前隊, 自與凌統居中, 其餘諸將陸續進發, 望合淝殺來. 呂蒙·甘寧前隊兵進, 正與樂進相迎. 甘寧出馬與樂進交鋒, 戰不數合, 樂進詐敗而走.(*張遼本說兩人誘敵, 一人埋伏, 今却用一人誘敵, 兩人埋伏, 又是變化不拘.) 甘寧招呼呂蒙一齊引軍赶去. 孫權在第二隊, 聽得前軍得勝, 催兵行至逍遙津北, 忽聞連珠砲響, 左邊張遼一軍殺來, 右邊李典一軍殺來. 孫權大驚, 急令人喚呂蒙‧甘寧回救時, 張遼兵已到. 凌統手下, 止有三百餘騎, 當不得曹軍勢如山倒. 凌統大呼曰:"主公何不速渡小師橋!" 言未畢, 張遼引二千餘騎, 當先殺至. 凌統翻身死戰. 孫權縱馬上橋, 橋南已折丈餘, 並無一片板. 孫權驚得手足無措. 牙將谷利大呼曰:"主公可約馬退後, 再放馬向前, 跳過橋去." 孫權收回馬來有三丈餘遠, 然後縱轡加鞭, 那馬一跳飛過橋南.(*與玄德檀溪馬隱然相對.) 後人有詩曰:

> 的盧當日跳檀溪, 又見吳侯敗合淝.
>
> 退後着鞭馳駿騎, 逍遙津上玉龍飛.

*注: 牙將(아장): 軍中의 中下級 軍官.　約馬(약마): 말을 바짝 잡아당기다.〈約〉: 屈折內縮.

〖17〗孫權跳過橋南, 徐盛‧董襲駕舟相迎. 凌統‧谷利抵住張遼. 甘寧‧呂蒙引軍回救, 却被樂進從後追來, 李典又截住厮殺, 吳兵折了大半. 凌統所領三百餘人, 盡被殺死. 統身中數槍, 殺到橋邊, 橋已折斷, 繞河而逃.(*凌統不能越橋而孫權能越, 可見權之實邀天幸也, 稱帝已兆於此.) 孫權在舟中望見, 急令董襲棹舟接之, 乃得渡回. 呂蒙‧甘寧皆死命逃過河南. 這一陣殺得江南人人害怕; 聞張遼大名, 小兒也不敢夜啼. 衆將保護孫權回營. 權乃重賞凌統‧谷利, 收軍回濡須, 整頓船隻, 商議水陸并進; 一面差人回江南, 再起人馬來助戰.

却說張遼聞孫權在濡須, 將欲興兵進攻, 恐合淝兵少難以抵敵,急令薛悌星夜往漢中, 報知曹操, 求請救兵. 操同衆官議曰: "此時可收西川否?" 劉曄曰: "今蜀中稍定, 已有提備, 不可擊也. 不如撤兵去救合淝之急, 就下江南." 操乃留夏侯淵守漢中定軍山隘口, 留張郃守蒙頭岩等隘口. 其餘軍兵拔寨都起, 殺奔濡須塢來. 正是:

　　鐵騎甫能平隴右, 旌旄又復指江南.

未知勝負如何, 且看下文分解.

*注: 定軍山(정군산): 漢中郡 沔陽縣에 속했다. 지금의 섬서성 勉縣 西南에 위치. 東漢 建安 24년 촉장 黃忠이 이곳에서 조조의 장수 夏侯淵을 대패시키고 마침내 漢中을 차지했음. 제갈량도 死後 이 산에 묻혔다.　蒙頭岩(몽두암): 지금의 사천성 渠縣 東쪽에 있는 팔몽산八濛山.　甫(보): 겨우. 막. 갓. 방금.　隴右(롱우): 감숙성 隴坻(농저) 서쪽에서 新疆 迪化(적화) 동쪽까지를 말한다.　旌旄(정모): 軍中에서 지휘용으로 쓰는 깃발.

第六十七回 毛宗崗 序始評

(1). 操以許褚爲忠臣, 是賊臣亦愛忠臣也; 操以楊松爲賊臣, 是賊臣亦惡賊臣也. 然但以褚之助己者爲忠, 猶未爲知忠臣; 能以松之助我者爲賊, 則眞能惡賊臣矣. 夫賊而卽見惡於賊, 亦何樂而爲賊? 以賊而亦知賊之可惡, 復奈何而自爲賊哉?.

(2). 操之得隴而不望蜀, 蘇子瞻以爲重發於劉備, 而喪其功, 斯固然矣. 然操之懷懼者三: 前以初破袁紹之衆, 遠行疲弊, 跋涉江湖, 致有赤壁之敗; 今以初平張魯之衆, 歷險阻, 越山川, 不恤其勞而用之, 安能料其必勝乎? 一可懼也. 使荊州會合東吳而乘虛北伐, 將奈之何? 二可懼也. 且心畏孔明之才, 向以博望 ·

新野蕞爾之城，猶能焚我師而挫我銳，況今有西川之地而欲與之抗衡，三可懼也．操實有此三懼，而假托知足以爲辭．此奸雄欺人之語耳！

(3)．孫‧劉之分荊州，非孫‧劉之分之，而曹操分之也．何也？曹操不下東川，則荊州不可得而分也．前此之許分而不果分，非關公之阻之，而孔明阻之也．何也？伊籍不至荊州，則荊州又不可得而分也．交割三郡，但有諸葛瑾來，而無蜀中之使命偕之以來，關公已知孔明之佯許矣．若云“將在外，君命有所不受”，何以伊籍一至，關公卽便交割耶？

(4)．兵有遲則得，速則失者，郭嘉之定遼東是也．兵有速則得，遲則失者，呂蒙之取皖城是也．城有戰則失，不戰則不失者，曹洪之守潼關是也．城有戰則能守，不戰則不能守者，張遼之守合淝是也．或遲或速，或戰或不戰，用兵之道，變動不拘，可當〈孫子十三篇〉讀．

第六十八回

甘寧百騎劫魏營
左慈擲杯戲曹操

〔1〕却說孫權在濡須口收拾軍馬，忽報曹操自漢中領兵四十萬前來救合淝．孫權與謀士計議，先撥董襲・徐盛二人領五十隻大船，在濡須口埋伏；令陳武帶領人馬，往來江岸巡哨．張昭曰："今曹操遠來，必須先挫其銳氣."(*張昭屢次以不戰爲主，此番却有膽氣.)權乃問帳下曰："曹操遠來，誰敢當先破敵，以挫其銳氣？"凌統出曰："某願往."權曰："帶多少軍去？"統曰："三千人足矣."甘寧曰："只須百騎，便可破敵，何必三千！"凌統大怒．兩個就在孫權面前爭競起來.(*爲上回餘波.)權曰："曹軍勢大，不可輕敵."乃命凌統帶三千軍出濡須口去哨探，遇曹兵，便與交戰．凌統領命，引着三千人馬，離濡須塢．塵頭起處，曹兵早到．先鋒張遼與凌統交鋒，鬬五十合，不分勝負．孫權恐凌統有失，令呂蒙

接應回營.

*注: 濡須(유수): 옛 水名. 지금의 안휘성 運遭河의 前身. 巢縣 西巢湖에
서 발원하여 無爲縣 동남에서 長江으로 들어가는데, 古代에 長江과 淮江
사이의 交通의 要道였다. 爭競(쟁경): 언쟁하다. 다투다. 따지다. 옥신각
신하다.

〖2〗甘寧見凌統回, 卽告權曰:"寧今夜只帶一百人馬去劫曹
營; 若折了一人一騎, 也不算功." 孫權壯之, 乃調撥帳下一百精
銳馬兵付寧; 又以酒五十瓶, 羊肉五十斤, 賞賜軍士. 甘寧回到營
中, 敎一百人皆列坐, 先將銀碗斟酒, 自吃兩碗, 乃語百人曰:
"今夜奉命劫寨, 請諸公各滿飮一觴, 努力向前."(*或破敵而後飮,
或先飮酒以壯膽, 皆妙.) 衆人聞言, 面面相覰. 甘寧見衆人有難色, 乃
拔劍在手, 怒叱曰:"我爲上將, 且不惜命; 汝等何得遲疑!" 衆人
見甘寧作色, 皆起拜曰:"願效死力."(*南人本是無用, 激之則有用.)
甘寧將酒肉與百人共飮食盡, 約至二更時候, 取白鵝翎一百根, 挿
於盔上爲號;(*前爲"錦帆賊", 今又爲鵝翎軍矣.) 都披甲上馬, 飛奔曹
操寨邊, 拔開鹿角, 大喊一聲, 殺入寨中, 徑奔中軍來殺曹操.

*注: 遲疑(지의): 주저하다. 망설이며 결정짓지 못하다. 作色(작색): (화
가 나서) 안색이 변하다. 白鵝翎(백아령): 흰고니의 깃. 拔開(발개): 밀어
제치다. 鹿角(녹각): 사슴 뿔. 그러나 여기서는 일종의 군사적 방어시설로
사슴뿔처럼 가지가 나 있는 나무를 땅위에 꽂아서 적병의 진입을 저지하는
시설이다.

〖3〗原來中軍人馬, 以車仗伏路穿連, 圍得鐵桶相似, 不能得
進. 甘寧只將百騎, 左衝右突. 曹兵驚慌, 正不知敵兵多少, 自相
擾亂. 那甘寧百騎, 在營內縱橫馳驟, 逢着便殺. 各營鼓噪, 舉火

如星，喊聲大震．甘寧從寨之南門殺出，無人敢當．孫權令周泰引一枝兵來接應．甘寧將百騎回到濡須．操兵恐有埋伏，不敢追襲．後人有詩讚曰：

鼙鼓聲喧震地來，吳師到處鬼神哀．

百翎直貫曹家寨，盡說甘寧虎將才．

甘寧引百騎到寨，不折一人一騎；至營門，令百人皆擊鼓吹笛，口稱：“萬歲！”歡聲大震．孫權自來迎接．甘寧下馬拜伏．權扶起，携寧手曰：“將軍此去，足使老賊驚駭．<u>非孤相捨</u>，正欲觀卿膽耳！”卽賜絹千匹，利刀百口．寧拜受訖，遂分賞百人．權語諸將曰：“孟德有張遼，孤有甘興霸，足以相敵也.”(*寧善將兵，權善將將.)

　*注：穿連(천련)：꿰다．꿰어 연결하다．　鼙鼓(비고)：옛날 군대에서 사용하던 작은 북．　非孤相捨(비고상사)：과인이 (그대를) 버리려고(잃으려고) 한 것이 아니다．〈捨〉：버리다．잃다．

〖4〗次日，張遼引兵搦戰．凌統見甘寧有功，奮然曰：“統願敵張遼.”權許之．統遂領兵五千，離濡須．權自引甘寧臨陣觀戰．對陣圓處，張遼出馬，左有李典，右有樂進．凌統縱馬提刀，出至陣前．張遼使樂進出迎．兩個鬪到五十合，未分勝敗．曹操聞知，親自策馬到門旗下來看，見二將酣鬪，乃令曹休暗放冷箭．曹休便閃在張遼背後，開弓一箭，正中凌統坐下馬．那馬直立起來，把凌統<u>掀翻</u>在地．樂進<u>連忙</u>持槍來刺．槍還未到，只聽得<u>弓弦響處</u>，一箭射中樂進面門，翻身落馬．兩軍齊出，各救一將回營，鳴金罷戰．凌統回寨中拜謝孫權．權曰：“放箭救你者，甘寧也.”凌統乃頓首拜寧曰：“不想公能如此垂恩！”自此與甘寧結爲<u>生死之交</u>，再不爲惡.(*甘寧不是以德報怨，乃是以直解怨耳.)

　*注：掀翻(흔번)：뒤집히다．전복하다．　連忙(연망)：얼른．급히．재빨리.

弓弦響處(궁현향처): 활시위가 울렸을 때. 〈處〉: 처소. 장소; 시간, 때(時. 時候).   生死之交(생사지교): 생사를 같이할 수 있는 친구.

〖5〗且說曹操見樂進中箭, 乃自到帳中調治. 次日, 分兵<u>五路</u>來襲濡須: 操自領中路; 左一路張遼, 二路李典; 右一路徐晃, 二路龐德. 每路各帶一萬人馬, 殺奔江邊來. 時董襲·徐盛二將, 在樓船上見五路軍馬來到, 諸軍各有懼色. 徐盛曰: "食君之祿, 忠君之事, 何懼哉!" 遂引猛士數百人, 用小船渡過江邊, 殺入李典軍中去了.(*甘寧百人在黑夜, 徐盛數百人在白日, 白日更難於黑夜.) 董襲在船上, 令衆軍擂鼓吶喊助威. 忽然江上猛風大作, 白浪<u>掀天</u>, 波濤<u>洶湧</u>. 軍士見大船將覆, 將下<u>脚艦</u>逃命. 董襲仗劍大喝曰: "<u>將受君命</u>, 在此防賊, 怎敢棄船而去!" 立斬下船軍士十餘人. 須臾, 風急船覆, 董襲竟死於江口水中.(*寧不畏死而不死, 襲不畏死而竟死, 有幸有不幸焉.) 徐盛在李典軍中, 往來衝突.

　　*注: 五路(오로): 다섯 방면(노선). 〈路〉: 지구; 방면; 노선.　掀天(흔천): 하늘 높이 솟아오르다.　洶湧(흉용): (물이) 세차게 위로 치솟다.　脚艦(각함): 戰艦의 船尾에 매여 있는 비상용 작은 배. 현대의 救命艇에 해당함.　將受君命(장수군명): 방금 군명을 받았다. 〈將〉: 지금. 방금. 막.

〖6〗却說陳武聽得江邊厮殺, 引一軍來, 正與龐德相遇, 兩軍混戰. 孫權在濡須塢中, 聽得曹兵殺到江邊, 親自與周泰引軍前來助戰.(*寫數處軍馬分頭交戰, 歷歷詳明, 一筆不亂.) 正見徐盛在李典軍中<u>攪做一團</u>厮殺, 便麾軍殺入接應. 却被張遼·徐晃兩枝軍, 把孫權困在垓心. 曹操上高阜處看見孫權被圍, 急令許褚縱馬持刀殺入軍中, 把孫權軍衝作兩段, 彼此不能相救.(*前張遼所斷者, 橋也, 今許褚所斷者, 兵也. 皆善於用截.)

〖7〗 却說周泰從軍中殺出, 到江邊, 不見了孫權, 勒回馬, 從外又殺入陣中, 問本部軍: "主公何在?" 軍人以手指兵馬厚處, 曰: "主公被圍甚急!" 周泰挺身殺入, 尋見孫權. 泰曰: "主公可隨泰殺出." 於是泰在前, 權在後, 奮力衝突. 泰到江邊, 回頭又不見孫權, 乃復翻身殺入圍中, 又尋見孫權. 權曰: "弓弩齊發, 不能得出, 如何?" 泰曰: "主公在前, 某在後, 可以出圍." 孫權乃縱馬前行. 周泰左右遮護, 身被數槍, 箭透重鎧, 救得孫權. 到江邊, 呂蒙引一枝水軍前來接應下船. 權曰: "吾虧周泰三番衝殺, 得脫重圍. 但徐盛在垓心, 如何得脫?" 周泰曰: "吾再救去." (*救主之後, 猶有餘勇可賈.) 遂輪槍復翻身殺入重圍之中, 救出徐盛. 二將各帶重傷. 呂蒙教軍士亂箭射住岸上兵, 救二將下船.

*注: 虧周泰(휴주태): 周泰가 …한 덕분에. 〈虧〉: 덕분에. 다행히. 衝殺(충살): 힘차게 싸우다. 돌격하다. 부딪쳐 싸우다.

〖8〗 却說陳武與龐德大戰, 後面又無應兵, 被龐德赶到峪口, 樹林叢密; 陳武再欲回身交戰, 被樹株抓住袍袖, 不能迎敵, 爲龐德所殺. 曹操見孫權走脫了, 自策馬驅兵, 赶到江邊對射. 呂蒙箭盡, 正慌間, 忽對江一宗船到, 爲首一員大將, 乃是孫策女婿陸遜, 自引十萬兵到; 一陣射退曹兵, 乘勢登岸追殺曹兵, 復奪戰馬數千匹, 曹兵傷者, 不計其數, 大敗而回. ——於亂軍中尋見陳武屍首.

孫權知陳武已亡, 董襲又沈江而死, 哀痛至切, 令人水中尋見董襲屍首, 與陳武屍一齊厚葬之. 又感周泰救護之功, 設宴款之. 權親自把盞, 撫其背, 淚流滿面, 曰: "卿兩番相救, (*照應十五回中事.) 不惜性命, 被槍數十, 膚如刻畫, 孤亦何心不待卿以骨肉之恩, 委卿以兵馬之重乎！卿乃孤之功臣，孤當與卿共榮辱‧同休戚也！”
言罷，令周泰解衣與衆將觀之：皮肉肌膚，如同<u>刀剜</u>，<u>盤根</u>遍體．
孫權手指其痕，一一問之．周泰具言戰鬪被傷之狀．一處傷令吃一
<u>觥</u>酒．是日，周泰大醉．權以靑羅傘賜之，令出入<u>張蓋</u>，以爲<u>顯</u>
<u>耀</u>．(*無數瘡疤換得一頂羅蓋．)

〔9〕權在濡須，與操相拒月餘，不能取勝．張昭‧顧雍上言：“曹
操勢大，不可力取；若與久戰，大損士卒：不若求和安民爲上．”(*
孫‧曹之相和，自此始，孫‧劉之相離，亦自此兆．) 孫權從其言，令步騭往
曹營求和，許年納歲貢．操見江南急未可下，乃從之，令：“孫權
先撤人馬，吾然後班師．”步騭回覆，權只留蔣欽‧周泰守濡須口，
盡發大兵上船回秣陵．(*以上按下孫權，以下再敍曹操．)

　　操留曹仁‧張遼屯合淝，班師回許昌．文武衆官皆議立曹操爲
“魏王”．尙書崔琰力言不可．衆官曰：“汝獨不見荀文若乎？”琰
大怒曰：“時乎，時乎！<u>會當有變！任自爲之！</u>”(*崔琰之阻魏王，更烈於
荀彧之阻九錫‧荀攸之阻稱王．) 有與琰不和者，告知操．操大怒，收琰下
獄問之．琰虎目虯髯，只是大罵曹操欺君奸賊．(*荀彧‧荀攸，不聞其
罵，而崔琰能罵，與二人不同．) 廷尉白操，操令杖殺崔琰於獄中．後人
有時讚曰：

　　清河崔琰，天性堅剛．

　　虯髯虎目，鐵石心腸．

奸邪辟<u>易</u>, 聲節顯昂.

忠於漢主, 千古名揚!

*<u>注</u>: **會當**(회당): 반드시… 해야 한다. 會須.　　**任**(임): 되는대로 맡겨두다. 그냥 내버려두다. 마음대로 하게 하다. (*최염이 말한 뜻은 〈지금은 아직 漢의 때가 아닌가! 조조가 왕이 되려면 반드시 변고를 일으켜야 할 터, 나는 그 일에 전혀 관여하지 않겠으니 조조 네 멋대로 잘해 보거라.〉이다.)　　**清河** (청하): 崔琰의 字는 季珪로 清河의 東에 있는 武城 사람이다.　　**奸邪辟易** (간사피역): 간사한 자들은 그를 피하여 뒤로 물러선다. 〈辟〉: 避와 同.

〚10〛 <u>建安二十一年</u>夏五月, 群臣表奏獻帝, 頌魏公曹操功德, "<u>極天際地</u>, 伊·周莫及, 宜進爵爲王." 獻帝卽令鍾繇草詔, 册立曹操爲 "魏王". 曹操假意上書三辭.(*自封之而自讓之, 裝腔做勢. 可發一笑.) 詔三報不許, 操乃拜命受 "魏王"之爵, <u>冕十二旒</u>, 乘<u>金根車</u>, 駕六馬, 用天子車服<u>鑾儀</u>, <u>出警入蹕</u>, 於鄴郡蓋魏王宮, 議立世子. 操大妻丁夫人無出. 妾劉氏生子曹昂, 因征張繡時死於<u>宛城</u>.(*照應十六回中事.) 卞氏所生四子: 長曰<u>丕</u>, 次曰彰, 三曰植, 四曰熊.(*自稱魏王, 便是其子篡漢之兆, 故於此處特詳敍其子.) 於是黜丁夫人, 而立卞氏爲魏王妃. 第三子曹植, 字子建, 極聰明, 擧筆成章, 操欲立之爲後嗣.(*丕與植一母所生, 而操獨愛植, 又與袁紹劉表不同. 紹與表是以其母起見, 操則但以其子起見耳.) 長子曹丕, 恐不得立, 乃問計於中大夫賈詡. 詡敎如此如此. 自是但凡操出征, 諸子送行, 曹植乃稱述功德, 發言成章; 惟曹丕辭父, 只是流涕而拜, 左右皆感傷. 於是操疑植<u>乖巧</u>, 誠心不及丕也.(*今人謂劉備基業是哭成的, 不知曹丕帝業亦是哭來的.) 丕又使人<u>買囑</u>近侍, 皆言丕之德. 操欲立後嗣, 躊躇不定, 乃問賈詡曰: "孤欲立後嗣, 當立誰?" 賈詡不答, 操問其故, 詡曰: "正有所思, 故不能卽答耳." 操曰: "何所思?" 詡對曰：“思袁本初 · 劉景升父子也.”(*語簡而意妙, 妙在不簡之簡.) 操大笑, 遂立長子曹丕爲王世子.

*注: 建安二十一年: 서기 216년. 신라 奈解尼師今 21년.　極天際地(극천제지): 극히 성대함을 형용하는 말.(謂無所不至, 無所不到).　伊 · 周(이 · 주): 殷의 건국공신 伊尹과 周의 건국공신 周公.　冕十二旒(면십이류): 皇帝의 禮冠. 면류관(冕旒冠). 〈冕〉: 고대 제왕, 제후 및 경대부들이 쓰는 예모. 〈旒〉: 冕冠 앞에 드리우는 玉을 꿴 다섯 가지 색깔의 실. 황제의 禮冠은 그 실이 12가닥(十二旒)이다.　金根車(금근거): 금으로 장식한 수레. 황제가 타는 수레.　鸞儀(란의): 황제가 出行할 때의 儀仗.　出警入蹕(출경입필): 황제가 지나가는 곳에 대한 엄중한 경비로서 행인의 왕래를 완전히 금지하는 것. 〈警〉: 〈경계하다〉. 궁에서 나갈 때를 〈警〉이라 한다. 〈蹕〉: 〈길을 깨끗이 하다〉. 궁으로 들어올 때를 〈蹕〉이라 한다.　鄴郡(업군): 하북성 磁縣 南.　宛城(완성): 지금의 하남성 南陽市. 漢 때 南陽郡의 治所.　乖巧(괴교): 영리하다. 남에게 환심을 사다.　買囑(매촉): (뇌물로) 매수하여 청탁하다.

〖11〗 冬十月, 魏王宮成, 差人往各處收取奇花異果, 栽植後苑. 有使者到吳地, 見了孫權, 傳魏王令旨, 再往溫州取柑子. 時孫權正尊讓魏王, 便令人於本城選了大柑子四十餘擔, 星夜送往鄴郡. 至中途, 挑擔役夫疲困, 歇於山脚下, 見一先生, 眇一目, 跛一足, 頭戴白藤冠, 身穿靑羅衣, 來與脚夫作禮, 言曰：“你等挑擔勞苦, 貧道都替你挑一肩何如?” 衆人大喜. 於是先生每擔各挑五里. 但是先生挑過的擔兒都輕了. 衆皆驚疑. 先生臨去, 與領柑子官說：“貧道乃魏王鄉中故人, 姓左, 名慈, 字元放, 道號‘烏角先生’. 如你到鄴郡, 可說左慈申意.” 遂拂袖而去.

取柑人至鄴郡見操, 呈上柑子. 操親剖之, 但只空殼, 內並無

肉. 操大驚, 問取柑人. 取柑人以左慈之事對. 操未肯信. 門吏忽
報："有一先生, 自稱左慈, 求見大王." 操召入. 取柑人曰："此正
途中所見之人." 操叱之曰："汝以何妖術, 攝吾佳果?" 慈笑曰：
"豈有此事!" 取柑剖之, 內皆有肉, 其味甚甜. 但操自剖者, 皆空
殼.(＊纔入我手, 便已成空, 此是左慈點化奸雄也. 稱魏王, 圖漢鼎, 皆當如是
觀.) 操愈驚, 乃賜左慈坐而問之. 慈索酒肉, 操令與之. 飲酒五斗
不醉, 肉食全羊不飽.

　　＊**注**: **柑子**(감자): 홍귤. 　**尊讓**(존양): 克制謙讓. 자신을 낮추고 겸양하다.
　　靑羅衣(청라의): 청색 비단으로 짠 옷. 궁녀들이나 역부 등 신분이 낮은 사
　　람들이 입는 옷. 　**脚夫**(각부): 짐꾼. 지게꾼. 　**擔兒**(담아): 擔子. 짐. 〈擔〉:
　　짐. 멜 대로 매는 짐을 세는 단위. 　**申意**(신의): 정의를 표하다(表達情意).
　　攝(섭): 빨아들이다. 흡수하다.

〚12〛操問曰："汝有何術, 以至於此?" 慈曰："貧道於<u>西川嘉
州峨嵋山</u>中, 學道三十年, 忽聞石壁中有聲呼我之名; 及視, 不
見. 如此者數日. 忽有天雷震碎石壁, 得天書三卷, 名曰'遁甲天
書'. 上卷名'天遁', 中卷名'地遁', 下卷名'人遁'. 天遁能騰
雲跨風, 飛升太虛; 地遁能穿山透石; 人遁能雲遊四海, 藏形變
身, 飛劍擲刀, 取人首級.(＊此句便是恐嚇老瞞.) 大王位極人臣, 何不
<u>退步</u>, 跟貧道往峨嵋山中修行? 當以三卷天書相授." 操曰："我
亦久思<u>急流勇退</u>, 奈朝廷未得其人耳." 慈笑曰："益州劉玄德乃帝
室之胄, 何不讓此位與之? 不然, 貧道當飛劍取汝之頭也."(＊吉平
罵之, 禰衡罵之, 不若左慈之快.) 操大怒曰："此正是劉備細作!" 喝左
右擎下. 慈大笑不止. 操令十數獄卒, 捉下拷之. 獄卒着力痛打,
看左慈時, 却<u>齁齁熟睡</u>, 全無<u>痛楚</u>. 操怒, 命取大枷, 鐵釘釘了,
鐵鎖鎖了, 送入牢中監收, 令人看守. 只見枷鎖盡落, 左慈臥於地

上, 並無傷損. 連監禁七日, 不與飲食. 及看時, 慈端坐於地上, 面皮轉紅. 獄卒報知曹操. 操取出問之, 慈曰: "我數十年不食, 亦不妨; 日食千羊, 亦能盡." 操無可奈何.

*注: **西川嘉州峨嵋山**(서천가주아미산): 〈峨嵋山〉: 지금의 사천성 峨嵋縣 西南에 있다. 〈嘉州〉: 治所는 지금의 사천성 樂山市(峨嵋縣의 東). (*毛本 과 明嘉靖本에는 〈嘉陵〉으로 되어 있으나 앞뒤 문맥상 〈嘉州〉가 옳다.)

　　退步(퇴보): 물러나다. 후퇴하다. 양보하다. 　**急流勇退**(급류용퇴): 한창 전성기에 있을 때 (관직 따위를) 결단성 있게 물러나다. 　**齁齁**(후후): 쿨쿨. 코고는 소리. 　**痛楚**(통초): 아픔. 고통.

〖13〗 是日, 諸官皆至王宮大宴. 正行酒間, 左慈足穿木履, 立 於筵前. 衆官驚怪. 左慈曰: "大王今日水陸俱備, 大宴群臣, 四 方異物極多, 內中欠少何物, 貧道願取之." 操曰: "我要龍肝作 羹, 汝能取否?" 慈曰: "有何難哉!" 取墨筆於粉墻上畫一條龍, 以袍袖一拂, 龍腹自開. 左慈於龍腹中提出龍肝一付, 鮮血尙 流. (*假龍眞肝, 是假是眞.) 操不信, 叱之曰: "汝先藏於袖中耳!" 慈 曰: "卽今天寒, 草木枯死; 大王要甚好花, 隨意所欲." 操曰: "吾只要牡丹花." 慈曰: "易耳." 令取大花盆放筵前, 以水噀之. 頃刻發出牡丹一株, 開放雙花. (*空中有花, 花則是空. 亦是點化奸雄.) 衆官大驚, 邀慈同坐而食. 少刻, 庖人進魚膾. 慈曰: "膾必松江 鱸魚者方美." 操曰: "千里之隔, 安能取之?" 慈曰: "此亦何難 取!" 教把釣竿來, 於堂下魚池中釣之. 頃刻, 釣出數十尾大鱸魚, 放在殿上. 操曰: "吾池中原有此魚." 慈曰: "大王何相欺耶? 天 下鱸魚只兩腮, 惟松江鱸魚有四腮: 此可辨也." 衆官視之, 果是 四腮. 慈曰: "烹松江鱸魚, 須紫芽薑方可." 操曰: "汝亦能取之 否?" 慈曰: "易耳." 令取金盆一個, 慈以衣覆之. 須臾, 得紫芽薑滿盆, 進上操前. 操以手取之, 忽盆內有書一本, 題曰《孟德新書》. 操取視之, 一字不差. 操大疑. 慈取卓上玉杯, 滿斟佳釀, 進操曰："大王可飮此酒, 壽有千年." 操曰："汝可先飮." 慈遂拔冠上玉簪, 於杯中一畫, 將酒分爲兩半；自飮一半, 將一半奉操. 操叱之. 慈擲杯於空中, 化成一白鳩, 遶殿而飛. 衆官仰面視之, 左慈不知所往.

*注: 龍肝一付(용간일부): 용의 간 하나. 〈付〉: 옷, 장갑, 무장, 약첩, 내장 등을 세는 量詞.(一付衣. 三付手套. 全付武裝. 一付肚腸. 幾付藥). 噴(손): (입속에 머금고 있는 것을) 뿜다. 松江鱸魚者(송강로어자): 송강에서 나는 농어라는 것은. 송강의 농어는 아가미가 넷이고 살은 희고 맛이 좋은 것으로 유명하다. 〈松江〉: 縣名. 지금의 上海市에 속함. 〈者〉: 낱말이나 구 뒤에 쓰여 어감상의 정지나 강조를 나타냄. …라는 것은. …란. 數十尾(수십미): 수십 마리. 〈尾〉: 물고기를 세는 量詞. 腮(시): 顋(시: 鰓. 아가미)의 俗字. 孟德新書(맹덕신서): 앞의 제 60회에 그 설명이 나왔다. 曹操가 〈孫子兵法〉13篇을 본떠서 지은 兵書로 알려져 있다.

〖14〗左右忽報："左慈出宮門去了." 操曰："如此妖人, 必當除之! 否則必將爲害." 遂命許褚引三百鐵甲軍追擒之. 褚上馬引軍, 赶至城門, 望見左慈穿木履在前, 慢步而行. 褚飛馬追之, 却只追不上.(*虎衛將軍之威至此, 亦全無用處.) 直赶到一山中, 有牧羊小童, 赶着一群羊而來. 慈走入羊群內. 褚取箭射之, 慈卽不見. 褚盡殺群羊而回. 牧羊小童守羊而哭. 忽見羊頭在地上作人言, 喚小童曰："汝可將羊頭都湊在死羊腔子上." 小童大驚, 掩面而走. 忽聞有人在後呼曰："不須驚走. 還汝活羊." 小童回顧, 見左慈已將地上死羊湊活, 赶將來了. 小童急欲問時, 左慈已拂袖而去. 一 - 其行如飛, 倏忽不見.

*注: 腔子(강자): 흉강(胸腔). (동물의) 머리가 없는 사체.　湊活(주활):
=湊合: 한곳에 모아서 살리다. 〈湊〉: 모으다. 모이다; 접근하다.　倏忽(숙
홀): 갑자기. 별안간. 돌연. 어느덧. 〈倏〉: 갑자기. 별안간. 빨리.

〖15〗小童歸告主人，主人不敢隱諱，報知曹操. 操畵影圖形，
各處捉拿左慈. 三日之內，城內城外，所捉眇一目·跛一足·白藤
冠·靑羅衣·穿木履先生，都一般模樣者，有三四百個，鬨動街
市. 操令衆將，將猪羊血潑之，押送城南敎場. 曹操親自引甲兵五
百人圍住，盡皆斬之. 人人頸腔內各起一道靑氣，到上天聚成一
處，化成一個左慈，向空招白鶴一隻騎坐，拍手大笑曰：“土鼠隨
金虎，奸雄一旦休!”(*言操死於子年正月也. 早爲七十八回伏線.) 操令衆
將以弓箭射之. 忽然狂風大作，走石揚沙；所斬之屍皆跳起來，手
提其頭，奔上演武廳來打曹操. 文官武將，掩面驚倒，各不相顧.
正是：

奸雄權勢能傾國，道士仙機更異人.
未知曹操性命如何，且看下文分解.

*注: 鬨動(홍동): =哄動. 떠들어대다. 소란을 피우다. 소동을 일으키다.
頸腔(경강): 목구멍.　土鼠隨金虎(토서수금호): 〈土〉: 五行의 하나. 天干으
로는 戊, 己에 해당된다. 〈金〉: 五行의 하나로 천간의 庚, 申에 해당된다.
土가 金을 따른다는 것은 곧 庚을 가리키고, 〈鼠〉는 十二支의 하나로 〈子〉에
해당하며, 〈虎〉는 十二支의 하나로 〈寅〉에 해당한다. 寅月은 곧 正月이다.
따라서 〈土鼠隨金虎〉는 곧 〈庚子年(서기 220년) 正月〉을 가리킨다.

第六十八回 毛宗崗 序始評

(1). 荀攸諫操稱王，而能暫寢稱王之擧；崔琰諫操稱王，而不

能復遏稱王之謀. 然君子以爲琰之賢過於攸, 何也? 攸與彧初旣
黨操, 而繼乃規操; 初不知有漢, 而繼乃復知有漢, 是失之於始
而正之於終者也. 若崔琰則無助賊之計, 唯有罵賊之節, 故尙論
者當以攸爲魏之謀士, 而以琰爲漢之忠臣.

(2). 袁譚‧袁尙, 異母兄弟也, 劉琦‧劉琮, 亦異母兄弟也. 紹
與表唯愛後妻, 故欲立其所出. 其溺少子也, 以溺婦人故也. 若
曹操則不然, 丕與植皆爲卞氏之所生, 而操獨以才愛植, 是爲子
之才不才起見, 非爲母之愛不愛起見. 夫溺婦人之心, 不可得而
奪; 而不溺婦人之意, 則可得而回. 此賈詡之諫, 所以能入歟!

(3). 曹操當稱魏王, 立世子, 江東請和, 孫權納貢之後, 正志
得意滿之時也. 威無不加, 權無不遂, 其勢足以刑人‧辱人‧屠人
‧族人, 而忽遇一無可奈何之左慈, 刑之不得, 辱之不得, 屠之族
之也不得, 而於是奸雄之威喪, 奸雄之權沮, 奸雄之勢詘, 奸雄
之力盡矣. 且有 "土鼠隨金虎, 奸雄一旦休"之語, 早笑其銷滅,
令讀者快之.

(4). 曹操之遇左慈, 與孫策之遇于吉, 彷佛相似, 而實有大不
同者: 于吉非來謁孫策, 左慈特來謁曹操, 是于吉無意, 而左慈
有心; 于吉不敢犯孫策, 左慈敢於侮曹操, 是于吉沒趣而左慈有
膽; 于吉索命, 左慈不索命, 是于吉死而左慈不死; 孫策殺一于
吉, 便處處見有于吉, 曹操殺了無數左慈, 却不見有一個左慈, 是
于吉不能空而左慈能空. 于吉未得爲仙, 若左慈之仙, 則眞仙耳!

第六十九回

卜周易管輅知機
討漢賊五臣死節

〔1〕却說當日曹操見黑風中群屍皆起，驚倒於地. 須臾風定，群屍皆不見. 左右扶操回宮，驚而成疾. 後人有詩讚左慈曰：

飛步凌雲遍九州，獨憑遁甲自遨遊.

等閒施設神仙術，點悟曹瞞不轉頭.

曹操染病，服藥無愈. 適太史丞許芝，自許昌來見操. 操令芝卜〈易〉. 芝曰：“大王曾聞神卜管輅否？”操曰：“頗聞其名，未知其術. 汝可詳言之.”

芝曰：“管輅字公明，平原人也. 容貌粗醜，好酒疏狂. 其父曾爲琅琊郎丘長. 輅自幼便喜仰視星辰，夜不肯寐，父母不能禁止. 常云：‘家鷄野鵠，尚自知時，何況爲人在世乎？’與隣兒共戲，輒畫地爲天文，分布日月星辰. 及稍長，卽深明〈周易〉，仰觀風角，數學通神, 兼善相術.

＊注: 遨遊(오유): 유유히 노닐다. 유력하다. 여행하다.　等閒(등한): 예사롭다. 보통이다; 내키는 대로 하다; 공연히. 까닭 없이. 실없이.　施設(시설): 시설하다. 펴다. 베풀어 갖추다.　點悟(점오): 조금 깨닫게 하다. 〈點〉: 조금. 약간. 〈悟〉: 각성하다. 깨닫다.　太史丞(태사승): 官職名으로 〈副太史〉에 상당. 〈太史〉: 西周, 春秋時에는 事實의 기록과 史書의 편찬, 文書의 기안, 국가 典籍의 관리와 天文曆法 등을 관장했으나, 漢代에는 天時와 星曆 등을 관장했고, 魏晉 이후에는 史書의 편찬 업무는 著作郎에 귀속되고 전적으로 曆法만을 관장했다. 〈丞〉: 佐官. 副官. 縣令 輔佐官을 縣丞이라 부른다.　粗醜(조추): (덩치가) 크고 추하게 생기다.　疏狂(소광): (행동이) 거칠고 난잡하다.　郎琊卽丘(랑야즉구): 지금의 산동성 臨沂市 東南.　風角(풍각): 다섯 가지 소리로 사방의 바람의 방향과 그 길흉을 점치는 占卜의 한 가지 술법.　數學(수학): 즉 術數. 고대의 天文, 曆法, 占卜 등에 관한 학문.　相術(상술): 觀相術.

〖2〗琅琊太守單子春聞其名, 召輅相見. 時有坐客百餘人, 皆能言之士. 輅謂子春曰: '輅年少膽氣未堅, 先請美酒三升, 飮而後言.'(＊以兵戰者, 以酒壯膽; 以舌戰者, 亦欲以酒壯膽.) 子春奇之, 遂與酒三升. 飮畢, 輅問子春: '今欲與輅爲對者, 若府君四座之士耶?' 子春曰: '吾自與卿旗鼓相當!' 於是與輅講論〈易〉理. 輅亹亹而談, 言言精奧. 子春反覆辯難, 輅對答如流. 從曉至暮, 酒食不行. 子春及衆賓客, 無不歎服. 於是天下號爲神童.

後有居民郭恩者, 兄弟三人, 皆得躄疾, 請輅卜之. 輅曰: '卦中有君家本墓中女鬼, 非君伯母卽叔母也. 昔飢荒之年, 謀數升米之利, 推之落井, 以大石壓破其頭, 孤魂痛苦, 自訴於天, 故君兄弟有此報, 不可禳也.'(＊曹操聞之, 若想起董貴人 · 伏皇后之事, 當爲寒心.) 郭恩等涕泣伏罪.

　　*注: 單子春(선자춘): 사람 이름. 〈單〉: 성으로 쓰일 때에는 〈선〉으로 읽는
다.　若府君(약부군): 〈若〉: 혹시(或. 或者). 〈府君〉: 漢 나라 때 太守의
별칭.　四座(사좌): 주위에 앉은 사람들.　旗鼓相當(기고상당): 대항하다.
(양군이) 대적하다; 쌍방의 역량이 비슷한 것을 비유.　亹亹(미미): 근면하
며 지칠 줄 모르는 모양. 娓娓(미미)와 同. 이야기가 흥미진진하여 지칠 줄
모르는 모양.　辯難(변난): 논란하다. 논박하다.　酒食不行(주식불행): 술
과 음식이 움직이지 않다. (아무도 음식에 손을 대지 않았다는 뜻이다.)
〈行〉: 보내다. 전달하다.　躄疾(벽질): 다리가 불구가 되어 걸을 수 없는
병. 앉은뱅이.　數升米之利(수승미지리): 몇 되의 쌀이란 작은 이익.

〖3〗安平太守王基, 知輅神卜, 延輅至家. 適信都令妻, 常患頭
風, 其子又患心痛, 因請輅卜之. 輅曰: '此堂之西角有二死屍,
一男持矛, 一男持弓箭, 頭在壁內, 脚在壁外. 持矛者主刺頭, 故
頭痛; 持弓箭者主刺胸腹, 故心痛.' 乃掘之. 入地八尺, 果有二
棺, 一棺中有矛, 一棺中有角弓及箭, 木俱已朽爛. 輅令徙骸骨去
城外十里埋之, 妻與子遂無恙.
　　館陶令諸葛原, 遷新興太守, 輅往送行. 客言輅能覆射. 諸葛原
不信, 暗取燕卵·蜂窠·蜘蛛三物, 分置三盒之中, 令輅卜之. 卦
成, 各寫四句於盒上, 其一曰: '含氣須變, 依乎宇堂; 雌雄以形,
羽翼舒張.' 此燕卵也. 其二曰: '家室倒懸, 門戶衆多. 藏精育
毒, 得秋乃化.' 此蜂窠也. 其三曰: '觳觫長足, 吐絲成羅. 尋網
求食, 利在昏夜.' 此蜘蛛也. 滿座驚駭.

*注: 安平(안평): 郡名. 治所는 지금의 河北省 冀縣.　信都(신도): 冀州 安平國에
속했다. 지금의 하북성 冀縣.　頭風(두풍): 신경성 두통.　館陶(관도): 縣名.
지금의 하북성 館陶.　新興(신흥): 군명. 治所는 九原(지금의 산서성 忻縣).　覆射

(복사): 즉 射覆(사복). 덮어놓은 것을 알아맞히다. 古代의 일종의 占卜에 가까운 놀이. 〈射〉: (수수께끼. 퀴즈 등의) 답을 맞히다.　蜂窠(봉과): 벌집. 蜂窩(봉와). 〈窠〉: 구멍. 새 둥우리. 벌레의 집.　雌雄以形(자웅이형): 암수로 형태를 갖추다. 　觳觫(곡속): 무서워서 벌벌 떠는 모습. 벌벌. 덜덜. 顫抖(전두).　尋網(심망): 그물을 치다. 그물을 사용하다. 〈尋〉: 뻗다(延伸也). 사용하다(用也).

〖4〗鄕中有老婦失牛, 求卜之. 輅判曰: ‘北溪之濱, 七人宰烹; 急往追尋, 皮肉尙存.’ 老婦果往尋之: 七人於茅舍後煮食, 皮肉 猶存. 婦告本郡太守劉邠, 捕七人罪之. 因問老婦曰: ‘汝何以知 之?’ 婦告以管輅之神卜. 劉邠不信, 請輅至府, 取印囊及山鷄毛 藏於盒中, 令卜之. 輅卜其一曰: ‘內方外圓, 五色成文; 含寶守 信, 出則有章, 此印囊也.’ 其二曰: ‘巖巖有鳥, 錦體朱衣; 羽翼 玄黃, 鳴不失晨: 此山鷄毛也.’ 劉邠大驚, 遂待爲上賓.
*注: 印囊(인낭): 印盒. 도장함.　山鷄(산계): 꿩.

〖5〗一日, 出郊閑行, 見一少年耕於田中, 輅立道傍, 觀之良 久, 問曰: ‘少年高姓, 貴庚?’ 答曰: ‘姓趙, 名顔, 年十九歲矣. 敢問先生爲誰?’ 輅曰: ‘吾管輅也. 吾見汝眉間有死氣, 三日內 必死. 汝貌美, 可惜無壽.’ 趙顔回家, 急告其父. 父聞之, 赶上管 輅, 哭拜於地曰: ‘請歸救吾子!’ 輅曰: ‘此乃天命也, 安可禳 乎?’ 父告曰: ‘老夫止有此子, 望乞垂救!’ 趙顔亦哭求. 輅見其 父子情切, 乃謂趙顔曰: ‘汝可備淨酒一瓶, 鹿脯一塊, 來日賫往 南山之中, 大樹之下, 看磐石上有二人弈棋: 一人向南坐, 穿白 袍, 其貌甚惡; 一人向北坐, 穿紅袍, 其貌甚美. 汝可乘其弈興濃 時, 將酒及鹿脯跪進之, 待其飮食畢, 汝乃哭拜求壽, 必得益算 矣. —— 但切勿言是吾所敎.’ 老人留輅在家. 次日, 趙顔携酒脯杯盤入南山之中. 約行五六里, 果有二人於大松樹下磐石上着棋, 全然不顧. 趙顔跪進酒脯. 二人貪着棋, 不覺飮酒已盡. 趙顔哭拜於地而求壽, 二人大驚. 穿紅袍者曰: '此必管子之言也. 吾二人旣受其私, 必須憐之.' 穿白袍者, 乃於身邊取出簿籍檢看, 謂趙顔曰: '汝今年十九歲, 當死, 吾今於"十"字上添一"九"字, 汝壽可至九十九. 回見管輅, 敎再休泄漏天機: 不然, 必致天譴.' 穿紅者出筆添訖, 一陣香風過處, 二人化作二白鶴, 冲天而去. 趙顔歸問管輅. 輅曰: '穿紅者, 南斗也, 穿白者, 北斗也.' 顔曰: '吾聞北斗九星, 何止一人?' 輅曰: '散而爲九, 合而爲一也. 北斗注死, 南斗注生. 今已添注壽算, 子復何憂?' 父子拜謝. 自此管輅恐泄天機, 更不輕爲人卜. (*以上忽借許芝口中夾敍管輅生平, 百忙中偏有此等閑筆.) 此人見在平原. 大王欲知休咎, 何不召之?" (*此處方纔接入正文.)

*注: 高姓貴庚(고성귀경): 다른 사람의 이름(高姓)과 나이(貴庚)를 물을 때 쓰는 敬辭.　垂救(수구): 구해주다. 〈垂〉: 드리우다. (위에서 아래에) 베풀어주다.　益算(익산): 수명을 늘려주다. 〈算〉: 數. 壽數.　着棋(착기): 바둑(장기)을 두다.　貪(탐): 탐내다. 욕심을 부리다. 골몰하다.　注死(주사): 죽음을 주관(기록)하다.

〖6〗操大喜, 卽差人往平原召輅. 輅至, 參拜訖, 操令卜之. 輅答曰: "此幻術耳, 何必爲憂?" 操心安, 病乃漸可. 操令卜天下之事. 輅卜曰: "三八縱橫, 黃猪遇虎; 定軍之南, 傷折一股." (*爲夏侯淵被斬伏筆.) 又令卜傳祚修短之數. 輅卜曰: "獅子宮中, 以安神位; 王道鼎新, 子孫極貴." (*爲曹丕篡漢伏筆.) 操問其詳. 輅曰: "茫茫天數, 不可預知. 待後自驗." 操欲封輅爲太史. 輅曰: "命薄相窮, 不稱此職, 不敢受也." 操問其故. 答曰: "輅額無主骨, 眼無守睛, 鼻無梁柱, 脚無天根, 背無三甲, 腹無三壬, 只可泰山治鬼, 不能治生人也."(*不說命, 但說相, 相窮便是命薄.) 操曰:"汝相吾若何?" 輅曰:"位極人臣, 又何必相?" 再三問之, 輅但笑而不答. 操令輅遍相文武官僚, 輅曰:"皆治世之臣也."(*皆事亂世之奸雄者也. 管輅不肯直言耳. 若許邵之相曹操, 便直說出來.) 操問休咎, 皆不肯盡言. 後人有詩讚管輅曰:

平原神卜管公明, 能算南辰北斗星.

八卦幽微通鬼竅, 六爻玄奧究天庭.

預知相法應無壽, 自覺心源極有靈.

可惜當年奇異術, 後人無復授遺經.

*注: 幻術(환술): 魔術. 漸可(점가): 점차 병이 낫다. 〈可〉: 병이 낫다(痊愈). 三八縱橫(삼팔종횡): 建安 24년(서기 219년)까지 조조가 천하를 종횡무진 누볐음을 말한다. 黃猪遇虎(황저우호): 己亥年(서기 219) 正月. 〈黃〉: 五行의 土. 十干의 戊, 己. 〈猪〉: 十二地支의 亥. 〈虎〉: 十二地支의 寅(즉, 正月)에 해당. 定軍(정군): 定軍山. 지금의 섬서성 勉縣 西南에 위치. (*이상의 세 句는 이어지는 傷折一股와 함께 曹操의 將軍 夏侯淵의 죽음을 豫言한 것으로 제七十一回에서 실현된다.) 獅子宮(사자궁): 黃道 十二宮의 第五宮. 그 分野는 三河, 즉 河內, 河南, 河東의 三郡에 해당하는데, 지금의 하남성 洛陽市 黃河 以南 일대로, 여기서는 구체적으로 洛陽을 가리킨다. 曹操가 洛陽에서 죽을 것이라는 뜻이다. 神位(신위): 神主. 고대에 이미 죽은 君主나 諸侯의 牌位. 王道鼎新(왕도정신): 魏가 漢을 代身하여 曹丕가 稱帝할 것임을 가리킨다. 〈王道鼎新〉: 왕조가 새로 바뀐다. 守睛(수정): 守精. 相術에서 말하는 소위 眼神. 눈의 精氣. 鼻無梁柱(비무량주): 콧마루가 없다. 〈梁〉: 물체의 중간이 솟아나 길게 이어진 부분. 鼻~: 콧마루. 山~: 산등성이. 天根(천근): 상술에서 말하는 사람의 脚後根. 三甲·三壬(삼갑·삼임): 모두 相術에서 사용하는 용어로 둘 다 福壽

之相이다. 앞뒤로 福壽之相이 전혀 없는 背無三甲・腹無三壬은 모두 短命할 相이다. **鬼竅**(귀규): 귀신과 통하다. 〈竅〉: 구멍. 통하다. **心源**(심원): 心性.

〖7〗 操令卜東吳・西蜀二處. 輅設卦云: "東吳主亡一大將. 西蜀有兵犯界." 操不信. 忽合淝報來: "東吳陸口守將魯肅身故." 操大驚, 便差人往漢中探聽消息. 不數日, 飛報劉玄德遣張飛・馬超兵屯<u>下辨</u>取關.(*不從吳・蜀兩邊敍來, 却從曹操一邊聽得, 省筆之甚.) 操大怒, 便欲自領大兵再入漢中, 令管輅卜之. 輅曰: "大王未可妄動. 來春許都必有火災."(*爲耿紀事伏筆.) 操見輅言累驗, 故不敢輕動, 留居鄴郡, 使曹洪領兵五萬, 往助夏侯淵・張郃同守東川; 又差夏侯惇領兵三萬, 於許都來往巡警, 以備<u>不虞</u>;(*爲夏侯惇救火伏筆.) 又敎長史王必總督御林軍馬. 主簿司馬懿曰: "王必嗜酒性寬, 恐不堪任此職." 操曰: "王必是孤披荊棘歷艱難時相隨之人, 忠而且勤, 心如鐵石, 最足相當." 遂委王必領御林軍馬屯於許昌東華門外.

    ***注**: 下辨(하변): 凉州 武都郡에 속했다. 지금의 감숙성 成縣 西. 不虞(불우): 뜻하지 않다. 뜻밖의 일. 〈虞〉: 예상하다. 짐작하다; 걱정. 염려하다; 속이다.

〖8〗 時有一人, 姓耿, 名紀, 字季行, 洛陽人也. 舊爲丞相府掾, 後遷侍中<u>少府</u>, 與<u>司直</u>韋晃甚厚: 見曹操進封王爵, 出入用天子車服, 心甚不平. 時建安二十三年春正月. 耿紀與韋晃密議曰: "操賊奸惡日甚, 將來必爲篡逆之事. 吾等爲漢臣, 豈可<u>同惡相濟</u>?" 韋晃曰: "吾有心腹人, 姓<u>金</u>, 名<u>禕</u>, 乃漢相金日磾之後, 素有討操之心; 更兼與王必甚厚. 若得同謀, 大事濟矣." 耿紀曰:

“他既與王必交厚，豈肯與我等同謀乎？”韋晃曰：“且往說之，看是如何.”於是二人同至金禕宅中. 禕接入後堂，坐定. 晃曰：“德偉與王長史甚厚，吾二人特來告求.”禕曰：“所求何事？”晃曰：“吾聞魏王早晚受禪，將登大寶，公與王長史必高遷，望不相棄，曲賜提携，感德非淺！”禕拂袖而起. 適從者奉茶至，便將茶潑於地上. 晃佯驚曰：“德偉故人，何薄情也？”禕曰：“吾與汝交厚，爲汝等是漢朝臣宰之後；今不思報本，欲輔造反之人，吾有何面目與汝爲友！”(*被二人挑出心話.)　耿紀曰：“奈天數如此，　不得不爲耳！”禕大怒.

　　*注: 少府(소부): 天子가 사용하는 物品의 출납 및 관리를 관장하는 省으로 환관들이 주로 업무를 담당한다.　司直(사직): 官名. 上官을 도와 불법행위를 단속하고 범인 검거와 裁判, 治獄 등을 담당하였다.　建安二十三年: 서기 218년. 신라 나해니사금 23년.　同惡相濟(동악상제): 나쁜 놈들과 한 패가 되어 서로 도와주다.　金禕(김의): 인명.　金日磾(김일제): 자는 翁叔. 본래 匈奴休屠王의 太子였는데, 漢武帝 때 귀화했다. 昭帝 즉위 후 霍光 等과 함께 황제의 측근에서 보필했다.　曲賜(곡사): 자신보다 높은 사람에게 무엇을 해주거나 보살펴 주기를 바랄 때 쓰는 敬詞. 부디… 해주기 바랍니다.　臣宰(신재): 본래는 노예를 가리켰으나, 후에는 제왕을 보좌하는 신하를 부르는 말로 사용되었다.

〖9〗耿紀·韋晃見禕果有忠義之心，乃以實情相告曰：“吾等本欲討賊，來求足下. 前言特相試耳.”禕曰：“吾累世漢臣，安能從賊！公等欲扶漢室，有何高見？”晃曰：“雖有報國之心，未有討賊之計.”禕曰：“吾欲裏應外合，殺了王必，奪其兵權，扶助鑾輿. 更結劉皇叔爲外援，操賊可滅矣.”(*未結外援，而先謀內變，事安得成？)二人聞之，撫掌稱善.

禕曰："我有心腹二人, 與操賊有殺父之仇, 見居城外, 可用爲羽翼." 耿紀問是何人, 禕曰："太醫吉平之子, 長名吉邈, 字文然; 次名吉穆, 字思然. 操昔日爲董承衣帶詔事, 曾殺其父; 二子逃竄遠鄕, 得免於難. 今已潛歸許都. 若使相助討賊, 無有不從." 耿紀·韋晃大喜.

*注: 鑾輿(란여): 皇帝가 타는 수레. 여기서는 皇帝를 가리킨다.

〖10〗 金禕卽使人密喚二吉. 須臾二人至, 禕具言其事. 二人感憤流涙, 怨氣冲天, 誓殺國賊. 金禕曰："正月十五日夜間, 城中大張燈火, 慶賞元宵. 耿少府·韋司直, 你二人各領家僮, 殺到王必營前; 只看營中火起, 分兩路殺入; 殺了王必, 徑跟我入內, 請天子登五鳳樓, 召百官面諭討賊.(*董承是先奉詔而後謀擧事, 金禕是先擧事而後請發詔, 又是一樣局面.) 吉文然兄弟於城外殺入, 放火爲號, 各要揚聲, 叫百姓誅殺國賊, 截住城內救軍; 待天子降詔, 招安已定, 便進兵殺投鄴郡擒曹操, 卽發使賫詔召劉皇叔. 今日約定, 至期二更擧事. ── 勿似董承自取其禍."(*董承正月十五之夢, 夢疑是眞; 金禕正月十五之事, 事還成夢.) 五人對天說誓, 歃血爲盟. 各自歸家, 整頓軍馬器械, 臨期而行.

*注: 招安(초안): 귀순시키다. 투항하게 하다.

〖11〗 且說耿紀·韋晃二人, 各有家僮三四百, 預備器械. 吉邈兄弟, 亦聚三百人口,(*四家僮僕共七百餘人.) 只推圍獵, 安排已定. 金禕先期來見王必, 言："方今海宇稍安, 魏王威震天下; 今値元宵令節, 不可不放燈火以示太平氣象." 王必然其言, 告諭城內居民, 盡張燈結綵, 慶賞佳節.

至正月十五夜, 天色晴霽, 星月交輝, 六街三市, 競放花燈, 眞個金吾不禁, 玉漏無催! 王必與御林諸將, 在營中飲宴. 二更以後, 忽聞營中吶喊, 人報營後火起. 王必慌忙出帳看時, 只見火光亂滾; 又聞喊殺連天, 知是營中有變, 急上馬出南門, 正遇耿紀, 一箭射中肩膊, 幾乎墜馬, 遂望西門而走.(＊射不殺王必便是天數.) 背後有軍赶來. 王必着忙, 棄馬步行. 至金禕門首, 慌叩其門. 原來金禕一面使人於營中放火, 一面親領家僮隨後助戰, 只留婦女在家. 時家中聞王必叩門之聲, 只道金禕歸來. 禕妻從隔門便問曰：“王必那厮殺了麼？” 王必大驚, 方悟金禕同謀, 徑投曹休家, 報知金禕・耿紀等同謀反. 休急披挂上馬, 引千餘人在城中拒敵. 城內四下火起, 燒着五鳳樓, 帝避於深宮. 曹氏心腹爪牙, 死據宮門. 城中但聞人叫：“殺盡曹賊, 以扶漢室！”(＊管輅助曹操, 天助曹操. 所謂得天時也.)

＊注：張燈結綵(장등결채)：초롱(등)을 내걸고 오색 천으로 장식하다. 眞個金吾不禁(진개금오불금)：〈眞個〉：정말로. 실로. 확실히. (＝眞個的. 眞个的). 〈金吾〉：관명. 皇帝와 大臣의 警衛, 儀仗 및 京城의 治安을 담당한 武官職. 그 명칭과 체제, 권한은 歷代에 서로 달랐는데 漢代에는 執金吾, 唐宋 이후에는 金吾衛, 金吾將軍, 金吾校尉 등이 있었다. 여기서는 執金吾.(＊〈漢書. 百官公卿表上〉). 顏師古注：“金吾, 鳥名也, 主辟不祥. 天子出行, 職主先導, 以禦非常, 故執此鳥之象, 因以名官.” 晉崔豹〈古今注〉：“漢朝執金吾, 金吾亦棒也, 以銅爲之, 黃金塗兩末, 謂爲金吾). 〈不禁〉：야간에도 통행을 금하지 않았다. 玉漏(옥루)：玉으로 만든 물시계. 亂滾(난곤)：어지러이 (마구) 활활 타오르는 모양. 喊殺(함살)：죽여라! 고 고함치다. 肩膊(견박)：어깨. 肩膀(견방). 只道(지도)：다만 …라고 생각하다.

〖12〗原來夏侯惇奉曹操命, 巡警許昌, 領三萬軍, 離城五里屯札. 是夜, 遙望見城中火起, 便領大軍前來, 圍住許都, 使一枝軍入城接應曹休. 直混殺至天明. 耿紀·韋晃等無人相助. 人報金禕·二吉皆被殺死. 耿紀·韋晃奪路殺出城門, 正遇夏侯惇大軍圍住, 活捉去了. 手下百餘人皆被殺. 夏侯惇入城, 救滅遺火, 盡收五家老小宗族,(*王必夜裏但知有二人, 天明時夏侯惇方知有五人.) 使人飛報曹操. 操傳令教將耿·韋二人, 及五家宗族老小, 皆斬於市, 并將在朝大小百官, 盡行拏解鄴郡, 聽候發落. 夏侯惇押耿·韋二人至市曹. 耿紀厲聲大叫曰: "曹阿瞞! 吾生不能殺汝, 死當作厲鬼以擊賊!" 劊子以刀搠其口, 流血滿地, 大罵不絕而死. 韋晃以面頰頓地曰: "可恨! 可恨!" 咬牙皆碎而死.(*二人之烈, 不減吉平.) 後人有詩讚曰:

耿紀精忠韋晃賢, 各持空手欲扶天.

誰知漢祚相將盡, 恨滿心胸喪九泉.

*注: 混殺(혼살): 뒤섞여 싸우다. 마구 죽이다.　發落(발락): 처분하다. 처벌하다. 처리하다.　厲鬼(려귀): 惡鬼. 亡者.　劊子(회자): 망나니. 회자수(劊子手).〈劊〉: 자르다. 절단하다.　面頰(면협): 뺨. 볼.　相(상): 다스리다.(相, 治也. 治理).

〖13〗 夏侯惇盡斬五家老小宗族, 將百官解赴鄴郡. 曹操於教場立紅旗於左, 白旗於右, 下令曰: "耿紀·韋晃等造反, 放火焚許都, 汝等亦有出救火者, 亦有閉門不出者. 如曾救火者, 可立於紅旗下; 如不曾救火者, 可立於白旗下." 衆官自思救火者必無罪, 於是多奔紅旗之下. 三停內只有一停立於白旗下. 操教盡拏立於紅旗下者. 衆官各言無罪. 操曰: "汝當時之心, 非是救火, 實欲助賊耳." 盡命牽出漳河邊斬之, 死者三百餘員.(*老賊至此, 心愈毒, 手愈辣矣.) 其立於白旗下者, 盡皆賞賜, 仍令還許都. 時王必已被箭瘡發而死, 操命厚葬之. 令曹休總督御林軍馬, 鍾繇爲相國, 華歆爲御史大夫; 遂定侯爵六等十八級, 關中侯爵十七級, 皆金印紫綬; 又置關內外侯十六級, 銀印龜紐墨綬; 五大夫十五級, 銅印環紐墨綬; 定爵封官, 朝廷又換一班人物.(*變更官制, 愈是篡國之兆.) 曹操方悟管輅火災之說, 遂重賞輅, 輅不受.(*以上接下許昌一邊, 以下再敍東川一邊.)

> *注: 敎場(교장): 옛날 군대를 훈련하거나 검열하는 곳.　三停(삼정): 전체를 삼등분한 것.　定侯爵六等十八級(정후작육등십팔급): 이를 직역하면 "후작을 6등 18급으로 정했다"인데, 뜻이 분명하지 않다. 이를 正史〈三國志. 武帝紀一〉에 따라서 보면 "始置名號侯至五大夫, 與舊列侯關內侯, 凡六等, 以賞軍功."이라고 하였다. 그리고 裴松之의 注에서 "魏書曰: 置名號侯爵十八級, 關中侯爵十七級, 皆金印紫綬; 又置關內外侯十六級, 銅印龜紐墨綬; 五大夫十五級, 銅印環紐, 亦墨綬, 皆不食租, 與舊列侯關內侯凡六等."이라고 하였다. 따라서 이 부분은 正史〈삼국지〉에 따라서 바로잡아 번역하였다.　龜紐(귀뉴): 귀뉴. 거북의 모양을 새긴 도장 손잡이(印鼻).〈紐〉: 물건에 달린 손잡이; (옷의) 단추.　綬(수): 인끈.　環紐(환뉴): 동그랗고 가운데에 구멍이 뚫려있는 고리.

〖14〗 却說曹洪領兵到漢中, 令張郃·夏侯淵各據險要. 曹洪親自進兵拒敵. 時張飛自與雷同守把巴西. 馬超兵至下辨, 令吳蘭爲先鋒, 領軍哨出, 正與曹洪軍相遇. 吳蘭欲退, 牙將任夔曰: "賊兵初至, 若不先挫其銳氣, 何顏見孟起乎?" 於是驟馬挺槍搦曹洪戰. 洪自提刀躍馬而出, 交鋒三合, 斬夔於馬下,(*將有大敗, 必有小勝.) 乘勢掩殺. 吳蘭大敗, 回見馬超. 超責之曰: "汝不得吾令, 何故輕敵致敗?" 吳蘭曰: "任夔不聽吾言,　故有此敗." 馬超曰: "可緊守隘口, 勿與交鋒." 一面申報成都, 聽候行止.

曹洪見馬超連日不出, 恐有詐謀, 引軍退回南鄭. 張郃來見曹洪, 問曰: "將軍旣已斬將, 如何退兵?" 洪曰: "吾見馬超不出, 恐有別謀. 且我在鄴郡, 聞神卜管輅有言: 當於此地折一員大將. (*將管輅語昭應, 誰知不是此一員, 却是那一員也.) 吾疑此言, 故不敢輕進." 張郃大笑曰: "將軍行兵半生, 今奈何信卜者之言而惑其心哉! 郃雖不才, 願以本部兵取巴西. 若得巴西, 蜀郡易耳." 洪曰: "巴西守將張飛, 非比等閑, 不可輕敵." 張郃曰: "人皆怕張飛, 吾視之如小兒耳, (*但曰"彼丈夫我丈夫"可耳, 乃曰"我丈夫彼小兒", 只怕這个老張還認不得那个老張也.) 此去必擒之!" 洪曰: "倘有疏失, 若何?" 郃曰: "甘當軍令." 洪勒了文狀, 張郃進兵. 正是:

自古驕兵多致敗, 從來輕敵少成功.

未知勝負如何, 且看下文分解.

注: 守把(수파): 把守하다. 防守하다.   哨出(초출): 정탐(탐색) 차 나가다. 行止(행지): 前進과 停止. 일을 처리하는 方法.   勒(늑): 강요하다. 강제하다. (〈勒約(늑약)〉: 조약을 강요하다. 강요해서 맺은 조약.)

第六十九回 毛宗崗 序始評

(1). 當龐統未死, 孔明未入蜀之時, 先有紫虛上人八句讖語以爲之兆; 今當夏侯淵未死, 曹丕未簒漢之時, 又先有管公明八句讖語以爲之兆. 此皆以前之閑文爲後之伏筆者也. 乃紫虛八句合作一篇, 公明八句分爲兩段; 紫虛則劉璝往見, 公明則許芝引來; 紫虛則略其生平, 公明則敍其往事. 或略或詳, 前後更無一筆相犯, 所以爲佳.

(2). 金禕若能先約劉備, 俟操之出救漢中而後擧事, 則備自外來, 禪從中起, 其事未必無成, 惜乎其發之太驟也. 雖然, 事之成敗不足論, 而其忠肝義膽實可對后土而告皇天. 史官仍〈魏史〉之舊, 誤書爲耿紀韋晃等謀反伏誅, 大爲背謬. 自〈綱目〉正之曰: "耿紀·韋晃討曹操不克, 死之." 春秋之旨, 昭於千古矣.

(3). 或謂許昌失火之事, 管輅不先言, 則曹操不預防; 操不預防, 則操可以出漢中, 而五臣之事未必其無成矣. 吉平·管輅, 一醫一卜, 而吉氏一門忠義, 管輅爲操防灾, 毋乃管輅之卜不若吉平之醫乎? 雖然, 此不足爲管輅咎. 五臣之舉火, 數也; 管輅之言失火, 亦數也; 曹操聽管輅之言, 亦數也. 數之旣定, 無可復逃. 但在奸雄, 則當思一定之數, 以戢其篡竊之心; 在忠臣, 則不當因一定之數, 而沮其報國之志耳.

(4). 觀耿·韋五家之僮僕, 而竊嘆董承之不及此五人也. 董承之事, 以一秦慶童泄之, 而五家僮僕七百餘人, 竟無有一人泄其事者, 使非五人之能用其人, 而何以能若是哉? 田橫傳, 而田橫之五百人賴以傳; 乃五百人傳, 而田橫愈以傳. 君子於五家僮僕之賢, 而益信五人之賢爲不可及云.

第七十回

猛張飛智取瓦口隘
老黃忠計奪天蕩山

〖1〗却說張郃部兵三萬，<u>向分</u>爲三寨，各傍山險：一名<u>宕渠</u>寨，一名蒙頭寨，一名<u>蕩石</u>寨．當日張郃於三寨中，各分軍一半，去取巴西，留一半守寨．早有探馬報到巴西，說張郃引兵來了．張飛急喚雷同商議．同曰：“閬中地惡山險，可以埋伏．將軍引兵出戰，我出<u>奇兵</u>相助，郃可擒矣．”張飛撥精兵五千與雷同去訖，飛自引兵一萬，離<u>閬</u>中三十里，與張郃兵相遇．兩軍擺開，張飛出馬，單搦張郃．郃挺槍縱馬而出．戰到二十餘合，郃後軍忽然喊起：原來望見山背後有蜀兵旗幡，故此擾亂．張郃不敢戀戰，撥馬回走．張飛從後掩殺．前面雷同又引兵殺出．兩下夾攻，郃兵大敗．張飛·雷同連夜追襲，直赶到宕渠山．張郃<u>仍舊</u>分兵守住三寨，多置<u>擂木砲石</u>，堅守不戰．張飛離宕渠十里下寨．

次日, 引兵搦戰. 郃在山上大吹大擂飲酒, 並不下山. (*將寫張飛
飲酒, 先寫張郃飲酒.) 張飛令軍士大罵, 郃只不出. 飛只得還營.

次日, 雷同又去山下搦戰. 郃又不出. 雷同驅軍士上山, 山上擂
木砲石打將下來. 雷同急退, 蕩石・蒙頭兩寨兵出, 殺敗雷同.

次日, 張飛又去搦戰. 張郃又不出. 飛使軍人百般穢罵, 郃在山
上亦罵. 張飛尋思, 無計可施. 相拒五十餘日. 飛就在山前札住大
寨, 每日飲酒; 飲至大醉, 坐於山前辱罵.

*注: 瓦口隘(와구애): 즉, 瓦口關. 〈隘〉: 關隘. 關津要隘. 지금의 사천성
渠縣 同. 天蕩山(천탕산): 지금의 섬서성 勉縣 西北. 定軍山과 마주보고
있다. 向分(향분): 처음부터 나누다. 〈向〉: 처음부터 지금까지. 원래부터.
宕渠(탕거): 지금의 사천성 渠縣 북쪽에 있다. 毛本에는 〈岩渠〉로 되어 있
으나 〈三國志・蜀書・張飛傳〉에 따라 〈宕渠〉로 바로잡았다. 蕩石(탕석):
지금의 사천성 渠縣 東北에 있는 八濛山 안에 있다. 奇兵(기병): 적을
기습하는 군대. 기습군. 閬中(랑중): 익주 巴西郡의 郡治 所在地. 지금의
사천성 閬中. 仍舊(잉구): 여전히. 아직도; 옛것을 따르다. 擂木砲石(뢰
목포석): 〈擂〉: 갈다; 치다. 두드리다. 〈擂木〉: 옛날에 싸울 때 높은 곳에서
밀어서 굴러 뜨려 적들이 압사하도록 하는 굵은 나무토막. 〈砲石〉: 돌쇠뇌로
튕겨서 쏘아대는 돌. 〈砲〉: 고대 병기의 일종으로 돌을 쏘아 보내는 기계장
치. 돌쇠뇌. 〈礮〉와 同字. 大吹大擂(대취대뢰): 일제히 나팔을 불고(吹)
북을 치다(擂). 큰소리치다. (=大吹大拍). 只不出(지불출): 그러나 나가지
않았다. 〈只〉: 그러나. 다만. 打將下來(타장하래): 쳐내려오다. 〈打下〉:
공격하다. 공략하다. 〈將〉: 動詞와 방향보어 중간에 쓰여 동작의 開始나 持
續을 나타낸다. 百般穢罵(백반예매): 갖가지 방법으로 더러운 욕설을 퍼붓
다. 〈百般〉: 여러 가지로. 갖가지. 백방으로. 〈穢罵〉: 더러운 욕설을 하다.

〖 2 〗 玄德差人犒軍, 見張飛終日飲酒, 使者回報玄德. 玄德大

驚, 忙來問孔明. 孔明笑曰:"原來如此! 軍前恐無好酒; 成都佳釀極多, 可將五十甕作三車裝, 送到軍前與張將軍飲." 玄德曰:"吾弟自來飲酒失事, 軍師何故反送酒與他?" 孔明笑曰:"主公與翼德做了許多年兄弟, 還不知其爲人耶? 翼德自來剛强, 然前於收川之時, 義釋嚴顏, 此非勇夫所爲也.(*又將六十三回中事一提.) 今與張郃相拒五十餘日, 酒醉之後, 便坐山前辱罵, 傍若無人; 此非貪杯, 乃敗張郃之計耳."(*在徐州時是眞醉, 在巴西時是假醉. 玄德但知其眞, 孔明却知其假.) 玄德曰:"雖然如此, 未可托大, 可使魏延助之." 孔明令魏延解酒赴軍前, 車上各插黃旗, 大書:"軍前公用美酒." 魏延領命, 解酒到寨中, 見張飛, 傳說主公賜酒. 飛拜受訖, 分付魏延‧雷同各引一枝人馬, 爲左右翼; 只看軍中紅旗起, 便各進兵; 教將酒排列帳下, 令軍士大開旗鼓而飲.

*注: 原來如此(원래여차): 과연 그렇다. 알고 보니 그렇다. 軍前(군전); 軍中. 陣中. 自來(자래): 본래. 원래(原來. 從來). 收川(수천): 接收西川. 貪杯(탐배): 술에 빠지다. 托大(탁대): 잘난 체하다. 뽐내다. 거만하게 굴다; 큰일을 맡기다; 부주의하다. 소홀히 하다; 解酒(해주): 술을 호송하다. 술을 보내다.

〖3〗有細作報上山來, 張郃自來山頂觀望, 見張飛坐於帳下飲酒, 令二小卒於面前相撲爲戲. 郃曰:"張飛欺我太甚!" 傳令今夜下山劫飛寨. 令蒙頭‧蕩石二寨, 皆出爲左右援.

當夜, 張郃乘着月色微明, 引軍從山側而下, 徑到寨前. 遙望張飛大明燈燭, 正在帳中飲酒. 張郃當先大喊一聲, 山頭擂鼓爲助, 直殺入中軍. 但見張飛端坐不動. 張郃驟馬到面前, 一槍刺倒. 一－却是一個草人. 急勒馬回時, 帳後連珠砲起. 一將當先, 攔住去路, 睜圓環眼, 聲若巨雷: 乃張飛也. ── 挺矛躍馬, 直取張郃.

兩將在火光中, 戰到三五十合. 張郃只盼兩寨來救, 誰知兩寨救兵, 已被魏延·雷同兩將殺退, 就勢奪了二寨. 張郃不見救兵至, 正沒奈何, 又見山上火起, 已被張飛後軍奪了寨柵. 張郃三寨俱失, 只得奔瓦口關去了. 張飛大獲勝捷,(＊美酒五十甕, 當於此時飮之.) 報入成都. 玄德大喜, 方知翼德飮酒是計, 只要誘張郃下山.

*注: 相撲(상박): 각지(角觗). 지금의 씨름 또는 레슬링과 같은 경기.　**欺我** (기아): 나를 무시하다. 업신여기다. 깔보다.　**擂鼓**(뢰고): 북을 치다.
連珠砲(연주포): 계속 발사하는 火砲. 速射砲: 잇달아 끊이지 않고 나는 소리.　**盼**(반): 바라다. 기다리다. 고대하다.

〖4〗却說張郃退守瓦口關, 三萬軍已折了二萬, 遣人問曹洪求救. 洪大怒曰: "汝不聽吾言, 强要進兵, 失了緊要隘口, 却又來求救!" 遂不肯發兵, 使人催督張郃出戰. 郃心慌, 只得定計, 分兩軍去關口前山僻埋伏, 分付曰: "我詐敗, 張飛必然赶來, 汝等就截其歸路." 當日張郃引軍前進, 正遇雷銅. 戰不數合, 張郃敗走, 雷同赶來. 兩軍齊出, 截斷回路. 張郃復回, 刺雷同於馬下. 敗軍回報張飛, 飛自來與張郃挑戰. 郃又詐敗, 張飛不赶. 郃又回戰, 不數合, 又敗走. 張飛知是計, 收軍回寨, 與魏延商議曰: "張郃用埋伏計, 殺了雷同, 又要賺吾, 何不將計就計?"(＊以翼德而知人之計已奇, 又能將人之計就己之計, 尤奇.) 延問曰: "如何?" 飛曰: "我明日先引一軍前往, 汝却引精兵於後, 待伏兵出, 汝可分兵擊之. 用車十餘乘, 各藏柴草, 塞住小路, 放火燒之. 吾乘勢擒張郃, 與雷同報讐." 魏延領計.

次日, 張飛引兵前進. 張郃兵又至, 與張飛交鋒. 戰到十合, 郃又詐敗. 張飛引馬步軍赶來, 郃且戰且走, 引張飛過山峪口. 郃將後軍爲前, 復札住營, 與飛又戰, 指望兩彪伏兵出, 要圍困張飛.

不想伏兵却被魏延精兵到，赶入峪口，將車輛截住山路，放火燒車，山峪草木皆着，煙迷其徑，兵不得出．張飛<u>只顧</u>引軍衝突．張部大敗，<u>死命</u>殺開條路，走上瓦口關，收聚敗兵，堅守不出．

　　*注: 指望(지망): (한마음으로) 기대하다. 꼭 믿다; 기대. 희망.　只顧(지고): 오로지 …에만 열중하다. 오로지 …에만 전념하다.　死命(사명): 죽을 운명; 필사적으로.

〖5〗張飛和魏延連日攻打關隘不下．飛見不濟事，把軍退二十里，却和魏延引數十騎，自來兩邊哨探小路．忽見男女數人，各背小包，於山僻路<u>攀藤附葛</u>而走．飛於馬上用鞭指與魏延曰: "奪瓦口關，只在這幾個百姓身上." 便喚軍士分付: "休要驚恐他，<u>好生</u>喚那幾個百姓來." 軍士連忙喚到馬前．飛用好言以安其心，問其何來．百姓告曰: "某等皆漢中居民，今欲還鄉，聽知大軍廝殺，塞閉闐中官道; 今過<u>蒼溪</u>，從<u>梓潼</u>山<u>檜釿川</u>入漢中，還家去." 飛曰: "這條路取瓦口關，遠近若何?" 百姓曰: "從梓潼山小路，<u>却是</u>瓦口關背後." 飛大喜，帶百姓入寨中，與了酒食; 分付魏延: "引兵<u>扣關</u>攻打，我親自引輕騎出梓潼山攻關後." 便令百姓引路，選輕騎五百，從小路而進．

　　*注: 攀藤附葛(반등부갈): 등나무와 칡에 의지하여 기어오르다. 〈攀附〉: (어떤 것에 의지하여) 기어오르다.　好生(호생): 매우. 대단히. 충분히. 잘. 주의를 기울여.　蒼溪(창계): 縣名. 漢代에 閬中縣을 나누어 만든 縣으로 지금의 사천성 蒼溪.　梓潼(재동): 사천성 재동현 치소.　檜釿川(회근천): 梓潼山 속을 흐르는 개천 이름.　却是(각시): 도리어. 오히려(反而, 倒): 바로. 마침(正, 恰).　扣關(구관): 관문을 두드리다. 관의 정면을 공격하다.

〖6〗却說張郃爲救軍不到，心中正悶．人報魏延在關下攻打．

張郃披挂上馬, 却待下山, 忽報: "關後四五路火起, 不知何處兵來." 郃自領兵來迎. 旗開處, 早見張飛. 郃大驚, 急往小路而走. 馬不堪行, 後面張飛追赶甚急. 郃棄馬上山, 尋徑而逃, 方得走脫, 隨行只有十餘人. 步行入南鄭, 見曹洪. 洪見張郃只剩下十餘人, 大怒曰: "吾教汝休去, <u>汝取下文狀要去</u>. 今日折盡大兵, 尙不自死, 還來<u>做甚</u>!" 喝令左右推出斬之.(*前以張飛爲小兒, 今却被小兒騙了.) 行軍司馬郭淮諫曰: "'三軍易得, 一將難求'. 張郃雖然有罪, 乃魏王所深愛者也, 不可便誅. 可再與五千兵徑取葭萌關, <u>牽動</u>其各處之兵, 漢中自安矣. 如不成功, 二罪俱罰." 曹洪從之, 又與兵五千, 教張郃取葭萌關. 郃領命而去.

*注: 却待(각대): 마침(막)…하려고 하다.　取下文狀要去(취하문장요거): 각서까지 제출하면서 가도록 해달라고 요구하다. 〈取〉: 求하다. 請하다. 〈下文狀〉: 문장(문건. 각서. 군령장)을 써 놓다(제출하다). 〈要去〉: 가려고 하다.　做甚(주심): =做什麼. 어째서. 무엇 하러. 무슨 목적으로.　牽動(견동): (일부분의 변화가 다른 부분에) 영향을 미치다. 동요시키게 되다(牽引動搖). 불러일으키다. 자아내다(觸動).

〖7〗 却說葭萌關守將孟達・霍峻知張郃兵來. 霍峻只要堅守; 孟達定要迎敵, 引軍下關與張郃交鋒, 大敗而回. (*先寫孟達之敗, 以反衬黃忠之勝; 先寫孟達之敗, 以正衬黃忠之假敗.) 霍峻急申文書到成都. 玄德聞知, 請軍師商議. 孔明聚衆將於堂上, 問曰: "今葭萌關緊急, 必須閬中取翼德, 方可退張郃也." 法正曰: "今翼德兵屯瓦口, 鎭守閬中, 是亦緊要之地, 不可取回. 帳中諸將內選一人去破張郃." 孔明笑曰: "張郃乃魏之名將, 非等閒可及, 除非翼德, 無人可當."(*慣用激將之法.) 忽一人厲聲而出曰: "軍師何輕視衆人耶! 吾雖不才, 願斬張郃首級, 獻於麾下." 衆視之, 乃老將黃忠也.(*激出一個老的來.)

　孔明曰:"漢升雖勇, <u>爭奈</u>年老, 恐非張郃對手."(*索性極力一
激.) 忠聽了, 白鬚倒豎而言曰:"某雖老, 兩臂尙開三石之弓, 渾
身還有千斤之力: 豈不足敵張郃匹夫耶!" 孔明曰:"將軍年近七
十, 如何不老?" 忠趨步下堂, 取架上大刀, 輪動如飛;壁上硬弓,
連<u>拽</u>折兩張. 孔明曰:"將軍要去, 誰爲副將?" 忠曰:"老將軍嚴
顏, 可同我去.(*老的又請出一個老的來. 黃忠請嚴顏爲副, 大有意思.) 但
有<u>疏虞</u>, 先納下這白頭." 玄德大喜, 卽時令嚴顏·黃忠去與張郃
交戰. 趙雲諫曰:"今張郃親犯葭萌關, 軍師休爲兒戲. 若葭萌一
失, 益州危矣. 何故以二老當此大敵乎?" 孔明曰:"汝以二人老
<u>邁</u>, 不能成事, 吾料漢中必於此二人手內可得." 趙雲等各各<u>哂笑</u>
而退.

　　*注: 定要(정요): 꼭 …하다. 꼭. 반드시.　爭奈(쟁나): 어찌하랴. 어떻게
(怎奈). 어떻게 할 길이 없다(無奈).　拽折(예절): 잡아당겨 부러뜨리다.
疏虞(소우): 소홀하다. 부주의하다.　老邁(노매): 늙다. 늙고 쇠약하다.
哂笑(신소): 비웃다. 조소하다. 〈哂〉: 빙그레 웃다; 비웃다.

　【8】却說黃忠·嚴顏到關上, 孟達·霍峻見了, 心中亦笑孔明<u>欠</u>
<u>調度</u>:"是這般緊要去處, 如何只敎兩個老的來!"(*有子龍笑之, 又
有孟達霍峻笑之, 愈顯下文得勝之奇.) 黃忠謂嚴顏曰:"你見諸人動靜
麼? 他笑我二人年老, 今可建奇功, 以服衆心."(*老將又激老將.) 嚴
顏曰:"願聽將軍之令." 兩個商議定了. 黃忠引軍下關, 與張郃
對陣. 張郃出馬, 見了黃忠, 笑曰:"你<u>許大</u>年紀, 猶不識羞, 尙欲
出戰耶!"(*前欺張飛爲小兒, 以爲小兒則欺之;以爲老夫則又欺之, 旣欺小又
欺老, 安得不敗!) 忠怒曰:"豎子欺吾年老! 吾手中寶刀却不老!" 遂
拍馬向前與郃決戰. 二馬相交, 約戰二十餘合, 忽然背後喊聲起:

原來是嚴顏從小路抄在張郃軍後. 兩軍夾攻, 張郃大敗. 連夜趕去, 張郃兵退八九十里. 黃忠·嚴顏收兵入寨, 俱各按兵不動.

曹洪聽知張郃輸了一陣, 又欲見罪. 郭淮曰: "張郃被迫, 必投西蜀; 今可遣將助之, 就如<u>監臨</u>, 使不生外心."(＊郭淮亦善於將將.) 曹洪從之, 卽遣夏侯惇之侄夏侯尚幷降將韓玄之弟韓浩, 二人引五千兵, 前來助戰. 二將卽時起行. 到張郃寨中, 問及軍情, 郃言: "老將黃忠甚是英雄, 更有嚴顏相助, 不可輕敵." 韓浩曰: "我在長沙知此老賊<u>利害</u>, 他和魏延獻了城池, 害吾親兄, 今旣相遇, 必當報讐!"(＊照應五十三回事) 遂與夏侯尚引新軍, 離寨前進. 原來黃忠連日哨探, 已知路徑. 嚴顏曰: "此去有山, 名天蕩山, 山中乃是曹操屯糧積草之地. 若取得那個去處, 斷其糧草, 漢中可得也."(＊亦是老謀深算.) 忠曰: "將軍之言, 正合吾意. 可與吾如此如此." 嚴顏依計, 自領一枝軍去了.

　　＊注: 欠調度(흠조도): 병력 배치(調度)에 결함이 있다(欠).　許大年紀 (허대년기): 이렇게 많은 나이. 〈許〉: 이처럼. 이렇게. 이와 같이.　抄(초): 질러가다. 지름길로 가다.　監臨(감림): 감독 시찰하다. 현장에 나가 감독하다.　利害(이해): ＝厲害. 사납다. 무섭다; 대단하다. 지독하다.

〖9〗 却說黃忠聽知夏侯尚·韓浩來, 遂引軍馬出營. 韓浩在陣前, 大罵黃忠: "無義老賊!" 拍馬挺槍, 來取黃忠. 夏侯尚便出夾攻. 黃忠力戰二將, 各鬪十餘合, 黃忠敗走. 二將趕二十餘里, 奪了黃忠寨. 忠又<u>草創</u>一營. 次日, 夏侯尚·韓浩趕來. 忠又出陣, 戰數合, 又敗走. 二將又趕二十餘里, 奪了黃忠營寨, 喚張郃守後寨. 郃來前寨諫曰: "黃忠連退二日, 於中必有詭計." 夏侯尚叱張郃曰: "你如此膽怯, 可知屢次戰敗! 今再休多言, 看吾二人建功."(＊前是曹洪把細, 張郃粗莽, 今又是張郃把細, 夏侯尚粗莽. 此等人物亦敢嘲笑名將, 監軍厲害.) 張郃<u>羞赧</u>而退. 次日, 二將又戰, 黃忠又敗退二十里; 二將<u>迤邐</u>赶上. 次日, 二將兵出, 黃忠望風而走, 連敗數陣, 直退在關上. 二將<u>扣關</u>下寨, 黃忠堅守不出. 孟達暗暗發書, 申報玄德, 說: "黃忠連輸數陣, 見今退在關上." 玄德慌問孔明. 孔明曰: "此乃老將驕兵之計也."(*翼德詐醉知之; 黃忠詐敗則又知之, 孔明可謂知人.) 趙雲等不信. 玄德差劉封來關上接應黃忠. 忠與封相見, 問劉封曰: "小將軍來助戰何意?"封曰: "父親得知將軍數敗, 故差某來." 忠笑曰: "此老夫驕兵之計也. 看今夜一陣, 可盡復諸營, 奪其糧食馬匹. 此是<u>借寨與彼</u>屯輜重耳.(*以空寨換實寨, 大得便宜.) 今夜留霍峻守關, 孟將軍可與我搬糧草奪馬匹, 小將軍看我破敵!"

　　*注: 草創(초창): 세우기 시작하다(創建). 　羞赧(수난): 창피해서 얼굴을 붉히다. 　迤邐(이리): 점차. 차츰차츰. 점점 더(가까이). 　扣關(구관): 관문을 두드리다. 　驕兵之計(교병지계): 적에게 일부러 패해 줌으로써 적을 교만하게 만드는 計略. 교만한 자는 반드시 敗하게 마련이다. 　借寨與彼(차채여피): 그에게 영채를 빌려주다.

〖10〗是夜二更, 忠引五千軍開關直下. 原來夏侯尙·韓浩二將, 連日見關上不出, 盡皆懈怠; 被黃忠破寨直入, 人不及甲, 馬不及鞍, 二將各自逃命而走, 軍馬自相踐踏, 死者無數. 比及天明, 連奪三寨. 寨中<u>丟下</u>軍器鞍馬無數, 盡敎孟達搬運入關. 黃忠催軍馬隨後而進. 劉封曰: "軍士力困, 可以暫歇." 忠曰: "不入虎穴, 焉得虎子?" 策馬先進.(*寶刀不老, 黃忠亦不老.) 士卒皆努力向前. 張郃軍兵, 反被自家敗兵<u>衝動</u>, 都屯札不住, 望後而走; 盡棄了許多寨柵, 直奔至漢水傍.

　張郃尋見夏侯尙·韓浩議曰: "此天蕩山, 乃糧草之所; 更接米倉山, 亦屯糧之地: 是漢中軍士養命之源. 倘若疏失, 是無漢中也, 當思所以保之." 夏侯尙曰: "米倉山有吾叔夏侯淵分兵守護, 那裏正接定軍山, 不必憂慮. (*誰知可慮正在此.) 天蕩山有吾兄夏侯德鎭守, 我等宜往投之, 就保此山." 於是張郃與二將連夜投天蕩山來, 見夏侯德, 具言前事. 夏侯德曰: "吾此處屯十萬兵, 你可引去, 復取原寨." 郃曰: "只宜堅守, 不可妄動." 忽聽山前金鼓大震, 人報黃忠兵到. 夏侯德大笑曰: "老賊不諳兵法, 只恃勇耳!" 郃曰: "黃忠有謀, 非止勇也." 德曰: "川兵遠涉而來, 連日疲困, 更兼深入戰境, —— 此無謀也." 郃曰: "亦不可輕敵. 且宜堅守." 韓浩曰: "願借精兵三千擊之, 當無不克." 德遂分兵與浩下山. 黃忠整兵來迎.

*注: 丟下(주하): 잃다. 떨어뜨리다. 버리다. 포기하다.　　衝動(충동): 衝擊撼動. 충격을 받아 흔들리다.　　米倉山(미창산); 사천성과 섬서성의 경계 지역에 있는 산 이름. 大巴山의 동쪽에 있다.　　疏失(소실): 소홀히 하여 잘못되다(疏忽失誤). 잃어버리다(失落. 丟失). 疏遠하다.　　戰境(전경): 싸움터. 전장. 敵의 관할구역.

〖11〗劉封諫曰: "日已西沈矣, 軍皆遠來勞困, 且宜暫息."(*少年倒似老人.) 忠笑曰: "不然. 此天賜奇功, 不取是逆天也." 言畢, 鼓噪大進. 韓浩引兵來戰. 黃忠揮刀直取浩, 只一合, 斬浩於馬下.(*入虎穴得虎子矣.) 蜀兵大喊, 殺上山來. 張郃·夏侯尙急引軍來迎. 忽聽山后大喊, 火光冲天而起, 上下通紅. 夏侯德提兵來救火時, 正遇老將嚴顔, 手起刀落, 斬夏侯德於馬下. 原來黃忠預先使嚴顔引軍埋伏於山僻去處, 只等黃忠軍到, 却來放火, 柴草堆上, 一齊點着, 烈焰飛騰, 照耀山峪. 嚴顔旣斬夏侯德, 從山後殺來. 張郃·夏侯尙前後不能相顧, 只得棄天蕩山, 望定軍山投奔夏侯淵去了.(*失了兩个隘口.)

　　注: 奇功(기공): 뛰어난 공로. 기이한 공훈.　却來(각래): …한 후에 오다.
…하고 나서 오다.

〖12〗黃忠·嚴顔守住天蕩山, <u>捷音</u>飛報成都. 玄德聞之, 聚衆
將慶喜. 法正曰: "昔曹操降張魯, 定漢中, 不因此勢以圖巴·蜀,
乃留夏侯淵·張郃二將屯守, 而自引大軍北還: 此失計也. 今張郃
新敗, 天蕩失守, 主公若乘此時, 舉大兵親往征之, 漢中可定也.
旣定漢中, 然後練兵積粟, 觀釁伺隙, 進可討賊, 退可自守. 此天
與之時, 不可失也."(*得人和亦得天時, 可乘此以取地利.) 玄德·孔明皆
深然之; 遂傳令趙雲·張飛爲先鋒, 玄德與孔明親自引兵十萬, 擇
日圖漢中; 傳檄各處, 嚴加提備.

　　時建安二十三年, 秋七月吉日. 玄德大軍出葭萌關下營, 召黃
忠·嚴顔到寨, 厚賞之. 玄德曰: "人皆言將軍老矣, 惟軍師獨知將
軍之能. 今果立奇功. 但今漢中定軍山, 乃南鄭保障, 糧草積聚之
所. 若得定軍山, 陽平一路, 無足憂矣. 將軍還敢取定軍山否?"
黃忠慨然應諾, 便要領兵前去. 孔明急止之曰: "老將軍雖然英勇,
然夏侯淵非張郃之比也.(*又用反激法.) 淵深通<u>韜略</u>, 善曉兵機, 曹
操倚之爲西凉<u>藩蔽</u>, 先曾屯兵長安, 拒馬孟起;(*照應五十八回中事.)
今又屯兵漢中. 操不托他人, 而獨托淵者, 以淵有將才也. 今將軍
雖勝張郃, <u>未卜</u>能勝夏侯淵. 吾欲<u>酌量</u>着一人去荆州, 替回關將軍
來, 方可敵之."(*前借張飛激他, 又借關公激他.) 忠奮然答曰: "昔<u>廉
頗</u>年八十, <u>尚</u>食斗米·肉十斤, 諸侯畏其勇, 不敢侵犯趙界, 何況黃
忠未及七十乎?(*若如此說, 則公尚是少年.) 軍師言吾老, 吾今並不用
副將, 只將本部兵三千人去, 立斬夏侯淵首級, 納於麾下." 孔明
再三不容, 黃忠<u>只</u>是要去. 孔明曰: "旣將軍要去, 吾使一人爲監

軍同去，若何?” 正是：

請將須行激將法，少年不若老年人.

未知其人是誰，且看下文分解.

*注: 捷音(첩음): 捷報. 승전 소식. 〈捷〉: 이기다. 승리하다.　韜略(도략):
병법. 병서. 군사적 책략. 六韜三略.　藩蔽(번폐): 고대에 갈대 돗자리로
만든 차량 가리개. 이로부터 外國으로부터 自國을 가려서 방위하기 위한 〈변
경지방〉 또는 〈변경을 지키는 사람〉이란 뜻이 생겼다. 〈藩〉: 울타리. 변방지
역. 〈蔽〉: 덮다. 가리다.　未卜(미복): 미리 짐작할 수 없다. 예측할 수 없다.
酌量(작량): 참작하다. 헤아리다.　廉頗(염파): 戰國時 趙나라의 名將.
藺相如(인상여)와 함께 趙나라를 지킨 인물. 〈史記·廉頗藺相如列傳〉에 그
에 관한 이야기가 자세히 나온다.　只是(지시): 그러나. 그런데.

第七十回 毛宗崗 序始評

(1). 數卷之前方寫關公飲酒，此處又接寫翼德飲酒. 單刀赴會
之飲，是飲他人之酒；瓦口寨前之飲，是飲自己之酒. 關公飲酒
是膽，翼德飲酒是智；關公之飲酒是豪，翼德之飲酒是巧. 夫以
膽而飲，飲又可以壯膽；以豪而飲，飲又可以助豪. 若欲以酒而
行其巧與智則難矣. 膽與豪則與酒相近者也，巧與智是不與酒相
近者也. 不與酒相近，而卒能於酒中用之，則飲如張公，更不可
及.

(2). 今日以醉取瓦口之張飛，大非昔日以醉失徐州之張飛，是
前後竟有兩張飛也.　而今日賺張郃之張飛，則前日賺嚴顏之張
飛，是前後原無兩張飛也. 乃其賺嚴顏者，林木前後，張飛有兩；
賺張郃者，寨門內外，張飛又有兩. 疑鬼疑神，幾有同於左慈之

身外身也者, 張公其酒中之仙乎?

(3). 兵有貴於誘敵者: 彼以我爲莽, 而我則誘之以粗疏; 彼以我爲老, 而我則誘之以怯弱是也. 然有誘兵居其前, 必更有奇兵遶其後而後勝, 如翼德 · 漢升, 皆以小路取關之背, 斯則其兵之奇者矣. 故無誘不能用奇, 而無奇亦不可用誘.

(*參考: 李贄評)

O. 黃 · 嚴二老立此奇功, 可見吾人不可自老; 若一自老, 便眞老矣. 近有六七十歲連發科第者, 只是一個不自老耳; 亦有二三十歲而老者, 果卒見其老而無成也. 老少何有定哉? 只在當人自家老少耳.

第七十一回

占對山黃忠逸待勞
據漢水趙雲寡勝衆

〖1〗却說孔明分付黃忠: "你旣要去, 吾敎法正助你. 凡事計議而行. 吾隨後撥人馬來接應." 黃忠應允, 和法正領本部兵去了. 孔明告玄德曰: "此老將<u>不着言語激他</u>, 雖去不能成功. 他今旣去, 須撥人馬前去接應." 乃喚趙雲: "將一枝人馬, 從小路出奇兵接應黃忠: 若忠勝, 不必出戰; 倘忠有失, 卽去救應." 又遣劉封·孟達: "領三千兵於山中險要去處, 多立旌旗, 以壯我兵之聲勢, 令敵人驚疑." 三人各自領兵去了.(*爲後文襲定軍山伏筆.) 又差人往下辨, 授計與馬超, 令他如此而行. 又差嚴顏往巴西閬中守隘, 替張飛·魏延來, 同取漢中.(*爲後文襲南鄭伏筆.)

*注: 對山(대산): 여기서는 定軍山과 마주보 고 서 있는 산을 가리킴.

不着言語激他(불착언어격타): 말로써 그를 자극하지 않으면. 〈着〉: 덧붙이다(挨上); 사용하다(用. 憑); …에 의해(被. 讓).

〖2〗 却說張郃與夏侯尙來見夏侯淵, 說: "天蕩山已失, 折了夏
侯德·韓浩. 今聞劉備親自領兵來取漢中, 可速奏魏王, 早發精兵
猛將, 前來策應." 夏侯淵便差人報知曹洪. 洪星夜前到許昌, 稟
知曹操. 操大驚, 急聚文武, 商議發兵救漢中. 長史劉曄進曰:
"漢中若失, 中原震動. 大王休辭勞苦, 必須親自征討." 操自悔
曰: "恨當時不用卿言, 以致如此!"(*照應六十七回中語.) 忙傳令
旨, 起兵四十萬親征. 時建安二十三年秋七月也. 曹操兵分三路而
進: 前部先鋒夏侯惇, 操自領中軍, 使曹休押後, 三軍陸續起行.
操騎白馬金鞍, 玉帶錦衣; 武士手執大紅羅銷金傘蓋, 左右金瓜銀
鉞, 鐙棒戈矛, 打日月龍鳳旌旗; 護駕龍虎官軍二萬五千, 分爲五
隊, 每隊五千, 按青·黃·赤·白·黑五色, 旗幡甲馬, 並依本色,
光輝燦爛, 極其雄壯.(*僭稱王號之後, 又是一樣氣色.)
  *注: 策應(책응): 호응하여 싸우다. 협동작전하다. 令旨(령지): 왕이나
  왕후의 명령. 押後(압후): 後衛를 맡다. 대열의 맨 뒤에서 호위하며 따르
  다. (=押伍. 押陣.) 銷金(소금): 금을 녹이다. 金箔을 입히다. 金瓜(금
  과): 옛날 무기의 일종.(철봉 끝에 참외 모양의 금박을 한 둥근 쇠를 붙였음).
  鐙(등): 등자. 안장 양쪽에 늘어뜨려 말을 탈 때 밟도록 만든 쇠로 된 기구.
  打日月龍鳳旌旗(타일월룡봉정기): 해와 달, 용과 봉황을 그려 넣은 깃발을
  흔든다. 〈打旗〉: 기를 흔들다. 按(안): …에 따라서. …에 비추어. 本色
  (본색): 옛날에는 靑·黃·赤·白·黑 五色을 〈正色〉이라 하였는데, 이를
  〈本色〉이라고도 했다.

〖3〗 兵出潼關, 操在馬上望見一簇林木, 極其茂盛, 問近侍
曰: "此何處也?" 答曰: "此名藍田.(*藍田有玉, 果有玉人在焉.) 林

木之間，乃蔡邕莊也．今邕女蔡琰，與其夫董紀居此。"原來操與蔡邕相善．(*第四回和九回中之事．) 先時其女蔡琰，乃衛道玠之妻；後被北方<u>擄去</u>，於北地生二子，作〈<u>胡笳十八拍</u>〉，流入中原．操深憐之，使人持千金入北方贖之．<u>左賢王</u>懼操之勢，送蔡琰還漢．操乃以琰配與董紀爲妻．當日到莊前，因想起蔡邕之事，令軍馬先行，操引近侍百餘騎，到莊門下馬．

*注: **潼關**(동관): 동한 建安 때 이곳에 關門을 설치했는데 潼水로 인해 생긴 이름이다. 서쪽으로는 華山에 바짝 붙어 있고 남쪽으로는 商嶺을 바라보고, 북으로는 황하와 거리를 두고 있고 동으로는 桃林에 접해 있다. 섬서, 산서, 하남 3성의 요충지로 역대 모두 군사상 요지였다.　**藍田**(람전): 지금의 섬서성 藍田縣 西.　**擄去**(노거): (사람을) 납치해 가다. 노략질해 가다.　**胡笳十八拍**(호가십팔박): 악부〈琴曲〉의 歌辭名. 동한 말년 蔡琰의 作으로 알려져 있다. 모두 18章으로 되어 있고, 한 章이 동일한 拍子로 되어 있어서〈十八拍〉이라고 한다. 歌辭의 내용은, 자신이 亂軍에 납치되어 南匈奴에 흘러들어간 사실을 서술하고, 후에 贖身되어 漢으로 돌아오면서 자기 자식들과 헤어지게 된 비참한 運命을 노래한 것이다.　**左賢王**(좌현왕): 匈奴의 왕 이름.

〖4〗時董紀出仕於外，止有蔡琰在家，琰聞操至，忙出迎接．操至堂，琰起居畢，侍立於側．操偶見壁間懸一碑文<u>圖軸</u>，起身觀之．問於蔡琰．琰答曰："此乃<u>曹娥</u>之碑也．昔和帝時，<u>上虞</u>有一<u>巫</u>者，名曹旰，能<u>婆娑樂神</u>；五月五日，醉舞舟中，墮江而死．其女年十四歲，繞江啼哭七晝夜，跳入波中；後五日，負父之屍浮於江面；里人葬之江邊．上虞令度尙奏聞朝廷，表爲孝女．(*昔有姓曹的孝女，今有姓曹的奸臣．老瞞辱沒曹字多矣．) 度尙令邯鄲淳作文刻碑以記其事．時邯鄲淳年方十三歲，<u>文不加點</u>，一揮而就，立石墓側，時人奇之．妾父蔡邕聞而往觀，時日已暮，乃於暗中以手摸碑文而讀之, 索筆大書八字於其背. 後人鐫石, 并鐫此八字." 操讀八字云: "黃絹幼婦, 外孫韲臼." 操問琰曰: "汝解此意否?" 琰曰: "雖先人遺筆, 妾實不解其意."(＊蔡琰敏慧自能省得, 其不言者, 欲操自解之也.) 操回顧衆謀士曰: "汝等解否?" 衆皆不能答. 於內一人出曰: "某已解其意." 操視之, 乃主簿楊修也. 操曰: "卿且勿言, 容吾思之." 遂辭了蔡琰, 引衆出莊; 上馬行三里, 忽省悟, 笑謂修曰: "卿試言之." 修曰: "此隱語耳. ‘黃絹’乃顏色之絲也, 色傍加絲, 是‘絕’字; ‘幼婦’者, 少女也, 女傍少字, 是‘妙’字; ‘外孫’乃女之子也, 女傍子字, 是‘好’字; 韲臼乃受五辛之器也, 受傍辛字, 是‘受辛(＝辭)’字. 總而言之, 是‘絕妙好辭’四字." 操大驚曰: "正合孤意." (＊多應是老賊油嘴, 若旣曉得, 何不寫在掌中如孔明·周瑜之互寫"火"字者, 而乃虛言合我意耶? 讀書者莫爲他瞞過也.) 衆皆歎羨楊修才識之敏. (＊百忙中忽夾此一段閑文, 敍事妙品.)

＊注: 起居(기거): 안부를 묻다. 문안드리다(問安. 問好). **圖軸**(도축): 圖卷. 畵軸. 畵卷. 두루마리 그림. **曹娥**(조아): 여자 이름. 東漢의 효녀로 유명. **上虞**(상우): 縣名. 지금의 절강성 上虞. **曹盱**(조우): 曹娥의 父親. **婆娑**(파사): (巫堂이 降神을 빌기 위해 굿을 할 때) 빙빙 도는 모양. 빙빙 돌면서 춤을 추다. **樂神**(낙신): 鬼神을 즐겁게 하다. **文不加點**(가점): 글을 쓴 후 다듬지 않는다. 일필지하로 글을 쓰다. **索筆**(색필): 붓을 찾다. 붓을 달라고 하다. **鐫石**(전석): 비석을 새기다. 〈鐫〉: 새기다. 파다. **韲臼** (제구): 문자대로 해석하면 〈파나 마늘 등 양념을 다지는 돌절구〉란 뜻이다. **五辛**(오신): 다섯 가지 매운 맛을 내는 채소. 즉 파(葱총), 염교(薤해), 부추 (韭구), 마늘(蒜산), 생강(薑강). **受傍辛字**(수방신자): 〈受〉와 〈辛〉으로 이루어진 ‘受辛’는 〈辭〉의 옛 글자(古字)이다. **歎羨**(탄선): 찬탄하며 부러워 하다.

〖5〗不一日，軍至南鄭．曹洪接着，備言張郃之事．操曰："非郃之罪，勝負乃兵家常事耳．"洪曰："目今劉備使黃忠攻打定軍山，夏侯淵知大王兵至，固守未曾出戰．"操曰："若不出戰，是示懦也．"便差人持節到定軍山，敎夏侯淵進兵．劉曄諫曰："淵性太剛，恐中奸計．"操乃作手書與之．使命持節到淵營，淵接入．使者出書，淵拆視之．略曰：

> 凡爲將者，當以剛柔相濟，不可徒恃其勇．若但任勇，則是一
> 夫之敵耳．吾今屯大軍於南鄭，欲觀卿之"妙才"，勿辱二字
> 可也．(*若淵號妙才，便當有才，則操號孟德，何以不德乎？ *〈妙才〉: 夏
> 侯淵之字.)

夏侯淵覽畢，大喜，<u>打發</u>使命回訖，乃與張郃商議曰："今<u>魏王</u>率大兵屯於南鄭，以討劉備．吾與汝久守此地，豈能建立功業？來日吾出戰，<u>務要</u>生擒黃忠．"張郃曰："黃忠謀勇兼備，況有法正相助，不可輕敵．此間山路險峻，只宜堅守．"(*驚弓之鳥.)淵曰："若他人建了功勞，吾與汝有何面目見魏王耶？汝只守山，吾去出戰．"遂下令曰："誰敢出哨誘敵？"夏侯尙曰："吾願往．"淵曰："汝去<u>出哨</u>，與黃忠交戰，只宜<u>輸</u>，不宜<u>嬴</u>．吾有妙計，如此如此．"尙受令，引三千軍離定軍山大寨前行．

　　*注: 二字(이자): 즉〈妙才〉．　打發(타발): 파견하다. 보내다.　務要(무요): 반드시(꼭) …하기를 바라다(=務請)．　出哨(출초): 수비하고 있던 곳에서 나가 싸우다.〈哨〉: 수비하고 있는 곳.　輸(수): 지다.　嬴(영): 이기다.

〖6〗却說黃忠與法正引兵屯於定軍山口，累次挑戰，夏侯淵堅守不出；欲要進攻，又恐山路危險，難以料敵，只得據守．是日，忽報山上曹兵下來搦戰．黃忠恰待引軍出迎，牙將陳式曰："將軍休動，某願當之．"忠大喜，遂令陳式引軍一千，出山口列陣．夏

侯尙兵至, 遂與交鋒. 不數合, 尙詐敗而走. 式赶去, 行到半路,
被兩山上擂木砲石, 打將下來, 不能前進. 正欲回時, 背後夏侯淵
引兵突出, 陳式不能抵當, 被夏侯淵生擒回寨. 部卒多降.(*將有大
敗, 必有小勝.) 有敗軍逃得性命, 回報黃忠, 說陳式被擒. 忠慌與法
正商議, 正曰:"淵爲人輕躁, 恃勇少謀. 可**激勸**士卒, 拔寨前進,
步步爲營, 誘淵來戰而擒之: 此乃 '**反客爲主**'之法." 忠用其謀,
將應有之物盡賞三軍, 歡聲滿谷, 願效死戰. 黃忠卽日拔寨而進,
步步爲營; 每營住數日, 又進.

> ***注: 激勸**(격권): 격려하다. **步步爲營**(보보위영): 가는 곳마다 진을 치다.
> 방비를 엄중히 하다; 신중히 하다. **反客爲主**(반객위주): 손님이 반대로
> 주인이 되게 하다. 쫓기던 자가 쫓게 되는 것을 비유한 말.

〖7〗淵聞之, 欲出戰. 張郃曰:"此乃 '反客爲主'之計, 不可
出戰, 戰則有失." 淵不從, 令夏侯尙引數千兵出戰, 直到黃忠寨
前. 忠上馬提刀出迎, 與夏侯尙交馬, 只一合, 生擒夏侯尙歸寨.
餘皆敗走.(*爲陳式答禮.) 回報夏侯淵. 淵急使人到黃忠寨, 言願將
陳式來換夏侯尙. 忠約定來日陣前相換. 次日, 兩軍皆到山谷闊
處, 布成陣勢. 黃忠‧夏侯淵各立馬於本陣門旗之下. 黃忠帶着夏
侯尙, 夏侯淵帶着陳式, 各不與袍鎧, 只穿蔽體薄衣. 一聲鼓響,
陳式‧侯夏尙各望本陣奔回. 夏侯尙比及到陣門時, 被黃忠一箭,
射中後心, 尙帶箭而回. 淵大怒, 驟馬徑取黃忠. 忠正要激淵厮
殺. 兩將交馬, 戰到二十餘合, 曹營內忽然鳴金收兵. 淵慌撥馬而
回, 被忠乘勢殺了一陣. 淵回陣問押陣官:"爲何鳴金?" 答曰:
"某見山凹中有蜀兵旗幡數處, 恐是伏兵, 故急招將軍回." 淵信
其說, 遂堅守不出.

> ***注: 押陣官**(압진관): 감시 군관. 〈押〉: 관장하다. 통할하다.

〖8〗 黃忠逼到定軍山下，與法正商議．正以手指曰：“定軍山西，巍然有一座高山，四下皆是險道．此山上足可下視定軍山之虛實．將軍若取得此山，定軍山只在掌中也．”忠仰見山頭稍平，山上有些少人馬．是夜二更，忠引軍士鳴金擊鼓，直殺上山頂．此山有夏侯淵部將杜襲守把，止有數百餘人．當時見黃忠大隊擁上，只得棄山而走．忠得了山頂，正與定軍山相對．法正曰：“將軍可守在<u>半山</u>，某居山頂．待夏侯淵兵至，吾舉白旗為號，將軍却按兵勿動；待他倦怠無備，吾却舉起紅旗，將軍便下山擊之：<u>以逸待勞，必當取勝</u>．”忠大喜，從其計．

　　*注：半山(반산)：산허리．산중턱．　以逸待勞(이일대로)：쉬면서 힘을 비축했다가 피로한 적군을 맞아 싸우다．　必當(필당)：반드시．꼭．

〖9〗 却說杜襲引軍逃回，見夏侯淵，說黃忠奪了對山．淵大怒曰：“黃忠占了對山，不容我不出戰．”張郃諫曰：“此乃法正之謀也．將軍不可出戰，只宜堅守．”(*張郃此時小心之甚．)淵曰：“占了吾對山，觀吾虛實，如何不出戰?!”郃苦諫不聽．淵分軍圍住對山，大罵挑戰．法正在山上舉起白旗，<u>任從</u>夏侯淵百般辱罵，黃忠只不出戰．午時以後，法正見曹兵倦怠，銳氣已墮，多下馬坐息，乃將紅旗<u>招展</u> —— 鼓角齊鳴，喊聲大震．黃忠一馬當先，馳下山來，猶如<u>天崩地塌</u>之勢．夏侯淵措手不及，被黃忠趕到麾蓋之下，大喝一聲，猶如雷吼．淵未及相迎，黃忠寶刀已落，連頭帶肩，砍為兩段．(*夏侯妙才絕於此，是黃絹，不是幼婦．)後人有詩讚黃忠曰：

　　<u>蒼頭</u>臨大敵，<u>皓首</u>逞神威．
　　<u>力趁</u>雕弓發，風迎雪刃揮．
　　雄聲如虎吼，駿馬似龍飛．
　　<u>獻馘</u>功勳重，開疆展帝畿．

*注: 任從(임종): 제멋대로 하게 하다. 자유에 맡기다.　招展(초전): 招颭
(초점). 펄럭이다. 흔들어 움직이다.　天崩地塌(천붕지탑): 하늘이 무너지
고 땅이 꺼지다. 〈塌〉: 꺼지다. 가라앉다. 내려앉다.　蒼頭(창두): 백발 머
리. 노인; 노복. 하인; 병졸. 사병. 〈蒼〉: 푸른 색; 회백색.　皓首(호수):
흰 머리. 노인.　力趁(력진): 그 힘은 …을 할 수 있다. 〈趁〉: 타다. 이용하
다; 소유하다. 가지고 있다.　獻馘(헌괵): 적을 죽이고 그 머리나 왼쪽 귀를
베어 바치다. 전공을 세우다. 〈馘〉: 베다. 적의 귀나 머리를 베다.　帝畿(제
기): 天子의 直轄地. 京城 所在 지구. 京畿. 疆土.

〖10〗黃忠斬了夏侯淵, 曹兵大潰, 各自逃生. 黃忠乘勢去奪定
軍山, 張郃領兵來迎. 忠與陳式兩下夾攻, <u>混殺</u>一陣, 張郃敗走.
忽然山傍閃出一彪人馬, 當住去路; 爲首一員大將, 大叫: "常山
趙子龍在此!" 張郃大驚, 引敗軍奪路望定軍山而走. 只見前面一
枝兵來迎, 乃杜襲也. 襲曰: "今定軍山已被劉封·孟達奪了." 郃
大驚, 遂與杜襲引敗兵到漢水箚營; 一面令人飛報曹操. 操聞淵
死, 放聲大哭, 方悟管輅所言 "<u>三八縱橫</u>", 乃建安二十四年也;
"黃猪遇虎", 乃歲在己亥正月也; "定軍之南", 乃定軍山之南也;
"傷折一股", 乃淵與操有兄弟之親情也. (*管輅占辭, 至此方悟, 則知
蔡邕碑文八字, 未必卽時悟出. 占辭雖是前定妙數, 然亦魏王手書一封爲催命文
書耳.) 操令人尋管輅時, 不知何處去了. (*天下事儘多, 豈能一一全知?
卽知之而不可救, 徒亂人意耳. 是以君子不問數.) 操深恨黃忠, (*旣是定數,
有何可恨?) 遂親統大軍, 來定軍山與夏侯淵報讐. 令徐晃作先鋒.
行到漢水, 張郃·杜襲接着曹操. 二將曰: "今定軍山已失, 可將米
倉山糧草移於北山寨中屯積, 然後進兵." 曹操<u>依允</u>.
　　*注: 混殺(혼살): 混戰. 마구 죽이다.　三八縱橫(삼팔종횡): 다음의 黃猪
遇虎(황저우호), 定軍之南(정군지남), 傷折一股(상절일고) 세 句와 같이

조조의 앞일에 대해 점을 치면서 한 말로 앞의 第六十九回의 注에 그 설명이
나왔다.　　**依允**(의윤): 따르다. 승낙하다.

〖11〗却說黃忠斬了夏侯淵首級, 來葭萌關上見玄德獻功. 玄德
大喜, 加忠爲征西大將軍, 設宴慶賀. 忽牙將張著來報說:"曹操
自領大軍二十萬, 來與夏侯淵報讐. 目今張郃在米倉山搬運糧草,
移於漢水北山脚下." 孔明曰:"今操引大兵至此, 恐糧草不敷, 故
勒兵不進; 若得一人深入其境, 燒其糧草, 奪其輜重, 則操之銳氣
挫矣."(*直與烏巢斷糧遙遙相映.)黃忠曰:"老夫願當此任."孔明
曰:"操非夏侯淵之比, 不可輕敵."(*又用反激法.) 玄德曰:"夏侯
淵雖是總帥, 乃一勇夫耳, 安及張郃? 若斬得張郃, 勝斬夏侯淵十
倍也." 忠奮然曰:"吾願往斬之." 孔明曰:"你可與趙子龍同領
一枝兵去; 凡事計議而行, 看誰立功."(*又激他.) 忠應允便行. 孔
明就令張著爲副將同去.

　雲謂忠曰:"今操引二十萬衆, 分屯十營, 將軍在主公前要去奪
糧, 非小可之事. 將軍當用何策?" 忠曰:"看我先去, 如何?" 雲
曰:"等我先去." 忠曰:"我是主將, 你是副將, 如何爭先?" 雲
曰:"我與你都一般爲主公出力, 何必計較? 我二人拈鬮, 拈着的
先去." 忠依允. 當時黃忠拈着先去. 雲曰:"旣將軍先去, 某當相
助. 可約定時刻. 如將軍依時而還, 某按兵不動; 若將軍過時而不
還, 某卽引軍來接應." 忠曰:"公言是也." 於是二人約定午時爲
期. 雲回本寨, 謂部將張翼曰:"黃漢升約定明日去奪糧草, 若午
時不回, 我當往助. 吾營前臨漢水, 地勢危險; 我若去時, 汝可謹
守寨柵, 不可輕動." 張翼應諾.

*注: **牙將**(아장): 軍中의 中下級 軍官.　　**不敷**(불부): 부족하다. 〈敷〉: 충분
하다. 넉넉하다.　　**非小可之事**(비소가지사): =非同小可之事. 작은 일(예사

일)이 아니다. **看我先去, 如何**(간아선거여하): (你)看我先去, 如何. (너는) 내가 먼저 가는 것을 어떻게 생각하는가? 〈看〉: …라고 보다(생각하다. 판단하다〉. **拈鬮**(념구): 제비를 뽑다.

〖12〗却說黃忠回到寨中, 謂副將張著曰; "我斬了夏侯淵, 張郃喪膽; 吾明日領命去劫糧草, 只留五百軍守營. 你可助吾. 今夜三更, 盡皆飽食; 四更離營, 殺到北山脚下, 先捉張郃, 後劫糧草." 張著依令. 當夜黃忠領人馬在前, 張著在後, 偸過漢水, 直到北山之下. 東方日出, 見糧積如山. 有些少軍士看守, 見蜀兵到, 盡棄而走. 黃忠教馬軍一齊下馬, 取柴堆於米糧之上. 正欲放火, 張郃兵到, 與忠混戰一處. 曹操聞知, 急令除晃接應. 晃領兵前進, 將黃忠困在垓心. 張著引三百軍走脫, 正要回寨, 忽一枝兵撞出, 攔住去路; 爲首大將, 乃是文聘; 後面曹兵又至, 把張著圍住.(*前周郎欲取聚鐵山, 孔明以爲難, 今米倉山亦復不易.)
　　***注: 混戰一處**(혼전일처): 混殺一陣. 혼전을 한바탕 치루다. 〈處〉: 交. 交接; 交戰. 〈處戰〉: 交戰.

〖13〗却說趙雲在營中, 看看等到午時, 不見忠回, 急忙披挂上馬, 引三千軍向前接應; 臨行, 謂張翼曰: "汝可堅守營寨. 兩壁廂多設弓弩, 以爲準備." 翼連聲應諾. 雲挺槍驟馬直殺往前去. 迎頭一將攔住, 乃文聘部將慕容烈也, 拍馬舞刀來迎趙雲; 被雲手起一槍刺死. 曹兵敗走. 雲直殺入重圍, 又一枝兵截住; 爲首乃魏將焦炳. 雲喝問曰: "蜀兵何在?" 炳曰: "已殺盡矣!" 雲大怒, 驟馬一槍, 又刺死焦炳. 殺散餘兵, 直至北山之下, 見張郃·徐晃兩人圍住黃忠, 軍士被困多時. 雲大喝一聲, 挺槍驟馬, 殺入重圍; 左衝右突, 如入無人之境. 那槍渾身上下, 若舞梨花; 遍體紛紛，如飄瑞雪．(*四句是絕妙槍讚．) 張郃・徐晃心驚膽戰，不敢迎戰．
雲救出黃忠，且戰且走；所到之處，無人敢阻．操於高處望見，驚
問衆將曰：“此將何人也？” 有識者告曰：“此乃常山趙子龍也．”
操曰：“昔日當陽長阪英雄尚在！”急傳令曰：“所到之處，不許輕
敵．”趙雲救了黃忠，殺透重圍，有軍士指曰：“東南上圍的，必是
副將張著．”雲不回本寨，逕望東南殺來．所到之處，但見“常山
趙雲”四字旗號，曾在當陽長阪知其勇者，互相傳說，盡皆逃竄．(*
先聲奪人，又爲前事渲染．此在衆人眼中寫趙雲．) 雲又救了張著．

　　*注：**看看**(간간)：이제 곧．막．금방．　**壁廂**(벽상)：곳．근처．부근．(*兩~：
　　양쪽．這~：이곳．那~：그곳.)　　**迎頭**(영두)：정면으로 맞이하다．직면하
　　다．　**遍體**(편체)：온몸．전신．　　**圍的**(위적)：포위된 사람(=被圍的).

〖14〗曹操見雲東衝西突，所向無前，莫敢迎敵，救了黃忠，又
救了張著，奮然大怒，自領左右將士來赶趙雲．雲已殺回本寨．部
將張翼接着，望見後面塵起，知是曹兵追來，卽謂雲曰：“追兵漸
近，可令軍士閉上寨門，上敵樓防護．”雲喝曰：“休閉寨門！汝豈
不知吾昔在當陽長阪時，單槍匹馬，覰曹兵八十三萬如草芥！今有
軍有將，又何懼哉！”(*上文是別人傳說，此却是自家說．英雄一生快事，不
嫌自負．今人亦欲自負，怎奈沒得說也.) 逐撥弓弩手於寨外濠中埋伏，
將營內旗槍，盡皆倒偃，金鼓不鳴．雲匹馬單槍，立於營門之外．(*
張飛在長坂橋邊以樹枝結於馬尾，裝作有兵之狀；今趙雲偏反作無兵之狀，妙在
極相類又極相反.)

〖15〗却說張郃・徐晃領兵追至蜀寨，天色已暮；見寨中偃旗息
鼓，又見趙雲匹馬單槍，立於營外，寨門大開．二將不敢前進．正
疑之間，曹操親到，急催督衆軍向前．衆軍聽令，大喊一聲，殺奔

營前；見趙雲全然不動,(*草張飛端坐不動, 今活趙雲亦全然不動.) 曹兵翻身就回. 趙雲把槍一招, 濠中弓弩齊發. 時天色昏黑, 正不知蜀兵多少. 操先撥回馬走. 只聽後面喊聲大震, 鼓角齊鳴, 蜀兵赶來. 曹兵自相踐踏, 擁到漢水河邊, 落水死者, 不知其數.(*子龍一人有膽, 曹操數十萬軍皆喪膽.) 趙雲‧黃忠‧張著各引兵一枝, 追殺甚急. 操正奔走間, 忽劉封‧孟達率二枝兵, 從米倉山路殺來, 放火燒糧草. 操棄了北山糧草, 忙回南鄭. 徐晃‧張郃扎腳不住, 亦棄本寨而走. 趙雲占了曹寨, 黃忠奪了糧草, 漢水所得軍器無數, 大獲勝捷, 差人去報玄德.

玄德遂同孔明前至漢水, 問趙雲的部卒曰:“子龍如何厮殺?”軍士將子龍救黃忠‧拒漢水之事, 細述一遍. 玄德大喜, 看了山前山后險峻之路, 欣然謂孔明曰:“子龍一身都是膽也!”(*姜維膽大如卵, 猶是身包膽耳; 子龍是膽包身, 其大當不止如卵也.) 後人有詩讚曰:

> 昔日戰長阪, 威風猶未減.
> 突陣顯英雄, 破圍施勇敢.
> 鬼哭與神號, 天驚並地慘.
> 常山趙子龍, 一身都是膽!

於是玄德號子龍爲“虎威將軍”, 大勞將士, 歡宴至晚.

〖16〗忽報曹操復遣大軍從斜谷小路而進, 來取漢水. 玄德笑曰:“操此來無能爲也. 我料必得漢水矣.”乃率兵於漢水之西以迎之.(*只因子龍有膽, 玄德此時亦是大膽.) 曹操命徐晃爲先鋒, 前來決戰. 帳前一人出曰:“某深知地理, 願助徐將軍同去破蜀.”操視之, 乃巴西宕渠人也, 姓王, 名平, 字子均; 現充牙門將軍. 操大喜, 遂命王平爲副先鋒, 相助徐晃. 操屯兵於定軍山北. 徐晃‧王平引軍至漢水, 晃令前軍渡水列陣. 平曰:“軍若渡水, 倘要急退,如之奈何?" 晃曰: "昔韓信背水爲陣, 所謂 '致之死地而後生' 也." 平曰: "不然. 昔者韓信料敵人無謀, 而用此計; 今將軍能料趙雲·黃忠之意否?"(*趙雲·黃忠誠非陳餘之比. 恰與後文諫馬謖相照.) 晃曰: "汝可引步軍拒敵, 看我引馬軍破之." 遂令搭起浮橋, 隨卽過河來戰蜀兵. 正是:

魏人妄意宗韓信, 蜀相那知是子房.

未知勝負如何, 且看下文分解.

*注: 斜谷(야곡): 산골짜기 이름. 지금의 섬서성 眉縣 서남에 위치. 옛날 褒斜道(포야도)의 북쪽 입구. 옛 褒斜道는 북의 斜谷(야곡)에서 시작하여 남쪽의 褒谷(포곡)이 이르는 길로 고대에는 秦과 蜀(四川과 陝西)을 연결하는 험준한 棧道로서 교통의 요충지였다. 〈斜〉: 골짜기 이름으로 쓰일 때는 음이 〈사〉가 아니라 〈야〉이다.   宕渠(탕거): 지금의 사천성 渠縣 동쪽에 있다. 毛本에는 〈岩渠〉로 되어 있으나 〈三國志·蜀書·張飛傳〉에 따라 〈宕渠〉로 바로잡았다.   牙門將軍(아문장군): 유비가 처음으로 둔 장군 칭호이다. 〈牙門〉: 옛날 군대가 주둔할 때 원수나 주장의 막사 앞에 牙旗를 세워서 이를 軍門으로 사용했는데, 이를 牙門이라고 한다. 이로부터 '武將', '장군'이란 뜻으로도 사용되게 되었다.   韓信背水爲陣(한신배수위진): 진말 漢의 장수 韓信이 趙軍과 싸울 때 뒤에 江이 있고 大敵을 앞에서 맞는 상황을 만들어 대승을 거두었다. 여러 장수들이 그에게 이런 이처럼 배수의 진을 친 이유를 묻자, 그는 "병법에서도 말하기를, '군사들을 死地에 빠뜨린 후에야 살고, 亡地에 놓아둔 후에야 生存할 수 있다(陷之死地以後生, 置之亡地以後存)'고 하였다."라고 대답했다.   搭起(탑기): (다리 따위를) 놓기 시작하다.   宗(종): 본받다. 계승하다. 존숭하다.   那知(나지): 어찌 알겠는가.(=那知蜀相是子房).

(1). 有以二老將而共建奇功者，天蕩山之役是也；有以一老將而再立奇功者，定軍山之役是也。蓋使可一不可再，則前者之功爲倖邀矣；唯可一而又可再，益信前者之功非倖致矣。且老者報主之日短，則其報主之心愈殷。黃忠眞不愧忠臣哉！

(2). 孔明之兩用黃忠，非用其老也，用其老而壯也；又非專用其壯也，用其壯而老也。蓋有老謀而後有壯事。老而壯，則其老不爲弱，壯而老，則其壯不爲輕。

(3). 雲之救黃忠於重圍，與前之救阿斗於重圍無異也：雲之據漢水以退曹兵，與飛之拒長坂以退曹兵無異也。然救阿斗與拒長坂，以兩人分任之不奇，救黃忠與拒漢水，以一人兼任之則奇；拒長坂但欲止之勿來不奇，據漢水更能追之使去則奇。其事相同，而比前更自出色。

(4). 子龍以一身當數十萬猝至之衆，若閉寨而守則必死，卽棄寨而走亦必死，乃不棄寨亦不閉關，而掩旗息鼓立馬在外，以疑兵勝之，非獨膽包身，直是智包身耳！若但云膽而已，則大膽姜維何以屢敗於鄧艾耶？

第七十二回

諸葛亮智取漢中
曹阿瞞兵退斜谷

〚1〛却說徐晃引軍渡漢水, 王平苦諫不聽, 渡過漢水札營. 黃忠
·趙雲告玄德曰:"某等各引本部兵去迎曹兵." 玄德應允. 二人引
兵而行. 忠謂雲曰:"今徐晃恃勇而來, 且休與敵; 待日暮兵疲,
你我分兵兩路擊之可也."(*卽法正敎黃忠之策.) 雲然之, 各引一軍據
住寨柵. 徐晃引兵從辰時搦戰, 直至申時, 蜀兵不動. 晃盡敎弓弩
手向前, 望蜀營射去. 黃忠謂趙雲曰:"徐晃令弓弩射者, 其軍必
將退也: 可乘時擊之." 言未已, 忽報曹兵後隊果然退動. 於是蜀
營鼓聲大震: 黃忠領兵左出, 趙雲領兵右出, 兩下夾攻. 徐晃大
敗, 軍士逼入漢水, 死者無數.(*晃曰:"置之死地而後生", 今則置之死地
而竟死矣.) 晃死戰得脫, 回營責王平曰:"汝見吾軍勢將危, 如何不
救?" 平曰:"我若來救, 此寨亦不能保. 我曾諫公休去, 公不肯

聽, 以致此敗." 晃大怒, 欲殺王平. 平當夜引本部軍就營中放起火來, 曹兵大亂, 徐晃棄營而走. 王平渡漢水來投趙雲. 雲引見玄德. 王平盡言漢水地理. 玄德大喜曰: "孤得王子均, 取漢中無疑矣." 遂命王平爲偏將軍, 領<u>鄉導使</u>.(*曹操送一箇鄉導來了.)

*注: 退動(퇴동): 물러가려고 움직이다. 뒤로 물러가다. 鄉導使(향도사): 嚮道使. 길을 안내하는 사람.

〖2〗 却說徐晃逃回見操, 說: "王平反去降劉備矣!" 操大怒, 親統大軍來奪漢水寨柵. 趙雲恐孤軍難立, 遂退於漢水之西. 兩軍隔水相拒, 玄德與孔明來觀形勢. 孔明見漢水<u>上流頭</u>, 有一帶土山, 可伏千餘人; 乃回到營中, 喚趙雲分付: "汝可引五百人, 皆帶鼓角, 伏於土山之下; 或半夜, 或黃昏, 只聽我營中砲響: 砲響一番, 擂鼓一番.——只不要出戰." 子龍受計去了. 孔明却在高山上暗窺.

次日, 曹兵到來搦戰. 蜀營中一人不出, 弓弩亦都不發. 曹兵自回. 當夜更深, 孔明見曹營燈火方息, 軍士歇定, 遂放號炮. 子龍聽得, 令鼓角齊鳴. 曹兵驚慌, 只疑劫寨. 及至出營, 不見一軍. 方才回營欲歇, 號炮又響, 鼓角又鳴, 吶喊震地, 山谷應聲.(*鳴鼓而攻之可也, 焉用戰.) 曹兵徹夜不安. 一連三夜, 如此驚疑. 操心怯, 拔寨退三十里, 就空闊處札營. 孔明笑曰: "曹操雖知兵法, 不知詭計." 遂請玄德親渡漢水, 背水結營.(*徐晃背水而敗, 孔明又用背水而勝.) 玄德問計, 孔明曰: "可如此如此."

*注: 上流頭(상류두): 상류. 〈頭〉: 방위사의 뒤에 쓰임. 上頭: 위. 前頭: 앞.

〖3〗 曹操見玄德背水下寨, 心中疑惑, 使人<u>下戰書</u>. 孔明<u>批</u>來日決戰. 次日, 兩軍會於中路五界山前, 列成陣勢. 操出馬立於門旗下, 兩行布列龍鳳旌旗, 擂鼓三通, 喚玄德答話. 玄德引劉封·孟達並川中諸將而出. 操揚鞭大罵曰: "劉備忘恩失義·反叛朝廷之賊!" 玄德曰: "吾乃大漢宗親, 奉詔討賊. 汝上弑母后, 自立爲王, 僭用天子鑾輿, 非反而何?" 操怒, 命徐晃出馬來戰. 劉封出迎. 交戰之時, 玄德先走入陣. 封敵晃不住, 撥馬便走. 操下令: "捉得劉備, 便爲西川之主." 大軍齊吶喊殺過陣來. 蜀兵望漢水而逃, 盡棄營寨; 馬匹軍器, 丟滿道上. 曹軍皆爭取. 操急鳴金收軍. 衆將曰: "某等正待捉劉備, 大王何故收軍?" 操曰: "吾見蜀兵背漢水安營, 其可疑一也; 多棄馬匹軍器, 其可疑二也. 可急退軍, 休取衣物." 遂下令曰: "妄取一物者立斬. 火速退兵." 曹兵方回頭時, 孔明號旗舉起, 玄德中軍領兵便出, 黃忠左邊殺來, 趙雲右邊殺來.(*俱在前文如此如此之中.) 曹兵大潰而逃. 孔明連夜追趕.

　　注: 下戰書(하전서): 〈下〉: (문서. 명령 따위를) 보내다. 하달하다. 發하다. 〈戰書〉: 선전 포고서. 도전장.　　批(비): 可否를 대답하다. 결재. 허가하다.　　五界山(오계산): 東漢 三國時 이런 지명은 없었다.　　丟(주): 버리다. 잃다.

〖4〗操傳令軍回南鄭. 只見五路火起 ── 原來魏延·張飛得嚴顏代守閬中, 分兵殺來, 先得了南鄭. (*第七十一回中伏筆至此方見.) 操心驚, 望陽平關而走. 玄德大兵追至南鄭·襃州. 安民已畢, 玄德問孔明曰: "曹操此來, 何敗之速也?" 孔明曰: "操平生爲人多疑, 雖能用兵, 疑則多敗. 吾以疑兵勝之." (*操惟多疑, 所以死亦有七十二疑塚.) 玄德曰: "今操退守陽平關, 其勢已孤, 先生將何策以退之?" 孔明曰: "亮已算定了." 便差張飛·魏延分兵兩路去截曹操糧道, 令黃忠·趙雲分兵兩路去放火燒山. 四路軍將, 各引鄉導官軍去了.

*注: 南鄭(남정): 지금의 섬서성 漢中市 西南. 당시 漢中郡의 治所.
陽平關(양편관): 지금의 陝西省 勉縣 서쪽 白馬河가 漢水에 들어가는 곳.
四川과 陝西 간의 교통의 요충지. 褒州(포주): 褒中縣. 지금의 섬서성
漢中 서북의 褒城.

〖5〗 却說曹操退守陽平關, 令軍哨探. 回報曰: "今蜀兵將遠近
小路, 盡皆塞斷; 砍柴<u>去處</u>, 盡放火燒絕. ──不知兵在何處." 操
正疑惑間, 又報張飛・魏延分兵劫糧. 操問曰: "誰敢敵張飛?" 許
褚曰: "某願往!" 操令許褚引一千精兵, 去陽平關路上護接糧草.
<u>解糧官</u>接着, 喜曰: "若非將軍到此, 糧不得到陽平矣." 遂將車
上的酒肉, 獻與許褚. 褚痛飲, 不覺大醉.(*前醉張飛是假醉, 今醉許褚
是眞醉.) 便乘酒興, 催糧車行. 解糧官曰: "日已暮矣. 前褒州之
地, 山勢險惡, 未可過去." 褚曰: "吾有萬夫之勇, 豈懼他人哉!
今夜乘着月色, 正好使糧車行走."(*醉人在月下, 一發動了酒興.) 許
褚當先, 橫刀縱馬, 引軍前進. 二更已後, 往褒州路上而來. 行至
半路, 忽山凹裏鼓角震天, 一枝軍當住. 爲首大將, 乃張飛也, 挺
矛縱馬, 直取許褚. 褚舞刀來迎, 却因酒醉, 敵不住張飛; 戰不數
合, 被飛一矛刺中<u>肩膀</u>, 翻身落馬; 軍士急忙救起, 退後便走.(*萬
夫之勇原來如此.) 張飛盡奪糧草車輛而回.(*只因酒肉之故, 失却糧食.)

*注: 去處(거처): 장소. 곳; 행선지. 행방. 解糧官(해량관): 군량 호송관.
〈解〉: 호송하다. 압송하다. 肩膀(견방): 어깨(=肩膊).

〖6〗 却說衆將保着許褚, 回見曹操. 操令醫士療治金瘡, 一面
親自提兵來與蜀兵決戰. 玄德引軍出迎. 兩陣<u>對圓</u>, 玄德令劉封出
馬. 操罵曰: "賣履小兒, 常使假子拒敵! 吾若喚<u>黃須兒</u>來, 汝假

子爲肉泥矣！"（*吳有紫髯，魏有黃鬚，正復相對．）劉封大怒，挺槍驟馬，徑取曹操．操令徐晃來迎，封詐敗而走．操引兵追赶．蜀兵營中，四下砲響，鼓角齊鳴．（*亦是疑兵．）操恐有伏兵，急敎退軍．曹兵自相踐踏，死者極多．奔回陽平關，方才歇定．蜀兵赶到城下：東門放火，西門吶喊；南門放火，北門擂鼓．操大懼，棄關而走．蜀兵從後追襲．操正走之間，前面張飛引一枝兵截住，趙雲引一枝兵從背後殺來，黃忠又引兵從襃州殺來．操大敗．諸將保護曹操，奪路而走．　方逃至斜谷界口，前面塵頭忽起，一枝兵到．操曰："此軍若是伏兵，吾休矣！"　及兵將近，乃操次子曹彰也．

　　*注: 對圓(대원): 양쪽 군대가 싸우기 전에 각자 半圓形의 陣을 이루는데，상대의 半圓과 합하면 하나의 圓처럼 된다. 그래서 싸우기 위해 陣을 벌려선 모습을 이렇게 부르게 되었다.　黃須兒(황수아): 曹操의 둘째 아들 曹彰의 別稱.　斜谷(야곡): 산골짜기 이름. 지금의 섬서성 眉縣 西南에 위치. 옛날 襃斜道(포야도)의 북쪽 입구.

〖7〗彰字子文，少善騎射；膂力過人，能手格猛獸．操嘗戒之曰："汝不讀書而好弓馬，此匹夫之勇，何足貴乎？"彰曰："大丈夫當學衛靑·霍去病，立功沙漠，長驅數十萬衆，縱橫天下；何能作博士耶？"（*說得博士無用，敎楊修王粲等一班文人何處生活?）操嘗問諸子之志．　彰曰："好爲將."操問："爲將何如？"彰曰："披堅執銳，臨難不顧，身先士卒；賞必行，罰必信."操大笑．

　　建安二十三年，代郡烏桓反，操令彰引兵五萬討之；臨行戒之曰："居家爲父子，受事爲君臣．法不徇情，爾宜深戒."彰到代北，身先戰陣，直殺至桑乾，北方皆平；因聞操在陽平關，故來助戰．（*百忙中忽敍曹彰生平，正補前文所未及．）

　　*注: 膂力(여력): 체력. 완력. 힘. 〈膂〉: 등골뼈.　格(격): 格殺. 때려죽이

다. 〈格〉: 겨루다; 치다. 때리다.　　　衞靑(위청)·霍去病(곽거병): 둘 다 西漢 武帝時의 名將. 여러 차례 北의 匈奴와 싸워 이김으로써 漢王朝에 대한 흉노족의 위협을 제거한 공로가 있다.　　博士(박사): 본래는 漢代의 學官 名稱이나 여기서는 文官이란 뜻.　　披堅執銳(피견집예): 갑옷을 입고 무기를 손에 잡다.　　代郡(대군): 幽州에 속한 郡名. 治所는 지금의 산서성 陽高.　　烏桓(오환): 東胡의 別名. 秦末. 흉노의 冒頓이 강성했는데, 그 나라를 멸망시키자 烏桓山으로 피하여 스스로를 지켰으므로 마침내 烏桓이라 칭하게 되었다.　　徇情(순정): 인정(개인적인 감정)에 사로잡히다. 사사로운 정에 얽매이다.　　桑乾(상건): 幽州 代郡에 속한 縣名. 지금의 하북성 陽原縣 서북.

〔8〕操見彰至, 大喜曰: "我黃須兒來, 破劉備必矣!" 遂勒兵復回, 於斜谷界口安營. 有人報玄德, 言曹彰到. 玄德問曰: "誰敢去戰曹彰?" 劉封曰: "某願往." 孟達又說要去. 玄德曰: "汝二人同去, 看誰成功." 各引兵五千來迎: 劉封在先, 孟達在後. 曹彰出馬與封交戰, 只三合, 封大敗而回.(*假子不及眞兒.) 孟達引兵前進, 方欲交鋒, 只見曹兵大亂. 原來馬超·吳蘭兩軍殺來.(*第七十一回中伏着, 至此方見.) 曹兵驚動, 孟達引兵夾攻. 馬超士卒, 蓄銳日久, 到此耀武揚威, 勢不可當. 曹兵敗走. 曹彰正遇吳蘭, 兩個交鋒, 不數合, 曹彰一戟刺吳蘭於馬下. 三軍混戰. 操收兵於斜谷界口札住.

〔9〕操屯兵日久, 欲要進兵, 又被馬超拒守; 欲收兵回, 又恐被蜀兵恥笑: 心中猶豫不決. 適庖官進鷄湯. 操見碗中有鷄肋, 因而有感於懷. 正沈吟間, 夏侯惇入帳, 稟請夜間口號. 操隨口曰: "鷄肋! 鷄肋!" 惇傳令衆官, 都稱 "鷄肋." 行軍主簿楊修, 見傳

"鷄肋"二字, 便敎隨行軍士, 各收拾行裝, 准備歸程. 有人報知
夏侯惇. 惇大驚, 遂請楊修至帳中, 問曰: "公何收拾行裝?" 修
曰: "以今夜號令, 便知魏王不日將退兵歸也: 鷄肋者, 食之無肉,
棄之有味. 今進不能勝, 退恐人笑, 在此無益, 不如早歸: 來日魏
王必班師矣.(*知人之所不言, 其罪大矣.) 故先收拾行裝, 免得臨行慌
亂."(*若云棄之有味, 猶不欲遽棄也. 今收拾行裝, 則竟棄之矣.) 夏侯惇
曰: "公眞知魏王肺腑也!" 遂亦收拾行裝. 於是寨中諸將, 無不准
備歸計. 當夜曹操心亂, 不能穩睡, 遂手提鋼斧, 繞寨私行. 只見
夏侯惇寨內軍士, 各准備行裝. 操大驚, 急回帳, 召惇問其故. 惇
曰: "主簿楊德祖先知大王欲歸之意." 操喚楊修問之, 修以鷄肋
之意對. 操大怒曰: "汝怎敢造言, 亂我軍心!"(*碑文八字解得不差.
不想"口號"二字竟解差了.) 喝刀斧手推出斬之, 將首級號令於轅門
外.

　　*注: 鷄肋(계륵): 닭의 갈빗대. 닭갈비. 〈肋〉: 늑골.

〔10〕原來楊修爲人恃才放曠, 數犯曹操之忌: 操嘗造花園一
所; 造成, 操往觀之, 不置褒貶, 只取筆於門上書一 "活"字而去.
人皆不曉其意. 修曰: "'門'內添'活'字, 乃'闊'字也. 丞相
嫌園門闊耳." 於是再築牆圍, 改造停當, 又請操觀之. 操大喜,
問曰: "誰知吾意?" 左右曰: "楊修也." 操雖稱美, 心甚忌之.(*
非忌其才, 忌其知我意也. 曹操意中不言之事, 最畏人知.)

　　又一日, 塞北送酥一盒至. 操自寫 "一合酥"三字於盒上, 置之
案頭. 修入見之, 竟取匙與衆分食訖. 操問其故, 修答曰: "盒上
明書'一人一口酥', 豈敢違丞相之命乎?" 操雖喜笑, 而心惡
之.(*操嘗以空盒遺荀彧, 今楊修以空盒還曹操, 操安得不怒?)

　　操恐人暗中謀害己身, 常分付左右: "吾夢中好殺人; 凡吾睡着,

汝等切勿近前."一日, 晝寢帳中, 落<u>被</u>於地, 一近侍慌取覆蓋. 操躍起拔劍斬之, 復上床睡; 半晌而起, 佯驚問:"何人殺吾近侍?" 衆以實對. 操痛哭, 命厚葬之.(*假夢·假睡·假問·假哭, 一片是假.) 人皆以爲操果夢中殺人; 惟修知其意, 臨葬時, 指而歎曰: "丞相非在夢中, 君乃在夢中耳!" 操聞而愈惡之.(*周郎瞞不得孔明, 曹操瞞不得楊修, 便一樣欲殺之.)

　　＊注: **放曠**(방광): 마음이 활달하여 구애받지 않다. 豪放曠達.　　**塞北**(새북): 長城 以北 地區.　　**酥一盒**(수일합): 〈酥〉: 煉乳. 乳脂食品. 〈盒〉: 통. 갑. 작은 상자.　　**被**(피): 이불; 덮다. 입다.

〖11〗操第三子曹植, 愛修之才, 常邀修談論, 終夜不息. 操與衆商議, 欲立植爲世子, 曹丕知之, 密請<u>朝歌</u>長吳質入內府商議, 因恐有人知覺, 乃用大<u>簏</u>藏吳質於中, 只說是絹疋在內, 載入府中. 修知其事, 徑來告操.(*操卽不殺修, 修後必爲丕所殺.) 操令人於丕府門伺察之. 丕慌告吳質. 質曰:"無憂也: 明日用大簏裝絹再入以惑之."(*以假混眞, 以眞混假, 巧妙之極.) 丕如其言, 以大簏載絹入. 使者搜看簏中, 果絹也, 回報曹操. 操因疑修譖害曹丕, 愈惡之.

　操欲試曹丕·曹植之才幹. 一日, 令各出鄴城門; 却密使人分付門吏, 令勿放出. 曹丕先至. 門吏阻之, 丕只得退回. 植聞之, 問於修. 修曰:"君奉王命而出, 如有阻當者, 竟斬之可也." 植然其言. 及至門, 門吏阻住. 植叱曰:"吾奉王命, 誰敢阻當!" 立斬之. 於是曹操以植爲能.(*修以殺人敎人, 操又以殺人爲能, 都不是好人.) 後有人告操曰:"此乃楊修之所敎也." 操大怒, 因此亦不喜植.

　　＊注: **朝歌**(조가): 司隸州 河內郡에 속한 縣名. 지금의 하남성 淇縣.　　**簏**(록): 대나무 상자.

〔12〕 修又嘗爲曹植作答敎十餘條， 但操有問， 植卽依條答之.(*子建亦倩人代筆耶?) 操每以軍國之事問植， 植對答如流. 操心中甚疑. 後曹丕暗買植左右， 偷答敎來告操. 操見了大怒曰：“匹夫安敢欺我耶!” 此時已有殺修之心；今乃借惑亂軍心之罪殺之.(*補敍楊修生平與見殺之由， 又於百忙中夾敍閑文， 筆法殊妙.) 修死年三十四歲. 後人有詩歎曰：

聰明楊德祖， 世代繼簪纓.

筆下龍蛇走， 胸中錦繡成.

開談驚四座， 捷對冠群英.

身死因才誤， 非關欲退兵.

*注: 答敎(답교): 예상 질문과 그 답을 적은 것.　買植左右(매식좌우): 조식의 좌우에 있는 사람들을 매수하다.　簪纓(잠영): 귀인의 관에 꽂는 비녀와 갓끈. 貴人.　龍蛇走(용사주): 용이나 뱀이 달리듯이 꿈틀거리는 듯한 형체의 필체.　冠群英(관군영): 많은 뛰어난 인물들 중에서도 으뜸이다. 〈冠〉: 관. 모자: 으뜸이다. 일등가다.

〔13〕 曹操旣殺楊修， 佯怒夏侯惇， 亦欲斬之. 衆官告免. 操乃叱退夏侯惇， 下令來日進兵. 次日， 兵出斜谷界口， 前面一軍相迎， 爲首大將乃魏延也. 操招魏延歸降， 魏延大罵. 操令龐德出戰. 二將正鬪間， 曹寨內火起， 人報馬超劫了中後二寨. 操拔劍在手曰：“諸將退後者斬!” 衆將努力向前. 魏延詐敗而走. 操方麾軍回戰馬超， 自立馬於高阜處， 看兩軍爭戰. 忽一彪軍撞至面前， 大叫：“魏延在此!” 拈弓搭箭， 射中曹操. 操翻身落馬. 延棄弓綽刀， 驟馬上山坡來殺曹操. 刺斜裏閃出一將， 大叫：“休傷吾主!” 視之, 乃龐德也. 德奮力向前， 戰退魏延， 保操前行. 馬超兵已退. 操帶傷歸寨: 原來被魏延射中人中， 折却門牙兩個， 急令醫士調

治. 方憶楊修之言, 隨將修屍收回厚葬, 就令班師; 却教龐德斷
後. 操臥於氈車之中, 左右虎賁軍護衛而行. 忽報斜谷山上兩邊火
起, 伏兵赶來. 曹兵人人驚恐. 正是:

　　依稀昔日潼關厄, 仿佛當年赤壁危.

未知曹操性命如何, 且看下文分解.

第七十二回 毛宗崗 序始評

　　(1). 曹操善疑, 而孔明卽以疑兵勝之. 此非孔明之疑操, 而操
之自疑也. 然雖操之自疑, 而非孔明則不能疑之也. 燒於博望,
挫於新野, 困於烏林, 窮於華容, 操之畏孔明久矣. 見他人之疑
兵未必疑, 惟見孔明之疑兵而不敢不疑. 故善用疑兵者, 必度其
人之可以疑而疑之, 又必度我之可以用疑兵而後用之耳. 卽如韓
信以背水勝, 徐晃以背水敗, 同一法而今昔之勢異; 徐晃以背水
敗, 孔明以背水勝, 同一時而彼此之勢又異. 兵之善用, 豈不視
乎其人哉?

　　(2). 孔融·荀彧·楊修皆爲忤操而死, 而修則不如融, 并不如
彧, 何也? 不事操而以正直忤操者, 孔融也; 先以不正不直事操,
而後以正直忤操者, 荀彧也; 旣以不正不直事操, 又以不正不直
忤操者, 楊修也. 修爲楊彪(*第二十回中之事)之子, 而屈身事操, 旣
有愧於家門, 復爲曹植之故而使操心疑, 又不善處人骨肉. 夫以

正直忤操，則罪在操；以不正不直忤操，則罪在修。故修之死，
君子於操無責焉。

(3). 或疑操以才忌楊修者，非也。士之才有二：一曰謀士之才，
一曰文士之才。以謀士之才而爲操用者，如郭嘉・程昱・荀彧・荀
攸・賈詡・劉曄等是也；以文士之才而爲操用者，如楊修・陳琳・
王粲等是也。文士之才不若謀士之才之爲足忌。而操之忌荀彧，
但以阻九錫之故，前此未之忌焉，其餘謀士亦曾未之忌焉。其視
謀士之才且然，而何忌於文士哉？故雖罵操如陳琳，而操不以爲
罪。盖才而不爲我用則忌之，才而爲我用則不忌焉。使修非簟植
以欺曹操，則操可以不怒，而修可以不死。彼謂修之以才見忌者，
殆未爲篤論矣。

第七十三回

玄德進位漢中王
雲長攻拔襄陽郡

〖1〗 却說曹操退兵至斜谷, 孔明料他必棄漢中而走, 故差馬超等諸將, 分兵十數路, 不時攻劫. 因此操不能久住; 又被魏延射了一箭, 急急班師. 三軍銳氣墮盡. 前隊纔行, 兩下火起, 乃是馬超伏兵追赶. 曹兵人人喪膽. 操令軍士急行, 曉夜奔走無停; 直至<u>京兆</u>, 方始安心.

　　*注: 京兆(경조): 즉 京兆尹. 〈京兆尹〉: 漢代 京畿의 행정구역. 지금의 섬서성 西安 以東으로부터 華縣에 이르는 사이 구간으로 그 관할 아래에 12개 縣이 있었다. 후에 와서는 〈京都〉라 稱하게 되었다.

〖2〗 且說玄德命<u>劉封</u>·<u>孟達</u>·<u>王平</u>等, 攻取<u>上庸</u>諸郡. 申耽等聞操已棄漢中而走, 遂皆投降. 玄德安民已定, 大賞三軍, 人心大悅.

於是衆將皆有推尊玄德爲帝之心，未敢<u>徑啓</u>，<u>却來</u>稟告諸葛軍師。孔明曰：“吾意已有<u>定奪</u>了。”隨引法正等入見玄德，曰：“今曹操專權，百姓無主；主公仁義著於天下，今已撫有<u>兩川</u>之地，可以應天順人，卽皇帝位，(＊孔明之意非蔑獻帝也。殆欲如唐肅宗靈武之事，尊帝爲上皇耳。) <u>名正言順</u>，以討國賊。事不宜遲，便請擇吉。”玄德大驚曰：“軍師之言差矣。劉備雖然漢之宗室，乃臣子也；若爲此事，是反漢矣。”(＊玄德以在上之天子爲辭。) 孔明曰：“非也。方今天下分崩，英雄并起，各覇一方。四海才德之士，<u>捨死亡生</u>而事其上者，皆欲<u>攀龍附鳳</u>，建立功名也。今主公避嫌守義，恐失衆人之望。願主公熟思之。”(＊孔明以在下之人心爲辭。) 玄德曰：“要吾<u>僭</u>居尊位，吾必不敢。可再商議長策。”諸將齊言曰：“主公若只<u>推却</u>，衆心解矣。”孔明曰：“主公平生以義爲本，未肯便稱尊號。今有荊襄・兩川之地，可暫爲漢中王。”玄德曰：“汝等雖欲尊吾爲王，不得天子明詔，是<u>僭</u>也。”(＊不是辭王，但欲請詔。) 孔明曰：“今<u>宜從權</u>，不可拘執常理。”張飛大叫曰：“異姓之人，皆欲爲君，何況哥哥乃漢朝宗派！莫說漢中王，就稱皇帝，有何不可！”(＊每到玄德謙讓處，便是張飛直叫出來。) 玄德叱曰：“汝勿多言！”孔明曰：“主公宜從權變，先進位漢中王，然後表奏天子，未爲遲也。”(＊操賊挾天子以令諸侯，天子之詔乃操主之者也，故先稱王而後奉表，乃權宜之法。) 玄德再三推辭不過，只得<u>依允</u>。

＊注：王平(왕평)：정사 〈삼국지・촉서〉에는 이때 유봉과 맹달과 함께 파견된 장수의 이름이 〈李平〉으로 되어 있다. 上庸(상용)：동한 익주 漢中郡에 속한 縣名. 삼국시대 때 曹魏가 上庸郡을 두어 荊州에 귀속시켰다. 治所는 上庸(지금의 호북성 竹山縣 西南). 徑啓(경계)：곧바로(직접) 아뢰다. 〈徑〉：길. 방도; 곧. 바로. 직접; 지름. 직경. 〈啓〉：열다; 진술하다. 여쭈다. 알리다. 却來(각래)：도리어. 거꾸로. 定奪(정탈)：(가부나 취사를) 결정하

다. **兩川**(양천): 서천과 동천. 지금의 川西, 川東 지구. **名正言順**(명정언순): 〈名分이 바로 서야 말이 이치에 맞다.〉〈論語·子路篇〉의 〈正名〉에 대한 설명에서 나오는 "名不正, 則言不順"을 인용한 말이다. **捨死亡生**(사사망생): 목숨을 (일신의 안위를) 돌보지 않다. **攀龍附鳳**(반룡부봉): 명철한 군주에게 복종하여 공을 세우다. 제자가 성현을 따라 덕업을 세우다. **僭**(참): 참람하다. 분수에 지나치게 행동하다. 참람하다. **推却**(추각): 사양하다. 거절하다. **從權**(종권): 권도를 따르다. 〈權道〉: 종래의 원칙이나 규칙에 얽매이지 않고 상황의 변화에 맞게 대처하는 것. 權變과 같은 뜻. **依允**(의윤): 따르다. 승낙하다.

〖3〗 <u>建安二十四年</u>秋七月, 築壇於<u>沔陽</u>, 方圓九里, 分布五方, 各設旌旗儀仗. 群臣皆依次序排列. 許靖·法正請玄德登壇, 進冠冕璽綬訖, 面南而坐, 受文武官員拜賀爲漢中王. 子劉禪立爲王世子. 封許靖爲太傅; 法正爲尙書令; 諸葛亮爲軍師, 總理軍國重事. 封關羽·張飛·趙雲·馬超·黃忠爲五虎大將; 魏延爲漢中太守. 其餘各擬功勳定爵.

　　*注: 建安二十四年: 서기 219년(신라 奈解尼師今 24년, 고구려 山上王 延優 23년). **沔陽**(면양): 익주 漢中郡에 속한 縣名. 지금의 섬서성 면현勉縣 東. 〈沔水〉: 섬서성을 흐르는 漢水의 支流.

〖4〗 玄德旣爲漢中王, 遂修表一道, 差人賫赴<u>許都</u>. 表曰:
　　"備以<u>具臣</u>之才, 荷上將之任, 總督三軍, <u>奉辭</u>於外; 不能掃除寇難, <u>靖匡</u>王室, 久使陛下聖敎陵遲, <u>六合</u>之內, <u>否而未泰;</u> 惟憂反側, <u>疢如疾首</u>.(*先用自責.)
　　曩者董卓, <u>僭爲亂階</u>. 自是之後, 群凶縱橫, <u>殘剝</u>海內. 賴陛下聖德威臨, 人臣同應, 或忠義奮討, 或上天降罰, 暴逆<u>並殄</u>, 以漸氷消.(*次敍董卓·催·汜之亂, 以下方說曹操.) 惟獨曹操, 久未梟除, 侵擅國權, 恣心極亂. 臣昔與車騎將軍董承, 圖謀討操, 機事不密, 承見陷害.(*卽奉衣帶詔一事, <u>消受</u>得一個漢中王.) 臣<u>播越</u>失據, 忠義<u>不果</u>.(*自述起兵徐州以後之事.) 遂得使操<u>窮凶極逆</u>: 主后戮殺, 皇子鴆害.(*此二事足定操賊罪案.) 雖糾合同盟, 念在奮力; 懦弱不武, 歷年未效. 常恐殞沒, <u>辜負國恩</u>; 寤寐永歎, <u>夕惕若厲</u>.(*又是自責之語.)

    *注: **齎赴**(재부): =賷赴(재부). 가지고 가다. **具臣**(구신): 자리만 지키는 (숫자만 채우는) 신하. 그 직책을 감당할 능력이 없는 신하. 〈具〉: 숫자(구색)를 맞추다. **奉辭**(봉사): 奉命. 명을 받들다. **靖匡**(정광): 안정시키고 바로잡다. **聖教**(성교): 황제의 敎導. **陵遲**(능지): 陵夷. 차츰 쇠약해지다. 쇠퇴하다. **六合**(육합): 天地四方. 天下. **否而未泰**(비이미태): 어지럽고 불안하다. 〈否(비)〉와 〈泰(태)〉는 본래 周易의 卦名으로 막혀서 통하지 않는 것을 〈否〉, 형통한 것을 〈泰〉라고 하는데, 후에 와서는 事情의 逆과 順, 時勢의 動亂과 安定을 〈否泰〉라 한다. **疢如疾首**(진여질수): 걱정으로 병을 얻다. 이 말은 〈詩經·小雅·小弁〉에 나오는데, 〈疢〉은 熱病, 引伸하여 憂患. 〈疾首〉는 頭痛을 뜻한다. **僞爲亂階**(위위란계): 비합법적 행동으로 난리의 원인이 되다. 〈僞〉: 거짓. 불법. 〈亂階〉: 난리의 계단. 난의 시작. **殘剝**(잔박): 해치고 죽이다. **殪**(에): 쓰러지다. 죽다. **梟除**(효제): 목을 베어 메달아 없애다. **侵擅**(침천): 침범하여 제멋대로 하다. **消受**(소수): 누리다. 향수하다. 받다; 걸맞다. 상응하다. **播越**(파월): 이곳저곳 떠돌아다니다. **不果**(불과): 〈果〉:결실을 맺다. 실행하다. 이루다. **窮凶極逆**(궁흉극역): 極惡無道하다. **辜負**(고부): (호의. 기대. 도움 따위를) 헛되게 하다. 저버리다. 〈辜〉: 죄; 배신하다. 배반하다. **夕惕若厲**(석척약려): 밤마다 두려워하며(惕) 삼가고 조심한다(勵). 〈周易·乾卦辭〉에 나오는 말이다. 〈惕厲〉: 惕勵. 〈若〉: 그리고(and). 혹은(or).

〖5〗 今臣群僚以爲: 在昔〈虞書〉, 敦敍九族, 庶明勵翼; 帝王相傳, 此道不廢; 周監二代, 并建諸姬, 實賴晉·鄭, 夾輔之力; 高祖龍興, 尊王子弟, 大啓九國, 卒斬諸呂, 以安大宗. 今操惡直醜正, 實繁有徒, 包藏禍心, 簒盜已顯; 旣宗室微弱, 帝族無位, 斟酌古式, 依假權宜; 上臣爲大司馬·漢中王.(*以上述群下推戴之意.)

*注: 虞書(우서): 〈尙書〉(書經)의 篇名. 堯·舜·禹 임금에 관한 사적을 기록한 책. 〈敦敍九族, 庶明勵翼〉은 지금의 〈書經·皐陶謨(고요모)〉에 나오는 말이다. **敦敍九族, 庶明勵翼**(돈서구족, 서명려익): 九族의 촌수에 따라서 차등을 두어 친하게 대해주고, 많은 현인들을 보좌하는 신하로 삼다. 〈敦〉: 親. 〈敍〉: 次序. 〈庶〉: 衆多. 〈勵〉: 作. 삼다. 〈翼〉: 羽翼. 보좌하는 신하. **周監二代, 并建諸姬**(주감이대, 병건제희): 周는 夏·商 二代 왕조를 교훈으로 삼아 건국 초에 많은 동성의 제후왕을 봉했다. 〈監〉: 비추어 보다. 〈姬〉: 周朝 君主의 姓. **實賴晉·鄭**(실뢰진·정): 사실 晉侯와 鄭公에 의지하다. 史書의 기록에 의하면, 犬戎이 周幽王을 죽이고 西周를 멸망시킨 후, 晉文侯와 鄭武公이 太子 宜臼(의구)를 平王으로 옹립하여 東周를 건립했다. 晉과 鄭은 周 왕조가 분봉한 동성의 제후국이다. **夾輔**(협보): 輔佐하다. **龍興**(용흥): 고대에는 帝業의 창립(건국)을 龍이 일어나는 것에 비유했다.(*조선의 〈龍飛御天歌〉참조). **九國**(구국): 漢初 분봉된 아홉 개의 동성 제후 왕국. 즉 齊·楚·吳·淮南·燕·趙·梁·代·淮陽. **卒斬諸呂**(졸참제려): 마침내 여러 呂氏들을 죽이다. 유방의 아들 齊悼惠王 劉肥의 次子 劉章과 승상 陳平, 태위 周勃 등이 모의하여 漢 왕조를 전복하려고 기도하던 呂后의 조카 呂祿과 呂産을 죽인 일을 말한다. **大宗**(대종): 시조의 맏아들에서 내려오는 宗家. **惡直醜正**(오직추정): 정직한 자를 미워하고 싫어하다. 惡과 醜는 同義, 直과 正 역시 同義이다. 따라서 惡直=醜正으로 同義複語이다. 〈醜〉: 혐오하다. 증오하다. 부끄러워하다. **實繁有徒**(실번유도): 그러한 사람이 참으로 많다. =實蕃有徒. **依假權**

宜(의가권의): 變通의 방법에 의거하여. 〈權宜〉: 사정에 따라 변통하여 일을 처리하다.　　上(상): 올리다. 높이다.

〖6〗臣伏自三省: 受國厚恩, 荷任一方, 陳力未效, <u>所獲</u>已過, 不宜復<u>忝</u>高位, 以重罪謗.(*以上自敍謙讓之懷.) 群僚見逼, 迫臣以義. 臣退惟寇賊不梟, 國難未已; 宗廟傾危, 社稷將墜: 誠臣憂心碎首之日. 若<u>應權通變</u>, 以寧靜聖朝, 雖赴水火, 所不得辭: 輒順衆議, 拜受印璽, 以崇國威.(*以上又述群下復請, 不得復辭之故.)

仰惟爵號, 位高寵厚; 俯思報效, 憂深責重: <u>驚怖惕息</u>, 如臨於谷. 敢不盡力<u>輸誠</u>, <u>獎勵</u>六師, <u>率</u>齊群義, 應天順時, 以寧社稷.(*此又述受爵以後, 當討賊自效.) 謹<u>拜表</u>以聞."

＊注: **所獲**(소획): =所獲恩. 얻은 바 은혜.　　**忝**(첨): 욕되게 하다: 황송하게. 송구스럽게.　　**應權通變**(응권통변): 잠시(權) 임기응변(通變)에 응(應)하다.　　**驚怖惕息**(경포척식): 놀라고 두려워서 가슴이 뛰고 숨이 막히다. 극히 두려워하는 상태를 형용한 말이다. 〈惕息〉: 心跳氣喘. 극히 겁내는 모습을 형용.　　**輸誠**(수성): 성의를 다하다.　　**獎勵**(장려): 장려하다. 표창하다.　　**率**(솔): 거느리다.　　**拜表**(배표): 삼가 표를 올리다.

〖7〗表到許都, 曹操在鄴郡聞知玄德自立漢中王, 大怒曰: "織席小兒, 安敢如此! 吾誓滅之!" 卽時傳令, 盡起傾國之兵, 赴兩川與漢中王決雌雄.(*操以備爲英雄, 自靑梅煮酒之時已知有今日矣, 又何爲而怒耶?) 一人出班諫曰: "大王不可因一時之怒, 親勞車駕遠征. 臣有一計, 不須張弓隻箭, 令劉備在蜀自受其禍. 待其兵衰力盡, 只須一將往征之, 便可成功." 操視其人, 乃司馬懿也.(*仲達此時漸漸出頭.) 操喜問曰: "仲達有何高見?" 懿曰: "江東孫權, 以妹嫁劉備, 而又乘間竊取回去; (*照應六十一回事.) 劉備又據占荊州不還：彼此俱存切齒之恨．今可差一舌辯之士，齎書往說孫權，使興兵取荊州；劉備必發兩川之兵以救荊州．那時大王興兵去取漢川，令劉備首尾不能相救，勢必危矣．"（＊不消自家費力，却去挑發他人．）

　操大喜，卽修書令滿寵爲使，星夜投江東來見孫權．權知滿寵到，遂與謀士商議．張昭進曰："魏與吳本無讐；前因聽諸葛之說詞，致兩家連年征戰不息，生靈遭其塗炭．今滿伯寧來，必有講和之意，可以禮接之．"（＊獨不記二喬銅雀之事乎？是操爲仇讐而備乃婚姻也．）權依其言，令衆謀士接滿寵入城相見．禮畢，權以賓禮待寵．寵呈上操書，曰："吳·魏自來無讐，皆因劉備之故，致生釁隙．魏王差某到此，約將軍攻取荊州；魏王以兵臨漢川，首尾夾擊．破劉之後，共分疆土，誓不相侵．"（＊玄德不肯還荊州，曹操獨肯分疆土耶？）孫權覽書畢，設筵相待滿寵，送歸館舍安歇．

〖8〗權與衆謀士商議．顧雍曰："雖是說詞，其中有理．今可一面送滿寵回，約會曹操，首尾相擊；一面使人過江探雲長動靜，方可行事．"諸葛瑾曰："某聞雲長自到荊州，劉備娶與妻室，先生一子，次生一女．其女尚幼，未許字人．（＊雲長家事却借諸葛瑾口中補出．省筆之法．）某願往與主公世子求婚．若雲長肯許，卽與雲長計議共破曹操；若雲長不肯，然後助曹取荊州．"（＊諸葛瑾有魯肅之風．）孫權用其謀，先送滿寵回許都；却遣諸葛瑾爲使，投荊州來．入城見雲長．禮畢．雲長曰："子瑜此來何意？"瑾曰："特來求結兩家之好：吾主吳侯有一子，甚聰明；聞將軍有一女，特來求親．兩家結好，并力破曹，此誠美事，請君侯思之．"雲長勃然大怒曰："吾虎女安肯嫁犬子乎！（＊"虎女"·"犬子"，太覺言重．玄德曾配孫夫人矣，是虎兄而配犬妹也．孫夫人爲公之嫂矣，是虎叔而有犬嫂也．）不看汝弟之面，立斬汝首！再休多言！"遂喚左右逐出．瑾抱頭鼠竄，回見吳侯；不敢隱匿, 遂以實告. 權大怒曰: "何太無禮耶!" 便喚張昭等文武官員, 商議取荊州之策. 步騭曰: "曹操久欲篡漢, 所懼者劉備也; 今遣使來令吳興兵吞蜀, 此嫁禍於吳也."(*雲長不肯嫁女, 與吳無損; 曹操有意嫁禍, 不利於吳.) 權曰: "孤亦欲取荊州久矣." 騭曰: "今曹仁現屯兵於襄陽·樊城, 又無長江之險, 旱路可取荊州; 如何不取, 却令主公動兵? 只此便見其心.(*步騭略有見識, 張昭不如也.) 主公可遣使去許都見操, 令曹仁旱路先起兵取荊州, 雲長必掣荊州之兵而取樊城; 若雲長一動, 主公可遣一將, 暗取荊州, 一舉可得矣."(*爲後文呂蒙襲荊州張本.) 權從其議, 卽時遣使過江, 上書曹操, 陳說此事. 操大喜, 發付使者先回, 隨遣滿寵往樊城助曹仁, 爲參謀官, 商議動兵;(*吳讓魏先發, 是着乖處.) 一面馳檄東吳, 令領兵水路接應, 以取荊州.

　　　*注: 娶與妻室(취여처실): 장가를 보내서 아내를 얻어주다.　許字(허자): 신랑감을 정하다. 〈字〉: (옛날) 여자의 결혼을 승낙하다. 허혼하다.　君侯(군후): 秦漢 時에는 列侯에 대한 칭호였다. 關羽는 당시 漢壽亭侯였기에 이렇게 불렸다. 그러나 후에 와서는 널리 고관과 귀인에 대한 敬稱이 되었다.　嫁禍(가화): 禍를 轉嫁하다.　掣(체): 빼내다. 뽑다.　發付(발부): 파견하다. 보내다.

　〖9〗 却說漢中王令魏延總督軍馬, 守禦東川. 遂引百官回成都. 差官起造宮庭, 又置館舍, 自成都至白水, 共建四百餘處館舍亭郵. 廣積糧草, 多造軍器, 以圖進取中原. 細作人探聽得曹操結連東吳, 欲取荊州, 卽飛報入蜀. 漢中王忙請孔明商議. 孔明曰: "某已料曹操必有此謀; 然吳中謀士極多, 必敎操令曹仁先興兵矣."(*明見萬里, 是以謂之孔明.) 漢中王曰: "似此, 如之奈何?" 孔明曰: "可差使命就送官誥與雲長, 令先起兵取樊城, 使敵軍膽寒,自然瓦解矣."(*吳欲使魏先發, 孔明又使雲長先發, 一是讓先, 一是占先.)
漢中王大喜, 卽差前部司馬費詩爲使, 齎捧誥命投荊州來. 雲長出
郭, 迎接入城. 至公廳禮畢, 雲長問曰: "漢中王封我何爵?" 詩
曰: "'五虎大將'之首." 雲長問: "那五虎將?" 詩曰: "關·張·
趙·馬·黃是也." 雲長怒曰: "翼德吾弟也; 孟起世代名家; 子龍
久隨吾兄, 卽吾弟也: 位與吾相並, 可也. 黃忠何等人, 敢與吾同
列? 大丈夫終不與老卒爲伍!" 遂不肯受印. (*嚴顏老而翼德以爲壯,
黃忠不服老而雲長以爲老, 二公情性又自不同.) 詩笑曰: "將軍差矣. 昔
蕭何·曹參與高祖同擧大事, 最爲親近, 而韓信乃楚之亡將也; 然
信立爲王, 居蕭·曹之上, 未聞蕭·曹以此爲怨. 今漢中王雖有'五
虎將'之封, 而與將軍有兄弟之義, 視同一體. (*以兄弟之義動之.) 將
軍卽漢中王, 漢中王卽將軍也, 豈與諸人等哉? 將軍受漢中王厚
恩, 當與同休戚·共禍福, 不宜計較官號之高下. 願將軍熟思
之."(*詩之善於說詞與張遼等.) 雲長大悟, 乃再拜曰: "某之不明, 非
足下見教, 幾誤大事." 卽拜受印綬.

　　*注: 白水(백수): 關名. 지금의 사천성 청천靑川 東에 있다. 　亭郵(정우):
　　옛날 沿途에 설치하여 公文書를 전하는 사람이나 여행객들에게 宿食을 제공
　　한 館舍. "古者十里一長亭, 五里一短亭. 郵, 過也. 所以止過客也."
　　官誥(관고): 황제가 작위나 관직을 내리는 詔令.

　〖10〗 費詩方出王旨, 令雲長領兵取樊城. 雲長領命, 卽時便差
傅士仁·糜芳二人爲先鋒, 先引一軍於荊州城外屯札; 一面設宴城
中, 款待費詩. 飮至二更, 忽報城外寨中火起. 雲長急披挂上馬,
出城看時, 乃是傅士仁·糜芳飮酒, 帳後遺火, 燒著火砲, 滿營撼
動, 把軍器糧草, 盡皆燒毁. (*便是不祥之兆.) 雲長引兵救撲, 至四
更, 方纔火滅. 雲長入城, 召傅士仁·糜芳, 責之曰: "吾令汝二人

作先鋒，不曾出軍，先將許多軍器糧草燒毀，火砲打死本部軍人：如此誤事，要你二人何用！”叱令斬之.(*爲後文二人背公伏線. 於諸葛瑾當看軍師之面, 於糜芳當看亡嫂之面.) 費詩告曰：“未曾出師，先斬大將，於軍不利. 可暫免其罪.”雲長怒氣不息，叱二人曰：“吾不看費司馬之面，必斬汝二人之首！”乃喚武士各杖四十，<u>摘去</u>先鋒印綬，罰糜芳守南郡，傅士仁守公安；(*既輕待之, 又重託之, 此公之所以誤也.) 且曰：“若吾得勝回來之日，<u>稍有差池</u>，二罪俱罰！”二人滿面羞慚，嘿嘿而去. 雲長便令廖化爲先鋒，關平爲副將，自總中軍，馬良‧伊籍爲參謀，一同征進. 先是，有胡華之子胡班，到荊州來投降關公；公念其舊日相救之情，甚愛之；(*胡班救關公是二十七回中事.) 令隨費詩入川，見漢中王受爵. 費詩辭別關公，帶了胡班，自回蜀中去了.

> *注：**荊州城**(형주성): 이 책에서 말하는 형주성은 곧 〈江陵城〉을 말한다. 관우는 형주를 지킬 때 이곳에 주둔했다. **遺火**(유화): 失火. **救撲**(구박): 救火. 불을 끄다. **摘去**(적거): 벗겨내다. 떼어내다. 빼어내다. **稍有差池** (초유차지): 착오(差池)가 조금(稍) 있다(有). 〈差池〉: 착오. 잘못; 불의의 변. 뜻밖의 일.

〖11〗且說關公是日祭了 “帥”字大旗，<u>假寐</u>於帳中. 忽見一猪，其大如牛，渾身黑色，奔入帳中，徑嚙雲長之足.(*豕屬亥, 亥者水也, 其江東謀害之象乎?) 雲長大怒，急拔劍斬之，聲如裂帛. 霎時驚覺，乃是一夢. 便覺左足<u>陰陰疼痛</u>.(*又是不祥之兆. 先主夢臂痛, 應在龐統; 關公夢足痛, 應在自身.) 心中大疑，喚關平至，以夢告之. 平對曰：“猪亦有龍象. 龍附足，乃升騰之意，不必疑忌.”雲長聚多官於帳下，告以夢兆. 或言吉祥者，或言不祥者，衆論不一. 雲長曰：“吾大丈夫年近六旬，即死何憾！”(*說一 “死”字, 亦是不祥之兆.) 正言間，蜀使至，傳漢中王旨，拜雲長爲前將軍，<u>假節鉞</u>，都督荊襄九郡事．雲長受命訖，衆官拜賀曰："此足見猪龍之瑞也．"（*今日詳夢者大都類此．）於是雲長<u>坦然</u>不疑，遂起兵奔襄陽大路而來．

　　*注：假寐(가매)：옷을 입은 채 잠깐 자다．　陰陰(음음)：隱隱(은은)．살살．뻐근하게．약하게 아픈 모습을 나타낸다．　假節鉞(가절월)：節鉞을 주다．〈節鉞〉：符節과 斧鉞．고대에는 싸우러 나가는 장수에게 황제가 이 두 가지를 주면서 군대를 지휘 통솔할 최고의 權力을 그에게 위임한다는 뜻을 나타냈다．　坦然(탄연)：마음이 편안한 모양．

[12] 曹仁正在城中．忽報雲長自領兵來，仁大驚，欲堅守不出．副將翟元曰："今魏王令將軍約會東吳取荊州；今彼自來，是<u>送死</u>也，何故避之？"參謀滿寵諫曰："吾素知雲長勇而有謀，未可輕敵．不如堅守，乃爲上策．"驍將夏侯存曰："此書生之言耳．豈不聞‘<u>水來土掩</u>，（*豈知淹七軍之水竟不能以土掩乎？）<u>將至兵迎</u>’？我軍以逸待勞，自可取勝．"曹仁從其言，令滿寵守樊城，自領兵來迎雲長．

　　雲長知曹兵來，喚關平・廖化二將，受計而往．與曹兵兩陣對圓，廖化出馬搦戰．翟元出迎．二將戰不多時，化詐敗，撥馬便走，翟元從後追殺，荊州兵退二十里．（*先退後進，公亦善於用兵．）次日，又來搦戰．夏侯存・翟元一齊出迎，荊州兵又敗，又追殺二十餘里．（*一退再退，誘敵殊妙．）忽聽得背後喊聲大震，鼓角齊鳴．曹仁急命前軍速回，背後關平・廖化殺來，曹兵大亂．曹仁知是中計，先掣一軍飛奔襄陽；離城數里，前面繡旗招颭，雲長勒馬橫刀，攔住去路．曹仁<u>膽戰心驚</u>，不敢交鋒，望襄陽斜路而走．雲長不赶．須臾，夏侯存軍至，見了雲長，大怒，便與雲長交鋒，只一合，被雲長砍死．翟元便走，被關平赶上，一刀斬之．乘勢追殺．曹兵大半死於襄江之中. 曹仁退守樊城.

*注: 送死(송사): 장례를 치르다(=送終).　　水來土掩, 將至兵迎(수래토엄, 장지병영): 즉 水來以土掩, 將至以兵迎. 물이 흘러오면 흙으로 막고, 장수가 오면 병사들로 맞이한다. 〈掩〉: 가리다. 막다. 덮다. 닫다.　　招颭(초점): 펄럭이다. 흔들려 움직이다(=招展).　　膽戰心驚(담전심경): 간담이 떨리고 가슴이 놀라다.

〖13〗雲長得了襄陽,　賞軍撫民.(*此時取襄陽如反掌,　誠不料有後事.) 隨軍司馬王甫曰: "將軍一鼓而下襄陽, 曹兵雖然喪膽, 然以愚意論之, 今東吳呂蒙屯兵陸口, 常有呑併荊州之意; 倘率兵徑取荊州, 如之奈何?"(*爲呂蒙襲荊州伏筆.) 雲長曰: "吾亦念及此. 汝便可提調此事: 去沿江上下, 或二十里, 或三十里, 選高阜處置一烽火臺, 每臺用五十軍守之; 儻吳兵渡江, 夜則明火, 晝則擧煙爲號. 吾當親往擊之." 王甫曰: "麋芳 · 傅士仁守二隘口, 恐不竭力; 必須再得一人以總督荊州."(*爲後麋 · 傅二人背漢伏筆.) 雲長曰: "吾已差治中潘濬守之,　有何慮焉?" 甫曰: "潘濬平生多忌而好利, 不可任用.(*爲後文潘濬失事伏筆.) 可差軍前都督糧料官趙累代之. 趙累爲人忠誠廉直. 若用此人, 萬無一失."(*惜不用王甫之言.)　雲長曰: "吾素知潘濬爲人, 今旣差定, 不必更改. 趙累現掌糧料, 亦是重事. 汝勿多疑, 只與我築烽火臺去." 王甫怏怏拜辭而行.(*荊州之失實原於此.) 雲長令關平准備船隻渡襄江, 攻打樊城.(*離荊州愈遠.)

*注: 愚(우): 저. 제.(자기의 겸칭).　　提調(제조): 지도하다. 지휘 조절하다; 지휘자. 지도 책임자.　　糧料官(양료관): 군량과 마초(=糧秣(양말). 糧草)를 담당하는 관원.　　差定(차정): 파견하는 것으로 결정하다. 〈定〉: 정하다. 결정하다. 확정하다.

〖14〗却說曹仁折了二將,退守樊城,謂滿寵曰:“不聽公言,兵敗將亡,失却襄陽,如之奈何?”寵曰:“雲長虎將,足智多謀,不可輕敵,只宜堅守.”正言間,人報雲長渡江而來,攻打樊城.仁大驚.寵曰:“只宜堅守.”部將呂常奮然曰:“某乞兵數千,願當來軍於襄江之內.”寵諫曰:“不可.”呂常怒曰:“據汝等文官之言,只宜堅守,何能退敵?豈不聞兵法云:‘軍半渡可擊.’(*兵法成語拘執不得.)今雲長軍半渡襄江,何不擊之?若兵臨城下,將至濠邊,急難抵當矣.”仁卽與兵二千,令呂常出樊城迎戰.呂常來至<u>江口</u>,只見前面繡旗開處,雲長橫刀出馬.呂常却欲來迎,後面衆軍見雲長神威凜凜,不戰先走,呂常喝止不住.雲長<u>混殺</u>過來.曹兵大敗,馬步軍折其大半,殘敗軍奔入樊城.曹仁急差人求救,使命星夜至長安,將書呈上曹操,言:“雲長破了襄陽,現圍樊城甚急.望撥大將前來救援.”曹操指<u>班部</u>內一人而言曰:“汝可去解樊城之圍.”其人應聲而出,衆視之,乃于禁也.(*曹操此時頗無眼力.)禁曰:“某求一將作先鋒,領兵同去.”操又問衆人曰:“誰敢作先鋒?”一人奮然出曰:“某願施犬馬之勞,生擒關某,獻於麾下.”操觀之大喜.正是:

　　未見東吳來伺隙,先看北魏又添兵.

未知此人是誰,且看下文分解.

　　*注: 江口(강구): 峽口. 西陵峽口. 지금의 호북성 宜昌 西.　　混殺(혼살): 混戰. 뒤섞여 싸우다. 마구 죽이다.　　班部(반부): 班列. 조정의 行列.

第七十三回 毛宗崗 序始評

　　(1). 劉備之爲徐州牧,爲豫州牧,是曹操假天子之命以予之者也. 其爲荊州牧,孫權佯表之而操未之予者也. 若其爲益州牧,則備自子之者也．然而自子之勝於曹操之子之者，以操爲國賊，故操之子不足重也．備之爲左將軍宜城亭侯，是天子爵之者也．若其爲漢中王，則非天子爵之而自爵之者也．然而自爵之無異於天子之爵者，以備能討國賊，則固天子之所欲爵也．表奏獻帝之文稱與董承同受密詔，旣受王爵之後，便令關公北伐樊城，大義昭然，炳若日月．故〈綱目〉於備之領益州牧·稱漢中王無貶辭焉．

(2)．曹操稱公稱王，而子孫又追稱之爲帝，而稱於朝者，奪於天下；稱於一時者，奪於後世．天下後世之稱操，不日公·不日王·不日帝，直日賊而已矣．若關公之爲漢壽亭侯，又爲前將軍，一國爵之，天下不得而議之；一時爵之，後世不得而議之．彼時且不獨侯之將之，又從而王之帝之，可見爵以人重矣，人豈以爵重哉！

(3)．孫權之求婚於關公也，當代爲公致對日："兩家之和不和，不在婚與不婚也．漢中王嘗受室於東吳矣，吳侯能惠顧前好，則有孫夫人在，何必又重以某之婚姻？苟其不能，雖婚無益．"如是則辭婉而意妙，不致大傷東吳之心也．雖然，若謂荊州之失爲關公拒婚所致，則又不然．曹仁之女曾配孫權之弟，而竟無解於赤壁之師事．曹操之女亦爲獻帝之后，而究不改其奪之志．此非其明驗耶？且玄德之自吳逃歸，權欲追而殺之，又欲并其妹而殺之．夫不以妹之故而不殺玄德，安能以娶關公之女故而不奪荊州？然則公之拒婚，誠不爲過；但 "犬子" 一語，太覺不堪耳．

(4)．孔明若不使關公取樊城，則荊州可以不失；卽欲使公取樊城，而另遣一大將而代公守荊州，則荊州亦可以不失．而孔明計

不出此，此不得爲孔明咎也，天也．關公若能聽王甫而不用潘濬，
則關公可以不死；若不用糜芳‧傅士仁，則關公亦可以不死．而關
公又計不及此，此不得爲關公咎也，天也．人欲興漢而天不祚漢，
天實爲之，謂之何哉！

第七十四回

龐令明擡櫬決死戰
關雲長放水淹七軍

〔1〕却說曹操欲使于禁赴樊城救援，問衆將誰敢作先鋒．一人應聲願往．操視之，乃龐德也．操大喜曰："關某威震華夏，未逢對手；今遇令明，眞<u>勁敵</u>也."遂加于禁爲征南將軍，加龐德爲征西都先鋒，大起七軍，前往樊城．這七軍，皆北方强壯之士．兩員領軍將校：一名董衡，一名董超；當日引各頭目參拜于禁．董衡曰："今將軍提七枝重兵，去解樊城之厄，期在必勝；乃用龐德爲先鋒，豈不誤事？"禁驚問其故．衡曰："龐德原系馬超手下副將，不得已而降魏；今其故主在蜀，職居'五虎上將'，況其親兄龐柔亦在西川爲官：(＊補書前文所未及.) 今使他爲先鋒，是<u>澆油救火</u>也．將軍何不<u>啓知</u>魏王，別換一人去？"(＊有此一段言語，愈見下文龐德之不易也.)

*注: 擡櫬(대츤): 관을 들다. 〈櫬〉: 관(棺). 勁敵(경적): 강적. 〈勁〉: 강하다. 힘이 세다. 굳세다. 潑油救火(발유구화): 기름을 뿌리며 불을 끄다. 啓知(계지): 稟告. 아뢰다.

【2】 禁聞此語, 遂連夜入府啓知曹操. 操省悟, 卽喚龐德至階下, 令納下先鋒印. 德大驚曰: "某正欲與大王出力, 何故不肯見用?" 操曰: "孤本無猜疑; 但今馬超現在西川, 汝兄龐柔亦在西川, 俱佐劉備: 孤縱不疑, 奈衆口何?"(*操推託別人, 亦一激之之意.) 龐德聞之, 免冠頓首, 流血滿面而告曰: "某自漢中投降大王,(*第六十七回中事.) 每感厚恩, 雖肝腦塗地, 不能補報; 大王何疑於德也? 德昔在故鄕時, 與兄同居, 嫂甚不賢, 德乘醉殺之; 兄恨德入骨髓, 誓不相見, 恩已斷矣.(*殺嫂絶兄, 是爲無親.) 故主馬超, 有勇無謀, 兵敗地亡, 孤身入川, 今與德各事其主, 舊義已絶.(*背主從操, 是爲無君.) 德感大王恩遇, 安敢萌異志? 惟大王察之!" 操乃扶起龐德, 撫慰曰: "孤素知卿忠義, 前言特以安衆人之心耳. 卿可努力建功. 卿不負孤, 孤亦必不負卿也!"(*老賊善於用人.)
　　*注: 現在西川(현재서천): 서천(西川)에서(在) (그 모습을) 드러내다(現). 頓首(돈수): 머리를 땅에 부딪치다; 머리를 땅에 닿게 절을 하다. 補報(보보): 보답하다. 갚다.

【3】 德拜謝回家, 令匠人造一木櫬.(*亦是死兆.) 次日, 請諸友赴席, 列櫬於堂. 衆親友見之, 皆驚問曰: "將軍出師, 何用此不祥之物?" 德舉杯謂親友曰: "吾受魏王厚恩, 誓以死報. 今去樊城與關某決戰, 我若不能殺彼, 必爲彼所殺; 卽不爲彼所殺, 我亦當自殺: 故先備此櫬, 以示無空回之理."(*若死於疆場, 當以馬革裹尸耳, 何以櫬爲?) 衆皆嗟歎. 德喚其妻李氏與其子龐會出, 謂其妻

曰：“吾今爲先鋒，義當效死疆場．我若死，汝好生看養吾兒；吾
兒有異相，長大必當與吾報讎也．”(＊以死自誓，固是好漢，惜其用之不當
耳！) 妻子痛哭送別，德令扶櫬而行．臨行，謂部將曰：“吾今去與
關某死戰，我若被關某所殺，汝等卽取吾屍置此櫬中；(＊後被周倉活
擒，究竟此櫬無用．) 我若殺了關某，吾亦卽取其首，置此櫬內，回獻
魏王．”部將五百人皆曰：“將軍如此忠勇，某等敢不竭力相助！”
於是引軍前進．有人將此言報知曹操．操喜曰：“龐德忠勇如此，
孤何憂焉！”賈詡曰：“龐德恃血氣之勇，欲與關某決死戰，臣竊
慮之．”(＊賈詡先料其敗．) 操然其言，急令人傳旨戒龐德曰：“關某智
勇雙全，切不可輕敵．可取則取，不可取則宜謹守．”龐德聞命，
謂衆將曰：“大王何重視關某也？吾料此去，當挫關某三十年之聲
價．”(＊誰知關公聲價雖死不挫乎？) 禁曰：“魏王之言，不可不從．”德
奮然趲軍前至樊城，耀武揚威，鳴鑼擊鼓．

　　＊注：木櫬(목츤)：나무로 짠 관．　疆場(강장)：전장．싸움터．　好生(호생)：
잘．주의를 기울여．　扶櫬(부츤)：관(영구)을 들다．관을 호송하다．　敢不竭
力(감불갈력)：豈敢不竭力．어찌 힘을 다하지 않을 수 있겠는가．　趲軍
(찬군)：군사들을 다그치다．〈趲〉：재촉하다．서두르다．다그치다．급히 가
다．

　　〖４〗却說關公正坐帳中，忽探馬飛報：“曹操差于禁爲將，領七
枝精壯兵到來．前部先鋒龐德，軍前擡一木櫬，口出不遜之言，誓
欲與將軍決一死戰．兵離城止三十里矣．”關公聞言，勃然變色，
美髯飄動，大怒曰：“天下英雄，聞吾之名，無不畏服；龐德豎子，
何敢藐視吾耶！”(＊關公好勝，又遇着一个不怕死的．) 喚關平：“一面攻
打樊城，吾自去斬此匹夫，以雪吾恨！”平曰：“父親不可以泰山之
重，與頑石爭高下．辱子願代父去戰龐德．”關公曰：“汝試一往，

吾隨後便來接應." 關平出帳, 提刀上馬, 領兵來迎龐德. 兩陣對
圓, 魏營一面<u>皂旗</u>上大書"南安龐德"四個白字.(*用白書字, 便是挂
孝之兆, 頗似今之銘旌.) 龐德靑袍銀鎧, 鋼刀白馬, 立於陣前; 背後五
百軍兵緊隨, 步卒數人肩擡木槻而出. 關平大罵龐德: "背主之
賊!" 龐德問部卒曰: "此何人也?" 或答曰: "此關公義子關平
也." 德叫曰: "吾奉魏王旨, 來取汝父之首! 汝乃疥癩小兒, 吾不
殺汝! 快喚汝父來!" 平大怒, 縱馬舞刀, 來取龐德. 德橫刀來迎.
戰三十合, 不分勝負, 兩家各歇.(*不是寫龐德, 是寫關公.)

　　*注: 藐視(묘시): 깔보다. 경시하다. 업신여기다. 　頑石(완석): 막돌. 雜
石. 辱子(욕자): 부친을 향해 자식이 자신을 낮추어 부르는 말이다. 　皂旗
(조기): 검은 색의 기. 　疥癩(개나): 옴과 문둥병. 버짐(애들의 머리에 많이
생김).

〖5〗蚤有人報知關公. 公大怒, 令廖化去攻樊城, 自己親來迎敵
龐德. 關平接着, 言與龐德交戰, 不分勝負. 關公隨卽橫刀出馬,
大叫曰: "關雲長在此, 龐德何不蚤來受死!"(*龐德來討死, 公乃欲以
死與之.) 鼓聲響處, 龐德出馬曰: "吾奉魏王旨, 特來取汝首! 恐汝
不信, 備槻在此. 汝若怕死, 早下馬受降!" 關公大罵曰: "量汝一
匹夫, 亦何能爲! 可惜我靑龍刀斬汝鼠賊!" 縱馬舞刀, 來取龐德.
德輪刀來迎. 二將戰有百餘合, <u>精神倍長</u>. 兩軍各看得癡呆了. 魏
軍恐龐德有失, 急令鳴金收軍. 關平恐父年老, 亦急鳴金. 二將各
退. 龐德歸寨, 對衆曰: "人言關公英雄, 今日方信也." 正言間,
于禁至. 相見畢, 禁曰: "聞將軍戰關公, <u>百合之上</u>, 未得<u>便宜</u>, 何
不<u>且</u>退軍避之?" 德奮然曰: "魏王命將軍爲大將, 何太弱也? 吾
來日與關某共決一死, 誓不退避!"(*到底只是要尋死.) 禁不敢阻而
回.

〖6〗却說關公回寨，謂關平曰："龐德刀法慣熟，眞吾敵手."
平日："俗云：'初生之犢不懼虎.' 父親縱然斬了此人，只是西羌
一小卒耳；倘有疏虞，非所以重伯父之托也."(*關平之言深見大體.)
關公曰："吾不殺此人，何以雪恨！吾意已決，再勿多言！"次日，
上馬引兵前進. 龐德亦引兵來迎. 兩陣對圓，二將齊出，更不打
話，出馬交鋒. 鬪至五十餘合，龐德撥回馬，拖刀而走. 關公隨後
追赶. 關平恐有疏失，亦隨後赶去. 關公口中大罵："龐賊！欲使拖
刀計，吾豈懼汝！"原來龐德虛作拖刀勢，却把刀就鞍轎卦住，<u>偷
拽</u>雕弓，搭上箭，射將來. 關平眼快，見龐德拽弓，大叫："賊將休
放<u>冷箭</u>！"關公急睜眼看時，弓弦響處，箭早到來；<u>躱閃</u>不及，正
中左臂. 關平馬到，救父回營. 龐德勒回馬輪刀赶來，忽聽得本營
鑼聲大震. 德恐後軍有失，急勒馬回. 原來于禁見龐德射中關公，
恐他成了大功，滅禁威風，故鳴金收軍. 龐德回馬，問："何故鳴
金？"于禁曰："魏王有戒，關公智勇雙全. 他雖中箭，只恐有詐，
故鳴金收軍."(*解說得勉强.)德曰："若不收軍,吾已斬了此人也."
禁曰："'<u>緊行無好步</u>'，當緩圖之."龐德不知于禁之意，只懊悔
不已.

〖7〗却說關公回營，拔了箭頭. <u>幸得</u>箭射不深，用金瘡藥敷之.

關公痛恨龐德, 謂衆將曰: “吾誓報此一箭之讐!” 衆將對曰: “將軍且暫安息幾日, 然後與戰未遲.” 次日, 人報龐德引軍搦戰. 關公就要出戰. 衆將勸住. 龐德令小軍毁罵. 關平把住隘口, 分付衆將休報知關公. 龐德搦戰十餘日, 無人出迎, 乃與于禁商議曰: “眼見關公箭瘡擧發, 不能動止; 不若乘此機會, 統七軍一擁殺入寨中, 可救樊城之圍.” 于禁恐龐德成功, 只把魏王戒旨<u>相推</u>, 不肯動兵.(*于禁忌龐德, 正爲龐德背馬超之報.) 龐德屢欲動兵, 于禁只不允, 乃移七軍轉過山口, 離樊城北十里, 依山下寨, 禁自領兵截斷大路, 令龐德屯兵於谷後, 使德不能進兵成功.(*龐德前爲楊松之忌, 遂降曹操; 今有于禁之忌, 何不降關公?)

　　*注: 幸得(행득): 다행히. 　相推(상추): 핑계를 대다.

　　〖8〗却說關平見關公箭瘡已合, 甚是喜悅, 忽聽得于禁移七軍於樊城之北下寨, 未知其謀, 卽報知關公. 公遂上馬, 引數騎上高阜處望之, 見樊城城上旗號不整, 軍士慌亂; 城北十里山谷之內, 屯着軍馬; 又見襄江水勢甚急, 看了半晌, 喚鄕導官問曰: “樊城北十里山谷, 是何地名?” 對曰: “罾口川也.” 關公大喜曰: “于禁必爲我擒矣.” 將士問曰: “將軍何以知之?” 關公曰: “‘魚’入‘罾口’, 豈能久乎?”(*坡名落鳳, 龐統被射; 川名罾口, 于禁被擒, 正復相似. 而龐統自覺知, 于禁則不自知, 而關公知之.) 諸將未信. 公回本寨. 時値八月秋天, 驟雨數日. 公令人預備船筏, 收拾水具. 關平問曰: “陸地相持, 何用水具?” 公曰: “非汝所知也. 于禁七軍不屯於廣易之地, 而聚於罾口川險隘之處. 方今秋雨連綿, 襄江之水必然泛漲; 吾已差人堰住各處水口, 待水發時, 乘高就船, 放水一淹, 樊城·罾口川之兵皆爲魚鼈矣.”(*不獨于禁爲魚, 七軍皆爲魚矣.) 關平拜服.

*注: 罾口川(증구천): 반두의 아가리처럼 생긴 내. 동한 삼국 시에는 이런 이름의 하천이 없었다. 지금의 호북성 양번시 양번성(襄樊城) 북쪽에 작은 하천이 있는데 그 이름이 罾口川이다. 전해 오기를 관우가 이곳에서 七軍을 몰살시켰다고 한다.　魚入罾口(어입증구): 고기가 반두의 아가리로 들어가다. 〈魚(yú)〉와 于禁의 姓 〈于(yú)〉의 중국 발음은 같다.　堰住(언주): 제방을 쌓다. 둑을 쌓다. 〈堰〉: 제방. 둑. 여기서는 동사로 사용되었음.

〚9〛 却說魏軍屯於罾口川, 連日大雨不止, 督將成何來見于禁曰: "大軍屯於川口, 地勢甚低; 雖有土山, 離營稍遠. 卽今秋雨連綿, 軍士艱辛. 近有人報說荊州兵移於高阜處, 又於漢水口預備戰筏; 倘江水泛漲, 我軍危矣: 宜蚤爲計." 于禁叱曰: "匹夫惑吾軍心耶! 再有多言者斬之!"(*于禁素來知兵, 今何愚昧之甚? 總之, 人不可以有私, 私則蔽明, 可不戒哉!) 成何羞慚而退, 却來見龐德, 說此事. 德曰: "汝所見甚當.　于將軍不肯移兵,　吾明日自移軍屯於他處."(*只怕等明日不得.)

　計議方定, 是夜風雨大作. 龐德坐於帳中, 只聽得萬馬爭奔, 征鼙震地. 德大驚, 急出帳上馬看時, 四面八方, 大水驟至; 七軍亂竄, 隨波逐浪者, 不計其數. 平地水深丈餘, 于禁·龐德與諸將各登小山避水. 比及平明, 關公及衆將皆搖旗鼓噪, 乘大船而來. 于禁見四下無路, 左右止有五六十人, 料不能逃, 口稱 "願降." 關公令盡去衣甲, 拘收入船,(*初入罾口, 今入魚舟.) 然後來擒龐德.

　　*注: 川口(천구): 서천으로 들어가는 입구.　征鼙(정비): 옛날 군대에서 사용하던 작은 북.　隨波逐浪(수파축랑): 물결치는 대로 떠다니다.

〚10〛 時龐德并二董及成何, 與步卒五百人, 皆無衣甲, 立在堤上. 見關公來, 龐德全無懼怯, 奮然前來接戰. 關公將船四面圍定，軍士一齊放箭，射死魏兵大半．董衡·董超見勢已危，乃告龐德曰：“軍士折傷大半，四下無路，不如投降．”龐德大怒曰：“吾受魏王厚恩，豈肯屈節於人！”遂親斬董超·董衡於前，(*其初本是二董疑龐德，今反是龐德殺二董，出於意外．)厲聲曰：“再說降者，以此二人爲例！”於是衆皆奮力禦敵．自平明戰至日中，勇力倍增．關公催四面急攻，矢石如雨．德令軍士用短兵接戰．德回顧成何曰：“吾聞‘勇將不怯死以苟免，壯士不毁節而求生’．今日乃我死日也！(*死則死矣，但不知木櫬何處去耳．)汝可努力死戰！”成何依令向前，被關公一箭射落水中．衆軍皆降，止有龐德一人力戰．正遇荊州數十人，駕小船近堤來，德提刀飛身一躍，早上小船，立殺十餘人，餘皆棄船赴水逃命．龐德一手提刀，一手使短棹，欲向樊城而走．(*與許褚渭橋之舟彷彿相似．)只見上流頭，一將撑大筏而至，將小船撞翻，龐德落於水中．船上那將跳下水去，生擒龐德上船．衆視之，擒龐德者，乃周倉也．倉素知水性，又在荊州住了數年，愈加慣熟；更兼力大，因此擒了龐德．(*又補敍周倉武藝．)于禁所領七軍，皆死於水中．其會水者料無去路，亦皆投降．後人有詩曰：

夜半征鼙響震天，襄樊平地作深淵．

關公神算誰能及，華夏威名萬古傳．

*注：征鼙(정비)：출정의 북소리．전쟁을 비유한다．

【11】關公回到高阜去處，升帳而坐．群刀手押過于禁來．禁拜伏於地，乞哀請命．(*大失體面．)關公曰：“汝怎敢抗吾？”禁曰：“上命差遣，身不由己．望君侯憐憫，誓以死報．”公綽髯，笑曰：“吾殺汝，猶殺狗彘耳，空污刀斧！”令人縛送荊州大牢內監候：“待吾回，別作區處．”發落去訖．關公又令押過龐德．德睜眉怒目，立而不跪．(*不肯跪關公，獨肯跪曹操，殊無足取．)關公曰：“汝

兄現在漢中, 汝故主馬超, 亦在蜀中爲大將: 汝如何不蚤降?" 德
大怒曰: "吾寧死於刀下, 豈降汝耶?"(*德之所以不降者, 想以妻子在
許昌故耶? 嫂可殺, 兄可絕, 而妻子獨不可棄耶?) 罵不絕口. 公大怒, 喝
令刀斧手推出斬之. 德引頸受刑. 關公憐而葬之.(*此時定是關公另以
木櫬葬之. 原來之櫬不知漂沒歸何所矣.) 於是乘水勢未退, 復上戰船,
引大小將校來攻樊城.

　　*注: 去處(거처): 장소. 곳; 행선지. 행방. 　　身不由己(신불유기): 자기
　　몸을 자기 마음대로 하지 못하다. 어쩔 수 없다. 무의식적으로. 　　狗彘(구
　　체): 개와 돼지. 〈彘〉: 돼지(=猪). 　　區處(구처): 처리하다. 결정하다. 　　發落
　　(발락): 처리하다. 처분하다. 처벌하다.

〖12〗却說樊城周圍, 白浪滔天, 水勢益甚, 城垣漸漸浸塌,
女擔土搬磚, 塡塞不住. 曹軍衆將, 無不喪膽, 慌忙來告曹仁
曰: "今日之危, 非力可救; 可趁敵軍未至, 乘舟夜走: 雖然失城,
尙可全身."(*皆是怕死的.) 正商議方欲備船出走, 滿寵諫曰: "不
可. 山水驟至, 豈能長存? 不旬日卽當自退. 關公雖未攻城, 已遣
別將在郊下. 其所以不敢輕進者, 慮吾軍襲其後也. 今若棄城而
去, 黃河以南, 非國家之有矣. 願將軍固守此城, 以爲保障." 仁
拱手稱謝曰: "非伯寧之敎, 幾誤大事."(*若無滿寵, 則樊城必爲關公
所有. 關公旣得樊城, 則擧黃河以南, 皆可據而有之. 如是, 則呂蒙雖襲荆州,
而關公猶不至於無以自立也. 而滿寵言之, 曹仁聽之, 豈非天哉!) 乃騎白馬
上城, 聚衆將發誓曰: "吾受魏王命, 保守此城; 但有言棄城而去
者斬!" 諸將皆曰: "某等願以死據守!" 仁大喜, 就城上設弓弩數
百, 軍士晝夜防護, 不敢懈怠. 老幼居民, 擔土石塡塞城垣. 旬日
之內, 水勢漸退.

　　*注: 白浪滔天(백랑도천): 흰 물결이 하늘까지 닿다. 하늘에 차고 넘치다.

浸塌(침탑): 물에 젖어 무너지다.　驟至(취지): 갑자기 이르다(닥치다).
〈驟〉: 달리다. 갑자기.　郟下(겹하): 지금의 하남성 郟縣(겹현). 삼국시대
에는 이런 지명이 없었다.

〔13〕關公自擒魏將于禁等, 威震天下, 無不驚駭. 忽次子關興
來寨內省親.　公就令興齎諸官立功文書去成都見漢中王,　各求升
遷.(*但求升遷而不求添兵相助, 是亦疏虞處.) 興拜辭父親, 徑投成都去
訖.(*虧此一去, 關公留得一子.)

却說關公分兵一半, 直抵郟下. 公自領兵四面攻打樊城. 當日關
公自到北門, 立馬揚鞭, 指而問曰: "汝等鼠輩, 不蚤來降, 更待
何時?" 正言間, 曹仁在敵樓上, 見關公身上止披掩心甲, 斜袒着
綠袍, 乃急招五百弓弩手, 一齊放箭. 公急勒馬回時, 右臂上中一
弩箭, 翻身落馬. 正是:

　水裏七軍方喪膽, 城中一箭忽傷身.

未知關公性命如何, 且看下文分解.

　*注: 袒(단): (몸의 일부를)드러내다. 웃통을 벗다.

第七十四回 毛宗崗 序始評

(1). 關公初欲與馬超比試, 而今與馬超之副將爭鋒, 是與戰馬
超無異也. 馬超旣與關公爲一家, 而龐德乃與關公死戰, 是亦與
戰馬超無異也. 而關公敵馬超猶未爲損重, 而以龐德鬪馬超, 毋
乃爲背主乎? 其後旣不肯背曹操而降關公, 其初何以背馬超而降
曹操? 故龐德之死, 君子無取焉.

(2). 襄江之決, 可以淹七軍而不足以取樊城, 何也? 水之灌兵

也易，而灌城也難．灌兵之水頓而速，灌城之水漸而遲．速則敵
不及防，而遲則敵能自守也．然則決泗水而取下邳，決漳水而取
冀州，將毋曹操之用水獨勝於關公乎？曰：是又不然．使下邳無
侯成之納款，冀州無審榮之獻門，則二城未必可入．操之幸勝，
豈盡水之力哉？

(3)．關公之欲決襄江與冷苞之欲決涪江，其謀無異，不可以成
敗論也．苞之所以敗者，彭羕告焉，而龐統防焉；公之所以勝者，
成何覺焉，而于禁昧焉．法正之知早，故不移營而無傷；龐德之
知晚，雖欲移營而無及．同一謀，而謀之成不成，亦視敵之愚與
不愚耳．

(4)．觀於樊城之不下，而知天之不欲復興漢室也．當單福取樊
城之時，其兵力不足以守樊城，故其後終至於棄樊城．及關公圍
樊城之時，其兵力將不止於取樊城，則其時甚利於得樊城，而惜
乎其中阻也．讀書至此，為之三嘆．

第七十五回

關雲長刮骨療毒
呂子明白衣渡江

〔1〕却說曹仁見關公落馬，即引兵衝出城來；被關平一陣殺回，救關公歸寨，拔出臂箭．原來箭頭有藥，毒已入骨，右臂靑腫，不能運動．(*龐德心毒而箭不毒，曹仁箭毒而心亦毒.) 關平慌與衆將商議曰：“父親若損此臂，安能出敵？不如暫回荊州調理．”於是與衆將入帳見關公．公問曰：“汝等來有何事？”衆對曰：“某等因見君侯右臂損傷，恐臨敵致怒，衝突不便．衆議可暫班師回荊州調理．”公怒曰：“吾取樊城，只在目前；取了樊城，即當長驅大進，徑到許都，剿滅操賊，以安漢室．(*不必有是事，不可無是心．既已有是心，即如有是事．壯哉，關公！千古仰之.) 豈可因小瘡而誤大事？汝等敢慢吾軍心耶！”平等默然而退．

〔2〕衆將見公不肯退兵, 瘡又不痊, 只得四方訪問名醫. 忽一日, 有人從江東駕小舟而來, 直至寨前. 小校引見關平. 平視其人: 方巾闊服, 臂挽靑囊; 自言姓名: "乃沛國譙郡人, 姓華, 名佗, 字元化. 因聞關將軍乃天下英雄, 今中毒箭, 特來醫治."(*不請自來, 脫盡近日名醫之套.) 平曰: "莫非昔日醫東吳周泰者乎?"(*借關平口將十五回中事一提.) 佗曰: "然." 平大喜, 卽與衆將同引華佗入帳見關公. 時關公本是臂疼, 恐慢軍心, 無可<u>消遣</u>, 正與馬良弈棋; 聞有醫者至, 卽召入. 禮畢, 賜坐. 茶罷, 佗請臂視之. 公袒下衣袍, 伸臂令佗看視. 佗曰: "此乃弩箭所傷, 其中有<u>烏頭</u>之藥, 直透入骨; 若不早治, 此臂無用矣."(*先講病源.) 公曰: "用何物治之?" 佗曰: "某自有治法. 但恐君侯懼耳." 公笑曰: "吾視死如歸, 有何懼哉!"(*不懼敵, 豈懼醫?) 佗曰: "當於靜處立一標柱, 上釘大環, 請君侯將臂穿於環中, 以繩系之, 然後以被蒙其首. 吾用尖刀割開皮肉, 直至於骨, 刮去骨上箭毒, 用藥敷之, 以線縫其口, 方可無事. 但恐君侯懼耳."(*既說出治法, 又用一驚人語.) 公笑曰: "如此, 容易! 何用柱環?"(*不懼箭, 豈懼刀?) 令設酒席相待.

　　*注: 消遣(소견): 심심풀이(하다). 소일(하다). 희롱하다.　烏頭(오두): 藥用 식물 이름. 즉 附子의 줄기뿌리로 劇毒이 있다.

〔3〕公飮數杯酒畢, 一面仍與馬良弈棋, 伸臂令佗割之. (*如此神醫難得, 如此病人更難得.) 佗取尖刀在手, 令一小校捧一大盆於臂下接血. 佗曰: "某便下手. 君侯勿驚." 公曰: "<u>任汝醫治</u>. 吾豈比世間俗子, 懼痛者耶!"(*華佗之語驚人, 關公之語更驚人.) 佗乃下刀, 割開皮肉, 直至於骨, 骨上已<u>靑</u>; 佗用刀刮骨, <u>悉悉有聲</u>. 帳上帳下見者, 皆掩面失色. 公飮酒食肉, 談笑弈棋, 全無痛苦之色.

須臾, 血流盈盆. 佗刮盡其毒, 敷上藥, 以線縫之. 公大笑而起, 謂衆將曰: "此臂伸舒如故, 並無痛矣. 先生眞神醫也!"(*如此醫人 是神醫, 如此病人亦是神人.) 佗曰: "某爲醫一生, 未嘗見此. 君侯眞 天神也!" 後人有詩曰:

治病須分內外科, 世間妙藝苦無多.

神威罕及惟關將, 聖手能醫說華佗.

關公箭瘡旣愈, 設席款謝華佗. 佗曰: "君侯箭瘡雖治, 然須愛 護, 切勿怒氣傷觸. 過百日後, 平復如舊矣." 關公以金百兩酬之. 佗曰: "某聞君侯高義, 特來醫治, 豈望報乎!" 堅辭不受. 留藥一 帖, 以敷瘡口, 辭別而去.

　*注: 便下手(편하수): 이제 곧 손을 대다. 〈便〉: 곧. 바로. 즉시. 이제 곧.
任汝醫治(임여의치): 당신 마음대로 치료하라. 〈任〉: 마음대로 하게 하다.
내맡기다. 그냥 내버려두다.　 靑(청): 푸르다. 검다. 검푸르다. 〈靑馬〉는
〈푸른색 말〉이 아니라 〈검은 말〉, 특히 털에 검푸른 빛이 도는 말을 말한다.
悉悉(실실): 슬슬. 칼로 뼈를 긁는 소리.

　【4】 却說關公擒了于禁, 斬了龐德, 威名大震, 華夏皆驚. 探馬 報到許都, 曹操大驚, 聚文武商議曰: "孤素知雲長智勇蓋世, 今 據荊襄, 如虎生翼. 于禁被擒, 龐德被斬, 魏兵挫銳; 倘彼率兵直 至許都, 如之奈何? 孤欲遷都以避之."(*此時老賊亦膽落矣! 曹操欲離 許都, 與曹仁欲棄樊城一樣怕法.) 司馬懿諫曰: "不可. 于禁等被水所 淹, 非戰之故; 於國家大計, 本無所損. 今孫・劉失好, 雲長得志, 孫權必不喜; 大王可遣使去東吳陳說利害, 令孫權暗暗起兵躡雲 長之後, 許事平之日, 割江南之地以封孫權: 則樊城之危自解 矣."(*司馬懿之止曹操與滿寵之止曹仁差足相彷彿.) 主簿蔣濟曰: "仲達 之言是也. 今可卽發使往東吳, 不必遷都動衆." 操依允, 遂不遷

都; 因歎謂諸將曰: "于禁從孤三十年, 何期臨危反不如龐德也!
(*人固不易知, 知人亦不易也.) 今一面遣使致書東吳, 一面必得一大將
以當雲長之銳 ——" 言未畢, 階下一將應聲而出曰: "某願往."
操視之, 乃徐晃也. 操大喜, 遂撥精兵五萬, 令徐晃爲將, 呂建副
之, <u>克日起兵</u>, (*曹仁有援兵, 關公無應兵. 衆寡之勢不敵.) 前到<u>楊陵坡</u>
駐箚; 看東南有應, 然後征進.

> *注: 躡(섭): 뒤를 밟다. 미행하다.　事平之日(사평지일): 일이 평정(마무
> 리)되는 날. 〈平〉: 평정하다. 진정시키다. 안정되다.　克日(극일): 날짜(기
> 일)을 정하다. 기한을 정하다.　楊陵坡(양릉파): 지금의 호북성 襄樊市 北.

〖5〗 却說孫權接得曹操書信, 覽畢, 欣然應允, 卽修書發付使者
先回, 乃聚文武商議. 張昭曰: "近聞雲長擒于禁, 斬龐德, 威震
華夏, 操欲遷都以避其鋒. 今樊城危急, 遣使求救, 事定之後, 恐
有<u>反覆</u>."(*此言關公縱可勝, 而曹操又可疑.) 權未及發言, 忽報呂蒙乘
小舟自陸口來, 有事面稟. 權召入問之, 蒙曰: "今雲長提兵圍樊
城, 可乘其遠出, 襲取荊州." 權曰: "孤欲北取徐州, 如何?" 蒙
曰: "今操遠在河北, 未暇東顧, 徐州守兵無多, 往自可克; 然其
地勢, 利於陸戰, 不利水戰, 縱然得之, 亦難保守. 不如先取荊州,
全據長江, 別作良圖." 權曰: "孤本欲取荊州, 前言特以試卿耳.
卿可速爲孤圖之. 孤當隨後便起兵也."(*魯肅若在, 必主取徐州之議以
共分中原, 必不使孫權攻關公以助曹操.)

> *注: 反覆(반복): 뒤집다. 변덕스럽다. 이랬다저랬다 하다.

〖6〗 呂蒙辭了孫權, 回至陸口, 蚤有哨馬報說: "沿江上下, 或
二十里, 或三十里, 高阜處各有烽火臺." 又聞荊州軍馬整肅, 預
有准備, 蒙大驚曰: "若如此, 急難圖也. 我一時在吳侯面前勸取

荊州. 今却如何處置?" 尋思無計, 乃托病不出,(*周郎感西風而病,
呂蒙感烽火而病; 一是風症, 一是火症.) 使人回報孫權. 權聞呂蒙患病,
心甚快快. 陸遜進言曰: "呂子明之病, 乃詐耳, 非眞病也."(*惟孔
明知周瑜之病, 惟陸遜知呂蒙之病.) 權曰: "伯言旣知其詐, 可往視
之." 陸遜領命, 星夜至陸口寨中, 來見呂蒙, 果然面無病色. 遜
曰: "某奉吳侯命, <u>敬探</u>子明<u>貴恙</u>." 蒙曰: "賤軀偶病, 何勞探
問." 遜曰: "吳侯以重任付公, 公不乘時而動, 空懷鬱結, 何
也?" 蒙目視陸遜, 良久不語. 遜又曰: "<u>愚</u>有小方, 能治將軍之
疾, 未審可用否?"(*孔明能以方治周郎之病, 陸遜亦以方治呂蒙之病.) 蒙
乃屏退左右而問曰: "伯言良方, 乞早賜教." 遜笑曰: "子明之疾,
不過因荊州兵馬整肅, 沿江有烽火臺之備耳. 予有一計, 令沿江守
吏, 不能舉火; 荊州之兵, 束手歸降, 可乎?" 蒙驚謝曰: "伯言之
語, 如見我肺腑. 願聞良策." 陸遜曰: "雲長倚恃英雄, 自料無
敵, 所慮者惟將軍耳. 將軍乘此機會, 托疾辭職, (*要醫他眞病, 却仍
教他詐病. 醫法絕奇絕幻, 更非華佗之所能及.) 以陸口之任讓之他人, (*
他人者, 自己也. 陸遜不好說得自己, 故但云他人. 以人視我, 則我是他.) 使
他人卑辭讚美關公, 以驕其心, 彼必盡撤荊州之兵, 以向樊城. 若
荊州無備, 用一旅之師, 別出奇計以襲之, 則荊州在掌握之中
矣."(*此是去病之藥.) 蒙大喜曰: "眞良策也!"

　　*注: 敬探(경탐): 삼가 찾아뵙다. 〈敬〉: 삼가. 〈探〉: 찾아가다. 방문하다.
　　貴恙(귀양): 상대방의 병에 대한 경칭. 〈恙〉: 病. 愚(우): 저. 제.(자기의
　　겸칭).

〖7〗 由是呂蒙托病不起, 上書辭職. 陸遜回見孫權, 具言前計.
孫權乃召呂蒙還建業養病. 蒙至, 入見權, 權問曰: "陸口之任,
昔周公謹薦魯子敬以自代, 後子敬又薦卿自代; (*魯肅薦子明却於孫

權口中補出. 省筆之法.） 今卿亦須薦一**才望兼隆**者, 代卿爲妙."蒙
曰："若用望重之人, 雲長必然提備. 陸遜意思深長, 而未有<u>遠名</u>,
非雲長所忌; 若卽用以代臣之任, <u>必有所濟</u>."（*天下有名無實之人盡
多, 若有實無名之人, 正不可多得.） 權大喜, 卽日拜陸遜爲偏將軍·右都
督, 代蒙守陸口. 遜謝曰："某年幼無學, 恐不堪大任."（*正取其年
幼爲關公所輕.） 權曰："子明保卿, 必不差錯. 卿毋得推辭."遜乃拜
受印綬, 連夜往陸口. <u>交割</u>馬步水三軍已畢, 卽修書一封, 具名馬
·異錦·酒禮等物, 遣使齎赴樊城見關公.（*藥呂蒙者是良藥; 藥關公者
是毒藥. 良馬·異錦等物, 抵得箭上烏頭.）

    *注: 建業(건업): 동오의 都城. 원래는 抹陵縣이었는데 손권이 이곳으로 도
성을 옮기면서 이름을 建業으로 바꾸었다.(建安 17년. 서기 212년.) 그리고
현의 治所를 지금의 강소성 江寧縣 南秣陵關에서 지금의 강소성 南京市로
옮겼다.   才望兼隆(재망겸륭): 재능과 명망이 같이 성대하다(뛰어나다).
遠名(원명): 멀리(널리) 이름이 나다.   所濟(소제): 성공하는 바. 성취하는
바.   交割(교할): 업무를 引受引繼 할 때 그 수속을 깨끗이 끝내다.

〔8〕時公正將<u>息箭瘡</u>, 按兵不動. 忽報："江東陸口守將呂蒙病
危, 孫權取回調理. 近拜陸遜爲將, 代呂蒙守陸口. 今遜差人齎書
具禮, 特來拜見."關公召入, 指來使而言曰："仲謀見識短淺, 用
此孺子爲將!"（*以漢升爲老卒, 以伯言爲孺子. 老與幼皆不入公之眼.） 來使
伏地告曰："陸將軍呈書備禮: <u>一來</u>與君侯作賀, <u>二來</u>求兩家和好.
<u>幸乞笑留</u>."（*幣重而言甘, 誘我也.） 公拆書視之, 書詞極其<u>卑謹</u>. （*言
之太甘, 其中必苦.） 關公覽畢, 仰面大笑, 令左右收了禮物, 發付使
者回去.
    *注: 息箭瘡(식전창): 화살을 맞아 생긴 상처를 가라앉히다.   一來(일
래): 한 가지 이유는. 〈來〉: "一, 二, 三"등 數詞의 뒤에 사용되어 理由의

열거를 나타낸다.　幸乞笑留(행걸소류): 아무쪼록 웃으면서 받아주시기를 간절히 바랍니다. 〈笑留〉: 笑納. 笑存. 哂納(신납): 웃으면서 받아 주시기를 바랍니다. (남에게 선물할 때나 편지 쓸 때의 인사말.)　卑謹(비근): 겸손하고 정중하다.

〖9〗使者回見陸遜曰："關公欣喜，無復有憂江東之意." 遜大喜，密遣人探得關公果然撤荊州大半兵赴樊城聽調,(*苦言，藥也，甘言，疾也. 呂蒙之疾愈，關公之疾作也.) 只待箭瘡痊可，便欲進兵. 遜察知備細，卽差人星夜報知孫權. 孫權召呂蒙商議曰："今雲長果撤荊州之兵，攻取樊城，便可設計襲取荊州. 卿與吾弟孫皎同引大軍前去，何如?" 孫皎字叔明，乃孫權叔父孫靜之次子也. 蒙曰："主公若以蒙可用，則獨用蒙; 若以叔明可用，則獨用叔明.(*兼用則敗，專任則勝，自古而然.) 豈不聞昔日周瑜·程普爲左右都督，事雖決於瑜，然普自以舊臣而居瑜下，頗不相睦; 後因見瑜之才，方始敬服?(*照應四十四回中事.) 今蒙之才不及瑜，而叔明之親勝於普，恐未必能相濟也."(*老成之見.)

　　*注: 聽調(청조): 군대의 파견(군대의 이동)을 기다리다.(聽候調派).　備細(비세): 자세하다. 詳細하다.

〖10〗權大悟，遂拜呂蒙爲大都督，總制江東諸路軍馬; 令孫皎在後接應糧草. 蒙拜謝，點兵三萬，快船八十餘隻，選會水者扮作商人，皆穿白衣，在船上搖櫓，却將精兵伏於艣�船中. 次調韓當·蔣欽·朱然·潘璋·周泰·徐盛·丁奉等七員大將，相繼而進. 其餘皆隨吳侯爲合後救應. 一面遣使致書曹操，令進兵以襲雲長之後; 一面先傳報陸遜，然後發白衣人，駕快船往潯陽江去. 晝夜趲行，直抵北岸. 江邊烽火臺上守臺軍盤問時，吳人答曰："我等皆是客商；因江中阻風，到此一避."隨將財物送與守臺軍士。軍士信之，遂任其停泊江邊.(*有臺而無人與無臺等，有人而無火與無人等.) 約至二更，艨艟中精兵齊出，將烽火臺上官軍縛倒。暗號一聲，八十餘船精兵俱起，將緊要去處墩臺之軍，盡行捉入船中，不曾走了一個。於是長驅大進，徑取荊州，無人知覺.(*趙雲·關·張襲三郡用虛寫，今呂蒙襲荊州用實寫.) 將至荊州，呂蒙將沿江墩臺所獲官軍，用好言撫慰，各各重賞，令賺開城門，縱火爲號。衆軍領命，呂蒙便教前導。比及半夜，到城下叫門。門吏認得是荊州之兵，開了城門。衆軍一聲喊起，就城門裏放起號火。吳兵齊入，襲了荊州。呂蒙便傳令軍中："如有妄殺一人，妄取民間一物者，定按軍法." 原任官吏，并依舊職.(*此非呂蒙好處，正是呂蒙奸處.) 將關公家屬另養別宅，不許閑人攪擾.(*與呂布不害玄德家小相似.) 一面遣人申報孫權。

*注: **總制**(총제): 총독하다. 통솔하다. **艨艟**(구록): 吳地에서 사용되는 일종의 배 이름. **合後**(합후): 뒤를 끊어 엄호하다: 軍職名으로 〈先鋒〉의 相對. **潯陽江**(심양강): 옛 강 이름. 즉 潯陽(지금의 강서성 九江市)縣의 일단을 거쳐 흘러가는 長江. 지금의 九江市 北. **盤問**(반문): 심문하다. 끝까지 따져 묻다. **阻風**(조풍): 바람에 막히다. **任其停泊**(임기정박): 그들이 마음대로 정박하게 하다. 〈任〉: 마음대로 하게 하다. **緊要去處**(긴요거처): 긴요한 곳. 중요한 곳. 〈去處〉: 곳. 장소; 행방. **墩臺**(돈대): 망루. 돈대. **攪擾**(교요): 방해하다. 훼방 놓다.

〖11〗一日大雨，蒙上馬引數騎點看四門。忽見一人取民間箬笠以蓋鎧甲，蒙喝左右執下問之，乃蒙之鄉人也。蒙曰："汝雖系我同鄉，但吾號令已出，汝故犯之，當按軍法."(*只欲結荊州之人，遂顧不得同鄉之人.) 其人泣告曰："某恐雨濕官鎧，故取遮蓋，非爲私用。乞將軍念同鄉之情." 蒙曰："吾固知汝爲覆官鎧，然終是不

應取民間之物." 叱左右推下斬之. 梟首傳示畢, 然後收其屍首,
泣而葬之.(*與曹操割髮以示衆一樣奸詐.) 自是三軍震肅.

　　不一日, 孫權領衆至. 呂蒙出郭迎接入衙. 權慰勞畢, 仍命潘濬
爲治中, 掌荊州事;(*潘濬無用, 果應王甫之言.) 監內放出于禁, 遣歸
曹操;(*爲後文靈廟伏筆.) 安民賞軍, 設宴慶賀. 權謂呂蒙曰:"今荊
州已得, 但公安傅士仁‧南郡糜芳, 此二處如何收復?" 言未畢, 忽
一人出曰:"不須引弓隻箭, 某憑三寸不爛之舌, 說公安傅士仁來
降, 可乎?" 衆視之, 乃虞翻也. 權曰:"仲翔有何良策, 可使傅士
仁歸降?" 翻曰:"某自幼與士仁交厚, 今若以利害說之, 彼必歸
矣."(*與李恢說馬超(제65회(9))彷佛相似.) 權大喜, 遂令虞翻領五百軍,
徑奔公安來.

　　*注: 箬笠(약립): 대나무 껍질로 만든 삿갓. 〈箬〉: 얼룩조릿대. 終是(종
시): 결국. 이미.

〖12〗 却說傅士仁聽知荊州有失, 急令閉城堅守. 虞翻至, 見城
門緊閉, 遂寫書拴於箭上, 射入城中. 軍士拾得, 獻與傅士仁. 士
仁拆書視之, 乃招降之意. 覽畢, 想起"關公去日恨吾之意, 不如
蚤降."(*照應七十三回中事.) 卽令大開城門, 請虞翻入城. 二人禮畢,
各訴舊情. 翻說吳侯寬洪大度, 禮賢下土; 士仁大喜, 卽同虞翻齎
印綬來荊州投降. 孫權大悅, 仍令去守公安. (*未識此時劉璋在公安作
何行徑. 玄德取益州於劉璋, 而荊州又爲人所奪, 得無報反之道有然耶? 爲之一
嘆.) 呂蒙密謂權曰:"今雲長未獲, 留士仁於公安, 久必有變; 不
若使往南郡招糜芳歸降."(*招糜芳卽用傅士仁, 殊不費力.) 權乃召傅
士仁謂曰:"糜芳與卿交厚, 卿可招來歸降, 孤自當有重賞." 傅
士仁慨然領諾, 遂引十餘騎, 徑投南郡招安糜芳. 正是:

　　今日公安無守志, 從前王甫是良言.

未知此去如何, 且看下文分解.

: 禮賢下士(예현하사): 어진 사람(賢)을 예로 대하고(禮), 선비들을(士) 대함에 겸손히 한다(자신을 낮춘다)(下).　招降(초항): 투항을 권유하다.

第七十五回 毛宗崗 序始評

(1). 華佗醫周泰一請便到, 醫關公不請自來. 古之名醫志在濟人利物, 絕不似今之名醫善於拿班, 巧於圖利, 幾番邀請, 方纔入門, 先講謝儀, 然後開手也. 能慕忠臣者, 卽是忠臣; 能救義士者, 卽是義士. 吉平·華佗是一人, 不是兩人.

(2). 華佗知藥箭之毒而去其毒, 是以藥治藥也; 陸遜知呂蒙之假病而又敎之以托病, 是以病醫病也. 而又有奇焉者: 關公有受病之臂, 亦有受病之心 —— 尊己而傲物, 是受病之心也; 陸遜有去病之方, 亦有發病之方 —— 幣重而言甘, 是發病之方也. 呂蒙辭職, 而關公以爲去一疾, 視去臂上之疾而更快; 乃荆州撤備, 而關公又中一毒, 視中藥箭之毒而更深. 若孔明以借風醫周郎而周郎愈, 龐統以連環醫北軍而北軍亡, 二公分用之, 而陸遜以一人兼用之, 比前文更自出色.

(3). 周瑜在而孫·劉之交離, 周瑜死而孫·劉之交合; 魯肅用而孫·劉之交合, 魯肅死而孫·劉之交又離. 蓋周瑜之見異於魯肅, 而魯肅之見又異於呂蒙也. 肅欲結劉備以拒操, 與孔明之所見略同, 故終魯肅之世, 吳·蜀未嘗相攻, 及呂蒙柄用, 而背盟失義至於如此. 悲夫!

(4). 先主輕陸遜而敗, 早有關公輕陸遜而失以爲之樣子矣. 呂蒙白衣搖櫓而取荆州, 先有周善白衣搖櫓而取孫夫人以爲之樣子矣. 凡有一事於後, 必先有一事以見其端者. 故曰:"前事不忘, 後事之師."

第七十六回

徐公明大戰沔水
關雲長敗走麥城

〖1〗却說糜芳聞荊州有失，正無計可施．忽報公安守將傅士仁至，芳忙接入城，問其事故．士仁曰："吾非不忠．勢危力困，不能支持．我今已降東吳．將軍亦不如早降．"芳曰："吾等受漢中王厚恩，安忍背之？"（*此人尚有良心.）士仁曰："關公去日，痛恨吾二人．倘一日得勝而回，必無輕恕．公細察之．"芳曰："吾兄弟久事漢中王，豈可一朝相背？"（*不忍背玄德，又不忍背粲竺.）

正猶豫間，忽報關公遣使至，接入廳上．使者曰："關公軍中缺糧，特來南郡·公安二處取白米十萬石，令二將軍星夜解去軍前交割．如遲立斬．"芳大驚，顧謂傅士仁曰："今荊州已被東吳所取，此糧怎得過去？"士仁厲聲曰："不必多疑！"遂拔劍斬來使於堂上．芳驚曰："公如何斬之？"士仁曰："關公此意，正要斬我二

人. 我等安可束手受死? 公今不蚤降東吳, 必被關公所殺." 正說
間, 忽報呂蒙引兵殺至城下. 芳大驚, 乃同傅士仁出城投降.(*劉璋
之妻弟費觀背姉夫而從玄德(*第六十五回中), 玄德之妻弟糜芳亦背姉夫而從東
吳, 兩事相類.) 蒙大喜, 引見孫權. 權重賞二人. 安民已畢, 大犒三
軍.

　　*注: 麥城(맥성): 지금의 호북성 當陽縣 東南. 　解去(해거): 운반해 가다.
　　交割(교할): 인수인계하다.

　　〖2〗時曹操在許都, 正與衆謀士議荊州之事, 忽報東吳遣使奉
書至. 操召入, 使者呈上書信. 操拆視之, 書中具言吳兵將襲荊
州, 求操夾攻雲長; 且囑勿洩漏, 使雲長有備也. (*書在襲荊州之前,
此處照應前文.) 操與衆謀士商議, 主簿董昭曰: "今樊城被困, 引頸
望救, 不如令人將書射入樊城, 以寬軍心; 且使關公知東吳將襲荊
州. 彼恐荊州有失, 必速退兵. 却令徐晃乘勢掩殺, 可獲全功." (*
東吳囑魏勿洩, 魏却欲洩之, 以亂關公之心. 各人使乖, 各人爲己. 兩樣肚腸,
一般權詐.) 操從其謀, 一面差人催徐晃急戰, 一面親統大兵, 徑往
洛陽之南陽陵坡駐札, 以救曹仁.

　　却說徐晃正坐帳中, 忽報魏王使至. 晃接入問之, 使曰: "今魏
王引兵, 已過洛陽; 令將軍急戰關公, 以解樊城之困." 正說間, 探
馬報說: "關平屯兵在偃城, 廖化屯兵在四冢: 前後一十二個寨柵,
連絡不絕." 晃卽差副將徐商・呂建假着徐晃旗號, 前赴偃城與關
平交戰. 晃却自引精兵五百, 循沔水去襲偃城之後.(*呂蒙襲荊州用假
客船, 徐晃襲偃城用假旗號.)

　　*注: 陽陵坡(양릉파): 동한 삼국시대에 이런 지명은 없었다. 　偃城(언성):
　　지금의 호북성 襄樊市 北. 　四冢(사총): 지금의 호북성 襄樊市 부근.(*동한
　　삼국시대에 이런 지명은 없었다.) 　却自(각자): 곧바로(就. 便) 직접(自).

沔水(면수): 섬서성을 흐르는 漢水의 支流.

〖3〗 且說關平聞徐晃自引兵至, 遂提本部兵迎敵. 兩陣對圓, 關平出馬, 與徐商交鋒, 只三合, 商大敗而走; 呂建出戰, 五六合亦敗走. 平乘勝追殺二十餘里, 忽報城中火起. 平知中計, 急勒兵回救偃城, 正遇一彪軍擺開, 徐晃立馬在門旗下, 高叫曰:"關平賢姪, <u>好不知死</u>! 汝荊州已被東吳奪了, 猶然在此<u>狂爲</u>!"(*故意在軍前說出, 以亂衆軍之心.) 平大怒, 縱馬輪刀, 直取徐晃; 不三四合, 三軍喊叫:"偃城中火光大起!" 平不敢戀戰, 殺條大路, 徑奔<u>四冢寨</u>來. 廖化接着. 化曰:"人言荊州已被呂蒙襲了, 軍心驚慌, 如之奈何?"(*皆是魏軍散布此言, 却在廖化口中敍出.) 平曰:"此必訛言也! 軍士再言者斬之."

忽<u>流星馬</u>到, 報說正北第一屯被徐晃領兵攻打.(*此特假徐晃, 非眞徐晃也.) 平曰:"若第一屯有失, 諸營豈得安寧? 此間皆靠沔水, 賊兵不敢到此. 吾與汝同去救第一屯." 廖化喚部將分付曰:"汝等堅守營寨, 如有賊到, 卽便擧火." 部將曰:"四冢寨鹿角十重, 雖飛鳥亦不能入, 何慮賊兵!" 於是關平·廖化盡起四冢寨精兵, 奔至第一屯住札. 關平看見魏兵屯於淺山之上,(*誘敵之計.) 謂廖化曰:"徐晃屯兵, 不得地利, 今夜可引兵劫寨." 化曰:"將軍可分兵一半前去, 某當謹守本寨."

　　*注: **好不知死**(호부지사): 참으로 죽음을 모르는군. 〈好〉: 참으로. 몹시. 상당히. **狂爲**(광위): 미친 짓을 하다. **流星馬**(유성마): 준마. 빨리 달리는 말; 고대의 통신병.

〖4〗 是夜, 關平引一枝兵殺入魏寨, 不見一人. 平知是計, 火速退時, 左邊徐商, 右邊呂建, 兩下夾攻.(*但見二將, 不見徐晃. 徐晃此

時已在四冢寨.) 平大敗回營, 魏兵乘勢追殺前來, 四面圍住. 關平·
廖化支持不住, 棄了第一屯, 徑投四冢寨來. 早望見寨中火起. 急
到寨前, 只見皆是魏兵旗號. 關平等退兵, 忙奔樊城大路而走. 前
面一軍攔住, 爲首大將, 乃是徐晃也. 平·化二人奮力死戰, 奪路
而走, 回到大寨, 來見關公曰: "今徐晃奪了偃城等處; 又兼曹操
自引大軍, 分三路來救樊城; 多有人言荊州已被呂蒙襲了." 關公
喝曰: "此敵人訛言, 以亂我軍心耳! 東吳呂蒙病危, 孺子陸遜代
之, 不足爲慮!" (*方知陸遜用計之妙.)

〖5〗言未畢, 忽報徐晃兵至. 公令備馬. 平諫曰: "父體未痊,
不可與敵." 公曰: "徐晃與吾有舊, 深知其能; 若彼不退, 吾先斬
之, 以警魏將." 遂披挂提刀上馬, 奮然而出. 魏軍見之, 無不驚
懼. (*關公之威雖死猶在, 何況當日?) 公勒馬問曰: "徐公明安在?" 魏
營門旗開處, 徐晃出馬, 欠身而言曰: "自別君侯, 倏忽數載, 不
想君侯鬚髮已蒼白矣! 憶昔壯年相從, 多蒙敎誨, 感謝不忘. 今君
侯英風震於華夏, 使故人聞之, 不勝嘆羨! 茲幸得一見, 深慰渴
懷." (*與曹操對韓遂語相似.) 公曰: "吾與公明交契深厚, 非比他人;
今何故數窮吾兒耶?" 晃回顧衆將, 厲聲大叫曰: "若取得雲長首
級者, 重賞千金!" (*忽然變臉, 前恭後倨, 又與曹操對韓遂大是不同.) 公
驚曰: "公明何出此言?" 晃曰: "今日乃國家之事, 某不敢以私廢
公." (*與關公在華容時, 何啻天壤!) 言訖, 揮大斧直取關公. 公大怒,
亦揮刀迎之. 戰八十餘合, 公雖武藝絕倫, 終是右臂少力. 關平恐
公有失, 火急鳴金. 公撥馬回寨.

*注: 有舊(유구): 오랜 사귐이 있다. 舊交가 있다.　倏忽(숙홀): 어느덧
; 별안간. 돌연. 갑자기.　蒼白(창백): 회백색. 희끗희끗하다. (얼굴에 핏기
가 없어) 창백하다.　~頭髮: 반백의 머리.　數窮(삭궁): 누차 궁지에 몰아넣

다. 〈數(삭)〉: 누차. 자주.

〖6〗 忽聞四下裏喊聲大震. 原來是樊城曹仁聞曹操救兵至, 引軍殺出城來, 與徐晃會合, 兩下夾攻. 荊州兵大亂. 關公上馬, 引衆將急奔襄江上流頭. 背後魏兵追至. 關公急渡過襄江, 望襄陽而奔. 忽流星馬到, 報說: "荊州已被呂蒙所奪, 家眷被陷."(*此時方知荊州事.) 關公大驚. 不敢奔襄陽, 提兵投公安來. 探馬又報: "公安傅士仁已降東吳了."(*此時方知公安事.) 關公大怒. 忽催糧人到, 報說: "公安傅士仁往南郡, 殺了使命, 招糜芳都降東吳去了."(*此時方知南郡事.)

關公聞言, 怒氣沖塞, 瘡口迸裂, 昏絕於地. 衆將救醒, 公顧謂司馬王甫曰: "悔不聽足下之言, 今日果有此事!"(*照應七十三回中語.) 因問: "沿江上下, 何不擧火?" 探馬答曰: "呂蒙使水手盡穿白衣, 扮作客商渡江, 將精兵伏於䑀艫之中, 先擒了守臺士卒, 因此不得擧火." 公跌足歎曰: "吾中奸賊之謀矣! 有何面目見兄長耶!"(*公此時之志已誓必死.) 管糧都督趙累曰: "今事急矣, 可一面差人往成都求救, 一面從旱路去取荊州." 關公依言, 差馬良·伊籍齎文三道, 星夜赴成都求救;(*恨請援之不蚤耳.) 一面引兵來取荊州, 自領前隊先行, 留廖化·關平斷後.

　　*注: 跌足(질족): 발을 동동 구르다. 동동거리다. 〈跌〉: (발이 걸려) 넘어지다. 그르치다.

〖7〗 却說樊城圍解, 曹仁引衆將來見曹操, 泣拜請罪. 操曰: "此乃天數, 非汝等之罪也." 操重賞三軍, 親至四冢寨周圍閱視, 顧謂諸將曰: "荊州兵圍塹鹿角數重, 徐公明深入其中, 竟獲全功. 孤用兵三十餘年, 未敢長驅徑入敵圍. 公明眞膽識兼優者

也!"(*玄德贊子龍只是一身膽，今曹操贊徐晃又添一個"識"字.) 衆皆歎
服. 操班師還於摩陂駐札. 徐晃兵至, 操親出寨迎之, 見晃軍皆按
隊伍而行， 並無差亂. 操大喜曰:"徐將軍眞有周亞夫之風矣!"
遂封徐晃爲平南將軍, 同夏侯尙守襄陽, 以遏關公之師. 操因荊州
未定,(*荊州已定而云未定者，以關公尙在故耳.) 就屯兵於摩陂, 以候消
息.

　　却說關公在荊州路上， 進退無路， 謂趙累曰:"目今前有吳兵,
後有魏兵, 吾在其中, 救兵不至, 如之奈何?"累曰:"昔呂蒙在陸
口時， 嘗致書君侯, 兩家約好, 共誅操賊.(*前文但敍陸遜致書, 未敍呂
蒙致書. 此又補前文之所未及.) 今却助操而襲我, 是背盟也. 君侯暫住
軍於此， 可差人遺書呂蒙責之， 看彼如何對答."關公從其言, 遂
修書, 差使赴荊州來.

　　*注: **圍塹**(위참): 둘레(주위)에 참호(해자)를 파다. **膽識兼優**(담식겸우):
담력(용기)와 식견이 다 뛰어나다. **摩陂**(마파): 지금의 하남성 郟縣(겹현)
東南. **差亂**(차란): 들쑥날쑥 어지럽다. **周亞夫**(주아부): 西漢의 名將.
강소성 沛縣 사람으로 周勃의 아들. 그가 細柳에 주둔하여 匈奴를 방비할
때 軍令이 매우 엄정하여 皇帝의 先導者도 營內에 함부로 들이지 않았는데,
한 문제가 그를 진정한 장군(眞將軍)이라 칭찬했다.

〖8〗却說呂蒙在荊州, 傳下號令:"凡荊州諸郡, 有隨關公出征
將士之家， 不許吳兵擾擾, 按月給與糧米; 有患病者， 遣醫治
療." 將士之家, 感其恩惠, 安堵不動.(*不是呂蒙好處, 正是呂蒙奸處.)
忽報關公使至. 呂蒙出郭迎接入城, 以賓禮相待. 使者呈書與蒙.
蒙看畢, 謂來使曰:"蒙昔日與關將軍結好, 乃一己之私見; 今日
之事, 乃上命差遣, 不得自主. 煩使者回報將軍, 善言致意."遂
設宴款待, 送歸館驛安歇. 於是隨征將士之家, 皆來問信; 有附家

書者, 有口傳音信者, 皆言家門無恙, 衣食不缺.(*皆在呂蒙術中.)

使者辭別呂蒙. 蒙親送出城. 使者回見關公, 具道呂蒙之語, 并說: "荊州城中, 君侯寶眷并諸將家屬, 俱各無恙, 供給不缺." 公大怒曰: "此奸賊之計也! 吾生不能殺此賊, 死必殺之, 以雪吾恨!"(*爲後文伏線.) 喝退使者. 使者出寨, 衆將皆來探問家中之事; 使者具言各家安好, 呂蒙極其恩恤, 并將書信傳送各將. 各將欣喜, 皆無戰心.(*俱在呂蒙術中.)

　*注: 攪擾(교요): 방해하다. 훼방 놓다. 　安堵(안도): 안심하다. 안도하다. 一己之私見(일기지사견): 나 한 사람의 개인적 생각. 　差遣(차견): 파견하다(=差派). 임명하다. 　煩(번): 수고스럽지만…. 미안하지만…. 　寶眷(보권): 상대의 家族이나 眷屬에 대한 敬稱.

〖9〗關公率兵取荊州, 軍行之次, 將士多有逃回荊州者. 關公愈加恨怒, 遂催軍前進. 忽然喊聲大震, 一彪軍攔住, 爲首大將, 乃蔣欽也, 勒馬挺槍大叫曰: "雲長何不早降?" 關公罵曰: "吾乃漢將, 豈降賊乎!" 拍馬舞刀, 直取蔣欽. 不三合, 欽敗走. 關公提刀追殺二十餘里, 喊聲忽起, 左邊山谷中韓當領軍衝出; 右邊山谷中周泰引軍衝出; 蔣欽回馬復戰: 三路夾攻. 關公急撤軍回走. 行無數里, 只見南山岡上人煙聚集, 一面白旗招颭, 上寫"荊州土人"四字, 衆人都叫: "本處人速速投降!"(*皆催散關公兵之計.) 關公大怒, 欲上岡殺之. 山崦內又有兩軍撞出; 左邊丁奉, 右邊徐盛; 并合蔣欽等三路軍馬, 喊聲震地, 鼓角喧天, 將關公困在核心. 手下將士, 漸漸消疏. 比及殺到黃昏, 關公遙望四山之上, 皆是荊州土兵, 呼兄喚弟, 覓子尋爺, 喊聲不住. 軍心盡變, 皆應聲而去.(*皆在呂蒙術中.) 關公止喝不住, 部從止有三百餘人.

殺至三更, 正東上喊聲連天, 乃是關平·廖化分兩路兵殺入重圍,救出關公. 關平告曰: "軍心亂矣, 必得城池暫屯, 以待援兵. 麥城雖小, 足可屯扎." 關公從之, 催促殘軍前至麥城.(*此時走麥城與二十五回奔土山相似.) 分兵緊守四門, 聚將士商議. 趙累曰: "此處相近上庸, 現有劉封·孟達在彼把守, 可速差人往求救兵.(*成都之救遠, 上庸之救近. 急則取其近者.) 若得這枝軍馬接濟, 以待川兵大至, 軍心自安矣."

*注: **撤軍**(살군): 군사들을 흩다. **山岡**(산강); 언덕. 구릉. 높지 않은 산. **人煙**(인연): 〈人烟〉으로도 씀. 民家. 마을. 그러나 여기서는 "居民, 住民"이란 뜻. **招颭**(초점): 깃발을 흔들다(=招展). **土人**(토인): 토박이. 본처 사람. **山崦**(산엄): 산굽이(山曲) 또는 산굽이 사이의 평지(山坳). **喧天**(훤천): (하늘을 진동할 정도로) 시끄럽다. 요란스럽다. **消疏**(소소); 消疎. 稀少해지다. 減少하다. (*77회 (3)에서는 〈漸漸稀少〉라 쓰고 있다.) **上庸**(상용): 郡名. 治所는 上庸縣(지금의 호북성 竹山縣 西南). **接濟**(접제): 돕다. 구제하다. 보내다.

〖10〗正議間, 忽報吳兵已至, 將城四面圍定. 公問曰: "誰敢突圍而出, 往上庸求救?" 廖化曰: "某願往." 關平曰: "我護送汝出重圍." 關公卽修書付廖化, 藏於身畔, 飽食上馬, 開門出城. 正遇吳將丁奉截住. 被關平奮力衝殺, 奉敗走, 廖化乘勢殺出重圍, 投上庸去了. 關平入城, 堅守不出.

且說劉封·孟達自取上庸, 太守申耽率衆歸降, 因此漢中王加劉封爲副將軍, 與孟達同守上庸.(*接紋七十二回中事.) 當日探知關公兵敗, 二人正議間, 忽報廖化至. 封令請入問之. 化曰: "關公兵敗, 現困於麥城, 被圍至急. 蜀中援兵, 不能旦夕卽至. 特命某突圍而出, 來此求救. 望二將軍速起上庸之兵, 以救此危. 儻稍遲延, 公必陷矣!" 封曰: "將軍且歇, 容某計議."(*如此急事, 有何計議？ 計議便不像了.) 化乃至館驛安歇, 專候發兵.

*注: **身畔**(신반): 身旁. 몸 가까이. 신변.

〖11〗 劉封謂孟達曰：“叔父被困, 如之奈何？”達曰：“東吳兵精將勇；且荊州九郡, 俱已屬彼, 止有麥城, 乃彈丸之地；又聞曹操親督大軍四五十萬, 屯於摩陂：量我等山城之衆, 安能敵兩家之强兵？ 不可輕動.”(*又是一個傅士仁.) 封曰：“吾亦知之. 奈關公是吾叔父, 安忍坐視而不救乎？”達笑曰：“將軍以關公爲叔, 恐關公未必以將軍爲姪也. 某聞漢中王初嗣將軍之時, 關公卽不悅；後漢中王登位之後, 欲立後嗣, 問於孔明, 孔明曰：‘此家事也, 問關‧張可矣.’漢中王遂遣人至荊州問關公. 關公以將軍乃螟蛉之子, 不可僭立.(*補前文之所未及.) 勸漢中王遠置將軍於上庸山城之地, 以杜後患.(*此是孟達挑撥之語.) 此事人人知之, 將軍豈反不知耶？ 何今日猶沾沾以叔姪之義, 而欲冒險輕動乎？”封曰：“君言雖是, 但以何詞却之？”達曰：“但言山城初附, 民心未定, 不敢造次興兵, 恐失所守.”封從其言.

次日, 請廖化至, 言：“此山城初附之所, 未能分兵相救.”(*又是一個糜芳. 玄德於孔融疏矣, 於陶謙又疏矣, 而能因太史慈之請而救孔融, 又能因孔融之請而救陶謙, 今劉封乃聽孟達而拒廖化, 安得爲肖子乎？) 化大驚, 以頭叩地曰：“若如此, 則關公休矣！”達曰：“我今卽往, 一杯之水, 安能救一車薪之火乎？ 將軍速回, 靜候蜀兵至可也.”化大慟告求, 劉封‧孟達皆拂袖而入.(*劉封之殺兆於此.) 廖化知事不諧, 尋思須告漢中王求救, 遂上馬, 大罵出城, 望成都而去.

*注: **螟蛉**(명령): 명령. 빛깔이 푸른 나방, 나비의 애벌레. 명령은 나나니벌이 업고 가서 기른다는 傳說에서〈養子〉를〈螟蛉子〉라 함. **沾沾**(첨첨): 執着하다. 拘執. 구애되다; 우쭐거리다. 으쓱거리다(自矜貌; 自得貌). **初**

附(초부): 방금 귀순하다. 〈初〉: 처음으로. 방금. 막. 〈附〉: 歸順하다. 歸附
하다. 造次(조차): 급작스럽다. 황망하다. 함부로. 경솔하게. 靜候(정후):
조용히 기다리다. 事不諧(사불해): 일이 잘 타협(처리)되지 않다. 〈諧〉:(일
이) 잘 타협되다(처리되다).

〖12〗 却說關公在麥城, 盼望上庸兵到, 却不見動靜; 手下止有
五六百人, 多半帶傷; 城中無糧, 甚是苦楚. 忽報: "城下一人教
休放箭, 有話來見君侯." 公令放入, 問之, 乃諸葛瑾也. 禮畢茶
罷, 瑾曰: "今奉吳侯命, 特來勸諭將軍. 自古道: '識時務者爲俊
傑.' 今將軍所統漢上九郡, 皆已屬他人矣; 止有孤城一區, 內無
糧草, 外無救兵, 危在旦夕. 將軍何不從瑾之言: 歸順吳侯, 復鎭
荊襄, 可以保全家眷? 幸君侯熟思之."(*張遼說關公是說之以理(*第二
十五回事), 諸葛瑾說關公但告之以勢, 公爲理屈不爲勢屈也.) 關公正色而言
曰: "吾乃解良一武夫, 蒙吾主以手足相待, 安肯背義投敵國乎?
城若破, 有死而已. 玉可碎而不可改其白, 竹可焚而不可毀其節.
身雖殞, 名可垂於竹帛也. 汝勿多言, 速請出城, 吾欲與孫權決一
死戰!" 瑾曰: "吳侯欲與君侯結秦·晉之好, 同力破曹, 共扶漢室,
別無他意. 君侯何執迷如是?" 言未畢, 關平拔劍而前, 欲斬諸葛
瑾. 公止之曰: "彼弟孔明在蜀, 佐汝伯父. 今若殺彼, 傷其兄弟
之情也."(*自重其兄弟以及人之兄弟, 惟其能忠, 所以能恕.) 遂令左右逐
出諸葛瑾.

瑾滿面羞慚, 上馬出城, 回見吳侯曰: "關公心如鐵石, 不可說
也." 孫權曰: "眞忠臣也! 似此如之奈何?" 呂範曰: "某請卜其
休咎." 權卽令卜之. 範揲蓍成象, 乃 "地水師卦", 更有玄武臨
應, 主敵人遠奔. 權問呂蒙曰: "卦主敵人遠奔, 卿以何策擒之?"
蒙笑曰: "卦象正合某之機也. 關公雖有沖天之翼, 飛不出吾羅網

矣." 正是：

龍遊溝壑遭蝦戲, 鳳入牢籠被鳥欺.

畢竟呂蒙之計若何, 且看下文分解.

*注: 盼望(반망): 간절히 기다리다. 눈이 빠지게 기다리다.　解良(해량): 河東 解良. 관운장의 出生地. (*第一回).　秦晉之好(진진지호): 秦과 晉이 서로 婚姻을 통해 우호관계를 맺었던 일을 말한다.　揲蓍成象(설시성상): 점을 치는 데 쓰는 풀인 시초(蓍)를 세어서(揲) 점괘를 만들다.〈揲〉: 하나하나 세다.　地水師卦(지수사괘):〈師〉는〈易經〉의 한 괘 이름이다. 아래는 坎(☵), 위는 坤(☷)으로 이루어진 卦象으로 坤은 땅(地)을, 坎은 물(水)을 나타내고 師는 軍隊란 뜻이다. 이 卦象의 모양은〈땅에 물이 있는(地中有 水)〉것인데, 이것이 함축하는 의미는〈正義의 군대로써 백성을 편안하게 해줘야 하며, 勝負의 관건은 유능한 장수를 씀에 달려 있다〉는 것을 나타낸 것으로 풀이되고 있다.　玄武(현무): 고대의 신화에서 北方을 다스리는 神. 그 모양은 거북 또는 거북과 뱀을 합쳐 놓은 모양이다.　臨應(임응): 臨機應 變. 정세 변화에 기민하게 대응하다.　主(주): (점괘 등이) 예시하다.　被鳥 欺(피조기): 새들에게 무시당한다.

第七十六回 毛宗崗 序始評

(1). 關公之不得復荊州也, 以呂蒙能撫城中之民. 張良之以楚 歌散楚兵也, 欲使楚人之去; 呂蒙之以荊兵召荊兵也, 欲使荊人 之來. 此則其事之相類而相反者矣. 關公用陽, 而呂蒙用陰; 關 公用剛, 而呂蒙用柔. 其存恤將士之家, 重待使命之辱, 極加厚 處, 正是極奸猾處.

(2). 呂蒙之算傅士仁, 與傅士仁之算糜芳, 同一機謀也. 蒙恐士仁之志未堅, 招糜芳, 則士仁無貳心矣. 士仁恐糜芳之意未決, 殺使者, 則糜芳無歸路矣. 孫權之策荊州, 與曹操之策樊城, 各一機謀也. 吳致魏書, 而囑魏勿洩, 恐關公知之而回救, 則荊州之襲未穩矣. 魏得吳書, 而故令公知, 使荊兵知之而欲歸, 則樊城之圍自解矣. 或同或異, 俱極機謀之巧.

(3). 或謂關公之走麥城, 與前之屯土山無異也, (第二十五回中事.) 何以前不拒張遼之說, 而後獨拒諸葛瑾之言? 曰: 公固降漢不降曹操也, 操非借漢之名以招之, 終不能致之者也. 公但知有漢不知有曹, 不知有曹又何知有孫? 然則其守麥城之心, 猶然守土山之心耳.

(4). 劉封之不發救兵, 孟達實教之. 然則劉封之罪, 其將視孟達而未減乎? 曰: 是不然. 達固蜀之降將, 劉璋可背, 則關公何不可背? 我無責焉耳. 若劉封則漢中王之養子也, 王與關公爲一體, 負關公則是負王, 負關公猶可言也; 負漢中王, 不可言也. 此不得爲劉封恕.

第七十七回

玉泉山關公顯聖
洛陽城曹操感神

〚1〛却說孫權求計於呂蒙. 蒙曰: "吾料關某兵少, 必不從大路而逃, 麥城正北有險峻小路, 必從此路而去. 可令朱然引精兵五千, 伏於麥城之北二十里; 彼軍至, 不可與敵, 只可隨後掩殺. 彼軍定無戰心, 必奔臨沮. 却令潘璋引精兵五百, 伏於臨沮山僻小路, 關某可擒矣. (*權志在於得荊州耳, 何必害關公而後快? 若使魯肅而在, 決不爲此.) 今遣將士各門攻打, 只空北門, 待其出走." (*操圍公於土山, 不使之走: 權圍公於麥城, 偏欲使之走.) 權聞計, 令呂範再卜之. 卦成, 範告曰: "此卦主敵人投西北而走, 今夜亥時必然就擒." 權大喜, 遂令朱然・潘璋領兩枝精兵, 各依軍令埋伏去訖.

*注: 玉泉山(옥천산): 지금의 호북성 當陽縣 西. 산기슭에 玉泉寺가 있는데 동한 建安 年間에 세워졌다고 한다.　顯聖(현성): 현성하다. 신성한 인물

이 사후에 혼령이 되어 나타나는 것. 보통 사람들의 경우에는 〈顯魂(현혼)〉
이라고 한다.   臨沮(임저): 지금의 호북성 安遠縣 西北.

〖2〗且說關公在麥城, 計點馬步軍兵, 止剩三百餘人; 糧草又
盡. 是夜, 城外吳兵招喚各軍姓名, 越城而去者甚多. 救兵又不見
到, 心中無計, 謂王甫曰: "吾悔昔日不用公言! 今日危急, 將復
何如?" 甫哭告曰: "今日之事, 雖子牙復生, 亦無計可施也."(*孔
明見在, 但遠不能救耳.) 趙累曰: "上庸救兵不至, 乃劉封·孟達按兵
不發之故. 何不棄此孤城, 奔入西川, 再整兵來, 以圖恢復?" 公
曰: "吾亦欲如此." 遂上城觀之. 見北門外敵軍不多, 因問本城
居民: "此去往北, 地勢若何?" 答曰: "此去皆是山僻小路, 可通
西川." 公曰: "今夜可走此路." 王甫諫曰: "小路有埋伏, 可走大
路."(*此時若用王甫之言, 或猶可免, 未可知也.) 公曰: "雖有埋伏, 吾
何懼哉!" 卽下令: 馬步官軍, 嚴整裝束, 准備出城. 甫哭曰: "君
侯於路, 小心保重! 某與部卒百餘人, 死據此城; 城雖破, 身不降
也! 專望君侯速來救援!" 公亦與泣別. 遂留周倉與王甫同守麥城,
關公自與關平·趙累引殘卒二百餘人, 突出北門.
　　*注: 子牙(자아): 즉 姜子牙. 周 文王을 도와 殷을 멸망시키고 周 건국에
　　큰 공을 세운 呂尙 姜太公.

〖3〗關公橫刀前進. 行至初更以後,(*是亥時了.) 約走二十餘里,
只見山凹處, 金鼓齊鳴, 喊聲大震, 一彪軍到, 爲首大將朱然, 驟
馬挺槍叫曰: "雲長休走! 趁蚤投降, 免得一死!" 公大怒, 拍馬輪
刀來戰. 朱然便走. 公乘勢追殺. 一棒鼓響, 四下伏兵皆起. 公不
敢戰, 望臨沮小路而走, 朱然率兵掩殺. 關公所隨之兵漸漸稀
少.(*兵之漸少, 非必盡死也, 大率爲荊州兵招去耳.) 走不得四五里, 前面

喊聲又震，火光大起，潘璋驟馬舞刀殺來．公大怒，輪刀相迎；只三合，潘璋敗走．公不敢戀戰，急望山路而走．背後關平赶來，報說趙累已死於亂軍中．關公不勝悲惶，遂令關平斷後，公自在前開路．隨行止剩得十餘人．行至決石，兩下是山，山邊皆蘆葦敗草，樹木叢雜．時已五更將盡．(＊呂範卜在亥時，今却到五更．) 正走之間，一聲喊起，兩下伏兵盡出，長鉤套索，一齊并舉，先把關公坐下馬絆倒．關公翻身落馬，被潘璋部將馬忠所獲．關平知父被擒，火速來救；背後潘璋・朱然率兵齊至，把關平四下圍住．平孤身獨戰，力盡亦被執．

　　＊注：趁蚤(진조)：趁早。일찌감치。서둘러서。(＝赶早。打早)。　決石(결석)：〈三國志．吳書．孫權傳〉과〈資治通鑑〉漢紀六十獻帝建安二十四年에는 모두 관우가 章鄉(지금의 호북성 安遠縣 西北 漳水邊에 위치)에서 체포되었다고 했다。章鄉의 北에〈夾石〉이 있는데，여기서 말하는〈決石〉은〈夾石〉의 誤記이다。　敗草(패초)：시든 풀。마른 풀。　長鉤套索(장구투삭)：긴 갈고리와 올가미(套索)。　絆倒(반도)：발에 걸려서 넘어지다。〈絆〉：(발에) 걸리다。휘감기다。

〖4〗至天明，孫權聞關公父子已被擒獲，大喜，聚衆將於帳中．少時，馬忠簇擁關公至前．權曰："孤久慕將軍盛德，欲結秦・晉之好，何相棄耶？　公平昔自以爲天下無敵，今日何由被吾所擒？將軍今日還服孫權否？"(＊曹操敬禮關公，而孫權笑之，不及曹操多矣．) 關公厲聲罵曰："碧眼小兒，紫髥鼠輩！吾與劉皇叔桃園結義，誓扶漢室，豈與汝叛漢之賊爲伍耶！(＊操爲漢賊，而助操攻公，則吳亦叛漢之賊也．罵得快暢．) 我今誤中奸計，有死而已，何必多言！"權回顧衆官曰："雲長世之豪傑，孤深愛之．今欲以禮相待，勸使歸降，何如？"主簿左咸曰："不可．昔曹操得此人時，封侯賜爵，三日一小

宴, 五日一大宴, <u>上馬一提金</u>, 下馬一提銀: 如此恩禮, 畢竟留之
不住, 聽其斬關殺將而去.(*第二十七回中事.)　　致使今日反爲所逼,
幾欲遷都以避其鋒.(*獨不提起華容之事, 何耶?) 今主公旣已擒之, 若
不卽除, 恐貽後患." 孫權沈吟半晌, 曰: "斯言是也." 遂命推出.
於是關公父子皆遇害.(*曹操不害關公, 而孫權害之, 不及曹操多矣.)　時
建安二十四年冬十二月也. 關公亡年五十八歲.

　　*注: 簇擁(족옹): (많은 사람이) 떼를 지어 둘러싸다. 〈簇〉: 무리를 이루다.
(떼를 지어) 모이다; 무더기. 떼. 무리.　平昔(평석): 지난날. 평시. 평소.
본래.　上馬一提金(상마일제금): 말을 타면 금 한 덩이(를 주다). 〈提〉: (動
詞): 제시하다. 제기하다. 던지다. (量詞): 돈 또는 던져주는 물체에 사용되
며, 그 중량이나 부피에 대해서는 확정된 수가 없다. "金一提, 銀一提."

〖5〗 後人有詩歎曰:
　　漢末才<u>無敵</u>, 雲長獨出群.
　　神威能<u>奮武</u>, 儒雅更知文.
　　天日心如鏡, 春秋義<u>薄雲</u>.
　　昭然垂萬古, <u>不止冠三分</u>.
　又有詩曰:
　　人傑惟追<u>古解良</u>, 士民爭拜漢雲長.
　　桃園一日兄和弟, <u>俎豆</u>千秋<u>帝與王</u>.
　　氣<u>挾</u>風雷無匹敵, 志垂日月有光芒.
　　至今<u>廟貌盈</u>天下, 古木寒鴉幾夕陽.

　關公旣歿, 坐下赤兔馬被馬忠所獲, 獻與孫權. 權卽賜馬忠騎
坐. 其馬數日不食草料而死.(*此馬不爲呂布死, 而爲關公死, 死得其所
矣. 馬亦能擇主乎?)

　却說王甫在麥城中, <u>骨顫肉驚</u>, 乃問周倉曰: "昨夜夢見主公渾

身血汚, 立於前；急問之, 忽然驚覺, 不知主何吉凶?"(*前有關公之夢, 此又有王甫之夢.) 正說間, 忽報吳兵在城下, 將關公父子首級招安. 王甫·周倉大驚, 急登城視之, 果關公父子首級也. 王甫大叫一聲, 墮城而死. 周倉自刎而亡. (*二人死且不朽, 今人但塑平與倉之像於公側, 而不及王甫·趙累二人, 猶爲有闕也.) 於是麥城亦屬東吳.

*注: 無敵(무적): 필적할 상대가 없다.　　奮武(분무): 무공을 발휘하다.
薄雲(박운): 하늘 높이 구름 가까이 가다. 〈薄〉: 迫과 同義.　冠三分(관삼분): 三國之冠. 〈三分〉: 魏·蜀·吳 三國. 〈冠〉: 으뜸.　解良(해량): 關羽의 출생지. 지금의 山西省 경내. 옛날 사람들은 보통 출생지나 관직에 재직했던 地名으로 人名을 대신했다. 여기서는 〈關羽〉.　俎豆(조두): 제사 때 제물을 담는 그릇.　帝與王(제여왕): 劉備는 처음에는 漢中王, 후에는 蜀漢皇帝라 불렸고, 關羽는 일찍이 漢壽亭侯였으나 사후에 신격화되어 關帝라 불렸다. 여기서는 〈유비와 관우는 천백년 이래 사람들로부터 帝王으로서 祭祀를 받았다〉는 뜻이다.　挾(협): 양팔로 껴안다.　志(지): 유비에 대한 관우의 忠誠心.　廟貌(묘모): 관우의 사당과 그 塑像.　骨顫(골전): 뼈가 떨리다.　將(장): …을 가지고(=以)　招安(초안): 투항을 권하다. 귀순시키다.

〖6〗 却說關公一魂不散, 蕩蕩悠悠, 直至一處, 乃荊門州當陽縣一座山, 名爲玉泉山. 山上有一老僧, 法名普淨, 原是沂水關鎮國寺中長老; (*二十七回中之人.) 後因雲遊天下, 來到此處, 見山明水秀, 就此結草爲菴, 每日坐禪參道, 身邊只有一小行者, 化飯度日.(*小行者而忍使之化飯, 便不似今之愛恤徒弟的和尙了.) 是夜, 月白風淸, 三更已後, 普淨正在菴中黙坐, 忽聞空中有人大呼曰: "還我頭來!" 普淨仰面諦觀, 只見空中一人, 騎赤兎馬, 提靑龍刀, 左有一白面將軍, 右有一黑臉亂髥之人相隨, 一齊按落雲頭, 至玉泉山頂. 普淨認得是關公, 遂以手中麈尾擊其戶曰: "雲長安在?"(*

此語抵得一聲棒喝.） 關公英魂頓悟， 卽下馬乘風落於菴前， 叉手問曰：“吾師何人？ 願求法號.” 普淨曰：“老僧普淨， 昔日汜水關前鎭國寺中， 曾與君侯相會， 今日豈遂忘之耶？” 公曰：“向蒙相救， 銘感不忘. 今某已遇禍而死， 願求淸誨， 指點迷途.” 普淨曰：“昔非今是， 一切休論. 後果前因， 彼此不爽. 今將軍爲呂蒙所害， 大呼：‘還我頭來！’然則顏良・ 文醜・ 五關六將等衆人之頭， 又將向誰索耶？” 於是關公恍然大悟， 稽首皈依而去.

後往往於玉泉山顯聖護民， 鄕人感其德， 就於山頂上建廟， 四時致祭. 後人題一聯於其廟云：

赤面秉赤心・騎赤兎追風， 馳驅時・無忘赤帝.
靑燈觀靑史・仗靑龍偃月， 隱微處・不愧靑天.

*注: 蕩蕩悠悠(탕탕유유): 흔들려 움직이는 모양. 흔들흔들. 荊門州(형문주): 호북성의 현 이름. 漢代에는 南郡 땅이었음. 沂水關(기수관):〈毛本〉과〈明嘉靖本〉에는 이것이 汜水關으로 되어 있으나 제 27회에는 沂水關 鎭國寺로 되어 있어서 이와 통일시켰다. 參道(참도): 도를 닦다(琢磨). 도를 깨우치다(領悟). 化飯度日(화반도일): 매일 탁발해 와서 살아가다.〈化飯〉: 托鉢하다.〈度日〉: 지내다. 살아가다(=過日子). 諦觀(체관): 자세히 살펴보다.〈諦〉: 찬찬히. 자세히. 상세하게. 按落雲頭(안락운두): 내려오는 구름에 올라타다.〈按〉: 잡다; 억누르다; 의거하다. 근거하다. 麈尾(주미): 먼지떨이.〈麈〉: 고라니. 고라니의 꼬리는 먼지가 잘 떨어진다고 해서 이 고라니의 꼬리털로 만든 먼지떨이는 淸談을 하던 사람들이 많이 가졌으며, 후에는 佛徒들이 많이 가지고 다녔다. 英魂(영혼): 英靈. 죽은 사람의 영혼. 銘感(명감): 感銘하다. 감격하여 잊지 못하다. 마음속에 깊이 새기다. 指點迷途(지점미도): 길(방향)을 잃은 자(迷途)에게 지시(지적)하여 알려주다(指點). 不爽(불상): 어긋나지 않다.〈爽〉: 밝다; 개운하다; 어긋나다. 어기다. 恍然大悟(황연대오): 문득 크게 깨닫다.〈恍然〉: 문

득. 갑자기. 불시에.　**稽首**(계수): 稽顙再拜. 머리를 조아려 두 번 절하다.

　皈依(귀의): 歸依하다. 〈皈〉: 歸의 古字.　　**赤帝**(적제): 고대 神話 중의

五天帝의 하나, 즉 南方의 神. 여기서는 한고조 유방을 가리킴.

〖7〗 却說孫權既害了關公, 遂盡得荊襄之地, 賞犒三軍, 設宴

大會諸將慶功; 置呂蒙於上座, 顧謂衆將曰:"孤久不得荊州, 今

唾手而得, 皆子明之功也."蒙再三遜謝. 權曰:"昔周郎雄略過

人, 破曹操於赤壁,(*周郎未嘗結連曹操, 勝於子明.) 不幸早殀, 魯子敬

代之. 子敬初見孤時, 便及帝王大略, 此一快也; 曹操東下, 諸人

皆勸孤降, 子敬獨勸孤召公瑾逆而擊之, 此二快也;(*子敬未嘗結連

曹操, 勝於子明.) 惟勸吾借荊州與劉備, 是其一短.(*借備以荊州, 合力

拒操, 正是長策, 何云短也?) 今子明設計定謀, 立取荊州, 勝子敬·周

郎多矣!"(*昧討賊之義, 是呂蒙不如二人, 何得反曰勝之?)

　於是親酌酒賜呂蒙. 呂蒙接酒欲飲, 忽然擲杯於地, 一手揪住孫

權, 厲聲大罵曰:"碧眼小兒! 紫髯鼠輩! 還識我否?"衆將大驚,

急救時, 蒙推倒孫權, 大步前進, 坐於孫權位上, 兩眉倒竪, 雙眼

圓睜, 大喝曰:"我自破黃巾以來, 縱橫天下三十餘年, 今被汝一

旦以奸計圖我, 我生不能啖汝之肉, 死當追呂賊之魂! ── 我乃漢

壽亭侯關雲長也!"權大驚, 慌忙率大小將士, 皆下拜. 只見呂蒙

倒於地上, 七竅流血而死. 衆將見之, 無不恐懼. 權將呂蒙屍首,

具棺安葬, 贈南郡太守·孱陵侯; 命其子呂霸襲爵. 孫權自此感關

公之事, 驚訝不已.

　　*注: **雄略**(웅략): 雄才大略. 뛰어난 재능과 원대한 계략.　　**早殀**(조요):

〈殀〉: 夭와 同. 早死.　　**及**(급): 주다.　　**七竅**(칠규): 눈, 코, 귀, 입을 합한

일곱 개의 구멍.

〖8〗忽報張昭自建業而來. 權召入問之. 昭曰：“今主公損了關公父子，江東禍不遠矣！此人與劉備桃園結義之時，誓同生死. 今劉備已有兩川之兵；更兼諸葛亮之謀，張·黃·馬·趙之勇. 備若知雲長父子遇害，必起傾國之兵，奮力報讐：恐東吳難與敵也.”（*勢所必然.）權聞之大驚，跌足曰：“孤失計較也！似此如之奈何？”昭曰：“主公勿憂. 某有一計，令西蜀之兵不犯東吳，荊州如磐石之安.”權問何計. 昭曰：“今曹操擁百萬之衆，虎視華夏，劉備急欲報讐，必與操約和：（*玄德必不與操連和，但在東吳須此度之耳.）若二處連兵而來，東吳危矣. 不如先遣人將關公首級，轉送與曹操，明教劉備知是操之所使，必痛恨於操，西蜀之兵，不向吳而向魏矣. 吾乃觀其勝負，於中取事. 此爲上策.”（*既欲嫁禍於人，又欲取利於己，人情大抵如是.）權從其言，隨遣使者以木匣盛關公首級，星夜送與曹操.

*注: 取事(취사): 猶行事. (일을) 처리하다. (일에) 대처하다.

〖9〗時操從摩陂班師回洛陽，聞東吳送關公首級至，喜曰：“雲長已死，吾夜眠貼席矣.”階下一人出曰：“此乃東吳移禍之計也.”（*又早識破.）操視之，乃主簿司馬懿也. 操問其故，懿曰：“昔劉·關·張三人桃園結義之時，誓同生死. 今東吳害了關公，懼其復讐，故將首級獻與大王，使劉備遷怒大王，不攻吳而攻魏，他却於中乘便而圖事耳.”操曰：“仲達之言是也，　孤以何策解之？”懿曰：“此事極易. 大王可將關公首級，刻一香木之軀以配之，葬以大臣之禮；劉備知之，必深恨孫權，盡力南征. 我却觀其勝負：蜀勝則擊吳，吳勝則擊蜀. 二處若得一處，那一處亦不久也.”（*乖的又撞着乖的.）操大喜，從其計，遂召吳使入. 呈上木匣，操開匣視之，見關公面如平日. 操笑曰：“雲長公別來無恙！”（*與華容道相見之語一

般, 前是恭敬, 此是戲謔.） 言未訖, 只見關公口開目動, 鬚髮皆張. 操
驚倒.(＊纔嚇倒孫權, 又嚇倒曹操. 關公竟未嘗死也.） 衆官急救, 良久方
醒, 顧謂衆官曰：“關將軍眞天神也！” 吳使又將關公顯聖附體·罵
孫權·追呂蒙之事告操. 操愈加恐懼, 遂設<u>牲醴</u>祭祀, 刻<u>沈香木</u>爲
軀, 以王侯之禮, 葬於洛陽南門外, 令大小官員送殯. 操自拜祭,
贈爲荊王, 差官守墓；卽遣吳使回江東去訖.

　　＊注: **摩陂**(마파): 지금의 하남성 郟縣(겹현) 東南.　　**貼席**(첩석): 이리저리
　　뒤척이지 않고 자리에 몸을 바짝 붙이고 있다.〈貼〉: 붙이다.　　**乘便**(승편):
　　…하는 김에. 편리한(형편 좋은) 때에.　　**牲醴**(생례): 제사상에 올리는 고기
　　와 단술.　　**沈香木**(침향목): 광동성 等地에서 나는 香木으로 물보다 무거워
　　가라앉는 데서 나온 이름이다.

〖10〗 却說漢中王自東川回成都, 法正奏曰：“主上先夫人去世,
孫夫人又南歸, 未必再來.(＊糜夫人死而糜芳叛去, 孫夫人去而孫權見圖.）
人倫之道, 不可廢也, 必納王妃, 以<u>襄內政</u>.” 漢中王從之. 法正
復奏曰：“吳懿有一妹, 美而且賢. 嘗聞有相者, 相此女後必大貴.
先曾許劉焉之子劉瑁, 瑁蚤夭. 其女至今寡居, 大王可納之爲
妃.” 漢中王曰：“劉瑁與我同宗, 於理不可.” 法正曰：“論其親
疏, 何異<u>晉文之與懷嬴</u>乎？”(＊法正做媒, 頗爲不正.） 漢中王乃依允,
遂納吳氏爲王妃. 後生二子：長劉永, 字公壽；次劉理, 字奉孝.

　　＊注: **襄內政**(양내정): 內政을 도와서 처리하다.〈襄〉: 돕다. 도와서 처리하
　　다.　　**晉文之與懷嬴**(진문지여회영): 春秋時 秦穆公의 딸 懷嬴이 처음에
　　秦에 人質로 와 있던 晉의 태자 圉(어)의 妻가 되었으나, 圉가 晉으로 도망가
　　서 晉侯(懷公)이 되자, 晉에서 秦으로 도망 온 圉의 伯父 重耳(晉文公)에
　　게 改嫁한 것을 말한다.

〖11〗且說東西兩川，民安國富，田禾大成．忽有人自荊州來，言東吳求婚於關公，關公力拒之．孔明曰：“荊州危矣！可使人替關公回．”（＊若能如此，荊州不失．惜乎有此言，未有此事．）正商議間，荊州捷報使命，絡繹而至．不一日，關興到，具言水淹七軍之事．忽又報馬到來，報說關公於江邊多設墩臺，隄防甚密，萬無一失．因此玄德放心．

忽一日，玄德自覺渾身肉顫，行坐不安；至夜，不能寧睡，起坐內室，秉燭看書，覺神思昏迷，伏几而臥；就室中起一陣冷風，燈滅復明，擡頭見一人立於燈下．玄德問曰：“汝何人，夤夜至吾內室？”其人不答．玄德疑怪，自起視之，乃是關公，於燈影下往來躱避．（＊與玉泉山頂，孫權座間，另是一般光景．）玄德曰：“賢弟別來無恙！夜深至此，必有大故．吾與汝情同骨肉，因何回避？”關公泣告曰：“願兄起兵，以雪弟恨！”言訖，冷風驟起，關公不見．玄德忽然驚覺，乃是一夢：（＊前敘王甫一夢，此又敘玄德一夢．）時正三鼓．玄德大疑，急出前殿，使人請孔明來．孔明入見，玄德細言夢警．孔明曰：“此乃主上心思關公，故有此夢，何必多疑？”（＊人亦有言：“將信將疑，晦暝心目，寢寐見之．）玄德再三疑慮，孔明以善言解之．（＊讀者至此，必疑孔明糊塗矣．）

　　*注：絡繹(낙역)：(사람. 말. 수레. 배 등의) 왕래가 잇달아 끊이지 않다．報馬(보마)：급보를 전하는 파발마(를 띄우다)．神思(신사)：정신과 마음. 정신. 마음. 기분．夤夜(인야)：심야. 깊은 밤．三鼓(삼고)：三更. 밤에 세 번째(밤 12시) 치는 북．夢警(몽경)：=夢兆. 꿈에 나타나는 길흉의 징조. 꿈자리．

〖12〗孔明辭出，至中門外，迎見許靖．靖曰：“某纔赴軍師府下報一機密，聽知軍師入宮，特來至此．”孔明曰：“有何機密？”

靖曰：“某適聞外人傳說，東吳呂蒙已襲荊州，關公已遇害！故特來密報軍師.” 孔明曰：“吾夜觀天象，見將星落於荊楚之地，已知雲長必然被禍；但恐主上憂慮，故未敢言.”(＊方知孔明心中已是明白.) 二人正說之間，忽然殿內轉出一人，扯住孔明衣袖而言曰：“如此凶信，公何瞞我！”孔明視之，乃玄德也. 孔明·許靖奏曰：“適來所言，皆傳聞之事，未足深信. 願主上寬懷，勿生憂慮.” 玄德曰：“孤與雲長，誓同生死；彼若有失，孤豈能獨生耶！”(＊有此一語，二公一發不肯說實話.)

　　*注: 一發(일발): 점점 더. 더욱 더; 함께. 한꺼번에.

〖13〗孔明·許靖正勸解之間，忽近侍奏曰：“馬良·伊籍至.”玄德急召入問之，二人具說荊州已失，關公兵敗求救.(＊妙在只曉得一半，尚不知有後事.) 呈上表章，未及拆觀，侍臣又奏荊州廖化至. 玄德急召入. 化哭拜於地，細奏劉封·孟達不發救兵之事.(＊亦只曉得一大半，尚不知有後事.) 玄德大驚曰：“若如此，吾弟休矣！”孔明曰：“劉封·孟達，如此無禮，罪不容誅！主上寬心，亮親提一旅之師，去救荊襄之急.” 玄德泣曰：“雲長有失，孤斷不獨生！孤來日自提一軍去救雲長！”遂一面差人赴閬中報知翼德，一面差人會集人馬. 未及天明，一連數次，報說關公夜走臨沮，爲吳將所獲，義不屈節，父子歸神. 玄德聽罷，大叫一聲，昏絕於地. 正是：

　　爲念當年同誓死，忍教今日獨捐生.

未知玄德性命如何，且看下文分解.

　　*注: 勸解(권해): 권유하다. 타이르다. 위로하다.　歸神(귀신): 神으로 돌아가다. 鬼神이 되다. 죽다.　捐生(연생): 목숨을 버리다(바치다).

(1). "雲長安在" 一語, 抵得一部〈金剛經〉妙義. 以 "安在" 二字推之, 微獨雲長爲然也. 吳安在? 魏安在? 蜀安在? 三分事業 · 三國人才皆安在哉? 凡有在者不在, 而惟無在者常在, 知其安在, 而雲長乃千古如在矣.

(2). 昔之和尙能感神, 今之和尙善搗鬼. 看普靜獨自一個在玉泉山修行, 方是淸淨法師, 所以能點化雲長而. 每見近日有一等沒發光棍, 略誦幾句多心經, 輒欲升座說法; 盜襲幾句野狐禪, 便稱棒喝宗門; 聚徒成群, 過都越國, 哄動男女, 塡塞街巷, 布施金錢. 和尙搗鬼, 衆人見鬼, 總是一派鬼混, 恨不借雲長靑龍刀一斬其魔障也.

(3). 或疑關 · 張幷是英雄, 而雲長顯聖, 不聞翼德顯聖, 何也? 曰: 翼德何嘗不顯聖? 相傳有在唐留姓, 在宋留名之說. 今張睢陽, 岳武穆, 聲靈赫然, 廟祀甚肅, 豈非翼德之未嘗死乎? 況桃園三人, 非三人也, 一人而已. 雲長存, 則謂之翼德存可耳, 且謂與玄德俱存亦無不可耳.

第七十八回

治風疾神醫身死
傳遺命奸雄數終

〖1〗却說漢中王聞關公父子遇害，哭倒於地；衆文武急救，半响方醒，扶入內殿．孔明勸曰：“主上少憂．自古道：‘死生有命’；關公平日剛而自矜，故今日有此禍．(*以不記軍師東和孫權一語，故似有埋怨之意．) 主上且宜保養尊體，徐圖報仇．”玄德曰：“孤與關·張二弟桃園結義時，誓同生死．今雲長已亡，孤豈能獨享富貴乎！”言未已，只見關興號慟而來．玄德見了，大叫一聲，又哭絕於地．衆官救醒．一日哭絕三五次，三日水漿不進，只是痛哭；淚濕衣襟，斑斑成血．孔明與衆官再三勸解．玄德曰：“孤與東吳，誓不同日月也！”孔明曰：“聞東吳將關公首級獻與曹操，操以王侯禮祭葬之．”玄德曰：“此何意也？”孔明曰：“此是東吳欲移禍於曹操，操知其謀，故以厚禮葬關公，令主上歸怨於吳也．”(*張昭

· 司馬懿之計, 總不能逃此公之明鑒.） 玄德曰: "吾今卽提兵問罪於吳, 以雪吾恨!" 孔明諫曰: "不可. 方今吳欲令我伐魏, 魏亦欲令我伐吳; 各懷譎計, 伺隙而乘. 主上只宜按兵不動, 且與關公發喪. 待吳·魏不和, 乘時而伐之, 可也." 衆官又再三勸諫, 玄德方纔進膳, 傳旨川中大小將士, 盡皆挂孝.（*早爲後文張飛伏筆.） 漢中王親出南門招魂祭奠, 號哭終日.

*注: 少憂(소우): 걱정하지 마시오.〈少〉: 그만. 작작.(명령문에서 삼가다의 뜻으로 쓰임). 勸解(권해): 타이르다. 위로하다. 祭奠(제전): 제전. 추모의식; 제사를 지내서 추모하다. 號哭(호곡): 울부짖다. 엉엉 소리 내어 울다.

〖2〗 却說曹操在洛陽, 自葬關公後, 每夜合眼便見關公.（*與孫策見于吉彷佛相似.） 操甚驚懼, 問於衆官. 衆官曰: "洛陽行宮舊殿多妖, 可造新殿居之."（*操自將死, 與殿何干?） 操曰: "吾欲起一殿, 名建始殿.（*當名曰"終命殿".） 恨無良工." 賈詡曰: "洛陽良工有蘇越者, 最有巧思." 操召入, 令畫圖像. 蘇越畫成九間大殿, 前後廊廡樓閣, 呈與操. 操視之曰: "汝畫甚合孤意, 但恐無棟梁之材."（*爲巨室, 必使工師求大木.） 蘇越曰: "此去離城三十里, 有一潭, 名躍龍潭. 前有一祠, 名躍龍祠. 祠傍有一株大梨樹, 高十餘丈, 堪作建始殿之梁." 操大喜, 卽令人工到彼砍伐.

次日, 回報此樹鋸解不開, 斧砍不入, 不能斬伐. 操不信, 自領數百騎, 直至躍龍祠前下馬, 仰觀那樹, 亭亭如華蓋, 直侵雲漢, 並無曲節. 操命砍之, 鄕老數人前來諫曰: "此樹已數百年矣, 常有神人居其上, 恐未可伐." 操大怒曰: "吾平生遊歷, 普天之下, 四十餘年, 上至天子, 下及庶人, 無不懼孤; 是何妖神, 敢違孤意!" 言訖, 拔所佩劍親自砍之: 錚然有聲, 血濺滿身. 操愕然大驚, 擲劍上馬, 回至宮內. 是夜二更, 操睡臥不安, 坐於殿中, <u>隱几</u>而寐. 忽見一人披髮仗劍, 身穿<u>皂衣</u>, 直至面前, 指操喝曰: "吾乃梨樹之神也. 汝<u>蓋</u>建始殿, 意欲<u>篡逆</u>, 却來伐吾神木! 吾知汝數盡, 特來殺汝!"(＊草木非人, 尙能討賊, 人非草木, 却多從賊. 爲之一嘆.) 操大驚, 急呼: "武士安在?" 皂衣人<u>仗劍</u>砍操. 操大叫一聲, 忽然驚覺, 頭腦疼痛不可忍. 急傳旨遍求良醫治療, 不能<u>痊可</u>. 衆官皆憂.

＊注: 巧思(교사): 교묘한 생각(아이디어). 廊廡(랑무): 낭하. 〈廊〉: 낭하. 복도. 통로. 〈廡〉: 곁채. 행랑. 亭亭(정정): (탑이나 나무 따위가) 우뚝 높이 솟은 모양. 華蓋(화개): 御駕 위에 씌우는 日傘. 直侵雲漢(직침운한): 곧장 높이 하늘에 닿다. 〈雲漢〉: 은하수. 높은 하늘. 錚然(쟁연): 錚錚. 쇠붙이가 부딪쳐 울리는 소리. 쟁쟁. 血濺(혈천): 피가 튀다(뿌려지다). 愕然(악연): 놀라는 모양. 깜짝 놀라다. 隱几(은궤): 几(궤: 작은 탁자)에 기대다. 蓋(개): 덮다. 집을 짓다. 篡逆(찬역): 왕위를 빼앗아 반역을 하다. 仗劍(장검): 칼을 잡다(쥐다). 痊可(전가): =痊愈(전유). 병이 낫다. 완쾌되다.

〖3〗 華歆入奏曰: "大王知有神醫華佗否?" 操曰: "卽江東醫周泰者乎?"(＊又將十五回事提照.)歆曰: "是也." 操曰: "雖聞其名, 未知其術." 歆曰: "華佗字元化, 沛國譙郡人也. 其醫術之妙, 世所罕有: 但有患者, 或用藥, 或用針, 或用灸, 隨手而愈. 若患五臟六腑之疾, 藥不能效者, 以<u>麻肺湯</u>飲之, 令病者如醉死, 却用尖刀剖開其腹, 以<u>藥湯</u>洗其臟腑, 病人略無疼痛. 洗畢, 然後以藥線縫口, 用藥敷之; 或一月, 或二十日, 卽<u>平復</u>矣. 其神妙如此!

一日, 佗行於道上, 聞一人呻吟之聲, 佗曰: '此飲食不下之病.' 問之, 果然. 佗令取<u>蒜虀汁</u>三升飲之, 吐蛇一條, 長二三尺, 飲食卽下.(＊曹操腹中毒蛇, 恐不止一條.)

廣陵太守陳登, 心中煩懣, 面赤, 不能飲食, 求佗醫治. 佗以藥飲之, 吐蟲三升, 皆赤頭, 首尾動搖. 登問其故, 佗曰: ‘此因多食魚腥, 故有此毒. 今日雖可, 三年之後, 必將復發, 不可救也.’ 後陳登果三年而死.(*陳登在徐州事已隔數十回, 忽以閑筆應出, 妙.) 又有一人眉間生一瘤, 痒不可當, 令佗視之. 佗曰: ‘內有飛物.’ 人皆笑之. 佗以刀割開, 一黃雀飛去, 病者卽愈. 有一人被犬咬足指, 隨長肉二塊, 一痛一痒, 俱不可忍. 佗曰: ‘痛者內有針十個, 痒者內有黑白棋子二枚.’ 人皆不信. 佗以刀割開, 果應其言. 此人眞扁鵲 · 倉公之流也! 現居金城, 離此不遠, 大王何不召之?”

*注: 麻肺湯(마폐탕): 고대의 일종의 마취작용을 한 탕약. 일명 “麻沸湯”이라고도 한다.　藥湯(약탕): =湯藥.　平復(평복): 회복되다. 낫다. 蒜薺汁(산제즙): 마늘(蒜)을 다져서(薺) 짠 즙.　煩懣(번만): 번민(煩悶). 〈懣(만)〉: 번민. 번민하다.　魚腥(어성): 생선 비린내. 비린내 나는 생선. 비린내 나는 날생선.　瘤(류): 혹.　痒(양): 가렵다.　長(장): 생기다. 나다. 扁鵲(편작): 고대의 名醫. 전국시대 때 鄭나라 사람으로 姓은 秦, 이름은 越人. 長桑君에게서 의술을 배웠는데 診脈으로 병을 치료하는 것으로 유명했고, 사람의 五臟六腑를 훤히 들여다볼 수 있었다. 盧 땅에 살았으므로 세상 사람들은 그를 盧醫라고 불렀다.　倉公(창공): 西漢時의 名醫. 姓은 淳于, 이름은 意. 漢나라 초기 臨淄 사람으로 일찍이 齊의 太倉長을 지냈으므로 세상 사람들은 그를 太倉公 혹은 倉公이라 불렀다. 일찍이 의술을 배워 사람의 생사를 미리 알 수 있었다고 한다.　金城(금성): 지금의 섬서성 安康縣.

〖4〗操卽差人星夜請華佗入內, 令診脈視疾. 佗曰: “大王頭腦疼痛, 因患風而起. 病根在腦袋中, 風涎不能出, 枉服湯藥, 不可治療. 某有一法, 先飮麻肺湯, 然後用利斧砍開腦袋, 取出風涎,方可除根."(*與吉平用藥之意(*二十三回中事)相同.) 操大怒曰: "汝要殺孤耶!" 佗曰: "大王曾聞關公中毒箭, 傷其右臂, 某刮骨療毒, 關公略無懼色. 今大王<u>小可之疾</u>, 何多疑焉?" 操曰: "臂痛可刮, 腦袋安可砍開? 汝必與關公<u>情熟</u>, 乘此機會, 欲報讐耳!"(*非但爲關公報讐, 直將爲天子討賊.) 呼左右擎下獄中, 拷問其情. 賈詡諫曰: "似此良醫, 世罕其匹, 未可廢也." 操叱曰: "此人欲乘機害我, 正與吉平無異!"(*照應二十二回中事.) 急令<u>追拷</u>.

*注: 患風(환풍): 風疾을 앓다. 頭痛病을 앓다. 風涎(풍연): '풍을 맞은 침'이란 뜻으로, 華陀가 이름 지은 一種의 病名이다. 枉服(왕복): 공연히 服用하다. 〈枉〉: 謙詞로 쓰일 때는 상대방에게 몸을 굽혀 어떤 행위를 하도록 부탁하는 뜻이지만, 副詞로 쓰일 때에는 공연히, 쓸데없이, 보람 없이 등의 뜻이다. 小可之疾(소가지질): 고칠 수 있는 작은 병. 情熱(정열): 정이 깊다. 친밀하다. 追拷(추고): 고문하여 캐묻다.

〖5〗 華佗在獄, 有一獄卒, 姓吳, 人皆稱爲 "吳<u>押獄</u>." 此人每日以酒食供奉華佗. 佗感其恩, 乃告曰: "我今將死, 恨有〈靑囊書〉未傳於世. 感公厚意, 無可爲報; 我修一書, 公可遣人送與我家, 取〈靑囊書〉來贈公, 以繼吾術." 吳押獄大喜曰: "我若得此書, 棄了此役, 醫治天下病人, 以傳先生之德."(*有此心, 便可繼華佗, 不必書也.) 佗即修書付吳押獄. 吳押獄直至金城, 問佗之妻取了〈靑囊書〉, 回至獄中, 付與華佗檢看畢, 佗即將書贈與吳押獄. 吳押獄持回家中藏之. (*以酒肉換靑囊書大是便宜. 換了此書便有無數酒肉吃矣.) 旬日之後, 華佗竟死於獄中. 吳押獄買棺殯殮訖, 脫了差役回家, 欲取〈靑囊書〉看習. 只見其妻正將書在那裏焚燒.(*婦人不愛醫, 非不愛書.) 吳押獄大驚, 連忙搶奪, 全卷已被燒毀, 只剩得一兩葉. 吳押獄怒罵其妻. 妻曰: "縱然學得與華佗一般神妙, 只落

得死於牢中, 要他何用!”(*亦是達人之語.) 吳押獄嗟歎而止. 因此
〈靑囊書〉不曾傳於世, 所傳者止閹鷄猪等小法, 乃燒剩一兩葉中
所載也. 後人有詩歎曰:

華佗仙術比長桑, 神識如窺垣一方.

惆悵人亡書亦絶, 後人無復見靑囊.

*注: 押獄(압옥): 옥졸.〈獄으로 押送하는 사람〉.　靑囊書(청낭서): 靑囊은
본래 藥囊(약낭: 약주머니)인데, 후세에 와서 이로써 醫術을 가리키게 되
었다. 이〈靑囊書〉는 華陀가 지은 醫書라고 전해온다.　閹(엄): 거세하다.
불까다.　長桑(장상): 즉 長桑君. 중국 고대의 명의로 扁鵲은 그에게서 의술
을 배웠다고 한다.　神識(신식): 신비로운 智識. 本句의 뜻은〈신비한 의술
은 담장 너머에 있는 것(즉, 보이지 않는 것, 따라서 사람의 몸속)을 꿰뚫어
볼(窺垣) 정도로 深奧하다〉란 뜻이다.　惆悵(추창): 실망. 낙담하는 모양.
슬퍼하는 모양.

〖6〗 却說曹操自殺華佗之後, 病勢愈重, 又憂吳·蜀之事. 正慮
間, 近臣忽奏東吳遣使上書. 操取書拆視之, 略曰:

臣孫權久知天命已歸主上, 伏望早正大位, 遣將剿滅劉備, 掃

平兩川, 臣卽率群下納土歸降矣.

操觀畢大笑,　出示群臣曰:“是兒欲使吾居爐火上耶!”侍中陳
群等奏曰:“漢室久已衰微, 殿下功德巍巍, 生靈仰望. 今孫權稱
臣歸命, 此天人之應, 異氣齊聲. 殿下宜應天順人, 早正大位.”(*
令人追思荀彧·荀攸尙有良心.) 操笑曰:“吾事漢多年, 雖有功德及民,
然位至於王, 名爵已極, 何敢更有他望? 苟天命在孤, 孤爲周文王
矣.”(*隱然以簒逆之事留與曹丕.) 司馬懿曰:“今孫權旣稱臣歸附, 主
上可封官賜爵, 令拒劉備.”(*權欲使操攻備, 操又使權攻備, 兩家之意只
在於此. 至於一勸進, 一賜爵, 皆是醉翁之意不在酒.) 操從之, 表封孫權爲

驃騎將軍・南昌侯, 領荊州牧. 卽日遣使賞誥敕赴東吳去訖.

*注: 是兒(시아): 이 자식(孫權을 지칭).　使吾居爐火上(사오거노화상):
나에게 화롯불 위에 앉으라고 시키다. 이 말에는 두 가지 뜻이 내포되어
있다. 첫째는, 漢 왕조는 소위 〈火德〉을 대표하므로, 그 위에 앉으라는 것
은 곧 漢 왕조를 대신하여 皇帝의 자리에 앉으라는 뜻이고, 다른 하나는,
조조가 이미 天子의 名義로 천하를 호령하고 있는데, 여기에 자신이 직접
皇帝가 되겠다고 하면 많은 사람들의 반대를 야기하여 그로 인해 禍를 당할
수 있게 된다. 따라서 〈화롯불 위, 즉 위험한 자리에 앉으라〉라는 뜻이
된다.　異氣齊聲(이기제성): 이구동성(異口同聲).　周文王(주문왕): 殷을
멸망시키고 周를 건국할 기틀을 다 만들어 놓아서, 그가 죽은 후 그 아들
武王이 殷 王朝를 멸망시키고 周왕조를 건국하였다. 여기서는 자기 아들
曹丕 때 가서 漢을 멸망시키고 曹氏 王朝를 시작하겠다는 뜻이다.　領(령):
겸직하다.　誥敕(고칙): 관리에게 土地나 爵位를 내리는 辭令.

〖7〗 操病勢轉加. 忽一夜夢三馬同槽而食, 及曉, 問賈詡曰:
"孤向日曾夢三馬同槽, 疑是馬騰父子爲禍; (*此夢在殺馬騰之前.
於此補照出來.) 今騰已死, 昨宵復夢三馬同槽. 主何吉凶?"(*曹丕未
篡, 早爲司馬氏預兆.) 詡曰: "祿馬, 吉兆也. 祿馬歸於槽, 主上何必
疑乎?"(*與關平解猪爲龍彷彿相似. 今之代人詳惡夢者、大抵類此.) 操因此
不疑.

後人有詩曰:

三馬同槽事可疑, 不知已植晉根基.

曹瞞空有奸雄略, 豈識朝中司馬師?

是夜, 操臥寢室, 至三更, 覺頭目昏眩, 乃起, 伏几而臥. 忽聞殿中
聲如裂帛, 操驚視之, 忽見伏皇后・董貴人・二皇子, 并伏完・董承等
二十餘人, 渾身血汚, 立於愁雲之內, 隱隱聞索命之聲. 操急拔劍

望空砍去, 忽然一聲響亮, <u>震塌</u>殿宇西南一角.(*新殿造不成, 舊殿又塌了.) 操驚倒於地, 近侍救出, 遷於別宮養病. 次夜, 又聞殿外男女哭聲不絕.(*呂蒙是神附於身, 曹操是鬼集於戶. 然操何以不附? 曰: 一則可附, 多則不勝其附, 故不附耳.) 至曉, 操召群臣入曰: “孤在戎馬之中, 三十餘年, 未嘗信怪異之事. 今日爲何如此?” 群臣奏曰: “大王當命道士<u>設醮修禳</u>.” 操歎曰: “<u>聖人云</u>: ‘<u>獲罪於天, 無所禱也.</u>’(* “獲罪於天”一語, 自寫供招, 然旣欲學文王, 何不更學孔子之言, 曰: 某之禱久矣.) 孤天命已盡, 安可救乎!” 遂不允設醮.

*注: 槽(조): 구유. 마소의 먹이를 담는 통.　祿馬(녹마): 祿命과 같은 뜻이다. 고대의 相術 用語로 사람은 태어날 때부터 盛衰, 禍福, 壽夭, 富貴와 貧賤 등이 전부 하늘에 의해 정해져 있다는 것으로. 이러한 운수가 天馬의 運行에 따라서 정해진다는 것이다. 한편, 祿馬는 福馬와 같은 뜻을 나타내기도 한다. 〈祿〉: 福.　三馬(삼마): 꿈에 보인 세 마리의 말. 이는 司馬懿와 그 아들 司馬師, 司馬昭를 가리킴.　司馬師(사마사): 제 109回에 나오는 일로, 사마사가 魏의 張 皇后를 죽이고 魏主 曹芳을 폐위시켰는데, 그 방법이 曹操가 당년에 한 것과 꼭 같았다.　愁雲(수운): 참담한(음산한) 구름; 슬픔을 느끼게 하는 정경.　索命(색명): 索取性命. 목숨을 내놓으라고 하다(요구하다. 독촉하다).　震塌(진탑): 흔들려서 무너지다.　設醮修禳(설초수양): 액막이 제를 올리다. 〈醮〉: 예날 승려나 도사가 제단을 만들어 놓고 제를 지내며 기도하는 곳. 〈禳〉: 액막이를 하다. 재앙을 쫓는 기도를 하다.　聖人云(성인운): 〈論語 · 八佾篇〉에 나오는 孔子의 말이다.

〖8〗次日, 覺氣沖<u>上焦</u>, 目不見物, 急召夏侯惇商議. 惇至殿門前, 忽見伏皇后 · 董貴人 · 二皇子 · 伏完 · 董承等, 立在陰雲之中.(* 曹操是雙眼見之, 夏侯惇是一眼見之.) 惇大驚昏倒, 左右扶出, 自此得病.

操召曹洪·陳群·賈詡·司馬懿等, 同至臥榻前, 囑以後事. 曹洪等頓首曰：“大王善保玉體, 不日定當霍然.”操曰：“孤縱橫天下三十餘年, 群雄皆滅, 止有江東孫權·西蜀劉備, 未曾剿除. 孤今病危, 不能再與卿等相敍, 特以家事相托.(*但言家事而不言國事, 是老賊奸猾處.) 孤長子曹昂, 劉氏所生, 不幸早年殁於宛城.(*事見在十八回中.)卞氏生四子：丕·彰·植·熊. 孤平生所愛第三子植, 爲人虛華少誠實, 嗜酒放縱, 因此不立. 次子曹彰, 勇而無謀；四子曹熊, 多病難保. 惟長子曹丕, 篤厚恭謹, 可繼我業. 卿等宜輔佐之.”(*但言立丕自繼, 更不說到禪代事. 奸猾之極.) 曹洪等涕泣領命而出.

　　*注: 上焦(상초): 한의학에서 말하는 三焦(上, 中, 下)의 하나. 胸膈 이상. 일반적으로 上半身 또는 頭部를 가리킴. 　不日定當霍然(불일정당곽연): 며칠 지나지 않아(不日) 반드시(定當) 병이 싹 낫다(霍然). 〈霍然〉: 갑작스레. 돌연히; (질병 따위가) 신속하게 깨끗이 낫는 모양. 싹. 　宛城(완성): 지금의 하남성 南陽市. 漢時에 南陽郡의 治所였다. 　虛華(허화): 겉만 화려하고 실속이 없다. 　篤厚恭謹(독후공근): 성실하고 후덕하며 공손하고 신중하다.

〖9〗操令近侍取平日所藏名香, 分賜諸侍妾, 且囑曰：“吾死之後, 汝等須勤習女工, 多造絲履, 賣之可以得錢自給.”又命諸妾多居於銅雀臺中, 每日設祭, 必令女伎奏樂上食.(*劉表之妻妬及其鬼, 恐其以鬼悅鬼也. 今操之遺命, 又欲以人悅鬼.) 又遺命：“於彰德府講武城外, 設立疑塚七十二, 勿令後人知吾葬處, 恐爲人所發掘故也.”(*以此自防, 亦甚苦矣! 若使後人將七十二塚盡掘之, 爲之奈何?) 囑畢, 長歎一聲, 淚如雨下. 須臾, 氣絶而死. 壽六十六歲. 時建安二十五年春正月也.(*是子年寅月, 正應左慈語.) 後人有〈鄴中歌〉一篇, 歎

曹操云:

鄴則鄴城水漳水, 定有異人從此起.

雄謀韻事與文心, 君臣兄弟而父子.

英雄未有俗胸中, 出沒豈隨人眼底?

功首罪魁非兩人, 遺臭流芳本一身.

文章有神覇有氣, 豈能苟爾化爲群?

横流築臺距太行, 氣與理勢相低昂.

安有斯人不作逆, 小不爲覇大不王?

覇王降作兒女鳴, 無可奈何中不平.

向帳明知非有益, 分香未可謂無情.

嗚呼!

古人作事無巨細, 寂寞豪華皆有意.

書生輕議塚中人, 塚中笑爾書生氣!

*注: 女工(여공): 즉, 女紅(여공): 바느질, 자수, 다리미질 등 여자들이 반드시 익혀야 할 일들. (*참고: 〈紅(공)〉: 일. 주로 여자들의 바느질이나 베 짜는 일 등.) 疑塚(의총): 가묘(假墓). 죽은 사람의 묘지 외에 많은 가짜 묘를 만들어 놓은 것. 盜掘을 방지하기 위함이다. 鄴城(업성): 鄴縣. 曹操의 封地. 지금의 하남성 臨漳縣 西. 漳水(장수): 漳河. 雄謀韻事(웅모운사): 조조가 武略과 文才를 兼하고 있음을 말한 것. 〈韻事〉: 詩歌를 읊는 일. 文心(문심): 詩文을 위해 쓰는 마음씨. 君臣兄弟而父子(군신형제이부자): 曹操, 曹丕, 曹植 三人의 상호관계. 眼底(안저): 眼中. 苟爾(구이): 함부로. 터무니없이. 되는대로. 일시적으로. 임시로. 横流築臺距太行(횡류축대거태항): 漳河를 가로질러 銅雀臺를 쌓아 太行山과 마주보게 했다는 뜻. 低昂(저앙): 높고 낮다(高低). 높이를 다투다. 中不平(중부평): 마음이 편치 않다. 〈中〉: 心. 마음. 向帳(향장): 歸向帳幕. 조조가 죽기 전에 여러 첩들에게 銅雀臺로 돌아가 살게 한 일을 가리킴.

〖10〗 却說曹操身亡，文武百官盡皆舉哀；一面遣人赴世子曹丕·鄢陵侯曹彰·臨淄侯曹植·蕭懷侯曹熊處報喪.(*曹操未見四子而死，爲之一嘆.) 衆官用金棺銀槨將操入殮，星夜舉靈櫬赴鄴郡來.(*曹操不死於鄴郡而死於洛陽， 與先主不死於成都而死於白帝相似.) 曹丕聞知父喪，放聲痛哭，率大小官員出城十里，伏道迎櫬入城，停於偏殿. 官僚挂孝，聚哭於殿上. 忽一人挺身而出曰：“請世子息哀，且議大事.” 衆視之，乃中庶子司馬孚也. 孚曰：“魏王旣薨，天下震動；當蚤立嗣王，以安衆心. 何但哭泣耶？” 群臣曰：“世子宜嗣位；但未得天子詔命，豈可造次而行？”(*此時天子詔已屬具文，而猶欲待之者，欺人耳目耳.) 兵部尙書陳矯曰：“王薨於外，愛子私立，彼此生變，則社稷危矣.” 遂拔劍割下袍袖，厲聲曰：“卽今日便請世子嗣位. 衆官有異議者，以此袍爲例！”(*此時已不欲奉天子詔矣.) 百官悚懼.

　　*注: 靈櫬(영츤): 관. 偏殿(편전): 配殿 (궁전이나 사원의) 정전의 좌우에 세워진 殿. 곁채. 中庶子(중서자): 官名. 太子의 屬官으로 직무는 侍中과 같다. 兵部尙書(병부상서): 官名. 전국 武官의 任用과 兵籍, 軍械, 軍令 등을 주관하고, 唐代에 처음으로 설치했다. 薨(홍): 왕이나 제후의 죽음을 말한다.

〖11〗 忽報華歆自許昌飛馬而至，衆皆大驚. 須臾，華歆入，衆問其來意. 歆曰：“今魏王薨逝，天下震動，何不蚤請世子嗣位？” 衆官曰：“正因不及候詔命，方議欲以王后卞氏慈旨，立世子爲王.”(*未得父令，乃欲奉母令. 然操之所以無令者，以天子詔可以取之如寄，群臣自能爲我請之，故不必以己之令令之也.) 歆曰：“吾已於漢帝處索得詔命在此.” 衆皆踊躍稱賀. 歆於懷中取出詔命開讀. 原來華歆諂事魏，故草此詔，威逼獻帝降之；(*與破壁取后正是一樣盡忠.) 帝只得聽從, 故下詔卽封曹丕爲魏王·丞相·冀州牧. 丕卽日登位, 受大小官僚拜舞起居.

正宴會慶賀間, 忽報鄢陵侯曹彰, 自長安領十萬大軍來到. 丕大驚, 遂問群臣曰: "黃鬚小弟, 平日性剛, 深通武藝. 今提兵遠來, 必與孤爭王位也. 如之奈何?" 忽階下一人應聲出曰: "臣請往見鄢陵侯, 以片言折之." 衆皆曰: "非大夫莫能解此禍也." 正是:

試看曹氏丕·彰事, 幾作袁家譚·尙爭.

未知此人是誰, 且看下文分解.

*注: **候詔命**(후조명): 황제의 詔令을 기다리다. **慈旨**(자지): 仁惠의 詔旨; 慈母의 敎誨. **拜舞**(배무): (고대 조정에서 경사스런 일이 있을 때 거행하는 의식으로) 꿇어 엎드려 절을 하고 난 다음 덩실덩실 춤을 추다(跪拜與舞蹈. 古代朝拜之禮節). **起居**(기거): 안부를 묻다. 문안드리다(問安. 問好). **片言折之**(편언절지): 한 마디 말로 그를 설득하다. 〈折〉: 折服. 큰 도리나 큰 이해관계를 말해 줌으로써 다른 사람이 기존의 생각을 버리거나 그 말을 따르지 않을 수 없게 한다는 뜻

第七十八回 毛宗崗 序始評

(1). 曹操之殺華陀, 以佗之將殺曹操也. 佗療操而何以云殺操? 曰: 鑿其頭, 則是欲殺之也. 臂則刮, 未聞頭可鑿. 如鑿其頭而能活, 必如左慈之幻術, 則可; 若以言醫, 則無是理也. 無是理, 則其欲殺之無疑也. 曷爲療關公則療之, 療曹操則欲殺之? 曰: 能慕義者, 必惡惡. 於其慕關公之義而療公, 則知其必能殺操者耳. 故華陀之死, 當與吉平之死幷傳.

(2). 或見曹操分香賣履之令，以爲平生奸僞，死見眞性．不知此非曹操之眞，仍是曹操之僞也：非至死而見眞，乃至死而猶僞也．臨終遺命，有大於禪代者乎？乃家人婢妾無不處置詳盡，而獨無一語及禪代之事，是欲使天下後世信其無篡國之心，於是子孫蒙其惡名，而己則避之，卽自比周文之意耳．其意欲欺盡天下後世之人，而天下後世之無識者，乃遂爲其所欺．操眞奸雄之尤哉！

(3). 曹操既護其生前之身，又護其死後之身，則疑塚七十二是也；既護其死後之形，又欲娛其死後之魂，則命設帷帳於銅雀臺，每進食必奏樂是也．其生前之作惡，不畏死後之受譴者，以死後之無知耳．若欲娛死後之魂，則是有知矣．豈受譴則無知，而娛樂則有知乎？其殺人於生前，不畏其報復於死後者，以他人死後之無知耳．若自娛其死後之魂，則己固有知矣．豈己之死則有知，而他人之死則無知乎？究竟果報昭然，厲鬼終當殺賊．地獄既設，游魂難至銅臺．我嘆曹操之巧，終笑曹操之愚．

(＊李贄總評)
(1). 吳押獄之妻，聖人也，神人也．其言曰："縱然學得與華陀一般神妙，只落得死於獄中."非出神入聖之人，何能言此！可笑後人無識，反言愚婦焚燒，眞可恨也．此眞愚夫之言也哉！此眞愚夫之言也哉！〈青囊書〉久不傳於世．然則今之庸醫卽殺人也，亦可藉口矣．呵呵．

第七十九回

兄逼弟曹植賦詩
侄陷叔劉封伏法

〖1〗却說曹丕聞曹彰提兵而來，驚問衆官；一人挺身而出，願往折服之．衆視其人，乃諫議大夫賈逵也．曹丕大喜，卽命賈逵前往．逵領命出城，迎見曹彰．彰問曰：“先王璽綬安在？”逵正色而言曰：“家有長子，國有儲君．先王璽綬，非君侯之所宜問也．”(*意正而詞嚴.) 彰默然無語，乃與賈逵同入城．至宮門前，逵問曰：“君侯此來，欲奔喪耶？欲爭位耶？”(*本欲其退兵，却先問此二語，妙甚.) 彰曰：“吾來奔喪，別無異心．”逵曰：“旣無異心，何故帶兵入城？”彰卽時叱退左右將士，(*妙在不敎之退而自退.) 隻身入內，拜見曹丕．兄弟二人，相抱大哭．曹彰將本部軍馬盡交與曹丕．丕令彰回鄢陵自守．彰拜辭而去．

　　*注: 儲君(저군): 太子. 世子. 　奔喪(분상): 먼 곳에서 親喪의 소식을 듣고

집으로 급히 돌아가는 것.(*弔喪: 남의 喪事에 대하여 조의를 표하는 것. 弔問: 상주가 된 사람을 위문하는 것.)　鄢陵(언릉): 지금의 하남성 鄢陵縣 北.

〖2〗 於是曹丕安居王位, 改建安二十五年爲延康元年,(*未簒位先改元, 奇絶. 諺云: 自肚裏改年號. 卽此便爲簒位之兆.) 封賈詡爲太尉, 華歆爲相國, 王朗爲御史大夫; 大小官僚, 盡皆升賞. 諡曹操曰武王,(*曹操自比文王, 而曹丕偏不諡之曰"文", 偏諡之曰"武".) 葬於鄴郡高陵, 令于禁董治陵事.

禁奉命到彼, 只見陵屋中白粉壁上, 圖畫關雲長水淹七軍擒獲于禁之事: 畫雲長儼然上坐, 龐德憤怒不屈, 于禁拜伏於地, 哀求乞命之狀. 原來曹丕以于禁兵敗被擒, 不能死節, 旣降敵而復歸, 心鄙其爲人, 故先令人圖畫陵屋粉壁, 故意使之往見以愧之.(*曹丕羞臣下是一幅畫, 難兄弟是一首詩. 看畫所以陶情, 吟詩所以遣興, 自有詩畫以來, 未有如于禁·曹植之不堪者也.) 當下于禁見此畫像, 又羞又惱, 氣憤成病, 不久而死.(*死遲了.) 後人有詩歎曰:

三十年來說舊交, 可憐臨難不忠曹.

知人未向心中識, 畫虎今從骨裏描.

*注: 延康元年(연강원년): 서기 220년. 諡曹操曰武王(시조조왈무왕): 前回에서, 曹操는 죽기 직전 자신이 周文王처럼 대접받기를 원했었다. 그러나 그 아들 曹丕는 曹操를 周武王처럼 간주하여 그의 諡號를 이렇게 지은 것이다. 이는 漢 王朝를 멸망시켰다는 汚名을 父子間에 서로 떠넘기려 했음을 뜻한다. 鄴郡高陵(업군고릉): 지금의 하북성 臨漳縣 西. 董治(동치): 관리하다. 감독하다. 〈董〉: 관리. 감독하다. 死節(사절): 절조를 지키기 위해 죽음을 무릅쓰다. 鄙(비): 천하게 여기다. 혐오하다. 畫虎(화호): 〈畫虎難畫骨〉. 이는 옛사람의 속담 "畫虎畫皮難畫骨, 知人知面不知

心"(호랑이를 그릴 때 가죽은 그려도 그 뼈는 그리기 어렵고 사람을 안다고
해도 그 얼굴은 알아도 그 마음은 알지 못한다)란 뜻으로 〈知人難〉의 도리를
말한 것이다.

〖3〗 却說華歆奏曹丕曰："鄢陵侯已交割軍馬, 赴本國去了; 臨
淄侯植·蕭懷侯熊, 二人竟不來奔喪, 理當問罪."(*不知君臣之義者,
定不善處人兄弟之間.) 丕從之, 卽分遣二使往二處問罪. 不一日, 蕭
懷使者回報："蕭懷侯曹熊懼罪, 自縊身死."(*先逼殺了一个兄弟.)
丕令厚葬之, 追贈蕭懷王. 又過了一日, 臨淄使者回報, 說："臨
淄侯日與丁儀·丁廙兄弟二人酣飲, 悖慢無禮. 聞使命至, 臨淄侯
端坐不動; 丁儀罵曰：'昔日先王本欲立吾主爲世子, 被讒臣所
阻; 今王喪未遠, 便問罪於骨肉, 何也?' 丁廙又曰：'據吾主聰
明冠世, 自當承嗣大位, 今反不得立. 汝那廟堂之臣, 何不識人才
若此!' 臨淄侯因怒, 叱武士將臣亂棒打出."

丕聞之, 大怒, 卽令許褚領虎衛軍三千, 火速至臨淄擒曹植等二
千人來. 褚奉命, 引軍至臨淄城. 守將攔阻, 褚立斬之, 直入城中,
無一人敢當鋒銳. 徑到府堂. 只見曹植與丁儀·丁廙等盡皆醉倒.(*
喪中醉倒, 難爲孝子. 丕雖不兄, 植亦不子.) 褚皆縛之, 載於車上, 并將
府下大小屬官, 盡行拿解鄴郡, 聽候曹丕發落. 丕下令, 先將丁儀
·丁廙等盡行誅戮. 丁儀字正禮, 丁廙字敬禮, 沛郡人, 乃一時文
士; 及其被殺, 人多惜之.

　　*注: 縊死(의사): 목을 매어 죽다.　　悖慢(패만): 狂悖傲慢.　　一千人(일간
인): 한 떼(무리)의 사람들. 〈千〉: 사람의 무리. 떼. 일당(用於稱人群);
計數單位. 猶個.　　臨淄城(임치성): 지금의 산동성 淄博市 臨淄.

〖4〗 却說曹丕之母卞氏, 聽得曹熊縊死, 心甚悲傷; 忽又聞曹

植被擒，其黨丁儀等已殺，大驚．急出殿，召曹丕相見．(*群臣無一人爲曹植請命者，而必待其母自出，爲之一嘆．) 丕見母出殿，慌來拜謁．卞氏哭謂丕曰："汝弟植平生嗜酒<u>疏狂</u>，蓋因自恃胸中之才，故爾放縱．汝可念同胞之情，存其性命，吾至九泉亦瞑目也．"(*吳氏爲女之故而罵孫權，其詞厲；卞氏爲植之故而求曹丕，其詞哀．) 丕曰："兒亦深愛其才，安肯害他？今正欲戒其性耳．母親勿憂．"

卞氏<u>灑淚</u>而入．丕出偏殿，召曹植入見．華歆問曰："適來莫非太后勸殿下勿殺子建乎？"丕曰："然．"歆曰："子建懷才抱智，終非<u>池中物</u>．若不早除，必爲後患．"(*華歆不知有伏后，何知有卞氏？) 丕曰："母命不可違．"歆曰："人皆言子建出口成章，臣未深信．主上可召入，以才試之．若不能，卽殺之；若果能，則貶之，以絕天下文人之口．"丕從之．

> *注: 疏狂(소광): 거칠고 거리낄 게 없는 (구애받지 않는) 모습．　灑淚(쇄루): 눈물을 뿌리다．　池中物(지중물): 보통 사람．평범한 사람．

〖5〗須臾，曹植入見，惶恐伏拜請罪．丕曰："吾與汝情雖兄弟，義屬君臣，汝安敢恃才蔑禮？昔先君在日，汝常以文章誇示於人，吾深疑汝必用他人代筆．吾今限汝行七步吟詩一首．若果能，則免一死；若不能，則<u>從重加罪</u>，決不姑恕！"(*縱使倩人代筆，罪不至死．若以此論死，則天下之犯死罪者多矣．) 植曰："願乞題目．"時殿上懸一水墨畫，畫着兩隻牛，鬪於土墻之下，一牛墜井而亡．丕指畫曰："卽以此畫爲題．詩中不許犯着'二牛鬪墙下，一牛墜井死'字樣．"(*阿哥做考官，乃出如此難題目．) 植行七步，其詩已成．詩曰：

> <u>兩肉</u>齊道行，頭上帶<u>凹</u>骨．
> 相遇<u>凸</u>山下，<u>欻</u>起相<u>撞</u>突．
> 二敵不俱剛，一肉臥土窟．

非是力不如, 盛氣不泄畢.

曹丕及群臣皆驚. 丕又曰: "七步成章, 吾猶以爲遲. 汝能應聲而作詩一首否?"(*面試中式, 偏不作准, 又要復試.) 植曰: "願卽命題." 丕曰: "吾與汝乃兄弟也. 以此爲題. 亦不許犯着'兄弟'字樣." 植略不思索, 卽口占一首曰:

煮豆燃豆萁, 豆在釜中泣.

本是同根生, 相煎何太急!

曹丕聞之, 潸然淚下. 其母卞氏, 從殿后出曰: "兄何逼弟之甚耶?" 丕慌忙離坐告曰: "國法不可廢耳." 於是貶曹植爲安鄉侯. 植拜辭上馬而去.

　*注: 從重加罪(종중가죄): 두 가지 죄를 지었을 때 중한 죄를 따라 처벌하다. 姑恕(고서): 잠시 용서하다. 〈姑〉: 잠시. 잠깐. 兩肉(양육): 소 두 마리를 가리킴. 凹骨(요골): 우묵 들어간 뼈. 즉 소의 두 뿔을 말함. 凸山(철산): 불룩 튀어나온 산. 즉 담장. 앞의 〈凹山(요산: 뿔)〉과 對를 이룬다. 이를 〈塊山. 由山〉으로 쓴 版本들도 있다. 欻起相摶突(훌기상당돌): 갑자기 서로 충돌하다. 〈欻(훌)〉: (바람이) 훅 일다; 갑자기. 〈摶〉: 부딪치다. 충돌하다. 略(략): =略無. 전혀(皆. 全). 口占(구점): 입으로 읊조리다. 〈占〉: 읊조리다.(*口占五言一律: 입으로 五言律詩 한 首를 읊조리다); 점치다. 煮(자): 삶다. 豆萁(두기): 콩대. 〈萁〉:콩을 털고 남은 줄기와 가지. 煎(전): 졸이다. 지지다. 潸然(산연): 눈물을 흘리는 모양. 줄줄.

〖 6 〗 曹丕自繼位之後, 法令一新, 威逼漢帝, 甚於其父. 早有細作報入成都. (*以上按下曹丕, 以下再敍先主.) 漢中王聞之, 大驚, 卽與文武商議曰: "曹操已死, 曹丕繼位, 威逼天子, 更甚於操. 東吳孫權, 拱手稱臣. 孤欲先伐東吳, 以報雲長之讐; (*以關公之讐讐之則私, 以臣魏之罪罪之則公.) 次討中原, 以除亂賊." 言未畢, 廖化出班, 哭拜於地曰: "關公父子遇害, 實劉封 · 孟達之罪. 乞誅此二賊." 玄德便欲遣人擒之. 孔明諫曰: "不可, 且宜緩圖之, 急則生變矣. (*恐其不降吳則降魏耳.) 可升此二人爲郡守, 分調開去, 然後可擒."

　玄德從之, 遂遣使升劉封去守綿竹. 原來彭羕與孟達甚厚, 聽知此事, 急回家作書, 遣心腹人馳報孟達. 使者方出南門外, 被馬超巡視軍捉獲, 解見馬超. 超審知此事, 卽往見彭羕. 羕接入, 置酒相待. 酒至數巡, 超以言挑之曰: "昔漢中王待公甚厚, 今何漸薄也?"(*馬超性直, 此時亦能用詐.) 羕因酒醉, 恨罵曰: "老革荒悖, 吾必有以報之!" 超又探曰: "某亦懷怨心久矣." 羕曰: "公起本部軍, 結連孟達爲外合, 某領川兵爲內應, 大事可圖也."(*前被髡於劉璋, 今髮長未幾, 而復生異心. 恐不但斷髮, 將斷其頭矣.) 超曰: "先生之言甚當. 來日再議." 超辭了彭羕, 卽將人與書解見漢中王, 細言其事. 玄德大怒, 卽令擒彭羕下獄, 拷問其情. 羕在獄中, 悔之無及. 玄德問孔明曰: "彭羕有謀反之意, 　當何以治之?" 孔明曰: "羕雖狂士, 然留之久必生禍." 於是玄德賜彭羕死於獄.

　　*注: 綿竹(면죽): 지금의 사천성 德陽縣 北.　審知(심지): 심문하여 알아내다. 자세히 알다.　挑(도): 꾀다. 돋우다. 끄집어내다. 들춰내다.　老革(노혁): 〈革〉: 兵革. 여기서는 〈老兵〉이란 뜻. 劉備를 멸시하여 부른 말이다.　荒悖(황패): 태만하고 무례하다. 하는 일이 엉터리다.　探(탐): 떠보다. 쑤시다. 알아보다.　狂士(광사): 미친 사람.

〖7〗羕旣死, 有人報知孟達. 達大驚, 擧止失措. 忽使命至, 調劉封回守綿竹去訖. 孟達慌請上庸 · 房陵都尉申耽 · 申儀弟兄二人商議曰: "我與法孝直同有功於漢中王; 今孝直已死, (*法正之死, 在孟達口中補出.) 而漢中王忘我前功, 乃欲見害, 爲之奈何?" 耽

曰:“某有一計, 使漢中王不能加害於公.” 達大喜, 急問何計. 耽
曰:“吾弟兄欲投魏久矣;公可作一表, 辭了漢中王, 投魏王曹丕,
丕必重用. 吾二人亦隨後來降也.”（＊又因孟達一人, 引出兩人之叛.）
達猛然省悟, 卽寫表一通, 付與來使;當晚引五十餘騎投魏去了.
使命持表回成都, 奏漢中王, 言孟達投魏之事. 先主大怒. 覽其表
曰:

　　“臣達伏惟殿下:將建伊·呂之業, 追桓·文之功, 大事草創,
假勢吳·楚, 是以有爲之士, 望風歸順. 臣委質以來, 愆戾山
積;臣猶自知, 況於君乎? 今王朝英俊鱗集, 臣內無輔佐之器,
外無將領之才, 列次功臣, 誠足自愧!

　　臣聞範蠡識微, 浮於五湖;舅犯謝罪, 逡巡河上. 夫際會之
間, 請命乞身, 何哉? 欲潔去就之分也. 況臣卑鄙, 無元功巨
勳, 自繫於時, 竊慕前賢, 蚤思遠恥.

　　昔申生至孝, 見疑於親;子胥至忠, 見誅於君;. 蒙恬拓境而
被大刑, 樂毅破齊而遭讒佞. 臣每讀其書, 未嘗不感慨流涕;
而親當其事, 益用傷悼!

　　邇者, 荊州覆敗, 大臣失節, 百無一還;惟臣尋事, 自致房陵
·上庸, 而復乞身, 自放於外. 伏想殿下聖恩感悟, 愍臣之心,
悼臣之擧. 臣誠小人, 不能始終. 知而爲之, 敢謂非罪? 臣每
聞‘交絕無惡聲, 去臣無怨辭’. 臣過奉敎於君子, 願君王勉
之. 臣不勝惶恐之至!”

*注: **失措**(실조): 無措. 어찌할 줄 모르다. **上庸**(상용): 郡名. 治所는 上庸
縣(지금의 호북성 竹山縣 西南). **房陵**(방릉): 郡名. 치소는 房陵縣(지금
의 호북성 房縣). **猛然**(맹연): 돌연히. 갑자기. **寫表**(사표): 상소문(표문)
을 쓰다. **假勢**(가세): 凭借勢力. 세력을 빌리다. **望風**(망풍): 소문을
듣다. **委質**(위질): 무릎을 꿇고 절을 하면서 몸을 맡기다. 이로부터 후에는

〈歸順하다〉의 뜻으로 쓰이게 되었다. 〈委〉: 버리다. 맡기다. 〈質〉: 신체. 愆戾(건려): 과실. 罪過. 〈愆〉: 허물. 죄. 〈戾〉: 어기다. 위배하다. 範蠡(범려): 춘추시대 때 越의 謀臣으로 越王 九踐을 도와 吳나라를 멸망시킨 다음, 越王이 고생은 같이 할 수 있어도 즐거움은 같이 할 수 없는 사람임을 알고 자진해서 떠나갔다. 舅犯(구범): 즉, 狐偃(호언). 字는 子犯. 晉文公의 처남. 춘추시대 때 晉國 大夫 狐偃. 晉文公을 따라 19년간 망명생활을 한 후 장차 황하를 건너 晉나라로 돌아가려고 할 때 晉文公에게 告別하면서 말하기를, "제가 지난 세월 동안 귀하를 모시고 각지를 돌아다닐 때 수많은 잘못을 저질렀는바, 제 자신이 알고 있는데 군주께서 어찌 모르시겠습니까. (돌아가서 처벌을 받느니 차라리) 이쯤에서 귀하를 떠나갈 수 있게 허락해 주십시오." 하고 청했으나, 晉文公으로부터 앞으로 끝까지 지난 시절과 같은 마음으로 대해 주겠다는 약속을 받은 후에 晉 나라로 같이 돌아 갔다. 逡巡(준순): 주저하다. 머뭇거리다. 際會(제회): 만나다. 때를 만나다. 자신을 알아주고 중용하려는 사람을 만나다. 請命乞身(청명걸신): 직책을 물러나 쉬도록 청하는 것. 〈乞身〉: 본래 옛날 관리가 스스로 退職을 청하는 것. 여기서는 〈蜀을 떠나 魏로 가서 投降하겠다〉는 뜻이다. 元功巨勳(원공거훈): 큰 공로. 〈元〉: 大. 〈勳〉: 공훈. 自繫於時(자계어시): 스스로를 때(세월)에 매어놓다. 세월의 흐름에 맡겨놓다. 申生(신생): 晉文公(重耳)의 異腹兄. 繼母 驪姬의 참소로 인한 죽음을 순순히 받아들였다. 子胥(자서): 姓은 伍, 名은 員, 子胥는 字. 춘추시 楚 나라 사람으로 吳나라를 도와서 국력을 강하게 하는 데 큰 공을 세웠으나 후에 吳王 夫差가 참소의 말을 믿고 그를 자살하도록 강요하였다. 蒙恬(몽념): 秦의 名將. 匈奴를 정벌하고 河南 각지를 편입하는 데 큰 공을 세우고 長城을 쌓은 큰 공이 있었으나 후에 趙高의 참소로 자살하게 되었다. 樂毅(악의): 전국 시 燕나라 사람. 현명하고 병법에 통달했다. 燕昭王 때 上將軍에 임명되어 趙, 楚, 韓, 魏, 燕 등 5개국의 兵力으로 齊를 공격하여 크게 패퇴

시켰으며, 연합국이 해산하여 돌아간 후에도 齊國에 5년간 남아서 齊의 70여 城을 함락시켜 燕에 귀속시켰다. 그 공로로 昌國君에 봉해졌다. 그러나 惠王 때에 이르러 齊國의 田單의 反間計에 걸려 소환을 당하게 되자, 그는 부득이 趙나라로 달아났는데 趙에서는 그를 望諸君에 봉했다. 후에 燕이 齊나라에 패하자 惠王은 樂毅를 잃은 것을 후회하고 그 아들에게 昌國君의 爵位를 세습하게 했으나, 樂毅는 끝내 귀국하지 않고 趙에서 죽었다.　**益用傷悼(익용상도): =益以之傷悼. 그 일로(以之) 더욱(益) 슬퍼하다(슬퍼지다: 傷悼).　**邇者(이자): 가깝게는. 근자에는.　**尋事(심사): 깊이 생각해 보다(=尋思). 考慮하다.　**感悟(감오); 느끼어 깨닫다.　**愍(민): 가엾게 여기다. 근심하다.　**過(과): 과거. 전에.

〖8〗玄德看畢, 大怒曰: "匹夫叛吾, 安敢以文辭相戲耶!" 卽欲起兵擒之. 孔明曰: "可就遣劉封進兵, 令二虎相倂; 劉封或有功, 或敗績, 必歸成都, 就而除之, 可絶兩害."(*一擧兩得, 殊不費力.) 玄德從之, 遂遣使到綿竹, 傳諭劉封. 封受命, 率兵來擒孟達.

却說曹丕正聚文武議事, 忽近臣奏曰: "蜀將孟達來降." 丕召入問曰: "汝此來, 莫非詐降乎?" 達曰: "臣爲不救關公之危, 漢中王欲殺臣, 因此懼罪來降, 別無他意." 曹丕尙未准信. 忽報: "劉封引五萬兵來取襄陽, 單搦孟達厮殺." 丕曰: "汝旣是眞心, 便可去襄陽取劉封首級來, 孤方准信."(*與呂蒙使傅士仁招糜芳一般意思.) 達曰: "臣以利害說之, 不必動兵, 令劉封亦來降也." 丕大喜, 遂加孟達爲散騎常侍·建武將軍·平陽亭侯, 領新城太守, 去守襄陽·樊城. 原來夏侯尙·徐晃已先在襄陽, 正將收取上庸諸部. 孟達到了襄陽, 與二將禮畢, 探得劉封離城五十里下寨. 達卽修書一封, 使人賚赴蜀寨招降劉封. (*與傅士仁說糜芳相似.) 劉封覽書大怒曰: "此賊誤吾叔姪之義, 又間吾父子之親, 使吾爲不忠不孝之人也!"遂扯碎來書, 斬其使. (*劉封此時却與糜芳大異.) 次日, 引軍前來搦戰.

> ***注: 併**(병): 다투다. 싸우다. **散騎常侍**(산기상시): 官職名. 황제 좌우에서 시중을 들면서 잘못을 간하는 직책. **新城**(신성): 郡名. 三國 魏 黃初元年(서기 220년) 上庸과 房陵 두 郡을 합쳐서 만든 郡으로 治所는 지금의 호북성 房陵縣에 두었다. **收取**(수취): 흡수하다. 收復하다. **部**(부): 관서. 군대.

〖9〗孟達知劉封扯書斬使, 勃然大怒, 亦領兵出迎. 兩陣對圓, 封立馬於門旗下, 以刀指罵曰: "背國反賊, 安敢亂言!" 孟達曰: "汝死已臨頭上, 還自執迷不省!" 封大怒, 拍馬輪刀, 直奔孟達. 戰不三合, 達敗走.(*便是誘敵之計.) 封乘虛追殺二十餘里, 一聲喊起, 伏兵盡出, 左邊夏侯尚殺來, 右邊徐晃殺來, 孟達回身復戰. 三軍夾攻, 劉封大敗而走, 連夜奔回上庸, 背後魏兵赶來. 劉封到城下叫門, 城上亂箭射下. 申耽在敵樓上叫曰: "吾已降了魏也!" (*早爲十數回後閉門射孟達作一樣子.) 封大怒, 欲要攻城, 背後追軍將至. 封立脚不住, 只得望房陵而奔, 見城上已盡挿魏旗. 申儀在敵樓上將旗一颭, 城後一彪軍出, 旗上大書 "右將軍徐晃."(*與洔水之戰相似.) 封抵敵不住, 急望西川而走. 晃乘勢追殺. 劉封部下只剩得百餘騎, 到了成都, 入見漢中王, 哭拜於地, 細奏前事. 玄德怒曰: "辱子有何面目復來見吾!" 封曰: "叔父之難, 非兒不救, 因孟達諫阻故耳." 玄德轉怒曰: "汝須食人食·穿人衣, 非土木偶人! 安可聽讒賊所阻!" 命左右推出斬之.(*此時悔聽孟達之言而不救關公, 又悔不聽孟達之言而不降魏矣.) 漢中王旣斬劉封, 後聞孟達招之, 毀書斬使之事, 心中頗悔; 又哀痛關公, 以致染病. 因此按兵不動.

*注: 颭(점): 바람이 불어 움직이게 하다. 바람에 흔들다. **轉怒**(전노):
더욱 더 화를 내다. 〈轉〉: 오히려. 더욱 더. 한층 더.

〖10〗且說魏王曹丕, 自卽王位, 將文武官僚, 盡皆升賞; 遂統
甲兵三十萬, 南巡沛國譙縣, 大饗先塋. 鄕中父老, 揚塵遮道, 奉
觴進酒, 效漢高祖還沛之事. 人報大將軍夏侯惇病危. 丕卽還鄴
郡. 時惇已卒,(*照應前文見鬼事.) 丕爲挂孝, 以厚禮殯葬.
　　是歲八月間, 報稱石邑縣鳳凰來儀, 臨淄城麒麟出現, 黃龍現
於鄴郡.(*此鳳·此麟·此龍不當來而來, 非魏之禎祥, 乃漢之妖孼耳.) 於是中
郞將李伏·太史丞許芝商議: "種種瑞徵, 乃魏當代漢之兆. 可安排
受禪之禮, 令漢帝將天下讓於魏王." 遂同華歆·王朗·辛毗·賈詡
·劉廙·劉曄·陳矯·陳群·桓階等一班文武官僚, 四十餘人, 直入內
殿, 來奏漢獻帝, 請禪位於魏王曹丕. 正是:
　　魏家社稷今將建, 漢代江山忽已移.
未知獻帝如何回答, 且看下文分解.
*注: **漢高祖還沛**(한고조환패): 漢高祖 劉邦이 漢朝를 건립한 후 英布의
　　반란을 진압하고 돌아오던 중 沛(지금의 江蘇省 沛縣)에 이르러 고향의
　　父老와 子弟들을 모아놓고 십여일간 잔치를 베풀었다. **石邑縣**(석읍현):
　　지금의 하북성 獲鹿縣 南, 石家莊 西南. **鳳凰來儀**(봉황래의): 봉황이 돌
　　아오다. 〈儀〉: 오다(來. 來歸). (*儀 = 來儀 = 來 = 來歸). **太史丞**(태사
　　승): 官名. 天文曆法을 관장하고 국가의 祭祀와 喪禮, 婚姻儀式 등을 주관
　　한다. **受禪**(수선): 禪讓. 禪位를 접수하다.

第七十九回 毛宗崗 序始評

(1). 甚矣, 名之不可竊, 而實之不可誣也! 操以武王之事遺其

子, 而自比於文王; 丕則不以文王之事目其父, 而仍諡之曰武王. 是父欲避改革之名而讓之後人, 子又避改革之名而歸之先世也. 歸之先世, 而魏之篡漢非丕篡之, 實操篡之耳. 操將欺人, 而子先不能欺; 操欲自掩, 而子不爲之掩. 嗚呼! 奸雄之奸, 亦復何用哉?

(2). 劉封雖有罪, 而先主殺之, 亦未得其當也. 其不救關公也, 可罪; 其不降曹氏也, 可原; 其拒孟達於後也, 可嘉; 則其悔聽孟達於前也, 亦可諒. 而喪一義弟, 又殺一義兒, 誠計之左矣. 且既欲殺之, 不即召而殺之, 而使喪師失地以重其辜, 則先主有三失焉: 彼自知獲戾而將兵於外, 安保其無降魏之心? 其失算者一. 以一劉封當徐晃 · 夏侯尙 · 孟達之師, 明知其非敵而故遣焉, 是棄劉封并棄五萬人, 其失算者二. 孟達已去, 不更令別將以守上庸, 而至有申耽 · 申儀之叛, 使劉封進退無路, 是棄劉封并棄上庸之地, 其失算者三. 有此三失, 宜先主之終悔與!

(3). 張松 · 法正 · 孟達 · 彭羕四人皆賣國, 而各有不同: 初欲投曹操, 而繼乃向先主者, 張松也; 既歸先主, 而又欲叛先主者, 彭羕也; 事劉而復降曹, 降曹而其後又欲歸劉者, 孟達也; 其背劉璋之後, 始終事先主者, 惟法正一人而已. 雖然, 法正, 孟達同功一體, 孟達有罪, 法正必不自安. 幸其時正已死耳. 若正而在, 安保其不爲彭羕乎? 苟曰始終無二, 吾於法正未之敢信.

第八十回

曹丕廢帝簒炎劉
漢王正位續大統

〖1〗却說華歆等一班文武, 入見獻帝. 歆奏曰:

"伏睹魏王, 自登位以來, 德布四方, 仁及萬物, 越古超今, 雖唐·虞無以過此. 群臣會議, 言漢祚已終, 望陛下效堯·舜之道, 以山川社稷, 禪與魏王: 上合天心, 下合民意, 則陛下安享清閒之福, 祖宗幸甚! 生靈幸甚! 臣等議定, 特來奏請." (*東吳討一荊州, 關公且不許, 華歆却把一皇帝輕輕討去.)

帝聞奏大驚, 半晌無言, 覷百官而哭曰: "朕想高祖提三尺劍, 斬蛇起義, 平秦滅楚, 創造基業, 世統相傳, 四百年矣. 朕雖不才, 初無過惡, 安忍將祖宗大業, 等閒棄了? 汝百官再從公計議."

*注: 唐·虞(당우): 즉 堯舜. 堯는 陶唐氏(도당씨), 舜은 虞氏(우씨)이므로 唐堯, 虞舜이라고 부른다.　從公(종공): 공무에 종사하다. 공평하게. 공정

하게.

〖2〗 華歆引李伏·許芝近前奏曰:“陛下若不信, 可問此二人.”
李伏奏曰:“自魏王卽位以來, 麒麟降生, 鳳凰來儀, 黃龍出現,
嘉禾蔚生, 甘露下降: 此是上天示瑞, 魏當代漢之象也.”(*何不竟
指青龍見坐, 雌鷄化雄之災異以爲言乎?) 許芝又奏曰:“臣等職掌司天,
夜觀乾象, 見炎漢氣數已終, 陛下帝星隱匿不明; 魏國乾象, 極天
際地, 言之難盡. 更兼上應圖讖, 其讖曰:‘鬼在邊, 委相連; 當代
漢, 無可言. 言在東, 午在西; 兩日並光上下移.’ 以此論之, 陛下
可早禪位. ‘鬼在邊’, ‘委相連’, 是‘魏’字也. ‘言在東, 午在
西’, 乃‘許’字也. ‘兩日並光上下移’, 乃‘昌’字也. 此是魏在
許昌應受漢禪也. 願陛下察之.”(*此等圖讖, 想亦華歆等捏造耳.) 帝
曰:“祥瑞圖讖, 皆虛妄之事; 奈何以虛妄之事, 而遽欲朕舍祖宗
之基業乎?” 王朗奏曰:“自古以來, 有興必有廢, 有盛必有衰, 豈
有不亡之國·不敗之家乎? 漢室相傳四百餘年, 延至陛下, 氣數已
盡. 宜早退避, 不可遲疑; 遲則生變矣.”(*未聞當日皐·夔·稷·契如此
苦勸唐堯.) 帝大哭, 入後殿去了. 百官哂笑而退.

> *注: 來儀(래의): 오다. 〈儀〉: 오다(來. 來歸). (*儀 = 來儀 = 來 = 來歸)
> 蔚生(울생): 수목이 무성하게(울창하게) 자랐다. 圖讖(도참): 길흉이나 왕
> 이 될 부험이나 징지의 은어 및 예언. 〈圖〉: 河圖. 일종의 豫言을 나타내
> 는 符驗書. 〈讖〉: 符命을 설명한 책. 哂笑(신소): 비웃다. 조소하다.

〖3〗 次日, 官僚又集於大殿, 令宦官入請獻帝. 帝憂懼不敢出.
曹后曰:“百官請陛下設朝, 陛下何故推阻?” 帝泣曰:“汝兄欲篡
位, 令百官相逼, 朕故不出.” 曹后大怒曰:“吾兄奈何爲此亂逆之
事耶!” 言未已, 只見曹洪·曹休帶劍而入, 請帝出殿. 曹后大罵

曰:"俱是汝等亂賊, 希圖富貴, 共造逆謀! 吾父功蓋寰區, 威震天下, 然且不敢簒竊神器. 今吾兄嗣位未幾, 輒思簒漢, 皇天必不祚爾!"(*比孫夫人之叱吳將更爲激烈, 不意曹瞞老賊却有如此一位賢女.) 言罷, 痛哭入宮. 左右侍者皆欷歔流涕.

　　*注: 推阻(추조): 거절하다. 핑계를 대다. 　亂逆(난역): 반란. 반역. 　寰區(환구): 大地. 全國. 온 나라. 〈寰〉: 광대한(넓은) 지역. 　神器(신기): 제왕의 자리(帝位). 　祚(조): 福을 내리다. 福. 保佑하다. 　欷歔(희허): 흐느껴 울다. 훌쩍거리며 울다(＝歔欷(허희)와 同義).

〖4〗 曹洪・曹休力請獻帝出殿. 帝被逼不過, 只得更衣出前殿. 華歆奏曰:"陛下可依臣等昨日之議, 免遭大禍."(*四岳薦舜未聞如此恐嚇語.) 帝痛哭曰:"卿等皆食漢祿久矣; 中間多有漢朝功臣子孫, 何忍作此不臣之事?"歆曰:"陛下若不從衆議, 恐旦夕蕭墻禍起, 非臣等不忠於陛下也."帝曰:"誰敢弑朕耶?"歆厲聲曰:"天下之人, 皆知陛下無人君之福, 以致四方大亂! 若非魏王在朝, 弑陛下者, 何止一人! 陛下尙不知恩報德, 直欲令天下人共伐陛下耶?"(*使管寧尙在, 不但割席, (*第66回事.) 當割其舌; 不但分坐, 當分其尸矣.) 帝大驚, 拂袖而起. 王朗以目視華歆. 歆縱步向前, 扯住龍袍, 變色而言曰:"許與不許, 早發一言!"(*露出昔日破壁面孔.) 帝戰慄不能答. 曹洪・曹休拔劍大呼曰:"符寶郎何在?" 祖弼應聲出曰:"符寶郎在此!"曹洪索要玉璽. 祖弼叱曰:"玉璽乃天子之寶, 安得擅索?"(*忠臣, 國之寶也. 符寶非寶, 祖弼是寶.) 洪喝令武士推出斬之. 祖弼大罵不絕口而死. 後人有詩讚曰:

　　姦宄專權漢室亡, 詐稱禪位效虞唐.

　　滿朝百辟皆尊魏, 僅見忠臣符寶郎.

　　*注: 蕭墻禍起(소장화기): 朝廷 내부에서 變亂이 일어나다. 〈蕭墻〉: 門

屛. 大門이나 中門 등의 정면 조금 안쪽에 있어 밖에서 안을 들여다보지 못하도록 막아놓은 가림; 내부. 측근. 집안. **符寶郞**(부보랑): 官名. 皇帝의 玉璽와 국가의 符節을 관장하는 직책. **百辟**(백벽): 모든 관리. 여기서는 公卿大臣을 지칭.

〖 5 〗 帝顫慄不已. 只見階下披甲持戈數百餘人, 皆是魏兵. 帝泣謂群臣曰: “朕願將天下禪與魏王, 幸留殘喘, 以終天年.” 賈詡曰: “魏王必不負陛下. 陛下可急降詔, 以安衆心.”(*非安衆心. 乃安一身耳.) 帝只得令陳群草禪國之詔, 令華歆賫捧詔璽, 引百官直至魏王宮獻納.(*本是天子所賜, 乃曰 “獻納”, 可嘆!) 曹丕大喜. 開讀詔曰:

> “朕在位三十二年, 遭天下蕩覆, 幸賴祖宗之靈, 危而復存.(*原非大臣之力.) 然今仰瞻天象, 俯察民心, 炎精之數旣終, 行運在乎曹氏. 是以前王旣樹神武之跡, 今王又光耀明德, 以應其期. 歷數昭明, 信可知矣. 夫 ‘大道之行, 天下爲公’; 唐堯不私於厥子, 而名播於無窮: 朕竊慕焉. 今其追蹤堯典, 禪位於丞相魏王. 王其毋辭!”

*注: **顫慄**(전율): 몸서리치다. 두려워 벌벌 떨다. **殘喘**(잔천): 남아 있는 숨. 남은 목숨. **開讀**(개독): 제왕의 조서나 칙지를 여러 사람들 앞에서 낭독하다(宣讀하다). **蕩覆**(탕복): 허물어지다. 뒤집히다. 전복되다. **炎精** (염정): 불의 精. 漢朝를 가리킴. **行運**(행운): 떠도는 운세, 즉 國運. **前王**(전왕): 曹操. **今王**(금왕): 曹丕. **唐堯不私於厥子**(당요불사어궐자): 堯임금은 帝位를 사사로이 그 자식에게 물려주지 않았다. **追蹤堯典** (추종요전): 堯가 帝位를 舜에게 禪位했던 典範을 본받아 따르다.

〖 6 〗 曹丕聽畢, 便欲受詔. 司馬懿諫曰: “不可. 雖然詔璽已至,殿下宜且上表謙辭, 以絕天下之謗."(*天下難欺, 與其詐讓, 不如從直.) 丕從之, 令王朗作表, 自稱德薄, 請別求大賢以嗣天位.(*不日天位 不可讓, 而日別求大賢, 便是欲天子避位之意.) 帝覽表, 心甚驚疑, 謂群 臣曰: "魏王謙遜, 如之奈何?"(*天子若信老實, 不更與他, 看他如何再 計.) 華歆曰: "昔魏武王受王爵之時, 三辭而詔不許, 然後受之.(* 此是家傳奸詐衣鉢.) 今陛下可再降詔, 魏王自當允從."(*子效父之詐, 臣導君以詐, 眞堪羞殺.)

　帝不得已, 又令桓階草詔, 遣高廟使張音, 持節奉璽至魏王宮. 曹丕開讀詔曰:

　　"咨爾魏王, 上書謙讓. 朕竊爲漢道陵遲, 爲日已久; 幸賴武 王操, 德膺符運, 奮揚神武, 芟除兇暴, 清定區夏. 今王丕纘 承前緒, 至德光昭, 聲敎被四海, 仁風扇八區; 天之歷數, 實 在爾躬. 昔虞舜有大功二十, 而放勳禪以天下; 大禹有疏導之 績, 而重華禪以帝位. 漢承堯運, 有傳聖之義, 加順靈祇, 紹 天明命. 使行御史大夫張音, 持節奉皇帝璽綬. 王其受之!"
　　注: 遣高廟使張音(견고묘사장음): 글자대로의 해석은 〈高廟使 張音을 보내서〉이지만, 그러나 東漢 時에 〈高廟使〉란 官職은 없었다. 〈三國志 · 魏書 · 文帝紀〉에는 "漢帝乃召群公卿士, 告祠高廟(漢高祖劉邦之祠 廟), 使兼御史大夫張音持節奉璽綬禪位."로 되어 있다. 따라서 당시 張 音의 직책은 〈高廟使〉가 아니라 〈兼御史大夫〉였다. 이에 관한 기록은 〈資治通鑑〉, 〈後漢書〉 등의 기록 등도 마찬가지로, 이하 詔書에서도 이 를 확인할 수 있다. 咨(자): 아! 歎聲. 竊爲(절위): 竊以爲. 속으로 생각하 다. 陵遲(능지): 陵夷. 쇠퇴하다. 膺(응): 받다. 맡다(～勳章. ～重任). 符運(부운); 符命. 하늘이 帝王이 될 天命을 받게 될 것임을 예시해 주는 징조. 芟除(삼제): 베다. 베어 없애다. 區夏(구하): 諸夏. 中國을 가리킨 다. 즉 중원 지구. 〈區〉: 區域. 〈夏〉: 華夏. 中原. 中國. 纘承前緒(찬승

전서): 前人이 완성하지 못한 事業을 계승하다. 〈纘〉: 계승하다. **聲敎**(성교): 명성과 권위와 敎化. **八區**(팔구): 八方. 즉 東·西·南·北·東南·東北·西南·西北. **放勳**(방훈): 堯임금의 이름. **重華**(중화): 舜임금의 이름. **漢承堯運**(한승요운): 漢은 堯의 運數를 계승했으나. 〈運〉: 氣數. 運氣. 國運. **加順靈祇**(가순령기): 신령의 뜻에 더욱 순응하여. 〈加〉: 더욱. 〈祇〉: 본래는 〈地神〉을 가리키지만 여기서는 〈神〉 일반을 말한다.

〖7〗 曹丕接詔欣喜, 謂賈詡曰: "雖二次有詔, 然終恐天下後世, 不免簒竊之名也." 詡曰: "此事極易: 可再命張音賫回璽綬, 却敎華歆令漢帝築一臺, 名受禪臺; 擇吉日良辰, 集大小公卿, 盡到臺下, 令天子親奉璽綬, 禪天下與王, 便可以釋群疑而絕衆議矣."

丕大喜, 卽令張音齎回璽綬, 仍作表謙辭. 音回奏獻帝. 帝問群臣曰: "魏王又讓, 其意若何?"(*若天子第二次竟做假呆, 曹丕將如之何?) 華歆奏曰: "陛下可築一臺, 名曰'受禪臺', 集公卿庶民, 明白禪位;(*到底不明不白.) 則陛下子子孫孫, 必蒙魏恩矣." 帝從之, 乃遣太常院官, 卜地於繁陽, 築起三層高臺, 擇於十月庚午日寅時禪讓.

> *注: **太常院**(태상원): 즉 太常寺. 宗廟의 제사를 주관하는 官署. 그곳을 主管하는 官員을 太常卿이라 한다. **繁陽**(번양): 지금의 하남성 허창 서남, 臨潁縣에 있다. 조비가 이곳에서 수선하여 황위에 올랐으므로 후에 이름을 〈繁昌〉으로 바꿨다.

〖8〗 至期, 獻帝請魏王曹丕登臺受禪, 臺下集大小官僚四百餘員, 御林虎賁禁軍三十餘萬. 帝親捧玉璽奉曹丕, 丕受之. 臺下群臣跪聽冊曰:

"咨爾魏王！ 昔者唐堯禪位於虞舜, 舜亦以命禹： 天命不於常, 惟歸有德. 漢道陵遲, 世失其序； 降及朕躬, 大亂滋昏： 群凶恣逆, 宇內顛覆. 賴武王神武, 拯茲難於四方, 惟淸區夏, 以保綏我宗廟； 豈予一人獲乂, 俾九服實受其賜. 今王欽承前緒, 光於乃德, 恢文武之大業, 昭爾考之弘烈. 皇靈降瑞, 人神告徵； 誕惟亮采, 師錫朕命. 僉曰： 爾度克協於虞舜, 用率我唐典, 敬遜爾位. 於戲！ 天之歷數在爾躬, 君其祗順大禮, 饗萬國以肅承天命."

讀册已畢, 魏王曹丕卽受八般大禮, 登了帝位. 賈詡引大小官僚朝於臺下.

*注: 册(책): 책봉이나 봉작의 문서. 保綏(보수): 보존하고 편안히 하다. 乂(예): 안정시키다. 다스리다; 평온. 俾九服(비구복): 구복(九服)으로 하여금 …하게 시키다(俾). 〈九服〉: 고대에 天子가 거주하는 京畿 이외의 九等의 地區: 즉 侯服, 甸服(전복), 男服, 采服, 衛服, 蠻服, 夷服, 鎭服, 藩服(번복). 後에는 〈全國〉이란 뜻으로 사용되었다. 〈服〉: 服事天子란 뜻. 欽(흠): 본래는 황제가 하는 일에 대한 경칭인데, 여기서는 조비가 하는 일에 대한 경칭으로 사용되고 있다. 恢(회): 크다. 넓다; 확대하다. 昭爾考之弘烈(소이고지홍렬): 네(爾) 부친(考)의 큰(弘) 功業(烈)을 밝게 드러내도록(昭) 하라. 〈考〉: 이미 돌아간 부친. 誕惟亮采(탄유량채): 〈誕〉, 〈惟〉: 둘 다 句首나 句中에 사용되는 語助詞로 실제 뜻은 없다. 〈亮〉: 信. 〈采〉: 事. 〈일을 돕다〉란 뜻이다. 師錫朕命(사석짐명): 중인의 의견은 짐의 제위를 넘겨주라는 것이다. 〈師〉: 중인의 의견. 여론. 〈錫〉: 與. 〈命〉: 天命. 여기서는 帝位. 僉(첨): 都. 皆. 衆人. 爾度克協於虞舜(이도극협어우순): 너는(爾) 능히(克) 순임금(虞舜)과 같기를(協於) 생각하라(度). 用率我唐典(용률아당전): 그러므로(用: 因此) 나는(我) 요임금(唐)의 전례(典)를 따르려고 한다(率). 敬遜爾位(경손): 삼가 천자의 자리를 너에게

물려주다.　於戱(오희): 오호! 감탄사.　天之歷數在爾躬(천지력수재이궁):
〈論語·堯曰篇〉에 나오는 말로서, 하늘의 운수는 현재 너(爾)의 몸(躬)에
있다. 네가 帝位에 오를 운명이다. 〈躬〉: 몸. 신체.　君其(군기): 그대는
부디. 〈其〉: 희망을 나타내는 語氣詞.　祗順(지순): 공경하고 순종하다.
〈祗〉: 敬. 공경하다. 경의를 표하다.　大禮(대례): 큰 예절. 여기서는 〈天下
를 統治하는 것〉을 말한다.　饗(향): 〈享〉과 통함. 享受.　肅(숙): 恭敬하다.
공손하다. 엄숙하다.　八般大禮(팔반대례): 새로운 황제가 등극하였을 때
군신들이 경하하는 여덟 가지의 성대한 예절. 〈般〉: 종류. 가지. 방법.

〖9〗改延康元年爲黃初元年.(*張角所云 "黃天當立", 於此始驗.) 國
號大魏. 丕卽傳旨, 大赦天下. 諡父曹操爲太祖武皇帝. 華歆奏
曰: "天無二日, 民無二主. 漢帝旣禪天下, 理宜退就藩服. 乞降
明旨, 安置劉氏於何地?" 言訖, 扶獻帝跪於臺下聽旨.(*堯率諸侯
北面而朝之, 方信不是齊東之語.) 丕降旨封帝爲山陽公, 卽日便行. 華
歆按劍指帝, 厲聲而言曰: "立一帝, 廢一帝, 古之常道! 今上仁
慈, 不忍加害, 封汝爲山陽公. 今日便行, 非宣召不許入朝!" 獻
帝含淚拜謝, 上馬而去. 臺下軍民人等見之, 傷感不已. 丕謂群臣
曰: "舜·禹之事, 朕知之矣!" (*天下有如此舜·禹乎?) 群臣皆呼 "萬
歲". 後人觀此受禪臺, 有詩歎曰:

兩漢經營事頗難, 一朝失却舊江山.

黃初欲學唐虞事, 司馬將來作樣看.

*注: 諡(시): 諡號를 내리다. 諡號: 옛날 황제나 귀족 관료가 죽은 후
그의 평생의 事迹을 근거로 부여하는 칭호. 曹操에게 〈太祖武皇帝〉란
칭호를 내린 含意에 대해서는 78회 및 79회 注에서 설명했다.　藩服(번
복): 九服의 하나(*앞의 注에서 설명한 九服 및 藩服 참조). 그러나 여기서는
왕실의 울타리가 되어 옹위하는 臣下, 즉 藩臣을 뜻한다.　宣召(선소): 황제

가 말이나 문서로 부르는 것. **唐虞事**(당우사): 堯가 舜에게 帝位를 禪讓한 일.

〖10〗百官請曹丕答謝天地. 丕方下拜, 忽然臺前卷起一陣怪風, 飛砂走石, 急如驟雨, 對面不見; 臺上火燭, 盡皆吹滅.(*此亦是祥瑞耶? 虞舜當日四方風動, 恐未必如此風也.) 丕驚倒於臺上, 百官急救下臺, 半晌方醒. 侍臣扶入宮中, 數日不能設朝. 後病稍可, 方出殿受群臣朝賀. 封華歆爲司徒, 王朗爲司空; 大小官僚, 一一升賞. 丕疾未痊, 疑許昌宮室多妖,(*曹操之疾旣疑洛陽有鬼, 曹丕之疾又疑許昌多妖. 究竟何鬼何妖? 不過因操奸如鬼, 故以鬼召鬼; 丕惡如妖, 故以妖召妖耳.) 乃自許昌幸洛陽, 大建宮室.

*注: **稍可**(초가): 병이 조금 낫다. 〈可〉: 병이 낫다(痊愈).(*我病可耳. 三五日頓漸可, 百日平復. 待軍師病可. 這病何時可?).

〖11〗早有人到成都, 報說曹丕自立爲大魏皇帝, 於洛陽蓋造宮殿; 且傳言漢帝已遇害. (*此傳言之誤, 按獻帝廢爲山陽公者黃初元年(西紀.220년), 至曹睿靑龍二年三月卒(B.C.234년). *獻帝自禪位至卒, 十有四年, 年五十四. 是年諸葛亮亦卒於軍中.) 漢中王聞知, 痛哭終日, 下令百官挂孝, 遙望設祭, 上尊諡曰"孝愍皇帝". 玄德因此憂慮, 致染成疾, 不能理事, 政務皆托與孔明.

孔明與太傅許靖·光祿大夫譙周商議, 言天下不可一日無君, 欲尊漢中王爲帝. 譙周曰:"近有祥風慶雲之瑞; 成都西北角, 有黃氣數十丈, 沖霄而起; 帝星見於畢·冒·昴之分, 煌煌如月: 此正應漢中王當卽帝位, 以繼漢統, 更復何疑?" (*孔明但言人事, 譙周兼言天象.) 於是孔明與許靖, 引大小官僚上表, 請漢中王卽皇帝位.

*注: **光祿大夫**(광록대부): 官名. 황제의 顧問 및 應答의 일을 한다. **畢**

·胃·昴(필·위·묘): 모두 별자리(星宿) 이름이다. 二十八宿之一.

〖12〗漢中王覽表, 大驚曰: "卿等欲陷孤爲不忠不義之人耶?"
孔明奏曰: "非也. 曹丕簒漢自立, 主上乃漢室苗裔, 理合繼統以
延漢祀." 漢中王勃然變色曰: "孤豈效逆賊所爲!" 拂袖而起, 入
於後宮.(*曹丕逼勒天子之詔, 先主不受群臣之表, 相去甚遠.) 衆官皆散.

　　三日後, 孔明又引衆官入朝, 請漢中王出. 衆皆拜伏於前. 許靖
奏曰: "今漢天子已被曹丕所弑, 主上不卽帝位, 興師討逆, 不得
爲忠義也. 今天下無不欲主上爲君, 爲孝愍皇帝雪恨. 若不從臣等
所議, 是失民望矣."(*不以大德推之, 而以大義推之, 善於勸進.) 漢中王
曰: "孤雖是景帝之孫, 並未有德澤以布於民;. 今一旦自立爲帝,
與簒竊何異!"(*不言義不當立, 但言德不堪受, 漸漸相近.) 孔明苦勸數
次, 漢中王堅執不從. 孔明乃設一計, 謂衆官曰: 如此如此. 於是
孔明托病不出.

〖13〗漢中王聞孔明病篤, 親到府中, 直入臥榻邊, 問曰: "軍
師所感何疾?" 孔明答曰: "憂心如焚, 命不久矣!"(*故作可駭之語.)
漢中王曰: "軍師所憂何事?" 連問數次, 孔明只推病重, 瞑目不
答. (*先是先主作難, 此處却是孔明作難.) 漢中王再三請問, 孔明喟然
歎曰: "臣自出茅廬, 得遇大王, 相隨至今, 言聽計從; 今幸大王
有兩川之地, 不負臣夙昔之言. 目今曹丕簒位, 漢祀將斬, 文武官
僚, 咸欲奉大王爲帝, 滅魏興劉, 共圖功名; 不想大王堅執不肯,
衆官皆有怨心, 不久必盡散矣.(*不以己動之, 乃以群臣動之.) 若文武
皆散, 吳·魏來攻, 兩川難保. 臣安得不憂乎?"(*既以群臣動之, 又以
兩川動之.) 漢中王曰: "吾非推阻, 恐天下人議論耳."(*不言己德不
堪, 但恐人心不服, 比前又漸漸相近.) 孔明曰: "聖人云: '<u>名不正</u>, <u>則</u>

言不順.' 今大王名正言順, 有何可議? 豈不聞: '天與弗取, 反受
其咎'?"(*此言天命當受.) 漢中王曰: "待軍師病可, 行之未遲." 孔
明聽罷, 從榻上躍然而起,(*曹丕眞病, 孔明假病, 眞病難痊, 假病立愈.)
將屛風一擊, 外面文武衆官皆入, 拜伏於地曰: "主上旣允, 便請
擇日以行大禮." 漢中王視之, 乃是太傅許靖·安漢將軍糜竺·靑衣
侯向擧·陽泉侯劉豹·別駕趙祚·治中楊洪·議曹杜瓊·從事張爽·
太常卿賴恭·光祿卿黃權·祭酒何曾·學士尹黙·司業譙周·大司馬
殷純·偏將軍張裔·少府王謀·昭文博士伊籍·從事郎秦宓等衆也.

　　*注: 斬(참): 단절되다. 끊어지다.　名不正, 則言不順(명부정칙언부순):
〈論語·子路〉편에 나오는 〈正名〉에 대한 설명이다. 〈名分이 바르지 않으
면 말이 도리에 맞지 않다(통하지 않는다)〉란 뜻.　天與弗取, 反受其咎
(천여불취, 반수기구):〈國語·越語篇〉에 나오는 "得時無怠, 時不再來;
天與不取, 反爲之災."를 말하는 것으로, "하늘이 주는데도 받지 않으면
도리어 하늘의 災殃이 따른다"는 뜻이다.　議曹(의조): 官名. 즉 議曹從事.
州牧이나 郡守의 屬僚.　光祿卿(광록경): 官名. 궁정의 宿衛와 侍從의
제반 일을 담당.　祭酒(좨주): 學官名. 漢代에는 博士祭酒를 두었는데,
이는 博士들의 長이다.　學士(학사): 官名. 文學撰述의 일을 관장.　司業
(사업): 學官名. 國子監 祭酒의 副祭酒.　從事郎(종사랑): 官名. 三公
및 州郡 長官의 屬官.

〖14〗 漢中王驚曰: "陷孤於不義, 皆卿等也!"(*埋怨一句, 實是
應承.) 孔明曰: "主上旣允所請, 便可築臺擇吉, 恭行大禮." 卽時
送漢中王還宮, 一面令博士許慈·諫議郎孟光掌禮, 築臺於成都武
擔之南. 諸事齊備, 多官整設鑾駕, 迎請漢中王登壇致祭. 譙周在
壇上, 高聲朗讀祭文曰:
　　"惟建安二十六年四月丙午朔, 越十二日丁巳, 皇帝備, 敢昭

告於皇天后土：漢有天下，歷數無疆．曩者，王莽簒盜，光武皇帝震怒致誅，社稷復存．今曹操阻兵殘忍，戮殺主后，罪惡滔天．操子丕，載肆凶逆，竊據神器．群下將士，以爲漢祀墮廢，備宜延之，嗣武二祖，躬行天罰．備懼無德忝帝位，詢於庶民，外及遐荒君長，僉曰：天命不可以不答，祖業不可以久替，四海不可以無主．率土式望，在備一人．備畏天明命，又懼高·光之業將墜於地，謹擇吉日，登壇祭告，受皇帝璽綬，撫臨四方．惟神饗祚漢家，永綏歷服."

＊注: 諫議郎(간의랑): 議郎. 官名. 황제의 顧問 및 應對를 管掌. **武擔**(무담): 지금의 사천성 성도시 西北 모퉁이. **鑾駕**(난가): 鑾輿. 제왕의 수레. **越**(월): 지나다. 경과하다.(＊〈書經. 召誥〉: "惟二月旣望, 越六日, 乙未.") **無疆**(무강): 無窮. **阻兵**(조병): 병력을 의지하다(믿다). 〈阻〉: 의지하다. 믿다. **載肆凶逆**(재사흉역): 멋대로 흉악한 일과 역적질을 하다. 〈載〉: 句首에 사용되는 語氣詞로 실제 뜻은 없다. 〈肆〉: 멋대로 하다. 방자하다. **墮廢**(휴폐): 허물어져 없어지다. 무너뜨리다.(＊〈墮〉〈타: 떨어지다: 휴: 무너지다〉. 이때의 音은 〈휴〉이다.) **嗣武二祖**(사무이조): 漢高祖와 光武 二祖의 基業을 繼承하다. 〈嗣武〉: 발자취(武: 足跡)를 잇다(相連). 다른 사람의 事業을 繼承하는 것의 비유. **忝帝位**(첨제위): 황제의 자리(帝位)를 더럽히다(욕보이다). 제위에 오르는 것이 황송하다. 〈忝〉: 황송하다. 욕되게 하다.(겸양의 표현). **遐荒**(하황): 먼 오랑캐의 땅. **僉**(첨): 여러 사람들. 모든 사람들. **久替**(구체): 오랫동안 버려두다. 폐하다. 〈替〉: 대신하다. 쇠퇴하다. 버리다. 폐지하다. **率土式望**(솔토식망): 전국의 모든 백성들이 머리를 들고 바라보다. 〈率土〉: 〈率土之濱〉의 생략. 四海之內. 全國各地. 〈式望〉: =軾望. 수레앞턱 가로나무(軾)에 기대어 바라보다(望). 열렬히 바라다. **惟**(유): 祈求나 希望을 나타내는 句首에 사용되는 語氣詞. **綏**(수): 편안하게 하다(安. 按撫). **歷服**(역복): 장기간 멀리 전해

져 내려온 事業. 즉 王位를 가리킨다. (*歷, 久也; 服, 事也. 久遠之事業
也.)

〖15〗讀罷祭文, 孔明率衆官恭上玉璽. 漢中王受了, 捧於壇
上, 再三推讓曰: "備無才德, 請擇有才德者受之." 孔明奏曰:
"主上平定四海, 功德昭於天下, 況是大漢宗派? 宜卽正位. 已祭
告天神, 復何讓焉!" 文武各官皆呼"萬歲", 拜舞禮畢, 改元章武
元年.(*與曹丕一般改元, 先主却改得堂堂正正.) 立妃吳氏爲皇后, 長子
劉禪爲太子, 封次子劉永爲魯王, 劉理爲梁王; 封諸葛亮爲丞相,
許靖爲司徒; 大小官僚一一升賞. 大赦天下. 兩川軍民, 無不欣
躍. (*一樣做皇帝, 只此一語, 曹丕却輸與先主.)

　　次日設朝, 文武官僚拜畢, 列爲兩班. 先主降詔曰: "朕自桃園
與關·張結義, 誓同生死. 不幸二弟雲長, 被東吳孫權所害; 若不報
讐, 是負盟也. 朕欲起傾國之兵, 剪伐東吳, 生擒逆賊, 以雪此
恨."(*篡漢帝之讐更大於害關公之讐. 乃先關公而後獻帝者, 特以其事有先後
耳.) 言未畢, 班內一人, 拜伏於階下, 諫曰: "不可." 先主視之,
乃虎威將軍趙雲也. 正是:

　　君王未及行天討, 臣下曾聞進直言.
未知子龍所諫若何, 且看下文分解.

　　*注: 拜舞禮(배무례): (고대 조정에서 경사스런 일이 있을 때 거행하는
의식으로) 꿇어 엎드려 절을 하고 난 다음 덩실덩실 춤을 추는 의식(跪拜
與舞蹈. 古代朝拜之禮節). 章武元年(장무원년): 서기 221년(魏 黃初 2년).
長子劉禪爲太子(장자유선위태자): 장자 유선을 황태자로 삼다. (*〈자치통
감·위기일(魏紀一)〉, 黃初 2年에 의하면; 이때 거기장군 張飛의 딸을
황태자비로 삼았다.)

(1). 三代以後, 學湯‧武之征誅則是, 學舜‧禹之受禪則非. 蓋征誅可學而受禪不可學也. 漢高學湯‧武, 雖未必遂可湯‧武, 而猶不失爲堂堂之陣, 正正之旗. 若夫受禪之舉, 一學之而謬者有王莽, 再學之而謬者有曹丕. 彼但知舜‧禹之事, 而不知舜‧禹之所以行其事者耳. 舜‧禹之事, 行之以舜‧禹之心. 後人乃以羿‧浞之心, 而欲行舜‧禹之事, 居堯宮而逼堯子, 奪舜璽而逼舜禪, 天下有如是之舜, 如是之禹哉?

(2). 玄德之帝成都, 與曹丕之帝洛陽, 同一帝也. 而史家之筆, 予玄德而不予曹丕者, 正與僭之異也. 若論玄德之取西川, 則以劉奪劉, 或以爲逆取而順守; 若論玄德之卽帝位, 則以劉繼劉, 直是順取而順守矣. 所可議者, 續高‧光之業而不墜其統, 固所以尊祖; 乃納劉瑁之妻, 而立之爲后, 似不免於瀆祖. 君子於此不能無遺憾焉.

(3). 玄德之稱漢中王也, 在曹操稱魏王之後. 夫曹氏可王, 而劉氏獨不可王乎? 非劉氏而王者, 高祖有禁, 卽以獻帝臨之, 曹可奪而劉可予也. 玄德之卽帝位也, 在曹丕簒帝位之後. 夫丕可以簒漢, 而帝室之胄反不可以繼漢乎? 丕簒之, 而玄德繼之, 是獻帝廢而未廢也. 宋之司馬氏, 乃帝魏而寇蜀, 吾不知其作何解?

第八十一回

急兄讐張飛遇害
雪弟恨先主興兵

〚1〛 却說先主欲起兵東征，趙雲諫曰："國賊乃曹操，非孫權也. 今曹丕篡漢，神人共怒. 陛下可早圖關中，屯兵渭河上流，以討凶逆，則關東義士，必裹糧策馬以迎王師；若舍魏以伐吳，兵勢一交，豈能驟解？願陛下察之."(＊先君臣之公義，而後兄弟之私讐，子龍獨見其大.) 先主曰："孫權害了朕弟，又兼傅士仁‧糜芳‧潘璋‧馬忠，皆有切齒之讐，啖其肉而滅其族，方雪朕恨，卿何阻耶？" 雲曰："漢賊之讐，公也；兄弟之讐，私也. 願以天下爲重."(＊子龍見識有大臣‧諫臣之風，不當以戰將目之.) 先主答曰："朕不爲弟報讐，雖有萬里江山，何足爲貴？" 遂不聽趙雲之諫，下令起兵伐吳；且發使往五谿，借番兵五萬，共相策應；一面差使往閬中，遷張飛爲車騎將軍，領司隸校尉‧西鄉侯，兼閬中牧. 使命賣詔而去.

*注: 渭河(위하): 지금의 섬서성 寶鷄市, 咸陽市, 西安市를 흘러 渭南市
에서 黃河로 들어가는 황하의 支流. 五谿(오계): 즉 武陵郡의 웅계雄谿,
만계樠谿, 유계酉谿, 무계潕谿, 신계辰谿의 총칭으로 모두 원강沅江의 지류
이다. 이 일대에 흩어져 사는 소수민족을 당시에는 오계만이五谿蠻夷라 불렀
다. 지금의 호남성 서부, 귀주성과 사천성 접경 지구. 番兵(번병): 이민족
의 군사. 〈番〉: 외국. 이민족. 策應(책응): 호응하여 싸우다. 협동작전하
다.

〖２〗 却說張飛在閬中, 聞知關公被東吳所害, 旦夕號泣, 血濕
衣襟. 諸將以酒解勸, 酒醉, 怒氣愈加. 帳上帳下但有犯者卽鞭撻
之, 多有鞭死者.(*爲後文鞭范疆·張達張本.) 每日望南切齒睜目怒
恨, 放聲痛哭不已.(*其聲其淚俱從血性中流出.) 忽報使至, 慌忙接
入, 開讀詔旨. 飛受爵望北拜畢, 設酒款待來使. 飛曰: "吾兄被
害, 讐深似海, 廟堂之臣, 何不早奏興兵?"使者曰: "多有勸先滅魏
而後伐吳者." 飛怒曰: "是何言也! 昔我三人桃園結義, 誓同生
死; 今不幸二兄半途而逝, 吾安得獨享富貴耶!(*獨生且不願, 何況獨
受富貴?) 吾當面見天子, 願爲前部先鋒, 挂孝伐吳,(*爲後文制辦白
旗, 白甲伏筆.) 生擒逆賊, 祭告二兄, 以踐前盟!" 言訖, 就同使命
望成都而來.

〖３〗 却說先主每日自下敎場操演軍馬, 克日興師, 御駕親征. 於
是公卿都至丞相府中見孔明, 曰: "今天子初臨大位, 親統軍伍,
非所以重社稷也.(*此不諫征吳, 但諫親征.) 丞相秉鈞衡之職, 何不規
諫?"孔明曰: "吾苦諫數次, 只是不聽.(*孔明之諫, 在孔明口中補出.)
今日公等隨我入敎場諫去." 當下孔明引百官來奏先主曰: "陛下
初登寶位, 若欲北討漢賊, 以伸大義於天下, 方可親統六師; 若只

欲伐吳, 命一上將統軍伐之可也, 何必親勞聖駕!"(*言伐魏則當親征, 伐吳則不當親征. 主意又與衆官不同.) 先主見孔明苦諫, 心中稍回.

忽報張飛到來. 先主急召入. 飛至演武廳拜伏於地, 抱先主足而哭. 先主亦哭. 飛曰: "陛下今日爲君, 早忘了桃園之誓! 二兄之讐, 如何不報?" 先主曰: "多官諫阻, 未敢輕擧." 飛曰: "他人豈知昔日之盟? 若陛下不去, 臣捨此軀與二兄報讐! 若不能報時, 臣寧死不見陛下也!"(*只說自家要去, 便是要先主去.) 先主曰: "朕與卿同往: 卿提本部兵自閬州而出, 朕統精兵會於江州, 共伐東吳, 以雪此恨!" 飛臨行, 先主囑曰: "朕素知卿酒後暴怒, 鞭撻健兒, 而復令在左右: 此取禍之道也. 今後務宜寬容, 不可如前."(*史稱關公善待卒伍, 而驕於士大夫; 張飛愛君子而不恤軍人, 故先主以此囑之.) 飛拜辭而去.

*注: **操演**(조연): 훈련(연습)하다. **鈞衡之職**(균형지직): 得失을 잘 헤아려서 政務를 주관하는 職責. 〈鈞〉: 경중, 수량 등을 헤아리다. 國政. 〈鈞衡〉: 衡量하다. 國家의 政務 重任; 平衡公正. **規諫**(규간): 바르게 충고(권고)하다. **江州**(강주): 지금의 四川省 重慶市 지구. 巴郡의 郡治所在地.

〖4〗 次日, 先主整兵要行. 學士秦宓奏曰: "陛下捨萬乘之軀, 而徇小義, 古人所不取也. 願陛下思之." 先主曰: "雲長與朕, 猶一體也, 大義尙在, 豈可忘耶?" 宓伏地不起曰: "陛下不從臣言, 誠恐有失." 先主大怒曰: "朕欲興兵, 爾何出此不利之言!" 叱武士推出斬之.(*非此一怒, 則衆官之諫不息.) 宓面不改色, 回顧先主而笑曰: "臣死無恨, 但可惜新創之業, 又將顚覆耳!" 衆官皆爲秦宓告免. 先主曰: "暫且囚下, 待朕報讐回時發落." 孔明聞知, 卽上表救秦宓. 其略曰:

"臣亮等切以吳賊逞奸詭之計，致荊州有覆亡之禍；隕將星於斗牛，折天柱於楚地：此情哀痛，誠不可忘. 但念遷漢鼎者，罪由曹操；移劉祚者，過非孫權. 竊謂魏賊若除，則吳自賓服. 願陛下納秦宓金石之言，以養士卒之力，別作良圖,（*二句隱着伐魏，早爲前後出師伏筆.）則社稷幸甚！天下幸甚！"

先主看畢，擲表於地曰："朕意已決，無得再諫！"（*先主以孔明爲水，今伐吳之心，其急如火，水亦不能制火矣.）遂命丞相諸葛亮保太子守兩川；（*時法正旣死，孔明又不同往，則後來之敗勢所必然.）驃騎將軍馬超并弟馬岱，助鎭北將軍魏延守漢中，以當魏兵；虎威將軍趙雲爲後應,（*因趙雲曾諫，故不用爲先鋒.）兼督糧草；黃權·程畿爲參謀；馬良·陳震掌理文書；黃忠爲前部先鋒；馮習·張南爲副將；傅彤·張翼爲中軍護尉；趙融·廖淳爲合後. 川將數百員，并五谿番將等，共兵七十五萬，擇定章武元年七月丙寅日出師.

*注: 徇小義(순소의): 작은 의리(小義)를 따르다. 〈徇〉: 殉과 통한다. 小義를 위하여 목숨을 버리다.　　切以(절이): 〈切〉은 〈竊〉과 같은 뜻으로 〈切以〉, 〈切料〉의 형식으로 쓴다. 〈竊〉: 자신의 의견을 낮추어 하는 말. (저는 ~라고) 생각합니다. (*제 118회: "臣切料成都之兵, 尙有數萬.")　　逞(령): 과시하다. 기대다. 믿다. 의지하다(倚仗. 仗恃).　　天柱(천주): 하늘을 떠받드는 큰 기둥. 여기서는 蜀의 대장군 관운장을 가리킴.　　遷漢鼎(천한정): 漢 조정의 정권을 탈취하다. 夏. 商. 周 三代에서는 九鼎을 대대로 전하는 나라의 보물로 간주했다. 따라서 〈遷鼎〉은 한 王朝의 정권을 탈취한다는 뜻이다.　　劉祚(유조): 유씨의 복록. 즉 漢 王朝. 〈祚〉: 福祿.　　無得(무득): 할 수 없다. 해서는 안 된다.　　合後(합후): 뒤를 끊어 엄호하다; 軍職名으로 〈先鋒〉의 相對.

〖5〗却說張飛回到閬中，下令軍中: 限三日內制辦白旗白甲，三軍挂孝伐吳.（*關公之死，爲江上有白衣；翼德之死，爲軍中需白甲.）次日，帳下兩員末將范疆·張達，入帳告曰：“白旗白甲，一時無措，須寬限方可. 飛大怒曰：“吾急欲報讐，恨不明日便到逆賊之境，汝安敢違我將令！”叱武士縛於樹上，各鞭背五十.（*前之鞭督郵是怒，繼之鞭曹豹是醉，今之鞭范疆是痛；以痛而鞭，鞭必倍痛矣.）鞭畢，以手指之曰：“來日俱要完備！若違了限，即殺汝二人示衆！”打得二人滿口出血. 回到營中商議，范疆曰：“今日受了刑責，着我等如何辦得？其人性暴如火，倘來日不完，你我皆被殺矣！”張達曰：“比如他殺我，不如我殺他！”（*與糜芳傳士仁一段商議前後相對.）疆曰：“怎奈不得近前？”達曰：“我兩個若不當死，則他醉於床上；若是當死，則他不醉.”（*呂布以戒酒而爲部將所害，張飛以飲酒而爲部將所害，前後相反而相對.）二人商議停當.

 *注: 制辦（제판）: 만들다. **措**（조）: 준비하다. 마련하다. **寬限**（관한）: 기한을 늦추다（연기하다）. **着**（착）: 해라. 하다. **怎奈**（즘나）: 奈何. 無奈. 어찌하겠는가.

〖6〗却說張飛在帳中，神思皆亂，動止恍惚，（*與關公夢猪咬足前後相對.）乃問部將曰：“吾今心驚肉顫，坐臥不安，此何意也？”部將答曰：“此是君侯思念關公，以致如此.”飛令人將酒來，與部將同飲，（*本欲以酒節哀，誰知以酒致死.）不覺大醉，臥於帳中.（*凡人飲酒易醉，悶飲更是易醉.）范·張二賊，探知消息，初更時分，各藏短刀，密入帳中，詐言欲稟機密重事，直至床前. 原來張飛每睡不合眼；當夜寢於帳中，二賊見他鬚竪目張，本不敢動手；因聞鼻息如雷，方敢近前，以短刀刺入飛腹. 飛大叫一聲而亡. 時年五十五歲. 後人有詩歎曰：

 安喜曾聞鞭督郵，黃巾掃盡佐炎劉.

虎牢關上聲先震, 長坂橋邊水逆流.

義釋嚴顏安蜀境, 智欺張郃定中州.

伐吳未克身先死, 秋草長遺閬地愁.

*注: 安喜縣(안희현): 지금의 하북성 定縣 東南에 있었다.　中州(중주): 옛날 豫州 땅으로 九州의 가운데 있으므로 中州라 하게 되었다. 일반적으로 황하 중류 지구(지금의 하남성 一帶)를 일컫는다.

〖 7 〗 却說二賊當夜割了張飛首級, 便引數十人連夜投東吳去了. 次日, 軍中聞知, 起兵追之不及. 時有張飛部將吳班, 向自荊州來見先主, 先主用爲牙門將, 使佐張飛守閬中.(*吳班事補前文所未及.) 當下吳班先發表章, 奏知天子; 然後令長子張苞具棺槨盛貯, 令弟張紹守閬中, 苞自來報先主. 時先主已擇期出師. 大小官員, 皆隨孔明送十里方回. 孔明回至成都, 怏怏不樂, 顧謂衆官曰: "法孝直若在, 必能制主上東行也."(*孔明勸取西川, 昭烈不聽; 法正勸之而卽聽, 然則法正必有所以制之之法也.)

却說先主是夜心驚肉顫, 寢臥不安. 出帳仰觀天文, 見西北一星, 其大如斗, 忽然墜地.(*關公之死, 先主感夢, 翼德之死, 先主見星, 前後相對.) 先主大疑, 連夜令人求問孔明. 孔明回奏曰: "合損一上將. 三日之內, 必有驚報." 先主因此按兵不動. 忽侍臣奏曰: "閬中張車騎部將吳班, 差人賷表至." 先主頓足曰: "噫! 三弟休矣!"(*結義之始, 先遇翼德, 次遇關公; 臨終之時, 先喪關公, 次喪翼德. 參差不同.) 及至覽表, 果報張飛凶信. 先主放聲大哭, 昏絶於地. 衆官救醒.

*注: 牙門將(아문장): 본래 〈牙門〉은 옛날 장수가 머무는 장막 앞에 牙旗를 세워 軍門으로 삼았으므로 이를 〈牙門旗〉라 불렀다. 그러나 여기서 〈牙門〉은 武將을 가리키는 것으로, 劉備가 牙門將이란 稱號를 처음 만들

었다.　合(합): 해당하다. 상당하다. 마땅히 …해야 한다.

〖8〗次日, 人報一隊軍馬驟風而至. 先主出營觀之良久, 見一員
小將, 白袍銀鎧, 滾鞍下馬, 伏地而哭, 乃張苞也. 苞曰: "范疆·
張達殺了臣父, 將首級投吳去了." 先主哀痛至甚, 飮食不進. 群
臣苦諫曰: "陛下方欲爲二弟報讐, 何可先自<u>摧殘</u>龍體?" 先主方
纔進膳; 遂謂張苞曰: "卿與吳班, 敢引本部軍作先鋒, 爲卿父報
讐否?" 苞曰: "爲國爲父, 萬死不辭!" (*不但爲父, 又爲伯父.) 先主
正欲遣苞起兵, 又報一彪軍風擁而至. 先主令侍臣探之. 須臾, 侍
臣引一小將軍, 白袍銀鎧, 入營伏地而哭. 先主視之, 乃關興也.
先主見了關興, 想起關公, 又放聲大哭. 衆官苦勸. 先主曰: "朕
想布衣時, 與關·張結義, 誓同生死; 今朕爲天子, 正欲與兩弟共
享富貴, 不幸俱死於非命! 見此二姪, 能不斷腸!" (*張飛曾見先主爲
天子, 關公尙不曾見先主爲天子; 一則乍見而死, 一則未見而死, 俱爲可痛.)
言訖又哭.
　　衆官曰: "二小將軍且退. 容聖上<u>將息</u>龍體." 侍臣奏曰: "陛下
年過<u>六旬</u>, 不宜過於哀痛." 先主曰: "二弟俱亡, 朕安忍獨生!"
言訖,　以頭頓地而哭.(*先主從來善哭, 何況此時哭上加哭, 宜其哭个不
住.)
　　*注: 摧殘(최잔): 손상하다. 학대하다.　將息(장식): 휴식하다. 휴양하다.
　　六旬(육순): 60년. 60일. 〈旬〉: 10일. 10년.

〖9〗多官商議曰: "今天子如此煩惱, 將何解勸?" 馬良曰: "主
上親統大兵伐吳, 終日號泣, 於軍不利." 陳震曰: "吾聞成都<u>靑城
山</u>之西, 有一隱者, 姓李, 名意. 世人傳說, 此老已三百餘歲, 能
知人之生死吉凶, 乃當世之神仙也.(*百忙中忽叙出一个仙人, 與魏之左

慈, 吳之于吉遙相映射.) 何不奏知天子, 召此老來, 問他吉凶, <u>勝如</u>吾等之言." 遂入奏先主. 先主從之, 卽遣陳震<u>賫</u>詔, 往青城山宣召. 震星夜到了青城, 令鄉人引入山谷深處, 遙望仙莊, 清雲隱隱, 瑞氣非凡.(＊與臥龍崗彷佛相似.)忽見一小童來迎曰: "來者莫非陳孝起乎?"(＊與水鏡童子彷佛相似.)　震大驚曰: "仙童如何知我姓字?" 童子曰: "吾師昨者有言: '今日必有皇帝詔命至;　使者必是陳孝起.'" 震曰: "眞神仙也! 人言信不誣矣!" 遂與小童同入仙莊, 拜見李意, 宣天子詔命. 李意推老不行. 震曰: "天子急欲見仙翁一面, 幸勿吝<u>鶴駕</u>." 再三敦請, 李意方行.(＊與隆中三請彷佛相似.) 卽至御營, 入見先主. 先主見李意鶴髮童顏、碧眼方瞳, 灼灼有光, 身如古柏之狀, 知是異人, 優禮相待. 李意曰: "老夫乃荒山村叟, 無學無識. <u>辱</u>陛下宣召, 不知有何見諭?" 先主曰: "朕與關·張二弟結生死之交, 三十餘年矣. 今二弟被害, 親統大軍報讐, 未知休咎如何. 久聞仙翁通曉<u>玄機</u>, 望乞賜敎." 李意曰: "此乃天數, 非老夫所知也." 先主再三求問, 意乃索紙筆, 畫兵馬器械四十餘張, 畫畢便一一扯碎.(＊此應後文連營四十皆被燒毀也.) 又畫一大人仰臥於地上, 傍邊一人掘土埋之, 上寫一大 "白" 字;(＊此應後文白帝托孤之兆.) 遂稽首而去. 先主不悅, 謂群臣曰: "此狂叟也! 不足爲信." 卽以火焚之, 便催軍前進.

　*注: **靑城山**(청성산): 지금의 사천성 灌縣(관현) 西南에 있다.　**勝如**(승여): 勝於. ~보다 낫다. 〈如〉: 于. 於.　**鶴駕**(학가): 神仙의 수레. 太子의 수레.　**辱**(욕): 욕되게 하다. (받은 호의를 욕되게 한다는 뜻으로 너무나 분에 넘치는 일이라 겸사하여 이르는 말). 과분하게도.　**玄機**(현기): (道家에서 말하는) 현묘한 이치.

〚10〛 張苞入奏曰: "吳班軍馬已至. 小臣乞爲先鋒." 先主壯其

志, 卽取先鋒印賜張苞. 苞方欲挂印, 又一少年將奮然出曰: "留下印與我!" 視之, 乃關興也. 苞曰: "我已奉詔矣." 興曰: "汝有何能, 敢當此任?" 苞曰: "我自幼習學武藝, 箭無虛發." 先主曰: "朕正要觀賢侄武藝, 以定優劣." 苞令軍士於百步之外, 立一面旗, 旗上畫一紅心. 苞拈弓取箭, 連射三箭, 皆中紅心. 衆皆稱善. 關興挽弓在手曰: "射中紅心何足爲奇?" 正言間, 忽值頭上一行雁過. 興指曰: "吾射這飛雁第三隻." 一箭射去, 那隻雁應弦而落. 文武官僚, 齊聲喝采. 苞大怒, 飛身上馬, 手挺父所使丈八點鋼矛, 大叫曰: "你敢與我比試武藝否?" 興亦上馬, 綽家傳大砍刀, 縱馬而出曰: "偏你能使矛! 吾豈不能使刀!"

*注: 偏(편): (범위를 표시하는 副詞) 다만(只); 유독(獨); 오직. 홀로(單單).

〖11〗二將方欲交鋒, 先主喝曰: "二子休得無禮!" 興·苞二人慌忙下馬, 各棄兵器, 拜伏請罪. 先主曰: "朕自涿郡與卿等之父結異姓之交, 親如骨肉; 今汝二人亦是昆仲之分, 正當同心協力, 共報父讐; 奈何自相爭競, 失其大義! 父喪未遠而猶如此, 況日後乎!" (*近日之喪中計利, 兄弟相爭者, 能無愧乎?) 二人再拜伏罪. 先主問曰: "卿二人誰年長?" 苞曰: "臣長關興一歲." 先主卽命興拜苞爲兄, 二人就帳前折箭爲誓, 永相救護.(*桃園之後, 又是一番小結義.) 先主下詔使吳班爲先鋒, 令張苞·關興護駕. 水陸并進, 船騎雙行, 浩浩蕩蕩, 殺奔吳國來.

*注: 休得(휴득): =無得. ~해서는 안 된다.

〖12〗却說范疆·張達將張飛首級, 投獻吳侯, 細告前事. 孫權聽罷, 收了二人, 乃謂百官曰: "今劉玄德卽了帝位, 統精兵七十餘萬，御駕親征，其勢甚大，如之奈何？」百官盡皆失色，面面相覷．諸葛瑾出曰：「某食君侯之祿久矣，無可報效，願舍殘生，去見蜀主，以利害說之，使兩國相和，共討曹丕之罪．」(*諸葛瑾所見，到底與魯肅相似．) 權大喜，即遣諸葛瑾為使，來說先主罷兵．正是：

兩國相爭通使命，一言解難賴行人．

未知諸葛瑾此去如何，且看下文分解．

第八十一回 毛宗崗 序始評

(1)．翼德之不欲先伐魏，而請先伐吳者，非但知兄弟而不知君臣之義也．觀其古城之役，(*第28回事)，誤疑關公之降操，而欲拒關公，豈非君臣之義重，而兄弟之情輕乎？其伐吳之意，以為魏固漢賊，而吳之黨魏，亦為漢賊．從來除殘去暴者，必先剪其黨．如殷將伐桀，而先伐韋，伐顧，伐昆吾；周將伐紂，而先伐崇，伐密是也．蓋不獨為兄弟起見，而伐吳在所當先；即為君臣起見，而伐吳亦在所當先身．

(2)．觀於翼德之亡，而先主伐吳之計愈不得不決矣．翼德之死，為關公而死也；為關公而死，則其與孫權殺之無異也．殺一弟之讎不可忍，殺兩弟之讎又何可忍乎？為一己之私而恩釋曹操，人不以此病關公；則為三人之義而討孫權，豈得以此訾先主？

(3)．陳震之請李意，當是孔明教之．先主決意伐吳，孔明爭之不得，故特欲借青城山老叟以相阻耳．然張良以商山四皓止儲君之廢，而孔明不能以青城老叟阻伐吳之師，謀之成不成，蓋亦有幸有不幸焉.

(4). 先主一生見畫圖者三：初見孔明畫圖一幅，定三分之形；繼見張松畫圖一幅，定入川之計；最後見李意畫圖一幅，爲白帝托孤之兆. 蓋其一生俱是畫中人也.

第八十二回

孫權降魏受九錫
先主征吳賞六軍

〖1〗却說章武元年秋八月，先主起大軍至夔關，駕屯白帝城．前隊軍馬已出川口．近臣奏曰：“吳使諸葛瑾至．”先主傳旨，教休放入．黃權奏曰：“瑾弟在蜀爲相，必有事而來，陛下何故絕之？當召入，看他言語．可從則從，如不可，則就借彼口說與孫權，令知問罪有名也．”先主從之，召瑾入城．瑾拜伏於地．(*不似前番待魯肅之禮.) 先主問曰：“子瑜遠來，有何事故？”瑾曰：“臣弟久事陛下，臣故不避斧鉞，特來奏荆州之事：(*先將孔明說起，要他看軍師之面，納其所言.) 前者，關公在荆州時，吳侯數次求親，關公不允.(*此二句隱然責備關公，反推在關公身上.) 後關公取襄陽，曹操屢次致書吳侯，使襲荆州；(*又推曹操身上.) 吳侯本不肯許，因呂蒙與關公不睦，故擅自興兵，誤成大事，今吳侯悔之不及．此乃呂蒙之罪，非吳侯之過也.(*又推在呂蒙身上.) 今呂蒙已死, 冤讐已息, 孫夫人一向思歸. (*關公死矣, 曹操死矣, 呂蒙死矣, 俱在三个死人身上, 却請出一个活夫人來, 又要他看夫人之面納其所言.) 今吳侯令臣爲使, 願送歸夫人, 縛還降將, 并將荊州仍舊交還, 永結盟好, 共滅曹丕, 以正篡逆之罪." (*末句歸重伐魏, 前是動之以情, 此則動之以義.) 先主怒曰: "汝東吳害了朕弟, 今日敢以巧言來說乎?" 瑾曰: "臣請以輕重大小之事, 與陛下論之. 陛下乃漢朝皇叔, 今漢帝已被曹丕篡奪, 不思剿除, 却爲異姓之親, 而屈萬乘之尊, 是捨大義而就小義也.(*先論義之大小.) 中原乃海內之地, 兩都皆大漢創業之方, 陛下不取, 而但爭荊州, 是棄重而取輕也.(*次論利之輕重.) 天下皆知陛下卽位, 必興漢室, 恢復山河, 今陛下置魏不問, 反欲伐吳, 竊爲陛下不取." 先主大怒曰: "殺吾弟之讐, 不共戴天! 欲朕罷兵, 除死方休! (*早爲後文讖兆.) 不看丞相之面, 先斬汝首. 今且放汝回去, 說與孫權, 洗頸就戮!" 諸葛瑾見先主不聽, 只得自回江南.

*注: 章武(장무): 촉한 소열제 유비의 연호(서기 221~223년). 夔關(기관): 夔門. 지금의 장강 구당협瞿塘峽 입구, 지금의 重慶市 봉절현奉節縣 西 白帝城 아래. 白帝城(백제성): 지금의 重慶市 奉節縣 東. 川口(천구): 서천으로 들어가는 입구. 長江三峽, 즉 瞿塘峽, 巫峽, 西陵峽은 이곳에 있는 夔門(夔峽)에서부터 시작하여 호북성 宜昌市에 걸쳐 있다. 問罪有名(문죄유명): 죄를 묻는데 名分(타당한 理由)이 있다. 除死方休(제사방휴): 죽어야만 비로소 그만두다(休). 〈除〉: 오직 …하여야 비로소(=除非).

〖2〗 却說張昭見孫權曰: "諸葛子瑜知蜀兵勢大, 故假以講和爲辭, 欲背吳入蜀. 此去必不回矣." (*有此一段議論, 愈衬孫權知人之明.) 權曰: "孤與子瑜有生死不易之盟; 孤不負子瑜, 子瑜亦不負孤. 昔子瑜在柴桑時, 孔明來吳, 孤欲使子瑜留之. 子瑜曰: '弟已事玄德, 義無二心; 弟之不留, 猶瑾之不往.'（＊補四十四卷中所未及.）其言足貫神明. 今日豈肯降蜀乎？ 孤與子瑜可謂神交, 非外言所得間也."（＊朋友不相信, 而君臣之相信如此, 爲朋友者可以愧矣.）正言間, 忽報諸葛瑾回. 權曰:"孤言若何？" 張昭滿面羞慚而退.

　　瑾見孫權, 言先主不肯通和之意. 權大驚曰:"若如此, 則江南危矣!" 階下一人進曰:"某有一計, 可解此危." 視之, 乃中大夫趙咨也. 權曰:"德度有何良策？" 咨曰:"主公可作一表, 某願爲使, 往見魏帝曹丕, 陳說利害, 使襲漢中, 則蜀兵自危矣."（＊先主不肯與吳共伐曹丕, 其勢必至於此.）權曰:"此計雖善. 但卿此去, 休失了東吳氣象." 咨曰:"若有些小差失, 卽投江而死, 安有面目見江南人物乎!"

〖3〗權大喜, 卽寫表稱臣, 令趙咨爲使. 星夜到了許都, 先見太尉賈詡等, 并大小官僚. 次日早朝, 賈詡出班奏曰:"東吳遣中大夫趙咨上表." 曹丕笑曰:"此欲退蜀兵故也." 卽令召入. 咨拜伏於丹墀. 丕覽表畢, 遂問咨曰:"吳侯乃何如主也？" 咨曰:"聰明・仁智・雄略之主也."（＊自誇其君.）丕笑曰:"卿褒獎毋乃太甚？" 咨曰:"臣非過譽也. 吳侯納魯肅於凡品, 是其聰也; 拔呂蒙於行陣, 是其明也;（＊帶言魯肅・呂蒙, 自誇其君又自誇其臣.）獲于禁而不害, 是其仁也;（＊是以己之長形彼之短, 爲人所獲難乎爲臣, 臣爲人獲難乎爲君.）取荊州兵不血刃, 是其智也; 據三江虎視天下, 是其雄也; 屈身於陛下, 是其略也.（＊略者權謀之謂也. 卽將現前事解 "略" 字, 甚妙.）以此論之, 豈不爲聰明・仁智・雄略之主乎？" 丕又問曰:"吳主頗知學乎？" 咨曰:"吳主浮江萬艘, 帶甲百萬, 任賢使能, 志存經略; 少有餘閒, 博覽書傳, 歷觀史籍, 采其大旨, 不效書生尋章摘句而已."（＊帝王之學與書生不同, 若尋章摘句, 卽覇主亦不爲也.）丕曰:"朕欲伐吳, 可乎？" 咨曰:"大國有征伐之兵, 小國有禦備之策."（＊不失

東吳氣象.) 丕曰: "吳畏魏乎?" 咨曰: "帶甲百萬, 江漢爲池, 何畏
之有?" 丕曰: "東吳如大夫者幾人?" 咨曰: "聰明特達者八九十
人; 如臣之輩, 車載斗量, 不可勝數." 丕歎曰: "'使於四方, 不
辱君命', 卿可以當之矣."

於是卽降詔, 命太常卿邢貞齎冊封孫權爲吳王, 加九錫.(*與前
曹操加九錫相反而相對.) 趙咨謝恩出城.

*注: 丹墀(단지): 〈墀〉: 지대(地臺) 위의 땅. 〈丹墀〉: 황제의 寶殿 앞의
돌계단으로 그 위를 붉은색으로 칠했으므로 丹墀라 불렀다. 襃獎(포
장): 표창하다. 장려하다. 池(지): 城을 보호하기 위해 둘러 판 못. 垓字.
城壕. 使於四方, 不辱君命(사어사방, 불욕군명): 〈논어·자로편〉. 사방
여러 나라에 사자로 가서 임금의 명을 욕되게 하지 않는다. 九錫(구석):
고대에 帝王이 특수한 功勳이 있는 諸侯나 大臣에게 下賜하는 아홉 가지의
物品. 〈錫〉: 下賜하다. 하사한 물건. 賜(사)와 同義.

〔4〕大夫劉曄諫曰: "今孫權懼蜀兵之勢, 故來請降. 以臣愚
見, 蜀·吳交兵, 乃天亡之也. 今若遣上將, 提數萬之兵, 渡江襲
之, 蜀攻其外, 魏攻其內, 吳國之亡, 不出旬日. 吳亡則蜀孤矣.
陛下何不早圖之?" (*劉曄勸滅吳, 非所以助蜀, 正所以圖蜀, 可見二國之
不宜相惡也. "脣亡齒寒", 此之謂也.) 丕曰: "孫權旣以禮服朕, 朕若攻
之, 是沮天下欲降者之心. 不若納之爲是." 劉曄又曰: "孫權雖
有雄才, 乃殘漢驃騎將軍·南昌侯之職, 官輕則勢微, 尙有畏中原
之心. 若加以王位, 則去陛下一階耳. 今陛下信其詐降, 崇其位
號, 以封殖之, 是與虎添翼也." (*此則書生之見耳! 魏卽不封吳, 吳豈
不能自王哉? 魏之帝可僭, 吳之王何不可僭?) 丕曰: "不然. 朕不助吳,
亦不助蜀, 待看吳·蜀交兵. 若滅一國, 止存一國, 那時除之, 有何
難哉?" (*劉曄是踏沈船, 曹丕是看冷鋪.) 朕意已決, 卿勿復言." 遂命

太常卿邢貞, 同趙咨捧執册錫, 徑至東吳.

    *注: 殘漢(잔한): 亡한 漢나라.   去陛下一階(거폐하일계): 폐하에 비해 겨우 한 계단(급) 아래이다.   封殖(봉식): 封立하다. 〈殖〉: 樹立. 세우다(立).

〖 5 〗 却說孫權聚集百官, 商議禦蜀兵之策. 忽報: "魏帝封主公爲王, 禮當遠接." 顧雍諫曰: "主公宜自稱上將軍·九州伯之位, 不當受魏帝封爵."(*盖以自稱則雖伯猶榮, 受封則雖王亦辱耳.)   權曰: "當日沛公受項羽之封, 盖因時也; 何故却之?" 遂率百官出城迎接. 邢貞自恃上國天使, 入門不下車. 張昭大怒, 厲聲曰: "禮無不敬, 法無不肅. 而君敢自尊大, 豈以江南無方寸之刃耶?"(*與秦宓之叱簡雍(제65회)彷彿相似. 子布此時頗有膽氣.) 邢貞慌忙下車, 與孫權相見, 并車入城. 忽車後一人放聲哭曰: "吾等不能奮身捨命, 爲主併魏吞蜀, 乃令主公受人封爵, 不亦辱乎!" 衆視之, 乃徐盛也. 邢貞聞之, 歎曰: "江東將相如此, 終非久在人下者也!"

    *注: 九州伯(구주백): 아홉 개 州의 最高 우두머리. 즉 長.   沛公受項羽之封(패공수항우지봉): 劉邦과 項羽가 起義하여 秦을 멸망시킨 直後 세력이 강한 항우가 유방에게 〈漢王〉의 封號를 내렸다. 〈沛公〉: 劉邦은 沛(지금의 강소성 沛縣) 땅 사람이므로 그곳에서 봉기하자 사람들은 그를 〈沛公〉이라 불렀다.   上國天使(상국천사): (諸侯國에 대한) 皇帝의 使臣.   方寸之刃(방촌지인): 사방 한 치 크기의 칼날. 심장을 찔러 죽이기에 충분한 크기의 무기.

〖 6 〗 却說孫權受了封爵, 衆文武官僚拜賀已畢, 命收拾美玉明珠等物, 遣人齎進謝恩.(*孫權醜極.)   早有細作報說: "蜀主引本國大兵, 及蠻王沙摩柯番兵數萬, 又有洞溪漢將杜路·劉寧二枝兵, 水陸并進, 聲勢震天. 水路軍已出巫口, 旱路軍已到秭歸." 時孫權雖登王位, 奈魏主不肯接應,(*王位九錫豈足以彈壓蜀兵乎? 一笑.) 乃問文武曰:“蜀兵勢大, 當復如何?”衆皆默然. 權嘆曰:“周郎之後有魯肅, 魯肅之後有呂蒙; 今呂蒙已亡, 無人與孤分憂也!”(*此是激將之語.) 言未畢, 忽班部中一少年將, 奮然而出, 伏地奏曰:“臣雖年幼, 頗習兵書. 願乞數萬之兵, 以破蜀兵.”權視之, 乃孫桓也. 桓字叔武, 其父名河, 本姓兪氏; 孫策愛之, 賜姓孫, 因此亦系吳王宗族; 河生四子, 桓居其長, 弓馬熟嫻, 常從吳王征討, 累立奇功, 官授武衛都尉; 時年二十五歲. 權曰:“汝有何策勝之?”桓曰:“臣有大將二員, 一名李異, 一名謝旌, 俱有萬夫不當之勇. 乞數萬之衆, 往擒劉備.”(*不過恃二勇夫, 便不是良策.) 權曰:“姪雖英勇, 爭奈年幼; 必得一人相助, 方可.”虎威將軍朱然出曰:“臣願與小將軍同擒劉備.”權許之, 遂點水陸軍五萬, 封孫桓爲左都督, 朱然爲右都督, 卽日起兵. 哨馬探得蜀兵已至宜都下寨. 孫桓引二萬五千馬軍, 屯於宜都界口, 前後分作三營, 以拒蜀兵.

*注: 洞溪(동계): 第八十一回에서 말한 武陵 五谿. 巫口(무구): 巫峽의 入口. 지금의 호북성 巴東縣 官渡口. 〈巫〉: 즉, 巫峽. 長江 三峽(瞿塘峽, 巫峽, 西陵峽)의 하나로 지금의 사천성 巫山 東, 호북성 파동에 접해 있다. 무산경계 부근에 있음. 巫山으로 인해 얻은 이름이다. 秭歸(자귀): 縣名. 지금의 호북성에 속하며, 宜昌 西, 三峽댐의 西南에 위치. 熟嫻(숙한): =嫻熟. 익숙하다. 능숙하다. 숙련되다. 爭奈(쟁나): 어찌하랴. 어찌할 방법이 없다. 부득이하다. 宜都(의도): 지금의 호북성 宜都縣.

〖7〗却說蜀將吳班領先鋒之印, 自出川以來, 所到之處, 望風而降, 兵不血刃, 直到宜都; 探知孫桓在彼下寨, 飛奏先主. 時先主已到秭歸, 聞奏怒曰:“量此小兒, 安敢與朕抗耶!”(*少年有可輕有不可輕, 此處以少年輕孫桓則可, 後文以少年輕陸遜則不可.) 關興奏曰:“旣孫權令此子爲將, 不勞陛下遣大將, 臣願往擒之." 先主曰: "朕正欲觀汝壯氣." 卽命關興前往. 興拜辭欲行, 張苞出曰: "旣關興前去討賊, 臣願同行." 先主曰: "二姪同行甚妙; 但須謹愼, 不可造次." 二人拜辭先主, 會合先鋒, 一同進兵, 列成陣勢.

　　*注: 造次(조차): 경솔하다. 덤벙대다.　　會合(회합): 합류하다. 모이다.

〖8〗孫桓聽知蜀兵大至, 合寨多起. 兩陣對圓, 桓領李異・謝旌立馬於門旗之下, 見蜀營中, 擁出二員大將, 皆銀盔銀鎧, 白馬白旗: 上首張苞挺丈八點鋼矛, 下首關興橫着大砍刀. 苞大罵曰: "孫桓竪子! 死在臨時, 尙敢抗拒天兵乎?" 桓亦罵曰: "汝父已作無頭之鬼; 今汝又來討死, 好生不智!" 張苞大怒, 挺槍直取孫桓. 桓背後謝旌, 驟馬來迎. 兩將戰有三十餘合, 旌敗走, 苞乘勝赶來. 李異見謝旌敗了, 慌忙拍馬輪蘸金斧接戰. 張苞與戰二十餘合, 不分勝負. 吳軍中裨將譚雄, 見張苞英勇, 李異不能勝, 却放一冷箭, 正射中張苞所騎之馬. 那馬負痛奔回本陣, 未到門旗邊, 撲地便倒, 將張苞掀在地上. 李異急向前輪起大斧, 望張苞腦袋便砍. 忽一道紅光閃處, 李異頭早落地. 原來關興見張苞馬回, 正待接應, 忽見張苞馬倒, 李異赶來, 興大喝一聲, 劈李異於馬下. 救了張苞, 乘勢掩殺, 孫桓大敗. 各自鳴金收軍.

　　*注: 上首(상수): 位次가 높은 쪽. 수위. 우두머리. 앞쪽. 상석. 上座. 통상 왼편을 가리킴.　　下首(하수): 하위. 下席. 통상 오른편을 가리킴.　　討死(토사): 죽음을 재촉하다. 죽고자 하다. 〈討〉: 요청하다. 재촉하다. 빌다. 바라다.　　好生(호생): 매우. 대단히. 잘.　　蘸金斧(잠금부): 금을 묻힌 도끼. 〈蘸〉: (액체, 가루, 풀 따위에) 찍다. 묻히다.　　負痛(부통): 다치다(受傷痛). 아픔을 참다(忍痛).　　撲地(박지): 땅에 넘어지다(쓰러지다).

〖9〗次日，孫桓又引軍來．張苞·關興齊出．關興立馬於陣前，單搦孫桓交鋒．桓大怒，拍馬揮刀，與關興戰三十餘合，氣力不加，大敗回陣．二小將追殺入營，吳班引着張南·馮習驅兵掩殺．張苞奮勇當先，殺入吳軍，正遇謝旌，被苞一矛刺死．吳軍四散奔走．蜀將得勝收兵，只不見了關興．張苞大驚曰："安國有失，吾不獨生！"言訖，綽槍上馬．尋不數里，只見關興左手提刀，右手活挾一將．苞問曰："此是何人？"興笑答曰："吾在亂軍中，正遇讐人，故生擒來．"苞視之，乃昨日放冷箭的譚雄也．苞大喜，同回本營，斬首瀝血，祭了死馬．遂寫表差人赴先主處報捷．

孫桓折了李異·謝旌·譚雄等許多將士，力窮勢孤，不能抵敵，卽差人回吳求救．蜀將張南·馮習謂吳班曰："目今吳兵勢敗，正好乘虛劫寨．"班曰："孫桓雖然折了許多將士，朱然水軍現今結營江上，未曾損折．今日若去劫寨，倘水軍上岸，斷我歸路，如之奈何？"南曰："此事至易：可教關·張二將軍，各引五千軍伏於山谷中；如朱然來救，左右兩軍齊出夾攻，必然取勝．"班曰："不如先使小卒詐作降兵，却將劫寨事告與朱然；然見火起，必來救應，却令伏兵擊之，則大事濟矣．"馮習等大喜，遂依計而行．

*注: 勢敗(세패): 세력이 떨어지다(영락하다).

〖10〗却說朱然聽知孫桓損兵折將，正欲來救，忽伏路軍引幾個小卒上船投降．然問之，小卒曰："我等是馮習帳下士卒，因賞罰不明，特來投降，就報機密．"然曰："所報何事？"小卒曰："今晚馮習乘虛要劫孫將軍營寨，約定舉火爲號．"朱然聽畢，卽使人報知孫桓．報事人行至半途，被關興殺了．(*假報了朱然，眞報偏不許報孫桓.) 朱然一面商議，欲引兵去救應孫桓．部將崔禹曰："小卒之言，未可深信．倘有疏虞，水陸二軍盡皆休矣！將軍只宜穩守水

寨，某願替將軍一行."（*是朱然替死鬼.）然從之，遂令崔禹引一萬
軍前去. 是夜，馮習·張南·吳班分兵三路，直殺入孫桓寨中，四面
火起，吳兵大亂，尋路奔走.

　　且說崔禹正行之間，忽見火起，急催兵前進. 剛才轉過山來，忽
山谷中鼓聲大震：左邊關興，右邊張苞，兩路夾攻. 崔禹大驚，方
欲奔走，正遇張苞；交馬只一合，被苞生擒而回. 朱然聽知危急，
將船往下水退五六十里去了. 孫桓引敗軍逃走，問部將曰："前去
何處城堅糧廣？"部將曰："此去正北彝陵城，可以屯兵."桓引敗
軍急望彝陵而走. 方進得城，吳班等追至，將城四面圍定. 關興·張
苞等解崔禹到秭歸來，先主大喜，傳旨將崔禹斬却，大賞三軍. 自
此威風震動，江南諸將無不膽寒.

　　*注：彝陵(이릉)：즉 夷陵. 지금의 호북성 夷陵區(宜昌市 北).　　斬却(참
　　각)：베어 버리다. 〈却〉：…해버리다. …하고 말다.(다른 동사 뒤에서 보
　　어로 쓰여 동작의 완성이나 강조를 나타냄：예：冷却. 忘却.)

〖11〗却說孫桓令人求救於吳王，吳王大驚，卽召文武商議曰：
"今孫桓受困於彝陵，朱然大敗於江中：蜀兵勢大，如之奈何？"
張昭奏曰："今諸將雖多物故，然尙有十餘人，何慮於劉備？可命
韓當爲正將，周泰爲副將，潘璋爲先鋒，凌統爲合後，甘寧爲救應，
起兵十萬拒之."權依所奏，卽命諸將速行. 此時甘寧已患痢疾，（*
爲後文死於江邊伏線.）帶病從征.

　　却說先主從巫峽建平起，直接彝陵界分，七百餘里，連結四十餘
寨；見關興·張苞屢立大功，嘆曰："昔日從朕諸將，皆老邁無用矣；
復有二侄如此英雄，朕何慮孫權乎！"（*重少輕老，則失之黃忠，重老輕
少，則失之陸遜.）正言間，忽報當·泰領兵來到. 先主方欲遣將迎敵，近
臣奏曰："老將黃忠，引五六人投東吳去了."先主笑曰："黃漢升

非反叛之人也；因朕失口誤言老者無用，彼必不服老，故奮力去相
持矣."(*先主之信漢升與孫權之信子瑜，前後恰好相對.) 即召關興・張苞
曰："黃漢升此去必然有失. 賢侄休辭勞苦，可去相助. 略有微功，
便可令回，勿使有失." 二小將拜辭先主，引本部軍來助黃忠. 正
是：

老臣素矢忠君志，年少能成報國功.

未知黃忠此去如何，且看下文分解.

*注: **物故**(물고): 사망(死亡. 去世).　**巫峽**(무협): 三峽(瞿塘峽, 巫峽, 西
陵峽)의 하나. 중간 부분.　**建平**(건평): 東吳가 설치한 郡名으로 荊州에
속했다. 治所는 지금의 사천성 巫山縣 北.

第八十二回 毛宗崗 序評

(1). 魏王受九錫，吳侯亦受九錫. 君子於魏之受，譏曹操之不
臣；於吳之受，笑孫權之不君，何也？"寧爲鷄口，無爲牛後"，
韓侯之所以自奮也. 江東之地豈其小於韓邦哉！且降魏而有益於
吳，則亦已耳；無益於吳而徒受屈膝之恥，良足嘆矣！

(2). 操之九錫，操自加之者也；權之九錫，非孫權自加之，而
待魏加之者也. 自加之與待人加，則有間矣. 操之九錫，天子所
不敢不與者也；權之九錫，魏欲加之而權所不敢不受者也. 人所
不敢不與，與己所不敢不受，則又有間矣. 且受漢之九錫則足榮，
受魏之九錫則足恥；爲纂漢而受漢之九錫則爲强，爲降魏而受魏
之九錫則爲弱. 吾甚爲孫權惜之.

(3). 趙咨之對曹丕，有二語爲最妙：其以獲于禁而不害爲仁，

所以暴彼之短；其以屈於陛下爲略，所以抑彼之驕．夫七軍覆，
龐德死，非魏之見辱於關公者乎？使非東吳，則于禁不得生還
矣．是言蜀之凌魏，而吳之大有造於魏也．至於稽首稱臣，不日
是誠服，不日是有禮，不日是識時務，而乃日略者，明言降魏非
其本心，不過一時權宜之計，而吳終不爲魏下也．詞令之妙至於
如此，眞不愧行人之選哉！

(4)．還荊州不許，還降將不許，則先主之於吳，毋乃已甚乎？
還孫夫人亦不許，則先主之於吳，又毋乃太甚乎？然使讐自此而
遂解，兵自此而遂回，則不成其爲劉玄德矣．今人稱結義必稱桃
園．玄德之爲玄德，索性做兄弟朋友中立極之一人，可以愧後世
之朋友寒盟‧兄弟解體者．

第八十三回

戰猇亭先主得讎人
守江口書生拜大將

〖1〗却說<u>章武二年春正月</u>,^(*正月敍起，時序分明.)武威後將軍黃忠隨先主伐吳；忽聞先主言老將無用，卽提刀上馬，引親隨五六人，徑到<u>彝</u>陵營中. 吳班與張南・馮習接入，問曰："老將軍此來，有何事故？"忠曰："吾自<u>長沙</u>跟天子到今，<u>多負勤勞</u>，今雖七旬有餘，尙食肉十斤，臂開二石之弓，能乘千里之馬，未足爲老. 昨日主上言吾等老邁無用，故來此與東吳交鋒，看吾斬將，<u>老也不老</u>！"^(*黃忠不服老，陸遜不服少，正與後文相對.)

正言間，忽報吳兵前部已到，哨馬臨營. 忠奮然而起，出帳上馬. 馮習等勸曰："老將軍且休輕進！"忠不聽，縱馬而去. 吳班令馮習引兵助戰. 忠在吳軍陣前，勒馬橫刀，單搦先鋒潘璋交戰. 璋引部將史蹟出馬. 蹟欺忠年老，挺槍出戰；鬪不三合，被忠一刀斬於馬下. 潘璋大怒, 揮關公使的靑龍刀,(*爲前孫權賜刀照應, 爲後關興得刀伏筆.) 來戰黃忠. 交馬數合, 不分勝負. 忠奮力惡戰. 璋料敵不過, 撥馬便走. 忠乘勢追殺. 全勝而回,(*第一日黃忠不老.) 路逢關興·張苞. 興曰: "我等奉聖旨來助老將軍; 旣已立了功, 速請回營." 忠不聽.

*注: 猇亭(효정): 지명. 荊州 宜都郡 夷道縣에 속했음. 지금의 湖北省 宜都縣 枝江 西, 長江 北岸.(宜昌市 南). 江口(강구): 峽口. 西陵峽口. 지금의 호북성 宜昌 西. 章武二年(장무이년): 서기 222년. 長沙(장사): 郡名. 治所는 臨湘(지금의 호남성 長沙市). 負勤勞(부근로): 근로를 하다 (떠맡다). 싸우다. 〈負〉: 加也. 加於身上. 老也不老(노야불로): 늙었는지 안 늙었는지. 〈也〉: 부사로서 선택을 나타냄. ~인지 아닌지. 惡戰(악전): 치열하게 싸우다.

〖2〗 次日, 潘璋又來搦戰. 黃忠奮然上馬. 興·苞二人要助戰, 忠不從; 吳班要助戰, 忠亦不從; (*譬之善奕棋者, 有人從旁幫之, 雖贏不喜.) 只自引五千軍出迎. 戰不數合, 璋拖刀便走. 忠縱馬追之, 厲聲大叫曰: "賊將休走! 吾今爲關公報讐!"(*第二日黃忠又不老.) 追至三十餘里, 四面喊聲大震, 伏兵齊出: 右邊周泰, 左邊韓當, 前有潘璋, 後有凌統, 把黃忠困在垓心. 忽然狂風大起. 忠急退時, 山坡上馬忠引一軍出, 一箭射中黃忠肩窩, 險些兒落馬.(*中箭後偏能不落馬, 亦是他不老處.) 吳兵見忠中箭, 一齊來攻. 忽後面喊聲大起, 兩路軍殺來, 吳兵潰散, 救出黃忠——乃關興·張苞也. 二小將保送黃忠徑到御前營中.

忠年老血衰, 箭瘡痛裂, 病甚沈重. 先主御駕自來看視, 撫其背曰: "令老將軍中傷, 是朕之過也!" 忠曰: "臣乃一武夫耳, 幸遇陛下. 臣今年七十有五, 壽亦足矣. 望陛下善保龍體, 以圖中原!"(*不以江東爲重, 而以中原爲重, 與趙雲一樣見識.) 言訖, 不省人事. 是夜殞於

御營. 後人有詩嘆曰:

　　老將說黃忠, 收川立大功.
　　重披金鎖甲, 雙挽鐵胎弓.
　　膽氣驚河北, 威名鎮蜀中.
　　臨亡頭似雪, 猶自顯英雄.

*注: 肩窩(견와): 어깻죽지 앞의 우묵한 곳. 險些兒(험사아): 하마터면.
자칫하면. 鐵胎弓(철태궁): 쇠를 활의 앞뒤로 대서 그 힘을 강하게 한 활.
河北(하북): 원래는 황하 이북을 가리키지만 여기서는 曹操가 통치하는 地
方. 곧 魏.

〖3〗先主見黃忠氣絶, 哀傷不已, 勑具棺槨, 葬於成都. 先主嘆
曰: "五虎大將, 已亡三人. 朕尙不能復讐, 深可痛哉!" 乃引御林
軍直至猇亭, 大會諸將, 分軍八路, 水陸俱進. 水路令黃權領兵,
先主自率大軍於旱路進發. 時章武二年二月中旬也.

　韓當 · 周泰聽知先主御駕來征, 引兵出迎. (*孫權屢次自臨陣前, 獨
至此時不敢出面, 可謂怯矣.) 兩陣對圓, 韓當 · 周泰出馬, 只見蜀營門
旗開處, 先主自出, 黃羅銷金傘蓋, 左右白旄黃鉞, 金銀旌節, 前
後圍繞. 當大叫曰: "陛下今爲蜀主, 何自輕出? 倘有疏虞, 悔之
何及!" 先主遙指罵曰: "汝等吳狗, 傷朕手足, 誓不與立於天地之
間!" 當回顧衆將曰: "誰敢衝突蜀兵?" 部將夏恂, 挺槍出馬. 先
主背後張苞挺丈八矛, 縱馬而出, 大喝一聲, 直取夏恂. 恂見苞聲
若巨雷, 心中驚懼, 恰待要走, 周泰弟周平見恂抵敵不住, 揮刀縱
馬而來. 關興見了, 躍馬提刀來迎. 張苞大喝一聲, 一矛刺中夏
恂, 倒撞下馬. 周平大驚, 措手不及, 被關興一刀斬了. 二小將便
取韓當 · 周泰. 韓 · 周二人, 慌退入陣. 先主視之, 嘆曰: "虎父無
犬子也!" (*先主處處念着兄弟, 又與關公虎女犬子語遙遙相應.) 用御鞭一

指, 蜀兵一齊掩殺過去, 吳兵大敗. 那八路兵, 勢如泉湧. 殺得那吳軍屍橫遍野, 血流成河.

> *注: 棺槨(관곽): 二重으로 된 널(棺)의 경우, 속의 널을 棺, 밖의 널을 槨이라 한다.　銷金(소금): 금박을 입히다.　旌節(정절): 옛날 사자가 들고 가던 旗와 符節.　疏虞(소우): 소홀. 잘못. 〈虞〉: 誤.

〖4〗却說甘寧正在船中養病, 聽知蜀兵大至, 火急上馬, 正遇一彪蠻兵, 人皆披髮跣足. 皆使弓弩長槍, 搪牌刀斧; 爲首乃是番王沙摩柯, 生得面如噀血, 碧眼突出, 使一個鐵蒺藜骨朵, 腰帶兩張弓, 威風抖擻.(*寫得番王可畏, 早爲南蠻孟獲伏筆.) 甘寧見其勢大, 不敢交鋒, 撥馬而走; 被沙摩柯一箭射中頭顱. 寧帶箭而走, (*甘寧病中中箭, 猶能帶箭而走, 黃忠雖老而不老, 甘寧雖病不病, 兩人雖死不死矣.) 到於富池口, 坐於大樹之下而死. 樹上群鴉數百, 圍繞其屍. 吳王聞之, 哀痛不已, 具禮厚葬, 立廟祭祀.(*至今富池口有甘興霸廟, 往來客商祭祀, 有神鴉送客一程.) 後人有詩嘆曰:

　巴郡甘興霸, 長江錦幔舟.
　酬君重知己, 報友化仇讐.
　劫寨將輕騎, 驅兵飮巨甌.
　神鴉能顯聖, 香火永千秋.

> *注: 搪牌(당패): 방패. 고대에 적의 화살을 막기 위한 무기. 〈搪〉: 막다. 噀血(손혈): 피를 뿜다. 〈噀〉: (물 등을) 뿜다.　鐵蒺藜骨朵(철질려골타): 고대의 일종의 兵器로 쇠 혹은 강한 나무로 만든 긴 막대로, 그 끝에는 쇠를 박아 넣은 長方形의 머리를 붙여서 그 모양이 마치 마름쇠(蒺藜)와 같다고 해서 붙여진 이름이다.　抖擻(두수): (위세. 위풍을) 떨치다. 흔들어 털다: 기운을 내다. 분발하다.　頭顱(두로): 머리. 〈顱〉: 머리. 두개골.　富池口(부지구): 지금의 호북성 陽新縣 동쪽, 長江의 西岸에 있는데, 富水의 물이

長江으로 들어가는 곳. **巴郡甘興覇**(파군감흥패): 甘寧은 巴郡 臨江 사람
이므로 이렇게 불렸다. 〈毛本〉에서는 원래 〈吳郡〉이라 했으나, 〈三國志·
吳書. 甘寧傳〉에 의거 〈巴郡〉으로 고쳤다. **錦幔舟**(금만주): 사천에서
나는 비단으로 만든 돛 배.(*第38回中事). 〈幔〉: 帆幔. 船上의 篷. **酬君**
(수군): 임금의 은혜에 보답하다. 감녕이 오의 장수 凌操를 죽였으나 손권이
이를 문제 삼지 않은 것에 대한 보답을 말한다(*第39回中事). **報友**(보우):
친구의 은혜에 보답하다. 감녕이 黃祖 아래에 있을 때 황조의 장수 蘇飛가
그에게 오군에 투항할 것을 권한 일로, 후에 황조를 깨뜨린 후 사로잡힌 蘇
飛를 구하기 위해 손권에게 간청한 사실을 말한다(*第39回中事). **巨甌**(거
구): 큰 사발. 감녕이 1백 명의 군사를 데리고 魏의 영채를 습격하러 갈
때 손권이 그에게 술 50병과 양고기 50근을 내리자 그가 먼저 큰 사발로
마시고 난 후 여러 사람들에게 만취하도록 마시라고 권한 일(*第68回中
事).

〖 5 〗 却說先主乘勢追殺, 遂得猇亭. 吳兵四散逃走. 先主收兵,
只不見關興, 先主慌令張苞等四面跟尋. 原來關興殺入吳陣, 正遇
讐人潘璋, 驟馬追之. 璋大驚, 奔入山谷內, 不知所往. 興尋思只
在山裏, 往來尋覓不見, 看看天晚, 迷踪失路. 幸得星月有光,(*正
與二月中旬相應.) 追至山僻之間, 時已二更, 到一莊上, 下馬叩門.
一老者出問何人. 興曰: "吾是戰將, 迷路到此, 求一飯充饑." 老
人引入, 興見堂內點着明燭, 中堂繪畫關公神像.(*當年便已如此, 何
況今日?) 興大哭而拜. 老人問曰: "將軍何故哭拜?" 興曰: "此吾
父也." 老人聞言, 卽便下拜. 興曰: "何故供養吾父?" 老人答
曰: "此間皆是尊神地方, 在生之日, 家家侍奉, 何況今日爲神乎?
老夫只望蜀兵早早報讐. 今將軍到此, 百姓有福矣." 遂置酒食待
之, 卸鞍喂馬.

三更已後，忽門外又一人擊戶．老人出而問之，乃吳將潘璋，亦來投宿．(＊狹路相逢，天道之巧，往往如此，可不畏哉!) 恰入草堂．關興見了，按劍大喝曰：“反賊休走!”璋回身便出．忽門外一人，面如重棗，丹鳳眼，臥蠶眉，飄<u>三縷</u>美髯，綠袍金鎧，按劍而入．璋見是關公顯聖，大叫一聲，神魂驚散；欲待轉身，早被關興手起劍落，斬於地上，取心瀝血，就關公神像前祭祀．(＊非關興殺之，而關公殺之也．) 興得了父親的青龍偃月刀，却將潘璋首級，<u>摜</u>於馬項之下，辭了老人，就騎了潘璋的馬，望本營而來．老人自將潘璋之屍拖出燒化．

　　＊**注**: 三縷(삼루): 세 올. 세 가닥.　　摜(환); 매달다(繫).

〖6〗且說關興行無數里，忽聽得人言馬嘶，一彪軍來到；為首一將，乃潘璋部將馬忠也．忠見興殺了主將潘璋，將首級<u>摜</u>於馬項之下，青龍刀又被興得了，勃然大怒，縱馬來取關興．興見馬忠是害父讎人，氣沖<u>牛斗</u>，舉青龍刀望忠便砍．忠部下三百軍併力上前，一聲喊起，將關興圍在垓心．興力孤勢危．忽見西北上一彪軍殺來，乃是張苞．馬忠見救兵到來，慌忙引軍自退．關興·張苞<u>一處</u>趕來，趕不數里，前面糜芳·傅士仁引兵來尋馬忠．兩軍相合，混戰一處．苞·興二人兵少，慌忙撤退．回至猇亭，來見先主，獻上首級，具言此事．先主驚異，賞犒三軍．

　　＊**注**: 牛斗(우두): 二十八宿 가운데 牛星과 斗星.　　**一處**(일처): 같이. 함께; 한데. 한곳; 어느 곳.

〖7〗却說馬忠回見韓當·周泰，收聚敗軍，<u>各分頭守把</u>．軍士中傷者不計其數．馬忠帶傅士仁·糜芳於<u>江渚</u>屯箚．當夜三更，軍士皆哭聲不止．糜芳暗聽之，有<u>一夥</u>軍言曰：“我等皆是荊州之兵，被呂蒙詭計送了主公性命. 今劉皇叔御駕親征, 東吳早晚休矣. 所恨者, 糜芳·傅士仁也. 我等何不殺此二賊, 去蜀營投降? 功勞不小." 又一夥軍言曰: "不要性急, 等個空兒, 便就下手." 糜芳聽畢, 大驚, 遂與傅士仁商議曰: "軍心變動, 我二人性命難保. 今蜀主所恨者馬忠耳; 何不殺了他, 將首級去獻蜀主,(*此時不消關公顯聖, 却假手於糜芳, 乃見天道之巧.) 告稱: '我等不得已而降吳, 今知御駕前來, 特地詣營請罪.'" 仁曰: "不可. 去必有禍." 芳曰: "蜀主寬仁厚德; 目今阿斗太子是我外甥, 彼但念我國戚之情, 必不肯加害."(*有此數語, 愈見下文先主之篤於兄弟也.) 二人計較已定, 先備了馬.

*注: 分頭(분두): 일을 나누어 하다. 각각. 따로따로. 분담하여. 守把(수파): 把守하다. 防守하다. 江渚(강저): 강 안에 있는 작은 섬. 一夥(일과): 한 떼. 한 패. 일단. 무리. 空兒(공아): 틈. 짬. 겨를. 告稱(고칭): 말하다. 진술하다. 外甥(외생); 누이의 아들. 생질(甥姪). 計較(계교): 상의하다. 상담하다.

〔〔8〕〕 三更時分, 入帳刺殺馬忠, 將首級割了, 二人帶數十騎, 徑投猇亭而來. (*糜·傅之殺馬忠, 與范·張之刺張飛相類而相反.) 伏路軍人先引見張南·馮習, 具說其事.

　　次日, 到御營中來見先主, 獻上馬忠首級, 哭告於前曰: "臣等實無反心; 被呂蒙詭計, 稱言關公已亡, 賺開城門, 臣等不得已而降. 今聞聖駕前來, 特殺此賊, 以雪陛下之恨. 伏乞陛下恕臣等之罪." 先主大怒曰: "朕自離成都許多時, 你兩個如何不來請罪? 今日勢危, 故來巧言, 欲全性命! 朕若饒你, 至九泉之下, 有何面目見關公乎!"(*更不思九天之下有糜夫人.) 言訖, 令關興在御營中, 設關公靈位. 先主親捧馬忠首級, 詣前祭祀. 又令關興將糜芳·傅士仁剝去衣服, 跪於靈前, 親自用刀剮之, 以祭關公. 忽張苞上帳

哭拜於前曰：“二伯父讎人皆已誅戮；臣父冤讎，何日可報？”先
主曰：“賢姪勿憂．朕當削平江南，殺盡吳狗，務擒二賊，與汝親
自醢之，以祭汝父．”（＊范彊·張達在吳，而先主伐吳不獨爲關公報讎，亦爲
翼德報讎耳．）苞泣謝而退．

　　＊注：九泉（구천）: 황천. 구천.　　靈位（영위）: 位牌.　　剮（과）: 뼈에서 살을
　　발라내다: 옛날 사람의 肢體를 분할하는 酷刑. 凌遲의 속칭.　　務（무）: 반드
　　시. 꼭.　　醢（해）: 육장. 고기젓. 젓갈; 절이다. 고기를 잘게 썰다.

〖9〗 此時先主威聲大震，江南之人盡皆膽裂，日夜號哭．韓當·
周泰大驚，急奏吳王，具言糜芳·傅士仁殺了馬忠，去歸蜀帝，亦
被蜀帝殺了．孫權心怯，遂聚文武商議．步騭奏曰：“蜀主所恨者，
乃呂蒙·潘璋·馬忠·糜芳·傅士仁也．今此數人皆亡，獨有范彊·
張達二人，現在東吳．何不擒此二人，并張飛首級，遣使送還，（＊步
騭爲此語，却是翼德有靈．）交與荊州，送歸夫人，上表求和，再會前
情，共圖滅魏，則蜀兵自退矣．”（＊諸葛瑾已曾與先主言之矣．）權從其
言，遂具沈香木匣，盛貯飛首，綁縛范彊·張達，囚於檻車之內，令
程秉爲使，賫國書，望猇亭而來．

〖10〗 却說先主欲發兵前進．忽近臣奏曰：“東吳遣使送張車騎
之首，并囚范彊·張達二賊至．”先主兩手加額曰：“此天之所賜，
亦由三弟之靈也！”卽令張苞設飛靈位．先主見張飛首級在匣中面
不改色，（＊與曹操在木匣中見關公正是相對．）放聲大哭．張苞自伏利刀，
將范彊·張達萬剮凌遲，祭父之靈．

　祭畢，先主怒氣不息，定要滅吳．馬良奏曰：“讎人盡戮，其恨
可雪矣．吳大夫程秉到此，欲還荊州，送回夫人，永結盟好，共圖
滅魏，伏候聖旨．”先主怒曰：“朕切齒讎人，乃孫權也！今若與之

連和, 是負二弟當日之盟矣. 今先滅吳, 次滅魏!"(*不肯得風便轉, 却是不識時務.) 便欲斬來使, 以絕吳情. 多官苦告方免. 程秉抱頭鼠竄, 回奏吳主曰: "蜀不從講和, 誓欲先滅東吳, 然後伐魏. 衆臣苦諫不聽, 如之奈何?" 權大驚, 舉止失措.

*注: 兩水加額(양수가액): 두 손을 이마에 갖다 대다. 이는 옛 사람들이 경하할 일임을 표시하던 손동작이다. 仗利刀(장리도): 잘 드는 칼을 잡고. 〈仗〉: 무기를 들다(잡다). 凌遲(능지): 팔, 다리, 몸을 잘라 온갖 고통을 다 주어가며 죽이는 형벌. 능지처참(凌遲處斬). 伏候(복후): 공손히 기다리다. 삼가 기다리다. 鼠竄(서찬): (쥐처럼) 급히 내빼다. 쥐구멍을 찾다. 허둥지둥 도망치다.

〖11〗 闞澤出班奏曰: "現有擎天之柱, 如何不用耶?"(*只因先主不見機, 就引出這个人來.) 權急問何人. 澤曰: "昔日東吳大事, 全任周郎; 後魯子敬代之; 子敬亡後, 決於呂子明; 今子明雖喪, 現有陸伯言在荊州. 此人名雖儒生, 實有雄才大略,(*儒生誠不可小覰.) 以臣論之, 不在周郎之下; (*以今論之, 當在周郎之上.) 前破關公, 其謀皆出於伯言.(*補照七十五回中事.) 主上若能用之, 破蜀必矣. 如或有失, 臣願與同罪!" 權曰: "非德潤之言, 孤幾誤大事." 張昭曰: "陸遜乃一書生耳, 非劉備敵手, 恐不可用."(*張昭不知諸葛瑾, 安能知陸遜?) 顧雍亦曰: "陸遜年幼望輕, 恐諸公不服; 若不服則生禍亂, 必誤大事."(*昭以書生輕之, 雍又以年幼輕之.) 步騭亦曰: "遜才堪治郡耳, 若托以大事, 非其宜也."(*雍嫌其望輕, 騭又嫌其才短. 人固不易知, 知人亦不易也.) 闞澤大呼曰: "若不用陸伯言, 則東吳休矣! 臣願以全家保之!"(*前止以一身保, 此又以全家保, 如此薦人, 薦得着力.) 權曰: "孤亦素知陸伯言乃奇才也! 孤意已決, 卿等勿言."(*前不聽魯肅而用龐統, 今獨聽闞澤而用陸遜, 可謂昔非今是.)

〖12〗 於是命召陸遜. 遜本名陸議, 後改名遜, 字伯言, 乃吳郡吳人也; 漢城門校尉陸紆之孫, 九江都尉陸駿之子; 身長八尺, 面如美玉; 官領鎮西將軍. 當下奉召而至, 參拜畢, 權曰: "今蜀兵臨境, 孤特命卿總督軍馬, 以破劉備." 遜曰: "江東文武, 皆大王故舊之臣, 臣年幼無才, 安能制之?"(*陸遜故意作難, 便有邀求築壇賜劍之意.) 權曰: "闞德潤以全家保卿, 孤亦素知卿才. 今拜卿爲大都督, 卿勿推辭." 遜曰: "倘文武不服, 何如?" 權取所佩劍與之, 曰: "如有不聽號令者, 先斬後奏."(*與前賜劍周瑜相似.) 遜曰: "荷蒙重托, 敢不拜命; 但乞大王於來日會聚衆官, 然後賜臣."(*意在壓服衆人, 故要衆人面前受之.) 闞澤曰: "古之命將, 必築壇會衆, 賜白旄黃鉞‧印綬兵符, 然後威行令肅. 今大王宜遵此禮, 擇日築壇, 拜伯言爲大都督, 假節鉞, 則衆人自無不服矣."(*如蕭何薦韓信故事.) 權從之, 命人連夜築壇完備, 大會百官, 請陸遜登壇, 拜爲大都督‧右護軍鎮西將軍, 進封婁侯, 賜以寶劍印綬, 令掌六郡八十一州兼荊楚諸路軍馬. 吳王囑之曰: "闞以內, 孤主之; 闞以外, 將軍制之." 遜領命下壇, 令徐盛‧丁奉爲護衛, 卽日出師; 一面調諸路軍馬, 水陸并進.

*注: **荷蒙**(하몽): 承蒙. 承受. 입다. 받다.　**白旄**(백모): 고대의 일종의 軍旗. 깃대에 얼룩소의 꼬리를 장식으로 달아 全軍을 지휘하는 데 썼다. 정벌을 나가는 군사를 비유했다.　**闞**(곤): 문지방. 城門의 문턱. 〈闞內〉: 도성 안. 國內. 京城 以內. 〈闞外〉: 도성 밖. 경성 이외의 전 강토. 변방. 이상 4개 句는 고대에 君王이 출정하는 大將에게 全權을 위임하고 軍隊 統率과 作戰 등에 일체 관여하지 않겠다는 뜻을 표하는 말이다. (*出處: 〈史記

·張釋之馮唐列傳〉：“臣聞上古王子之遣將也，跪而推轂，曰閫以內者，寡人制之；閫以外者，將軍制之.”）

〖13〗文書到猇亭，韓當·周泰大驚曰：“主上如何以一書生總兵耶？”（*韓當·周泰乃孫堅舊將，周郎尚是後輩，況陸遜乎？）比及遜至，衆皆不服.（*韓信拜大將而一軍皆驚，今衆人之輕陸遜彷佛相似.）遜升帳議事，衆人勉强參賀. 遜曰：“主上命吾爲大將，督軍破蜀. 軍有常法，公等各宜遵守. 違者王法無親，勿致後悔.”衆皆默然. 周泰曰：“目今安東將軍孫桓，乃主上之侄，現困於彝陵城中，內無糧草，外無救兵；請都督早施良策，救出孫桓，以安主上之心.”遜曰：“吾素知孫安東深得軍心，必能堅守. 不必救之. 待吾破蜀後，彼自出矣.”衆皆暗笑而退. 韓當謂周泰曰：“命此孺子爲將，東吳休矣！——公見彼所行乎？”泰曰：“吾聊以言試之，早無一計.——安能破蜀也！”（*前不服周郎只是程普一人，今不服陸遜却是韓·周二人.）
　　*注：勉强（면강）: 간신히. 가까스로. 무리하게; 마지못해 하다. 내키지 않다; 강요하다.

〖14〗次日，陸遜傳下號令，教諸將各處關防，牢守隘口，不許輕敵. 衆皆笑其懦，不肯堅守. 次日，陸遜升帳喚諸將曰：“吾欽承王命，總督諸軍. 昨已三令五申，令汝等各處堅守；俱不遵吾令，何也？”（*此時陸遜將將亦大難事.）韓當曰：“吾自從孫將軍平定江南，經數百戰；其餘諸將，或從討逆將軍，或從當今大王，皆披堅執銳，出生入死之士. 今主上命公爲大都督，令退蜀兵，宜早定計，調撥軍馬，分頭征進，以圖大事；乃只令堅守勿戰，豈欲待天自殺賊耶？吾非貪生怕死之人，奈何使吾等墮其銳氣？”於是帳下諸將，皆應聲而言曰：“韓將軍之言是也. 吾等情願決一死戰！”陸遜聽畢，掣劍在手, 厲聲曰：“僕雖一介書生, 今蒙主上托以重任者, 以吾有尺寸可取, 能忍辱負重故也.（＊“忍辱負重”四字, 從來成大事人無不由此.）汝等只各守隘口, 牢把險要, 不許妄動. 如違令者皆斬！”（＊此所謂“始如處女, 敵人開戶”者也.）衆皆憤憤而退.

〖15〗却說先主自猇亭布列軍馬, 直至川口, 接連七百里, 前後四十營寨, 晝則旌旗蔽日, 夜則火光耀天.（＊與曹操赤壁一樣聲勢.）忽細作報說：“東吳用陸遜爲大都督, 總制軍馬. 遜令諸將各守險要不出.”先主問曰：“陸遜何如人也？”馬良奏曰：“遜雖東吳一書生, 然年幼多才, 深有謀略；前襲荆州, 皆系此人之詭計.”先主大怒曰：“豎子詭計, 損朕二弟, 今當擒之！”便傳令進兵. 馬良諫曰：“陸遜之才, 不亞周郎, 未可輕敵.”（＊馬良與闞澤之見相同.）先主曰：“朕用兵老矣, 豈反不如一黃口孺子耶！”（＊先主與張昭·周泰等之見相似.）遂親領前軍, 攻打諸處關津隘口.

韓當見先主兵來, 差人報知陸遜. 遜恐韓當妄動, 急飛馬自來觀看，正見韓當立馬於山上；遠望蜀兵，漫山遍野而來，軍中隱隱有黃羅蓋傘．韓當接着陸遜，并馬而觀，當指曰：“軍中必有劉備，吾欲擊之．”遜曰：“劉備舉兵東下，連勝十餘陣，銳氣正盛；今只乘高守險，不可輕出，出則不利．但宜獎勵將士，廣布守禦之策，以觀其變．今彼馳騁於平原廣野之間，正自得志；我堅守不出，彼求戰不得，必移屯於山林樹木間．吾當以奇計勝之．”韓當口雖應諾，心中只是不服．

〖16〗先主使前隊搦戰，辱罵百端．遜令塞耳休聽，不許出迎，親自遍歷諸關隘口，撫慰將士，皆令堅守．(*的是忍辱負重之人．) 先主見吳軍不出，心中焦躁．馬良曰：“陸遜深有謀略．今陛下遠來攻戰，自春歷夏；彼之不出，欲待我軍之變也．願陛下察之．”(*馬良之智亦不輸於陸遜．) 先主曰：“彼有何謀？但怯敵耳．向者數敗，今安敢再出！”先鋒馮習奏曰：“卽今天氣炎熱，軍屯於赤火之中，取水深爲不便．”先主遂命各營，皆移於山林茂盛之地，近溪傍澗，待過夏到秋，併力進兵．馮習遂奉旨，將諸寨皆移於林木陰密之處．馬良奏曰：“我軍若動，倘吳兵驟至，如之奈何？”(*不言移營之不可，而但言移營之難，猶是第二着．) 先主曰：“朕令吳班引萬餘弱兵，近吳寨平地屯住；朕親選八千精兵，伏於山谷之中．若陸遜知朕移營，必乘勢來擊，却令吳班詐敗；遜若追來，朕引兵突出，斷其歸路，小子可擒矣．”(*若不遇陸遜，則此計未嘗不妙．) 文武皆賀曰：“陛下神機妙算，諸臣不及也！”

〖17〗馬良曰：“近聞諸葛丞相在東川點看各處隘口，恐魏兵入寇．陛下何不將各營移居之地，畫成圖本，問於丞相？”先主曰：“朕亦頗知兵法，何必又問丞相？”良曰：“古云：‘兼聽則明，偏聽則蔽.' 望陛下察之."先主曰:"卿可自去各營, 畫成<u>四至八道</u><u>圖本</u>, 親到東川去問丞相. 如有<u>不便</u>, 可急來報知." 馬良領命而去. 於是先主移兵於林木陰密處避暑. 早有細作報知韓當·周泰. 二人聽得此事, 大喜, 來見陸遜曰:"目今蜀兵四十餘營, 皆移於山林密處, 依溪傍澗, 就水歇凉. 都督可乘虛擊之."正是:

蜀主有謀能設伏, 吳兵好勇定遭擒.

未知陸遜可聽其言否, 且看下文分解.

*注: **兼聽則明, 偏聽則蔽**(겸청즉명, 편청즉폐): 여러 사람의 말을 들으면 시비가 분명해지고, 한쪽 말만 들으면 시비가 가리워진다(분명치 못하다). 이것을 "兼聽則明, 偏聽則暗" 또는 "兼聽則明, 偏信則暗"(겸하여 들으면 분명하고, 한쪽만 들으면(믿으면) 어둡다)"라고도 한다. (*출처:〈管子·君臣上〉:"夫民別而聽之則愚, 合而聽之則聖." 漢王符〈潛夫論·明暗〉:"君之所以明者, 兼聽也; 其所以闇者, 偏信也."〈資治通鑑·唐太宗貞觀二年〉:"上問魏徵曰: '人主何爲而明, 何爲而暗?' 對曰: '兼聽則明, 偏信則暗.'") **四至八道圖本**(사지팔도도본): 사면팔방으로 향하는 도로와 방위 및 거리를 표시한 지도책. **不便**(불편): 불편하다. 곤란하다. 적절치 못하다. 잘못된 점이 있다.

第八十三回 毛宗崗 序始評

(1). 書生而有大將之才, 不得以書生目之; 亦惟書生而有大將之才, 則正以其書生而取之. 先軫悅禮樂而敦詩書, 晉之名將, 一書生也; 張巡讀書過目不忘, 唐之名將, 一書生也; 岳飛歌雅投壺, 宋之名將, 一書生也. 每怪今人以書生相<u>詬詈</u>(후리), 見其人之文而無用者, 輒笑之爲書生氣. 試觀陸遜之爲書生, 奈何輕量書生哉!

(2). 從來未有不忍辱而能負重者. 韓信非爲胯下之夫, 則不能成漢興之烈; 張良非進圯(이)橋之履, 則不成報韓之功. 又未有不能負重而能忍辱者. 子胥有懷破楚之略, 故能乞食於丹陽; 范蠡有懷沼吳之謀, 故甘受屈於石寶. 古今大有爲之人, 一生力量只在 "負重" 二字, 一生學問只在 "忍辱" 二字. 熟讀一卷〈老子〉, 便當得一卷〈陰符經〉.

(3). 愛老而不愛少者, 不可以用才; 愛少而不愛老者, 亦不可以用才. 孔明之用黃忠, 非以其老而用之也. 闞澤之薦陸遜, 非以其少而薦之也. 總之, 人而才, 則老亦可, 少也可; 人而不才, 則老亦不可, 少亦不可. 但當論其才與不才, 不當論其少與不少云.

(4). 周郎之戰赤壁, 龐統與有力焉; 呂蒙之襲荊州, 陸遜與有力焉. 乃魯肅薦統而孫權不聽, 闞澤薦遜而孫權聽之, 其信魯肅不如其信闞澤哉? 亦前後之勢有不同耳: 一當赤壁大勝之後, 故氣驕而言難入; 一當猇亭新敗之日, 故心小而謀易從也.

第八十四回

陸遜營燒七百里
孔明巧布八陣圖

〖１〗却說韓當・周泰探知先主移營就凉，急來報知陸遜．遜大喜,(＊韓當・周泰喜而欲出，陸遜喜而不出，另有喜處．)遂引兵自來觀看動靜：只見平地一屯，不滿萬餘人，大半皆是老弱之衆，大書"先鋒吳班"旗號．周泰曰："吾視此等兵如兒戲耳．願同韓將軍分兩路擊之．如其不勝，甘當軍令．"陸遜看了良久，以鞭指曰："前面山谷中，隱隱有殺氣起；其下必有伏兵，故於平地設此弱兵，以誘我耳．諸公切不可出．"衆將聽了，皆以爲懦．

次日，吳班引兵到關前搦戰，耀武揚威，辱罵不絕；多有解衣卸甲，赤身裸體，或睡或坐.(＊與馬超之誘曹仁前後相似．)徐盛・丁奉入帳稟陸遜曰："蜀兵欺我太甚！某等願出擊之．"遜笑曰："公等但恃血氣之勇，未知孫・吳妙法．此彼誘敵之計也．三日後必見其詐

矣." 徐盛曰: "三日後, 彼移營已定, 安能擊之乎?" 遜曰: "吾
正欲令彼移營也." 諸將哂笑而退.

〖2〗 過三日後, 會諸將於關上觀望, 見吳班兵已退去. 遜指曰:
"殺氣起矣. 劉備必從山谷中出也." 言未畢, 只見蜀兵皆全裝慣
束, 擁先主而過. 吳兵見了, 盡皆膽裂.(*此時方信陸遜之語.) 遜曰:
"吾之不聽諸公擊班者, 正爲此也.(*此句已驗, 衆人信之.) 今伏兵已
出, 旬日之內, 必破蜀矣." 諸將皆曰: "破蜀當在初時; 今連營五
六百里, 相守經七八月, 其諸要害, 皆已固守, 安能破乎?"(*果然信
其前語, 未信其後語.) 遜曰: "諸公不知兵法. 備乃世之梟雄, 更多智
謀, 其兵始集, 法度精專; 今守之久矣, 不得我便, 兵疲意阻, 取之
正在今日."(*至此方才說明.) 諸將方才嘆服. 後人有詩贊曰:
　　虎帳談兵按〈六韜〉, 安排香餌釣鯨鼇.
　　三分自是多英俊, 又顯江南陸遜高.
　　却說陸遜已定了破蜀之策, 遂修箋遣使奏聞孫權, 言指日可以
破蜀之意. 權覽畢, 大喜曰: "江東復有此異人, 孤何憂哉! 諸將皆
上書言其懦, 孤獨不信.(*諸將上書, 又在孫權口中補出, 省筆之甚.) 今觀
其言, 果非懦也." 於是大起吳兵來接應.

*注: 全裝慣束(전장관속): 軍裝을 다 갖추다. 〈慣〉: 입다. 穿과 同義.
全裝慣甲.(*제110회 중). 不得我便(부득아편): 우리가 그들의 요구대로
응해주지 않다(우리를 공격할 적절한 기회를 얻지 못하다). 〈便〉: 적절한
시기. 편리한 기회. 意阻(의조): 의지가 沮喪하다. 사기를 잃다. 〈阻〉: 沮
(저)와 통함. 沮喪. 虎帳(호장): (범 같은) 장군의 막사. 六韜(육도): 文
·武·龍·虎·豹·犬의 여섯 가지 韜略. 중국 고대의 兵書로 周代의 呂尚의
著書로 알려져 있다. 戰國時의 著作이란 說도 있다. 鯨鼇(경오): 고래와
자라. 自是(자시): 당연히.

〚3〛却說先主於猇亭盡驅水軍，順流而下，沿江屯箚水寨，深入吳境．黃權諫曰：“水軍沿江而下，進則易，退則難．(*黃權不諫移營，但諫深入，亦是第二着.) 臣願爲前驅，陛下宜在後陣，庶萬無一失．”先主曰：“吳賊膽落，朕長驅大進，有何碍乎?”衆官苦諫，先主不從．遂分兵兩路；命黃權督江北之兵，以防魏寇；(*爲黃權投魏張本.) 先主自督江南諸軍，夾江分立營寨，以圖進取．

細作探知，連夜報知魏主，(*百忙中却放下吳·蜀兩邊，忽敘北魏一邊，筆法又周致又飄忽.) 言：“蜀兵伐吳，樹柵連營，縱橫七百餘里，分四十餘屯，皆傍山林下寨；今黃權督兵在江北岸，每日出哨百餘里，不知何意.”

魏主聞之，仰面笑曰：“劉備將敗矣!”(*傍觀者淸.) 群臣請問其故．魏主曰：“劉玄德不曉兵法：豈有連營七百里，而可以拒敵者乎? 包原隰險阻屯兵者，此兵法之大忌也．玄德必敗於東吳陸遜之手．旬日之內，消息必至矣.”(*曹丕可謂知兵，乃郎亦不輸於老子.) 群臣猶未信，皆請撥兵備之．魏主曰：“陸遜若勝，必盡舉吳兵去取西川；吳兵遠去，國中空虛，朕虛托以兵助戰，令三路一齊進兵，東吳唾手可取也.”(*前劉曄勸取東吳，曹丕不乘其危而取之；今反欲乘其勝而取之，詭譎之甚.) 衆皆拜服．魏主下令，使曹仁督一軍出濡須，曹休督一軍出洞口，曹眞督一軍出南郡：“三路軍馬會合日期，暗襲東吳．朕隨後自來接應.”調遣已定．

*注：庶(서)：거의 대체로. 어떻게든; 가깝다; 비슷하다. 包原隰險阻(포원습험조)：〈包〉는〈苞〉와 通한다.〈苞〉：초목이 빽빽이 난 곳.〈原〉：높고 평평한 곳.〈隰〉：낮고 습한 곳.〈險阻〉：험준한 곳. 이처럼 지형이 복잡하고 험한 곳에 군대를 주둔시키는 것은 兵法의 原則을 어기는 것이다. 濡須(유수)：옛 水名. 지금의 안휘성 運遭河의 前身. 巢縣 西巢湖에서 발원하여 無爲縣 동남에서 長江으로 들어가는데, 古代에 長江과 淮江 사이의 交

通의 要道였다.　　洞口(동구): 歷陽(지금의 안휘성 和縣 西南) 長江邊에 있다.　　南郡(남군): 郡名. 그 治所는 江陵(지금의 호북성 江陵縣).

〖4〗不說魏兵襲吳. 且說馬良至川, 入見孔明, 呈上圖本而言曰: "今移營夾江, 橫占七百里, 下四十餘屯, 皆依溪傍澗, 林木茂盛之處. 皇上令良將圖本來與丞相觀之." 孔明看訖, 拍案叫苦曰: "是何人教主上如此下寨? 可斬此人!"(*不好說得先主, 却把別人來罵.) 馬良曰: "皆主上自爲, 非他人之謀." 孔明歎曰: "漢朝氣數休矣!" 良問其故. 孔明曰: "包原隰險阻而結營, 此兵家之大忌. 倘彼用火攻, 何以解救?(*先主一向慣用火攻, 此正是以己度人之法.) 又, 豈有連營七百里, 而可拒敵乎? 禍不遠矣! 陸遜拒守不出, 正爲此也. 汝當速去見天子, 改屯諸營, 不可如此." 良曰: "倘今吳兵已勝, 如之奈何?" 孔明曰: "陸遜不敢來追, 成都可保無虞." 良曰: "遜何故不追?" 孔明曰: "恐魏兵襲其後也.　(*料事如見.) 主上若有失, 當投白帝城避之. 吾入川時, 已伏下十萬兵在魚腹浦矣." 良大驚曰: "某於魚腹浦往來數次, 未嘗見一卒, 丞相何作此詐語?" 孔明曰: "後來必見,　不勞多問."(*先主之敗, 孔明不於此時知之, 早於入川之時知之, 眞是神妙不測.) 馬良求了表章, 火速投御營來. 孔明自回成都, 調撥軍馬救應.
　　*注: 叫苦(규고): 비명을 지르다. 한탄하다.　氣數(기수): 운명. 운수. 팔자.　魚腹浦(어복포): 지금의 사천성 奉節縣 東 長江邊上.　表章(표장): 表奏文. 上奏書.

〖5〗却說陸遜見蜀兵懈怠,　不復提防,　升帳聚大小將士聽令, 曰: "吾自受命以來, 未嘗出戰. 今觀蜀兵, 足知動靜, 故欲先取江南岸一營. 誰敢去取?" 言未畢, 韓當·周泰·淩統等應聲而出日：“某等願往．” 遜教皆退不用．(*妙在不要勝，先要敗，故不用此數人．) 獨喚階下末將淳于丹曰：“吾與汝五千軍，去取江南第四營，蜀將傅彤所守．今晚就要成功．吾自提兵接應．” 淳于丹引兵去了，又喚徐盛·丁奉曰：“汝等各領兵三千，屯於寨外五里．如淳于丹敗回，有兵赶來，當出救之，却不可追去．”(*預知其敗而使之，眞是人所不識．) 二將自引軍去了．

〖6〗 却說淳于丹於黃昏時分，領兵前進，到蜀寨時，已三更之後．丹令衆軍鼓噪而入．蜀營內傅彤引軍殺出，挺槍直取淳于丹；丹敵不住，撥馬便回．忽然喊聲大震，一彪軍攔住去路：爲首大將趙融．丹奪路而走，折兵大半．正走之間，山后一彪蠻兵攔住，爲首番將沙摩柯．丹死戰得脫，背後三路軍赶來．比及離營五里，吳軍徐盛·丁奉二人兩下殺來，蜀兵退去，救了淳于丹回營．丹帶箭入見陸遜請罪．遜曰：“非汝之過也．吾欲試敵人之虛實耳．(*蜀兵虛實，遜已盡知，此句亦是托言，不過欲驕敵之心耳．) 破蜀之計，吾已定矣．” 徐盛·丁奉曰：“蜀兵勢大，難以破之，空自損兵折將耳．” 遜笑曰：“吾這條計，但瞞不過諸葛亮耳．天幸此人不在，使我成大功也．”(*正與上文孔明之言相應．)

遂集大小將士聽令：使朱然於水路進兵，來日午後東南風大作，(*六月裏東南風，更不消借得．) 用船裝載茅草，依計而行；韓當引一軍攻江北岸，周泰引一軍攻江南岸，每人手執茅草一把，內藏硫黃焰硝，各帶火種，各執槍刀，一齊而上，但到蜀營，順風擧火；蜀兵四十屯，只燒二十屯，每間一屯燒一屯．(*周郎只是連燒，陸遜却用間燒，又是一樣燒法．) 各軍預帶乾糧，不許暫退，晝夜追襲，只擒了劉備方止．衆將聽了軍令，各受計而去．

*注：茅草(모초)：띠 (포아풀과의 여러해살이 풀．들이나 길가에 무더기로

나는데, 오뉴월에 이삭 모양의 꽃이 피는데, 뿌리는 약재로 쓰임).　**把**(파):
묶음. 단. (*草把: 짚단. 禾把: 볏단)

〖7〗却說先主正在御營尋思破吳之計，忽見帳前中軍旗幡，無
風自倒.(*與曹操江中折旗相似.)　乃問程畿曰："此爲何兆？"　畿曰：
"今夜莫非吳兵來劫營？"先主曰："昨夜殺盡，安敢再來？"(*驕
敵極矣，安得不敗!)　畿曰："倘是陸遜試敵，奈何？"(*畿亦長於料事.)
正言間，人報山上遠遠望見吳兵盡沿山望東去了．先主曰："此是
疑兵."令衆休動，命關興·張苞各引五百騎出巡.

　　黃昏時分，關興回奏曰："江北營中火起."先主急令關興往江
北，張苞往江南，探看虛實："倘吳兵到時，可急回報."二將領命
去了.

〖8〗初更時分，東南風驟起，只見御營左屯火起．方欲救時，御
營右屯又火起．風緊火急，樹木皆着，喊聲大震．兩屯軍馬齊出，
<u>奔離御營中</u>，御營軍自相踐踏，死者不知其數．後面吳兵殺到，又
不知多少軍馬．先主急上馬，奔馮習營時，習營中火光連天而起.
江南·江北，照耀如同白日．馮習慌上馬引數十騎而走，正逢吳將
徐盛軍到，敵住厮殺．先主見了，撥馬投西便走．徐盛捨了馮習，
引兵追來．先主正慌，前面又一軍攔住，乃是吳將丁奉，兩下夾
攻．先主大驚，四面無路．忽然喊聲大震，一彪軍殺入重圍，乃是
張苞，救了先主，引御林軍奔走．正行之間，前面一軍又到，乃蜀
將傅彤也，合兵一處而行．背後吳兵追至．先主前到一山，名馬鞍
<u>山</u>．張苞·傅彤<u>請先主上的山時</u>，山下喊聲又起：陸遜大隊人馬，
將馬鞍山圍住．張苞·傅彤死據山口．先主遙望遍野火光不絕，死
屍重疊，塞江而下.

*注: 奔離御營中(분리어영중): 어영 안에서부터 피해서 달아나다. 〈離〉: 도망치다(逃脫). 피하다(避開).　馬鞍山(마안산): 지금의 호북성 宜昌市 西北.　請先主上的山時(청선주상적산시): 선주에게 청하여 산에 올라갔을 때.(=請先主上山的時).

〔9〕次日, 吳兵又四下放火燒山, (*此又是第二日之火.) 軍士亂竄, 先主驚慌. 忽然火光中一將引數騎殺上山來, 視之, 乃關興也. 興伏地請曰: "四下火光逼近, 不可久停. 陛下速奔白帝城, 再收軍馬可也." (*白帝城三字又在關興口中一逗.)　先主曰: "誰敢斷後?" 傅彤奏曰: "臣願以死當之!" 當日黃昏, (*此是第二个黃昏, 已燒過一夜一日矣.) 關興在前, 張苞在中, 留傅彤斷後, 保着先主, 殺下山來. 吳兵見先主奔走, 皆要爭功, 各引大軍, 遮天蓋地, 往西追赶. 先主令軍士盡脫袍鎧, 塞道而焚, 以斷後軍. 正奔走間, 喊聲大震, 吳將朱然引一軍從江岸邊殺來, 截住去路. 先主叫曰: "朕死於此矣!" 關興・張苞縱馬衝突, 被亂箭射回, 各帶重傷, 不能殺出. 背後喊聲又起, 陸遜引大軍從山谷中殺來.

　　*注: 遮天蓋地(차천개지): 천지를 뒤덮듯 어디에나 가득 차 넘치는 모양.

〔10〕先主正慌急之間, 此時天色已微明, (*此時第三日天明, 已燒過一日兩夜矣.) 只見前面喊聲震天, 朱然軍紛紛落澗, 滾滾投岩: 一彪軍殺入, 前來救駕. 先主大喜, 視之, 乃常山趙子龍也. 時趙雲在川中江州, 聞吳・蜀交兵, 遂引軍出; 忽見東南一帶火光沖天, 雲心驚, 遠遠探視, 不想先主被困, 雲奮勇衝殺而來. 陸遜聞是趙雲, 急令軍退. 雲正殺之間, 忽遇朱然, 便與交鋒; 不一合, 一槍刺朱然於馬下, 殺散吳兵, 救出先主, 望白帝城而走.(*以前在火光中幾爲赤帝, 今始是白帝矣.) 先主曰: "朕雖得脫, 諸將士將奈何?"

雲曰: "敵軍在後, 不可久遲. 陛下且入白帝城歇息, 臣再引兵去救應諸將." 此時先主僅存百餘人入白帝城. 後人有詩讚陸遜曰:

持矛舉火破連營, 玄德窮奔白帝城.

一旦威名驚蜀魏, 吳王寧不敬書生.

*注: 川中江州(천중강주): 西川의 江州.　寧不敬(녕불경): 어찌 존경하지 않겠는가. 〈寧〉: 어찌(…하랴). 설마(…이겠는가).

〖11〗却說傅肜斷後, 被吳軍八面圍住. 丁奉大叫曰: "川兵死者無數, 降者極多, 汝主劉備已被擒獲. 今汝力窮勢孤, 何不早降?" 傅肜叱曰: "吾乃漢將, 安肯降吳狗乎!" 挺槍縱馬, 率蜀軍奮力死戰, 不下百餘合, 往來衝突, 不能得脫. 肜長嘆曰: "吾今休矣!" 言訖, 口中吐血, 死於吳軍之中. 後人讚傅肜詩曰:

彝陵吳蜀大交兵, 陸遜施謀用火焚.

至死猶然罵吳狗, 傅肜不愧漢將軍.

蜀祭酒程畿, 匹馬奔至江邊, 招呼水軍赴敵. 吳兵隨後追來, 水軍四散奔逃. 畿部將叫曰: "吳兵至矣! 程祭酒快走罷!" 畿怒曰: "吾自從主上出軍, 未嘗赴敵而逃!" 言未畢, 吳兵驟至, 四下無路, 畿拔劍自刎. (*文臣亦有武臣之風, 惟書生能忍辱, 亦惟書生不肯受辱.) 後人有詩讚曰:

慷慨蜀中程祭酒, 身留一劍答君王.

臨危不改平生志, 博得聲名萬古香.

*注: 赴敵(부적): 싸움터로 싸우러 나가다.

〖12〗時吳班·張南久圍彝陵城, 忽馮習到, 言蜀兵敗, 遂引軍來救先主, 孫桓方才得脫. (*彝陵之圍自解, 前已在陸遜算中.) 張·馮二將正行之間, 前面吳兵殺來, 背後孫桓從彝陵城殺出, 兩下夾攻.

張南·馮習奮力衝突，不能得脫，死於亂軍之中．後人有詩讚曰：

馮習忠無二，張南義少雙．

沙場甘戰死，史冊共流芳．

吳班殺出重圍，又遇吳兵追趕；幸得趙雲接着，救回白帝城去了．時有蠻王沙摩柯，匹馬奔走，正逢周泰，戰二十餘合，被泰所殺．蜀將杜路·劉寧盡皆降吳．蜀營一應糧草器仗，尺寸不存．蜀將川兵，降者無數．時孫夫人在吳，聞猇亭兵敗，訛傳先主死於軍中，遂驅車至江邊，望西遙哭，投江而死．(*當夫人怒斥吳兵之時，何其壯也；及觀其携阿斗而歸，疑其志不如前；今觀其哭先主而死，則其烈不減於昔矣．) 後人立廟江濱，號日梟姬祠．尚論者作詩嘆之日：

先主兵歸白帝城，夫人聞難獨捐生．

至今江畔遺碑在，猶著千秋烈女名．

*注：沙場(사장)：사장．모래벌판；싸움터．전장． 尚論者(상론자)：古人의 言行이나 人格을 논하는 사람． 江畔(강반)：강 가．〈畔〉：지경．물가．두둑．

〖13〗却說陸遜大獲全功，引得勝之兵，往西追襲．前離夔關不遠，遜在馬上看見前面臨山傍江，一陣殺氣，沖天而起；遂勒馬回顧衆將日："前面必有埋伏，三軍不可輕進！"卽倒退十餘里，於地勢空闊處，排成陣勢，以禦敵軍；卽差哨馬前去探視．回報並無軍屯在此，遜不信，下馬登高望之，殺氣復起．遜再令人仔細探視．哨馬回報，前面並無一人一騎．遜見日將西沈，殺氣越加，心中猶豫，令心腹人再往探看．回報江邊止有亂石八九十堆，並無人馬．遜大疑，令尋土人問之．須臾，有數人到．遜問日："何人將亂石作堆？ 如何亂石堆中有殺氣沖起？"土人日："此處地名魚腹浦．諸葛亮入川之時，驅兵到此，取石排成陣勢於沙灘之上．自此常常有氣如雲，從內而起．"

陸遜聽罷, 上馬引數十騎來看石陣, 立馬於山坡之上, 但見四面八方, 皆有門有戶. 遜笑曰: "此乃惑人之術耳, 有何益焉!" (*且看仔細.) 遂引數騎下山坡來, 直入石陣觀看. 部將曰: "日暮矣, 請都督早回." 遜方欲出陣, 忽然狂風大作, 一霎時, 飛沙走石, 遮天蓋地, 但見怪石嵯峨, 槎枒似劍; 橫沙立土, 重疊如山; 江聲浪涌, 有如劍鼓之聲. 遜大驚曰: "吾中諸葛之計也!" (*却不道是惑人之術.) 急欲回時, 無路可出.

*注: 夔關(기관): 지금의 사천성 奉節縣 西에 있다. 魚腹浦(어복포): 魚腹은 地名으로 사천성 봉절현 東에 있다. 유비가 패한 후 이곳의 지명을 永安으로 고쳤다. 어복포는 곧 어복성 아래를 흐르는 梅溪가 장강으로 흘러드는 포구. 嵯峨(차아): 산세가 높고 험한 모양.(怪石~: 괴석이 우뚝우뚝 높이 솟아있다). 槎枒(사야): 槎牙(사아). (나뭇가지 등이) 들쑥날쑥 뻗어 나온 모습. 橫沙立土(횡사립토): 옆으로 드러누운 모래와 곧바로 서 있는 흙. 돌무더기 사이의 모래 흙의 모양을 말한 것이다.

〖14〗正驚疑間, 忽見一老人立於馬前, 笑曰: "將軍欲出此陣乎?" 遜曰: "願長者引出." 老人策杖徐徐而行, 徑出石陣, 並無所碍, 送至山坡之上. 遜問曰: "長者何人?" 老人答曰: "老夫乃諸葛孔明之岳父黃承彦也. (*先主二顧草廬時, 曾遇黃承彦, 一向不知下落, 至此忽然照應出來.) 昔小婿入川之時, 於此布下石陣, 名 '八陣圖'. 反復八門, 按遁甲休·生·傷·杜·景·死·驚·開. 每日每時, 變化無端, 可比十萬精兵. (*應孔明所言十萬兵之語.) 臨去之時, 曾分付老夫道: '後有東吳大將迷於陣中, 莫要引他出來.' 老夫適於山巖之上, 見將軍從 '死門' 而入, 料想不識此陣, 必爲所迷. 老夫平生好善, 不忍將軍陷沒於此, 故特自 '生門' 引出也." (*孔明明知陸遜不該死, 却留个人情與丈人做.) 遜曰: "公曾學此陣法否?" 黃承彦曰: "變化無窮, 不能學也." 遜慌忙下馬拜謝而回.(*關公在華容道義釋曹操, 此則是黃承彦在魚腹浦義釋陸遜矣.) 後杜工部有詩曰:

功蓋三分國, 名成八陣圖.

江流石不轉, 遺恨失吞吳.

*注: 八陣圖(팔진도): 天·地·風·雲·龍·虎·鳥·蛇의 8가지 陣勢로 이루어진 작전 陣圖. 이것은 제갈량이 앞선 사람들의 경험을 종합하여 만들어낸 것으로, 本書에서 묘사하고 있는 것에는 일종의 신비적인 색채가 농후하다.　遁甲(둔갑): 즉 〈奇門遁甲〉의 줄임말이다. 十干 중의 〈乙, 丙, 丁〉을 〈三奇〉라 하고, 八卦의 變相인 〈休·生·傷·杜·景·死·驚·開〉를 〈八門〉이라고 하는데, 이를 합하여 〈奇門〉이라고 부른다. 그런데 이 十干 중의 〈甲〉은 가장 존귀한 것이므로 그 모습을 드러내지 않는다. 그래서 〈六甲〉은 항상 소위 〈六儀〉인 〈戊·己·庚·辛·壬·癸〉 속에 숨어서 〈三奇〉와 〈六儀〉를 九宮에 분포시켜 〈甲〉이 어느 한 宮을 독점하는 일이 없으므로 "甲을 숨기다"라는 뜻에서 〈遁甲〉이라고 부르는 것이다. 미신을 믿는 사람들은 奇門遁甲에 근거하여 길흉화복을 점칠 수 있다고 믿었다.　杜工部(두공부): 즉 唐代의 詩人 杜甫.

〔15〕陸遜回寨, 嘆曰: "孔明眞 '臥龍'也, 吾不能及!" 於是下令班師. 左右曰: "劉備兵敗勢窮, 困守一城, 正好乘勢擊之; 今見石陣而退, 何也?" 遜曰: "吾非懼石陣而退; 吾料魏主曹丕, 其奸詐與父無異, 今知吾追赶蜀兵, 必乘虛來襲. 吾若深入西川, 急難退矣."(*非是畏其前, 却是料其後, 曹丕在陸遜算中, 陸遜又在孔明算中.) 遂令一將斷後, 遜率大軍而回. 退兵未及二日, 三處人來飛報: "魏兵曹仁出濡須, 曹休出洞口, 曹眞出南郡, 三路兵馬數十萬, 星夜至境, 未知何意." 遜笑曰: "不出吾之所料. 吾已令兵拒之矣." (*前文未敍其事, 在陸遜口中補出, 省筆之法.) 正是:

雄心方欲吞西蜀, 勝算還須禦北朝.

未知如何退兵, 且看下文分解.

 *注: 濡須(유수): 지금의 안휘성 運遭河. 洞口(동구): 歷陽(지금의 안휘성 和縣 西南). 長江邊에 있다. 南郡(남군): 지금의 호북성 강릉현.

第八十四回 毛宗崗 序始評

 (1). 兵有挫敵人之銳者: 將有大戰, 先有小戰以挫之; 將有大戰而勝, 先有小戰而勝以挫之是也. 此法周郎用焉. 兵有驕敵人之志者: 將有大出, 先有不出以驕之; 將有大出而勝, 先有小出而不勝以驕之是也. 此法陸遜用焉. 當敵人初來之時, 宜避其銳而反挫其銳, 則周郎用法之奇; 當敵人屢勝之後, 宜破其驕而反益其驕, 則陸遜用法之變.

 (2). 關公之失, 只因不聽孔明 "東和孫權" 一語耳, 先主之敗, 與關公豈有異哉? 不但此也, 諸葛瑾兩次說關公, 一次說玄德, 亦止此一語之意也, 可見子瑜之才雖不及孔明, 而其識見大略相同, 眞不愧難兄難弟.

 (3). 曹操赤壁之戰, 驕兵也; 先主猇亭之兵, 憤兵也. 驕亦敗, 憤亦必敗; 況以陸遜爲年少書生而心輕之, 則憤而益之以驕矣. 制勝之道在小其心而平其氣. 善乎先師之言曰: "臨事而懼, 好謀而成." 小其心故能懼, 平其氣故能謀.

 (4). 吳之勝蜀, 孔明知之, 而曹丕亦先知之; 魏之襲吳, 陸遜知之, 而孔明亦先知之, 斯已奇矣. 陸遜又知孔明之必知吳之勝,

孔明又知陸遜之必知魏之襲，料人料事，彼此奇中至於如此，眞
非他書所有.

第八十五回

劉先主遺詔托孤兒
諸葛亮安居平五路

〖1〗却說章武二年夏六月，東吳陸遜大破蜀兵於猇亭彝陵之地；
先主奔回白帝城，趙雲引兵據守．忽馬良至，見大軍已敗，懊悔不
及，將孔明之言，奏知先主．先主嘆曰：“朕早聽丞相之言，不致
今日之敗！(＊照應八十一回中語.) 今有何面目復回成都見群臣乎!”
遂傳旨就白帝住箚，將館驛改爲永安宮．人報馮習·張南·傅彤·程
畿·沙摩柯等皆歿於王事，先主傷感不已．又近臣奏稱：“黃權引
江北之兵，降魏去了.(＊黃權下落却在先主一邊聽得，妙.) 陛下可將彼家
屬送有司問罪.” 先主曰：“黃權被吳兵隔斷在江北岸，欲歸無路，
不得已而降魏：是朕負權，非權負朕也．何必罪其家屬？”仍給祿
米以養之.(＊先主之待黃權，勝於曹丕之待于禁.)

*注: 章武二年(장무이년): 서기 222년.　王事(왕사): 王命에 따라서 하는

公的인 일; 朝聘, 會盟, 征伐戰爭 등 王朝의 大事. 여기서는 전쟁.

〖2〗却說黃權降魏, 諸將引見曹丕, 丕曰:"卿今降朕, 欲追慕
於陳·韓耶?"權泣而奏曰:"臣受蜀帝之恩, 殊遇甚厚, 令臣督諸
軍於江北, 被陸遜絕斷. 臣歸蜀無路, 降吳不可, 故來投陛下. 敗
軍之將, 免死爲幸, 安敢追慕於古人耶!"丕大喜, 遂拜黃權爲鎭
南將軍. 權堅辭不受. 忽近臣奏曰:"有細作人自蜀中來說, 蜀主
將黃權家屬盡皆誅戮."權曰:"臣與蜀主, 推誠相信, 知臣本心,
必不肯殺臣之家小也."(*權若能死, 尤爲相信之深.) 丕然之. 後人有
詩責黃權曰:

降吳不可却降曹, 忠義安能事兩朝?
堪嘆黃權惜一死, 紫陽書法不輕饒.
*注: 陳·韓(진·한): 陳平과 韓信. 이들 둘은 처음에는 項羽를 따르다가
후에 劉邦에게 귀의하여 유방을 도와 항우를 멸망시켜 漢의 건립에 큰
功을 세웠다. 推誠相信(추성상신): 성심(정성)을 다하여 서로 믿다. 紫陽
書法(자양서법): 〈紫陽〉은 朱熹의 別稱. 南宋의 철학가. 그는 〈通鑑綱
目〉에서 三國의 일에 대해 쓰면서 蜀漢을 正統으로 서술하고 일정한 體例
에 따라 史實의 評論과 人物들에 대한 褒貶을 행하고 있다. 여기서는 貶
抑, 譴責을 한다는 뜻이 들어 있다.

〖3〗曹丕問賈詡曰:"朕欲一統天下, 先取蜀乎? 先取吳乎?"
詡曰:"劉備雄才, 更兼諸葛亮善能治國; 東吳孫權, 能識虛實,
陸遜現屯兵於險要, 隔江泛湖, 皆難卒謀. 以臣觀之, 諸將之中,
皆無孫權·劉備敵手.(*不說主上而說臣下, 亦是不好說得曹丕耳.) 雖以陛
下天威臨之, 亦未見萬全之勢也. 只可持守, 以待二國之變."(*賈
詡可謂知己知彼.) 丕曰:"朕已遣三路大兵伐吳, 安有不勝之理?"(*

曹丕能料蜀兵之必敗, 而不能料魏兵之不勝, 亦只見得別人, 不曾見得自己.)

尙書劉曄曰: "近東吳陸遜, 新破蜀兵七十萬, 上下齊心, 更有江湖之阻, 不可卒制; 陸遜多謀, 必有准備."(*劉曄之見不在賈詡之下.)

丕曰: "卿前勸朕伐吳, 今又諫阻, 何也?"(*照應前文.) 曄曰: "時有不同也. 昔東吳累敗於蜀, 其勢頓挫, 故可擊耳; 今旣獲全勝, 銳氣百倍, 未可攻也." 丕曰: "朕意已決, 卿勿復言." 遂引御林軍, 親往接應三路兵馬. 早有哨馬報說東吳已有准備: 令呂範引兵拒住曹休, 諸葛瑾引兵在南郡拒住曹眞, 朱桓引兵當住濡須以拒曹仁. 劉曄曰: "旣有准備, 去恐無益." 丕不從, 引兵而去.

　　*注: **持守**(지수): 대치하고 있으면서 지키다. 〈持〉: 대치하다. 대항하다.

　　頓挫(돈좌): 기세가 갑자기 꺾이다. 갑자기 좌절하다.

〖4〗 却說吳將朱桓, 年方二十七歲, 極有膽略, 孫權甚愛之; 時督軍於濡須, 聞曹仁引大軍去取羨溪. 桓遂盡撥軍守把羨溪去了, 止留五千騎守城. 忽報: 曹仁令大將常雕同諸葛虔·王雙, 引五萬精兵飛奔濡須城來. 衆軍皆有懼色. 桓按劍而言曰: "勝負在將, 不在兵之多寡. 兵法云: '客兵倍而主兵半者, 主兵尙能勝於客兵.'(*此論主客之異.) 今曹仁千里跋涉, 人馬疲困.(*此論勞逸之異.) 吾與汝等, 共據高城, 南臨大江, 北背山險,(*此論形勢之異.) 以逸待勞, 以主制客: 此乃百戰百勝之勢. 雖曹丕自來, 尙不足憂, 況仁等耶!"(*預爲曹丕自來伏筆.) 於是傳令, 敎衆軍偃旗息鼓, 只作無人守把之狀.

　　*注: **羨溪**(선계): 지금의 안휘성 무호蕪湖 서북, 長江 西岸. **客兵**(객병): 다른 곳에서 와서 주둔하고 있는 군대. 객군(客軍). 교군(僑軍). **跋涉**(발섭): 산을 넘고 물을 건너다.

〖5〗且說魏將先鋒常雕，領精兵來取濡須城，遙望城上並無軍馬。雕催軍急進，離城不遠，一聲砲響，旌旗齊豎。朱桓橫刀飛馬而出，直取常雕。戰不三合，被桓一刀斬常雕於馬下。吳兵乘勢衝殺一陣，魏兵大敗，死者無數。朱桓大勝，得了無數旌旗軍器戰馬。（*是東吳一勝。）曹仁領兵隨後到來，却被吳兵從羨溪殺出。曹仁大敗而退，（*是東吳再勝。）回見魏主，細奏大敗之事。丕大驚。正議之間，忽探馬報：「曹眞・夏侯尚圍了南郡，被陸遜伏兵於內，諸葛瑾伏兵於外，內外夾攻，因此大敗。」言未畢，忽探馬又報：「曹休亦被呂範殺敗。」丕聽知三路兵敗，乃喟然歎曰：「朕不聽賈詡・劉曄之言，果有此敗！」（*與先主不聽孔明大同小異。）時值夏天，大疫流行，馬步軍十死六七，遂引軍回洛陽。吳・魏自此不和。（*吳・魏不和，此大關目處。）

〖6〗却說先主在永安宮，染病不起，漸漸沈重。至章武三年夏四月，（*一病經年。）先主自知病入四肢，又哭關・張二弟，其病癒深；兩目昏花，厭見侍從之人，乃叱退左右，獨臥於龍榻之上。（*將寫夢，先寫臥；將寫見鬼，先寫厭見人。）忽然陰風驟起，將燈吹搖，滅而復明。只見燈影之下，二人侍立。先主怒曰：「朕心緒不寧，教汝等且退，何故又來！」叱之不退。先主起而視之，上首乃雲長，下首乃翼德也。先主大驚曰：「二弟原來尚在？」（*宛然夢中之語。）雲長曰：「臣等非人，乃是鬼也。上帝以臣二人平生不失信義，皆勅命爲神。哥哥與兄弟聚會不遠矣。」先主扯定大哭。忽然驚覺，二弟不見。即喚從人問之，時正三更。先主嘆曰：「朕不久於人世矣！」遂遣使往成都，請丞相諸葛亮・尚書令李嚴等，星夜來永安宮，聽受遺命。孔明等與先主次子魯王劉永・梁王劉理，來永安宮見帝，留太子劉禪守成都。（*先主在白帝而劉禪在成都，與曹操在洛陽而曹丕在鄴郡，臨終之時, 父子皆不相見, 彷彿相似.)

*注: **章武三年**(장무삼년): 서기 223년.　**昏花**(혼화): 눈이 침침(가물가물.

흐릿)하다.　　**厭見**(염견): 보기를 싫어하다.　　**上首·下首**(상수·하수):

왼쪽과 오른쪽.　　**扯定**(차정): 잡아당겨 놓아주지 않다. 목청을 돋구어.

〈扯〉: 잡아당기다. 끌다; 목청을 돋구다. 〈定〉: 동사 뒤에 붙어 동작이나

행위가 그대로 쭉 변하지 않고 있음을 나타낸다.　　**尚書令**(상서령): 官名.

황제 밑에서 정무를 주관하는 최고 수뇌.

〖7〗且說孔明到永安宮, 見先主病危, 慌忙拜伏於龍榻之下. 先
主傳旨, 請孔明坐於龍榻之側, (＊自起兵伐吳以來, 至此已有兩年之別.)
撫其背曰: "朕自得丞相, 幸成帝業; 何期智識淺陋, 不納丞相之
言, 自取其敗. 悔恨成疾, 死在旦夕. 嗣子屍弱, 不得不以大事相
托."(＊以三顧始, 以托孤終, 三顧之禮爲自己下定錢, 托孤之情又爲兒子下定
錢.) 言訖, 淚流滿面. 孔明亦涕泣曰: "願陛下善保龍體, 以副天
下之望!" 先主以目遍視, 只見馬良之弟馬謖在傍, 先主令且退.
謖退出, 先主謂孔明曰: "丞相觀馬謖之才何如?"(＊百忙中忽論馬謖
人才, 極似閑話, 不知後來却是要緊話.) 孔明曰: "此人亦當世之英才
也." 先主曰: "不然. 朕觀此人, 言過其實, 不可大用. 丞相宜深
察之."(＊早爲九十六回伏線.) 分付畢, 傳旨召諸臣入殿, 取紙筆寫了
遺詔, 遞與孔明而嘆曰: "朕不讀書, 粗知大略.(＊與孫權學問相似.)
聖人云: '鳥之將死, 其鳴也哀; 人之將死, 其言也善.' 朕本待與
卿等同滅曹賊, 共扶漢室; (＊臨終之時更不提起東吳, 只說曹賊, 則伐吳
之擧亦悔之矣.) 不幸中道而別. 煩丞相將詔付與太子禪, 令勿以爲
常言! 凡事更望丞相教之!"(＊旣自教之, 又欲孔明教之.) 孔明等泣拜
於地曰: "願陛下將息龍體! 臣等盡施犬馬之勞, 以報陛下知遇之
恩也." 先主命內侍扶起孔明, 一手掩淚, 一手執其手, 曰: "朕今

死矣, 有心腹之言相告!" 孔明曰: "有何聖諭?" 先主泣曰: "君才十倍曹丕, 必能安邦定國, 終定大事.(*獨以曹丕比較, 是以伐魏爲重也.) 若嗣子可輔, 則輔之; 如其不才, 君可自爲成都之主."(*宛似劉表讓荊州之語. 人疑此語乃先主所以結孔明之心, 吾謂此語乃深知劉禪之無用也.) 孔明聽畢, 汗流遍體, 手足失措, 泣拜於地曰: "臣安敢不竭股肱之力, 效忠貞之節, 繼之以死乎!" 言訖, 叩頭流血. 先主又請孔明坐於榻上, 喚魯王劉永·梁王劉理近前, 分付曰: "爾等皆記朕言: 朕亡之後, 爾兄弟三人, 皆以父事丞相, 不可怠慢."(*只分付二子, 連三子俱分付在內.) 言罷, 遂命二王同拜孔明. 二王拜畢, 孔明曰: "臣雖肝腦塗地, 安能報知遇之恩也!"

> *注: 嗣子孱弱(사자잔약): 자식이 나약하다. 〈嗣子〉: 자기 뒤를 이을 아들, 즉 嫡長子(正妻 所生의 長子). 여기서는 劉禪을 가리킨다. 〈孱弱〉: 나약(懦弱)하다.　定錢(정전): 定金. 계약금. 착수금. (*下定錢: 계약금을 걸다.)　副(부): 부합하다. 적합하다. 들어맞다.(*名不副實.)　聖人云(성인운): 이 말은 〈論語·泰伯篇〉에 나오는 증자(曾子)의 말이다.　善(선): 진실하다. 정직하다.　常言(상언): 보통의 말. 평상시 하는 말; 속담.　將息(장식): 휴식하다. 휴양하다.　知遇之恩(지우지은): 자기의 능력과 사람됨을 認定해 주고 重用해 준 恩惠.　手足失措(수족실조): 手足無措. 매우 당황하여 어찌해야 좋을지 모르다.　肝腦塗地(간뇌도지): 간과 뇌가 흙에 뒤범벅이 되다. (나라를 위해) 목숨을 기꺼이 바치다.

〖8〗 先主謂衆官曰: "朕已托孤於丞相, 令嗣子以父事之. 卿等俱不可怠慢, 以負朕望." 又囑趙雲曰: "朕與卿於患難之中, 相從到今, 不想於此地分別. 卿可想朕故交, 早晚看覷吾子, 勿負朕言!"(*一番保阿斗, 一番奪阿斗, 與別將不同, 故又特囑之.) 雲泣拜曰: "臣敢不效犬馬之勞!" 先主又謂衆官曰: "卿等衆官, 朕不能一

一分囑, 願皆自愛." 言畢, 駕崩, 壽六十三歲. 時章武三年夏四月二十四日也. 後杜工部有詩嘆曰:

蜀主窺吳向三峽, 崩年亦在永安宮.

翠華想像空山外, 玉殿虛無野寺中.

古廟杉松巢水鶴, 歲時伏臘走村翁.

武侯祠屋長隣近, 一體君臣祭祀同.

*注: 看覰(간처): 돌보다. 보살피다.　敢不效(감불효): =豈敢不效. 어찌 감히 본받지 않을 수 있겠는가.　駕崩(가붕): 天子가 세상을 떠나다.　杜工部有詩(두공부유시): 杜甫의 詩〈咏懷古迹五首〉의 넷째 시.　翠華(취화): 물총새(翠鳥)의 羽毛로 장식한 旗. 황제의 儀仗 중의 하나이다.　玉殿(옥전): 杜詩의 原注에서는 "殿今爲臥龍寺, 在宮東"이라고 하였다. 여기서는 당시의 宮殿이 지금은 이미 들판의 절(野寺)로 변해 버렸다는 뜻이다.　水鶴(수학): 즉 鶴. 鶴은 水鳥이므로 이렇게 부른 것이다.　歲時(세시): 일년 중의 계절. 계절과 節日.　伏臘(복랍): 고대의 제사 명칭.〈伏〉: 夏六月,〈臘〉: 冬十二月인데 합쳐서〈伏臘〉: 節日.　武侯祠(무후사): 제갈량이 武鄕侯에 봉해졌으므로 그의 사당을〈武侯祠〉라 불렀다. 무후사는 永安宮의 서쪽에 있으므로〈長隣近〉(장안 근처)이라고 하였다.　一體(일체): 一樣. 똑같이. 백성들이 유비와 제갈량을 君臣의 구분 없이 똑같이 제사지냈음을 말한다. 유비를 낮추고 제갈량을 높였음을 말한 것이다.

〖9〗先主駕崩, 文武官僚無不哀痛. 孔明率衆官奉梓宮還成都. 太子劉禪出城迎接靈柩, 安於正殿之內. 擧哀行禮畢, 開讀遺詔. 詔曰:

朕初得疾, 但下痢耳; 後轉生雜病, 殆不自濟. 朕聞 "人年五十, 不稱夭壽". 今朕年六十有餘, 死復何恨? —— 但以卿兄弟爲念耳. 勉之! 勉之! 勿以惡小而爲之, 勿以善小而不爲. 惟

賢惟德，可以服人；卿父德薄，不足效也．卿與丞相從事，事
之如父，勿怠！勿忘！卿兄弟更求<u>聞達</u>．至囑！至囑！

群臣讀詔已畢．孔明曰："國不可一日無君；請立<u>嗣君</u>，以承漢
統．" 乃立太子禪卽皇帝位，改元<u>建興</u>．加諸葛亮爲武鄕侯，領益
州牧．葬先主於<u>惠陵</u>，謚曰昭烈皇帝；(*昭者，光也，烈者，武也．隱然
以光武比之．) 尊皇后吳氏爲皇太后；謚甘夫人爲昭烈皇后，糜夫人
亦追謚爲皇后．升賞群臣，大赦天下．

*注: **梓宮**(재궁): 皇帝의 屍身을 넣은 棺． **擧哀**(거애): 哭을 하다(喪禮의
하나)．죽음을 애도하다． **下痢**(하리): 이질． **卿**(경): 그대．경．(옛날 임금
이 신하를 부르거나 부부지간，혹은 친구지간에 서로 친근하게 부르는 호
칭이었다．) 여기서는 나이든 사람이 나이가 적은 사람을 부를 때 쓰는 호
칭；경．옛날 고급관료로 대부 위의 서열． **勿以惡小而爲之**(물이악소이위
지): 惡이 작다고 여기어 그것을 행해서는 안 된다．다음의 "勿以善小而
不爲"와 함께 지금의 〈明心寶鑑〉에 실려 있다． **聞達**(문달): 명성이 알려
지다． **嗣君**(사군): 즉，嗣王．왕위를 이은 임금． **建興**(건흥): 원년은 서기
223년． **惠陵**(혜릉): 지금의 사천성 成都市 부근의 雙流縣(*成都 비행장，
즉 雙流비행장이 있는 곳)에 있다．

〖10〗早有<u>魏</u>軍探知此事，報入中原．近臣奏知魏主．曹丕大喜
曰："劉備已亡，朕無憂矣．何不乘其國中無主，起兵伐之？"(*伐
吳不克，却想伐蜀，是諺所云："東邊不着西邊着"也.) 賈詡諫曰："劉備雖
亡，必托孤於諸葛亮．亮感備知遇之恩，必傾心竭力，扶持嗣主．
陛下不可倉卒伐之！"(*與劉曄諫伐吳一般見識.) 正言間，忽一人從班
部中奮然而出曰："不乘此時進兵，更待何時？" 衆視之，乃司馬
懿也．(*司馬懿慣與蜀做對頭，却於此處早伏一筆.) 丕大喜，遂問計於懿．
懿曰："若只起中國之兵，急難取勝．須用五路大兵，四面夾攻，

令諸葛亮首尾不能救應, 然後可圖."

丕問何五路. 懿曰: "可修書一封, 差使往遼東鮮卑國, 見國王軻比能, 賂以金帛, 令起遼西羌兵十萬, 先從旱路取西平關: 此一路也.(＊先主用沙摩柯, 今司馬懿亦欲用軻比能, 正與前文照應.) 再修書遣使賚官誥賞賜, 直入南蠻, 見蠻王孟獲, 令起兵十萬, 攻打益州 · 永昌 · 牂牁 · 越嶲四郡, 以擊西川之南: 此二路也.(＊早爲後文七擒七縱張本.) 再遣使入吳修好, 許以割地, 令孫權起兵十萬, 攻兩川峽口, 徑取涪城: 此三路也.(＊以上三路俱是客兵.) 又可差使至降將孟達處, 起上庸兵十萬, 西攻漢中: 此四路也.(＊此一路用蜀中降將, 雖是主兵亦屬客兵, 猶之以蜀攻蜀矣.) 然後命大將軍曹眞爲大都督, 提兵十萬, 由京兆徑出陽平關取西川: 此五路也.(＊末一路方用自家之將, 自家之兵.) 一 共大兵五十萬, 五路并進, 諸葛亮便有呂望之才, 安能當此乎?" 丕大喜, 隨卽密遣能言官四員爲使前去; 又命曹眞爲大都督, 領兵十萬, 徑取陽平關. 此時張遼等一班舊將, 皆封列侯, 俱在冀 · 徐 · 靑及合淝等處, 據守關津隘口, 故不復調用.

＊注: 鮮卑(선비): 고대 중국의 동북, 내몽고 일대의 少數民族. 羌兵(강병): 고대 중국 서부 지구의 소수민족. 여기서는 선비국왕 軻比能이 통솔하는 선비족 部衆을 가리킴. 西平關(서평관): 지금의 청해성 西寧市. 官誥(관고): 황제가 爵位를 내리거나 官職을 제수할 때의 詔令. 南蠻(남만): 고대 중국 남방의 소수민족. 益州(익주): 郡名. 치소는 滇池(전지: 지금의 운남성 普寧縣 동). 삼국 촉한 建興 3년에 建寧郡으로 改稱. 아래 文에서 나오는 建寧은 이 익주군을 가리킴. 永昌(영창): 郡名. 治所는 不韋(지금의 운남성 保山縣). 牂牁(장가): 郡名. 치소는 故且蘭(지금의 귀주성 貴陽市 부근 黃平 서북). 越嶲(월준): 郡名. 치소는 邛都(공도: 지금의 사천성 西昌市 동남). 峽口(협구): 장강이 蜀의 險隘處에서 나오는 곳으로 지금의 호북성 宜昌市 北(三峽댐 아래쪽)에 있다. 涪城(부성):

즉 涪縣. 사천성 綿陽市 동쪽.　上庸(상용): 郡名. 치소는 上庸縣(지금의 호북성 竹山縣 西南).　京兆(경조): 京城. 즉 洛陽.　陽平關(양편관): 지금의 섬서성 勉縣 서쪽 白馬河가 漢水로 흘러들어 가는 곳. 四川과 陝西 간의 교통의 요충지.　便有呂望之才(편유여망지재): 설령 呂望의 재주가 있다 하더라도. 〈便〉: 설령 …하더라도. 〈呂望〉: 姜太公. 周 文王을 도와 殷을 멸하고 周를 세움에 큰 공을 세움.　調用(조용): (인력, 물자) 이동시켜 쓰다. 轉用하다.

〖11〗 却說蜀漢後主劉禪, 自卽位以來, 舊臣多有病亡者, 不能細說. 凡一應朝廷選法·錢糧·詞訟等事, 皆聽諸葛丞相裁處. 時後主未立皇后, 孔明與群臣上言曰: "故車騎將軍張飛之女甚賢, 年十七歲, 可納爲正宮皇后." 後主卽納之. (*若論桃園結義, 則兩人當是兄妹, 然異姓爲婚, 原不碍也.)

建興元年秋八月, 忽有邊報, 說: "魏調五路大兵, 來取西川: 第一路, 曹眞爲大都督, 起兵十萬, 取陽平關; 第二路, 乃反將孟達, 起上庸兵十萬, 犯漢中; 第三路, 乃東吳孫權, 起精兵十萬, 取峽口入川; 第四路, 乃蠻王孟獲, 起蠻兵十萬, 犯益州四郡; 第五路, 乃番王軻比能, 起羌兵十萬, 犯西平關. 此五路軍馬, 甚是利害. 已先報知丞相, 丞相不知爲何, 數日不出視事." 後主聽罷大驚, 卽差近侍賫旨, 宣召孔明入朝. 使命去了半日, 回報: "丞相府下人言: 丞相染病不出." 後主轉慌; 次日, 又命黃門侍郎董允·諫議大夫杜瓊, 去丞相臥榻前, 告此大事. 董·杜二人到丞相府前, 皆不得入. 杜瓊曰: "先帝托孤於丞相, 今主上初登寶位, 被曹丕五路兵犯境, 軍情至急, 丞相何故推病不出?" 良久, 門吏傳丞相令, 言: "病體稍可, 明早出都堂議事." 董·杜二人嘆息而回.

*注: 選法· 錢糧· 詞訟(선법·전량·사송): 인재의 선발 및 등용에 관한

일과 재정에 관한 일 및 송사 등에 관한 일.　**裁處**(재처): 판단하여 처리하다. 처분하다.　**建興元年**(건흥원년): 서기 223년.　**番王**(번왕): 〈番〉은 고대 중국 西方의 소수민족을 말한다. 外族에 대한 泛稱으로도 쓴다. 여기서의 番王과 아래 글의 羌王, 西番王은 모두 鮮卑王을 가리킨다.　**利害**(리해): 사납다. 무섭다; 대단하다. 굉장하다(=厲(려)害).　**爲何**(위하): 무슨 이유로. 무엇 때문에. (*이 문장 "丞相不知爲何, 數日…"은 "臣不知爲何, 丞相數日…"의 도치문이다.　**轉慌**(전황): 더욱 당황해하다. 〈轉〉: 오히려. 더욱 더. 한층 더.　**都堂**(도당): 官廳. 본래는 여러 部署들이 모여 있는 官廳을 총칭하는 말로, 지금의 정부청사에 해당.

〖12〗 次日, 多官又來丞相府前伺候. 從早至晚, 又不見出. 多官惶惶, 只得散去. 杜瓊入奏後主曰: "請陛下聖駕, 親往丞相府問計." 後主卽引多官入宮, 啓奏皇太后. 太后大驚, 曰: "丞相何故如此? 有負先帝委托之意也? 我當自往." (*故作驚人之筆, 以顯下文孔明之奇.)　董允奏曰: "娘娘未可輕往.　臣料丞相必有高明之見.(*董允頗有見識.)　且待主上先往.　如果怠慢, 請娘娘於太廟中, 召丞相問之未遲." 太后依奏.

次日, 後主車駕親至相府. 門吏見駕到, 慌忙拜伏於地而迎. 後主問曰: "丞相在何處?" 門吏曰: "不知在何處.　只有丞相鈞旨, 敎擋住百官, 勿得輒入." 後主乃下車步行, (*與先主親造草廬相似.) 獨進第三重門,　見孔明獨倚竹杖,　在小池邊觀魚.(*與草廬中高臥相似.) 後主在後立久, 乃徐徐而言曰: "丞相安樂否?" (*與先主階前立候相似.) 孔明回顧,　見是後主,　慌忙棄杖,　拜伏於地曰: "臣該萬死!" 後主扶起, 問曰: "今曹丕分兵五路, 犯境甚急, 相父緣何不肯出府視事?" 孔明大笑, 扶後主入內室坐定, 奏曰: "五路兵至, 臣安得不知? 臣非觀魚, 有所思也."(*觀魚者, 觀吳也.)　後主曰:

"如之奈何?" 孔明曰: "羌王軻比能, 蠻王孟獲, 反將孟達, 魏將曹眞; 此四路兵, 臣已皆退去了也.(*奇絶, 妙絶! 眞是出人意表.) 止有孫權這一路兵, 臣已有退之之計, 但須一能言之人爲使. 因未得其人, 故熟思之. 陛下何必憂乎?"

*注: 伺候(사후): (오기를) 기다리다.　惶惶(황황): 불안해하며 떨다. 무서워서 당황해 하는 모양.　鈞旨(균지): 천자의 명령. 높으신 뜻.　相父(상부): 劉禪은 劉備의 遺命에 따라 丞相 諸葛亮을 父親처럼 섬겼다(事之如父). 그래서 〈相父〉, 즉 〈승상 아버지〉라고 불렀던 것이다.

〔13〕 後主聽罷, 又驚又喜, 曰: "相父果有鬼神不測之機也! 願聞退兵之策." 孔明曰: "先帝以陛下付托與臣, 臣安敢旦夕怠慢. 成都衆官, 皆不曉兵法之妙 ── 貴在使人不測, 豈可洩漏於人? (*先言自己托病不出, 不與衆官議事之故.) 老臣先知西番國王軻比能, 引兵犯西平關; 臣料馬超積祖西川人氏, 素得羌人之心, 羌人以超爲神威天將軍. 臣已先遣一人, 星夜馳檄, 令馬超緊守西平關, 伏四路奇兵, 每日交換, 以兵拒之: 此一路不必憂矣. 又南蠻孟獲, 兵犯四郡, 臣亦飛檄遣魏延領一軍左出右入, 右出左入, 爲疑兵之計; 蠻兵惟憑勇力, 其心多疑, 若見疑兵, 必不敢進: 此一路又不足憂矣. 又知孟達引兵出漢中; 達與李嚴曾結生死之交; 臣回成都時, 留李嚴守永安宮; 臣已作一書, 只做李嚴親筆, 令人送與孟達; 達必然推病不出, 以慢軍心: 此一路又不足憂矣. 又知曹眞引兵犯陽平關; 此地險峻, 可以保守, 臣已調趙雲引一軍守把關隘, 並不出戰; 曹眞若見我軍不出, 不久自退矣. 此四路兵俱不足憂. 臣尙恐不能全保, 又密調關興·張苞二將, 各引兵三萬, 屯於緊要之處, 爲各路救應. 此數處調遣之事, 皆不曾經由成都, 故無人知覺. 只有東吳這一路兵, 未必便動: 如見四路兵勝, 川中危急, 必

來相攻; 若四路不濟, 安肯動乎? 臣料孫權想曹丕三路侵吳之怨, 必不肯從其言. 雖然如此, 須用一舌辯之士, 徑往東吳, 以利害說之, 則先退東吳; 其四路之兵, 何足憂乎? 但未得說吳之人, 臣故躊躇. 何勞陛下聖駕來臨?"後主曰: "太后亦欲來見相父. 今朕聞相父之言, 如夢初覺. 復何憂哉!"

　　*注: **積祖西川人氏**(적조서천인씨): 祖上 대대로 西川 사람이다.〈積祖〉: 積世. 조상 대대로.

　　〖14〗孔明與後主共飲數杯, 送後主出府. 衆官皆環立於門外, 見後主面有喜色. 後主別了孔明, 上御車回朝. 衆皆疑惑不定. (*不知葫蘆裏賣甚藥.) 孔明見衆官中, 一人仰天而笑, 面亦有喜色. (*不曾吃酒亦有春色, 如此人者不可不與飲酒, 然惟如此人者可不與飲酒.) 孔明視之, 乃義陽新野人, 姓鄧, 名芝, 字伯苗, 現爲戶部尙書; 漢司馬鄧禹之後. 孔明暗令人留住鄧芝. 多官皆散, 孔明請芝到書院中, 問芝曰: "今蜀·魏·吳鼎分三國, 欲討二國, 一統中興, 當先伐何國?" (*不用鄧芝問孔明, 先用孔明問鄧芝以試之, 妙甚.) 芝曰: "以愚意論之: 魏雖漢賊, 其勢甚大, 急難搖動, 當徐徐緩圖; 今主上初登寶位, 民心未安, 當與東吳連合, 結爲脣齒, 一洗先帝舊怨, 此乃長久之計也. (*正合着 "東和孫權" 一語.) 未審丞相鈞意若何?" 孔明大笑曰: "吾思之久矣, 奈未得其人.──今日方得也!" 芝曰: "丞相欲其人何爲?" 孔明曰: "吾欲使人往結東吳. 公旣能明此意, 必能不辱君命. 使吳之任, 非公不可." (*妙在待他自說出來, 然後敎他去.) 芝曰: "愚才疏智淺, 恐不堪當此任." 孔明曰: "吾來日奏知天子, 便請伯苗一行, 切勿推辭." 芝應允而退. 至次日, 孔明奏准後主, 差鄧芝往說東吳. 芝拜辭, 望東吳而來. 正是:

　　吳人方見干戈息, 蜀使還將玉帛通.

未知鄧芝此去若何，且看下文分解.

*注: 新野(신야): 縣名. 지금은 河南省에 속한다. 戶部尙書(호부상서): 관명. 호부의 최고장관. 국가의 재정을 담당. 현대의 財務長官. 愚意(우의): 제 생각. 제 의견. 〈愚〉: 저. 제. (자기의 겸칭). 使吳之任(사오지임): 吳에 使臣 가는 任務. 玉帛(옥백): 옥기와 비단. 고대에 국가 간의 會盟이나 使臣이 왕래할 때의 禮物. 흔히 〈干戈(간과)〉라는 말에 대응하는 뜻으로 사용하여, 더 이상 싸우지 않고 사이좋게 지내는 것을 말한다.

第八十五回 毛宗崗 序始評

(1). 高祖斬白帝子而創業, 光武起白水村而中興, 先主入白帝城而托孤. 二帝始於白, 一帝終於白, 正合李意白字之讖. 自桃園至此, 可謂一大結局矣. 然先主之事自此終, 孔明之事又將自此始也. 前之取西川·定漢中, 從草廬三顧中來; 後之七擒孟獲·六出祁山, 從白帝托孤中來. 故此一篇在前幅則煞尾, 在後幅則又爲引頭耳.

(2). 觀先主托孤之語, 而知其不以伐吳爲重, 終以伐魏爲重矣. 其曰 "君才十倍曹丕", 何以不曰十倍孫權乎? 蓋以與漢爲讐者魏耳, 與我爲對者曹氏耳. 其曰 "嗣子可輔則輔之, 不可輔則自取之", 猶云能討賊則輔之, 不能討賊則取之也. 重在討賊, 故不重在嗣位, 此前後出師之表所以不能已與!

(3). 或問先主令孔明自取之爲眞話乎? 爲假話乎? 曰: 以爲眞, 則是眞; 以爲假, 則亦假也. 欲使孔明爲曹丕之所爲, 則其義之所必不敢出·必不忍者也. 知其必不敢·必不忍而故令之聞此言，則其輔太子之心愈不得不切矣．且使太子聞此言，則其聽孔明·敬孔明之意愈不得不肅矣．陶謙之讓徐州，全是眞不是假；劉表之讓荊州，半是假·半是眞，與先主之遺命，皆不可同年而語．

第八十六回

難張溫秦宓逞天辯
破曹丕徐盛用火攻

〖1〗却說東吳陸遜, 自退魏兵之後, 吳王拜遜爲輔國將軍・江陵
侯, 領荊州牧, 自此軍權皆歸於遜. 張昭・顧雍啓奏吳王, 請自改
元. 權從之, 遂改爲黃武元年.(＊魏曰"黃初", 吳亦曰"黃武", 皆應"黃
天當立"之讖.) 忽報魏主遣使至, 權召入. 使命陳說: "蜀前使人求
救於魏, 魏一時不明, 故發兵應之.(＊蜀安肯求救於魏? 如此說謊, 騙孫
權不信.) 今已大悔, 欲起四路兵收川, 東吳可來接應. 若得蜀土,
各分一半."(＊前既救蜀, 今又取蜀, 便是自相矛盾之語.)

權聞言, 不能決, 乃問於張昭・顧雍等. 昭曰: "陸伯言極有高
見, 可問之." 權卽召陸遜至. 遜奏曰: "曹丕坐鎭中原, 急不可
圖; 今君不從, 必爲讎矣. 臣料魏與吳皆無諸葛亮之敵手. 今且勉
强應允, 整軍預備, 只探聽四路如何. 若四路兵勝, 川中危急, 諸

葛亮首尾不能救, 主上則發兵以應之, 先取成都, 深爲上策; 如四路兵敗, 別作商議."(*已在孔明算中.) 權從之, 乃謂魏使曰: "軍需未辦, 擇日便當起程." 使者拜辭而去.

權令人探得西番兵出西平關, 見了馬超, 不戰自退; 南蠻孟獲起兵攻四郡, 皆被魏延用疑兵計殺退回洞去了; 上庸孟達兵至半路, 忽然染病不能行; 曹眞兵出陽平關, 趙子龍拒住各處險道, 果然"一將守關, 萬夫莫開", 曹眞屯兵於斜谷道, 不能取勝而回.(*四路兵退, 却在孫權一邊聽得, 不向西蜀一邊敍來, 筆法變換, 却又極省筆.)

*注: 天辯(천변): 하늘에 관한 문답, 변론. 黃武元年(황무원년): 서기 222년. 勉强(면강): 마지못해, 내키지 않다. 回洞(회동): 洞溪로 돌아가다. 〈洞溪〉: 제 81회에서 말한 武陵 五谿. 지금의 호남성 西部, 귀주성과 사천성 접경 지구. 斜谷(야곡): 지금의 섬서성 眉縣 종남산에는 褒谷(포곡)과 斜谷(야곡)이라는 두 개의 계곡이 있는데 북쪽 계곡을 斜(야), 남쪽 계곡을 褒(포)라고 한다. 고대에 사천성과 섬서성 간의 교통의 요지였다. 〈斜〉: 계곡 이름을 나타낼 때에는 〈야〉로 읽는다.

〔2〕孫權知了此信, 乃謂文武曰: "陸伯言眞神算也. 孤若妄動, 又結怨於西蜀矣."(*怕結怨於蜀一語, 絕妙鬪樺.) 忽報西蜀遣鄧芝到. 張昭曰: "此又是諸葛亮退兵之計, 遣鄧芝爲說客也." 權曰: "當何以答之?" 昭曰: "先於殿前立一大鼎, 貯油數百斤, 下用炭燒. 待其油沸, 可選身長面大武士一千人, 各執刀在手, 從宮門前直排至殿上, 却喚芝入見. 休等此人開言下說詞, 責以酈食其說齊故事, 效此例烹之, 且看其人如何對答." 權從其言, 遂立油鼎, 命武士立於左右, 各執軍器, 召鄧芝入.

*注: 酈食其說齊故事(역이기세제고사): 酈食其(역이기: *〈려식기〉라 읽지 않는다.)는 본래 秦末 城門을 지키던 말단 관리였는데, 후에 劉邦에게

귀의했다. 그 후 楚漢 전쟁 때 유방의 使者가 되어 齊王 田廣에게 가서 유방에게 귀순하라고 설득하여 齊王이 그의 말을 듣고 軍備를 해제하자 韓信이 그 틈을 노려 습격해 왔다. 齊王은 酈食其가 자신을 속였다고 해서 그를 기름 솥에 던져 넣어 삶아 죽였다.

〖3〗 芝整衣冠而入. 行至宮門前, 只見兩行武士, 威風凜凜, 各持鋼刀·大斧·長戟·短劍, 直列至殿上. 芝曉其意, 並無懼色, <u>昂然而行</u>. 至殿前, 又見鼎鑊內熱油正沸, 左右武士以目視之, 芝但微微而笑. 近臣引至簾前, 鄧芝長揖不拜. 權令卷起珠簾, 大喝曰: "何不拜!" 芝昂然而答曰: "上國天使, 不拜小邦之主." (*以硬對硬.) 權大怒曰: "汝不自料, 欲掉三寸之舌, 效酈生說齊乎! 可速入油鼎!" 芝大笑曰: "人皆言東吳多賢, 誰想懼一儒生." (*不但說自己不懼, 反說東吳懼他. 妙甚.) 權<u>轉</u>怒曰: "孤何懼爾一匹夫耶?" 芝曰: "旣不懼鄧伯苗, 何愁來說汝等也?" 權曰: "爾欲爲諸葛亮作說客, 來說孤絕魏向蜀, 是否?" 芝曰: "吾乃蜀中一儒生, 特爲吳國利害而來,(*不說爲蜀, 反說爲吳. 妙絕.) 乃設兵陳鼎, 以拒一使, 何其<u>局量</u>之不能容物耶!"

　　*注: 昂然(앙연): 의젓이. 떳떳이. 버젓이. 　轉怒(전노): 더욱 더 화를 내다. 〈轉〉: 더욱 더. 한층 더. 오히려. 　局量(국량): 度量. 品德.

〖4〗 權聞言<u>惶愧</u>, 卽叱退武士, 命芝上殿, 賜坐而問曰: "吳·魏之利害若何? 願先生敎我." 芝曰: "大王欲與蜀講和, 還是欲與魏講和?"(*妙在先問他主意.) 權曰: "孤正欲與蜀主講和, 但恐蜀主年輕識淺, 不能<u>全始全終</u>耳!" 芝曰: "大王乃<u>命世</u>之英豪, 諸葛亮亦一時之俊傑;(*權欺後主之幼, 芝乃請出孔明來對說.) 蜀有山川之險, 吳有三江之固: (*上二語說吳蜀人才, 此二語說吳蜀形勢.) 若二國連

和, 共爲唇齒, 進則可以兼吞天下, 退則可以鼎足而立.(*此言與蜀
和之利.) 今大王若<u>委贄</u>稱臣於魏, 魏必望大王朝覲, 求太子以爲<u>內
侍</u>; 如其不從, 則興兵來攻, 蜀亦順流而進取; 如此則江南之地,
不復爲大王有矣.(*此言與魏和之害.) 若大王以愚言爲不然, 愚將就
死於大王之前, 以絶說客之名也." 言訖, <u>撩衣</u>下殿, 望油鼎中便
跳.(*此等作法却是放刁. 妙不可言.) 權急命止之, 請入後殿, 以上賓之
禮相待. 權曰: "先生之言, 正合孤意. 孤今欲與蜀主連和, 先生
肯爲我介紹乎?"(*反使孫權求他, 妙不可言.) 芝曰: "適欲烹小臣者,
乃大王也; 今欲使小臣者, 亦大王也: 大王猶自<u>狐疑</u>未定, 安能取
信於人?"(*反是他作難起來, 妙不可言.) 權曰: "孤意已決, 先生勿
疑."

*注: 惶愧(황괴): 황송하고 부끄럽다. 全始全終(전시전종): 始終一貫하
다. 命世(명세): =名世. 한 시대에 이름이 높은 사람. 委贄(위지): 고대에
卑賤한 자가 尊長을 찾아가 만날 때 감히 禮物을 직접 주고받는 禮를 행할
수 없으므로 가지고 간 예물을 땅에 두고 물러나는 것을 뜻했는데, 이로부
터 군주에게 禮를 올리고 獻身하는 것을, 또는 꿇어 엎드려 절을 올리고
恭敬하고 섬기겠다는 뜻을 나타내는 것을 뜻하게 되었고, 나아가서 臣下
로서 服從하겠다(臣服), 歸附하겠다는 뜻을 나타내게 되었다. 內侍(내
시): 원래는 황제의 궁정에서 使喚 업무를 보는 사람을 가리키지만, 여기
서는 타국에 人質로 가 있는 사람을 말한다. 撩衣(료의): 옷을 걷어 올리
다. 〈撩〉: (물건의 늘어진 부분을) 걷어 올리다. 치켜들다. 료기(撩起).
狐疑(호의): 의심하다. 의심이 많다.

〔5〕 於是吳王留住鄧芝, 集多官問曰: "孤掌江南八十一州, 更
有荊楚之地, 反不如西蜀偏僻之處也. 蜀有鄧芝, 不辱其主; 吳並
無一人入蜀, 以達孤意."(*孫權亦用激法.) 忽一人出班奏曰: "臣願

爲使." 衆視之, 乃吳郡吳人, 姓張, 名溫, 字惠恕, 現爲中郎將. 權曰: "恐卿到蜀見諸葛亮, 不能達孤之情." 溫曰: "孔明亦人耳, 臣何畏彼哉?" (＊孫權不注意後主而注意孔明, 使者之意亦不在後主而在孔明.) 權大喜, 重賞張溫, 使同鄧芝入川通好.

却說孔明自鄧芝去後, 奏後主曰: "鄧芝此去, 其事必成. 吳地多賢, 定有人來答禮. 陛下當禮貌之. 令彼回吳, 以通盟好. 吳若通和, 魏必不敢加兵於蜀矣. 吳·魏寧靖, 臣當征南, 平定蠻方,(＊便爲七擒孟獲張本.) 然後圖魏.(＊便爲六出祁山張本.) 魏削則東吳亦不能久存,(＊仍照顧先主伐吳之意.) 可以復一統之基業也!" 後主然之.

　　＊注: 定(정): 반드시. 틀림없이. 　禮貌(예모): (動詞) 예우하다. 예의바르게 대하다. 　寧靖(녕정): 안정되다. 평정되다.

〖6〗忽報東吳遣張溫與鄧芝入川答禮. 後主聚文武於丹墀,令鄧芝·張溫入. 溫自以爲得志, 昂然上殿, 見後主施禮. 後主賜錦墩, 坐於殿左, 設御宴待之. 後主但敬禮而已.(＊說不出一句話.) 宴罷, 百官送張溫到館舍. 次日, 孔明設宴相待. 孔明謂張溫曰: "先帝在日, 與吳不睦, 今已晏駕. 當今主上, 深慕吳王, 欲捐舊忿, 永結盟好, 併力破魏. 望大夫善言回奏."(＊鄧芝見吳王不曾提起先主伐吳之事, 却於孔明對吳使補出.) 張溫領諾. 酒至半酣, 張溫喜笑自若, 頗有傲慢之意. (＊孔明此日任其傲慢, 不與計論, 自是相體.)

　　＊注: 丹墀(단지): 〈墀〉: 지대(地臺) 위의 땅. 〈丹墀〉: 황제의 보전 앞의 돌계단으로 그 위를 붉은색으로 칠했으므로 丹墀라 불렀다. 　錦墩(금돈): 비단 방석. 여기서는 비단방석을 깐 의자를 가리킨다. 　晏駕(안가): 崩御하다. 古代에 帝王의 死亡을 일컫는 말. (宮의 수레가) 늦게 나아가다.

〖7〗次日, 後主將金帛賜與張溫, 設宴於城南郵亭之上, 命衆官相送. 孔明殷勤勸酒. 正飲酒間, 忽一人乘醉而入, 昂然長揖, 入席就坐.(*此人定是孔明約來.) 溫怪之, 乃問孔明曰: "此何人也?" 孔明答曰: "姓秦, 名宓, 字子勑, 現爲益州學士." 溫笑曰: "名稱學士, 未知胸中曾'學事'否?" 宓正色而言曰: "蜀中三尺小童,尚皆就學, 何況於我?" 溫曰: "且說公何所學?" 宓對曰: "上至天文, 下至地理, <u>三敎九流</u>, 諸子百家, 無所不通; 古今興廢, 聖賢經傳, 無所不覽." 溫笑曰: "公旣出大言, 請卽以天爲問. 天有頭乎?"(*問得詼諧.) 宓曰: "有頭."(*答亦詼諧.) 溫曰: "頭在何方?" 宓曰: "在西方. 〈詩〉云: '<u>乃眷西顧.</u>'以此推之, 頭在西方也."(*便將西蜀高擡.) 溫又問: "天有耳乎?"宓答曰: "天處高而聽卑. 〈詩〉云: '<u>鶴鳴九皐,</u> 聲聞於天.'無耳何能聽?"溫又問: "天有足乎?" 宓曰: "有足. 〈詩〉云: '<u>天步艱難.</u>' 無足何能步?" 溫又問: "天有姓乎?" 宓曰: "豈得無姓!" 溫曰: "何姓?" 宓答曰: "姓劉." 溫曰: "何以知之?" 宓曰: "天子姓劉,以故知之." 溫又問曰: "日生於東乎?"(*日言君象. 是言君在東吳也.) 宓對曰: "<u>雖生於東, 而沒於西.</u>"(*又將西蜀抹倒東吳.)

*注: **郵亭**(우정): 고대에 文書의 送達을 맡은 사람이나 여행객들이 쉬어가도록 만든 관사. **三敎九流**(삼교구류): 九流三敎. 〈三敎〉: 儒敎, 道敎, 佛敎. 〈九流〉: 儒家, 道家, 陰陽家, 法家, 名家, 墨家, 縱橫家, 雜家, 農家 등 先秦 때의 각종 學術流派. 후에 와서는 각종 專門職業의 사람들을 일컫는 말이 되었다. **乃眷西顧**(내권서고): 머리를 돌려서 서쪽을 보다. (*出處: 〈詩經·大雅·文王之什·皇矣〉). **鶴鳴九皐**(학명구고): 학이 깊은 못가에서 우니 그 소리 하늘까지 들리도다. (*出處: 〈詩經·小雅·鶴鳴〉). 〈九皐〉: 깊은 못. **天步艱難**(천보간난): 國運이 크게 어려움에 처해 있다. (*出處: 〈詩經·小雅·白華〉). **生於東, 沒於西**(생어동, 몰어서): 해가 東에서 나와서 西에서 진다. 여기에는 곧 〈장차 西蜀이 東吳를 지워버릴

것이다〉란 뜻이 함축되어 있다.

〖8〗此時秦宓語言淸朗, 答問如流, 滿座皆驚. 張溫無語, 宓乃問曰: "先生東吳名士, 旣以天事下問, 必能深明天之理. 昔混沌旣分, 陰陽剖判; 輕淸者上浮而爲天, 重濁者下凝而爲地; <u>至共工氏</u>戰敗, 頭觸<u>不周山</u>, 天柱折, <u>地維</u>缺, 天傾西北, 地陷東南. 天旣輕淸而上浮, 何以傾其西北乎?(*張溫之問天是詼諧, 秦宓却認眞問起來, 敎他如何對答.) 又未知輕淸之外, 還是何物? 願先生敎我." 張溫無言可對, 乃避席而謝曰: "不意蜀中多出俊傑! 恰聞講論, 使僕<u>頓開茅塞</u>." 孔明恐溫羞愧, 故以善言解之曰: "席間問難, 皆戲談耳. 足下深知安邦定國之道, 何<u>在脣齒之戲</u>哉!"(*暗約秦宓來, 難倒了他, 却又自己收科, 孔明眞是妙人.) 溫拜謝. 孔明又令鄧芝入吳答禮, 就與張溫同行. 張‧鄧二人拜辭孔明, 望東吳而來.

　　*注: 共工氏(공공씨): 고대 신화에 의하면, 共工氏와 顓頊(전욱)씨가 서로 싸우다가 화가 나서 머리로 不周山을 들이받아 하늘을 지탱하고 있던 기둥이 부러져서 땅의 네 모서리가 무너졌다고 한다.　不周山(부주산): 전설에 의하면, 西北에 있던 한 쪽이 터져 있는 산이다.　地維(지유): 땅의 네 모서리를 지탱하고 있던 밧줄. 〈維〉: 그물의 벼리.　頓開茅塞(돈개모색): 문득 깨치다. 갑자기 알게 되다. 〈茅塞〉: (자신의) 우둔함. 어리석음.
　　在脣齒之戲(재순치지희): 입술과 이빨로 장난치고 있다. 농담(말장난)을 하고 있다. 〈在〉: ~하고 있다.(*영어의 진행형 동사어미 "~ing"에 해당한다.)

〖9〗却說吳王見張溫入蜀未還, 乃聚文武商議. 忽近臣奏曰: "蜀遣鄧芝同張溫入國答禮." 權召入. 張溫拜於殿前, 備稱後主‧孔明之德, 願求永結盟好, 特遣鄧尙書又來答禮. 權大喜, 乃設宴待之. 權問鄧芝曰: "若吳‧蜀二國同心滅魏, 得天下太平, 二主分治, 豈不樂乎?" 芝答曰: "天無二日, 民無二王. 如滅魏之後, 未識天命所歸何人. 但爲君者, 各修其德; 爲臣者, 各盡其忠: 則戰爭方息耳."(*鄧芝到底不弱, 勝張溫多矣.) 權大笑曰: "君之誠款, 乃如是耶!" 遂厚贈鄧芝還蜀. 自此吳‧蜀通好.(*自此一和後永不相伐, 又是大關目處.)

　　*注: 誠款(성관): 眞誠. 성실하고 진실함.

　　〔10〕却說魏國細作探知此事, 火速報入中原. 魏主曹丕聽知, 大怒曰: "吳‧蜀連和, 必有圖中原之意也. 不若朕先伐之." 於是大集文武, 商議起兵伐吳. 此時大司馬曹仁‧太尉賈詡已亡. 侍中辛毗出班奏曰: "中原之地, 土闊民稀, 而欲用兵, 未見其利. 今日之計, 莫若養兵屯田十年, 足食足兵, 然後用之, 則吳‧蜀方可破也."(*辛毗十年之說太遠, 與賈詡‧劉曄之諫伐吳不同.) 丕怒曰: "此迂儒之論也! 今吳‧蜀連和, 早晚必來侵境, 何暇等待十年!" 卽傳旨起兵伐吳. 司馬懿奏曰: "吳有長江之險, 非船莫渡. 陛下必御駕親征, 可選大小戰船, 從蔡‧潁而入淮, 取壽春, 至廣陵, 渡江口, 徑取南徐: 此爲上策."(*與曹操之屯兵赤壁又不同. 盖曹操旣得荊州, 故赤壁之兵欲從荊州渡江; 今荊州已屬孫權, 故淮上之軍欲從廣陵渡江. 地勢旣殊, 局面亦異.) 丕從之. 於是日夜幷工, 造龍舟十隻, 長二十餘丈, 可容二千餘人; 收拾戰船三千餘隻.

　　魏黃初五年秋八月, 會聚大小將士, 令曹眞爲前部, 張遼‧張郃‧文聘‧徐晃等爲大將先行, 許褚‧呂虔爲中軍護衛, 曹休爲合後, 劉曄‧蔣濟爲參謀官.(*劉曄此時何以不諫?) 前後水陸軍馬三十餘萬, 克日起兵. 封司馬懿爲尙書僕射, 留在許昌, 凡國政大事, 幷皆聽懿決斷.(*便爲司馬氏專權之兆.)

*注: 迂儒(우유): 세상 물정에 어둡고 융통성이 없는 학자(선비).　蔡 ·
穎(채·영): 蔡州와 穎川. 蔡州는 본래 漢代의 汝南郡 땅으로 隋代에 蔡州
를 두었다. 治所는 지금의 하남성 汝縣. 이 두 곳은 穎水와 汝水의 상류에
위치하여 이 두 물길을 따라 내려가면 淮河에 도달하여 壽春까지 갈 수
있다.　淮(회): 淮河. 하남성 桐柏山에서 발원하여 東으로 흘러 하남성,
안휘성 등을 지나 江蘇城에 이르러 洪澤湖로 들어감.　壽春(수춘): 양주
九江郡에 속한 縣名. 故城址는 지금의 안휘성 壽縣.　廣陵(광릉): 즉, 江
都. 지금의 강소성 揚州市.　南徐(남서): 南徐州. 지금의 강소성 丹徒.
龍舟(용주): 제왕이 타는 배.　黃初五年(황초오년): 서기 224년.

〖11〗 不說魏兵起程. 却說東吳細作探知此事, 報入吳國. 近臣
慌奏吳王曰: "今魏王曹丕, 親自乘駕龍舟, 提水陸大軍三十餘萬,
從蔡·穎出淮, 必取廣陵渡江, 來下江南. 甚爲利害." 孫權大驚,
卽聚文武商議. 顧雍曰: "今主上旣與西蜀連和, 可修書與諸葛孔
明, 令起兵出漢中, 以分其勢; (*爲下文趙雲取陽平關伏線.) 一面遣一
大將,　屯兵南徐以拒之."　權曰: "非陸伯言不可當此大任."雍
曰: "陸伯言鎮守荊州, 不可輕動."(*丕之不取荊州, 想亦爲陸遜在彼之
故.) 權曰: "孤非不知, 奈眼前無替力之人."(*孫權慣用激將法.) 言
未盡, 一人從班部內應聲而出曰: "臣雖不才, 願統一軍以當魏兵.
若曹丕親渡大江, 臣必生擒, 以獻殿下; 若不渡江, 亦殺魏兵大
半, 令魏兵不敢正視東吳!" 權視之, 乃徐盛也. 權大喜曰: "如得
卿守江南一帶, 孤何憂哉!" 遂封徐盛爲安東將軍, 總鎮都督建業·
南徐軍馬. 盛謝恩, 領命而退; 卽傳令敎衆官軍多置器械, 多設旌
旗, 以爲守護江岸之計.

〖12〗 忽一人挺身出曰: "今日大王以重任委托將軍, 欲破魏兵,

以擒曹丕. 將軍何不早發軍馬渡江, 於淮南之地迎敵? 直待曹丕兵至, 恐無及矣."(*與韓當·周泰不服陸遜彷佛相似.) 盛視之, 乃吳王侄孫韶也. 韶字公禮, 官授揚威將軍, 曾在廣陵守禦; 年幼負氣, 極有膽勇.(*陸遜以年少, 人不服他, 孫韶亦以年少, 不肯服人.) 盛曰: "曹丕勢大, 更有名將爲先鋒, 不可渡江迎敵. 待彼船皆集於北岸, 吾自有計破之."(*與陸遜候先主移營彷佛相似.) 韶曰: "吾手下自有三千軍馬, 更兼深知廣陵路勢, 吾願自去江北, 與曹丕決一死戰. 如不勝, 甘當軍令." 盛不從. 韶堅執要去. 盛只是不肯, 韶再三要行, 盛怒曰: "汝如此不聽號令, 吾安能制諸將乎?" 叱武士推出斬之. (*如韓信之欲斬樊噲.) 刀斧手擁孫韶出轅門之外, 立起皂旗. 韶部將飛報孫權. 權聽知, 急上馬來救.(*樊噲是相國來救, 孫韶却是君王自救.) 武士恰待行刑, 孫權早到, 喝散刀斧手, 救了孫韶. 韶哭奏曰: "臣往年在廣陵, 深知地利; 不就那裏與曹丕厮殺, 直待他下了長江, 東吳指日休矣!"

> *注: 負氣(부기): 意氣를 믿고 남에게 굽히지 않으려는 마음. 勝癖(승벽). 버럭 화를 내다. 여기서는 意氣가 강하다는 뜻이다. 指日(지일): 머지않은 날. 머지않아.

〖13〗權徑入營來. 徐盛迎接入帳, 奏曰: "大王命臣爲都督, 提兵拒魏; 今揚威將軍孫韶, 不遵軍法, 違令當斬, 大王何故赦之?" 權曰: "韶倚血氣之壯, 誤犯軍法, 萬希寬恕." 盛曰: "法非臣所立, 亦非大王所立, 乃國家之典刑也. 若以親而免之, 何以令衆乎?"(*徐盛有穰苴·孫武之風.) 權曰: "韶犯法, 本應任將軍處治; 奈此子雖本姓俞氏, 然孤兄甚愛之, 賜姓孫; 於孤頗有勞績. 今若殺之, 負兄義矣."(*孫權篤於兄弟, 與曹丕不同.) 盛曰: "且看大王之面, 寄下死罪." 權令孫韶拜謝. 韶不肯拜, 厲聲而言曰: "據吾之見,只是引軍去破曹丕，<u>便死也</u>不服你的見識!"徐盛變色．權叱退孫韶，謂徐盛曰："便無此子，何損於吳？今後勿再用之."(*善於調整.) 言訖自回．是夜，人報徐盛說："孫韶引本部三千精兵，潛地過江去了."盛恐有失，於吳王面上不好看，乃喚丁奉授以密計，引三千兵渡江接應．(*徐盛亦得體，若棄韶而不救，便不成大將矣.)

　　*注：**典刑**(전형)：표준 형법. 사형 집행을 규정해 놓은 정법. 정당한 법．**寄下**(기하)：맡겨 놓다.〈寄〉：記罪와 同義. 맡겨놓다. 유보하다． **便死也**(편사야)：설령 죽더라도.

〖14〗却說魏主駕龍舟至廣陵，前部曹眞已領兵列於大江之岸．曹丕問曰："江岸有多少兵？"眞曰："隔岸遠望，並不見一人，亦無旌旗營寨."丕曰："此必詭計也．朕自往觀其虛實."於是大開江道，放龍舟直至大江，泊於江岸．船上建龍鳳日月五色旌旗，<u>儀鑾簇擁</u>，光耀射目．曹丕端坐舟中，遙望江南，不見一人，回顧劉曄・蔣濟曰："可渡江否？"曄曰："兵法'實實虛虛'．彼見大軍至，如何不作整備？陛下未可造次．且待三五日，看其動靜，然後發先鋒渡江以探之."丕曰："卿言正合朕意."

　　是日天晚，宿於江中．當夜月黑，(*將寫霧先寫月.) 軍士皆執燈火，明耀天地，恰如白晝．遙望江南，並不見半點兒火光．丕問左右曰："此何故也？"近臣奏曰："想聞陛下天兵來到,故望風逃竄耳."丕暗笑．及至天曉，大霧迷漫，對面不見．須臾風起，霧散雲收，望見江南一帶皆是連城：城樓上槍刀耀日，遍城盡插旌旗號<u>帶</u>．頃刻數次人來報："南徐沿江一帶，<u>直至石頭城</u>，一連數百里，城郭舟車，連綿不絕，一夜成就."曹丕大驚．原來徐盛束縛蘆葦爲人，盡穿靑衣，執旌旗，立於<u>假城疑樓</u>之上.(*假城疑樓只用假人守把．妙.) 魏兵見城上許多人馬，如何不膽寒？丕歎曰："魏雖有武士千群, 無所用之. 江南人物如此, 未可圖也!"

〖15〗正驚訝間, 忽然狂風大作, 白浪滔天, 江水濺濕龍袍, 大
船將覆. 曹眞慌令文聘撑小舟急來救駕. 龍舟上人立站不住. 文聘
跳上龍舟, 負丕下得小舟, 奔入河港. 忽流星馬報: "趙雲引兵出
陽平關, 徑取長安."(*與曹操在赤壁時聞馬騰消息, 一虛一實, 前後相映.)
丕聽得, 大驚失色, 便教回軍. 衆軍各自奔走, 背後吳兵追至. 丕
傳旨教盡棄御用之物而走. 龍舟將次入淮, 忽然鼓角齊鳴, 喊聲大
震, 刺斜裏一彪軍殺到: 爲首大將, 乃孫韶也. 魏兵不能抵當. 折
其大半, 淹死者無數.(*少年負氣未嘗誤事, 與近日少年不同.) 諸將奮力
救出魏主. 魏主渡淮河, 行不三十里, 淮河中一帶蘆葦, 預灌魚
油, 盡皆火着;(*前徐盛所授之計, 至此始見.) 順風而下, 風勢甚急,
火焰漫空, 絶住龍舟. 丕大驚, 急下小船傍岸時, 龍舟上早已火
着.(*此時十隻龍舟已化作十條火龍矣.) 丕慌忙上馬. 岸上一彪軍殺來:
爲首一將, 乃丁奉也. 張遼急拍馬來迎, 被奉一箭射中其腰, 却得
徐晃救了, 同保魏主而走, 折軍無數. 背後孫韶·丁奉奪得馬匹·車
仗·船隻·器械, 不計其數.

魏兵大敗而回. 吳將徐盛全獲大功, 吳王重加賞賜. 張遼回到許
昌, 箭瘡迸裂而亡. 曹丕厚葬之, 不在話下.

却說趙雲引兵殺出陽平關之次, 忽報丞相有文書到, 說益州耆
帥雍闓, 結連蠻王孟獲, 起十萬蠻兵, 侵掠四郡; 因此宣雲回軍,
令馬超堅守陽平關, 丞相欲自南征. 趙雲乃急收兵而回. 此時孔明
在成都整飭軍馬, 親自南征. 正是:

方見東吳敵北魏，又看西蜀戰南蠻.

未知勝負如何，且看下文分解.

*注:濺濕(천습): 물을 뿌려 축축해지다.　河港(하항): 江河 연안의 항구.
將次(장차): 머지않아. 곧. 점차.　却(각): 뜻밖에. 의외로.　耆帥(기수):
老將. 늙은 장수. 〈耆〉: 노인. 늙은이.　宣雲回軍(선운회군): 황제가 조운
에게 회군하라고 명하다. 〈宣〉: 원래는 〈황제가 거처하는 곳〉이란 뜻에서
황제의 말이나 명령, 행동 등을 나타낸다.　整飭(정칙): 정리하다. 정돈하
다. 단정하게 하다.

第八十六回 毛宗崗 序始評

(1). 孔明之遣鄧芝，爲伐魏地也. 然爲伐魏地亦正爲吞吳地
也. 先主嘗讐吳矣. 先主讐之，而孔明通之，豈孔明之心異於先
主哉？以爲不先滅魏則吳未可吞；而不先通吳，則魏未可滅. 魏
滅，而蜀與吳勢不兩存. 鄧芝“天無二日”之言，章章可見. 然
則孔明反先主伐吳之事，實欲終先主吞吳之志耳.

(2). 前有周郎赤壁之火，又有陸遜猇亭之火，無分毫相犯，斯
亦事與文之最奇者矣. 乃不意兩番之後，又有徐盛南徐之火，又
與前兩番無分毫相犯. 如赤壁、猇亭之用火甚遲，南徐之用火甚
速，其不同者一. 曹操・先主之兵燒之而後退；曹丕之兵，至於
退而後燒，前兩番則以火躡其後，後一番則以火截其前，其不同
者二. 周郎之兵，先小勝而後大勝；陸遜之兵，先小敗而後大勝；
而徐盛則止是一勝，其不同者三. 不但此也，程普不服周郎，韓
當・周泰不服陸遜，是以老成輕量少年；孫韶不服徐盛，是以少
年輕量老成，此則其同而不同者也. 曹操有連環之舟，先主有連

營之屯，其連在敵，徐盛有連城之勢，其連在我，此又其同而不同者也．孔明以草爲人，用之大霧之中；徐盛以草爲人，見之大霧之後．孔明以石爲兵，御陸遜於旣勝；徐盛以木爲城，惑曹丕於初來．其彷彿處，皆種種各別．如此妙事，如此妙文，使今之捏造稗官者，執筆而摹之，豈能效其萬一也？

(3)．若曹丕自守鄴都，吳亦以徐盛代守荊州，而令司馬懿與陸遜相拒於江淮之間，其鬥智必有可觀．惜未見此兩人之交手也．且使攻南徐者爲曹操，則龍舟之役，未必如此之憊．又使助徐盛者有孔明，則曹丕之奔，必無生還之路矣．讀書者將前後彼此相易而觀之，則其人才之分數自出．

第八十七回

征南寇丞相大興師
抗天兵蠻王初受執

〖１〗却說諸葛丞相在於成都，事無大小，皆親自從公決斷．兩川之民，忻樂太平，夜不閉戶，路不拾遺．又幸連年大熟，老幼鼓腹謳歌，凡遇差徭，爭先早辦：因此軍需器械應用之物，無不完備；米滿倉廒，財盈府庫．（＊先敍蜀中富庶，以見內安而後可以外攘也．）

建興三年，益州飛報：“蠻王孟獲，大起蠻兵十萬，犯境侵掠．（＊孟獲猶是曹丕五路中之一路，此時乃去而復來．）建寧太守雍闓，乃漢朝什方侯雍齒之後，今結連孟獲造反．牂牁郡太守朱褒・越雋郡太守高定，二人獻了城．止有永昌太守王伉不肯反．見今雍闓・朱褒・高定三人部下人馬，皆與孟獲爲鄉導官，攻打永昌郡．今王伉與功曹呂凱，會集百姓，死守此城，其勢甚急．”（＊只用傳報，不用實敍，皆是省筆．）孔明乃入朝奏後主曰：“臣觀南蠻不服，實國家之大患也．臣

當自領大軍, 前去征討."(*不伐魏而親自征蠻, 出人意外.) 後主曰 "東
有孫權, 北有曹丕, 今相父棄朕而去, 倘吳·魏來攻, 如之奈何?"
孔明曰: "東吳方與我國講和, 料無異心; 若有異心, 李嚴在白帝
城, 此人可當陸遜也. 曹丕新敗, 銳氣已喪, 未能遠圖; 且有馬超
守把漢中諸處關口, 不必憂也. 臣又留關興·張苞等分兩軍爲救應,
保陛下萬無一失. 今臣先去掃蕩蠻方, 然後北伐, 以圖中原,(*歸重
中原, 征蠻正爲伐魏地耳.) 報先帝三顧之恩, 托孤之重." 後主曰: "朕
年幼無知, 惟相父斟酌行之."

*注: 忻樂(흔락): 기뻐하다. 즐거워하다.　差徭(차요): 徭役. 賦役.　倉廒
(창오): 미곡창고(=倉敖).　府庫(부고): 옛날 관청의 문서나 재물이나 병장
기 등을 간직하는 창고.　建寧(건녕): 郡名. 제갈량이 남정 때 두었는데,
치소는 味縣. 지금의 운남성 曲靖.　牂牁(장가): 治所는 故且蘭(지금의
귀주성 貴陽市 부근).　越嶲(월준): 治所는 邛都(지금의 사천성 西昌市
동남).　永昌(영창): 治所는 不韋(지금의 운남성 保山縣).　功曹(공조):
官名. 州郡의 佐吏, 官吏의 功績 등을 考査하고 기록하는 일을 담당.

〔2〕言未畢, 班部內一人出曰: "不可! 不可!"衆視之, 乃南陽
人也, 姓王, 名連, 字文儀, 現爲諫議大夫. 連諫曰: "南方不毛之
地, 瘴疫之鄉, 丞相秉鈞衡之重任, 而自遠征, 非所宜也. 且雍闓
等乃癬疥之疾, 丞相只須遣一大將討之, 必然成功."(*不知南方未
平, 不是癬疥之疾, 直是心腹之患.) 孔明曰: "南蠻之地, 離國甚遠, 人
多不習王化, 收伏甚難. 吾當親去征之. 可剛可柔, 別有斟酌, 非
可容易托人."(*七擒七縱之意, 於此已先定矣, 不消待馬謖說得.) 王連再
三苦勸, 孔明不從.
　是日, 孔明辭了後主, 令蔣琬爲參軍, 費禕爲長史, 董厥·樊建
二人爲掾史; 趙雲·魏延爲大將, 總督軍馬; 王平·張翼爲副將; 并

川將數十員：共起川兵五十萬，前望益州進發．

　忽有關公第三子關索，入軍來見孔明，曰：“自荊州失陷，逃難在鮑家莊養病．每要赴川見先帝報讎，瘡痕未合，不能起行．近已安痊，打探得東吳讎人已皆誅戮，徑來西川見帝，恰在途中遇見征南之兵，特來投見．”(*關索蹤迹直於此處敍出，補前文所未及．) 孔明聞之，嗟訝不已；一面遣人申報朝廷，就令關索為前部先鋒，一同征南．大隊人馬，各依隊伍而行．飢餐渴飲，夜住曉行；所經之處，秋毫無犯．(*的是王者之兵．)

　　*注：瘴疫(장역): 장기. 온역. 장기에 걸려서 생기는 유행성 열병. 〈瘴〉: 瘴氣. 瘴毒. 瘴癘. 주로 아열대의 습지대에서 발생하는 악성 말라리아 따위의 전염병의 원인.　　鈞衡(균형): 衡量하다. 국가의 政務나 重任을 비유. 平衡公正의 비유.　　癬疥之疾(선개): 쉽게 처리할 수 있는 작은 일. 大局에 관계없는 대수롭지 않은 過失이나 缺點. 〈癬疥〉: 버짐.　　王化(왕화): 君王의 德化. 敎化.　　掾史(연사): 胥吏. 각 관아에 소속되어 있는 屬吏. 掾吏.　　嗟訝(차아): 탄식하고(嗟) 놀라다(訝).

〖３〗却說雍闓聽知孔明自統大軍而來，即與高定·朱褒商議，分兵三路：高定取中路：雍闓在左，朱褒在右；三路各引兵五六萬迎敵．於是高定令鄂煥為前部先鋒．煥身長九尺，面貌醜惡，使一枝方天戟，有萬夫不當之勇；領本部兵，離了大寨，來迎蜀兵．

　却說孔明引大軍已到益州界分．前部先鋒魏延，副將張翼·王平，纔入界口，正遇鄂煥軍馬．兩陣對圓，魏延出馬大罵曰：“反賊早早受降！”鄂煥拍馬與魏延交鋒．戰不數合，延詐敗走，煥隨後赶來．走不數里，喊聲大震．張翼·王平兩路軍殺來，絕其後路．延復回，三員將併力拒戰，生擒鄂煥．解到大寨，入見孔明．孔明令去其縛，以酒食待之．問曰：“汝是何人部將？”煥曰：“某是高定部將." 孔明曰: "吾知高定乃忠義之士, 今爲雍闓所惑, 以致如此.
吾今放汝回去, 令高太守早早歸降, 免遭大禍." 鄂煥拜謝而去,
回見高定, 說孔明之德. 定亦感激不已.

　次日, 雍闓至寨. 禮畢, 闓曰: "如何得鄂煥回也?" 定曰: "諸
葛亮以義放之." 闓曰: "此乃諸葛亮反間之計: 欲令我兩人不和,
故施此謀也." 定<u>半信不信</u>, 心中猶豫. 忽報蜀將搦戰, 闓自引三
萬兵出迎. 戰不數合, 闓撥馬便走. 延率兵大進, 追殺二十餘里.
次日, 雍闓又起兵來迎. 孔明一連三日不出. 至第四日, 雍闓·高定
分兵兩路, 來取蜀寨.

　*注: 半信不信(반신불신): 半信半疑.

〖 4 〗 却說孔明令魏延等兩路伺候: 果然雍闓·高定兩路兵來, 被
伏兵殺傷大半, 生擒者無數, 都解到大寨來. 雍闓的人, 囚在一
邊; 高定的人, 囚在一邊. 却令軍士謠說: "但是高定的人免死,
雍闓的人盡殺." 衆軍皆聞此言. 少時, 孔明令取雍闓的人到帳
前, 問曰: "汝等是何人<u>部從</u>?" 衆僞曰: "高定部下人也." 孔明
敎皆免其死, 與酒食賞勞, 令人送出界首, 縱放回寨.(*先發遣雍闓
的人, 妙在故意認作高定的人, 以疑雍闓.) 孔明又喚高定的人問之. 衆皆
告曰: "吾等實是高定部下軍士." 孔明亦皆免其死, 賜以酒食;
却揚言曰: "雍闓今日使人投降, 要獻汝主并朱褒首級以爲功勞,
吾甚不忍. 汝等旣是高定部下軍, 吾放汝等回去, 再不可背反. 若
再擒來, 決不輕恕." 衆皆拜謝而去.(*次發遣高定的人, 又妙在詐稱雍
闓之約, 以疑高定, 又帶朱褒在內.)

　*注: 部從(부종): 從者. 수행원.

〖 5 〗 回到本寨, 入見高定, 說知此事. 定乃密遣人去雍闓寨中

探聽，却有一般放回的人，言說孔明之德；因此雍闓部軍，多有歸順高定之心．雖然如此，高定心中不穩，又令一人來孔明寨中探聽虛實．被伏路軍捉來見孔明．孔明故意認做雍闓的人，(*前將雍闓的人，故意認作高定的人，今又將高定的人，故意認作雍闓的人，巧妙之極．) 喚入帳中問曰：“汝元帥既約下獻高定・朱褒二人首級，因何誤了日期？ 汝這廝不<u>精細</u>， 如何做得細作！”(*妙在對高定的人說雍闓的話．) 軍士含糊答應．孔明以酒食賜之，修密書一封，付軍士曰：“汝持此書付雍闓，教他早早下手，休得誤事．”(*妙在使高定的人致雍闓的書．) 細作拜謝而去，回見高定，呈上孔明之書，說雍闓如此如此．定看書畢，大怒曰：“吾以眞心待之，彼反欲害吾，<u>情理</u>難容！” 使喚鄂煥商議．煥曰：“孔明乃仁人，背之不祥．(*孔明已先下種．) 我等謀反作惡， 皆雍闓之故； 不如殺闓以投孔明．”(*皆在孔明算中．) 定曰：“如何下手？”煥曰：“可設一席，令人去請雍闓．彼若無異心，必<u>坦然</u>而來；若其不來，必有異心．我主可攻其前，某伏於寨後小路候之： 闓可擒矣．” 高定從其言，設席請雍闓．闓果疑前日放回軍士之言，懼而不來.(*與假書相合．) 是夜高定引兵殺投雍闓寨中．原來有孔明放回免死的人，皆想高定之德，乘勢助戰.(*又是孔明先下的種．) 雍闓軍不戰自亂．闓上馬望山路而走．行不二里，鼓聲響處，一彪軍出，乃鄂煥也：挺方天戟，驟馬當先．雍闓措手不及，被煥一戟刺於馬下，就梟其首級.(*非鄂煥殺之，亦非高定殺之，是孔明殺之耳．) 闓部下軍士皆降高定．

　　*注: **精細**(정세): 주의 깊다. 세심하다.　　**情理**(정리): 도리. 사리. 정리.
　　坦然(탄연): 태연히. 늠름하게.

〖６〗定引兩部軍來降孔明，獻雍闓首級於帳下．孔明高坐於帳上， 喝令左右：“<u>推轉</u>高定， 斬首報來！”定曰：“某感丞相大恩，今將雍闓首級來降,何故斬也?" 孔明大笑曰:"汝來詐降.敢瞞吾耶!"(*實是我瞞他, 反說他瞞我, 妙甚.) 定曰:"丞相何以知吾詐降?" 孔明於匣中取出一緘, 與高定曰:"朱褒已使人密獻降書, 說你與雍闓結生死之交, 豈肯一旦便殺此人? 吾故知汝詐也."(*旣假致雍闓之書, 又假作朱褒之書, 一派是假.) 定叫屈曰:"朱褒乃反間之計也.(*不是朱褒反間, 實是孔明反間.) 丞相切不可信!" 孔明曰:"吾亦難憑一面之詞. 汝若捉得朱褒, 方表眞心."(*殺朱褒又只用高定, 殊不費力.) 定曰:"丞相休疑. 某去擒朱褒來見丞相, 若何?" 孔明曰:"若如此, 吾疑心方息也."

高定卽引部將鄂煥并本部兵, 殺奔朱褒營來. 比及離寨約有十里, 山後一彪軍到, 乃朱褒也. 褒見高定軍來, 慌忙與高定答話. 定大罵曰:"汝如何寫書與諸葛丞相處, 使反間之計害吾耶?" 褒目瞪口呆, 不能回答. 忽然鄂煥於馬後轉過, 一戟刺朱褒於馬下. 定厲聲而言曰:"如不順者皆戮之!" 於是衆軍一齊拜降. 定引兩部軍來見孔明, 獻朱褒首級於帳下. 孔明大笑曰:"吾故使汝殺此二賊, 以表忠心."(*算高定於股掌之上.) 遂命高定爲益州太守, 總攝三郡;令鄂煥爲牙將. 三路軍馬已平.

*注: 推轉(추전): 推出. 指推出處死. 叫屈(규굴): 억울함을 호소하다.
目瞪口呆(목징구태): 눈을 크게 뜨고 입을 딱 벌리다. 어안이 벙벙하다.
아연실색하다. 牙將(아장): 下級 武官名.

〖7〗 於是永昌太守王伉出城迎接孔明, 孔明入城已畢, 問曰:"誰與公守此城, 以保無虞?" 伉曰:"某今日得此郡無危者, 皆賴永昌不韋人, 姓呂, 名凱, 字季平. 皆此人之力." 孔明遂請呂凱至. 凱入見, 禮畢. 孔明曰:"久聞公乃永昌高士, 多虧公保守此城. 今欲平蠻方, 公有何高見?" 呂凱遂取一圖, 呈與孔明曰:

"某自<u>歷仕</u>以來，知南人欲反久矣，故密遣人入其境，察看可屯兵交戰之處，畫成一圖，名曰'平蠻指掌圖'，(*蠻人已在掌中.) 今敢獻與明公． 明公試觀之， 可爲征蠻之一助也."(*與張松獻圖前後相對． 先主無張松不能入西川，孔明無呂凱不能平孟獲.) 孔明大喜，就用呂凱爲行軍教授，兼鄉導官． 於是孔明提兵大進，深入南蠻之境．

  *注: **多虧**(다휴): 다행히. 덕분에. **歷仕**(역사): 관직을 두루(골고루) 거치다. 〈歷〉: 경험하다. 겪다; 두루. 골고루; 과거의 지금까지 경과한.

〖8〗 正行軍之次，忽報天子差使命至． 孔明請入中軍，但見一人素袍白衣而進，乃馬謖也.── 爲兄馬良新亡，因此挂孝.(*馬良之死在此帶敍出來，省筆之法.) ── 謖曰: "奉主上勅命，賜衆軍酒帛." 孔明接詔已畢，依命一一<u>給散</u>，遂留馬謖在帳<u>敍話</u>． 孔明問曰: "吾奉天子詔，削平蠻方；久聞<u>幼常</u>高見，望乞賜教." 謖曰: "愚有片言，望丞相察之: 南蠻恃其地遠山險，不服久矣；雖今日破之，明日復叛． 丞相大軍到彼，必然平服；但班師之日，<u>必用</u>北伐曹<u>丕</u>；蠻兵若知內虛， 其反必速． 夫用兵之道，'攻心爲上， 攻城爲下；心戰爲上，兵戰爲下'． (*此四語是兵法中之所無，却是絕妙兵法，又在孫吳之上.) 願丞相但服其心足矣."(*<u>的的</u>高見.) 孔明嘆曰: "幼常足知吾肺腑也!" 於是孔明遂令馬謖爲參軍，卽統大兵前進．

  *注: **給散**(급산): 나누어 주어서 흩어지다. =散給. 〈散〉: 結果補語이다. **敍話**(서화): 담화하다. 이야기를 나누다. **幼常**(유상): 馬謖의 字. **必用**(필용): 반드시 …할 필요가 있다. **的的**(적적): 확실히. 진실로.

〖9〗 却說蠻王孟獲，聽知孔明智破雍闓等，遂聚三洞元帥商議: 第一洞乃金環三結元帥， 第二洞乃董荼那元帥， 第三洞乃阿會喃元帥． 三洞元帥入見孟獲，獲曰: "今諸葛丞相領大軍來侵我境界，不得不併力敵之. 汝三人可分兵三路而進. 如得勝者, 便爲洞主."於是分金環三結取中路, 董荼那取左路, 阿會喃取右路: 各引五萬蠻兵, 依令而行.

却說孔明正在寨中議事. 忽哨馬飛報, 說三洞元帥分兵三路到來. 孔明聽畢, 卽喚趙雲·魏延至, 却都不分付; 更喚王平·馬忠至,(*馬忠有二, 一爲吳之馬忠, 一爲蜀之馬忠. 吳之馬忠已死, 此乃蜀之馬忠也.) 囑之曰:"今蠻兵三路而來, 吾欲令子龍·文長去; 此二人不識地理, 未敢用之.(*孔明慣用激將之法.) 王平可往左路迎敵, 馬忠可往右路迎敵. 吾却使子龍·文長隨後接應. 今日整頓軍馬, 來日平明進發." 二人聽令而去. 又喚張嶷·張翼分付曰:"汝二人同領一軍, 往中路迎敵. 今日整點軍馬, 來日與王平·馬忠約會而進. ── 吾欲令子龍·文長去取, 奈二人不識地理, 故未敢用之."(*妙在又說一句, 再激他一激.) 張嶷·張翼聽令去了.

〖10〗趙雲·魏延見孔明不用, 各有慍色. 孔明曰:"吾非不用汝二人, 但恐以中年涉險, 爲蠻人所算, 失其銳氣耳!"(*此是第三番激他.) 趙雲曰:"倘我等識地理, 若何?" 孔明曰:"汝二人只宜小心, 休得妄動."(*妙, 止之正以激之也.) 二人怏怏而退.

趙雲請魏延到自己寨內商議曰:"吾二人爲先鋒, 却說不識地理而不肯用. 今用此後輩, 吾等豈不羞乎?" 延曰:"吾二人只今就上馬, 親去探之; 捉住土人, 便教引進, 以敵蠻兵, 大事可成."(*皆在孔明算中.) 雲從之, 遂上馬徑取中路而來. 方行不數里, 遠遠望見塵頭大起. 二人上山坡看時, 果見數十騎蠻兵, 縱馬而來. 二人兩路衝出. 蠻兵見了, 大驚而走. 趙雲·魏延各生擒幾人, 回到本寨, 以酒食待之, 却細問其故.(*不激不肯如此.) 蠻兵告曰:"前面是金環三結元帥大寨, 正在山口. 寨邊東西兩路, 却通五溪洞(*一個洞名), 并董荼那·阿會喃各寨之後."

*注: 見孔明不用(견공명불용): 공명이 (자신들을) 써주지 않는 것을 보다. 또는, 孔明에 의해 쓰이지 않다. 〈見〉을 被動을 나타내는 조사로 〈被〉와 같은 뜻으로 해석해도 된다.　爲蠻人所算(위만인소산): 蠻人에게 害를 당하다. 〈爲…所…〉: 수동의 형식으로 〈~에 의해 ~하는 바 당하다〉. 〈算〉: 暗算. 謀害.　却(각): 앞의 〈却〉은 〈~한 후에〉라는 뜻이고, 뒤의 〈却〉은 〈바로〉라는 뜻이다. (바로 五谿洞으로 통한다.)

〖11〗 趙雲·魏延聽知此話, 遂點精兵五千, 敎擒來蠻兵引路. 比及起軍時, 已是二更, 天氣; 月明星朗, 趁着月色而行. 剛到金環三結大寨之時, 約有四更,(*行了兩個更次.) 蠻兵方起造飯, 准備天明厮殺. 忽然趙雲·魏延兩路殺入, 蠻兵大亂. 趙雲直殺入中軍, 正逢金環三結元帥; 交馬只一合, 被雲一槍刺落馬下, 就梟其首級. 餘軍潰散. 魏延便分兵一半, 望東路抄董荼那寨來; 趙雲分兵一半, 望西路抄阿會喃寨來. 比及殺到蠻兵大寨之時, 天已平明.

先說魏延殺奔董荼那寨來: 董荼那聽知寨後有軍殺至, 便引兵出寨拒敵. 忽然寨前門一聲喊起, 蠻兵大亂. 原來王平軍馬早已到了.(*明明是孔明敎他接應魏延.) 兩下夾攻, 蠻兵大敗. 董荼那奪路走脫, 魏延追赶不上.

*注: 擒來蠻兵(금래만병): 붙잡아온 만병.

〖12〗 却說趙雲引兵殺到阿會喃寨後之時, 馬忠已殺至寨前,(*明明是孔明敎他接應趙雲.) 兩下夾攻, 蠻兵大敗, 阿會喃乘亂走脫. 各自收軍, 回見孔明. 孔明問曰: "三洞蠻兵, 走了兩洞之主; 金環三結元帥首級安在?" 趙雲將首級獻功. 衆皆言曰: "董荼那·阿會喃皆棄馬越嶺而去,因此赶他不上." 孔明大笑曰: "二人吾已擒下了."趙·魏二人并諸將皆不信. 少頃, 張嶷解董荼那到, 張翼解阿會喃到. 衆皆驚訝. 孔明曰: "吾觀呂凱圖本, 已知他各人下的寨子, 故以言激子龍·文長之銳氣, 故教深入重地, 先破金環三結, 隨卽分兵左右寨後抄出, 以王平·馬忠應之. 非子龍·文長不可當此任也.(*此時却極力讚他一句, 眞神妙不測.)吾料董荼那·阿會喃必從便徑往山路而走, 故遣張嶷·張翼以伏兵待之, 令關索以兵接應, 擒此二人." 諸將皆拜伏曰: "丞相機算, 神鬼莫測!"

孔明令押過董荼那·阿會喃至帳下, 盡去其縛, 以酒食衣服賜之, 令各自歸洞, 勿得助惡.(*孔明自此以後只用此法.) 二人泣拜, 各投小路而去. 孔明謂諸將曰: "來日孟獲必然親自引兵廝殺, 便可就此擒之." 乃喚趙雲·魏延至, 付與計策, 各引五千兵去了.(*前是暗使, 此是明遣.) 又喚王平·關索同引一軍, 授計而去. 孔明分撥已畢, 坐於帳上待之.

〖13〗却說蠻王孟獲在帳中正坐, 忽哨馬報來, 說三洞元帥, 俱被孔明捉將去了; 部下之兵, 各自潰散. 獲大怒, 遂起蠻兵迤邐進發, 正遇王平軍馬. 兩陣對圓, 王平出馬橫刀望之: 只見門旗開處, 數百南蠻騎將兩勢擺開. 中間孟獲出馬: 頭頂嵌寶紫金冠, 身披纓絡紅錦袍, 腰系碾玉獅子帶, 脚穿鷹嘴抹綠靴, 騎一匹卷毛赤兔馬, 懸兩口松紋鑲寶劍, 昂然觀望, 回顧左右蠻將曰: "人每說諸葛亮善能用兵; 今觀此陣, 旌旗雜亂, 隊伍交錯; 刀槍器械, 無一可能勝吾者: 始知前日之言謬也.(*在孟獲眼中寫出孔明誘敵.)早知如此, 吾反多時矣. 誰敢去擒蜀將, 以振軍威?" 言未畢, 一將應聲而出, 名喚忙牙長; 使一口截頭大刀, 騎一匹黃驃馬, 來取王平. 二將交鋒, 戰不數合, 王平便走.(*明明是誘敵.)孟獲驅兵大進, 迤邐追赶. 關索略戰又走, (*又明明是誘敵.)約退二十餘里.

孟獲正追殺之間, 忽然喊聲大起, 左有張嶷, 右有張翼, 兩路兵殺出, **截斷歸路**.(*只道此二人爲伏兵, 那知又有子龍·文長在後.) 王平·關索**復兵**殺回. 前後夾攻, 蠻兵大敗. 孟獲引部將死戰得脫, **望錦帶山**而逃. 背後三路兵追殺將來. 獲正奔走之間, 前面喊聲大起, 一彪軍攔住: 爲首大將乃常山趙子龍也. 獲見了大驚, 慌忙奔錦帶山小路而走. 子龍衝殺一陣, 蠻兵大敗, 生擒者無數. 孟獲止與數十騎奔入山谷之中, 背後追兵至近, 前面路狹, 馬不能行, 乃棄了馬匹, 爬山越嶺而逃. 忽然山谷中一聲鼓響, 乃是魏延受了孔明計策, 引五百步軍, 伏於此處, 孟獲抵敵不住, 被魏延生擒活捉了. 從騎皆降. (*前二張擒董·阿用虛寫, 今魏延擒孟獲用實寫.)

> ***注**: 捉將去(착장거): 붙잡아 가다. 〈將〉: 동사와 방향보어 중간에 쓰여 그 동작의 지속성이나 개시 등을 나타낸다. 迤邐(이리): 천천히(緩行貌). 구불구불 길게 이어진 모양(曲折連綿貌). 차츰차츰 (가까이). 頭頂(두정): 머리에 이다(쓰다). 〈頂〉: (명사) 꼭대기. (동사) 머리에 이다. 纓絡(영락): 술을 주렁주렁 달다. 碾玉獅子帶(연옥사자대): 玉으로 사자 모양을 조각해서 장식한 寶帶. 〈碾(년)〉: 매. 연자. 롤러. 연마하다; 조각하다. 鷹嘴抹綠靴(응취말록화): 앞머리를 매부리처럼 뾰족하게 만든 녹색 신발. (*이상의 服飾들은 모두 삼국시대 이후에 나타난 것으로, 삼국시대에는 이런 복식이 아직 없었다.) 卷毛(권모): 곱슬곱슬한 털. 黃驃馬(황표마): 온몸의 털이 노란 밤색인 말. 略戰(략전): 조금 싸우다. 〈略〉: 대충. 약간. 좀. 復兵(복병): 군사를 돌려가다. 〈復〉: 돌아가다. 돌아오다. 錦帶山(금대산): 동한 삼국시에는 이러한 산 이름이 없었다.

〖14〗 魏延解孟獲到大寨來見孔明. 孔明早已殺牛宰馬, 設宴在寨; 却敎帳中排開七重**圍子手**, 刀槍劍戟, 燦若霜雪; 又執御賜黃金鉞斧, 曲柄傘蓋, 前後**羽葆鼓吹**, 左右排開御林軍, 布列得十分嚴整.(*令孟獲見漢官威儀.) 孔明端坐於帳上, 只見蠻兵紛紛攘攘, 解到無數. 孔明喚到帳中, 盡去其縛, 撫諭曰："汝等皆是好百姓, 不幸被孟獲所拘, 今受驚唬. 吾想汝等父母·兄弟·妻子必倚門而望; 若聽知陣敗, 定然割肚牽腸, 眼中流血. 吾今盡放汝等回去, 以安各人父母·兄弟·妻子之心." 言訖, 各賜酒食米糧而遣之. 蠻兵深感其恩, 泣拜而去.

〖15〗 孔明敎喚武士押過孟獲來. 不移時, 前推後擁, 縛至帳前. 獲跪於帳下. 孔明曰："先帝待汝不薄, 汝何敢背反？" 獲曰："兩川之地, 皆是他人所占地土, 汝主倚强奪之, 自稱爲帝. 吾世居此處, 汝等無禮, 侵我土地: 何爲反耶？"(*兩川之地須不是你的. 亦說得是.) 孔明曰："吾今擒汝, 汝心服否？" 獲曰："山僻路狹, 誤遭汝手, 如何肯服！" 孔明曰："汝旣不服, 吾放汝去, 若何？" 獲曰："汝放我回去, 再整軍馬, 共決雌雄; 若能再擒吾, 吾方服也." 孔明卽令去其縛, 與衣服穿了, 賜以酒食, 給與鞍馬, 差人送出路, 徑望本寨而去. 正是：

寇入掌中還放去, 人居化外未能降.

未知再來交戰若何, 且看下文分解.

*注: **前推後擁**(전추후옹): 前後推擁. 앞뒤로 서로 밀다. 〈推〉: 본래는
(뒤에서) 〈밀다〉는 뜻이다. 〈擁〉: 둘러싸다. 에워싸다. 밀어닥치다. 밀
려들다. 붐비다.　　化外(화외): 옛날 통치자의 政令 및 敎化가 미치지 않는
먼 지방을 〈化外〉라 불렀다.

第八十七回 毛宗崗 序始評

(1). 孔明通吳之後, 便當接以伐魏之事, 乃忽置中原而從事於
南方者, 何哉? 曰: 孫權之兵, 曹丕所欲借以攻蜀者也; 孟獲之
兵, 亦曹丕所欲借以攻蜀者也. 魏借孫權以攻蜀, 而蜀得收之以
爲我用; 乃魏借孟獲以攻蜀, 而蜀不得收之爲我用. 不惟不爲我
用, 又深足爲我患, 則安得不以全力取之乎? 不以全力取之, 而
遽欲伐魏, 則孟獲將乘虛而議我之後矣. 故凡孔明之通吳, 非注
意於東, 而注意在北; 孔明之征南蠻, 亦非注意於南, 而注意在
北也.

(2). 呂凱之圖善矣, 猶不若馬謖之說爲善也, 何也? 呂凱能繪
其地, 未能繪其人, 卽能繪其人, 未能繪其人之心也. 馬謖之意
不在取其地, 取其人, 而在取其人之心. 故披呂凱之圖, 能使南
方無處不在孔明之目中; 聽馬謖之說, 直當使孔明無日不在南人
之心中耳.

(3). 用兵之家, 但知攻城與兵戰, 至於攻心心戰之論, 則六韜
三略之所未及詳, 黃石素書, 孫武十三篇之所未及載也. 惟南巢

牧野之師，爲能得此意，而不謂馬謖能言之．然非待馬謖言之，
而孔明始知之，孔明特因馬謖之言，而愈決之耳．

第八十八回

渡瀘水再縛番王
識詐降三擒孟獲

〔1〕却說孔明放了孟獲，衆將上帳問曰："<u>孟獲乃南蠻渠魁</u>，今幸被擒，南方便定；丞相何故放之？"孔明笑曰："吾擒此人，如囊中取物耳．直須降伏其心，自然平矣．"諸將聞言，皆未肯信．

當日孟獲行至瀘水，正遇手下敗殘的蠻兵，皆來<u>尋探</u>．衆兵見了孟獲，且驚且喜，拜問曰："大王如何<u>能</u>勾回來？"獲曰："蜀人監我在帳中，被我殺死十餘人，乘夜黑而走；正行間，逢着一哨馬軍，亦被我殺之，奪了此馬；因此得脫．"⁽*背地出丑之事，在人前遮瞞得干干淨淨．何近日孟獲之多也．)衆皆大喜，擁孟獲渡了瀘水，下住寨柵，會集各洞酋長，陸續招聚原放回的蠻兵，約有十餘萬騎．

此時董荼那·阿會喃已在洞中．孟獲使人去請，二人懼怕，只得也引洞兵來．獲傳令曰："吾已知諸葛亮之計矣，不可與戰，戰則

中他詭計. 彼川兵遠來勞苦, 況卽日天炎, 彼兵豈能久住? 吾等有
此瀘水之險, 將船筏盡拘在南岸, 一帶皆築土城, 深溝高壘, 看諸
葛亮如何施謀!" 衆酋長從其計, 盡拘船筏於南岸, 一帶築起土城;
有依山傍崖之地, 高竪敵樓; 樓上多設弓弩砲石, 准備久處之計.
糧草皆是各洞供運. 孟獲以爲萬全之策, 坦然不憂. (*蠻子膽大.)

*注: 瀘水(노수): 지금의 사천성 남부의 雅礱江(아롱강) 하류와 金沙江이
雅礱江과 합쳐진 이후의 一段의 江流. 渠魁(거괴): 渠帥와 同義. 首領.
尋探(심탐): (사람을) 찾다. 〈尋〉, 〈探〉: 같은 뜻이다. 能勾(능구): …할
수 있다(=能够). 卽日(즉일): 가까운 시일 내; 당일. 그날. 坦然(탄연):
느긋이.

〔2〕 却說孔明提兵大進, 前軍已至瀘水, 哨馬飛報說: "瀘水之
內, 並無船筏; 又兼水勢甚急. 隔岸一帶築起土城, 皆有蠻兵守
把." 時値五月, 天氣炎熱, 南方之地, 分外炎酷, 軍馬衣甲, 皆穿
不得. 孔明自至瀘水邊觀畢, 回到本寨, 聚諸將至帳中, 傳令
曰: "今孟獲兵屯瀘水之南, 深溝高壘, 以拒我兵; 吾旣提兵至此,
如何空回? 汝等各各引兵, 依山傍樹, 揀林木茂盛之處, 與我將息
人馬."(*先主在猇亭亦屯於林木茂盛之處, 但孔明不是連營耳.) 乃遣呂凱
離瀘水百里, 揀陰凉之地, 分作四個寨子; 使王平·張嶷·張翼·關
索各守一寨, 內外皆搭草棚, 遮蓋馬匹, 將士乘凉, 以避暑氣. 參
軍蔣琬看了, 入問孔明曰: "某看呂凱所造之寨甚不好: 正犯昔日
先帝敗於東吳時之地勢矣.(*回顧前文.) 倘蠻兵偷渡瀘水, 前來劫
寨, 若用火攻, 如何解救?" 孔明笑曰: "公勿多疑, 吾自有妙
算."(*可知孔明在猇亭必不被燒.) 蔣琬等皆不曉其意.

*注: 分外(분외): 유달리. 특별히. 한층 더. 炎酷(염혹): 매우(심하게) 무
덥다. 草棚(초붕): 초막. 초가집(=草蓬). 〈棚〉: 막. 우리. 천장.

〖3〗忽報蜀中差馬岱解暑藥并糧米到. 孔明令入. 岱參拜畢, 一面將米藥分派四寨. 孔明問曰: "汝將帶多少軍來?" 馬岱曰: "有三千軍." 孔明曰: "吾軍累戰疲困, 欲用汝軍, 未知肯向前否?" 岱曰: "皆是朝廷軍馬, 何分彼我? 丞相要用, 雖死不辭."(*說出一個 "死"字, 果應下文死了一半.) 孔明曰: "今孟獲拒住瀘水, 無路可渡. 吾欲先斷其糧道, 令彼軍自亂." 岱曰: "如何斷得?" 孔明曰: "離此一百五十里, 瀘水下流沙口, 此處水慢, 可以扎筏而渡. (*觀呂凱圖本, 連水之急慢亦多曉得.) 汝提本部三千軍渡水, 直入蠻洞, 先斷其糧, 然後會合董荼那·阿會喃兩個洞主, 便爲內應. 不可有誤."(*如前卷中之用鄂煥.)

馬岱欣然去了. 領兵前到沙口, 驅兵渡水; 因見水淺, 大半不下筏, 只裸衣而過, 半渡皆倒; 急救傍岸, 口鼻出血而死.(*彷佛〈西遊記〉通天河.) 馬岱大驚, 連夜回告孔明. 孔明喚鄉導土人問之. 土人曰: "目今炎天, 毒聚瀘水, 日間甚熱, 毒氣正發: 有人渡水, 必中其毒: 或飲此水, 其人必死. 若要渡時, 須待夜靜水冷, 毒氣不起, 飽食渡之, 方可無事."(*此又呂凱圖中所未及.) 孔明遂令土人引路, 又選精壯軍五六百, 隨着馬岱, 來到瀘水沙口, 扎起木筏, 半夜渡水, 果然無事. 岱領着二千壯軍, 令土人引路, 徑取蠻洞運糧總路口夾山峪而來. 那夾山峪, 兩下是山, 中間一條路, 止容一人一馬而過.(*與後文鄧艾渡陰平嶺彷佛相似.) 馬岱占了夾山峪, 分撥軍士, 立起寨柵. 洞蠻不知, 正解糧到, 被岱前後截住, 奪糧百餘車. 蠻人報入孟獲大寨中.

*注: 沙口(사구): 동한 삼국시에는 이런 지명이 없었다.   扎筏(찰벌): 뗏목을 묶다(매다. 동여매다).   夜靜(야정): 밤이 깊어 고요하다. 심야의 모습. 한밤중.   路口(로구): 갈림길. 길목.   夾山峪(협산욕): 산골짜기 이름. 〈峪〉: 산골짜기. =山谷(산곡).

〖4〗此時孟獲在寨中，終日飲酒取樂，不理軍務，謂衆酋長曰：“吾若與諸葛亮對敵，必中奸計．今靠此瀘水之險，深溝高壘以待之；蜀人受不過酷熱，必然退走．那時吾與汝等隨後擊之，便可擒諸葛亮也．”言訖，呵呵大笑．忽然班內一酋長曰：“沙口水淺，倘蜀兵透漏過來，深爲利害；當分軍守把．”獲笑曰：“汝是本處土人，如何不知？吾正要蜀兵來渡此水，渡則必死於水中矣．”(＊土人之語，又在孟獲口中說一遍．) 酋長又曰：“倘有土人說與夜渡之法，當復何如？”獲曰：“不必多疑．吾境內之人，安肯助敵人耶？”正言之間，忽報蜀兵不知多少，暗渡瀘水，絕斷了夾山糧道，打着“平北將軍馬岱”旗號．(＊馬岱名字妙在旗號上看出．)   獲笑曰：“量此小輩，何足道哉！”卽遣副將忙牙長，引三千兵投夾山峪來．

*注：受不過(수불과)：견뎌낼 수 없다．당해낼 수가 없다． 透漏(투루)：새다．누설하다． 利害(이해)：＝厲害(려해)：사납다．무섭다．지독하다．

〖5〗却說馬岱望見蠻兵已到，遂將二千軍擺在山前．兩陣對圓，忙牙長出馬，與馬岱交鋒；只一合，被岱一刀，斬於馬下．蠻兵大敗走回，來見孟獲，細言其事．獲喚諸將問曰：“誰敢去敵馬岱？”言未畢，董荼那出曰：“某願往．”孟獲大喜，遂與三千兵而去．獲又恐有人再渡瀘水，卽遣阿會喃，引三千兵，去守把沙口．

却說董荼那引蠻兵到了夾山峪下寨，馬岱引兵來迎．部內軍有認得是董荼那，說與馬岱如此如此．(＊妙在部下人認得，不然馬岱如何知之？方知孔明撥與五六百軍正爲此時用也．) 岱縱馬向前大罵曰：“無義背恩之徒！吾丞相饒汝性命，今又背反，豈不自羞！”董荼那滿面羞慚，無言可答，不戰而退．馬岱掩殺一陣而回．董荼那回見孟獲曰：“馬岱英雄，抵敵不住．”獲大怒曰：“吾知汝原受諸葛亮之

恩, 今故不戰而退, 正是賣陣之計!" 喝敎推出斬了. 衆酋長再三
哀告, 方纔免死, 叱武士將董荼那打了一百大棍, 放歸本寨.(*孟獲
取禍之道.) 諸多酋長皆來告董荼那曰: "我等雖居蠻方, 未嘗敢犯
中國; 中國亦不曾侵我. 今因孟獲勢力相逼, 不得已而造反. 想孔
明神機莫測, 曹操·孫權尚自懼之, 何況我等蠻方乎? 況我等皆受
其活命之恩, 無可爲報. 今欲捨一死命, 殺孟獲去投孔明, 以免洞
中百姓塗炭之苦."(*勢所必然.) 董荼那曰: "未知汝等心下若何?"
內有原蒙孔明放回的人, 一齊同聲應曰: "願往!" 於是董荼那手
執鋼刀, 引百餘人, 直奔大寨而來. 時孟獲大醉於帳中. 董荼那引
衆人持刀而入, 帳下有兩將侍立. 董荼那以刀指曰: "汝等亦受諸
葛丞相活命之恩, 宜當報效." 二將曰: "不須將軍下手, 某當生擒
孟獲, 去獻丞相."(*皆在孔明算中.) 於是一齊入帳, 將孟獲執縛已
定, 押到瀘水邊, 駕船直過北岸, 先使人報知孔明.

   *注: **賣陣**(매진): 전투에서 뇌물을 받고 일부러 져주다.   **心下**(심하): 마음.

〖6〗 却說孔明已有細作探知此事, 於是密傳號令, 敎各寨將士,
整頓軍器, 方敎爲首酋長解孟獲入來, 其餘皆回本寨聽候. 董荼那
先入中軍見孔明, 細說其事. 孔明重加賞勞, 用好言撫慰, 遣董荼
那引衆酋長去了, 然後令刀斧手推孟獲入. 孔明笑曰: "汝前者有
言: '但再擒得, 便肯降服.' 今日如何?" 獲曰: "此非汝之能也;
乃吾手下之人自相殘害, 以致如此. 如何肯服!" 孔明曰: "吾今再
放汝去, 若何?" 孟獲曰: "吾雖蠻人, 頗知兵法; 若丞相端的肯
放吾回洞中, 吾當率兵再決勝負. 若丞相這番再擒得我, 那時傾心
吐膽歸降, 並不敢改移也." 孔明曰: "這番生擒, 如又不服, 必無
輕恕." 令左右去其繩索, 仍前賜以酒食, 列坐於帳上.(*前但賜酒,
今又賜坐, 第二番更是加厚.) 孔明曰: "吾自出茅廬, 戰無不勝, 攻無

不取. 汝蠻邦之人, 何爲不服?"(*第二番放他偏有許多說話.) 獲黙然
不答.

孔明酒後, 喚孟獲同上馬出寨, 看看諸營寨柵所屯糧草, 所積
軍器.(*故意叫他看虛實, 妙.) 孔明指謂孟獲曰: "汝不降吾, 眞愚人
也. 吾有如此之精兵猛將, 糧草兵器, 汝安能勝吾哉? 汝若早降,
吾當奏聞天子, 令汝不失王位, 子子孫孫, 永鎭蠻邦. 意下若
何?" 獲曰: "某雖肯降, 怎奈洞中之人未肯心服. 若丞相肯再放
回去, 就當招安本部人馬, 同心合膽, 方可歸順."(*蠻子說謊.) 孔明
忻然, 又與孟獲回到大寨. 飮酒至晚, 獲辭去; 孔明親自送至瀘水
邊, 以船送獲歸寨.(*此是二縱.)

　　*注: 端的(단적): 과연. 정말로.　意下(의하): 생각. 심중. 주장.　怎奈(즘
　　나): 어찌하랴(=爭奈. 爭耐).

〖7〗孟獲來到本寨, 先伏刀斧手於帳下, 差心腹人到董荼那 ·
阿會喃寨中, 只推孔明有使命至, 將二人賺到大寨帳下, 盡皆殺
之, 棄屍於澗. 孟獲隨卽遣親信之人, 守把隘口, 自引軍出了夾山
峪, 要與馬岱交戰, 却並不見一人; 及問土人, 皆言昨夜盡搬糧草
復渡瀘水, 歸大寨去了.(*孔明撤回馬岱, 却在孟獲一邊虛寫.) 獲再回洞
中, 與親弟孟優商議曰: "如今諸葛亮之虛實, 吾已盡知, 汝可去
如此如此."(*已在孔明算中.)

孟優領了兄計, 引百餘蠻兵, 搬載金珠 · 寶貝 · 象牙 · 犀角之類,
渡了瀘水, 徑投孔明大寨而來; 方繞過了河時, 前面鼓角齊鳴, 一
彪軍擺開: 爲首大將乃馬岱也. 孟優大驚. 岱問了來情, 令在外
廂, 差人來報孔明.

孔明正在帳中與馬謖 · 呂凱 · 蔣琬 · 費褘等共議平蠻之事, 忽帳
下一人, 報稱孟獲差弟孟優來進寶貝. 孔明回顧馬謖曰: "汝知其

來意否?"謖曰:"不敢明言. 容某暗寫於紙上, 呈與丞相, 看合鈞意否?"(*與孔明·周郞各寫 "火"字於掌中彷彿相似.) 孔明從之. 馬謖寫訖, 呈與孔明. 孔明看畢, 撫掌大笑曰:"擒孟獲之計, 吾已差派下也. 汝之所見, 正與吾同."(*妙在不敍出所說何語, 令讀者自知之.) 遂喚趙雲入, 向耳畔分付如此如此; 又喚魏延入, 亦低言分付; 又喚王平·馬忠·關索入, 亦密密地分付.

> *注: **外廂**(외상): 바깥채. 〈廂〉: 곁채. 옆채; 차간; 쪽. 편. 부근. **差派下**(차파하): 생각해 두었다. 생각을 골라(정해) 두었다. 〈差〉: 선택하다. 고르다(選擇也. 擇也). 〈派〉: 추정하다. 예측하다. 평가하다(估計. 猜想). **密密的**(밀밀적): 꼼꼼히. 단단히.

〖8〗各人受了計策, 皆依令而去. 方召孟優入帳. 優再拜於帳下曰:"家兄孟獲, 感丞相活命之恩, 無可奉獻, 輒具金珠寶貝若干, 權爲賞軍之資. 續後別有進貢天子禮物." 孔明曰:"汝兄今在何處?"優曰:"爲感丞相天恩, 逕往銀坑山中, 收拾寶物去了, 少時便回來也." 孔明曰:"汝帶多少人來?"優曰:"不敢多帶. 只是隨行百餘人, 皆運貨物者." 孔明盡敎入帳看時, 皆是靑眼黑面·黃髮紫鬚·耳帶金環·髬頭跣足·身長力大之士. 孔明就令隨席而坐, 敎諸將勸酒, 殷勤相待.

> *注: **權**(권): 잠시. 당분간. 임시로. **銀坑山**(은갱산): 一名 豪猪洞(호저동). 지금의 雲南省 洱源縣 鄧川. **髬頭**(붕두): 곱슬머리에 맨발. 〈髬〉: (머리가)헝클어지다(=蓬). 곱슬곱슬하다. 일반적으로 〈蓬頭〉라고 한다. **跣足**(선족): 맨발.

〖9〗却說孟獲在帳中專望回音, 忽報有二人回了, 喚入問之, 具說:"諸葛亮受了禮物大喜, 將隨行之人, 皆喚入帳中, 殺牛宰馬,

設宴相待. 二大王令某密報大王: 今夜二更, 裏應外合, 以成大
事."(*孟獲所授之計, 至此方才敍明.)

孟獲聽知甚喜, 卽點起三萬蠻兵, 分爲三隊. 獲喚各洞酋長分付
曰:"各軍盡帶火具. 今晚到了蜀寨時, 放火爲號. 吾當自取中軍,
以擒諸葛亮." 諸多蠻將, 受了計策, 黃昏<u>左側</u>, 各渡瀘水而來.
孟獲帶領心腹蠻將百餘人, 徑投孔明大寨, 於路並無一軍阻當. 前
至寨門, 獲率衆將驟馬而入, ——乃是空寨, 並不見一人.(*孔明分付
諸將之計, 亦至此方纔敍明.) 獲撞入中軍, 只見帳中燈燭<u>熒煌</u>, 孟優并
番兵盡皆醉倒.

原來孟優被孔明教馬謖·呂凱二人管待, 令樂人<u>搬做</u>雜劇, 殷勤
勸酒, 酒內下藥, 盡皆昏倒, <u>渾</u>如醉死之人.(*奉答瀘水之毒.) 孟獲
入帳問之, 內有醒者, 但指口而已. 獲知中計, 急救了孟優等一干
人; <u>却待</u>奔回中隊, 前面喊聲大震, 火光驟起, 蠻兵各自逃竄. 一
彪軍殺到, 乃是蜀將王平. 獲大驚, 急奔左隊時, 火光衝天, 一彪
軍殺到, 爲首蜀將乃是魏延. 獲慌忙望右隊而來, 只見火光又起,
又一彪軍殺到, 爲首蜀將乃是趙雲. 三路軍<u>夾將攻來</u>, 四下無路.
孟獲棄了軍士, 匹馬望瀘水而逃. 正見瀘水上數十個蠻兵, 駕一小
舟, 獲慌令近岸. 人馬方纔下船, 一聲號起, 將孟獲縛住.(*此是三
擒.) 原來馬岱受了計策, 引本部兵扮作蠻兵, 撑船在此, 誘擒孟
獲.(*前未敍孔明分付馬岱, 却於此處補出.) 於是孔明招安蠻兵, 降者無
數. 孔明一一撫慰, 並不加害. (*一路多用此法.) 就教救滅了餘火.

　　*注: 左側(좌측): (場所나 方位) 왼쪽. 부근. (時間) 前後. 熒煌(형황):
휘황. 번쩍번쩍 빛나는 모습. 搬做(반주): 불러와서 …을 하게 하다. 〈搬〉:
부르다. 청하다. 〈做〉: 만들다. 짓다. 하다. 일하다. 渾(혼): 온. 全; 온통.
전혀. 전부. 却待(각대): 마침(막) …하려 하다. 夾將攻來(협장공래):
협공해 오다. 〈將〉: 동사와 방향보어 중간에 쓰여 그 동작의 지속성이나 개시 등을 나타낸다.

〖10〗須臾, 馬岱擒孟獲至. 趙雲擒孟優至, 魏延·馬忠·王平·關索擒諸洞酋長至. 孔明指孟獲而笑曰: "汝先令汝弟以禮詐降, 如何瞞得吾過? 今番又被我擒, 汝可服否?" 獲曰: "此乃吾弟貪<u>口腹</u>之故, 誤中汝毒, 因此失了大事. 吾若自來, 弟以兵應之, 必然成功. 此乃天敗, 非吾之不能也, 如何肯服!" (*每次不服必有一段解說, 蠻子油嘴. 極似今日低棋輸了, 到底不服輸.) 孔明曰: "今已三次, 如何不服?" 孟獲低頭無語. 孔明笑曰: "吾再放汝回去." 孟獲曰: "丞相若肯放我兄弟回去, 收拾家下親丁, 和丞相大戰一場: 那時擒得, 方纔<u>死心塌地</u>而降." 孔明曰: "再若擒住, 必不輕恕. 汝可小心在意, 勤攻韜略之書, 再整親信之士, 早用良策, 勿生後悔." 遂令武士去其繩索, 放起孟獲, 并孟優及各洞酋長, 一齊都放. 孟獲等拜謝去了. (*此是三縱.)

　　*注: 貪口腹(탐구복): 입과 배를 탐하다. 음식을 탐하다.　死心塌地(사심탑지): 死心搭地. 死心踏地. 끝까지. 죽을 때까지. 외곬으로; 체념하여 마음이 진정되다. 〈死心〉: 단념하다. 희망을 버리다. 〈塌地〉: (주위보다) 움푹 꺼진 밭.

〖11〗此時蜀兵已渡瀘水. 孟獲等過了瀘水, 只見岸口陳兵列將, 旗幟紛紛. 獲到營前, 馬岱高坐, 以劍指之曰: "這番拿住, 必無輕放!" 孟獲到了自己寨時, 趙雲早已襲了此寨, 布列兵馬. 雲坐於大旗下, 按劍而言曰: "丞相如此相待, 休忘大恩!" (*馬岱之言純是剛, 趙雲之言剛中帶寬.) 獲喏喏連聲而去. 將出界口山坡, 魏延引一千精兵, 擺在坡上, 勒馬厲聲而言曰: "吾今已深入巢穴, 奪汝險要; 汝尙自愚迷, 抗拒大軍! 這回拿住, 碎屍萬段, 決不輕

饒!"(*趙雲之言略寬, 魏延之言又剛, 眞是三收三放.) 孟獲等抱頭鼠竄,
望本洞而去. 後人有詩讚曰:

五月驅兵入不毛, 月明瀘水瘴煙高.

誓將雄略酬三顧, 豈憚征蠻七縱勞.

*注: 將(장): ~으로(써). ~을 가지고(=以).

〖12〗却說孔明渡了瀘水, 下寨已畢, 大賞三軍, 聚衆將於帳下
曰: "孟獲第二番擒來, 吾令遍觀各營虛實, 正欲令其來劫營也.
吾知孟獲頗曉兵法, 吾已兵馬糧草炫耀, 實令孟獲看吾破綻, 必用
火攻. 彼令其弟詐降, 欲爲內應耳. 吾三番擒之而不殺, 誠欲服其
心, 不欲滅其類也.(*上項事此處方纔說明.) 吾今明告汝等, 勿得辭
勞, 可用心報國."(*又激勸衆人, 是孔明妙處.) 衆將拜伏曰: "丞相智
·仁·勇三者足備, 雖子牙·張良不能及也." 孔明曰: "吾今安敢望
古人耶? 皆賴汝等之力, 共成功業耳." 帳下諸將聽得孔明之言,
盡皆喜悅.

*注: 破綻(파탄): (옷 솔기의) 터진 자리. 결점. 흠. 틈. 勿得(물득): =無
得. ~해서는 안 된다. ~할 수 없다.

〖13〗却說孟獲受了三擒之氣, 忿忿歸到銀坑洞中, 卽差心腹人
齎金珠寶貝, 往八番九十三旬等處, 并蠻方部落, 借使牌刀獠丁軍
健數十萬, 克日齊備, 各隊人馬, 雲堆霧擁, 俱聽孟獲調用. 伏路
軍探知其事, 來報孔明. 孔明笑曰: "吾正欲令蠻兵皆至, 見吾之
能也." 遂上小車而行. 正是:

若非洞主威風猛, 怎顯軍師手段高.

未知勝負如何, 且看下文分解.

*注: 三擒之氣(삼금지기): 세 번 사로잡힌 것에 대한 화(분노. 부아).

〈氣〉: 성(내다). 화(내다). 노(하다). 화나게 하다.　　**八番九十三甸**(팔번구십삼전): 〈八番〉: 元代에 지금의 貴州省 惠水 일대에 거주하는 소수민족에 대한 總稱. 즉 羅番, 程番, 金石番, 臥龍番, 大小龍番, 洪番, 方番(盧番을 包括함), 韋番. 〈甸(전)〉: 元代에 지금의 雲南省 일부 縣 및 縣 이하의 일부 地方을 〈甸〉이라 불렀다. 이들은 모두 삼국시대에는 없었던 名稱으로 소설에는 元代 制度의 흔적이 남아 있다.　　**獠丁軍健**(료정군건): 〈獠丁〉: 고대 소수민족의 私兵을 모욕적으로 부른 칭호. 오랑캐군. 〈軍健〉: 軍卒.　　**雲堆霧擁**(운퇴무옹): 구름과 안개처럼 쌓이다.

第八十八回 毛宗崗 序始評

(1). 二擒之計, 已在一擒之中也. 何也? 董荼那阿·會喃卽初擒孟獲時之所縱也. 不必我擒之, 而彼之人自擒之. 彼之人自擒之, 而一如我之擒之. 孔明之不費力者在此, 孟獲之不肯服者, 亦在此.

(2). 兵家有必敗之法, 非避之之難, 而犯之之難; 又非犯之之難, 而犯而避之之爲難. 如先主猇亭之兵, 屯於林木之間, 孔明瀘水之兵亦屯於林木之間; 而先主敗, 而孔明勝者, 先主以此自愚, 而孔明以此愚敵也, 則犯之之妙也. 至於孟優內應, 孟獲外攻, 皆被擒捉. 於是撥寨多起, 盡渡瀘水, 非復前日依山傍木之營, 則犯而避之之妙也.

(3). 馬岱自成都來, 而孔明用其力; 馬謖自成都來, 而孔明用其謀. 用其力所以分衆人之力也; 用其謀所以合一己之謀也. 知攻心之爲上, 是與孔明七縱之謀合; 知孟獲之詐降, 是與孔明三

擒之謀合．妙在皆不說明，事後方見．卽今日讀者猜之，亦不能
測其玄機，況當日孟獲遇之，安得不中其妙計乎？

第八十九回

武鄕侯四番用計
南蠻王五次遭擒

〖1〗 却說孔明自駕小車, 引數百騎前來探路. 前有一河, 名曰西洱河, 水勢雖慢, 並無一隻船筏. 孔明令伐木爲筏而渡, 其木到水皆沈.(*東方有<u>弱水</u>, 南方亦有弱水.) 孔明遂問呂凱, 凱曰: "聞西洱河上流有一山, 其山多竹, 大者數圍. 可令人伐之, 於河上搭起竹橋, 以渡軍馬." 孔明卽調三萬人入山, 伐竹數十萬根, 順水放下, 於河面狹處, 搭起竹橋, 闊十餘丈.(*渡瀘水尙可用筏, 渡此處只可搭橋, 比前又險.) 乃調大軍於河北岸, 一字兒下寨, 便以河爲壕塹, 以浮橋爲門, 壘土爲城; 過橋南岸, 一字下三個大營, 以待蠻兵.

*注: 西洱河(서이하): 一名 洱河. 지금의 운남성 大理縣 동쪽에 있는데 洱源縣에서 발원하여 洱海로 들어가 漾濞江(양비강)으로 흘러 들어간다. 弱水(약수): 약수. 보통의 물(즉, 輕水)보다 비중이 낮으므로 浮力이

아주 약하여 기러기 털처럼 가벼운 물건도 가라앉았다고 함.

〖2〗却說孟獲引數十萬蠻兵, 恨怒而來. 將近西洱河, 孟獲引
前部一萬刀牌獠丁, 直扣前寨搦戰. 孔明頭戴綸巾, 身披鶴氅, 手
執羽扇, 乘駟馬車, 左右衆將簇擁而出. 孔明見孟獲身穿犀皮甲,
頭頂朱紅盔, 左手挽牌, 右手執刀, 騎赤毛牛, 口中辱罵; 手下萬
餘洞丁, 各舞刀牌, 往來衝突. 孔明急令退回本寨, 四面緊閉, 不
許出戰. 蠻兵皆裸衣赤身, 直到寨門前叫罵. 諸將大怒, 皆來稟孔
明曰: “某等情願出寨決一死戰!” 孔明不許. 諸將再三欲戰, 孔明
止曰: “蠻方之人, 不遵王化, 今此一來, 狂惡正盛, 不可迎也; 且
宜堅守數日, 待其猖獗少懈, 吾自有妙計破之.” 於是蜀兵堅守數
日.

　　*注: 獠丁(료정): 남만의 장정. 〈獠〉: 흉악하다. 중국 서남 지방에 사는
　　소수민족을 멸시하여 일컫는 말. 　綸巾(륜건): 비단 천으로 만든 일종의
　　두건. 일명 諸葛巾이라고도 함. 　鶴氅(학창): 원래는 새의 깃털(鳥羽)로
　　만든 겉옷이란 뜻이지만, 여기서는 유자儒者나 도사道士들이 입는 도포道
　　袍 또는 기타 모든 종류의 외투를 말한다. 　情願(정원): 진심으로 원하다.
　　차라리…을 원하다. 　狂惡(광악): 미친 듯이 사납다. 　猖獗(창궐): 창궐하
　　다. 사납게 날뛰다. 무성하게 퍼지다.

〖3〗孔明在高阜處探之, 窺見蠻兵已多懈怠, 乃聚諸將曰: “汝
等敢出戰否?” 衆將欣然要出. 孔明先喚趙雲·魏延入帳, 向耳畔
低言, 分付如此如此. 二人受了計策先進. 却喚王平·馬忠入帳,
受計去了.(*此兩路受計不敍明白.)　　又喚馬岱分付曰: “吾今棄此三
寨, 退過河北; 吾軍一退, 汝可便拆浮橋, 移於下流, 却渡趙雲·
魏延軍馬過河來接應.” 岱受計而去.　　又喚張翼曰: “吾軍退去,

寨中多設燈火. 孟獲知之, 必來追赶, 汝却斷其後." 張翼受計而
退.(＊此兩路受計先說明白.) 孔明只教關索護車. 衆軍退去, 寨中多設
燈火. 蠻兵望見, 不敢衝突.

　次日平明, 孟獲引大隊蠻兵, 徑到蜀寨之時, 只見三個大寨, 皆
無人馬, 於內棄下糧草車仗數百餘輌. 孟優曰: "諸葛棄寨而走,
莫非有計否?" 孟獲曰: "吾料諸葛亮棄輜重而去, 必因國中有緊
急之事: 若非吳侵, 定是魏伐. 故虛張燈火以爲疑兵, 棄車仗而去
也. (＊看這般光景, 必然料到此處, 蠻子原不呆.) 可速追之, 不可錯過."
於是孟獲自驅前部, 直到西洱河邊, 望見河北岸上, 寨中旗幟整齊
如故, 燦若雲錦; 沿河一帶, 又設錦城. 蠻兵哨見, 皆不敢進. 獲
謂優曰: "此是諸葛亮懼吾追赶, 故就河北岸少住, 不二日必走
矣." 遂將蠻兵屯於河岸; 又使人去山上砍竹爲筏, 以備渡河; 却
將敢戰之兵, 皆移於寨前面. ── 却不知蜀兵早已入自己之境. (＊
只一句輕輕點出, 方知前所囑趙雲・魏延之計, 乃此計也.)

　　＊注: 却(각): 그 다음에. ～한 다음에(然後). 錯過(착과): (기회 등을)
　　놓치다. 스치고 지나가다. 雲錦(운금): 색채가 아름답고 구름무늬를 수놓
　　은 중국의 고급 비단. 錦城(금성): 본래는 사천성 成都의 남쪽에 있던
　　城 이름이었다. 옛날에는 成都에 大城과 小城이 있었는데, 小城에는 비단
　　짜는 일을 관장하던(掌織錦) 部署가 있었으므로 錦官城이라고 했던 데
　　서, 후에 와서 成都의 別稱이 되었다. 그러나 여기서는 비단으로 城을
　　築城해 놓은 듯한 모습을 말한다.

〖４〗是日, 狂風大起. 四壁廂火明鼓響, 蜀兵殺到. 蠻兵獠丁自
相衝突. 孟獲大驚, 急引宗族洞丁殺開條路, 徑奔舊寨. 忽一彪軍
從寨中殺出, 乃是趙雲. 獲慌忙回西洱河, 望山僻處而走, 又一彪
軍殺出, 乃是馬岱.(＊此處方知所授馬岱之計.) 孟獲只剩得數十個敗殘

兵, 望山谷中而逃, 見南·北·西三處塵頭火光, 因此不敢前進,(*
此處火光是王平·馬忠, 妙在虛寫, 令讀者自知.) 只得望東奔走. 方纔轉
過山口, 見一大林之前, 數十從人, 引一輛小車; 車上端坐孔明,
呵呵大笑曰: "蠻王孟獲! 大敗至此, 吾已等候多時也!" 獲大怒,
回顧左右曰: "吾遭此人詭計, 受辱三次; 今幸得這裏相遇. 汝可
奮力前去, 連人帶馬砍爲粉碎!" 數騎蠻兵, 猛力向前. 孟獲當先
吶喊, 搶到大林之前, 趷踏一聲, 踏了陷坑, 一齊塌倒. 大林之內,
轉出魏延, 引數百軍來, 一個個拖出, 用索縛定.(*此是四擒.)

　　孔明先到寨中, 招安蠻兵, 并諸甸酋長洞丁 ── 此時大半皆歸
本鄕去了 ── 除死傷外, 其餘盡皆歸降. 孔明以酒肉相待, 以好言
撫慰, 盡令放回. (*到底只用此法.) 蠻兵皆感嘆而去. 少頃, 張翼解
孟優至. 孔明誨之曰: "汝兄愚迷, 汝當諫之. 今被吾擒了四番, 有
何面目再見人耶!" 孟優羞慚滿面, 伏地告求免死. 孔明曰: "吾殺
汝不在今日. 吾且饒汝性命, 勸諭汝兄." 令武士解其繩索, 放起
孟優. 優泣拜而去.

*注: 壁廂(벽상): 곳. 근처. 부근. (*四~: 사방. 這~: 이곳. 那~: 그곳.
저곳). 吶喊(납함): 적진을 향해 돌진할 때 군사가 일제히 고함을 지르는
것. 搶到(창도): 서둘러 ~에 이르다. 〈搶〉: 빼앗다; 앞 다투어 …하다.
급히 하다. 서두르다. 趷踏(흘답: kētà) (象聲詞): 콰당. 덜컹. 趷搭. 趷
蹉. 〈踏〉: (발로) 밟다. 陷坑(함갱): 陷穽. 塌(탑): 넘어지다. 무너지다.
꺼지다. 가라앉다. 甸(전): 지금의 운남성 일부 縣 및 縣 이하의 일부 地方
을 〈甸〉이라 불렀다. 이들은 모두 삼국시대에는 없었던 名稱이다.

〖5〗不一時, 魏延解孟獲至. 孔明大怒曰: "你今番又被吾擒了,
有何理說!" 獲曰: "吾今誤中詭計, 死不瞑目!" 孔明叱武士推出
斬之. 獲全無懼色, 回顧孔明曰: "若敢再放吾回去, 必然報四番

之恨!" 孔明大笑, 令左右去其縛, 賜酒壓驚, 就坐於帳中. 孔明問曰:"吾今四次以禮相待, 汝尚然不服, 何也?" 獲曰:"吾雖是化外之人, 不似丞相專施詭計, 吾如何肯服?"(*蠻子偏會强辯.) 孔明曰:"吾再放汝回去, 復能戰乎?" 獲曰:"丞相若再擒住, 吾那時傾心降服, 盡獻本洞之物犒軍, 誓不反亂." 孔明卽笑而遣之. 獲忻然拜謝而去.(*此是四縱.)

　　*注: 壓驚(압경): 음식을 대접하면서 놀란 가슴을 진정시키다(위로하다). 尚然(상연): 여전히. 아직.

〖 6 〗 於是聚得諸洞壯丁數千人, 望南迤邐而行, 早望見塵頭起處, 一隊兵到: 乃是兄弟孟優, 重整殘兵, 來與兄報讎. 兄弟二人, 抱頭相哭, 訴說前事. 優曰:"我兵屢敗, 蜀兵屢勝, 難以抵當. 只可就山陰洞中, 退避不出. 蜀兵受不過暑氣, 自然退矣." 獲問曰:"何處可避?" 優曰:"此去西南有一洞, 名曰禿龍洞, 洞主朵思大王,(*洞名·人名, 宛似〈西遊記〉上名色.) 與弟甚厚, 可投之." 於是孟獲先教孟優到禿龍洞, 見了朵思大王. 朵思慌引洞兵出迎. 孟獲入洞, 禮畢, 訴說前事. 朵思曰:"大王寬心, 若川兵到來, 令他一人一騎不得還鄉, 與諸葛亮皆死於此處!"(*說得利害, 竟似洞中妖怪聲口.) 獲大喜, 問計於朵思. 朵思曰:"此洞中止有兩條路: 東北上一路, 就是大王所來之路, 地勢平坦, 土厚水甛, 人馬可行; 若以木石壘斷洞口, 雖有百萬之衆, 不能進也. 西北上有一條路, 山險嶺惡, 道路窄狹; 其中雖有小路, 多藏毒蛇惡蝎; 黃昏時分, 煙瘴大起, 直至巳·午時方收, 惟未·申·酉三時, 可以往來; 水不可飲, 人馬難行. 此處更有四個毒泉: 一名啞泉, 其水頗甛, 人若飲之, 則不能言, 不過旬日必死; 二曰滅泉, 此水與湯無異, 人若沐浴, 則皮肉皆爛, 見骨必死; 三曰黑泉, 其水微清, 人若濺之在身,則手足皆黑而死; 四曰柔泉, 其水如氷, 人若飮之, 咽喉無暖氣, 身軀軟弱如綿而死. 此處蟲鳥皆無, 惟有漢伏波將軍曾到; (＊此處先點伏波一句, 爲下文孔明禱伏波伏線.) 自此以後, 更無一人到此. 今壘斷東北大路, 令大王穩居敝洞, 若蜀兵見東路截斷, 必從西路而入; 於路無水, 若見此四泉, 定然飮水: 雖百萬之衆, 皆無歸矣. ——何用刀兵耶!"(＊孔明慣用火攻, 朶思却欲以水勝.) 孟獲大喜, 以手加額曰: "今日方有容身之地!" 又望北指曰: "任諸葛神機妙算, 難以施設. 四泉之水, 足以報敗兵之恨也!" 自此, 孟獲·孟優終日與朶思大王筵宴.

　　＊注: 水甛(수첨): 물맛이 달다. 물이 맛나다.　煙瘴(연장): 중국의 서남부 지방에서 발생하는 열병인 瘴氣. 악성 말라리아.　微淸(미청): 묘하게 맑다.〈微〉: 묘하다. 奧妙하다; 작다. 적다. 가늘다.　濺(천): (물을) 뿌리다.　伏波將軍(복파장군): 漢代의 장군 名號. 서한의 路博德, 동한의 馬援은 모두 이 장군 칭호를 받았다. 여기서는 동한의 마원 장군을 지칭한다.　敝洞(폐동): 저희 洞.〈敝處〉: 저희 고장(고향).〈敝〉: 저의 (자기를 낮추어 하는 말).　定然(정연): 반드시. 꼭. 틀림없이.　以手加額(이수가액): 兩手加額. 두 손을 이마에 갖다 대다. 이는 옛 사람들이 경하할 일임을 표시하던 손동작이다.(＊제83회 (9) 참조). 恭喜恭喜.　任(임): ⋯할지라도. ⋯을 막론하고. ⋯든지.　施設(시설): 펴다. 베풀어 갖추다.

〖7〗 却說孔明連日不見孟獲兵出, 遂傳號令敎大軍離西洱河, 望南進發. 此時正當六月炎天, 其熱如火.(＊與上文五月渡瀘相應.) 有後人咏南方苦熱詩曰:

　　山澤欲焦枯, 火光覆太虛.

　　不知天地外, 暑氣更何如!

又有詩曰:

赤帝施權柄, 陰雲不敢生.
雲蒸孤鶴喘, 海熱巨鼇驚.
忍捨溪邊坐, 慵抛竹裏行.
如何沙塞客, 擐甲復長征.

　　孔明統領大軍, 正行之際, 忽哨馬飛報: "孟獲退往禿龍洞中不
出, 將洞口要路壘斷, 內有兵把守; 山惡嶺峻, 不能前進." 孔明請
呂凱問之, 凱曰: "某曾聞此洞有條路, 實不知詳細."(＊四泉恐亦圖
中之所未詳.) 蔣琬曰: "孟獲四次遭擒, 旣已喪膽, 安敢再出? 況今
天氣炎熱, 軍馬疲乏, 征之無益; 不如班師回國." 孔明曰: "若如
此, 正中孟獲之計也. 吾軍一退, 彼必乘勢追之. 今已到此, 安有
復回之理?"(＊此時之勢, 騎虎難下, 能入而不能出矣.) 遂令王平領數百
軍爲前部; 却教新降蠻兵引路, 尋西北小徑而入. 前到一泉, 人馬
皆渴, 爭飲此水. 王平探有此路, 回報孔明. 比及到大寨之時, 皆
不能言, 但指口而已. (＊與孟優等中酒毒以手指口, 前後相對.)

　＊注: **山澤欲焦枯**(산택욕초고): 북송의 司馬光이 지은 詩. 산과 못이 다
말라버리려 한다. 〈焦枯〉: (식물 따위가) 말라 시들다.　**赤帝**(적제): 더위
(또는 남방)을 주관하는 神. 고대의 소위 五方을 주관하는 天帝, 즉 五帝
의 하나.(五帝: 蒼曰靈威仰, 太昊食焉; 赤曰赤熛怒, 炎帝食焉; 黃曰含
樞紐, 黃帝食焉; 白曰白招拒, 少昊食焉; 黑曰汁光紀, 顓頊食焉.)　**權
柄**(권병): 권력. 권위.　**雲蒸**(운증): 구름과 증기. 雲氣가 피어오르다. 水蒸
氣. 水氣; 熱氣가 솟아오르는 모양.　　**忍捨溪邊坐**(인사계변좌): 직역하면
〈개울가를 떠나는 것을 참고 앉아 있다〉이니, 〈차마 개울가를 떠나서 앉
아 있을 수가 없다〉란 뜻이다. 〈忍〉: 참다. 차마 …하다. 〈捨〉: 포기하다.
떠나다. 〈忍捨〉: 忍不得離開. 捨不得. 不願離開.　**慵抛竹裏行**(용포죽
리행): 대숲을 떠나 다른 곳으로 가기를 싫어하다. 〈慵〉: 고단하다. 피곤하

다; 게으르다. 싫어하다. 懶得: ~하는 것이 귀찮다(慵懶. 慵惰). 〈抛〉:
포기하다. 내버리다. 떠나다.   沙塞客(사새객): 사막 변경요새의 손님. 즉
〈변경의 사막에서 싸우는 兵士〉.   山惡嶺峻(산악령준): 산이 험하고 고개가
높다.

〖8〗孔明大驚, 知是中毒, 遂自駕小車, 引數十人前來看時, 見
一潭清水, 深不見底, 水氣凜凜, 軍不敢試. 孔明下車, 登高望之,
四壁峰嶺, <u>鳥雀不聞</u>, 心中大疑. 忽望見遠遠<u>山崗</u>之上, 有一古
廟. 孔明攀藤附葛而到, 見一石屋之中, 塑一將軍端坐, 旁有石
碑, 乃漢伏波將軍馬援之廟: 因平蠻到此, 土人立廟祀之.(*此處忽
然遇着馬超·馬岱之祖.) 孔明再拜曰: "亮受先帝托孤之重, 今承聖
旨, 到此平蠻; 欲待蠻方旣平, 然後伐魏吞吳, 重安漢室. 今軍士
不識地理, 誤飲毒水, 不能出聲. 萬望尊神, 念本朝恩義, 通靈顯
聖, 護佑三軍!"

　　*注: 凜凜(늠늠): 매섭게 차다(춥다). 〈凜〉: 춥다. 차다; 엄하다. 늠름하다.
鳥雀不聞(조작불문): 새소리도 참새 소리도 들리지 않다.   山崗(산강):
높지 않은 산. 작은 산. 언덕.

〖9〗祈禱已畢, 出廟尋土人問之. 隱隱望見對山一老叟扶杖而
來, 形容甚異. (*來得奇, 與陸遜之遇黃承彦相似.) 孔明請老叟入廟,
禮畢, 對坐於石上. 孔明問曰: "丈者<u>高姓</u>?" 老叟曰: "老夫久聞
大國丞相隆名, 幸得拜見. 蠻方之人, 多蒙丞相活命, 皆感恩不
淺." 孔明問泉水之故, 老叟答曰: "軍所飲水, 乃啞泉之水也: 飲
之難言, 數日而死. 此泉之外, 又有三泉: 東南有一泉, 其水至冷,
人若飲之, 咽喉無暖氣, 身軀軟弱而死, 名曰柔泉; 正南有一泉,
人若濺之在身, 手足皆黑而死, 名曰黑泉; 西南有一泉, 沸如熱

湯, 人若浴之, 皮肉盡脫而死, 名曰滅泉. (*又將四泉歷敍一遍, 却與朶思大王所言, 參差前後. 文法甚變.) 敝處有此四泉, 毒氣所聚, 無藥可治. 又煙瘴甚起, 惟未·申·酉三個時辰可往來; 餘者時辰, 皆瘴氣密布, 觸之卽死."

孔明曰: "如此則蠻方不可平矣. 蠻方不平, 安能倂呑吳 · 魏, 再興漢室? 有負先帝托孤之重, 生不如死也!" 老叟曰: "丞相勿憂, 老夫指引一處, 可以解之." 孔明曰: "老丈有何高見, 望乞指敎." 老叟曰: "此去正西數里, 有一山谷, 入內行二十里, 有一溪, 名曰萬安溪.(*只 "萬安"二字, 便可破得四泉名色.) 上有一高士, 號爲 '萬安隱者'.(*人以溪名乎? 溪以人名乎?) 此人不出溪有數十餘年矣. 其草庵後有一泉, 名 '安樂泉', 人若中毒, 汲其水飮之卽愈. 有人或生疥癩, 或感瘴氣, 於萬安溪內浴之, 自然無事.(*以水治水, 以一水治四水.) 更兼庵前有一等草, 名曰薤葉芸香. 人若口含一葉, 則瘴氣不染. 丞相可速往求之." 孔明拜謝, 問曰: "承丈者如此活命之德, 感刻不勝. 願聞高姓." 老叟入廟曰: "吾乃本處山神, 奉伏波將軍之命, 特來指引." 言訖, 喝開廟後石壁而入.(*前有關公顯聖, 此處有伏波顯聖. 關公自顯聖, 伏波又使山神顯聖, 愈出愈奇.) 孔明驚訝不已, 再拜廟神, 尋舊路上車, 回到大寨.

*注: 高姓(고성): 貴姓. 상대의 姓을 물을 때의 尊大語法. 烟瘴(연장): 장기. 瘴毒. 악성 말라리아처럼 고열이 나는 유행성 전염병. 指引(지인): 指導하다. 引導하다. 案內하다. 萬安溪(만안계): 동한 삼국시에는 이런 냇물 이름이 없었다. 疥癩(개라): 옴과 나병. 一等草(일등초): 一種의 풀. 〈一等〉: 一種. 一類. 薤葉(해엽): 염교(百合科에 속하는 多年草)의 잎. 부추. 芸香(운향): 香草의 하나. 잎을 책 속에 넣으면 좀이 먹지 않음. 感刻(감각): 感銘을 받다. 驚訝(경아): 놀라다. 의아해하다.

〖10〗次日, 孔明備信香‧禮物, 引王平及衆啞軍, 連夜望山神所言去處, 迤邐而進. 入山谷小徑, 約行二十餘里, 但見長松大柏, 茂竹奇花, 環繞一莊, 籬落之中, 有數間茅屋, 聞得馨香噴鼻.(＊又是一水鏡莊‧臥龍岡也.) 孔明大喜, 到莊前扣戶, 有一小童出. 孔明方欲通姓名, 早有一人, 竹冠草履, 白袍皂絛, 碧眼黃髮, 忻然出曰: "來者莫非漢丞相否?" (＊又與紫虛上人‧青城老叟一般風致.) 孔明笑曰: "高士何以知之?" 隱者曰: "久聞丞相大纛南征, 安得不知!" 遂邀孔明入草堂. 禮畢, 分賓主坐定. 孔明告曰: "亮受昭烈皇帝托孤之重, 今承嗣君聖旨, 領大軍至此, 欲服蠻邦, 使歸王化. 不期孟獲潛入洞中, 軍士誤飲啞泉之水. 夜來蒙伏波將軍顯聖, 言高士有藥泉, 可以治之. 望乞矜念, 賜神水以救衆兵殘生." 隱者曰: "量老夫山野廢人, 何勞丞相枉駕. 此泉就在庵後, 教取來飲." 於是童子引王平等一起啞軍, 來到泉邊, 汲水飲之; 隨卽吐出惡涎, 便能言語.(＊如今之服半夏者, 飲着生薑湯.) 童子又引衆軍到萬安溪中沐浴.

　　*注: 信香(신향): 불교에서 禮佛 올릴 때 쓰는 香. 불교에서는 경건한 마음으로 香을 태우면 그 香의 연기가 使者가 되어 香을 태우는 사람이 마음으로 원하는 바를 부처에게 전해 준다고 한다. 그래서 이것을 〈信香〉이라 부른다.　籬落(리락): 울타리.　馨香噴鼻(형향분비): 향기가 코를 찌르다. 〈馨香〉: 꽃향기. 芳香. 그윽한 향기. 〈噴鼻〉: 噴香. 향기가 코를 찌르다 (=馨香撲鼻).　大纛(대독): 큰 깃발. 天子의 親征軍.　惡涎(악연): 입으로 토할 때 나오는 끈적끈적한 악취 나는 액체.

〖11〗隱者於庵中進柏子茶‧松花菜, 以待孔明. 隱者告曰: "此間蠻洞多毒蛇惡蝎, 柳花飄入溪泉之間, 水不可飲. 但掘地爲泉, 汲水飲之, 方可." 孔明求 "薤葉芸香", 隱者令衆軍盡意採取：“各人口含一葉，自然瘴氣不侵.” 孔明拜求隱者姓名. 隱者笑曰：“某乃孟獲之兄孟節是也.” 孔明愕然. 隱者又曰：“丞相休疑，容伸片言：某一父母所生三人：長卽老夫孟節，次孟獲，又次孟優. 父母皆亡. 二弟强惡，不歸王化. 某屢諫不從，故更名改姓，隱居於此. 今辱弟造反，又勞丞相深入不毛之地. 如此生受，孟節合該萬死，故先於丞相之前請罪.” 孔明嘆曰：“方信盜跖·下惠之事，今亦有之.” 遂與孟節曰：“吾申奏天子，立公爲王，可乎？” 節曰：“爲嫌功名而逃於此，豈復有貪富貴之意！”(＊泰伯讓天下而逃之蠻方，此蠻又讓蠻王之位而逃之深山，其殆比泰伯之讓而更甚耶！名之曰“節”，眞不愧其名.) 孔明乃具金帛贈之. 孟節堅辭不受. 孔明嗟嘆不已，拜別而回. 後人有詩曰：

高士幽棲獨閉關，武侯曾此破諸蠻.

至今古木無人境，猶有寒煙鎖舊山.

*注: 松花菜(송화채): 송화 가루로 만든 요리. 柳花(유화): 버들개지. 强惡(강악): 몹시 고집이 세다. 고집불통이다. 〈强〉: 고집이 세다. 〈惡〉: 몹시. 아주. 生受(생수): 폐를 끼치다. 귀찮게 하다. 수고하게 하다. 盜跖·下惠(도척·하혜): 즉 跖과 柳下惠. 둘 다 春秋 시대의 사람으로, 전해오는 말에 의하면 두 사람은 형제지간이었지만 완전히 딴판으로, 하나는 大盜, 하나는 聖人으로 받들어졌다고 한다. 曾(증): 일찍이(曾經). 이전에 (嘗. 從來): 즉(則): 어떻게(怎), 어찌하여(何).

〖12〗 孔明回到大寨之中，令軍士掘地取水. 掘下二十餘丈，並無滴水； 凡掘十餘處，皆是如此. 軍心驚慌. 孔明夜半焚香告天曰：“臣亮不才，仰承大漢之福，受命平蠻. 今途中乏水，軍馬枯渴. 倘上天不絕大漢，卽賜甘泉！ 若氣運已終，臣亮等願死於此處！” 是夜祝罷，平明視之，皆得滿井甘泉.(＊與後文司馬昭祝井遙相對

照.) 後人有詩曰:

爲國平蠻統大兵, 心存正道合神明.

<u>耿恭拜井</u>甘泉出, 諸葛<u>虔誠</u>水夜生.

孔明軍馬旣得甘泉, 遂安然由小徑直入禿龍洞前下寨.

*注: <u>耿恭拜井</u>(경공배정): 耿恭은 동한 扶風 茂陵(지금의 섬서성 興平市 동북) 사람으로, 明帝時 西域戊己校尉에 임명되어 疏勒城에 주둔하고 있을 때 北匈奴의 포위 공격으로 水源이 끊어지자 耿恭은 城 안에 十五丈이나 깊이 샘을 파도록 했으나 물이 나오지 않았다. 이에 耿恭이 옷을 단정히 차려입고 샘을 향하여 재배하고 축원을 하자 샘물이 솟아났다고 한다. 지극한 정성은 하늘을 감동시킨다는 이야기의 전형으로 흔히 인용된다. 虔誠(건성): 경건하고 정성스럽다.

〔13〕 蠻兵探知, 來報孟獲曰:"蜀兵不染瘴疫之氣, 又無枯渴之患, 諸泉皆不應."(*孟獲不是失地利, 乃失人和耳.) 朶思大王聞知不信, 自與孟獲來高山望之. 只見蜀兵安然無事, 大桶小擔, 搬運水漿, 飮馬造飯. 朶思見之, 毛髮聳然, 回顧孟獲曰:"此乃神兵也!"獲曰:"吾兄弟二人與蜀兵決一死戰, 就殞於軍前, 安肯束手受縛!"朶思曰:"若大王兵敗, 吾妻子亦休矣. 當殺牛宰馬, 大賞洞丁, 不避水火, 直衝蜀寨, 方可得勝."

於是大賞蠻兵. 正欲起程, 忽報洞後迤西銀冶洞二十一洞主楊鋒, 引三萬兵來助戰. 孟獲大喜曰:"隣兵助我, 我必勝矣!"卽與朶思大王出洞迎接. 楊鋒引兵入曰:"吾有精兵三萬, 皆披鐵甲, 能飛山越嶺, 足以敵蜀兵百萬; 我有五子, 皆武藝足備, 願助大王."鋒令五子入拜, 皆彪軀虎體, <u>威風抖擻</u>. 孟獲大喜, 遂設席相待楊鋒父子. 酒至半酣, 鋒曰:"軍中少樂, 吾隨軍有蠻姑, 善舞刀牌, 以助一笑."(*先主與劉璋飮酒之時, 有諸將舞劍. 今楊鋒與孟獲飮酒之時, 有諸蠻姑舞刀, 正復相似.) 獲忻然從之.

　須臾, 數十蠻姑, 皆披髮跣足, 從帳外舞跳而入. 群蠻拍手以歌和之. 楊鋒令二子把盞. 二子舉杯詣孟獲·孟優前. 二人接杯, 方欲飲酒, 鋒大喝一聲, 二子早將孟獲·孟優執下座來. 朶思大王却待要走, 已被楊鋒擒了. 蠻姑橫截於帳上, 誰敢近前. 獲曰: "'兔死狐悲, 物傷其類'. 吾與汝皆是各洞之主, 往日無冤, 何故害我?" 鋒曰: "吾兄弟子侄皆感諸葛丞相活命之恩, 無可以報. 今汝反叛, 何不擒獻!"

*注: 迤西(이서): 以西. 〈迤〉: 以東, 以西의 '以'처럼 방향을 가리키는 경우에 쓰임.　威風抖擻(위풍두수): 위풍을 떨치다(=抖威風). 〈抖擻〉: 기운을 내다. 분발하다. 흔들어 털다.　蠻姑(만고): 만인 무당. 만인 여승. 〈姑〉: 고모. 시누이. 시어머니. (집을 떠난) 여승. 무당.　橫截(횡절): 옆으로 가로막다. 가로로 끊다.　兔死狐悲, 物傷其類(토사호비, 물상기류): 토끼가 죽으면 여우가 슬퍼하고 만물은 그 동류의 불행을 슬퍼한다. "狐死兔泣(호사토읍)" (→여우가 죽으면 토끼가 눈물을 흘린다.)도 같은 종류의 말이다. 〈物〉: 萬物; 나(我)에 상대되는 他物; 種類; 사람(人). 衆人. 〈傷〉: 슬퍼하다. (*出處: 〈水滸傳〉 제28회: "我和你是一般犯罪的人, 特地報你知道, 豈不聞 '兔死狐悲, 物傷其類'?")

〖14〗 於是各洞蠻兵皆走回本鄉. 楊鋒將孟獲·孟優·朶思等解赴孔明寨來.(*此是五擒.) 孔明令入. 楊鋒等拜於帳下曰: "某等子侄, 皆感丞相恩德, 故擒孟獲·孟優等呈獻." 孔明重賞之, 令驅孟獲入. 孔明笑曰: "汝今番心服乎?" 獲曰: "非汝之能, 乃吾洞中之人, 自相殘害, 以致如此. 要殺便殺, 只是不服!"(*甚矣, 攻心之難!) 孔明曰: "汝賺吾入無水之地, 更以啞泉·滅泉·黑泉·柔泉如此之毒, 吾軍無恙, 豈非天意乎? 汝何如此執迷?" 獲又曰: "吾

祖居銀坑山中, 有三江之險, 重關之固. 汝若就彼擒之, 吾當子子
孫孫, 傾心服事."(*縱虎歸穴, 然後入穴取虎, 更自不易.) 孔明曰: "吾
再放汝回去, 重整兵馬, 與吾共決勝負; 如那時擒住, 汝再不服,
當滅九族!" 叱左右去其縛, 放起孟獲. 獲再拜而去.(*此是五縱.)
孔明又將孟優并朶思大王皆釋其縛, 賜酒食壓驚. 二人悚懼, 不敢
正視. 孔明令鞍馬送回.(*前番先放孟優, 次放孟獲, 此又先放孟獲, 次放
孟優.) 正是:

深臨險地非容易, 更展奇謀豈偶然.

未知孟獲整兵再來, 勝負如何, 且看下文分解.

*注: 執迷(집미): 잘못을 고집하다. 잘못에 집착하다.

第八十九回 毛宗崗 序始評

(1). 瀘水之險, 不可徒涉, 西洱河之險, 不可方舟, 可謂險之
極矣. 不謂又有啞泉柔泉黑泉滅泉之惡, 尤有甚焉: 南方屬火,
炎天如火. 蜀兵方苦於火, 而忽又苦於水, 眞有出意料之外者.
惟南方險阻, 出於意料之外, 乃愈顯丞相功績, 出於意料之外耳.

(2). 四擒孟獲, 以假棄舊寨爲欲退之勢而擒之, 是以退爲進
也; 五擒孟獲, 以深入重地爲不可退之勢而擒之, 是以進爲進也.
五擒之難, 倍難於四擒, 則五縱之難, 亦倍難於四縱. 於四擒見
孔明之智, 於五擒見孔明之勇, 於四縱·五縱見孔明之仁.

(3). 每讀〈封神演義〉, 滿紙仙道, 滿目鬼神, 覺姜子牙竟一無
所用, 不若〈三國志〉中之偶一見之也. 如伏波顯聖, 山神指迷,
入山求草, 祝井出泉, 未嘗不仰邀神助, 恍遇仙翁, 然不可無一,

不容有二．使盡賴鬼神，何以見人謀之善；使盡仗仙力，何以見人力之奇哉？

(4)．文章之妙，妙在極熱時寫一冷人，極忙中寫一閑景．如萬安隱者，飄飄然有世外之風．其地則柏澗松巖，其人則竹冠藜杖．孔明之遇之，殆如先主之遇水鏡，劉玉貴 之問紫虛，陳震之謁青城，幾相彷彿矣．然先主遇水鏡於難後，孔明則求萬安於難中．紫虛‧青城，未嘗賴之以救敗：萬安，則實賴之以救死．是彼雖極閑，而見者之心極忙，彼雖極冷，而見者之心極熱，又不似前三人之有意無意，為可見可不見之人也．最相類，又最不相類，豈非絕世奇事，絕世奇文？孔明之見隱者不足奇，而奇莫奇於卽孟獲之兄也．有四泉之惡，則有二溪之美以為之反．有助惡之孟優，則有助善之孟節以為之反．地既有之，人亦宜然．然我謂孟獲之五擒而不服者正在此，何也？納孟獲之弟之詐降以誘孟獲，與以孟獲誘孟獲無異也．賴孟獲之兄之相救以制孟獲，與以孟獲制孟獲無異也．以孟獲誘孟獲，而孟獲不服，以孟獲制孟獲，而孟獲愈不服．惟以孔明勝孟獲，而孟獲始服．則吾得而更觀五縱之後矣！

第九十回

驅巨獸六破蠻兵
燒藤甲七擒孟獲

〔1〕却說孔明放了孟獲等一干人，楊鋒父子皆封官爵，重賞洞兵．楊鋒等拜謝而去．孟獲等連夜奔回銀坑洞．那洞外有三江：乃是瀘水・甘南水・西城水．三路水會合，故爲三江．其洞北近平坦三百餘里，多産萬物．洞西二百里，有鹽井．西南二百里，直抵瀘・甘．正南三百里，乃是梁都洞，洞中有山，環抱其洞；山上出銀礦，故名爲'銀坑山'．(*産銀之山而謂之坑，可見錢財與糞土一般．奈何今人之陷此坑而不悟也．) 山中置宮殿樓臺，以爲蠻王巢穴．其中建一祖廟，名曰'家鬼'．(*老蠻子謂之祖，死蠻子謂之鬼．) 四時殺牛宰馬享祭，名爲'卜鬼'．(*以祭爲卜，則其俗之無卜可知．管輅・呂範全用不着矣．) 每年常以蜀人并外鄉之人祭之．(*平蠻之後，此風始革．武侯之功不小．) 若人患病，不肯服藥，只禱師巫，名爲'藥鬼'．(*以禱爲藥，

則其俗之無醫可知；華陀·吉平全用不着矣.） 其處無刑法，但犯罪卽斬，
有女長成，却於溪中沐浴，男女自相混淆，任其自配，父母不禁，
名爲 '學藝'.（*問他所學何藝，可發一笑.） 年歲雨水均調，則種稻穀；
倘若不熟，殺蛇爲羹，煮象爲飯. 每方隅之中，上戶號曰 "洞主"，
次曰 "酋長". 每月初一·十五兩日，皆在三江城中買賣，轉易貨
物. 其風俗如此.（*如此風俗，何必設官理之，宜孔明服蠻之後，不復設官也.
以上抵得一篇南方風俗志.）

    *注: 甘南水·西城水(감남수·서성수): 삼국시에는 이런 강 이름이 없었다.
師巫(사무): 巫師. 박수(남자무당). 　方隅(방우): 四方과 네 귀퉁이. 邊
疆. 전체 면적 중의 일 부분. 邊과 角. 方位. 　三江城(삼강성): 삼국시에는
이런 지명이 없었다. 　轉易貨物(전역화물): 사고 팔 물건들을 가져와서
서로 바꾸다. 물물교환을 하다.

〖2〗却說孟獲在洞中，聚集宗黨千餘人，謂之曰："吾屢受辱於
蜀兵，立誓欲報之. 汝等有何高見？"言未畢，一人應曰："吾擧一
人，可破諸葛亮."衆視之，乃孟獲妻弟，現爲八番部長，名曰 "帶
來洞主". 獲大喜，急問何人. 帶來洞主曰："此去西南八納洞，洞
主木鹿大王，深通法術，出則騎象，能呼風喚雨，常有虎豹豺狼·毒
蛇惡蝎跟隨.（*眞是一洞妖魔，如〈西遊記〉金角·銀角·虎力·鹿力之類.）
手下更有三萬神兵，甚是英勇.（*又如〈水滸傳〉樊瑞·高廉之類.） 大王
可修書具禮，某親往求之. 此人若允，何懼蜀兵哉！"獲忻然，令國
舅賫書而去. 却令朶思大王守把三江城，以爲前面屛障.

    却說孔明提兵直至三江城，遙望見此城三面傍江，一面通旱；卽
遣魏延·趙雲同領一軍，於旱路打城. 軍到城下時，城上弓弩齊發：
原來洞中之人，多習弓弩，一弩齊發十矢，箭頭上皆用毒藥；但有
中箭者，皮肉皆爛，見五臟而死.（*此藥不減四泉之毒.） 趙雲·魏延不

能取勝, 回見孔明, 言藥箭之事. 孔明自乘小車, 到軍前看了虛實, 回到寨中, 令軍退數里下寨. 蠻兵望見蜀兵遠退, 皆大笑作賀, 只疑蜀兵懼怯而退, 因此夜間安心穩睡, 不去哨探.(*已在孔明算中.)

    *注: 立誓(립서): 즉시 맹세하다. 〈立〉: 곧. 즉시. 즉각. 屛障(병장): 장벽. 보호벽. 가려서 막다. 막아서 지키다. 傍江(방강): 강을 끼다. 〈傍〉: 인접하다. 다가가다. 기대다. 通旱(통한); 뭍(육지)으로 통하다. 〈旱〉: 가물다. 가뭄; 뭍. 육지. 旱路 = 陸路. 只疑(지의): 다만 …라고 생각(추정)하다(=只道). 〈疑〉: 헤아리다. 생각하다. 추정하다(猜度. 估計).

〖３〗 却說孔明約軍退後, 卽閉寨不出. 一連五日, 並無號令. 黃昏左側, 忽起微風. 孔明傳令曰: "每軍要衣襟一幅, 限一更時分應點, 無者立斬." 諸將皆不知其意, 衆軍依令預備. 初更時分, 又傳令曰: "每軍衣襟一幅, 包土一包. 無者立斬." 衆軍亦不知其意, 只得依令預備. 孔明又傳令曰: "諸軍包土, 俱在三江城下交割. 先到者有賞." 衆軍聞令, 皆包淨土, 飛奔城下. 孔明令積土爲蹬道, 先上城者爲頭功. 於是蜀兵十餘萬, 并降兵萬餘, 將所包之土, 一齊棄於城下. 一霎時, 積土成山, 接連城上, 一聲暗號, 蜀兵皆上城.(*有前之退, 故有此之速.) 蠻兵急放弩時, 大半早被執下, 餘者棄城而走. 朵思大王死於亂軍之中. 蜀將督軍分路剿殺. 孔明取了三江城, 所得珍寶, 皆賞三軍. 敗殘蠻兵奔回見孟獲, 說: "朵思大王身死, 失了三江城." 獲大驚, 正慮之間, 人報蜀兵已渡江, 現在本洞前下寨. 孟獲甚是慌張.

    *注: 約軍(약군); 군을 조치해 놓다. 〈約〉: 조치를 취해 놓다(置辦配備). 應點(응점): 점고를 받다(接受查點). 〈點〉: 하나하나 대조하여 조사하다(查點. 檢驗). 交割(교할): 일제히 버리다. 〈交〉: (부사) 일제히. 동시에. 함

께. 〈割〉: 자르다. 베다; 버리다. 헤어지다(割舍).　　蹬道(등도): 밟고 올라가
는 계단이 있는 비탈진 길. 〈蹬〉: 밟다. 오르다. 〈登〉과 同字.　　慌張(황장):
당황하다. 허둥대다. 안절부절 못하다.

〖4〗忽然屏風後一人大笑而出曰："旣爲男子，何無智也？我雖
是一婦人，願與你出戰." 獲視之，乃妻祝融夫人也. 夫人世居南
蠻，乃祝融氏之後，善使飛刀，百發百中. 孟獲起身稱謝. 夫人忻
然上馬，引宗黨猛將數百員·生力洞兵五萬，出銀坑宮闕，來與蜀
兵對敵.(*貂蟬可當女將軍，然未嘗用兵也；孫夫人雖好兵，然未嘗以兵戰也.
此處却眞有一員女將出來. 〈三國志〉中眞是無所不有.)　方纔轉過洞口，一
彪軍攔住：爲首蜀將，乃是張嶷. 蠻兵見之，却早兩路擺開. 祝融
夫人背挿五口飛刀，手挺丈八長標，(*夫人亦喜挺長標也?)　坐下捲毛
赤兎馬. 張嶷見之，暗暗稱奇. 二人驟馬交鋒. 戰不數合，夫人撥
馬便走. 張嶷赶去，空中一把飛刀落下. 嶷急用手隔，正中左臂，
翻身落馬. 蠻兵發一聲喊，將張嶷執縛去了. 馬忠聽得張嶷被執，
急出救時，早被蠻兵困住. 望見祝融夫人挺標勒馬而立，忠忿怒向
前去戰，坐下馬絆倒，亦被擒了. 都解入洞中來見孟獲. 獲設席慶
賀. 夫人叱刀斧手，推出張嶷·馬忠要斬. 獲止曰："諸葛亮放吾五
次，今番若殺彼將，是不義也.(*畢竟蠻婆心狠，還是蠻子心軟.)　且囚在
洞中，待擒住諸葛亮，殺之未遲." 夫人從其言，笑飲作樂.

　　*注: 祝融氏(축융씨): 전설에 나오는 상고 시대의 帝王. 사후에 火神이 되
었다고 한다.　　飛刀(비도): 날아가는 칼, 즉 표창(標槍).　　生力(생력): 새로
전투에 투입되는 정예부대.　　却(각): 뜻밖에도. 의외로.　　丈八(장팔): 一丈
八尺. 즉 十八尺.　　長標(장표): 고대의 兵器 이름. 긴 標槍. 標槍은 던져서
적을 공격하는 날카로운 무기의 總稱. 이 중에서 가장 짧고 작은 것이 곧
본문에서 말하는 〈飛刀〉이다.

〖5〗 却說敗殘兵來見孔明, 告知其事. 孔明卽喚馬岱・趙雲・魏延三人受計, 各自領軍前去.(*兩个戰倒了, 又差三个去.)

次日, 蠻兵報入洞中, 說趙雲搦戰. 祝融夫人卽上馬出迎. 二人戰不數合, 雲撥馬便走. 夫人恐有埋伏, 勒兵而回.(*蠻婆甚乖.) 魏延又引軍來搦戰, 夫人縱馬相迎. 正交鋒緊急, 延詐敗而逃. 夫人只不赶. (*又不赶來, 畢竟蠻婆乖似蠻子.)

次日, 趙雲又引軍來搦戰, 夫人領洞兵出迎. 二人戰不數合, 雲詐敗而走. 夫人按標不赶. 欲收兵回洞時, 魏延引軍齊聲辱罵. 夫人急挺標來取魏延. 延撥馬便走. 夫人忿怒赶來. 延驟馬奔入山僻小路. 忽然背後一聲響亮, 延回頭視之, 夫人仰鞍落馬. 原來馬岱埋伏在此, 用絆馬索絆倒. 就裏擒縛, 解投大寨而來.(*前孔明所授之計至此方敍明.) 蠻將洞兵皆來救時, 趙雲一陣殺散. 孔明端坐於帳上, 馬岱解祝融夫人到, 孔明急令武士去其縛, 請在別帳賜酒壓驚, 遣使往告孟獲, 欲送夫人換張嶷・馬忠二將. 孟獲允諾, 卽放出張嶷・馬忠, 還了孔明. 孔明遂送夫人入洞. 孟獲接入, 又喜又惱.

*注: 只不赶(지부간): 그러나 쫓지(추격하지) 않았다. 〈只〉: 그러나. 다만.

仰鞍(앙안): (몸이) 안장 위로 쳐들리다. 〈仰〉: 머리를 쳐들다(젖히다).

〖6〗 忽報八納洞主到. 孟獲出洞迎接, 見其人騎着白象, 身穿金珠瓔珞, 腰懸兩口大刀, 領著一班喂養虎豹豺狼之士, 簇擁而入. 獲再拜哀告, 訴說前事. 木鹿大王許以報讎, 獲大喜, 設宴相待.

次日, 木鹿大王引本洞兵帶猛獸而出. 趙雲・魏延聽知蠻兵出, 遂將軍馬布成陣勢. 二將并轡立於陣前視之, 只見蠻兵旗幟器械皆別; 人多不穿衣甲, 盡裸身赤體, 面目醜陋; 身帶四把尖刀; 軍中不鳴鼓角, 但篩金爲號; 木鹿大王腰挂兩把寶刀, 手執蒂鍾, 身騎白象，從大旗中而出.(＊又在蜀將眼中寫木鹿聲勢.) 趙雲見了，謂魏延曰：“我等上陣一生，未嘗見如此人物.”二人正沈吟之際，只見木鹿大王口中不知念甚呪語，手搖蒂鍾.(＊念呪搖鍾，極似今日和尙·道士. 吾恐和尙·道士之毒，亦不輸與木鹿大王也.) 忽然狂風大作，飛砂走石，如同驟雨；一聲畫角響，虎豹豺狼，毒蛇猛獸，乘風而出，張牙舞爪，衝將過來. 蜀兵如何抵當. 往後便退，蠻兵隨後追殺，直赶到三江界路方回.

*注：瓔珞(영락)：영락. 고대에 목에 두르는, 구슬을 꿰어 만든 장식품. 篩金(사금)：兵器를 치다(울리다). 〈篩〉：체. 체로 치다；(징. 꽹과리 등을) 치다. 울리다. 〈金〉：쇠붙이. 여기서는 兵器를 말한다. 蒂鍾(체종)：과일 꼭지 모양의 작은 종. 〈蒂〉：〈蔕(체)〉와 同字. 과일과 줄기가 서로 이어진 부분. 上陣(상진)：싸움터로 나가다. 전투에 나서다. 싸움에 참가하다. 呪語(주어)：呪文. 저주하는 말. 畫角(화각)：옛날 군중에서 쓰던 대나무나 구리로 만든 나팔의 일종. 張牙舞爪(장아무조)：이빨을 드러내고 손발톱을 내보이며 흔들다.(＝舞爪張牙). 본래는 맹수의 무서운 모습을 형용한 말인데, 후에는 흔히 미친 듯이 날뛰는 흉악한 모습을 비유하는 데 쓰인다.

〖7〗趙雲·魏延收聚敗兵，來孔明帳前請罪，細說此事. 孔明笑曰：“非汝二人之罪. 吾未出茅廬之時，先知南蠻有驅虎豹之法. 吾在蜀中已辦下破此陣之物也：隨軍有二十輛車，俱封記在此.(＊車中是何物，令人不測.) 今日且用一半，留下一半，後有別用.”(＊早爲七擒伏線.) 遂令左右取了十輛紅油櫃車到帳下，留十輛黑油櫃車在後. 衆皆不知其意. 孔明將櫃打開，皆是木刻彩畫巨獸，俱用五色絨線爲毛衣，鋼鐵爲牙爪，一個可騎坐十人.(＊與後木牛流馬彷彿相似.) 孔明選了精壯軍士一千餘人，領了一百，口內裝煙火之物，藏在軍中.

次日, 孔明驅兵大進, 布於洞口. 蠻兵探知, 入洞報與蠻王. 木鹿大王自謂無敵, 卽與孟獲引洞兵而出. 孔明綸巾羽扇, 身衣道袍, 端坐於車上. 孟獲指曰: "車上坐的便是諸葛亮! 若擒住此人, 大事定矣!" 木鹿大王口中念咒, 手搖蒂鍾. 頃刻之間, 狂風大作, 猛獸突出. 孔明將羽扇一搖, 其風便回吹彼陣中去了.(*孔明能借風, 又能退風.) 蜀陣中假獸擁出. 蠻洞眞獸見蜀陣巨獸口吐火焰, 鼻出黑煙, 身搖銅鈴, 張牙舞爪而來, 諸惡獸不敢前進, 皆奔回蠻洞, 反將蠻兵衝倒無數.(*不是眞破假, 反是假破眞.) 孔明驅兵大進, 鼓角齊鳴, 望前追殺. 木鹿大王死於亂軍之中. 洞內孟獲宗黨, 皆棄宮闕, 扒山越嶺而走. 孔明大軍占了銀坑洞.

〔8〕次日, 孔明正欲分兵緝擒孟獲, 忽報: "蠻王孟獲妻弟帶來洞主, 因勸孟獲歸降, 獲不從, 今將孟獲并祝融夫人及宗黨數百餘人盡皆擒來, 獻與丞相." 孔明聽知, 卽喚張嶷‧馬忠, 分付如此如此. 二將受了計, 引二千精壯兵, 伏於兩廊. 孔明卽令守門將, 俱放進來. 帶來洞主引刀斧手解孟獲等數百人, 拜於殿下. 孔明大喝曰: "與吾擒下!" 兩廊壯兵齊出, 二人捉一人, 盡被執縛.(*此是六擒.) 孔明大笑曰: "量汝些小詭計, 如何瞞得我! 汝見二次俱是本洞人擒汝來降, 吾不加害; 汝只道吾深信, 故來詐降, 欲就洞中殺吾!"(*孟獲一邊算計, 却在孔明一邊敍出.) 喝令武士搜其身畔, 果然各帶利刀. 孔明問孟獲曰: "汝原說在汝家擒住, 方始心服; 今日如何?" 獲曰: "此是我等自來送死, 非汝之能也. 吾心未服."(*南蠻巧舌.)孔明曰: "吾擒汝六番, 尙然不服, 欲待何時耶?" 獲曰: "汝第七次擒住, 吾方傾心歸服, 誓不反矣!" 孔明曰: "巢穴已破, 吾何慮哉!" 令武士盡去其縛, 叱之曰: "這番擒住, 再若支

吾，必不輕恕！"孟獲等抱頭鼠竄而去. (*此是六縱. 縱法與前又異.)

*注: 緝擒(집금): 체포하다. 포박하다.   兩廊(양랑): 양쪽 곁채. 〈廊〉: 곁채.   自來送死(자래송사): 스스로 죽을 데로 들어오다.   尙然(상연): 아직. 여전히.   支吾(지오): 얼버무리다. 발뺌하다. 이리저리 둘러대다.

〖9〗 却說敗殘蠻兵有千餘人，大半中傷而逃，正遇蠻王孟獲. 獲收了敗兵，心中稍喜，却與帶來洞主商議曰："吾今洞府已被蜀兵所占，今投何地安身？"帶來洞主曰："止有一國可以破蜀." 獲喜曰："何處可去？"帶來洞主曰："此去東南七百里，有一國，名烏戈國. 國主兀突骨，身長二丈，不食五穀，以生蛇惡獸爲飯；(*亦與殺蛇爲羹，煮象爲飯者差不多.) 身有鱗甲，刀箭不能侵. 其手下軍士，俱穿藤甲；(*木鹿之兵不穿甲. 烏戈之兵穿藤甲. 愈出愈奇. 其軍以藤爲甲，不若其主身自有鱗甲.) 其藤生於山澗之中，盤於石壁之內，國人採取，浸於油中，半年方取出曬之；曬乾復浸，凡十餘遍，却纔造成鎧甲；(*好个引火之物.) 穿在身上，渡江不沈，經水不濕，刀箭皆不能入：因此號爲'藤甲軍'. (*不懼水，不懼金，獨不能御火耳.) 今大王可往求之. 若得彼相助，擒諸葛亮如利刀破竹也." 孟獲大喜，逐投烏戈國，來見兀突骨. 其洞無宇舍，皆居土穴之內. 孟獲入洞，再拜哀告前事. 兀突骨曰："吾起本洞之兵，與汝報讐." 獲欣然拜謝. 於是兀突骨喚兩個領兵俘長：一名土安，一名奚泥，起三萬兵，皆穿藤甲，離烏戈國望東北而來. 行至一江，名桃花水，兩岸有桃樹，歷年落葉於水中，若別國人飲之盡死，惟烏戈國人飲之，倍添精神. 兀突骨兵至桃花渡口下寨，以待蜀兵.

*注: 山澗(산간): 계곡을 흐르는 물. 개울. 산골짜기.   俘長(부장): 〈俘〉라는 전투단위의 지휘관. 통솔하는 군사의 규모로 볼 때 烏戈國의 〈大將〉에 해당하는 듯하다. 〈俘〉: 포로(로 잡다).   精神(정신): 활력.

기력. 원기. 정력.

〖10〗 却說孔明令蠻人哨探孟獲消息，回報曰：“孟獲請烏戈國
主，引三萬藤甲軍，現屯於桃花渡口．孟獲又在各番聚集蠻兵，併
力拒戰.”（*此時將服，定須大戰一場以作收尾．）孔明聽說，提兵大進，
直至桃花渡口．隔岸望見蠻兵，不類人形，甚是醜惡；又問土人，
言說卽日桃葉正落，水不可飲．孔明退五里下寨，留魏延守寨.

次日，烏戈國主引一彪藤甲軍過河來，金鼓大震．魏延引兵出
迎．蠻兵捲地而至．蜀兵以弩箭射到藤甲之上，皆不能透，俱落於
地；刀砍槍刺，亦不能入．蠻兵皆使利刀鋼叉，蜀兵如何抵當？盡
皆敗走．蠻兵不趕而回．魏延復回，趕到桃花渡口，只見蠻兵帶甲
渡水而去；內有困乏者，將甲脫下，放在水面，以身坐其上而渡.（*
以甲爲舟，更是奇幻．）魏延急回大寨，來稟孔明，細言其事．孔明請呂
凱并土人問之．凱曰：“某素聞南蠻中有一烏戈國，無人倫者也.
更有藤甲護身，急切難傷．又有桃葉惡水，本國人飲之，反添精神；
別國人飲之卽死．如此蠻方，縱使全勝，有何益焉？不如班師早
回.”孔明笑曰：“吾非容易到此，豈可便去！吾明日自有平蠻之
策.”（*還有十輛油車未曾發市．）於是令趙雲助魏延守寨，且休輕出.
　　*注: 鋼叉(강차): 쇠스랑.　　發市(발시): 맨 처음 팔다. 마수하다.

〖11〗 次日，孔明令土人引路，自乘小車到桃花渡口北岸山僻去
處，遍觀地理．山險嶺峻之處，車不能行，孔明棄車步行．忽到一
山，望見一谷，形如長蛇，皆危峭石壁，并無樹木，中間一條大路.
孔明問土人曰：“此谷何名？”土人答曰：“此處名爲盤蛇谷.（*後
卽變作火龍洞．）出谷則三江城大路，谷前名塔郞甸.”孔明大喜曰：
“此乃天賜吾成功於此也！”遂回舊路，上車歸寨，喚馬岱分付

曰: "與汝黑油櫃車十輛, 須用竹竿千條,(*以竹竿對藤甲, 皆是草木門.) 櫃內之物, 如此如此. 可將本部兵去把住盤蛇谷兩頭, 依法而行. 與汝半月限, 一切完備. 至期如此施設. 倘有走漏, 定按軍法." 馬岱受計而去. 又喚趙雲分付曰: "汝去盤蛇谷後, 三江大路口如此守把, 所用之物, 克日完備."(*妙在不說明所用何物.) 趙雲受計而去. 又喚魏延分付曰: "汝可引本部兵去桃花渡口下寨. 如蠻兵渡水來敵, 汝便棄了寨, 望白旗處而走. 限半個月內, 須要<u>連輸十五陣</u>, 棄七個寨柵. 若輸十四陣, 也休來見我."(*驕敵之計, 大妙大妙.) 魏延領命, 心中不樂, 怏怏而去.(*今之畏厮殺者, 遇知此軍令有何不樂?) 孔明又喚張翼<u>另</u>引一軍, 依所指之處, 築立寨柵去了; 却令張嶷・馬忠引本洞所降千人, 如此行之.(*此是用降兵以賺孟獲耳, 妙在不敍明.) 各人都依計而行.

　　*注: 去處(거처): 곳. 장소.　危峭(위초): 〈危〉: 높다. 가파르다. 〈峭〉: 산세가 높고 험준하다. 가파르다.　盤蛇谷(반사곡): 〈蟠蛇谷〉으로도 쓴다. 〈뱀이 똬리를 틀고 있는 듯한 모습의 계곡〉이란 뜻으로. 지금의 운남성 保山縣 부근의 怒江 가에 있다.　草木門(초목문): 초목문. 〈門〉: 동식물의 분류학상의 한 단위. 綱의 위. 참고로 생물의 분류상 각 단계의 명칭은 다음과 같다. 種→屬→科→目→綱→門→界. (*魯迅 〈墳・人類歷史〉: "又集如此相似者, 謂之猫科; 科進爲目, 爲綱, 爲門." 又如: 原生動物門; 裸子植物門.)　走漏(주루): 누설하다. (비밀이) 새나가다.　連輸十五陣(연수십오진): 연달아 열다섯 판 싸움에서 지다. 〈輸〉: 싸움에서 지다. 〈陣〉: 싸움의 회수를 나타내는 단위. 판.

〖12〗却說孟獲與烏戈國主兀突骨曰: "諸葛亮多有巧計, 只是埋伏. 今後交戰, 分付三軍: 但見山谷之中, 林木多處, 切不可輕進." 兀突骨曰: "大王說的有理. 吾已知道中國人多行詭計. 今後

依此言行之. 吾在前面厮殺, 汝在背後教道." 兩人商量已定. 忽
報蜀兵在桃花渡口北岸立起營寨. 兀突骨卽差二俘長引藤甲軍渡
了河, 來與蜀兵交戰. 不數合, 魏延敗走.(*是第一日敗.) 蠻兵恐有
埋伏, 不赶自回.

次日, 魏延又去立了營寨. 蠻兵哨得, 又有衆軍渡過河來戰. 延
出迎之. 不數合, 延敗走.(*是第二日敗.) 蠻兵追殺十餘里, 見四下
並無動靜, 便在蜀寨中屯住.(*棄第一个寨.) 次日, 二俘長請兀突骨
到寨, 說知此事. 兀突骨卽引兵大進, 將魏延追一陣. 蜀兵皆棄甲
抛戈而走.(*所棄之甲, 蠻兵却用不着. 是第三日敗) 只見前有白旗, 延引
敗兵, 急奔到白旗處, 早有一寨, 就寨中屯住. 兀突骨驅兵追至.
魏延引兵棄寨而走.(*棄第二个寨.) 蠻兵得了蜀寨. 次日, 又望前追
殺. 魏延回兵交戰, 不三合又敗,(*是第四日敗.) 只看白旗處而走,
又有一寨, 延就寨屯住. 次日, 蠻兵又至. 延略戰又走.(*是第五日
敗.) 蠻兵占了蜀寨. (*棄第三个寨.)

　　*注: 教道(교도): 가르치다. 지도하다. 　略(략): 대충. 약간. 좀.

〖13〗話休絮煩, 魏延且戰且走, 已敗十五陣, 連棄七個營寨.(*
前逐日寫, 逐寨寫, 至此却總紇一句, 省筆之法.) 蠻兵大進追殺. 兀突骨
自在軍前破敵, 於路但見林木茂盛之處, 便不敢進; 却使人遠望,
果見樹陰之中, 旌旗招颭.(*孔明疑兵, 在兀突骨眼中點出.) 兀突骨謂
孟獲曰: "果不出大王所料." 孟獲大笑曰: "諸葛亮今番被吾識
破! 大王連日勝了他十五陣, 奪了七個營寨. 蜀兵望風而走, 諸葛
亮已是計窮; 只此一進, 大事定矣!"(*當彼喪膽之後, 而欲驕其志爲最
難. 旣有六擒以挫之, 須此十五勝以驕之.) 兀突骨大喜, 遂不以蜀兵爲
念.

　　*注: 話休絮煩(화휴서번): 장황하게 되뇌는 것을 그만두다. 이야기를 본

론으로 되돌리다. 〈絮煩〉: 귀찮다. 지겹다. 싫증나다. 번거롭다. 〈絮〉: 솜; 장황하다. 수다스럽다; 귀찮다. 지겹다. 질리다. 싫증나다.　招颭(초 점): 펄럭이다. 흔들리다(=招展).　望風(망풍): 소문을 듣다.

〖14〗 至第十六日, 魏延引敗殘兵, 來與藤甲軍對敵. 兀突骨騎象當先, 頭戴日月狼鬚帽, 身披金珠纓絡, 兩肋下露出生鱗甲, 眼目中微有光芒.(*在魏延眼中寫兀突骨聲勢, 以見孔明勝之之難.) 手指魏延大罵. 延撥馬便走, 後面蠻兵大進. 魏延引兵轉過了盤蛇谷, 望白旗而走. 兀突骨統引兵衆, 隨後追殺. 兀突骨望見山上並無草木, 料無埋伏, 放心追殺. 赶到谷中, 見數十輛黑油櫃車在當路, 蠻兵報曰: “此是蜀兵運糧道路, 因大王兵至, 撇下糧車而走.” 兀突骨大喜, 催兵追赶. 將出谷口, 不見蜀兵, 只見橫木亂石滾下, 壘斷谷口. 兀突骨令兵開路而進, 忽見前面大小車輛, 裝載乾柴, 盡皆火起. 兀突骨忙敎退兵, 只聞後軍發喊, 報說谷口已被乾柴壘斷, 車中原來皆是火藥, 一齊燒着.(*藤甲軍身上已自各有火藥.) 兀突骨見無草木, 心尙不慌,(*藤甲軍身上已自各有草木.) 令尋路而走. 只見山上兩邊, 亂丟火把,(*火自上而下.) 火把到處, 地中藥線皆着, 就地飛起鐵砲.(*火自下而上.) 滿谷中火光亂舞, 但逢藤甲, 無有不着. 將兀突骨并三萬藤甲軍, 燒得互相擁抱, 死於於盤蛇谷中. (*幾番用火都是橫燒, 此番用火却是竪着.) 孔明在山上往下看時, 只見蠻兵被火燒的伸拳舒腿, 大半被鐵砲打的頭臉粉碎, 皆死於谷中, 臭不可聞. 孔明垂淚而嘆曰: “吾雖有功於社稷, 必損壽矣!”(*此爲後人好殺者說法耳. 五丈原之殞星, 豈眞爲此乎? 若眞爲此, 則新野·博望前後共二十萬之兵, 赤壁亦有八十三萬之兵, 其生還者幾無, 殆更多於藤甲軍也.) 左右將士, 無不感嘆.

*注: 日月狼鬚帽(일월랑수모): 해와 달을 수놓은, 이리 수염으로 짜서 만

든 모자. **撤下**(별하): 삐치다. 치다; 내버리다. 방치하다. **亂丟**(난주): 어지러이 마구 내던지다. **伸拳舒腿**(신권서퇴): 주먹을 펴고 다리를 쭉 뻗다. **損壽**(손수): 수명이 줄다. **說法**(설법): 설법. 설교.

〖15〗却說孟獲在寨中，正望蠻兵回報．忽然千餘人笑拜於寨前，言說：“烏戈國兵與蜀兵大戰，將諸葛亮圍在盤蛇谷中了．特請大王前去接應．我等皆是本洞之人，不得已而降蜀；今知大王前到，特來助戰.”(*前受計降兵，於此處方才明白.) 孟獲大喜，卽引宗黨并所聚番人，連夜上馬；就令蠻兵引路．方到盤蛇谷時，只見火光甚起，臭味難聞．獲知中計，急退兵時，左邊張嶷，右邊馬忠，兩路軍殺出．獲方欲抵敵，一聲喊起，蠻兵中大半皆是蜀兵，將蠻王宗黨并聚集的番人，盡皆擒了．孟獲匹馬殺出重圍，望山徑而走.(*孟獲此時不卽就擒，妙，有曲折.)

正走之間，見山凹裏一簇人馬，擁出一輛小車；車中端坐一人，綸巾羽扇，身衣道袍，乃孔明也．孔明大喝曰：“反賊孟獲！今番如何？”獲急回馬走，旁邊閃過一將，攔住去路，乃是馬岱．孟獲措手不及，被馬岱生擒活捉了.(*此是七擒.) 此時王平·張翼已引一軍赶至蠻寨中，將祝融夫人并一應老小皆活捉而來.(*蠻子是第七番出丑，蠻妻是第二番出丑.)

*注: 一應(일응): 모든.

〖16〗孔明歸到寨中，升帳而坐，謂衆將曰：“吾今此計，不得已而用之，大損陰德．我料敵人必算吾於林木多處埋伏，吾却空設旌旗，實無兵馬，疑其心也.(*疑其心，使不進別處.) 吾令魏文長連輸十五陣者，堅其心也.(*堅其心，使專追一處.) 吾見盤蛇谷止一條路，兩壁廂皆是光石，並無樹木，下面都是沙土，因令馬岱將黑油櫃安排於谷中，車中油櫃內，皆是預先造下的大砲，名曰'地雷'，(*先生能使風，又能使雷.) 一砲中藏九砲，三十步埋之，中用竹竿通節，以引藥線，纔一發動，山損石裂. 吾又令趙子龍預備草車，安排於谷中，又於山上准備大木亂石. 却令魏延賺兀突骨并藤甲軍入谷，放出魏延，卽斷其路，隨後焚之.(*此處方將上項事一一說明.) 吾聞：'利於水者，必不利於火.' 藤甲雖刀箭不能入，乃油浸之物，見火必着. 蠻兵如此頑皮，非火攻安能取勝？(*又說明用計之意.) ——使烏戈國之人不留種類者，是吾之大罪也！(*大罪乃是大功.) 衆將拜伏曰："丞相天機，鬼神莫測也！" 孔明令押過孟獲來. 孟獲跪於帳下. 孔明令去其縛，教且在別帳與酒食壓驚. 孔明喚管酒食官至坐榻前，如此如此. 分付而去.(*既七擒矣，又有何計？且看.)

　　*注: **大損陰德**(대손음덕): 음덕을 크게 손상하다. 〈陰德〉: 남에게 알려지지 않은 숨은 덕행.　**壁廂**(벽상): 곳. 근처. 부근.　**光石**(광석): 다만돌뿐.〈光〉: 다만. 오직.　**頑皮**(완피): 단단한 표피. 두텁고 단단한 가죽 주머니.　**天機**(천기): 천기. 하늘의 기밀; 천부의 기지.　**榻**(탑): 좁고 긴침대.

〖17〗却說孟獲與祝融夫人并孟優·帶來洞主·一切宗黨，在別帳飲酒. 忽一人入帳謂孟獲曰："丞相面羞，不欲與公相見.(*不說孟獲羞，倒說孔明羞，其羞孟獲甚矣.) 特令我來放公回去，再招人馬來決勝負. 公今可速去."(*妙！妙！勝似打，勝似殺.) 孟獲垂淚言曰："七擒七縱，自古未嘗有也. 吾雖化外之人，頗知禮義，直如此無羞恥乎？" 遂同兄弟妻子宗黨人等，皆匍匐跪於帳下，肉袒謝罪曰："丞相天威，南人不復反矣！"(*攻心之法，至此方賀戰勝.) 孔明曰："公今服乎？" 獲泣謝曰："某子子孫孫皆感覆載生成之恩，安得不服！"(*前說畏威，此說感恩，恩威交至.) 孔明乃請孟獲上帳，設宴

慶賀, 就令永爲洞主. 所奪之地, 盡皆退還. 孟獲宗黨及諸蠻兵,
無不感戴, 皆欣然跳躍而去.(*此是七縱.)

後人有詩讚孔明曰:

羽扇綸巾擁碧幢, 七擒妙策制蠻王.

至今溪洞傳威德, 爲選高原立廟堂.

*注: 面羞(면수): 얼굴 대하기가 부끄럽다(창피하다).　直如此(직여차):
그야말로(실로) 이와 같이 하고도.〈直〉: 줄곧; 그야말로. 실로. 정말(=直
截).　肉袒(육단): 上衣의 일부를 벗어 맨몸을 드러내고 죄를 청하고 벌을
받겠다는 뜻을 표시하는 것. 여기서는 진심으로 降服하겠다는 뜻을 나타
낸 것이다.　覆載生成(복재생성): 목숨을 살려주어 생존하게 하는 것.〈覆
載〉: 본래는 天地가 萬物을 養育하고 包容하는 것을 가리키는데, 여기서
는 천지 가운데서 생존하게 한다는 뜻이다.　感戴(감대): 감격하여 받들
다.　碧幢(벽당): 수레 위에 둘러치는 녹색의 장막.〈幢〉: 고대 깃발의 일
종. (포목 등의) 늘어진 모양.　溪洞(계동): 溪峒으로도 쓴다. 고대에 지금
의 묘족, 동족, 장족 및 그들이 모여 사는 지역을 가리킨 말.　威德(위덕):
위력과 은덕.　廟堂(묘당): 蠻人들이 제갈량을 모시기 위해 지은 사당.

〖18〗長史費禕入諫曰:"今丞相親提士卒, 深入不毛, 收服蠻
方; 目今蠻王旣已歸服, 何不置官吏, 與孟獲一同守之?"孔明
曰:"如此有三不易: 留外人則當留兵, 兵無所食, 一不易也; (*此
言留兵之難.) 蠻人傷破, 父兄死亡, 留外人而不留兵, 必成禍患, 二
不易也; (*此言不留兵之難.) 蠻人累有廢殺之罪, 自有嫌疑, 留外人
終不相信, 三不易也.(*此言設官之難.) 今吾不留人, 不運糧, 與相安
於無事而已."(*蛇羹象飯, 不可以漢人飮食之道治之; 沐浴學藝, 不可以漢
人男女之道治之; 卜鬼藥鬼, 不可以漢人祭祀之道治之. 不可治而不治, 正治之
以不治也.) 衆人盡服. 於是蠻方皆感孔明恩德, 乃爲孔明立生祠,

四時享祭, (*如此人不愧生祠矣! 與前卷馬伏波廟正是相映.) 皆呼之爲 "慈父", 各送珍珠金寶·丹漆藥材·耕牛戰馬, 以資軍用, 誓不再反. 南方已定.

却說孔明犒軍已畢, 班師回蜀, 令魏延引本部兵爲前鋒. 延引兵方至瀘水, 忽然陰雲四合, 水面上一陣狂風驟起, 飛沙走石, 軍不能進. 延退兵回報孔明. 孔明遂請孟獲問之. 正是:

塞外蠻人方帖服, 水邊鬼卒又倡狂.

未知孟獲所言若何, 且看下文分解.

*注: 廢殺(폐살): 죽여 없애다. 嫌疑(혐의): 의심. 의심쩍음. 生祠(생사): 생사당. 살아있는 사람을 제사지내는 사당. 帖服(첩복): 순종하다. 복종하다(=貼服).

第九十回 毛宗崗 序始評

(1). 武侯博望之火·新野之火及助周郎赤壁之火, 皆燒之不盡不絕, 而獨於藤甲軍, 則燒之盡絕, 無乃太酷乎? 曰: 此藤甲軍之自取耳. 能御金·能御水, 而獨不能御火. 不惟不能御火, 又特特引火, 是如身負硫黃焰硝而行, 於人何尤焉? 且既有四泉之惡, 又有桃花溪之惡, 而孔明以火治之, 此以火勝水也. 若夫南方屬火, 而用火於南, 此又以火勝火也. 火與火遇, 而火之爲安得不烈耶!

(2). 武侯之欲撫南蠻, 而卽用孟獲者, 眞深得安蠻之道哉! 得其土而欲守之, 不能不分兵, 分兵則不能不轉餉, 轉餉而輸輓徒勞, 不若使自守之, 而庇蔭之下, 皆吾土也. 得其人而欲治之, 不能不設官, 設官則不能不用法, 用法而刑獄滋擾, 不若使自治之,而函蓋之下, 皆吾人也. 不但此也, 殺其身, 不能變其心, 殺之不足以爲武; 而生其身, 又復奪其地, 則生之亦不足以爲恩. 不殺其人, 而南人不反; 不奪其地, 而南人乃愈不反耳.

(3). 或謂武侯仍以孟獲王南蠻, 何如立孟節以王南蠻? 曰: 孟節在蠻而超於蠻者也. 在蠻而超於蠻, 則孟節非蠻人也. 以非蠻治蠻, 豈若以蠻治蠻之爲善乎? 故雖使孟節肯受爵, 而用節不如用獲也. 然則荊蠻曷爲有泰伯? 曰: 泰伯, 聖人也, 孟節, 賢人也. 惟賢守節, 惟聖達權. 聖人可以治蠻, 而賢人不可以治蠻. 賢人不可以治蠻, 則惟聽蠻人之自相治而已矣.(*〈達權〉: 通權達變. 통달하다. 정세의 변화를 잘 내다보고 거기에 적용하다.)